L’inconnu de Home Valley

DÉJÀ PARUS DU MÊME AUTEUR

DANS LA SÉRIE *LES SECRETS DE HOME VALLEY*

Ciel de feu
Le mystère de Home Valley

Autres publications

Je ne t'ai pas oublié
L'œuvre du mal
Menacée
Le saut du diable
Mortel mensonge
Intention mortelle
Une femme dans la nuit
Les portes du mal

KAREN HARPER

L'inconnu de Home Valley

BestSellers

Collection : BEST-SELLERS

Titre original : FINDING MERCY

Traduction française de VALERY LAMEIGNERE

HARLEQUIN®
est une marque déposée par le Groupe Harlequin

BEST-SELLERS®
est une marque déposée par Harlequin S.A.

Photo de couverture
Ombre et paysage : © GETTY IMAGES / FLICKR / ROYALTY FREE
Réalisation graphique couverture : T. SAUVAGE

83-85, boulevard Vincent-Auriol, 75646 PARIS CEDEX 13.
Service Lectrices — Tél. : 01 45 82 47 47
www.harlequin.fr
ISBN 978-2-2802-8469-1 — ISSN 1248-511X

Pour tous les membres de la famille Kurtze qui aiment le pays amish de l'Ohio :
Margaret, Ruth, Barb, Bev et ses amis.
Pour Don, comme toujours.

Prologue

Le 12 avril 2011.

Alex Caldwell en avait plus qu'assez de devoir se cacher comme un animal traqué. Comment sa vie bien tracée avait-elle pu dérailler aussi vite ? En l'espace de quelques jours, il avait troqué une carrière de rêve et un bureau d'angle au quarantième étage, avec vue sur l'Hudson, contre une chambre aveugle au rez-de-chaussée d'un motel de Géorgie. Troqué des vacances aux sports d'hiver dans le Vermont et des week-ends de golf dans les Hamptons contre une moquette pelée où il faisait les cent pas sous l'œil morne d'une télévision. Des homards frais et des steaks de premier choix contre des plats à emporter et des hamburgers qui commençaient tous à avoir le même goût de carton.

Maudit soit son mentor et ancien patron Marv Boynton ! Maudites soient ses magouilles qui avaient fait couler SkyBound, Inc., ainsi que la carrière et les espoirs d'Alex ! Il ne supportait plus de rester là, à tourner en rond, en attendant le début du procès. Le printemps d'Atlanta lui faisait les yeux doux, et il était bien décidé à aller courir un peu pour se dégourdir les jambes et s'aérer l'esprit. Et tant pis si ce n'était pas du goût du chien de garde assigné par le gouvernement.

— Je vais aller faire un petit jogging, dit-il à Jake.

Affalé contre la tête de lit, Jake fixait d'un regard de zombie un programme d'informations en continu sur le câble.

— Juste quelques tours du motel, histoire de prendre un peu l'air, ajouta Alex.

— Pas tant que vous êtes sous ma surveillance, répondit le garde du corps, les yeux toujours rivés sur l'écran de la télévision. Je sais que vous avez des fourmis dans les jambes et dans le ciboulot, mais pas question de prendre le moindre risque. Vous croyez que c'est marrant pour moi ? C'est le genre de mission dont je me passerais bien, figurez-vous ! Mais vous êtes une denrée précieuse, monsieur le métrosexuel, et…

— Je vous ai déjà demandé de ne pas m'appeler comme ça. J'ai un nom, que je sache. D'ailleurs, c'est peut-être tout ce qu'il me reste.

— Vous auriez dû accepter d'intégrer le programme de protection des témoins. Mieux vaut faire le mort que d'être mort, pas vrai ? Et puis, au moins, vous seriez planqué dans un endroit où vous pourriez voir la lumière du jour. On va finir par ressembler à des hiboux, à force de regarder les infos toute la journée, dans cette piaule aux rideaux fermés. A force d'essayer d'en savoir plus sur le procès du grand chef. Mais ne soyez pas impatient, ajouta-t-il en bâillant, ils auront besoin de vous bien assez tôt comme ça, croyez-moi.

Alex ne répondit rien, et Jake se frotta les yeux du dos de la main.

— Et en plus, vous ronflez comme une tondeuse à gazon, ajouta Jake. Dans ces conditions, impossible de me refaire une beauté grâce à un sommeil réparateur.

Alex laissa échapper un rire bref.

— C'est l'hôpital qui se moque de la charité ! J'ai dû me confectionner des bouchons d'oreille avec du papier-toilette pour pouvoir fermer l'œil.

Leurs prises de bec manquaient toujours de conviction, et les deux hommes retournèrent bientôt à leur silence. Alex avait plus d'une repartie cinglante en tête, mais la situation était déjà assez pénible ; il n'allait pas l'envenimer avec des disputes idiotes. Par exemple, il aurait pu répliquer à Jake que le sommeil ne pouvait rien pour lui. De fait, avec ses cheveux clairsemés et son cou qui semblait directement posé sur ses épaules de déménageur, Jake — les noms de famille étaient interdits — n'était pas doté d'un physique des plus avantageux. Le pistolet qu'il portait en permanence à la ceinture semblait lui tenir lieu de personnalité. Ancien agent de sécurité, Jake avait été licencié à la cinquantaine bien sonnée, et il s'était reconverti dans la protection de témoins. Tant qu'Alex refuserait de bénéficier du WITSEC, le programme fédéral qui permettait aux témoins importants de changer d'identité et de vie, il resterait coincé avec ce type en attendant qu'on l'appelle pour témoigner contre son ancien patron, accusé — rien que ça ! — d'espionnage industriel au profit de la Chine. Tout ce qu'il avait construit avait été réduit à néant ; tous les échelons gravis au cours de sa carrière sciés par sa décision de dénoncer Marv aux autorités fédérales. Et maintenant, il se retrouvait dans la peau du mouchard qui devait être protégé jusqu'à son témoignage. Du moins selon le FBI. Parce que pour sa part, Alex se demandait si tout cela était vraiment nécessaire. Il était tenté de se déguiser et de rentrer chez lui, à Manhattan. Déjà cinq semaines que cette histoire durait, et toujours pas de date pour le procès. Il sentait qu'il allait devenir dingue, si ça continuait comme ça.

Il se mit à faire des pompes et des exercices abdominaux dans un silence rageur seulement interrompu par quelques grognements, ne s'arrêtant que lorsque les muscles de son ventre se mirent à crier grâce. Il lui semblait les entendre hurler, comme s'ils exprimaient son désespoir. Il reprenait son souffle, le corps couvert de sueur, lorsqu'il entendit le son désormais familier des ronflements de Jake. Puisqu'il dormait à poings fermés…

Alex se releva lentement. Il laissa la télévision allumée, se gardant bien d'en modifier le volume, et marcha sur la pointe des pieds vers la porte de la chambre. Alors qu'il y parvenait, il surprit son reflet dans le miroir qui s'y trouvait fixé. Il pouvait bien se moquer de l'apparence de Jake, mais lui-même faisait peine à voir, avec son visage émacié et sa peau blafarde. Non seulement il avait perdu son bronzage, mais sa barbe et ses cheveux hirsutes lui donnaient l'air négligé. Quant au pantalon fripé et au sweat-shirt sans manches qu'il portait, c'étaient les dernières affaires propres qui lui restaient.

Il devait s'échapper de cette foutue chambre, ne serait-ce que quelques minutes. Il n'était pas assez stupide pour prendre le risque de se faire localiser en appelant un ami ou une des deux femmes qu'il fréquentait avant cette histoire. Si seulement Marci ou Anita partageaient sa chambre, au lieu de Jake !

Malgré ses trente-deux ans, Alex se sentit dans la peau d'un gamin qui fait le mur. Retenant sa respiration, il tourna lentement la poignée. Jake avait le droit de passer des coups de fil, lui. La veille au soir, il avait appelé quelqu'un de sa famille. Cette sensation d'être prisonnier avait beau être pénible (et même à la limite du supportable), Alex savait que le programme de protection des témoins était encore pire. Quand on était pris en charge par le WITSEC, il fallait non seulement abandonner son passé, mais aussi se construire un présent entièrement neuf.

Jake ronflait toujours, mais de façon irrégulière. Alex ouvrit la porte et fit la grimace en entendant grincer les gonds, mais cela ne sembla pas perturber le sommeil de son garde du corps. Il avala une grande goulée d'air frais avant de faire un pas en direction du parking, tous les sens en éveil. Il savourait la lumière, les odeurs, les bruits… Celui de la circulation sur la rocade toute proche, par exemple. Une fois ses yeux habitués à la lumière naturelle, il reçut comme un cadeau les fleurs sauvages qui coloriaient au loin la colline. Même celles qui étaient plantées en massif à quelques mètres de lui, près de l'enseigne du motel, l'émurent au point de gonfler sa poitrine. Des petits nuages aux formes arrondies partageaient l'immensité du ciel bleu avec les traînées vaporeuses d'un avion presque invisible. Sans doute avait-il décollé de la base aérienne de Dobbins, ou de l'énorme aéroport d'Atlanta. S'envoler vers de nouveaux horizons… La liberté !

Grisé par l'espace qui lui tendait les bras, Alex referma la porte avec mille précautions et s'éloigna d'un pas rapide. Juste quelques tours du motel, songea-t-il. Atlanta était une ville vallonnée avec une terre rouge et grasse, si différente des plates étendues de béton de Wall Street, ou même des petits espaces verts bien entretenus de SoHo. Différente également du jardin en terrasses de sa grand-mère qui dominait Nassau, la capitale des Bahamas. Il avait songé à s'y cacher en attendant le procès, mais les fédéraux avaient rejeté cette solution.

Respirant à pleins poumons, il se mit à trottiner puis à courir. Il tourna à l'angle du motel, passa devant des voitures et des camionnettes de location déjà stationnées pour la nuit. Les plaques d'immatriculation couvraient presque tous les Etats du Midwest : Indiana, Michigan, Ohio… Tous ces endroits qui n'étaient pour lui que des territoires à survoler, à l'époque toute récente où il prenait fréquemment l'avion pour Los Angeles, escale obligatoire avant Hong Kong, sa destination finale.

Encore un angle du motel qu'il contourna en accélérant sa foulée. Si seulement il avait pu aussi accélérer le processus judiciaire ! En finir avec cette interminable attente, préparer sa déposition avec ses avocats et témoigner au procès, affronter la meute des journalistes, les micros tendus, les caméras, les flashes des appareils photo… Et puis se trouver un nouvel emploi, entamer une nouvelle carrière. Recommencer à mettre de l'argent de côté, décider avec laquelle des deux femmes il avait envie de tenter l'aventure d'une vie commune. « Si tu n'es pas capable de choisir, mon vieux, lui avait dit l'un de ses amis, c'est que ni l'une ni l'autre n'est faite pour toi. »

Ses muscles commençaient à le tirailler, à lui faire payer toutes ces journées passées affalé sur le lit. Mais il continua au même rythme, respirant toujours autant d'air que ses poumons pouvaient en contenir, malgré ce pick-up immobile qui crachait du CO^2 à l'autre bout du parking. La douce chaleur du soleil sur sa nuque et ses épaules était tellement plus agréable que la nuit dont il avait fait, contraint et forcé, son amie. Lorsqu'il faisait assez sombre, il se glissait cinq minutes hors de la chambre pour respirer l'air frais dans le parking mal éclairé par la lumière jaunâtre de quelques réverbères. Jake lui permettait au moins ça.

Les types du FBI étaient paranos, songea-t-il. Il s'était d'ailleurs plaint qu'ils en faisaient trop, mais on lui avait répliqué que mieux valait trop que pas assez. Après quoi, il avait dû écouter des histoires de témoins assassinés, parfois enlevés et torturés. De témoins dont on finissait par retrouver le corps, et d'autres qui disparaissaient à jamais.

Alex chassa ces récits inquiétants de son esprit tandis que son regard se posait sur une des femmes de ménage qui allait de chambre en chambre en poussant son chariot hérissé de balais. Il n'aurait su dire si elle était vraiment jolie ou si le besoin d'une présence féminine commençait à lui brouiller l'esprit. Il continua à courir. Alors qu'il bouclait un deuxième tour du motel, il vit que le pick-up noir se trouvait toujours là, immobile et le moteur en marche. Le conducteur avait passé l'avant-bras par la vitre abaissée, sa main tenant une sorte de miroir qui accrochait un rayon de soleil. Non, ce n'était pas un miroir. Peut-être des jumelles. Une longue-vue ? Ou alors…

Une détonation sèche retentit, répercutée par le bâtiment derrière lui. Une projection de morceaux de plâtre et d'éclats de bardeaux bitumeux lui piqua le crâne, la nuque et les bras. Il plongea à terre, atterrissant sur le sol en béton au moment où une nouvelle détonation claquait dans l'air. La balle fit exploser la fenêtre devant laquelle il se tenait l'instant d'avant.

On lui tirait dessus ! Comment était-ce possible ? Personne ne savait qu'il se trouvait ici !

Quelque part, une femme hurlait de terreur. Soudain, il entendit la voix de Jake :

— Restez à terre ! Restez à terre !

Le pick-up démarra en trombe et quitta le parking. Jake

agrippa Alex par la ceinture du pantalon et le releva sans ménagement. Jurant comme un charretier, il le poussa vers leur voiture et le balança tête la première sur la banquette arrière. Puis il claqua la portière, s'installa au volant et démarra dans un crissement de pneus.

— Fin de la mission pour moi ! cria-t-il en accélérant, avant de prendre un virage serré. Vous ne respectez pas les consignes, monsieur le métrosexuel, et, d'une manière ou d'une autre, ils ont fini par vous localiser ! Je vous abandonne entre les mains des flics d'Atlanta et je fous le camp d'ici ! S'ils ont réussi à retrouver votre trace, c'est que quelqu'un doit être sacrément motivé pour vous faire la peau ! Ouais, je suis prêt à parier ma chemise que vous avez un joli contrat sur la tête !

Alex se sentait profondément déstabilisé. Des coups de feu… Un tueur à gages… Un contrat… Localisé à plus de mille kilomètres de Manhattan. L'idée de devenir quelqu'un d'autre lui semblait aussi insupportable qu'effrayante, mais ça ne pouvait plus durer.

Parce que s'il continuait à vivre comme ça, il allait mourir comme ça.

1

Le 20 juin 2011.

Le champ de lavande d'Ella Lantz, bientôt en pleine floraison, s'étendait aussi loin que portait son regard. Mais, reconnut-elle, les yeux plissés sous le bord de sa coiffe, c'était seulement parce que les grosses boules mauves soigneusement alignées en sillons odorants grimpaient la colline et disparaissaient de la vue. Elle possédait presque un demi-hectare de cette plante merveilleuse et, comme lui disait souvent *Grossmamm* Ruth : « Sans soupirant ni mariage à l'horizon, ton avenir se trouve tout entier dans ce petit jardin d'Eden du comté d'Eden. »

A l'aide de sa faucille, Ella coupa une brassée de lavande officinale, avant de se dépêcher de rejoindre son frère Seth qui se trouvait en contrebas, assis sur la charrette où il venait de charger le reste de ses meubles. Hannah Esh, l'amie d'Ella, était assise sur le siège voisin. Veuf depuis deux ans, Seth allait l'épouser vendredi prochain, dans quatre jours seulement.

Même si les mariages amish étaient rarement célébrés durant les mois de travaux des champs, tout le monde avait été d'accord pour déclarer qu'ils avaient attendu assez longtemps. Les meubles qui remplissaient maintenant la charrette allaient être entreposés dans la grange des Troyer jusqu'à ce que les nouveaux mariés possèdent leur propre foyer. En attendant, le couple emménagerait dans la grande ferme des

Troyer pendant que Seth construirait d'abord leur maison, puis une autre pour Josh — le plus jeune fils des Troyer — et sa femme Naomi. Tous ces mariages, songea Ella, le cœur lourd, et toujours rien en vue pour elle... Hannah et Naomi étaient toutes deux ses amies, et elle comptait cueillir assez de lavande pour parfumer la grande ferme des Troyer ainsi que celle des Esh, où serait célébré le mariage.

Ella était reconnaissante aux Troyer d'employer Seth en cette période de crise économique. D'autant que cet arrangement allait enfin la rendre indépendante. Seth allait en effet lui céder sa maison, érigée dans l'enceinte de la ferme familiale, tout près de son champ de lavande. Elle avait l'intention de vivre à l'étage et de transformer le rez-de-chaussée en atelier-boutique où une petite équipe confectionnerait pour elle des pots-pourris, des bougies, des savons et des sachets pour le linge.

— Tiens, c'est pour Mme Troyer, dit-elle en tendant le gros bouquet mauve à Hannah, qui le posa sur ses cuisses. Dis-lui que je lui en apporterai plus après le mariage.

Sur le siège entre Hannah et Seth était perchée Marlena, la fille de Seth, qui adorait déjà celle qui allait devenir sa nouvelle maman. Un large sourire se forma sur la frimousse de la fillette de trois ans tandis qu'elle faisait un signe de la main à sa tante Ella, qui l'avait en partie élevée après la mort de sa mère.

Un des quatre chevaux de trait belges attelés à la charrette s'ébroua avant de frapper son énorme sabot sur le gravier de l'allée. Les bêtes commençaient à s'impatienter. Seth et Marlena partaient vivre à moins de dix kilomètres d'ici, mais Ella sentait déjà que leur présence allait lui manquer. D'un seul coup, la petite maison dont elle allait hériter lui sembla très loin du bâtiment principal où vivaient ses parents et leurs deux plus jeunes enfants.

— Mmm..., fit Hannah en se penchant sur les inflorescences parfumées. Ça sent tellement bon ! N'oublie pas, Ella, je viendrai t'aider à aménager ta nouvelle boutique dès que j'aurai un moment.

— Je risque d'attendre longtemps ! répliqua Ella avec une petite tape amicale sur la jambe de son amie. Tu vas voir qu'entre Marlena et le restaurant de Ray-Lynn, il ne te restera plus beaucoup de temps pour autre chose.

Ray-Lynn Logan était leur amie *anglaise* qui gérait la Dutch Farm Table, un restaurant situé dans la petite ville voisine de Homestead. Cette femme aimable et dynamique, qui se remettait d'un accident et d'un coma, partageait la propriété de l'établissement avec Jack Freeman, le shérif du comté, et bien plus encore. Avant de tomber amoureux de Ray-Lynn et de l'aider à racheter les parts de la Dutch Farm Table à son ancien propriétaire, le shérif avait longtemps été un client assidu de ce restaurant, aussi apprécié des touristes que de la population locale. Au fil du temps, l'endroit était devenu un point de rendez-vous pour les *Anglais* comme pour les Amish qui vivaient alentour.

Hannah avait emménagé chez Ray-Lynn une fois la restauratrice sortie du coma, mais la plaisante cohabitation prendrait fin dans quelques jours, au lendemain du mariage.

— Il faut qu'on y aille, maintenant, dit Seth en penchant la tête vers Ella. Profite bien de la maison. Et appelle-moi si tu as besoin d'aide pour construire les étagères !

— Oh ! *ya*, je vais me mettre sur ta liste d'attente ! répliqua-t-elle en souriant à travers ses larmes.

Ella se mordit la lèvre tandis que son frère donnait des rênes et de la voix. Bien qu'Hannah fût son amie et qu'elle eût toute confiance en elle, laisser une autre élever la petite Marlena lui brisait le cœur. Alors que les chevaux entraînaient déjà les futurs mariés vers la route, le reste de la famille Lantz sortit de la maison principale. Ella se demanda pourquoi ils étaient restés à l'intérieur tout ce temps.

Ses parents, Eben et Anna, agitèrent la main en signe d'au revoir, tout comme sa grand-mère Ruth, âgée de quatre-vingts ans et qui vivait avec eux. *Mamm* et *Daad* crièrent quelques conseils en dialecte allemand, comme si Seth et Hannah — sans oublier la petite Marlena — partaient au bout du monde.

Abel affichait un visage triste. Agé de vingt-six ans, il aidait *Daad* à cultiver les champs en attendant de trouver une épouse. Son grand frère allait lui manquer, à lui aussi. Barbara, seize ans, tourna vite les talons en direction de la grande maison principale, bientôt imitée par Aaron, quatorze ans. Le benjamin de la famille attendait avec impatience que commence sa période de *Rumspringa*. Ce rite de passage lui permettrait de s'affranchir des règles de son Eglise avant de décider s'il souhaitait demander le baptême et intégrer définitivement la communauté. A vingt-quatre ans, Ella se situait au milieu des cinq enfants de la famille Lantz. Elle s'était toujours sentie assise entre deux chaises : un peu trop jeune pour partager les jeux et les secrets des deux plus grands, et trop âgée pour être vraiment proche des deux plus jeunes. C'était sans doute pour cette raison que ses amies Hannah et Sarah avaient pris une telle importance dans sa vie. Hannah qui était revenue vivre dans la communauté après une longue absence, et Sarah qui l'avait quittée pour rejoindre le monde moderne, ce qui lui avait valu d'être excommuniée.

Alors qu'elle regagnait à son tour la maison principale, Ella s'étonna de voir un homme sur la galerie. Que faisait là cet *auslander* — cet étranger à la communauté ? Quand était-il arrivé et où se trouvait sa voiture ? Et puis qui était-il, d'abord ? Etait-ce à cause de lui que tout le monde avait disparu à l'intérieur pendant qu'elle cueillait de la lavande ?

Malgré sa curiosité, elle hésita à poursuivre son chemin. Bien qu'elle vécût au sein d'une famille nombreuse, elle choisissait souvent d'être seule, surtout quand elle se sentait aspirée vers le fond par ce courant froid. Quand elle se noyait dans les ténèbres… Non, ce n'était pas une bonne idée que quelqu'un la voie dans cet état, incapable d'échapper aux griffes d'un cauchemar que sa foi de jeune Amish aurait dû parvenir à chasser. Jusque-là, elle avait réussi à cacher son terrible secret, y compris à ses proches, en s'isolant lorsqu'elle sentait la nuit glacée tomber sur son cœur. Depuis ce jour où elle avait failli mourir, dix ans plus tôt, elle se sentait à la fois bénie et maudite…

— Ella, viens donc par ici !

La voix de son père la tira de ses sombres pensées.

— Quelque chose qui concerne toute la famille !

Il tenait d'un bras la porte qui ouvrait sur la galerie et, de l'autre, faisait de grands mouvements pour inciter Ella à se dépêcher. Alors qu'elle se dirigeait vers lui d'un bon pas, elle vit le visage blême de sa mère qui la regardait par la fenêtre. A moins que ce regard un peu vague ne fouillât la route où la charrette de Seth n'était pourtant plus visible… Que se passait-il ? Cette agitation avait sûrement quelque chose à voir avec la présence de cet étranger.

Elle prit un raccourci à travers les rangées de lavande papillon et se mit à courir.

Alexander Caldwell se sentait mal, *vraiment* mal. Il avait l'impression d'avoir atterri dans un de ces vieux westerns avec Clint Eastwood. Autour de lui, des chevaux et des carrioles, des hommes avec des chapeaux de paille et des femmes avec des coiffes d'une autre époque, d'immenses granges de bois et des fermes sans téléphone ni câbles électriques. Et pas une seule antenne parabolique en vue. Dire que ce décor suranné allait devenir son cadre de vie…, songea-t-il avec une sorte de fascination horrifiée, tandis qu'une carriole noire passait si lentement sur la route qu'il pouvait en distinguer les moindres détails. Qu'on lui rende les masses floues des voitures lancées à vive allure sur les grandes avenues de Manhattan !

Mais Alex n'avait eu d'autre choix que de disparaître de la surface de la Terre. C'était une question de vie ou de mort, d'autant que l'homme qui avait essayé de le supprimer à Atlanta n'avait pas été retrouvé.

Gerald Branin, son unique contact dans le cadre du programme de protection des témoins, avait semblé très sûr de lui. Sûr que le pays amish était le meilleur endroit pour se cacher en attendant le procès. Il s'agissait d'un virage à 180° par rapport à la vie qu'Alex menait à Manhattan. Ici, c'était le bout du monde, le diable vauvert, Trifouillis-les-Oies, Pétaouchnok… alias Homestead, Etat de l'Ohio, dans le comté d'Eden. Dès qu'il aurait déposé au procès, son nom serait partout dans les médias, aux Etats-Unis comme dans le monde entier. Et après la tentative d'assassinat dont il avait été victime (et à la demande pressante de son avocat, Logan Reese), Alex avait admis qu'il devait se volatiliser dans la nature. S'en étaient suivies de longues discussions avec Gerald, l'agent du WITSEC, qui avait fini par le convaincre d'essayer l'anonymat du pays amish.

Il se laissa aller avec un plaisir malsain à imaginer les futurs gros titres : *Ancien cadre supérieur de SkyBound, Inc., une société de haute technologie, Alex Caldwell accuse son P.-D.G. d'espionnage industriel… Les actionnaires entre abattement et colère… Des entreprises chinoises impliquées dans le scandale… La tentative d'assassinat du témoin principal commanditée par…*

Par qui ? Par le riche et puissant M. Boynton, son ancien patron ? Par les Chinois qui voulaient faire taire le témoin pour éviter des sanctions administratives, voire des problèmes diplomatiques ? Par des actionnaires fous furieux ? Venez tous parier ! Qui a le plus intérêt à faire taire à jamais le mouchard ?

— Vous feriez mieux de remettre ce chapeau sur votre tête, dit Mgr Joseph Esh, qui conduisait la carriole. C'est fait pour être porté, par pour être plié entre les mains. Ça vous permettra de mieux vous fondre dans le paysage, ajouta-t-il.

— Oh… Oui, bien sûr, répondit Alex avant de lisser le chapeau de paille et de s'en coiffer avec un sourire embarrassé.

Il n'y avait pas que ce fichu chapeau auquel il avait du mal à se faire. Il allait falloir, également, qu'il s'habitue à sa coiffure amish, à son large pantalon de fermier tenu par des bretelles, à l'absence de fermeture Eclair, aux cinq cents dollars en petites coupures que lui avait donnés Branin alors qu'il payait toujours tout avec sa carte de crédit. Mais sans doute était-ce son Smartphone qui lui manquerait le plus. Et ses yeux se posaient sans cesse sur son poignet nu, où se trouvait autrefois sa Rolex. Au fond, qu'est-ce que ça changeait, de ne plus avoir de montre dans un endroit pareil ? songea-t-il avec découragement. Le temps semblait s'être arrêté, ici. Heureusement qu'il jouait le rôle d'un jeune Amish célibataire, sans quoi il aurait été contraint de se faire pousser la barbe. Le vieil homme qui conduisait la carriole en portait une, longue et blanche.

— Je vous suis reconnaissant de tout ce que vous faites pour moi, monsieur, dit-il à son hôte.

— *Monsieur* est trop mondain. Appelez-moi simplement Joseph. Prenez garde à ne pas trop parler devant des inconnus, et contentez-vous de hocher la tête quand on utilisera le dialecte en votre présence. Je regrette que vous deviez mentir pour vous protéger, mais la fin justifie parfois les moyens. Vous connaissez votre nouvelle biographie sur le bout des doigts ?

— Oui… *ya*. J'ai répété avec mon agent du WITSEC. Dites-moi, Joseph, je suppose que c'est la première fois que votre communauté recueille un… fugitif.

— En effet. J'ai accepté parce que je me sens redevable envers Lincoln Armstrong, un agent du FBI qui nous a aidés à résoudre un crime perpétré dans la vallée, et qu'il se trouve que Gerald Branin est un de ses amis. Et aussi parce que ce même M. Armstrong a eu la générosité d'annuler une dette d'argent que ma fille Hannah avait contractée à son égard. Je vous aurais volontiers accueilli chez moi, mais la maison d'un évêque voit passer trop de monde. Nous espérons tous — et vous le premier, je le sais bien — que cette situation ne durera pas trop longtemps.

— Ça, oui ! s'exclama Alex. Je n'ai qu'une hâte, c'est que ça se termine. Et que ça se termine bien, ajouta-t-il avec un sourire un peu tendu.

— Toute existence est précieuse, jeune homme. Et vous avez encore beaucoup de choses à vivre. Savourez et chérissez chaque journée. C'est ce que nous essayons tous de faire, ici.

Mgr Esh fit tourner la carriole vers une autre route sinueuse et vallonnée, précédée de deux panneaux indicateurs qui formaient une flèche. Le premier, en métal, indiquait *Oakridge Road*. Le second était de bois, avec des lettres gracieusement tracées à la main. Alex y lut :

Artisanat amish,
produits à la lavande,
tous les jours sauf dimanche.

— *Quoi ?*

Ella reconnut la voix de son frère Abel tandis qu'elle déboulait dans la cuisine où sa famille était attablée avec l'*Anglais*. Elle retira sa coiffe, ses cheveux disparaissant toujours sous le bonnet d'organdi, et s'assit à sa place habituelle. Devant chaque chaise se trouvaient une part de tarte à la mélasse et un verre de thé glacé à la framboise.

— Pourquoi on accueillerait un *Englische* chez nous en prétendant que c'est notre cousin ? poursuivit Abel. Hein, *Daad* ? Pourquoi on ferait ça ?

Le chef de famille lança un regard sévère à son fils. Ella sentait que leur visiteur mondain se retenait de répondre, laissant à *Daad* le soin de donner les explications qui s'imposaient.

— En partie pour remercier Lincoln Armstrong de ce qu'il a fait pour les Esh, répondit Eben Lantz. Notre évêque nous a demandé de bien vouloir accueillir sous notre toit cet homme. Nous le présenterons comme notre cousin Andrew Lantz, d'Intercourse, en Pennsylvanie, bien qu'il soit en réalité un *auslander* qui vient d'une grosse ville de la côte Est. Andrew va travailler dans les champs avec nous. Il va rester ici au moins jusqu'à la fin de l'été, et peut-être plus longtemps. Nous ne lui poserons aucune question sur sa véritable identité ou sur son passé. Quant aux raisons qui l'amènent à trouver refuge dans notre communauté, il vous suffira de savoir qu'il s'agit d'un honnête homme qui bénéficie d'un programme de protection des témoins. Je tiens donc à ce que notre invité jouisse pleinement de notre hospitalité. Et à présent, M. Branin ici présent va vous en dire un peu plus en attendant l'arrivée d'Andrew.

Ella vit *Daad* froncer les sourcils et lancer un nouveau regard réprobateur, cette fois-ci à Aaron qui avait pouffé en entendant le verbe *jouir*. *Ach*, il était décidément prêt pour sa période de *Rumspringa* ! Prêt à se frotter au monde moderne et à tâter de la vie mondaine. Ella l'avait entendu plusieurs fois faire des plaisanteries salaces avec son petit groupe d'amis. Elle aussi aurait dû profiter de cette période, se laisser un peu aller, au moins une fois dans sa vie. Mais après cette soirée où elle était passée à deux doigts de la mort, elle s'était mise à craindre de faire quelque chose de mal. A craindre de déclencher une nouvelle fois la colère de Dieu, et d'être de nouveau la proie de cette nuit glacée qui avait failli l'engloutir.

Elle observa l'*auslander* à la dérobée. De petite taille, M. Branin était un homme mince mais robuste. Ses cheveux roux grisonnaient ici et là et se raréfiaient dans la région du front. Des lunettes de soleil dépassaient de sa poche poitrine, les lunettes comme la poche étant des signes incontestables de son appartenance au monde extérieur. Avec sa chemise blanche aux manches relevées sur les poignets, son jean tout neuf et ses chaussures de sport, son style mélangeait le chic et le décontracté. Il portait une montre en or et une alliance qui se remarquaient particulièrement dans cette maison où l'on n'avait guère l'habitude de voir des bijoux. Il se pencha un peu en avant, les coudes sur la grande table de la cuisine.

— Je sais que ce ne sera pas simple de prétendre qu'un étranger est membre de votre famille…

Il parlait avec de si grands gestes qu'il manqua de gifler Barbara, laquelle plaqua prudemment le dos contre le dossier de sa chaise.

— … mais quand votre évêque m'a amené ici tout à l'heure dans sa carriole, il m'a assuré que vous tous autour de cette table…

Geste ample et circulaire de la main.

— … ainsi que l'ensemble des membres de votre communauté réserverez le meilleur accueil à l'homme que je vous confie. Que vous prendrez soin de lui. J'ai conscience du fossé qui sépare votre mode de vie de celui d'Andrew, mais je tiens à vous assurer à mon tour que cet homme n'a rien fait de mal. Parfois, le programme pour lequel je travaille doit protéger des criminels repentis, mais ce n'est pas le cas ici. Andrew a pris de gros risques pour servir la justice et rendre service à notre pays. C'est parce que nous avons à cœur de réduire ces risques au minimum, pour ne pas dire à néant, que nous avons décidé de cacher ce témoin dans un univers radicalement différent du sien. Les règles de votre communauté présentent par ailleurs beaucoup d'avantages pour nous. Par exemple, nous apprécions le fait qu'il soit interdit de se laisser photographier.

— A ce propos, intervint Eben Lantz, la nouvelle propriétaire du journal local respecte cette règle. En outre, elle ne semble pas être du genre à fouiner dans la vie privée des gens, comme c'est trop souvent le cas des journalistes.

— Une raison de plus de nous féliciter du choix que nous avons fait, dit M. Branin. Et je vous promets que je suivrai avec attention la façon dont les choses se passent, et que je viendrai même faire une visite de temps à autre.

Il prit le temps de regarder chacune des personnes attablées autour de lui, inclinant légèrement la tête vers l'avant, au moment il croisa le regard d'Ella qui ne lui avait pas encore été présentée.

— Je dois vous prévenir que vous ne saurez pas toujours que je suis là, ajouta-t-il.

Ella trouva cette phrase curieuse, et même un peu comique. Cet homme comptait-il se cacher dans des meules de foin ou se coucher avec des jumelles au sommet de la colline qui dominait son champ de lavande ? Ce qui était certain, c'est qu'elle n'avait aucune envie de se faire espionner par un *auslander*. Surtout lors d'un de ces affreux moments où sa malédiction la terrassait. Elle but une gorgée de thé glacé et entama sa part de tarte. Le silence se fit pendant de longues secondes, seulement rompu par le cliquetis des fourchettes sur les assiettes et le bruit des chaussures d'Aaron, qui battait la mesure avec ses grands pieds.

— Pourquoi avoir attendu le départ de Seth pour nous dire tout ça, *Daad* ? demanda Ella. Il faudrait le mettre au courant, lui aussi.

— Hannah et Seth ont été prévenus les premiers. Eux aussi garderont le secret.

— Tout le monde se connaît, ici, et il va falloir mentir à beaucoup de gens pour préserver ce secret, fit remarquer Ella, notant du coin de l'œil que les sourcils de M. Branin se fronçaient légèrement.

— On nous a aidés, et c'est à notre tour de tendre la main, répondit son père. Cet homme blessé a besoin d'un bon Samaritain, et c'est ce que nous allons être pour lui.

Cet homme *blessé* ? songea Ella. Sa curiosité était piquée, mais *Daad* leur avait expressément demandé de ne pas poser de questions à celui qui se ferait appeler Andrew. Dommage, parce qu'elle aurait vraiment aimé en savoir plus sur lui.

Les paroles de Mgr Esh allaient à l'essentiel, une qualité qu'Alex avait toujours admirée chez les gens qu'il avait croisés dans sa vie professionnelle. Une qualité que possédait aussi Marv, qu'il s'apprêtait à trahir tout comme son ancien patron avait trahi SkyBound et ceux qui avaient eu confiance en lui.

— C'est comme si vous étiez banni par les vôtres pendant un moment, dit le vieil homme. C'est là une situation à laquelle nous pouvons nous identifier. Et si j'ai donné mon accord à la personne du programme de protection des témoins qui m'a contacté, c'est également parce que vous avez eu le courage de dire la vérité, de dénoncer les agissements d'un pécheur, quitte à mettre votre sécurité en danger. *Il me fait reposer dans de verts pâturages, Il me mène à des eaux paisibles…*, voilà encore une raison de vous aider. Tout comme le Seigneur nous a pris sous Sa protection, nous nous devons de protéger ceux qui en ont besoin.

Alex ne put que hocher la tête à ces mots. Il ne cessait de se répéter qu'il était désormais Andrew Lantz, le cousin des Amish chez qui il allait vivre jusqu'au procès et dont il était sur le point de faire la connaissance. Gerald Branin, l'inspecteur principal adjoint du WITSEC qui gérait son dossier, lui avait fait répéter pendant des heures son rôle d'Amish, mais il ne lui avait pas dit grand-chose de la famille qui s'apprêtait à l'accueillir en attendant qu'il témoigne devant la Cour fédérale de Manhattan. Cinq enfants, l'avait-on simplement informé, dont quatre vivaient encore avec leurs parents. Voilà qui risquait d'être un défi pour lui qui avait été enfant unique ! Mais être ainsi entouré l'aiderait peut-être à mieux supporter l'absence de ses amis. Comme ils lui manquaient ! Que n'aurait-il donné pour retrouver sa bande de potes dans le joyeux vacarme d'un bar de New York !

Mais autour de lui, ce n'étaient que verdure vallonnée et champs de maïs, dont les tiges ondulaient au vent, sous l'œil paisible de granges et de fermes qui semblaient avoir été dessinées pour plaire aux enfants. C'était vraiment un joli paysage, et il aurait fallu être de mauvaise foi pour dire le contraire. Alex avait le sentiment de pénétrer dans l'univers naïf de ces planches éducatives qu'on accrochait autrefois dans les salles de classe. D'autres carrioles les croisèrent sur la route étroite, conducteurs et passagers leur adressant un hochement de tête ou un signe de la main. Tout le monde ici semblait connaître la carriole de l'évêque — qui, pour Alex, était identique à toutes les autres —, et nombre de fidèles le saluèrent en dialecte allemand.

L'évêque engagea la carriole sur la gauche, dans un long chemin qui descendait vers un champ de fleurs mauves aux sillons bien tracés. La beauté presque surnaturelle de ce spectacle, alliée à l'odeur envoûtante de la lavande et au bourdonnement des abeilles, lui donna le sentiment d'être dans un autre monde. Alex ferma un instant les yeux, respirant le parfum camphré et rafraîchissant qui imprégnait l'air, tandis que l'évêque tirait doucement sur les rênes pour ralentir l'allure du cheval. Il ne put retenir un soupir. L'impression de quiétude qui se dégageait de ce paysage agissait à la manière d'un baume apaisant sur ses nerfs à vif.

— Je vis dans la ferme voisine, dit Mgr Esh en tendant le doigt. Juste là-bas. Il y a ici trois fermes proches les unes des autres : celle des Kauffman, celle des Lantz où vous allez vivre, et la mienne. Au carrefour de ces trois fermes, dans le petit bois que vous apercevez par ici, vous trouverez un étang où il fait bon se baigner en été.

Le doigt de l'évêque désigna un champ de maïs.

— Il vous suffira de couper à travers champs pour venir partager un bon repas avec ma femme et moi et nous donner de vos nouvelles. Mais faites plutôt ça la semaine prochaine, parce qu'il y a un mariage prévu ce vendredi. Ma fille Hannah va épouser l'aîné de la famille Lantz. Bien entendu, vous êtes invité.

— Merci, c'est très gentil de votre part. Pardonnez-moi de me répéter, mais je vous suis reconnaissant de tout ce que vous faites pour moi.

Au moins, passer quelques semaines avec ces gens simples au mode de vie arriéré constituerait une pause dans son existence de dingue. Il avait l'habitude de vivre à cent à l'heure et de tout faire à fond. Récemment, il avait même été tenté par des vacances entièrement consacrées aux sports extrêmes, mais il avait reculé au dernier moment. D'une certaine manière, il s'apprêtait peut-être à relever un défi tout aussi difficile, ici. Dans la mesure où il ignorait tout des chevaux, de la vie à la ferme et de l'agriculture — et qu'il ne connaissait pas grand-chose aux Amish —, les deux prochains mois risquaient de le plonger dans des conditions de vie plutôt extrêmes. Et cette fois-ci, pas moyen de reculer.

— Attendez…, dit M. Branin en se levant pour regarder par la fenêtre. Ce ne sont pas eux qui arrivent ?

Il se tourna vers la cuisine.

— Venez voir, monsieur Lantz. Il me semble que c'est la même carriole qui m'a amené ici.

Eben Lantz s'approcha à son tour de la fenêtre. Voilà donc pourquoi *Mamm* s'était postée derrière cette vitre, tout à l'heure, songea Ella. Ce n'était pas la charrette qui emportait Seth et la petite Marlena qu'elle cherchait du regard, mais la carriole de Mgr Esh qui devait amener l'*auslander*.

— *Ya*, dit Eben avec un hochement de tête. C'est bien Joseph Esh et notre invité.

Ella resta tranquillement sur sa chaise. A quoi bon tendre le cou pour essayer d'apercevoir leur soi-disant cousin ? Il serait là bien assez tôt. Elle comptait lui souhaiter gentiment la bienvenue et passer le relais à *Daad*, Abel et Aaron. C'était aux hommes de la famille de s'occuper de lui, songea-t-elle, d'autant qu'entre l'aménagement de sa nouvelle maison et son champ de lavande, elle allait avoir des tonnes de travail dans les semaines à venir. D'ordinaire, sa sœur Barbara lui donnait un coup de main avec la lavande, mais, en ce moment, elle passait le plus clair de son temps à aider Mme Kurtz qui était souffrante et mère de six enfants. Mais bien entendu, la jeune sœur d'Ella serait présente au mariage de Seth. Et dans un avenir pas si lointain, ce serait sans doute à son tour d'être l'héroïne de la fête. Barbara était plus proche que jamais de Gabe Kauffman, son soupirant, et tout le monde s'attendait à ce qu'elle soit la prochaine à se marier, chez les Lantz.

— Je vois qu'Andrew est grand et mince, dit Eben Lantz. Mais je n'arrive pas encore à distinguer la couleur de ses yeux ni même de ses cheveux. J'espère qu'ils ne sont pas trop sombres. Ça ne nous aiderait pas à le faire passer pour l'un des nôtres.

— Non, non, déclara M. Branin d'une voix un peu nerveuse. Il a des yeux bleus et des cheveux blond foncé, mais je reconnais qu'avec ce chapeau, ce n'est pas évident à voir.

Il emboîta le pas à Eben Lantz, qui venait de quitter la fenêtre pour aller ouvrir la porte. Moins d'une minute plus tard, Ella vit l'*auslander* apparaître sur le seuil de la maison, un peu caché derrière Mgr Esh, une seule et unique petite valise noire à la main.

Bien qu'elle eût entendu *Daad* parler de la grande taille de leur invité, Ella fut surprise de constater qu'il dépassait l'évêque d'une bonne tête. Son regard se posa un instant sur sa mâchoire carrée et sur la fossette qui fendait son menton sous des lèvres bien dessinées. Il posa sa valise et se mit à jouer avec le large bord de son chapeau de paille, et elle remarqua que ses mains étaient soignées, sans égratignures ni ongles cassés, comme c'était souvent le cas des hommes qui travaillaient aux champs. *Daad* salua l'*auslander* et lui présenta les membres de la famille les uns après les autres. Chacun se leva à l'énoncé de son prénom, inclinant un peu la tête avec un mot de bienvenue avant de se rasseoir. Elle se rendit compte qu'elle faisait preuve d'impolitesse en fixant l'invité du regard.

— Et voici maintenant Ella, la troisième de mes cinq enfants, qui s'occupe du champ de lavande et qui vend ses produits artisanaux. Encore une *maidal*, pas encore mariée.

Daad était-il obligé de la présenter comme une vieille fille ? songea-t-elle avec un brin d'agacement.

— Ella, murmura l'étranger, alors qu'il n'avait répété aucun autre prénom.

Le bleu tranchant de son regard accrocha un instant celui d'Ella. Il parlait d'une voix grave et quelques paroles suffirent pour qu'elle comprenne à quel point cet homme était perdu. Il semblait pourtant robuste, avec les muscles nécessaires aux travaux des champs. Son torse bombait un peu son polo et le haut de ses bras remplissait sa veste amish, légèrement étriquée au niveau des poignets. En revanche, son pantalon lui allait comme un gant : il cassait à peine sur des baskets blanches, si neuves et si propres qu'on ne voyait qu'elles.

— Bienvenue parmi nous, cousin Andrew, dit-elle simplement.

Le maître de maison acheva les présentations, et son épouse fit asseoir l'invité avant de lui servir une part de tarte accompagnée d'un verre de thé glacé, ainsi qu'à Joseph Esh. Ella et Barbara se levèrent alors de table et aidèrent leur mère à préparer le repas du soir. Andrew était déjà trop mince, songea Ella, et il faudrait bien le nourrir pour qu'il ne perde pas davantage de poids en aidant *Daad* aux champs.

Plus d'une fois, alors qu'elle jetait un rapide coup d'œil dans sa direction, elle croisa le regard bleu de l'*auslander*.

— On fait tout à l'envers, aujourd'hui, dit-elle plus tard alors qu'elle posait devant lui un sandwich au bœuf rôti nappé de jus de viande. D'abord le dessert, et ensuite le plat principal.

— Ça me convient tout à fait comme ça, lui répondit-il avec calme en tournant la tête pour la regarder. Merci beaucoup.

Il fit une courte pause, promenant les yeux sur sa famille d'accueil, puis s'adressa à tous d'une voix plus forte.

— J'ai bien l'intention de vous aider autant que je le pourrai, mais je crains de ne pas être très doué pour cultiver la terre, dit-il. En dehors d'un arbre en hommage aux victimes du 11 Septembre, je crois n'avoir jamais rien planté de ma vie.

— Oh ! *ya*, dit Eben Lantz avec un froncement de sourcils. Le 11 Septembre, quand le pays a été attaqué et que beaucoup de gens ont péri. Sachez, quel que soit le mal ou la tristesse qui ont pu assombrir votre vie par le passé, Andrew, que vous serez en sécurité, ici. Nous sommes là pour y veiller.

A sa grande surprise, Ella vit des larmes briller dans les yeux de l'*auslander*, dont la lèvre se mit bientôt à trembler. Elle eut le sentiment troublant d'être face à son propre reflet. Se pouvait-il que cet homme se sente aussi démuni qu'elle pouvait l'être face aux ténèbres qui menaçaient de l'absorber ? Face à cet effroi dont elle n'avait jamais osé parler à personne et qui resterait pour toujours son secret ? Résistant à l'envie de poser la main sur l'épaule d'Andrew, elle détourna le visage et alla servir l'évêque.

2

Ce soir-là, alors que tombait la nuit, Ella travailla tard dans la maison de Seth. « Non, songea-t-elle en transportant des cartons de produits artisanaux qu'elle était allée chercher dans l'atelier de jardin, c'est désormais *ma* maison. » Les placards de cuisine et le plan de travail — ainsi qu'une longue table et des planches placées sur des tréteaux — feraient l'affaire en attendant de pouvoir aménager l'intérieur comme elle le souhaitait. Elle espérait pouvoir un jour s'offrir un alambic pour distiller sa lavande et en recueillir sa précieuse huile essentielle. Au moins, elle avait fini de coudre la robe qu'elle allait porter au mariage d'Hannah. Elle avait été ravie que son amie lui propose d'être une de ses demoiselles d'honneur.

Ella suspendit au plafond de gros bouquets de fleurs séchées de l'année précédente, glissant la ficelle qui les maintenait dans des crochets vissés aux poutres. Aussitôt, la cuisine et le séjour s'emplirent de l'odeur familière et délicate, qui ne tarda pas à grimper jusqu'aux deux petites chambres du haut. Elle était si habituée à ce parfum que, parfois, elle ne le sentait même plus. Mais il imprégnait si profondément son esprit et son cœur qu'elle était capable de l'imaginer. Ella laissa échapper un soupir. Elle avait besoin de s'approprier les lieux par tous les moyens possibles, en particulier la cuisine, où elle se sentait mal à l'aise. Ce n'était pas sa taille modeste qui lui posait un problème, mais le fait que la femme de Seth y avait trouvé la mort. La pauvre Lena s'était effondrée là, sur le parquet à larges lattes, victime d'une rupture d'anévrisme de l'aorte.

Ella alluma une troisième lampe à pétrole pour chasser les zones d'ombre et les sombres pensées qui semblaient y trouver refuge. La noirceur qui gangrenait son âme gagnait du terrain, ces derniers temps, peut-être à cause du départ de Seth et de la petite Marlena, dont la présence lumineuse dissipait souvent les ténèbres. Sans doute les *modernes* diraient-ils qu'elle souffrait d'une dépression cyclique. En cachette, elle s'était renseignée sur ce qui lui arrivait, grâce à des livres empruntés à la bibliothèque mobile. Pourtant, elle ne savait toujours pas quel nom donner au mal qui la rongeait, ni ce qu'il fallait faire pour s'en libérer. Pour le moment, elle se contentait d'affronter au jour le jour son problème et, surtout, de le dissimuler aux yeux de son entourage. Elle avait lu des choses sur les troubles de l'humeur, dont les symptômes ressemblaient parfois à ce qu'elle ressentait. Elle espérait seulement de ne pas souffrir de problèmes psychotiques comme le trouble bipolaire. Pour garder son secret, Ella s'isolait dès qu'elle sentait monter en elle le courant tourbillonnant et glacé qui l'attirait vers le fond. On aurait pu croire qu'après avoir échappé de justesse à la noyade, le soulagement et la joie d'être en vie auraient illuminé son existence ; qu'elle aurait profité de chacune de ces secondes arrachées à la mort. Seulement voilà… Ella avait le sentiment de n'avoir jamais vraiment quitté les profondeurs de l'étang.

Dieu merci, le dur labeur dont elle devait s'acquitter chaque jour pour fabriquer ses produits artisanaux à base de lavande l'occupait suffisamment pour détourner son esprit de ses obsessions morbides. Et à présent, c'était la présence de cet homme sous le toit de sa famille qui apportait une diversion bienvenue. Les affaires d'Ella ayant été déménagées dans sa nouvelle maison, sa chambre avait été attribuée au « cousin » Andrew. Comme il était étrange de songer qu'un mystérieux inconnu dormait à présent dans son lit ! Dans cette chambre qui avait abrité pendant des années son intimité…

Elle décida de retourner à la maison principale pour

y chercher les produits frais rapportés du restaurant par Hannah, et destinés à son réfrigérateur alimenté par un groupe électrogène. C'était tellement gentil de la part de Ray-Lynn et d'Hannah d'avoir pensé à lui offrir quelque chose pour son installation ! Elle comptait bien les remercier avec des bougies parfumées, dès qu'elle aurait eu le temps de mettre un peu d'ordre dans son nouvel intérieur.

Alors qu'elle sortait sur la galerie arrière, elle distingua une silhouette qui courait sur le chemin menant à la route. Dans l'obscurité que ne trouait aucune lumière électrique, elle distingua des chaussures d'un blanc éclatant. Elle sut aussitôt de qui il s'agissait, d'autant que les Amish ne pratiquaient pas le jogging. Ses foulées rapides faisaient voler des graviers qui retombaient en pluie derrière lui. Drôle d'idée de se mettre à courir sans raison, et à une heure pareille ! Une fois la nuit tombée, personne, ici, n'avait l'idée de se promener sur la route en carriole et encore moins à pied.

Plus tôt, elle avait vu que *Daad* faisait visiter la ferme et les champs à Andrew. Il l'avait même emmené jusqu'à l'étang, un endroit qu'elle s'efforçait à tout prix d'éviter. Leur invité avait ensuite eu droit à une visite guidée du grand jardin, *Mamm* lui donnant le nom de chaque fleur et de chaque légume comme s'il débarquait d'une autre planète. Même s'il ne l'avait pas avoué spontanément plus tôt dans la cuisine, il n'aurait pas fallu longtemps à Ella et au reste de la famille pour comprendre que leur cousin adoptif ne connaissait rien au jardinage ou à l'agriculture. Mais *Daad* et les garçons lui apprendraient quelques rudiments, et il serait bientôt en mesure de les aider. Elle-même aurait bien eu besoin de l'aide d'Andrew pour désherber ses plants de lavande, mais elle n'avait pas osé en parler.

Ella se mit en marche vers la maison principale. Ses frères ayant déménagé les meubles de sa chambre, cette visite serait sans doute la dernière de la soirée. Mortadelle, fromage suisse, quelques délicieuses pâtisseries en provenance du restaurant de Ray-Lynn… Elle avait noté à quel point Andrew avait apprécié leur nourriture. Mais il fallait qu'elle cesse de penser autant à lui, tout ça parce qu'il venait juste d'arriver et qu'il était si différent des gens d'ici… Entre le mariage d'Hannah, le départ de Seth et de Marlena, la nouvelle maison et l'arrivée de l'*auslander*, cela faisait beaucoup de changements d'un seul coup. Mais peut-être était-ce une bonne chose, après tout. Peut-être ces changements l'aideraient-ils à maintenir la tête hors de l'eau. *Hors de l'eau…* C'étaient toujours les termes qui lui venaient, quand il s'agissait d'échapper à cette malédiction.

Elle allait mettre le pied sur la galerie de la maison principale quand elle entendit le grincement aigu de freins et le crissement de pneus qui essayaient d'accrocher la chaussée, aussitôt suivis d'un violent bruit de collision. L'accident s'était produit tout près, sur la route qui menait à Homestead. Et si une voiture avait embouti une carriole ? Cela arrivait souvent, beaucoup trop souvent, et bien entendu les blessés ou les morts se trouvaient presque toujours du côté des Amish. Les grands-parents maternels de la petite Marlena étaient décédés dans un accident de carriole sur cette même route où Andrew était partir courir.

Et si c'était lui qui s'était fait renverser ? Courir comme ça dans le noir n'était pas sans danger !

Sans prendre le temps d'entrer dans la maison pour demander de l'aide, Ella releva ses jupes et s'élança en direction de la route.

Ray-Lynn entendit un hurlement de freins suivi d'un *bang !* pour le moins inquiétant, et arrêta sa camionnette au milieu de la chaussée.

Elle avait donné sa journée à Hannah Esh, la directrice de la Dutch Farm Table, afin qu'elle puisse participer aux préparatifs de mariage et aider son fiancé Seth à s'installer chez les Troyer. Ray-Lynn lui avait promis d'aller la chercher après la fermeture du restaurant et de la ramener chez elle, ou plutôt « chez elles », dans la mesure où Hannah vivait avec Ray-Lynn depuis que cette dernière avait été victime d'une commotion cérébrale. Bien entendu, cette cohabitation était sur le point de prendre fin, avec le mariage prévu ce vendredi, et c'était une toute nouvelle aventure qui allait commencer pour Hannah en tant qu'épouse de Seth et mère de Marlena. Après son accident — qui, en réalité, était une tentative de meurtre —, Ray-Lynn avait perdu la mémoire des dernières années de sa vie. Le pire, c'était qu'elle avait oublié toute l'histoire qui la liait à Jack, le shérif du comté. Mais elle ne voulait pas renoncer à cette relation que le couple s'efforçait jour après jour de reconstruire. Ray-Lynn n'était pas du genre à faire semblant dans quelque domaine que ce soit, et encore moins en amour. Jack Freeman avait beau être tout à fait à son goût, elle devait laisser à ses sentiments le temps de renaître.

Elle avait peut-être perdu une partie de sa mémoire, mais elle n'était pas devenue folle pour autant. Et elle était certaine d'avoir entendu un bruit d'accident de la route. Le sien s'était produit la nuit, lui aussi. Sans doute n'était-il pas prudent pour elle de conduire dans cette obscurité, mais elle devait apprendre à redevenir autonome, à retrouver une vie normale.

En sueur et les mains tremblantes, elle s'efforça de réfléchir à la meilleure façon d'agir. Elle ne pouvait rester assise sans rien faire dans sa nouvelle camionnette immobilisée sur la chaussée. Heureusement qu'il y avait très peu de passage sur cette petite route de campagne, surtout à cette heure-ci. Une fois les feux de détresse allumés, elle fouilla son grand sac à la recherche de son téléphone portable. Quelques secondes plus tard, la sonnerie retentit chez le shérif. Elle se rassura en songeant que son numéro avait dû s'afficher sur l'écran de Jack et qu'il allait forcément décrocher. Il fallait qu'il décroche ! Une sonnerie… deux… trois… Au moins, le répondeur ne s'était pas mis en marche. *Allez, Jack, décroche !* Quatre… Ça y est, il décrochait !

— Tu es chez toi, ma chérie ? demanda-t-il avant qu'elle puisse placer un mot.

C'était si bon d'entendre sa voix.

— Désolé de ne pas t'avoir appelée, reprit-il, mais j'ai dû intervenir sur une dispute conjugale en dehors de la ville. Alors, comment s'est passé…

— Jack, l'interrompit-elle, je suis dans ma camionnette sur Oakridge Road, juste avant Troyer Mill Road. J'étais en chemin pour aller chercher Hannah quand j'ai entendu une voiture entrer en collision avec quelque chose… Je n'ai pas rêvé, je t'assure ! Je suis sûre qu'il y a de gros dégâts !

— A quel niveau de la route, à peu près ?

— Avant le pont couvert, mais après le cimetière amish, pas très loin de cet étang qui se trouve dans le petit bois.

— Ray-Lynn, je ne veux pas que tu t'approches du lieu de l'accident, d'accord ? Attends tranquillement chez l'évêque pendant que je vais voir ce qui s'est passé. Je pars tout de suite.

— Mais Hannah va s'inquiéter pour moi. Tu sais comment elle est.

— Tu lui expliqueras plus tard. S'il te plaît, fais ce que je t'ai demandé. Je te tiens au courant, ajouta-t-il avant de raccrocher.

Jack avait raison, elle ferait mieux de suivre ses instructions… Certes, mais si elle était en mesure d'aider quelqu'un comme on l'avait aidée, elle aussi, lorsque s'était produit son accident ? Pour redevenir celle dont Jack était tombé amoureux, il fallait qu'elle ressuscite l'ancienne Ray-Lynn, cette femme forte, extravertie et fougueuse qu'Hannah et Jack lui-même lui avaient décrite. Comment un homme d'action comme le shérif Freeman pourrait-il aimer une petite chose transparente, faible et effrayée par son ombre ? L'heure de réveiller la *vraie* Ray-Lynn avait sonné !

Elle enclencha la marche avant et fonça, pleins phares, vers l'endroit d'où lui était parvenu le bruit.

Lorsqu'il avait entendu une voiture foncer dans sa direction, le premier réflexe d'Alex avait été de plonger sur le bas-côté pour ne pas être vu. Au moins, le rugissement du moteur n'avait pas été accompagné de coups de feu. Depuis qu'on lui avait tiré dessus à Atlanta, les sons violents le rendaient nerveux, tout comme les véhicules immobiles avec leur moteur en marche. Nerveux et même parano. Et voilà qu'il se mettait aussi à avoir peur de ceux qui roulaient trop vite ! S'il y avait bien un contrat sur sa tête, devait-il seulement craindre les armes à feu, ou se pouvait-il qu'on cherche à l'éliminer d'une autre façon ? Après tout, un accident de voiture éveillerait moins les soupçons des autorités qu'une balle en pleine tête.

Le bolide l'avait manqué de peu avant de poursuivre sa course folle. Alex s'était relevé pour le suivre du regard aussi loin que possible, malgré la faible luminosité, et il l'avait vu disparaître derrière une colline. C'est alors qu'il avait entendu un bruit d'accident.

Heureusement, le fossé dans lequel il avait atterri était sec. Mais quand il essaya de remonter sur la route, il se rendit compte qu'il s'était foulé la cheville gauche. Quel idiot ! Courir lui avait tellement manqué, durant ces affreuses journées au motel, et Dieu sait qu'il s'était réjoui à l'idée de profiter de la sécurité et de la liberté qu'offrait ce patelin pour pratiquer son sport favori… Et maintenant, comment allait-il faire pour s'assurer que l'accident n'avait pas fait de blessés ? Comment allait-il rejoindre la ferme des Lantz ?

Et s'il parvenait malgré tout à gravir la route vallonnée jusqu'au lieu du sinistre, il lui faudrait s'éclipser discrètement, au cas où d'autres personnes arriveraient, puis essayer de regagner la ferme en coupant à travers le petit bois qu'Eben lui avait montré, plus tôt dans la soirée.

Avec une grimace de douleur, il réussit à s'extraire du fossé avant de se mettre à grimper, en claudiquant, la pente bitumée qui lui sembla sans fin. Chacun de ses pas déclenchait une violente douleur dans sa cheville. Pouvait-il tomber plus bas encore ? Son passé était en ruine, sa tête manifestement mise à prix, et sa cheville désormais en compote. Mais un être humain avait peut-être besoin d'être secouru et il devait y aller, quitte à griller sa couverture.

Soudain, il entendit des pas derrière lui. Quelqu'un courait. Et si c'était un piège ? Cette voiture avait peut-être vraiment cherché à l'aveugler avec ses phares avant de lui rouler dessus. Les tueurs, à son bord, avaient feint un accident pour le faire sortir à découvert, et l'un d'entre eux l'avait pris à revers pour…

Il s'accroupit sur le bas-côté — pas de fossé le long de la route, à cet endroit — et vit quelqu'un qui courait dans sa direction. Une femme ? Son tablier pastel et le bonnet d'organdi que portaient les femmes amish semblaient luire dans l'obscurité. D'abord éblouis par les phares de la voiture, les yeux d'Alex avaient fini par se réhabituer au manque de lumière.

Il se releva et s'avança vers la route. La femme s'arrêta de courir.

— Andrew ? Dieu soit loué, vous n'êtes pas blessé ! J'ai entendu le bruit d'une voiture qui semble avoir percuté quelque chose.

— Oui, moi aussi. Elle a failli me foncer dessus et je me suis blessé à la cheville en sautant dans le fossé pour l'éviter. Vous permettez que je m'appuie un peu sur vous ? Je suis presque certain que l'accident s'est produit de l'autre côté de la grande pente.

— Oh… *ya*, il me semble aussi que c'est là-bas. Vous croyez qu'il s'agit d'une simple foulure ou que c'est plus grave ? Si ça vous fait trop mal, je peux y aller seule, vous savez… L'accident a fait beaucoup de bruit, et je suis sûre que des gens vont arriver. Vous savez si cette automobile a embouti une carriole ? Non, suis-je bête… Vous n'avez pas vu ce qui s'est passé, vous non plus.

Il se rendait compte qu'elle était nerveuse, elle aussi, et pas seulement à cause de l'accident. Etait-elle mal à l'aise à l'idée qu'il la touche ? Qu'il passe le bras autour de ses épaules ? Ella — « Mlle Lavande », comme il l'avait déjà surnommée — était une jolie jeune femme aux cheveux blonds et aux yeux bleu délavé. Elle avait un corps sensuel que ses vêtements ne parvenaient pas tout à fait à dissimuler, et son visage, encadré par ce bonnet d'organdi, avait quelque chose d'angélique. Contrairement à sa mère et à sa grand-mère, les émotions d'Ella se lisaient à livre ouvert sur son visage. Mais il fallait se dépêcher de les déchiffrer, parce qu'elles ne faisaient que le traverser, souvent au profit d'une autre émotion tout aussi fugace. Alex avait été ennuyé d'apprendre qu'on lui donnait la chambre d'Ella, mais Eben Lantz lui avait assuré que sa fille avait prévu d'emménager dans la petite maison voisine avant même d'avoir eu vent de son arrivée.

— Allez-y, dit-elle en le voyant hésiter. Appuyez-vous sur moi.

Elle s'était approchée de lui. Curieux comme le premier croissant de lune était apparu derrière la tête d'Ella, juste au-dessus de l'horizon, au moment précis où il la touchait de son bras… Sa mince surface ne diffusait pas beaucoup de lumière, mais, dans sa situation actuelle, faite de peur et d'angoisse, l'astre de la nuit revêtit pour Alex l'aspect d'un sourire céleste.

Tout en bas, de l'autre côté de la colline, ils distinguèrent la forme d'une petite voiture de sport rouge encastrée dans un gros arbre. Des flammes s'échappaient du capot. Tandis qu'ils descendaient la route pentue accrochés l'un à l'autre, leur curieuse démarche — Alex faisait à présent de petits bonds, s'appuyant uniquement sur sa jambe valide — rappela à Ella les courses à trois jambes de son enfance.

Parvenue sur le lieu de l'accident, Ella retint un cri d'horreur. On aurait dit que la voiture elle-même saignait ; que de longs filets de sang coulaient des entrailles de sa carrosserie tordue. Non… Ella vit qu'il s'agissait, en réalité, de cordelettes rouge vif que le choc avait déroulées et partiellement éjectées de l'habitacle.

— Restez à distance, lui enjoignit Alex en ôtant le bras de ses épaules. Je vais voir s'il y a quelqu'un à l'intérieur.

— Vous ne pouvez pas, avec votre cheville… Laissez-moi faire.

— Non, Ella, c'est trop dangereux ! cria-t-il. Si le feu se propage, le réservoir d'essence risque d'exploser !

Il essaya de la retenir par le bras, mais elle s'était déjà élancée vers la voiture accidentée. Les doigts d'Alex ne purent atteindre que la *kaap* de prière qui tomba, libérant la lourde natte qui s'y dissimulait. Entre fascination et colère, il regarda le beau serpent blond frapper la jeune femme entre les omoplates tandis qu'elle courait, jupes relevées, pour secourir d'éventuels blessés.

Ella se rendit à peine compte qu'elle avait perdu son bonnet d'organdi, mais il lui sembla bien entendre quelques jurons sortir de la bouche du cousin Andrew. S'il avait tort de proférer des grossièretés, d'autant que certaines étaient blasphématoires, il avait raison à propos du risque d'explosion. D'ailleurs, elle sentait une odeur d'essence. Il fallait faire vite. Côté passager, la porte était enfoncée, et ouverte côté conducteur. Personne dans l'habitacle. Le chauffeur avait-il été éjecté dans le choc ? A moins qu'il ne se soit réfugié quelque part, de crainte que la voiture n'explose ? Mais où ?

— Personne à l'intérieur ! cria-t-elle à l'intention d'Andrew, avant de s'apercevoir qu'il se trouvait juste derrière elle.

Il tira si violemment Ella par le bras que ses pieds décollèrent presque du sol. Elle le heurta, et ils faillirent tomber à la renverse. Le visage d'Andrew, éclairé par les flammes qui dévoraient maintenant l'habitacle, n'était plus qu'un masque de colère. Quel homme était vraiment leur cousin d'adoption ?

— Je vous avais dit de rester à distance ! Vous risquez de vous faire tuer, ou gravement brûler, si cette bagnole explose !

Malgré sa cheville blessée, il parvint à la traîner de l'autre côté de la route et à se jeter avec elle dans le fossé, juste au moment où la voiture explosait avec un *boum !* assourdissant. Accrochés l'un à l'autre, ils se recroquevillèrent, tête baissée, le bas du corps immergé dans l'eau froide et croupie. Ils sentirent le souffle brûlant et lumineux de l'explosion, cent fois plus brutal que celui qui s'échappe de la porte ouverte d'un four ou du foyer d'une cheminée. Lorsque Ella releva la tête, il y avait tant de lumière qu'elle mit de longues secondes avant de remarquer les phares du véhicule qui arrivait dans leur direction. Quelqu'un venait à la rescousse ! Et elle était là, serrée tout contre Andrew…

Ella se dégagea de l'étreinte protectrice de l'*auslander* et grimpa hors du fossé, les habits trempés et les cheveux en désordre. Ceux-ci étaient à présent complètement libérés, les épingles qui tenaient la natte n'ayant pas résisté au plongeon dans le fossé. Malgré les phares qui l'aveuglaient, elle distingua les silhouettes d'une camionnette et d'une personne qui en sortait.

— Ella ? Ella, est-ce que ça va ? Tu n'es pas blessée ? C'est Ray-Lynn, ajouta la restauratrice devant l'expression incertaine et les yeux plissés d'Ella. Le shérif va arriver d'une minute à l'autre… Que s'est-il passé ? Et à qui appartient cette voiture ?

— Je n'en sais rien, mais, Dieu merci, son propriétaire n'a pas brûlé avec elle. Je suis allée lui porter secours, mais il n'y avait personne dans l'habitacle…

— Il faut qu'on retrouve celle ou celui qui était là-dedans. Comme vous m'avez retrouvée et sauvée, toi et Hannah. Je… Oh ! tu n'es pas seule ?

— Ah, oui… c'est mon cousin Andrew. Il vient d'arriver de Pennsylvanie et il va rester chez nous pendant quelques semaines. On était… On a tous les deux entendu le bruit de l'accident et on a accouru aussi vite que possible.

Ella vit qu'Andrew était déjà en train de chercher un éventuel survivant parmi les arbres calcinés qui bordaient la route. Il se déplaçait toujours avec difficulté, utilisant une grosse branche en forme de Y en guise de béquille.

— Par ici ! cria-t-il en se tournant vers elles. Il est là !

Elles coururent le rejoindre. Un jeune homme aux cheveux sombres était étendu là, face contre terre, les jambes dans le fossé et le reste du corps sur le bas-côté herbeux. Alors qu'il venait de le retourner avec précaution pour voir s'il respirait encore, Andrew eut un mouvement de recul en apercevant ses traits asiatiques.

— Vous le connaissez ? lui demanda Ray-Lynn, intriguée par sa réaction.

— Non, j'ai juste été surpris de trouver un Chinois, ici, en plein pays amish. Du moins, je pense qu'il est chinois, ajouta-t-il en s'accroupissant près du visage du jeune homme.

Une sirène de police, encore lointaine, déchira brusquement le silence. Andrew releva brusquement la tête et tourna un regard inquiet vers le bruit qui se rapprochait à grande vitesse.

— C'est la voiture du shérif, expliqua Ray-Lynn. Je l'ai prévenu par téléphone. Il se chargera d'appeler les secours.

Ella retira son tablier et en couvrit le corps inanimé.

— Il est vivant, dit Andrew en se relevant après avoir pris le pouls du blessé.

La sirène était maintenant toute proche, et Ray-Lynn alla se positionner au centre de la route pour faire des signes au shérif. La Ford noire apparut quelques secondes plus tard, ses gyrophares balayant la scène de leur lumière bleu et rouge. Le shérif en descendit aussitôt, une puissante lampe torche à la main. Ella le vit serrer brièvement Ray-Lynn dans ses bras tandis qu'il lui murmurait des mots que le vent porta jusqu'à elle :

— Ne laisse pas ce qui s'est passé ici te renvoyer à ton propre accident… D'accord, chérie ?

Ray-Lynn hocha vigoureusement la tête, et Jack Freeman se tourna vers Ella.

— Merci à vous trois, dit-il avant de froncer brusquement les sourcils. Mais… où est passé l'homme qui était avec toi ?

Ella haussa les épaules avec une moue d'ignorance, et le shérif s'approcha du jeune homme inconscient tout en écoutant les explications de Ray-Lynn. Andrew semblait bel et bien avoir disparu, songea Ella en fouillant les alentours du regard. Elle était en train de se demander comment il avait pu s'éloigner aussi vite avec une cheville blessée, quand la lumière écarlate des gyrophares éclaira sa haute silhouette claudicante qui coupait à travers bois en direction de cet horrible étang.

Faisait-il preuve d'humilité, à l'image d'un véritable Amish, préférant s'éclipser discrètement plutôt que d'être félicité pour s'être porté au secours d'un accidenté de la route ? Ou bien avait-il pris la poudre d'escampette afin de ne pas avoir à justifier de sa véritable identité auprès du shérif ? A moins, se dit-elle en voyant arriver le véhicule de Lucinda Drayton, la nouvelle propriétaire et rédactrice en chef du journal local, que ce ne soit la crainte d'être photographié qui l'ait fait fuir.

La journaliste claqua la portière de sa voiture et se précipita vers le shérif en criant :

— Que s'est-il passé ?

Ella se dit qu'elle devrait rassurer Andrew au sujet de Mme Drayton. Elle lui expliquerait que cette femme était très attentive à ne pas prendre le visage des Amish en photo.

— Je n'ai pas encore beaucoup d'infos, répondit le shérif en se tournant brièvement vers Lucinda Drayton. Un accident de voiture n'impliquant a priori qu'un seul véhicule, dont la plaque d'immatriculation a presque entièrement brûlé. Je vais quand même communiquer les quelques numéros encore lisibles et demander qu'on lance des recherches. On a un blessé inconscient que je ne peux pas identifier, et qui semble présenter des blessures dont j'ignore la gravité. Les secours sont en route.

Il regagna sa voiture et se pencha pour saisir une sorte de micro relié au tableau de bord par un câble torsadé. Ray-Lynn s'agenouilla auprès de la victime pendant que la journaliste photographiait l'épave encore fumante. Dans la lumière des phares et des gyrophares, ses cheveux argentés, coupés court, prenaient l'apparence d'une *kaap* de prière.

Ella se rapprocha de Ray-Lynn.

— Je pourrai répondre aux questions du shérif plus tard, dit-elle en se penchant vers la restauratrice pour ne pas avoir à élever la voix. Mais à présent, je dois rentrer chez moi.

— Je t'aurais bien ramenée avec ma camionnette, mais

Jack a peut-être encore besoin de moi. Au fait, où est parti ton cousin ?

— Il a préféré s'en aller. Il vient juste d'arriver ici, tu sais, et il est assez timide… C'est justement pour m'assurer qu'il va bien que je souhaite rentrer maintenant. Le pauvre, ajouta-t-elle comme pour elle-même, son séjour parmi nous ne commence pas très bien.

Ella entendit l'ambulance et les renforts de police approcher, leurs sirènes se répondant dans le lointain.

— Au revoir, Ray-Lynn, dit-elle en s'éloignant vers le petit bois où elle avait vu Andrew s'enfoncer.

Elle inspira profondément pour se donner du courage, consciente que ce raccourci la mènerait à l'étang qu'elle redoutait tellement.

3

Ella pressa le pas pour rattraper Andrew, mais, même avec sa cheville foulée, il avait pris beaucoup d'avance sur elle. Quelles qu'aient été les raisons qui l'obligeaient à se cacher, elles devaient être graves pour qu'il craigne même de rencontrer le shérif.

Elle n'avait pas l'intention de s'approcher de l'étang, simplement de le contourner pour rejoindre la ferme et s'assurer que leur invité était bien rentré. Elle demanderait ensuite à *Grossmamm* Ruth de soigner sa cheville à l'aide d'un cataplasme et d'un bandage.

Elle aperçut enfin la silhouette claudicante. Oh ! non… Andrew marchait droit vers l'endroit qu'elle voulait à tout prix éviter ! L'étang paraissait encore plus inquiétant dans l'obscurité, avec ces arbres courbés sur l'eau noire, d'autant qu'il avait cette même apparence le soir où Sarah et Hannah l'avaient sauvée in extremis de la noyade. A cette époque, Ella était la plus délurée des trois, sans cesse à jouer des tours à ses amies, à les inciter à faire le mur à la nuit tombée. *Mamm* était allée jusqu'à la traiter de diablotin, un jour de colère, et ce mot qui aurait pu sembler tendre dans la bouche d'un *Anglais* ne l'était pas dans celle d'une mère amish. Pourtant, même cette analogie avec le diable choisie par sa *Mamm* pour fustiger son comportement ne l'avait pas empêchée de continuer à faire les quatre cents coups.

Ce soir-là, elles avaient enlevé leurs vêtements pour ne pas les mouiller, et avaient plongé dans l'eau fraîche en tenue d'Eve.

— Oh ! j'ai déjà la chair de poule ! s'était écriée Sarah. Je vais sortir et dessiner la scène.

— Chouette ! avait lancé Ella d'un ton provocateur, tu vas nous dessiner toutes nues !

Les trois adolescentes s'étaient mises à pouffer.

— Tu n'as qu'à nager en agitant bien les bras et les jambes, ça va vite te réchauffer ! avait repris Ella. Hannah ne se plaint pas, elle !

— C'est parce que je claque trop des dents pour pouvoir parler ! avait répliqué Hannah, de l'eau jusqu'au menton.

Et puis, Dieu sait comment, au milieu des rires et des plaisanteries, des éclaboussures et des pitreries, c'était arrivé. Au milieu de l'étang, là où les anciens disaient que passait une source, un courant froid l'avait entraînée vers le fond. C'était comme si une main démoniaque l'avait happée ; une main glacée qui l'avait fait tournoyer avant de la tirer toujours plus profond.

Elle ne se souvenait plus comment c'était arrivé, et elle n'avait jamais voulu en reparler avec ses amies. Avait-elle plongé volontairement la tête sous l'eau ? Avait-elle improvisé une de ces figures aquatiques qu'elle aimait réaliser pour amuser la galerie ? Avait-elle bu la tasse en faisant le pitre ? Une grosse quantité d'eau, peut-être ? Tout ce qui lui revenait à la mémoire, c'était la sensation de s'enfoncer dans les ténèbres, à court d'air, et d'être aspirée par la mort. Elle avait lutté en vain pour remonter à la surface, et elle se voyait déjà finir sa vie au fond de cet étang quand une autre main, amie celle-là, avait agrippé ses longs cheveux.

Après quoi, elle avait certainement perdu connaissance. Hannah et Sarah avaient dû la tirer jusqu'à la rive, parce qu'elle se revoyait ensuite étendue sur l'herbe en train de cracher de l'eau, tremblante et cherchant sa respiration, ses deux amies penchées sur elle. Plus tard, quand elle avait retrouvé sa respiration et sa voix, elle avait supplié Hannah et Sarah de ne rien dire à ses parents.

Mais elle s'était sentie différente, après cet épisode. Le changement qui s'était opéré en elle avait été si radical que personne n'avait pu manquer de le noter. Hannah et Sarah s'en étaient inquiétées avant de s'en plaindre, mais elles avaient fini par s'y faire et, au bout de quelques mois, avaient cessé d'en parler. Contrairement à ses amies, les parents d'Ella s'étaient réjouis de la voir assagie, plus respectueuse des commandements du Seigneur et du mode de vie amish. Le diablotin s'était noyé dans l'étang, et une Ella plus prudente était née ce soir-là ; une Ella craintive de ce Dieu qui lui avait donné une leçon. Depuis lors, elle vivait avec la malédiction de ces sombres humeurs qui l'aspiraient vers les ténèbres ; avec ce lourd secret difficile à garder dans une communauté aussi soudée. Ses frères et sœurs Amish savaient qu'elle avait parfois du vague à l'âme et qu'elle n'était pas toujours facile d'accès. Ils la voyaient comme une travailleuse acharnée, avec une tendance solitaire, et nul n'y trouvait à redire. Mais ils ignoraient qu'elle portait en elle le fardeau de cette baignade nocturne dans l'étang ; qu'elle portait en elle l'effroi humide et glacé de…

— Ella ? Je pensais que vous resteriez là-bas.

La voix d'Andrew la fit tressaillir. Les rayons de lune se faufilaient entre les cimes des arbres, jetant au sol de petites flaques pâles qui leur permettaient tout juste de se voir.

Il était assis sur la rive de l'étang, un pied dans l'eau.

— Votre père m'a montré cet étang, et il m'a prévenu que même en été, l'eau était plutôt froide. J'avais besoin d'y tremper ma cheville.

Elle crut distinguer l'esquisse d'un sourire sur son visage.

— C'est plutôt ma pauvre tête que je devrais tremper dans l'eau froide ! reprit-il. Dire que j'ai réussi à me blesser et à me faire remarquer dès ma première soirée ici… Enfin, tant mieux, si on a pu aider le conducteur de cette voiture. Je pense qu'il va s'en tirer.

— Je vais prier pour lui, dit-elle, contrainte d'élever la voix pour se faire entendre.

Elle restait en bordure de la clairière qui précédait l'étang, appuyée contre un gros érable comme si son dos était collé au tronc. Pas question de faire un pas de plus en direction de l'eau. Quant à l'homme qui y baignait son pied, elle s'était suffisamment frottée à lui, et elle comptait bien, désormais, garder ses distances.

— On aurait dit que vous le connaissiez, reprit-elle, voyant qu'Andrew conservait le silence.

— Non. Comme je l'ai dit à cette dame, c'était juste une réaction de surprise. Je ne m'attendais pas à voir un Asiatique en pays amish, ce qui est stupide de ma part. Je connaissais des Chinois dans mon ancienne vie, et cet homme m'a fait penser à eux. Quand j'ai dit qu'il était chinois, tout à l'heure, je voulais bien sûr dire *d'origine* chinoise. Ça m'étonnerait que ce monsieur soit venu de Pékin avec sa petite voiture de sport rouge.

Il sembla à Ella qu'il faisait de l'humour pour masquer sa nervosité. D'ailleurs, sa voix tremblait légèrement. Elle se demanda s'il avait travaillé dans le tourisme. Ou s'il avait été agent de renseignements, et combattu les espions chinois ? Non, elle avait trop d'imagination.

— L'eau froide fait du bien à votre cheville ? demanda-t-elle. Ma grand-mère est douée pour s'occuper de ce genre de blessure, vous savez. Je pourrais aller chercher une carriole et la garer juste à la sortie du petit bois. Comme ça, vous n'auriez pas beaucoup à marcher.

— C'est très gentil à vous, mais ce n'est pas nécessaire. Je crois que je vais réussir à boitiller jusqu'à la ferme avec ma béquille de fortune. Au fait, Ella, je vous prie de m'excuser de m'être appuyé sur vous pour grimper cette pente…

— Oh ! ne vous sentez pas gêné, Andrew. Vous savez, on doit tous s'appuyer sur les autres, dans la vie. Il va aussi falloir qu'on prenne l'habitude de se tutoyer, puisqu'on est censés être cousins. C'est *Daad* qui me l'a demandé.

— Oui, bien sûr, vous… Tu as raison.

Se tutoyer n'aidait pas à garder ses distances, songea Ella. Mais elle n'avait pas le choix.

— Le shérif va vouloir te poser des questions, tu sais. Je ne vois pas comment tu vas pouvoir y couper. Il y a aussi la nouvelle propriétaire du journal local, le *Home Valley*

News, qui est arrivée sur les lieux de l'accident après ton départ et qui risque de vouloir t'interviewer. Mais tu n'as pas trop à t'en faire avec elle. Son nom est Lucinda Drayton, et elle prend bien garde à ne pas photographier le visage des Amish. Contrairement à l'ancien propriétaire, elle est plutôt gentille et respectueuse de notre mode de vie.

Pour toute réponse, Andrew poussa un long soupir. Ils restèrent un moment sans rien dire, laissant les bruits de la nature — le hululement d'un hibou, le bruissement des feuilles sous la brise, le clapotis de l'eau où il remuait son pied… — couvrir leur silence.

— Ne réponds pas si ma question te gêne, Ella, mais j'aimerais savoir si tu as peur de moi. Où peut-être existe-t-il dans votre communauté des règles qui interdisent aux femmes célibataires de s'approcher trop près d'un homme ou d'un étranger ?

— Oh… non. Ce n'est pas ça. Il se trouve simplement que j'ai… Eh bien, je me méfie un peu de l'eau, tu vois.

— Alors, c'est de l'étang que tu as peur ? Tu ne sais pas nager, c'est ça ?

— Si, si, je sais nager. D'ailleurs, je me baignais souvent quand j'étais plus jeune. Mais l'envie m'est passée.

Elle se retint de justesse d'en dire plus. Pourquoi ressentait-elle cet étrange besoin de se confier à cet étranger, alors que sa propre famille ignorait tout de son secret ? Même Eli Detweiler, à qui elle avait pourtant été fiancée brièvement, ne savait pas qu'elle avait failli se noyer. Ce pauvre Eli avait été incapable de renoncer à l'alcool après sa période de *Rumspringa*. Dans ces conditions, Ella n'avait pu lui faire suffisamment confiance pour accepter qu'il devienne son mari et le père de ses enfants. Ni pour lui révéler le secret qui noircissait son âme.

Elle regarda Andrew se relever avec difficulté et dut se faire violence pour ne pas lui venir en aide. Il garda le pied nu, s'appuyant d'une main sur la branche qui lui servait de béquille, tandis que, de l'autre, il tenait sa chaussure par le lacet. Ella laissa ses yeux se poser un instant sur la surface froide et pâle de l'étang. C'était déjà un grand progrès pour elle d'être capable de se tenir si près de la rive.

— Je vais courir jusqu'à la ferme et revenir avec *Daad* et la carriole, dit-elle. On t'appellera une fois qu'on aura traversé la propriété des Kauffman.

— Non, je préfère que tu ne fasses pas tout ce chemin seule dans le noir, répondit Andrew. Puisque ça ne t'ennuie pas que je te touche, je vais m'appuyer à la fois sur toi et sur ma béquille. Ça devrait aller, comme ça.

« Puisque ça ne t'ennuie pas que je te touche »... Ces mots résonnèrent pendant de longues secondes dans la tête d'Ella. N'avait-elle pas dit elle-même qu'on devait tous s'appuyer sur les autres, dans la vie ? Il y avait si longtemps qu'elle cherchait quelqu'un à qui confier ses angoisses les plus intimes... Quelqu'un de fort sur qui s'appuyer... Peut-être Andrew était-il la personne qu'elle attendait pour se libérer de ce poids ? Et puis, quoi de mieux qu'un étranger pour ouvrir son cœur ? Quelqu'un qui ne ferait que passer dans sa vie ?

Alors qu'elle secouait la tête comme pour la vider de toutes ses pensées, le mouvement de ses cheveux lui rappela qu'elle n'avait plus ni *kaap* ni natte et que sa chevelure pendait, libre et indécente, dans son dos. Une femme amish ne dénouait ses cheveux — jamais coupés — que pour son mari dans la chambre à coucher. Andrew l'ignorait et il boitilla jusqu'à elle, ses yeux ne manquant rien du spectacle défendu qu'il semblait pleinement apprécier.

— Oui, dit-il alors qu'ils se mettaient en marche, je suppose que je vais devoir m'entretenir avec le shérif.

Cette fois-ci, il ne passa pas le bras autour de ses épaules, se contentant de glisser la main sous son coude.

— Mais je ne pense pas que Gerald Branin lui ait déjà dit que je me cachais ici sous une fausse identité, poursuivit-il. Quant à me faire interviewer par une journaliste, c'est le genre de choses qu'il faut que j'évite à tout prix.

— Je peux peut-être t'aider. Au moins avec Mme Drayton du *Home Valley News*.

— Tu m'aides déjà beaucoup avec ta présence pleine de

sollicitude, Ella. Le simple fait que tu ne sois pas indifférente à ce qui m'est arrivé est très réconfortant pour moi.

Il tourna vers elle son visage ciselé par les rayons de lune. A cette distance, elle pouvait voir ses cils longs et épais, les petites rides d'expression au coin de ses yeux bleus et le sillon inquiet qui barrait son front. Soudain gênée d'être ainsi observée, elle tira ses cheveux en arrière avant de les réunir en queue-de-cheval. Quand leurs regards se croisèrent l'instant d'après, elle trébucha et manqua de tomber. Cette fois, ce fut Andrew qui permit à Ella de retrouver son équilibre.

Quelque chose de fort passa dans ce regard, comme un accord tacite. Tous deux avaient des secrets. Tous deux avaient un nouvel ami.

Alex n'avait pas l'habitude d'être choyé ainsi. Il devait toutefois admettre qu'il y avait quelque chose de très réconfortant à ce qu'Ella et la femme qu'elle appelait *Grossmamm* Ruth soient aux petits soins pour lui. Cela lui rappelait la tendresse de sa propre grand-mère — tendresse dont la maladie d'Alzheimer le privait désormais.

Son père l'avait contraint de grandir trop vite, ce qui, en définitive, lui avait été bénéfique lorsqu'il avait perdu ses parents dans un accident de bateau à l'âge de treize ans. Après quoi, il avait vécu à New York sous l'autorité d'un tuteur jusqu'à ses dix-huit ans, sa grand-mère l'accueillant à Nassau durant les vacances scolaires. Un bel endroit, mais un peu trop calme pour un jeune homme élevé à Manhattan. Sa grand-mère habitait aujourd'hui encore sa maison de Nassau où une aide-soignante s'occupait d'elle à temps plein. Les dernières fois où il lui avait rendu visite, la vieille dame ne l'avait pas reconnu.

Son premier réflexe, après que les agents du FBI l'eurent convaincu qu'il avait un contrat sur la tête, avait été de faire ses valises pour aller se cacher chez elle. Mais les fédéraux l'avaient également convaincu qu'il risquait de la mettre en danger. Gerald Branin lui avait dit avoir personnellement travaillé sur des affaires où le tueur à gages s'en prenait à la famille proche du témoin, pour le faire sortir du bois ou le contraindre de modifier son témoignage.

— Aïe ! s'écria-t-il lorsque *Grossmamm* Ruth, qui massait son pied blessé, appuya sur un endroit douloureux.

— Parfait ! rétorqua la vieille dame. Maintenant, je sais exactement où est située cette foulure. On va plaquer le sac de glace juste là, et tu vas continuer à boire cette tisane de pissenlits. Ça va faire désenfler ton bobo.

Alex ne put retenir un sourire en l'entendant qualifier son entorse de « bobo ». De toute évidence, cette adorable vieille dame avait dû soigner des blessures bien plus graves au cours de sa longue vie.

— Ella, verse-lui donc encore de la tisane, dit-elle. Et sois gentille de lui donner de ce bon miel en rayons que ton *Daad* a récolté. Ça facilitera la guérison, ajouta-t-elle en se tournant vers Alex.

Elle se montrait assez directive avec Ella, mais cette attitude ne semblait pas déranger la jeune femme. Nombre d'enfants avec qui Alex avait grandi ne comprenaient pas que les règles parentales — et les punitions qui allaient avec — signifiaient que leur père et leur mère les aimaient, et qu'ils prenaient leur éducation et leur sécurité à cœur. Lui-même avait passé depuis longtemps l'âge d'être grondé, mais il n'en espérait pas moins être en sécurité parmi ces gens si hospitaliers.

Même s'il mourait d'envie de boire un expresso bien serré, il vida en quelques gorgées la tasse fumante qu'Ella venait de nouveau de remplir. Tant pis si ce breuvage avait un goût vraiment bizarre… Le principal était l'agréable chaleur qu'il diffusait dans son corps. La présence d'Ella le réchauffait bien plus encore, ce qui posait un problème.

— Et fais-moi le plaisir de jeter cette branche d'arbre dont tu t'es servi comme béquille, reprit *Grossmamm* Ruth. J'en ai ici une vraie que je vais te prêter. Mais même avec ça, pas question d'aller aux champs avec Eben et les garçons. Il te faudra attendre deux ou trois jours avant de reprendre une activité physique. Je me suis méchamment tordu la cheville l'hiver dernier en Floride, sur la plage du Lido. Ça m'a rendue furieuse. Je n'ai pas pu marcher dans le sable ou profiter des vagues pendant plusieurs jours.

— En Floride ? demanda Alex en ouvrant de grands yeux.

— *Ya, ya*, en Floride. Mon mari et moi, on possède une jolie petite maison à Pinecraft, juste à côté de Sarasota.

Elle le considéra avec une expression qui aurait été sévère si une lueur malicieuse n'avait éclairé son regard.

— Quoi ? Tu penses que les Amish ne voyagent jamais ? Qu'ils n'aiment pas profiter du soleil qui brille toute l'année dans le Sud ?

— J'avoue n'avoir jamais entendu parler d'Amish en villégiature, répondit Alex en réprimant un sourire.

— *Ach*, que veux-tu… mes vieux os n'aiment pas les rigueurs de l'hiver. Dieu sait pourtant qu'il y a toujours du travail, ici.

— C'est pour ça que je tiens à me rendre utile, dit Alex.

Il peinait à chasser de son esprit l'image d'une Amish comme *Grossmamm* Ruth, habillée de pied en cap, avec des couleurs sombres, au milieu des Bikini et des slips de bain moulants.

— Je ne veux surtout pas être un poids pour vous, ajouta-t-il.

— Va donc butiner la lavande de ma petite-fille. Son champ est juste là.

La façon dont elle avait formulé cet ordre fit rougir Ella au moment où elle croisa le regard d'Andrew. Sa peau blanche s'était colorée du cou jusqu'aux joues.

— *Grossmamm* te propose de m'aider à désherber mes plants de lavande, s'empressa-t-elle de préciser.

— J'avais compris, répondit Alex d'un ton neutre, pour ne pas ajouter à l'embarras de la jeune femme. Si je peux faire ça en trouvant une position où le corps ne pèse pas sur ma cheville, je serais ravi de te donner un coup de main.

— Ma sœur Barbara travaille d'ordinaire avec moi, mais elle aide une autre famille, en ce moment. Je crois qu'elle reviendra travailler à la ferme après le mariage de Seth. Tu vois, tu n'auras pas à m'aider bien longtemps…

Le père d'Ella entra dans la maison par la porte de derrière.

— J'ai coupé à travers champs pour aller raconter à l'évêque ce qui s'est passé, dit-il en retirant ses chaussures crottées, avant de pénétrer en chaussettes dans la cuisine immaculée. Le shérif s'y trouvait, et il m'a dit qu'il viendrait ensuite chez nous pour poser quelques questions à Ella et Andrew. L'évêque pense qu'on devrait lui dire la vérité à ton sujet, mon garçon. Il pourrait nous aider à maintenir la journaliste du *Home Valley News* ou tout autre curieux à distance.

— Si vous n'y… Si *tu* n'y vois pas d'inconvénient, Eben, j'aimerais autant que ce soit Gerald Branin qui le mette au courant, répondit Alex. Question de procédure, tu comprends.

Eben haussa les épaules.

— Dans ce cas, tu restes le cousin Andrew Lantz jusqu'à ce que M. Branin lui explique ta situation. Mais sache que le shérif Freeman est un honnête homme, qui s'est toujours bien comporté avec nous.

Des coups se firent entendre sur la porte de derrière, suivis d'un puissant :

— Shérif Freeman ! Je peux entrer ?

« Quand on parle du loup… », songea Alex, en se demandant si le shérif pouvait avoir entendu tout ou partie de leur conversation. Bizarre comme ce type semblait apparaître partout où il se trouvait… Non, M. Freeman ne faisait que son boulot en venant ici, songea-t-il. C'était lui qui devenait bizarre à force de se méfier de tout et de tout le monde. Certes, cet homme était armé, mais c'était un représentant de la loi, pas un tueur à gages.

Depuis qu'il avait failli se faire tuer à Atlanta, Alex ne cessait de penser au coup de fil passé par son garde du corps, la veille de la tentative d'assassinat. Se pouvait-il que Jake l'ait vendu à ceux qui cherchaient à l'éliminer ? Branin lui-même ne comprenait pas comment le tueur était parvenu à le retrouver dans ce motel paumé situé à plus de mille kilomètres de chez lui. Jake semblait dormir lorsque Alex était sorti en douce pour faire un jogging, mais son ronflement ne ressemblait pas à ceux qui dérangeaient Alex la nuit. De là à penser qu'il avait fait semblant de dormir, semblant de ronfler, pour l'inciter à sortir et à servir de cible au tueur… Et, bien entendu, Jake avait volé à son secours après les premiers tirs pour ne pas éveiller les soupçons. Un homme profondément endormi pouvait-il se réveiller et se précipiter dehors aussi vite ?

Et cette voiture de sport rouge ? Quelqu'un avait-il attendu derrière son volant qu'il sorte seul pour lui foncer dessus ? Le conducteur avait-il perdu le contrôle de son véhicule après avoir raté sa cible ? Alex se rendait bien compte qu'il était devenu parano, mais ça n'avait pas toujours été le cas. Il ne voyait pas des tueurs partout, avant qu'on le canarde à Atlanta. Ce pick-up noir, dont le moteur ronronnait sur le parking du motel, lui avait paru bien inoffensif jusqu'à ce que les balles se mettent à siffler à ses oreilles. Même le reflet du soleil dans ce qu'il savait maintenant être la lunette d'un fusil ne l'avait pas alerté.

C'était une sensation atroce de voir le mal partout, mais c'était pour lui la seule façon de rester en vie. En qui pouvait-il encore avoir confiance ? En de rares, de très rares personnes issues du monde d'où il venait.

En revanche, il se sentait en confiance avec ceux qui l'avaient accueilli dans ce monde étrange et comme hors du temps qu'était le pays amish.

Après s'être brièvement entretenu en tête à tête avec Andrew, le shérif demanda à Ella de le rejoindre dans le salon. Même si elle comprenait que M. Freeman préfère les interroger chacun leur tour, elle regrettait de n'avoir pu rester avec son supposé cousin. Elle aurait aimé l'aider à être plus crédible en Amish, à rattraper les gaffes qu'il pouvait commettre dans ce rôle tout neuf pour lui.

— Désolé de t'avoir fait attendre, Ella, dit Jack Freeman

lorsqu'elle s'assit face à lui, mais c'est la procédure d'entendre les témoins séparément.

— Andrew et moi n'avons pas vraiment été les témoins de l'accident, répondit-elle. On est arrivés seulement quelques minutes avant Ray-Lynn, alors que la voiture s'était déjà écrasée contre l'arbre.

— Oui, un peu avant Ray-Lynn et un peu après les faits. Je compte lui poser quelques questions, à elle aussi.

— J'espère que la vue de cette voiture accidentée n'a pas fait resurgir de mauvais souvenirs pour elle. Je sais qu'elle est encore fragile.

— Oui, je me suis interrogé là-dessus, moi aussi, mais elle n'a pas semblé trop déstabilisée. A ce propos, je ne vous remercierai jamais assez, toi et Hannah, d'être allées chercher de l'aide quand elle a eu son accident. Et même si tu as raison de dire qu'elle est encore fragile, j'ai l'impression qu'elle retrouve peu à peu son caractère d'avant. Mais revenons à nos moutons, Ella. N'est-ce pas un peu surprenant que ton cousin Andrew soit sorti faire un jogging à la nuit tombée ? Je croyais que les Amish se dépensaient suffisamment aux champs, et qu'ils n'éprouvaient ni l'envie ni le besoin de faire du sport après leur journée de travail.

— Il vient tout juste d'arriver et il n'a pas encore commencé à travailler. Et maintenant, avec l'entorse qu'il s'est faite en sautant dans le fossé pour éviter cette voiture, il va devoir attendre quelques jours avant de pouvoir aider *Daad* et les garçons.

— Oui, heureusement qu'il n'a pas été percuté. Au fait, le conducteur a repris connaisance durant le trajet vers l'hôpital. Il souffre de quelques fractures, et il va falloir vérifier que la colonne vertébrale n'a pas été touchée lorsqu'il a été éjecté de son véhicule. Cela dit, il semblerait qu'il s'en sorte plutôt bien. Il aurait aussi pu brûler dans sa voiture, tu sais.

— Je crois qu'on l'en aurait sorti juste à temps, parce qu'on a vérifié qu'elle était vide juste avant qu'elle n'explose.

— Oui, oui, c'est ce que m'a dit ton cousin… Nous avons contacté la famille de la victime, et j'ai été surpris d'apprendre qu'il habitait dans le coin, bien que je ne l'aie jamais vu. Il vivait dans l'Etat de New York avant de déménager récemment dans notre verte vallée. A propos de vert, Ella, tu vois quelque chose qui pourrait rendre ton cousin nerveux ? Andrew est devenu un peu pâle quand je lui ai dit que la victime venait tout juste d'emménager par ici.

Elle secoua la tête avec une moue d'ignorance. Il lui était très pénible de mentir, même pour une bonne cause, mais c'était la volonté de *Daad* et de l'évêque.

— Il vient de Pennsylvanie, c'est bien ça ? insista le shérif.

— Oui, d'Intercourse. Il y a beaucoup d'Amish là-bas. Beaucoup de Lantz.

Répondant aux questions de Jack Freeman, Ella lui raconta comment Andrew et elle s'étaient approchés de la voiture en flammes, puis l'explosion et la découverte du blessé dans le fossé qui longeait la route.

— Il n'aurait pas dû le retourner comme ça, dit le shérif sans cesser de prendre des notes, mais je comprends qu'il ait voulu savoir si ce pauvre type était encore en vie.

Ella s'aperçut qu'elle agrippait ses cuisses des deux mains et s'efforça de détendre les doigts. Avec sa tête penchée sur son calepin, peut-être Jack Freeman n'avait-il pas remarqué à quel point elle était nerveuse… Mais elle n'y croyait pas trop. Tout le monde, ici, savait que peu de choses échappaient au shérif.

— Les Amish de Pennsylvanie ne parlent pas comme ceux de l'Ohio, n'est-ce pas ? demanda-t-il en la regardant brusquement dans le blanc des yeux. Andrew n'a pas du tout le même accent que vous.

— C'est vrai qu'il y a des différences, dit-elle précipitamment, en s'efforçant de répondre sans mentir.

Le shérif en voudrait-il à sa famille, quand il apprendrait qu'ils lui avaient caché la vérité sur Andrew ? C'était une situation très inconfortable, en particulier pour les Amish qui réprouvaient le mensonge. Il ne fallait pas que M. Branin tarde à le mettre au courant. Pourquoi ne l'avait-il pas déjà fait ?

— Chaque communauté amish a ses spécificités, poursuivit-elle. Vous êtes bien placé pour savoir que nous ne vivons pas aussi repliés sur nous-mêmes que les *Anglais* le croient souvent. C'est d'ailleurs ce qui attire des gens de toutes sortes chez nous, comme l'homme qui a été blessé dans cet accident de voiture.

Le shérif se rendait-il compte qu'elle éludait sa question ?

— Il s'appelle Samuel Lee, dit Jack Freeman. A en croire la rumeur, il serait là pour ouvrir un Spa et un hôtel de luxe pour les citadins en mal de nature. Qu'est-ce qu'ils ne vont pas inventer, hein ? D'après mes renseignements, ça se situerait du côté de Sweetgum Lane, quelque part entre la laiterie des Yoder et le moulin des Troyer. Bon, il faut que j'y aille, à présent. Merci pour toutes ces précisions, Ella.

Mal à l'aise de ne pas lui avoir dit toute la vérité, elle se leva et quitta le salon avec lui. Andrew était assis dans la cuisine, le pied posé sur une chaise, en train de boire une tisane sous l'œil attentif de *Grossmamm*. Anna Lantz, qui était descendue pendant qu'Ella parlait avec le shérif, distribuait des parts de fraisier à la ronde. Jack Freeman salua tout le monde — Andrew eut droit à un regard appuyé —, et Ella le raccompagna à la porte avant que *Mamm* ait le temps de lui proposer une part de gâteau.

— Shérif Freeman ! lança Ella alors qu'il s'éloignait vers sa voiture de patrouille. Attendez une minute. Puisque vous allez poser des questions à Ray-Lynn, j'aimerais que vous lui donniez un peu de lavande de ma part. Je sais qu'elle a parfois du mal à dormir, et ce qui s'est passé ce soir ne va sûrement pas arranger les choses. Vous savez peut-être qu'une des grandes qualités de la lavande est de détendre et d'aider à trouver le sommeil ? Alors, si vous voulez bien attendre un peu, ça ne va pas prendre longtemps.

Sa faucille se trouvant dans son nouvel atelier, elle attrapa le sécateur de *Mamm* et s'élança vers la partie la plus proche du champ de lavande officinale. Dans la cuisine, elle avait entendu *Daad* dire que le mieux serait qu'Andrew l'aide à désherber la lavande le temps que sa cheville soit moins douloureuse. Cette perspective, ainsi que l'odeur familière et entêtante de ses plantes qui grimpaient le long de la colline, lui donna le sentiment d'être sur un petit nuage. Malgré l'accident de voiture et sa visite à cet horrible étang, les ombres s'étaient dissipées dans son cœur. Oui, la présence d'Andrew au bord de l'eau noire avait agi comme un rempart contre ses peurs les plus intimes.

Elle coupa une belle brassée de lavande et alla la donner au shérif.

— Il faudrait que j'en mette partout dans mon bureau et même dans la cellule, dit-il en couchant la lavande sur le siège passager de sa voiture. J'ai bien besoin de me détendre, avec tous les problèmes qui touchent notre comté, ces derniers temps. Et ça ne ferait pas de mal aux prisonniers non plus. Allez, bonsoir, Ella. Et merci pour tout.

Le jardin, le chemin puis la route replongèrent dans l'obscurité au fur et à mesure que s'éloignaient les phares de la Ford. Seuls la maison faiblement éclairée par des lampes à pétrole et le croissant de lune qui flottait haut dans le ciel trouaient la nuit de leur lumière blême. Elle fit volte-face pour regarder son champ de lavande qui déroulait ses sillons noirs sous une multitude d'étoiles. C'était l'endroit idéal pour cultiver la lavande, avec cette grande colline au sommet boisé qui protégeait les fleurs des vents d'hiver. *Daad* avait installé ses ruches tout là-haut afin que les abeilles puissent butiner sa lavande ainsi que les jardins alentour.

C'est alors qu'elle vit, au sommet de la colline, une sorte d'œil pâle illuminé de l'intérieur.

Elle se dirigea vers la maison, regardant par-dessus son épaule l'endroit où il lui avait semblé voir ce rond de lumière. Son imagination lui avait-elle joué un tour ? Elle ne distinguait plus rien, à présent. Etait-ce le flash d'un appareil photo, comme lorsque les *Anglais* essayaient de prendre des images *verboten* des membres de son Eglise ? Se pouvait-il que Mme Drayton se soit postée au sommet de la colline pour compléter son reportage sur l'accident de ce soir ? Non, la nouvelle propriétaire du *Home Valley News* n'était pas du genre à voler des images. Du moins n'avait-elle pas cette réputation. Alors quoi ? Un chasseur muni d'un fusil ou de jumelles à vision nocturne ?

De toute façon, imagination ou pas, elle ne voyait plus rien là-haut. Elle se hâta de rentrer dans la maison principale, prenant soin de fermer la porte derrière elle. Après une courte hésitation, elle décida de garder ça pour elle. A quoi bon inquiéter tout le monde, alors qu'il ne s'agissait sans doute que d'un reflet sur l'une des casseroles en fer-blanc qu'elle avait accrochées à des branches pour faire fuir les oiseaux ? Et si c'était simplement un amas de vers luisants un peu en avance sur la saison ?

— J'ai coupé de la lavande pour Ray-Lynn, dit-elle en s'adressant à tout le monde d'une voix essoufflée. Le shérif va la lui apporter.

Toutes les têtes se tournèrent vers elle, y compris celle d'Andrew, tandis que *Daad* prenait la parole :

— Tu veux bien qu'Andrew t'aide à désherber ta lavande pendant deux ou trois jours, *ya* ? On le fera travailler aux champs bien assez tôt comme ça.

— Oh ! *ya, danki Daad.* Merci aussi à toi, Andrew.

Avec une moue satisfaite, *Grossmamm* Ruth tapota le sac de glace qu'elle avait placé sur la cheville de son patient.

— Prends bien soin de cette cheville, Ella. Gare à toi s'il se la tord encore parce que tu lui auras demandé de faire des acrobaties.

Ella se mordit la lèvre pour ne rien répondre. Elle hésitait entre le rire et l'agacement devant le ton autoritaire de *Grossmamm.* A croire que sa grand-mère la prenait encore pour une petite fille. Elle se sentit dans un drôle d'état, tout à coup, à la fois épuisée et pleine de vie. Demain, songea-t-elle, il faudrait retirer ces casseroles pour éviter de se monter la tête à cause d'un simple reflet de lune ou de lampe à pétrole.

4

Il avait un peu plu au cours de la nuit. Ella avait entendu les gouttes sur la toiture, une douce pluie d'été au bruit rassurant qui ne l'avait pas empêchée de passer une mauvaise nuit. Peut-être parce que c'était la première dans sa nouvelle maison. Et puis il y avait eu les images de cet accident de voiture qui s'étaient mises à tourner dans sa tête... La terrible explosion, lorsqu'elle était pelotonnée dans les bras d'Andrew... Oui, il y avait eu aussi Andrew, ainsi que le rêve qu'elle avait fait lorsqu'elle s'était brièvement endormie — ce gros œil lumineux qui l'observait, tapi dans les ténèbres.

Elle secoua la tête pour revenir au présent.

— Je suppose que tu es capable de faire la différence entre les mauvaises herbes et la lavande, *ya* ? demanda-t-elle à Andrew.

Côte à côte au pied de la colline, ils observaient le champ de lavande après un copieux petit déjeuner pris avec le reste de la famille. *Daad* et les garçons étaient déjà partis aux champs, tandis que *Mamm* et *Grossmamm* Ruth étaient en route pour Homestead, où elles devaient retrouver Mme Esh, avec qui elles devaient faire quelques courses en vue du mariage.

Pour le moment, ils étaient seuls à la ferme.

— Bien sûr que je peux faire la différence, dit-il d'un ton un peu vexé.

Peut-être n'était-elle pas la seule à avoir mal dormi. Après tout, c'était également la première nuit d'Andrew dans un nouvel endroit, et lui aussi avait vécu une soirée mouvementée.

Sans parler de sa cheville qui devait être douloureuse. Elle ne put s'empêcher de l'imaginer dans son ancienne chambre, dans ce lit où elle avait dormi si souvent…

— Pour moi, poursuivit-il, le seul problème va être de trouver une position à peu près confortable.

— Si je ne désherbais pas, dit Ella, les mauvaises herbes finiraient par être plus grandes que la lavande. C'est en partie à cause du calcaire pilé et des coquilles d'huîtres broyées dont je me sers pour préparer le sol qu'elles montent aussi haut.

— Vraiment ? lança-t-il en tournant vers elle de grands yeux étonnés. Où est-ce que tu te procures des coquilles d'huîtres, par ici ?

— Au moulin qui fabrique de la nourriture pour les poules. Comme elles ont besoin de manger des petits granulats pour bien digérer, ils incorporent des coquilles d'huîtres finement broyées dans les aliments. Il faudra que j'aille faire un tour au moulin, tout à l'heure, pour en acheter quelques sacs. Si ça te dit de venir avec moi dans la carriole, tu es le bienvenu.

Elle fit une courte pause, les sourcils un peu froncés, comme si une pensée venait de lui traverser l'esprit.

— Cela dit, ça va paraître bizarre que l'homme soit assis sans rien faire pendant que la femme tient les rênes. Il faudrait qu'un des garçons te montre comment on fait.

— Ou tu pourrais m'apprendre pendant que tu conduis.

— Pendant que je *carriole*, corrigea-t-elle. On utilise ce verbe à la place de « conduire » ou de « rouler ». Par exemple, on dira : « Le cousin Andrew a *carriolé* jusqu'à la ville. » Si tu veux être crédible en Amish, il faut que tu parles comme nous. Pour le dialecte, ça va être plus compliqué, mais tu peux toujours ajouter quelques *Ach* et quelques *Ya* ici et là.

Il hocha la tête et contempla un moment les vagues mauves qui ondulaient sous la brise légère.

— Tu as vraiment de quoi faire, ici, dit-il.

— Oui, ça reste une activité artisanale, mais, maintenant que j'ai une maison à moi, je vais pouvoir lui donner un nouvel essor. J'ai l'intention de transformer le rez-de-chaussée en atelier-boutique, au lieu de passer mon temps dans ma carriole pour livrer des produits.

— Au lieu de passer ton temps à *carrioler* pour livrer des produits ici et là, tu veux dire ! lança-t-il avec un sourire.

Mais il retrouva aussitôt son sérieux.

— Franchement, Ella, je suis impressionné par ton business. Savais-tu que seuls deux tiers des petites entreprises survivent aux deux premières années d'exploitation ? Et moins de la moitié passent la barre des quatre ans. Le salut passe par la croissance, tu sais. Avec un bon packaging et une stratégie marketing adaptée — sans oublier le financement —, tes produits à base de lavande pourraient connaître un beau succès commercial. Idem pour le miel de ton père. Il faudrait d'abord créer un site internet, et…

— Ecoute, l'interrompit Ella avec un brin d'humeur. D'abord, nous n'avons ni téléphone ni internet, ici, et ensuite, nos affaires nous permettent de vivre, ce qui nous suffit amplement. Nous n'avons envie ni de nous enrichir ni de…

Elle s'interrompit brusquement, les mains sur les hanches, avant de reprendre d'une voix plus douce :

— Tu étais à la tête d'une petite entreprise dans ton ancienne vie ?

— Pas vraiment. Et si tu m'en disais plus sur la lavande ? demanda-t-il aussitôt, visiblement pressé de changer de sujet. Avec ce que tu mets dans la terre, j'imagine que les racines ne doivent pas tremper dans l'eau.

— C'est bien ça. Comme on dit : « La lavande aime avoir les pieds au sec. »

Quelque chose s'alluma dans les yeux d'Andrew, et elle lui sourit, songeant que l'adage avait dû lui plaire. Ils restèrent ainsi un peu trop longtemps, à se regarder en souriant de la bouche et des yeux, comme bercés par le bourdonnement des abeilles, enivrés par le parfum de la lavande.

Comme dans un rêve.

Andrew fut le premier à briser l'agréable torpeur.

— J'étais en train de penser à ce qui s'est passé hier soir, dit-il, quand tu n'as pas voulu t'approcher de l'étang.

On dirait qu'il n'y a pas que la lavande qui aime avoir les pieds au sec. Au fond, vous vous ressemblez beaucoup, toi et ta lavande ; belles, naturelles, et pas vraiment amies de l'eau. Avec des merveilles comme ça, pas étonnant que ce comté s'appelle le comté d'Eden.

L'espace d'un instant, elle eut le sentiment que son ventre était un champ de lavande visité par des papillons. Un compliment mondain. Devait-elle lui expliquer que les Amish n'accordaient de valeur qu'à la beauté intérieure ? Dans la maison des Lantz, il n'y avait qu'un seul miroir — tourné vers le mur — pour toute la famille. Et on ne l'utilisait presque jamais.

— Malheureusement, dit-elle, un serpent se cachait dans le jardin d'Eden. Et sache que je ne me vois pas du tout comme une merveille, mais comme une simple cultivatrice et artisane qui essaie de faire son travail le mieux possible. La lavande est beaucoup plus intéressante que moi, tu sais. Elle a toutes sortes de propriétés extraordinaires.

— Une chose est certaine, c'est que ça sent divinement bon. Et je suis certain que tu t'en occupes très bien.

Divinement bon…, songea-t-elle. On ne pouvait mieux dire. Ils se mirent à gravir la colline pour atteindre l'endroit où Ella avait arrêté de désherber, la veille. En prenant de la hauteur, on sentait un peu plus le vent, qui jetait l'une contre l'autre les deux casseroles en fer-blanc accrochées à des branches. C'était forcément l'une d'elles qui avait reflété la lumière qu'elle avait vue sur la colline, juste après le départ du shérif.

— La lavande ne se contente pas de sentir bon, dit-elle, brusquement inquiète que la conversation revienne sur elle.

Andrew ne cessait de lui jeter de petits coups d'œil à la dérobée. Elle poursuivit :

— On peut aussi s'en servir dans des recettes culinaires pour agrémenter toutes sortes de choses appétissantes comme les muffins, les confitures et les gelées, le chocolat, le pain, le thé ou encore le miel. Quand ma boutique sera prête à fonctionner, je compte embaucher des amies pour qu'elles m'aident à fabriquer ce type de produits.

Il plissait le front, à présent, dans ses pensées. Avait-elle dit quelque chose qu'il avait pris à rebrousse-poil ? Elle aurait aimé pouvoir lire en lui, mais, à bien des égards, Andrew restait pour elle un grand mystère.

— Tu ne vas pas me croire, dit-il, mais j'ai bu une boisson à la lavande il n'y a pas si longtemps.

— Bien sûr que je te crois. C'était quoi, de la citronnade ?

— Non. En fait, c'était un Martini.

— Oh ! de l'alcool… Nous n'en buvons jamais, ici, et je ne pourrais pas fabriquer quelque chose qui en contient. Tu as beaucoup de choses à apprendre sur nos règles et notre mode de vie.

— Je ne demande que ça, Ella. Dis-moi, je ne risque pas de me faire piquer, avec toutes ces abeilles ?

— Pas si tu les laisses vivre leur vie.

— Compris, chef. Alors, je me mets au travail.

Elle le regarda poser la béquille que lui avait prêtée *Grossmamm* Ruth et s'agenouiller avec précaution, avant de commencer à arracher les mauvaises herbes. Même si elle s'efforçait d'accepter les choses telles qu'elles étaient, Ella brûlait d'envie d'en savoir davantage sur Andrew. Pourquoi devait-il se cacher ? Des êtres chers attendaient-ils son retour ? Une femme ? Des enfants, peut-être ? Comme il lui en coûterait à elle de devoir agir ainsi ! songea-t-elle avec un frisson glacé. Comment pourrait-elle supporter de devoir quitter la vie qu'elle menait ici ?

Ray-Lynn trouvait le gros bouquet de lavande si réconfortant qu'elle l'avait emporté au restaurant. Il trônait désormais devant la porte d'entrée, sur la table qui présentait les produits artisanaux d'Ella. C'était la première chose que les clients voyaient avant d'entrer, juste sous le panneau « Venez goûter à l'hospitalité sudiste et à la cuisine amish ! », qui rappelait ses origines à ceux que son accent traînant n'aurait pas renseignés.

Comme toujours quand il venait ici, Jack était assis à la table du fond, position stratégique d'où il pouvait voir toute la salle — ainsi que les entrées et sorties — depuis sa banquette. Ray-Lynn savait que cela lui permettait aussi de garder un œil sur elle. Tout comme Hannah, le shérif lui avait expliqué qu'ils avaient entretenu une relation sérieuse, avant son accident et son coma. Mais que voulait dire au juste une *relation sérieuse* ? Jusque-là, sa pudeur lui avait toujours interdit de demander des précisions à Jack, et elle ne pouvait s'empêcher de s'interroger sur ce qu'il connaissait de son intimité, y compris sur le plan physique.

Mais aujourd'hui, elle se sentait le courage de poser toutes ces questions embarrassantes qui trottaient jour après jour dans sa tête. Leur partenariat ne faisait aucun doute en ce qui concernait la propriété du restaurant — c'était écrit noir sur blanc, sur un document en sa possession —, mais avaient-ils aussi été « partenaires » au lit ? Si les liens commerciaux étaient dûment consignés par l'administration, les liens affectifs n'existaient parfois que dans le souvenir. Or la plupart des souvenirs de Ray-Lynn étaient restés coincés dans l'amas de ferraille de son véhicule accidenté. Bien entendu, Jack avait fait preuve de tact, et il ne l'avait jamais pressée de reprendre leur relation là où ils l'avaient laissée. Mais *où* l'avaient-ils laissée ? Toute la question était là.

Aujourd'hui, Jack avait non seulement les yeux rouges, après une nuit écourtée par l'accident de voiture de la veille, mais Ray-Lynn voyait bien que les propos de l'homme qui l'avait rejoint à sa table lui causaient des soucis. Face au shérif, grand et imposant dans son uniforme, même lorsqu'il était assis, l'inconnu semblait petit et presque fragile. C'était pourtant un homme large d'épaules, avec des cheveux roux piqués de gris, du moins là où il en avait encore. Ray-Lynn lui donna dans les cinquante-cinq ans. Tandis qu'elle le regardait s'adresser à Jack avec de grands gestes, elle ne put s'empêcher de l'imaginer en blouse blanche, dans un laboratoire plein de mystérieuses éprouvettes.

Même s'ils paraissaient en désaccord, ni l'un ni l'autre n'élevait la voix. Au contraire, ils parlaient de plus en plus bas, se penchant l'un vers l'autre au-dessus de leurs assiettes vides comme s'ils songeaient à s'empoigner. Lorsqu'elle était venue remplir leurs tasses avec du café bien chaud, Ray-Lynn avait seulement entendu que l'homme s'appelait M. Branin.

Elle décida d'apporter elle-même l'addition. Jack avait beau posséder la moitié du restaurant, il insistait pour régler tout ce qu'il y consommait. Puisque l'odeur de la lavande avait des vertus apaisantes, songea Ray-Lynn en observant les deux hommes énervés, elle serait peut-être bien inspirée d'aller chercher le bouquet d'Ella et de le poser sur leur table.

— … continue à penser que j'aurais dû être prévenu, au lieu d'être mis devant le fait accompli, entendit-elle Jack maugréer.

— On était dans l'urgence, répondit Branin. Il fallait absolument qu'on le place et, grâce à notre intermédiaire, les Amish ont rapidement donné leur accord. Ensuite, tout s'est passé très vite.

Ils cessèrent de parler et tournèrent la tête vers elle.

— Vous avez besoin d'autre chose, messieurs ? demanda-t-elle en posant l'addition sur la table.

— Non, on a tout ce qu'il nous faut, répondit Jack. Merci, Ray-Lynn.

Après avoir échangé un regard complice avec le shérif, elle alla discuter avec les clients de la table voisine, l'oreille tendue vers celle de Jack et de son mystérieux interlocuteur.

— Désolé d'être venu vous embêter pendant votre petit déjeuner, disait Branin sur un ton conciliant. Je me suis présenté au poste de police et votre suppléant m'a dit où vous trouver. J'en profite pour vous remercier de m'avoir invité à votre table.

— Pas de quoi. Alors, vous comptez rester dans le coin quelques jours ? D.C. ne vous réclame pas ?

Ce fut la dernière chose qu'elle entendit avant que n'entrent de nouveaux clients qu'elle dut aller accueillir.

D.C. ? Washington D.C. ? Après Lincoln Armstrong, l'agent du FBI de Cleveland, leur paisible bourgade recevait maintenant la visite d'un type qui arrivait tout droit de Washington D.C... Que venait-il donc faire ici ? Au moins, se dit-elle, son accident et son coma n'avaient pas altéré sa curiosité, même si on prétendait qu'il s'agissait d'un vilain défaut.

Quand Ella vit que la plupart des fleurs de sa lavande Hidcote étaient ouvertes d'un tiers — ce qui était idéal pour la mise en sachets —, elle décida d'arrêter un moment de désherber pour aller chercher sa faucille. Le soleil et la brise matinale avaient suffisamment séché le feuillage et les fleurs pour qu'elle puisse procéder à la coupe.

— Tu peux faire une pause, tu sais, dit-elle à Andrew alors qu'elle passait à sa hauteur en descendant la colline. Je reviens tout de suite.

Il se releva lentement, déployant sa longue silhouette avant d'étirer les bras haut vers le ciel.

— Oh ! regarde, Andrew... Une voiture vient de s'engager dans le chemin.

Elle le vit se raidir aussitôt.

— Hormis le fait qu'elle est blanche, on dirait la même que celle qui s'est écrasée contre un arbre, hier soir, remarqua-t-il d'une voix tendue. Tu sais qui c'est ?

— Non, mais il arrive que des gens voient mon panneau en bas de la route et viennent jeter un œil aux produits que je vends. Tu n'as qu'à rester ici, si tu préfères.

Personne n'étant à la ferme pour accueillir le visiteur, elle descendit la colline d'un pas rapide et se dirigea droit vers la voiture. En fait de visiteur, c'était une visiteuse. Une inconnue vêtue d'un élégant tailleur en lin bleu clair, d'un chemisier de soie blanche et de bijoux en or qui brillaient au soleil. Elle avait une coupe au carré avec une frange droite, et l'ébène de ses cheveux mi-longs, aussi lisses que brillants, avait un côté exotique en ces lieux où les chevelures claires étaient la norme. Tout comme le jeune homme victime de l'accident de voiture, elle avait les traits asiatiques.

— Bonjour, dit la femme avec un petit hochement de tête. Je suis bien à la ferme des Lantz ? C'est le shérif Freeman qui m'a donné les indications pour vous trouver. Je m'appelle Connie Lee et je suis la mère de Sam, le garçon que vous avez secouru, hier soir.

— Oh, *ya* ! Comment va-t-il ?

— Il a des blessures au dos et les deux jambes cassées, mais, Dieu merci, les médecins pensent qu'il ne sera pas paralysé. Son père se trouve avec lui et il va être transféré par hélicoptère sanitaire à l'hôpital de Cleveland. Son pronostic à long terme est bon. On m'a dit que vous et votre cousin aviez été les premiers à arriver sur les lieux de l'accident, et que vous aviez risqué votre vie pour vous assurer que mon fils ne se trouvait pas dans sa voiture en flammes. Je ne vous remercierai jamais assez pour ce que vous avez fait.

Elle se mit à fouiller dans son sac à main dont elle sortit une enveloppe blanche.

— Tenez, dit-elle en la tendant à Ella. En signe de gratitude.

Les yeux d'Ella s'agrandirent sous l'effet de la surprise, non parce que femme lui offrait manifestement de l'argent, mais parce qu'elle venait d'apercevoir la crosse gris clair d'un petit pistolet dans le sac entrouvert. Elle s'efforça de garder son calme. Les femmes amish ne touchaient pas aux armes à feu, mais, de toute évidence, il en allait autrement pour les femmes mondaines.

— Je ne vais pas pouvoir accepter cette enveloppe, répondit-elle, à moins qu'elle ne contienne seulement un mot de remerciement. Pour nous, le plaisir d'avoir rendu service est une récompense amplement suffisante.

Cette réponse sembla prendre Mme Lee au dépourvu.

— Oh… Alors, considérez cet argent comme un don pour votre Eglise.

— Merci beaucoup, madame, mais nous n'acceptons

pas de dons. En revanche, vous pouvez verser cette somme à notre fonds de soutien aux victimes d'Haïti. Elle sera dépensée utilement.

Mme Lee rétracta le bras, et l'enveloppe regagna les entrailles du sac.

— Haïti ? C'est vrai que c'est un désastre, là-bas... C'est tellement gentil à vous d'aider ces pauvres gens. Bon, j'ai mille choses à faire aujourd'hui, mais avant de partir, je voudrais vous dire quelque chose qui n'a rien à voir avec l'accident de Sam. Mon mari — Chang — et moi sommes de New York, et nous avons le projet d'ouvrir un hôtel Spa ici, à Home Valley. Il s'agira d'un établissement luxueux pour citadins stressés qui viendront se ressourcer durant quelques jours, s'extraire de leur vie trépidante, perdre du poids et trouver un peu de quiétude.

Mme Lee s'interrompit un instant, les sourcils un peu froncés et l'ébauche d'un sourire aux lèvres.

— Etes-vous Ella Lantz, la jeune femme dont m'a parlé le shérif, et qui vend des produits artisanaux à base de lavande ?

— Oui, c'est bien moi. J'aurai bientôt un atelier-boutique pour recevoir les clients et je compte élargir la gamme des produits que je propose.

— Vraiment ? Ça tombe bien, parce que nous avons l'intention de décorer le Spa dans un style campagne chic avec une touche amish, vous voyez ? Nous avions pensé appeler la ligne de produits exclusifs que nous comptons utiliser ici Skinny Spa Line, mais je crois que nous allons finalement opter pour Sweetgum Spa Line, puisque notre établissement sera situé dans Sweetgum Lane. Cela dit, je continue à penser que le mot skinny est très vendeur. D'ailleurs, tout ce qui évoque la minceur est vendeur, dans le secteur du bien-être. N'hésitez pas à vous servir de ce terme pour rebaptiser votre propre ligne de produits. En tout cas, Chang et moi aimerions faire nos emplettes chez vous pour le Spa. Nous songeons à vous acheter des lotions, des savons, des huiles essentielles, des bougies parfumées, des bougies pour le corps...

— Des bougies pour le corps ?

— Vous ne connaissez pas ? Ce sont des bougies qu'on fait d'abord brûler pour leur parfum avant d'utiliser la cire chaude pour des massages. Les gens adorent ça. Enfin, on aura l'occasion d'en reparler, parce que je compte bien vous rendre d'autres visites pour mettre au point les détails de notre future collaboration. Pour en revenir à mon fils, il y a de grandes chances qu'il dirige le Sweetgum Spa. Et soyez certaine que vous et votre famille pourrez profiter de soins de beauté gratuits tout au long de l'année.

— C'est très gentil à vous, répondit Ella.

C'était en effet gentil de sa part, mais sa proposition trahissait sa totale méconnaissance du mode de vie amish. Comment pouvait-elle imaginer un Amish en train de se faire masser avec de la cire chaude ? Et que dire de son projet de déstresser des citadins dans un décor « campagne chic avec une touche amish » ? Tout cela ne disait rien de bon à Ella.

— Où est passé l'homme qui était avec vous ? demanda Mme Lee en plissant les yeux dans le soleil qui baignait la colline. On dirait bien qu'il a disparu. En tout cas, si c'est votre cousin, j'aimerais avoir l'occasion de le remercier en personne.

Connie Lee tourna les talons sur ces mots, comme si elle n'attendait pas de réponse à sa question.

— A bientôt, Ella ! lança-t-elle par-dessus son épaule tandis qu'elle regagnait son élégante voiture de sport, dont le moteur était resté allumé. Et merci encore !

Cette femme avait raison, songea Ella tandis que le coupé blanc s'éloignait sur le chemin. Andrew semblait bel et bien avoir disparu. N'en faisait-il pas trop, à se cacher ainsi dès qu'un inconnu se présentait à la ferme ? Il était désormais le cousin Andrew, et non plus l'homme recherché par des gens malintentionnés. Au moins, il serait heureux d'apprendre qu'un nouveau marché s'ouvrait à elle, lui qui s'intéressait à l'avenir de son petit commerce et qui clamait que le salut passait par la croissance.

Elle se dirigea vers sa maison en songeant qu'il n'était

sûrement pas monté au sommet de la colline avec sa cheville foulée. D'ailleurs, elle s'attendait à ce qu'il réapparaisse à tout instant, maintenant que Mme Lee était repartie. Elle se saisit de sa faucille, puis attrapa un grand panier en osier avant de traverser la cuisine en sens inverse, l'esprit toujours occupé par la visite qu'elle venait de recevoir. Cette Connie Lee avait dit que son mari s'appelait Chang. Drôle de prénom… Celui de son fils — le jeune homme blessé dans l'accident — était Sam. S'agissait-il du diminutif de Samuel, un bon prénom biblique ? Et dans le monde de Connie Lee, ce petit pistolet était-il ce que cette lame aiguisée était à Ella : un objet du quotidien qu'elle ne voyait même pas comme une arme ? Elle ignorait si cette dame avait des raisons d'avoir peur dans le monde moderne, mais, pour sa part, elle ne voyait pas la nécessité de se protéger. De qui aurait-elle pu avoir peur, dans le comté d'Eden ?

Ella sursauta, manquant même de se couper avec sa faucille, lorsqu'elle aperçut une silhouette furtive passer devant la fenêtre de la cuisine. Oh ! qu'elle était sotte ! C'était Andrew, bien sûr. Mais pourquoi s'était-il caché comme ça ?

Elle se hâta de sortir et faillit heurter son cousin adoptif qui venait de surgir à l'angle de la maison.

— Tu es resté caché derrière ce mur pendant tout le temps où elle était là ? lui demanda-t-elle. Tu as entendu ce qu'elle est venue me dire ? ajouta-t-elle lorsqu'il hocha la tête en réponse à sa première question.

— J'ai simplement vu qu'elle avait les traits asiatiques, comme le conducteur de la voiture accidentée.

Sa béquille était posée contre le mur de la maison.

— Qu'est-ce que tu as, avec les Chinois ? On dirait que…

— Peu importe, coupa-t-il avant de pointer le sol humide du doigt. Regarde plutôt ça, Ella. Juste sous la fenêtre de la cuisine. Quand je suis descendu de la colline pour me réfugier ici, j'ai remarqué ces empreintes de pas. Là, tu vois ? L'avant de la chaussure est dirigé vers la fenêtre, comme si la personne avait regardé à travers la vitre.

— *Ya*, répondit-elle, nullement émue par cette découverte.

Il a plu cette nuit et aussi la veille de ton arrivée. Seth a tenu à nettoyer les carreaux avant de quitter définitivement la maison. C'est sûrement lui qui a laissé ces traces.

— Il a nettoyé toutes les fenêtres ? Parce que j'ai presque fait le tour, et les empreintes sont partout.

Elle le suivit autour de la maison et dut bientôt reconnaître que ce n'était pas Seth qui avait laissé ces empreintes, ni même un autre Amish, car les chaussures qui avaient piétiné cet endroit possédaient un bout pointu et un talon bien distinct, un peu comme les bottes de cow-boy.

Elle donna son sentiment à Andrew qui secoua la tête, le front plissé et les lèvres pincées.

— A mon avis, ça date de cette nuit, dit-il. Allons voir s'il y en a aussi autour de la maison de tes parents.

Il y en avait bien, devant toutes les fenêtres du rez-de-chaussée. Un frisson traversa le corps d'Ella, contractant ses muscles. Se pouvait-il qu'il y ait un lien entre ces traces de pas et ce gros œil lumineux qu'elle avait cru voir sur la colline ?

— Et si c'étaient les bottes du shérif ? demanda Andrew d'une voix tendue.

Elle le dévisagea quelques secondes, se demandant une fois de plus ce que fuyait cet homme. Un autre frisson lui donna la chair de poule au moment où ses yeux revenaient se poser sur les empreintes. Ce devait être un citadin qui les avait laissées, de toute évidence. Une personne vivant à la campagne aurait su qu'elle allait abandonner sur place une sorte de carte de visite, en marchant sur une terre aussi meuble.

— Je… Je ne me souviens pas d'avoir jamais vu le shérif Freeman porter des bottes, dit-elle. Et puis pourquoi serait-il venu nous espionner ? Il n'est pas du tout du genre à faire une chose pareille…

— Je ne sais pas… Il a peut-être senti qu'il y avait un truc pas net avec moi. Mais pourquoi aurait-il regardé à travers les fenêtres des deux maisons ?

Il s'interrompit un instant et soupira lourdement.

— Tu connais quelqu'un qui porte des bottes pointues, dans le coin ? Cette femme qui est venue te voir n'en avait pas, je crois ? Parce que ça pourrait aussi être une femme, tu sais.

— Andrew, Mme Lee se trouvait à l'hôpital, hier soir, au chevet de son fils. Elle m'a dit qu'ils allaient le transférer à Cleveland pour s'assurer qu'il…

— Ecoute, Ella, je suis vraiment désolé de te mêler à mes problèmes. Et sois certaine que si je pensais que toi ou quelqu'un de ta famille couriez un danger par ma faute, je partirais sur-le-champ.

— Pour aller où ?

Leurs regards se croisèrent et ils restèrent un moment les yeux dans les yeux, comme cela se produisait bien trop souvent. Ella serra les doigts autour du manche de sa faucille, hésitant à lui parler de la lumière qu'elle avait aperçue la veille au soir sur la colline. Mais à quoi bon l'inquiéter alors qu'il ne s'agissait sans doute que d'un reflet bizarre sur une vieille casserole en fer-blanc ? Elle ne voulait pas qu'il se sente en danger ici, et qu'il se croie obligé de partir.

— On va parler de ces empreintes à *Daad* et on va rester sur nos gardes pour les jours à venir, dit-elle, soucieuse de le rassurer. Ma sœur Barbara a un soupirant — Gabe — qui habite une des fermes voisines. Quand elle reviendra, je lui demanderai si les empreintes peuvent être les siennes, mais ça m'étonnerait beaucoup. D'une part, il doit savoir que Barbara ne dort pas là en ce moment et, d'autre part, comme je te l'ai dit, les Amish ne portent pas ce genre de chaussures ou de bottes.

Ella posa la main sur le bras d'Andrew. Il était si tendu qu'elle eut l'impression de toucher un morceau de bois noueux.

— Ne te tracasse pas pour quelques empreintes de pas, dit-elle. Allons respirer un peu de lavande, d'accord ? Non seulement ça détend, mais c'est revigorant.

— Respirer de la lavande…, répéta-t-il en secouant la tête.

Il inspira profondément, levant haut ses épaules comme s'il faisait un exercice de relaxation.

— C'est sûr que j'ai besoin de me détendre, reconnut-il. Et pour ce qui est de se revigorer, j'ai l'impression que rien ne vaut un séjour en pays amish.

Il la dévisagea avec des yeux tendres, souriants. Comme il changeait vite d'humeur ! Voilà à présent qu'il la taquinait du regard. Cherchait-il à la charmer ? Si seulement elle comprenait mieux les mœurs mondaines…

— Raconte-moi ce que voulait cette femme, dit-il en s'appuyant sur la béquille qu'il venait de récupérer contre le mur. Il t'a semblé qu'elle avait un accent étranger ? ajouta-t-il tandis qu'ils prenaient le chemin de la colline.

— Toi, tu as un problème avec les Chinois.

Elle s'était promis de ne plus revenir là-dessus, mais la phrase lui avait échappé.

— Avec les Asiatiques, du moins, ajouta-t-elle d'une petite voix.

— As-tu déjà entendu parler de la politique du « Ne pas demander, ne pas révéler », Ella ?

— Non. Tu es en train de me dire que je ferais mieux de ne pas mettre mon nez dans ton passé ?

— Bien que tu aies un très joli nez — et une tête bien faite —, moins tu en sauras sur moi, mieux ça vaudra.

— As-tu déjà entendu parler d'un adage qui dit : « Les esprits curieux veulent tout savoir » ?

Un sourire se forma sur les lèvres d'Andrew.

— Ecoute, Ella, tu es incroyablement honnête et franche avec moi, et je ne peux pas te rendre la pareille. Du moins pas dans les circonstances actuelles. Peux-tu néanmoins me faire suffisamment confiance pour qu'on soit amis, tous les deux ?

Elle hocha gravement la tête. Elle ignorait quel danger menaçait cet homme mystérieux, mais elle avait conscience qu'il représentait lui-même un danger. Du moins pour la jeune femme prudente et réservée qu'elle était devenue.

5

Un sac en toile à la main, Ray-Lynn attendait que le shérif finisse sa conversation téléphonique. Jack n'aurait certainement vu aucun inconvénient à ce qu'elle entre dans son bureau, mais elle préférait rester debout dans la petite entrée du poste de police, avec son sac contenant deux sandwichs à la dinde, un pot de cornichons à l'aneth, une salade de chou et une bouteille de thé glacé à la framboise. C'était la deuxième fois aujourd'hui qu'elle espionnait une conversation de Jack. Il ne faudrait pas que cela devienne une habitude, songea-t-elle. Sauf que, contrairement à ce qui s'était passé le matin même au restaurant, elle pensait connaître son interlocuteur.

Quelques bribes de phrases entendues par la porte entrouverte avaient suffi à lui faire comprendre qu'il s'agissait de Lincoln Armstrong, l'agent du FBI qui avait récemment aidé Jack à résoudre une affaire de meurtre. Ray-Lynn entretenait une discussion décousue avec Doreen, la réceptionniste, tout en continuant à tendre l'oreille pour capter les propos du shérif. La jeune fille de vingt-deux ans ne s'était établie ici que depuis quelques mois, et Ray-Lynn trouvait réconfortant de papoter avec quelqu'un qui n'en savait pas plus qu'elle sur son passé récent.

Aujourd'hui, Ray-Lynn et Jack étaient convenus de déjeuner ensemble ici même, au poste de police. Elle n'était pas sûre qu'un pique-nique dans son bureau soit des plus romantique, mais elle n'était pas sûre non plus du contraire. En fait, elle n'était sûre de rien en ce qui concernait sa relation avec

Jack, sinon qu'il était gentil, charismatique et bel homme, ce qui était un bon début pour reconstruire quelque chose.

Elle jeta un coup d'œil à l'horloge fixée au-dessus du bureau de réception. 13 h 45. Au moins, songea-t-elle, l'heure d'affluence était passée, au restaurant, et les filles se débrouilleraient très bien sans elle. Le standard n'avait pas sonné depuis un moment et Doreen était devenue un peu trop bavarde au goût de Ray-Lynn, qui avait du mal à entendre ce que disait Jack.

— Vous avez vu la nouvelle recrue du shérif ? demanda la jeune fille en ouvrant grands ses yeux bruns avec une mimique gourmande. C'est un gars qui vient de Wooster.

Ses cheveux — teints en un roux bien plus flamboyant que celui de Ray-Lynn — cascadaient en boucles jusqu'à sa généreuse poitrine.

— Il est vraiment enthousiaste à l'idée de travailler ici. Sans compter qu'il est à croquer, ajouta-t-elle d'une voix de conspiratrice. Il s'appelle Winston Hayes, mais on l'appelle Win. Win le winner !

Doreen avait mis la main sur la bouche pour rire de son mauvais jeu de mots.

— Et pour ne rien gâter, il est célibataire…

— J'ai entendu dire qu'il allait venir, mais je ne l'ai pas encore rencontré, répondit Ray-Lynn d'une voix un peu distraite.

Ray-Lynn ne pouvait pas entendre tout ce que disait Jack, mais, au ton de sa voix, elle comprenait qu'il passait un savon à Lincoln Armstrong.

Doreen se trouva un instant à court de mots, et Ray-Lynn put enfin capter une phrase entière :

— Alors pourquoi avoir suggéré à Branin de nous envoyer un aimant à emmerdes ? Vous pensez qu'on n'en a pas eu assez comme ça, ces derniers mois ?

Ray-Lynn n'avait pas l'habitude d'entendre des grossièretés dans la bouche de Jack. Et puis, qui appelait-il un « aimant à emmerdes » ?

— Et maintenant que vous avez pris votre retraite anticipée, n'allez pas vous imaginez que vous pourrez venir tourner autour d'Hannah. Elle se marie avec Seth vendredi. Oui, vous avez parfaitement entendu ce que je viens de dire. Alors gardez vos distances, compris ?

Ça, par exemple ! songea Ray-Lynn en inclinant la tête et en plissant les yeux, comme si cela pouvait l'aider à se concentrer sur la voix du shérif, malgré Doreen qui s'était remise à parler de Win Hayes. Ainsi, Lincoln Armstrong avait quitté son boulot qu'il semblait tant aimer ? Elle n'oserait jamais en parler à Hannah, parce qu'alors, il faudrait avouer où elle avait glané cette information. Pas question d'admettre qu'elle écoutait aux portes, et encore moins à celle de Jack, même si elle était prête à tout pour en savoir plus sur son histoire avec lui. Maudite soit sa fichue mémoire ! Il lui fallait garder son calme, voir le bon côté des choses. Certes, elle avait perdu une partie de ses souvenirs, mais elle avait eu aussi beaucoup de chance de sortir vivante de cet accident de la route. Et il lui restait de belles choses à vivre.

— Tout ça pour dire qu'il est vraiment trop chou, poursuivait Doreen avec son accent nasillard du sud de l'Ohio, pâle copie de la voix traînante des *vrais* Sudistes. Et faut voir comme il est costaud ! D'accord, il est plutôt petit pour un mec — disons qu'il fait ma taille —, mais il voit grand pour sa carrière. Il m'a dit qu'il voulait être shérif un jour, et je suis sûr que c'est bien parti pour. Si vous saviez comme il en jette, dans son uniforme ! Je me sens carrément en sécurité avec lui, et en même temps il a ce petit côté dangereux, genre Fais-gaffe-si-je-t'attrape, vous voyez ce que je veux dire ?

— Oui, en fait, je vois très bien ce que vous voulez dire, répondit Ray-Lynn, qui venait d'entendre Jack raccrocher. Ça m'a fait plaisir de discuter avec vous, Doreen, ajouta-t-elle avant de s'éloigner vers le bureau du shérif.

La porte entrouverte s'ouvrit entièrement, et Jack fit un pas avant de s'arrêter net avec une expression de surprise.

— Hé ! J'ignorais que tu étais là ! lança-t-il, tout sourires.

— Il est bientôt 14 heures. J'attendais dans l'entrée avec Doreen.

— C'est une bien belle journée et j'aurais préféré qu'on ait le temps d'aller dans un endroit plus agréable, dit-il en l'entraînant dans son bureau, avant de refermer soigneusement la porte. En tout cas, merci d'avoir apporté de quoi manger.

Il la serra quelques secondes dans ses bras avant de poser un baiser rapide sur sa bouche. Se doutait-il qu'elle avait entendu une partie de sa conversation avec Lincoln Armstrong ? Même si c'était le cas, elle n'avait rien à se reprocher. Après tout, ce n'était pas sa faute s'il parlait fort et gardait la porte entrouverte.

— Comment veux-tu qu'on se retrouve, tous les deux, avec tout ce qui se passe ? maugréa-t-il en sortant le pique-nique du sac, avant de le disposer sur son bureau. Et dire que les gens s'imaginent que c'est un boulot de tout repos d'être shérif du comté d'Eden…

— Je me sens prête pour ça, tu sais, dit-elle tandis qu'ils s'asseyaient dans les fauteuils des visiteurs. Pour qu'on essaie de se retrouver, je veux dire…

Jack avait tourné les sièges de manière à ce qu'ils soient l'un en face de l'autre. Il tendit le bras vers Ray-Lynn et posa une main chaude sur son genou.

— Ça me fait plaisir de l'entendre, ma chérie. Je me suis efforcé de ne pas te mettre la pression, de te laisser du temps, mais tu parles si j'aimerais qu'on se retrouve, tous les deux ! Oui, j'aimerais vraiment qu'on reprenne où on s'est arrêtés !

Elle faillit poser la question qui la tourmentait : *Où* s'étaient-ils arrêtés ?

Partageaient-ils le même lit, avant son accident ? Tous les soirs ? De temps à autre ? Etait-il question de mariage ? Pour avancer avec Jack et espérer un avenir commun, la Ray-Lynn qui se reconstruisait doucement après sa commotion cérébrale avait besoin de savoir à quel stade leur histoire avait été interrompue.

— J'aimerais qu'on dîne bientôt dans un bon restaurant, dit Jack, déballant le sandwich qu'elle avait préparé elle-même dans la cuisine de la Dutch Farm Table. Si possible loin d'ici, pour que je ne pense à rien d'autre qu'à nous. Ou alors, on pourrait se trouver un bel endroit pour pique-niquer dans la nature.

Ray-Lynn approuva d'un hochement de tête et d'un sourire tandis que Jack entamait son sandwich.

— Tu sais que j'ai une nouvelle recrue, dit-il, la bouche encore pleine.

— Difficile de l'ignorer quand on reste plus d'une minute avec Doreen, répondit Ray-Lynn, en songeant avec regret que Jack était déjà passé à un autre sujet, alors qu'elle aurait aimé parler davantage de leur couple.

— Oui, c'est un garçon très ambitieux et qui n'est pas vraiment conscient qu'il a encore beaucoup de choses à apprendre. Mais je suis content d'avoir un peu d'aide, tu sais. Quand on pense à tous les problèmes qu'on a eus ici, ces derniers temps, un suppléant n'est pas de trop. Il n'était pas chez les collègues de Wooster depuis très longtemps, mais il s'est porté volontaire quand il a entendu dire qu'il y avait un poste à pourvoir dans le comté d'Eden. Apparemment, il préfère les petits patelins comme le nôtre. Il m'a dit qu'il se sentait plus à l'aise avec les gens de la campagne. Enfin, bref, tout ça pour dire que Win m'a parlé d'un coin qui pourrait convenir pour ce projet de pique-nique nocturne. Selon lui, il y a une vue fabuleuse sur la vallée, depuis le sommet de la colline qui domine le champ d'Ella Lantz. Sans parler du parfum de la lavande. Que dirais-tu d'aller y faire un tour, un de ces soirs, en emportant du pain, du vin et du fromage ? Ça devrait être agréable, au soleil couchant, tu ne crois pas ? On pourrait même faire ça ce soir, si j'arrive à me libérer. J'aurais peut-être dû te prévenir un peu plus à l'avance, mais parfois, c'est sympa de se décider à la dernière minute, non ? J'emporterai une radio et une couverture, comme on faisait dans le bon vieux temps.

— Tu sais que mon cerveau a rangé le bon vieux temps dans un tiroir dont il semble avoir perdu la clé. Mais je trouve ton idée merveilleuse, Jack. Merveilleuse et terriblement romantique.

— C'est comme ça que je l'envisage, moi aussi. Tu sais, Ray-Lynn, je crois qu'on a une nouvelle fois dépassé le stade de la simple amitié. Au fond, c'est une chance pour moi de devoir te reconquérir, et je compte faire ça bien, crois-moi. Je vais mettre toutes les chances de notre côté, ma chérie.

Il y avait une incroyable ferveur dans son regard et le ton de sa voix. Son sandwich était à demi enfourné dans sa bouche, mais il ne semblait pas s'en rendre compte. Et Ray-Lynn prit ces mots pour un beau compliment.

Pour être crédible en Amish, Andrew avait besoin d'apprendre à se familiariser avec les chevaux, et surtout d'être capable d'atteler et de conduire une carriole. Quand Ella en avait parlé à son père au cours du « dîner » de la mi-journée, et que celui-ci avait demandé à Aaron de donner un cours à leur invité, elle n'avait pu réprimer un sentiment de déception. Elle avait prévu de se rendre un peu plus tard au moulin par un chemin qui passait à travers champ, et elle aurait voulu en profiter pour apprendre elle-même à Andrew le maniement des rênes. Ce n'était pas son jour habituel de livraison, mais elle avait également prévu de faire une halte à la Dutch Farm Table et à la maison d'hôtes de la famille Stutzman, tout cela dans le but de faire visiter les environs à Andrew. Et, admit-elle dans le secret de ses pensées, pour passer un peu plus de temps avec lui. C'était la première fois de sa vie qu'elle éprouvait une telle curiosité à l'égard d'un homme.

— Attelle dans la grange pour que personne ne puisse vous voir, lança *Daad* alors qu'Aaron et Andrew s'apprêtaient à quitter la maison par la porte de derrière.

Ella et sa mère se mirent à débarrasser la table tandis qu'Aaron se dirigeait vers la route pour aller relever le courrier.

— Alors, dit Eben Lantz en se tournant vers sa fille aînée, que penses-tu de ces empreintes de pas découvertes par Andrew ? Tu as un soupirant secret qui en fait un peu trop ?

— Tu sais très bien que je ne vois personne, *Daad*. Et

franchement, je ne sais pas quoi penser de ces traces. Si elles n'avaient pas l'air de bottes de cow-boy, je soupçonnerais volontiers les copains d'Aaron. Certains d'entre eux sont plus que prêts pour leur *Rumspringa*, et je les imagine bien se faufiler hors de chez eux à la nuit tombée pour faire les idiots.

— Je sais que tu as beaucoup changé, ma fille, dit *Mamm* au milieu des bruits de vaisselle, mais c'est un peu l'hôpital qui se moque de la charité, tu ne trouves pas ? A une époque pas si lointaine, il me semble que tu n'hésitais pas à sortir le soir sans mon autorisation pour aller rejoindre tes amies.

Ella ne répondit rien. Elle s'était réjouie d'être parvenue à chasser la noirceur qui, la veille encore, couvait en elle, et elle n'avait aucune envie de la réveiller en songeant à l'accident qui l'avait si radicalement assagie. Et puis, il fallait qu'elle dépasse sa déception de ne pouvoir aller chercher des coquilles d'huîtres broyées avec Andrew ; et sa déception de ne pouvoir lui enseigner l'art de conduire une carriole. Ce n'était pas si grave, après tout. Elle aurait sans doute d'autres occasions de lui faire visiter la vallée.

Si elle avait gardé le silence après la pique de *Mamm*, c'était aussi parce qu'elle ne voulait pas que ses parents apprennent qu'elle avait failli se noyer au cours d'une de ces escapades nocturnes, ni qu'elle souffrait, depuis, de cette malédiction dont elle ne leur avait jamais parlé. Une Amish ne devait-elle pas pouvoir compter sur l'aide du Seigneur pour se remettre d'un pareil traumatisme ? Pourquoi ses prières ne parvenaient-elles pas à chasser cette nuit glacée qui l'engloutissait si souvent ? Elle s'en voulait parfois de garder ses angoisses pour elle au lieu de laver sa conscience en les confessant à l'évêque, voire à la communauté tout entière, comme l'aurait sûrement fait une bonne Amish. Pourtant, Ella était certaine que cela ne changerait rien pour elle. D'une certaine façon, elle avait peur de vivre, depuis l'accident. Les mots brodés et encadrés dans la chambre de *Grossmamm* Ruth — « S'inquiéter ne sert qu'à se faire du mal » — avaient tout l'air d'être un bon conseil quand on les lisait sur le mur, mais ils ne semblaient pas s'appliquer à son cas.

— Tu es vraiment une jolie fille, Ella, dit *Daad* en se levant de table.

Ella tourna de grands yeux vers lui, surprise par ce compliment mondain.

— Et puisque tu te balades un peu partout pour livrer tes produits à la lavande, que tu les vends à des *Anglais* et que tu te montres amicale avec eux, il se peut que tu suscites chez certains hommes un intérêt déplacé. Et si quelqu'un s'était épris de toi sans même que tu le saches, hein ? Crois-tu que ta mère ferait bien de t'accompagner au moulin ?

— Une sorte d'obsédé qui surveillerait mes faits et gestes, tu veux dire ? demanda-t-elle en entamant la vaisselle avec une telle ardeur que l'eau chaude et mousseuse se mit à faire des vagues dans l'évier. Non, *Daad*, ça me paraît tout à fait impossible. Parfois, j'aimerais rencontrer quelqu'un, mais certainement pas un homme qui m'épie à travers le carreau. Et pour le moulin, je peux tout à fait y aller seule. Tout ira bien, crois-moi.

Alors qu'Ella se dirigeait vers la grange pour atteler Fougère — sa jument — à la carriole, deux amis d'Aaron arrivèrent à bonne allure sur le chemin qui menait à la ferme. Ils se trouvaient à bord d'une élégante carriole découverte que l'un d'eux avait dû emprunter, parce qu'à quatorze ans, ils étaient trop jeunes pour en posséder une. Encore deux gamins qui se sentaient pousser des ailes à l'approche de leur *Rumspringa*, songea-t-elle. On voyait tout de suite qu'ils se prenaient déjà pour des hommes, qu'ils ne songeaient plus qu'à se libérer des règles de l'Eglise et à courtiser les filles.

— Salut, Ella ! cria Mose Raber, un cousin éloigné. Tu sais où est Aaron ? Il faut qu'on lui montre cette carriole !

— Il est dans la grange. Je vais aller le chercher.

Andrew ne semblait pas encore prêt à se mêler aux siens, et elle doutait que l'évêque ait eu le temps d'expliquer la situation à tous les membres de leur Eglise. A quoi bon obliger leur invité à discuter avec ces deux gamins excités qui risquaient de s'exprimer en dialecte et de le mettre dans une situation délicate ?

En pénétrant dans la vaste grange, Ella fut surprise de voir qu'Aaron se servait de sa jument et de sa carriole pour donner son cours à Andrew.

— Puisque tu dois te rendre au moulin, on profite de la leçon pour atteler ta carriole, expliqua Aaron.

Une aimable attention qui ne ressemblait pas à l'adolescent qu'était devenu Aaron. Etait-ce une suggestion d'Andrew ?

— *Danki*, mais je peux terminer, d'autant que Mose et Sol t'attendent dehors pour te montrer une carriole. Va les voir, si tu veux, je vais prendre la relève avec Andrew.

Se pouvait-il, songea-t-elle, que le Seigneur ait organisé la venue des deux amis d'Aaron pour lui permettre de passer un peu de temps avec l'*auslander* ? Comme elle aurait aimé qu'Andrew la renseigne sur la vie qu'il avait abandonnée pour se réfugier ici…

— Aaron m'a dit que ton cheval s'appelle Fougère, dit Andrew, interrompant ses pensées.

Elle cessa de flatter le flanc de la jument et se rapprocha de lui.

— Oui. Tu as vu la petite marque qu'elle a sur le front ? On dirait une feuille, non ?

— Une feuille de fougère.

Elle hocha la tête.

— Qu'est-ce qu'il t'a dit d'autre ? demanda-t-elle.

— Que tu l'étrillais toujours avant de l'atteler, mais qu'il allait faire l'impasse sur cette partie du programme, répondit-il en esquissant un sourire. Ah, oui… il m'a aussi dit qu'elle a été championne de trot et qu'elle pouvait encore faire du 13 kilomètres-heure, alors que les chevaux de ton père n'atteignent pas les 10.

— *Ach*, la vitesse…, dit-elle en brossant rapidement Fougère avec l'étrille. Mes deux frères aiment les carrioles rapides, et je dois dire que ça me plaît aussi. Et si j'envoie un baiser à Fougère, elle va encore plus vite.

Un sourire se forma sur les lèvres d'Andrew.

— Je m'en souviendrai. J'ai l'impression que l'amour de la vitesse est quelque chose d'universel. Ce que je veux dire par là, c'est qu'il s'agit d'un plaisir que les Amish partagent avec le reste du monde.

— Je sais ce qu'universel veut dire, répliqua-t-elle, en espérant qu'elle n'avait pas l'air sur la défensive. Quant à la vitesse, dans notre communauté, c'est tout relatif.

Elle cessa de brosser la jument et se tourna pour jeter l'étrille dans une balle de foin.

— Je parie que tu avais une voiture rapide avant de venir ici, dit-elle alors qu'elle lui tournait encore le dos.

— Assez rapide, mais ce n'était pas une voiture de sport. J'ai opté pour une BMW noire. La voiture classique du cadre sup, quoi.

Il venait, pour la première fois, de lui livrer une information personnelle.

— Oh ! je vois…, murmura-t-elle en se demandant ce que pouvait bien être un « cadre sup ».

— Je ne veux pas avoir l'air condescendant, dit Andrew, qui avait dû sentir qu'en réalité, tout cela ne lui disait pas grand-chose, mais tu dois parfois avoir l'impression que je parle un langage étranger.

— Ça doit être la même chose pour toi avec les Amish. « Et les deux mondes jamais ne se rencontreront », comme disait mon grand-père.

— Je trouve au contraire qu'on arrive à installer une passerelle entre nos deux mondes, toi et moi. Et j'ai vraiment envie de mieux connaître ton mode de vie. Pas seulement pour jouer un rôle, mais aussi parce qu'il y a beaucoup de choses que j'admire dans l'existence que tu mènes.

Elle se pencha vers la jument pour qu'il ne voie pas que ce simple compliment avait suffi à la faire rougir.

— *Ser gut, ser gut, mein Fougère*, murmura-t-elle après

avoir caressé l'animal du plat de la main sur les endroits qu'elle venait de brosser.

Elle ramassa le harnais qu'Aaron était déjà allé prendre sur le mur, juste à côté des stalles.

— Voilà ce qu'il faut savoir pour atteler un cheval à une carriole, dit-elle avant d'énumérer les différentes parties du harnachement, à mesure qu'elle les plaçait sur la jument.

Une fois cette première opération terminée, elle récapitula les points essentiels :

— Collier autour du cou, bricole entre les pattes avant, croupière sous la queue…

— Ceux que tu appelles les *Anglais* doivent adorer vous voir passer avec vos carrioles, non ?

— Ça dépend. Certains nous reprochent d'avancer trop lentement ou d'abîmer le bitume avec nos roues cerclées d'acier, et il y a aussi ceux qui protestent à cause des crottes de cheval qui parsèment la route. Mais nous avons le droit d'être là, nous aussi, et les râleurs oublient un peu vite qu'on supporte les gaz de leurs pots d'échappement, le bruit de leurs moteurs, sans parler du risque de se faire renverser ou emboutir.

— Je n'avais jamais songé que des gens pouvaient se plaindre de votre présence. Certains se montrent agressifs, parfois ? Il est arrivé qu'on cherche à vous nuire ? Ça pourrait expliquer les traces de pas sous tes fenêtres. Quelqu'un qui préparerait un mauvais coup contre toi et ta famille.

— Nous avons été victimes de quelques crimes haineux, c'est vrai. Des gens qui n'acceptent pas qu'on soit pacifistes, qu'on tende l'autre joue et qu'on refuse de servir dans l'armée, par exemple. Et c'est justement de notre pacifisme qu'ils profitent pour nous agresser. Tu sais ce que je vais faire ? Je vais demander à Aaron de se renseigner pour savoir si quelqu'un d'autre a trouvé des empreintes de pas suspectes, ou même si un voyeur n'a pas été surpris en flagrant délit. Mais franchement, ça m'étonnerait. C'est vrai que ces traces sont bizarres, mais il y a sans doute une explication toute simple à laquelle on n'a pas songé. Peut-être quelqu'un qui s'est perdu et qui cherchait à voir si on était réveillés pour demander son chemin…

Elle empoigna la bride et commença à faire reculer la jument.

— Allez, dit-elle, on va l'atteler à la carriole. Ces longs bras sont en noyer blanc et s'appellent des brancards. Ils servent à lier la carriole au cheval et à le maintenir bien aligné.

— J'ai été surpris de voir que la carriole de l'évêque avait une pédale de frein. Je pensais que pour ralentir ou s'arrêter, il suffisait de tirer les rênes avec un cri, tu sais, du genre « Ho ! ».

— Quand on va un peu vite et qu'on demande au cheval de s'arrêter, la carriole continue son mouvement et pourrait blesser l'animal sans l'action des freins. Mais on a d'autres équipements que tu n'as peut-être pas remarqués, comme des gros triangles de signalisation au dos de la carriole, et même des phares avant et arrière qui fonctionnent avec une batterie logée sous le siège. On peut les mettre en position feux de croisement ou feux de route, ajouta-t-elle en désignant du doigt un interrupteur fixé au plancher.

Elle s'écarta lorsque Andrew s'approcha pour regarder à l'intérieur de la carriole.

— Bon, dit-elle avec un brin de nervosité, Aaron en met, du temps, pour regarder la carriole de ses amis.

— J'apprends aussi bien avec toi, tu sais. Alors, est-ce que le conducteur peut se mettre où il veut ?

— Non, il y a des règles pour tout, même si ce n'est pas dans l'*ordnung*.

— L'*ordnung* ?

— C'est ainsi qu'on appelle l'ensemble des règles qui régissent notre Eglise. En ce qui concerne la bienséance dans les carrioles, la femme s'assied toujours à gauche de son mari ou de tout homme qui se trouve à bord. Et normalement, c'est l'homme qui doit prendre les rênes. A propos, on ne dit pas le conducteur, mais le meneur.

— Alors, si je comprends bien, ce sont les hommes qui mènent la danse, chez les Amish ?

Elle se tourna vers lui avec un petit rire.

— C'est ce qu'ils s'imaginent, en tout cas.

Il était toujours penché vers l'intérieur de la carriole, si proche d'elle qu'elle lui frôla la joue avec le bord de sa coiffe. De nouveau, il y eut entre eux cette force mystérieuse qui semblait imposer le silence. Leurs respirations paraissaient s'être accordées, gonflant leurs poitrines au même rythme. La bouche d'Andrew s'entrouvrit un peu. Même dans la faible lumière qui régnait à l'intérieur de la grange, Ella pouvait voir son reflet dans les yeux bleus de l'*auslander.*

— Tu sais quoi, Ella ?

La voix d'Aaron les fit sursauter. Ils s'écartèrent l'un de l'autre tandis que l'adolescent se dirigeait vers eux.

— Cette carriole à deux places a coûté pas loin de 1 200 dollars au grand frère de Mose ! Et encore, elle est d'occasion. Il y a de la moquette vert émeraude au plancher ! Son père était contre, mais il a économisé parce qu'il en avait trop envie ! Oh… Tu ne m'as pas attendu pour l'atteler, dit-il alors que sa sœur grimpait dans la carriole avant de se pencher en avant pour saisir les rênes.

— Ce n'est pas grave, Aaron, dit Ella. Tu n'as qu'à laisser Andrew atteler seul l'autre carriole en te contentant de lui indiquer ses erreurs. Après ça, emmène-le faire un tour et laisse-lui les rênes. Mais juste le long du chemin, compris ?

— Je sais ce que j'ai à faire. J'en ai marre que tout le monde me donne des ordres !

— *Danki*, Ella ! lança Andrew tandis qu'elle s'éloignait sans prêter attention aux récriminations de son petit frère. *Ser gut, ser gut*, ajouta-t-il d'une voix joueuse.

— Elle a un côté autoritaire qui me rend dingue, entendit-elle Aaron maugréer, alors qu'elle envoyait un baiser à Fougère pour lui faire accélérer le pas.

Ou bien était-ce un baiser pour Andrew ?

Ella revenait du moulin quand le vent se leva brusquement, couvrant bientôt le ciel de nuages gris. Même si le climat tenait une grande place dans les préoccupations et les conversations des siens, elle n'avait pas entendu dire qu'il y avait un risque d'orage dans l'après-midi. Avec ce temps menaçant, elle aurait bien demandé à Fougère d'aller un peu plus vite, si la carriole n'avait été chargée de quatre gros sacs de coquilles d'huîtres broyées. Ella prit un raccourci dans l'espoir d'échapper aux tombes d'eau qui s'annonçaient : un chemin de terre assez large pour sa carriole, mais pas pour croiser quelqu'un qui arriverait dans l'autre sens. En pareil cas, il suffisait de se ranger sur le bord herbeux du champ de maïs.

L'esprit occupé par Andrew, elle n'entendit pas tout de suite le moteur du véhicule qui s'approchait derrière elle. C'était un son trop régulier pour être celui du tracteur ou de la planteuse d'un *Anglais*. Elle tourna la tête et tendit le cou pour essayer de voir quelque chose à travers le plastique épais de la lunette arrière, qu'elle n'avait pas relevée. Il lui sembla d'abord distinguer une grosse carriole, mais elle vit bientôt qu'il s'agissait d'une camionnette noire aux vitres teintées. Elle savait à quel point les *Anglais* pouvaient se montrer impatients lorsqu'ils étaient au volant, et elle songea que le mieux, sans doute, serait de se ranger sur le côté pour laisser passer l'imposant véhicule. Cela dit… que faisait une camionnette qu'elle n'avait jamais vue, sur un chemin de terre que n'indiquait ni carte ni panneau ? Il n'y avait rien, ici, hormis des champs de maïs et quelques zones boisées.

Comme elle l'avait craint, la pluie se mit à tomber. Elle ne s'arrêta pas pour dérouler le pare-brise en plastique, se contentant d'inciter Fougère à accélérer l'allure malgré la charge. L'effort qu'elle lui demandait serait de toute façon de courte durée, Ella ayant repéré, à une trentaine de mètres, un endroit où elle pourrait aisément se ranger. La plupart des automobilistes qui circulaient dans la vallée faisaient preuve d'un minimum de courtoisie envers les Amish, même s'il y avait des exceptions. Parmi celles-ci, on trouvait principalement ceux qui avaient trop bu — ç'avait peut-être été le cas de Sam Lee — et ceux qui aimaient se faire peur en roulant à tombeau ouvert.

Le tonnerre et le moteur de la camionnette se mirent à rugir de concert, à croire qu'ils s'étaient donné le mot. Elle la sentait désormais juste derrière elle, presque collée à la carriole, comme si elle voulait lui rentrer dedans... ce qu'elle fit quelques secondes plus tard ! Le choc la projeta un peu en avant, mais, Dieu merci, sans la déloger de son siège. La personne qui se trouvait au volant n'avait-elle donc pas vu le signe « Véhicule lent » affiché en grand sous la lunette arrière ? La camionnette avait maintenant allumé ses phares. Un nouveau coup de pare-chocs, celui-ci plus violent, arracha un petit cri de peur et de surprise à Ella. La carriole tangua un instant avant de retrouver son équilibre. Cette fois, elle ne pouvait plus mettre la collision sur le compte d'une fausse manœuvre d'un conducteur irascible. C'était manifestement volontaire, et elle ne savait plus quelle attitude adopter. S'arrêter sur le bord de la route comme elle l'avait prévu, ou continuer en espérant que la camionnette ne renverserait pas la carriole ? Dans tous les cas, elle n'avait aucune chance de s'échapper.

La pluie crépita sur sa coiffe lorsqu'elle se pencha au-dehors, le visage tourné vers la camionnette et la main tendue, comme pour dire : « Pas si près ! Arrêtez ! »

Les vitres du véhicule étaient bien teintées, au point qu'il était impossible de voir le visage du conducteur. Ella plissa les yeux, mais la pluie et le mouvement effréné des essuie-glaces ne lui facilitaient pas la tâche. Le cœur battant, elle rentra le haut du corps à l'intérieur de la carriole.

Bien qu'elle eût dépassé l'endroit le plus propice pour se ranger, elle fit tourner Fougère à droite, engageant la carriole sur la frange herbeuse qui courait le long du champ. La pluie tambourinait sur la carrosserie en fibre de verre avec un bruit assourdissant. Une fois la jument à l'arrêt, elle pivota sur son siège pour regarder à travers la lunette arrière. Au lieu de la dépasser, la camionnette freina avant de faire marche arrière, prenant de l'élan pour mieux la percuter. Cette fois-ci, la carriole sembla sur le point de basculer sur Fougère, qui poussa un long hennissement effrayé. Ella s'efforça de la rassurer de la voix. Heureusement qu'elle ne se trouvait pas au bord d'un profond ravin planté d'arbres, comme celui qui avait failli coûter la vie à Ray-Lynn ! Mais l'homme qui avait voulu la mort de son amie était désormais derrière les barreaux. Alors, qui était au volant de cette camionnette ? Et que voulait cet individu ? Simplement lui faire peur, ou bien… Elle préféra ne pas aller au bout de cette pensée. Seule, sans nul endroit où se cacher ni âme qui vive à plusieurs centaines de mètres à la ronde, elle n'avait aucun moyen d'échapper au sort que lui réservait peut-être son agresseur.

Ne réponds pas à la violence, Ella… Tends l'autre joue… Devait-elle abandonner Fougère et se mettre à courir à travers champs ? Le sol labouré et détrempé ralentirait considérablement sa fuite, sans parler de ses vêtements encombrants. La camionnette ne pourrait pas la suivre, mais un homme en pantalon parviendrait sans doute à la rattraper. Elle serait une cible aisée, si son agresseur était armé. Mais peut-être était-ce un homme pris de boisson qui l'avait aperçue et voulait abuser d'elle, ou simplement passer ses nerfs sur un Amish ? La panique la gagna alors qu'elle se remémorait des récits d'agressions perpétrées contre les siens : ces adolescents *Anglais* qui, sous l'emprise de l'alcool, avaient secoué puis renversé une carriole alors qu'une Amish se trouvait à bord ; un jeune garçon amish tué par balles parce qu'il s'amusait à jeter des tomates sur les voitures… La seule chose dont elle disposait, pour se défendre, c'étaient ces quatre sacs de coquilles broyées. Mais comment les utiliser pour repousser un agresseur ?

Quand les éclairs zébrèrent le ciel et que la foudre frappa non loin d'elle, Ella faillit bondir hors de la carriole. La foudre était-elle tombée sur un des arbres du petit bois d'à côté ? Que frapperait-elle la prochaine fois ? La camionnette ou la carriole ? Le métal attirait plus la foudre que la fibre de verre… Les portes de la camionnette restaient fermées, son moteur grognant à la manière d'une bête aux yeux aveuglants. L'immobilité du véhicule, contredite par le va-et-vient des essuie-glaces sur le pare-brise teinté, avait quelque chose de terriblement inquiétant. Ella regretta de ne pas avoir parlé à *Daad* et à Andrew de cette lumière qu'elle avait entraperçue sur la colline. Un nouveau regard par la lunette arrière se heurta à l'éclat des phares qui semblaient la dévisager. Qui était tapi derrière cette vitre noire et ce flot de lumière ? Que lui voulait-on, à la fin ?

Elle chercha son canif à tâtons sur le plancher de la carriole, puis s'en servit pour couper la ficelle qui fermait l'un des gros sacs. Si quelqu'un s'avisait de pénétrer dans la carriole pour s'en prendre à elle, elle lui enverrait des poignées de coquilles broyées dans les yeux, puis s'enfuirait à travers champs en direction du petit bois, même si ce n'était pas l'endroit le plus indiqué en cas d'orage.

Ce qui lui arrivait était-il lié à Andrew et au fait que sa famille l'hébergeait ? Non, elle ne pouvait le croire. Pour le moment, presque tous les *Anglais* de la vallée prenaient leur invité pour un Amish qui avait quitté la Pennsylvanie pour rendre une longue visite à ses cousines et cousins de l'Ohio. Comment ceux qui le traquaient auraient-ils pu le retrouver ? Pour Ella, c'était à elle et à elle seule que cet automobiliste en voulait. Mais pourquoi ? La seule chose qui lui venait à l'esprit était l'hypothèse de *Daad* au sujet d'un homme qui aurait développé une sorte d'obsession à son sujet.

Pare-chocs toujours collé contre l'arrière de la carriole, la camionnette avait la passivité menaçante d'un fauve qui joue avec sa proie. Ella regarda le champ de maïs. Pourrait-elle le traverser sans que ses grandes roues s'enlisent dans la boue ?

Alors que le tonnerre grondait de nouveau, un peu plus loin cette fois, elle plongea les mains dans le sac et en sortit deux bonnes poignées de coquilles d'huîtres broyées qu'elle laissa tomber sur ses cuisses, prêtes à être lancées. Elle attendit, en sueur et priant le Seigneur : *Oh ! mon Dieu, protège Ton humble servante*. Un puissant *Tuuuut ! Tuuuut !* fit bondir son cœur si fort qu'elle posa machinalement la main sur sa poitrine comme pour s'assurer qu'il battait encore. La jument, effrayée, s'ébroua bruyamment. Après avoir foncé une nouvelle fois dans la carriole, la camionnette déboîta et la doubla avant de s'éloigner à vive allure sur le chemin.

Ella sauta à terre dans une gerbe de coquilles broyées, déterminée à lire la plaque d'immatriculation de son agresseur. Elle comptait donner le numéro au shérif qui retrouverait le propriétaire de cette camionnette et lui demanderait des explications. Peut-être Jack Freeman avait-il eu vent d'autres incidents du même type ?

Ella avait une vue excellente, et sans doute serait-elle parvenue à lire au moins une partie de ce numéro si la plaque n'avait été couverte d'une sorte de drap sombre et à moitié déchiré qui traînait sur le sol boueux. On aurait dit une pèlerine amish, noire comme les ailes d'un corbeau. Elle entrevit quelque chose par la grosse vitre teintée du hayon, une vision toutefois trop fugace pour comprendre de quoi il s'agissait. Un objet cylindrique comme un pied de lampe, ou peut-être un télescope ? Son grand-père en avait un dont ils se servaient, autrefois, pour regarder les étoiles depuis le sommet de la colline.

Alors que le véhicule noir disparaissait sous le rideau de pluie, Ella laissa échapper un long soupir furieux, avant de fondre en larmes. Elle rebroussa chemin, enfonçant les granulats d'huître dans le sol, puis regagnant la maigre protection que la carriole offrait contre l'orage. Au moins les coquilles broyées marqueraient-elles l'emplacement exact de l'incident. Ce serait sans doute utile au shérif pour relever les empreintes de pneus ou tout autre indice qui permettrait d'identifier la camionnette.

— Merci, Seigneur, pour Ta protection, murmura-t-elle en s'emparant des rênes, le visage mouillé de pluie et de larmes.

Une fois revenue sur le chemin, il lui sembla qu'au moins une des roues était abîmée, et qu'elle menaçait peut-être même de se détacher. Mais elle n'avait d'autre choix que de poursuivre sa route, en espérant qu'elle tiendrait jusqu'à la ferme. Ses mains tremblaient tellement qu'elle avait du mal à tenir les rênes, mais ses vêtements mouillés n'y étaient pas pour grand-chose. Elle décida néanmoins de se couvrir de sa pèlerine, et tendit la main pour atteindre le petit espace de rangement situé sous le siège arrière.

La pèlerine ne s'y trouvait plus. Elle n'était pas non plus sur le plancher, ni à aucun autre endroit dans la carriole. Ella était pourtant certaine de l'avoir prise avec elle avant de partir pour le moulin. Et elle savait désormais quel était ce vêtement déchiré et souillé de boue que le conducteur de la camionnette avait utilisé pour masquer sa plaque d'immatriculation.

6

Après avoir traversé le petit bois la peur au ventre à l'idée que la camionnette puisse surgir de nouveau, Ella émergea enfin sur Oakridge Road, la route qui menait droit à la ferme. Seul l'inquiétant cliquetis de la roue endommagée la poursuivait à présent, du moins jusqu'à ce qu'elle entende le hurlement strident d'une sirène de police.

Elle sortit la tête et vit une voiture noire surmontée d'une barre de gyrophares. C'était certainement le shérif, et il tombait vraiment à pic. A peine s'était-elle rangée sur le bas-côté qu'elle eut une bouffée de panique. Les portières du véhicule qui venait de s'arrêter derrière elle étaient dépourvues de l'inscription *Eden County Police*. Et si c'était un piège ? Une chose était certaine, il ne s'agissait pas de la voiture du shérif. Et l'inquiétude d'Ella monta d'un cran quand en sortit un jeune homme trapu qu'elle voyait pour la première fois. Dieu merci, il portait le même uniforme que Jack Freeman.

Il avait dû percevoir sa nervosité, parce qu'il s'annonça d'une voix forte avant même de s'approcher d'elle.

— Winston Hayes, madame, le nouveau suppléant du shérif. Vous n'avez pas de triangle de signalisation à l'arrière de votre carriole, ajouta-t-il en marchant à sa rencontre. Je vous rappelle que c'est obligatoire. Je sais que certains y sont opposés, mais c'est la loi. Vous savez peut-être que des Amish on fait de la prison dans l'Indiana parce qu'ils refusaient de le mettre.

Elle descendit et alla jeter un œil à l'arrière. Non seulement le triangle rouge et orange ne s'y trouvait plus, mais l'arrière de la carriole était tout cabossé. Le choc avait sûrement fait tomber le triangle, songea-t-elle. Devait-elle raconter sa mésaventure à cet homme qu'elle ne connaissait pas ? Elle aurait largement préféré se confier au shérif Freeman, en qui elle avait toute confiance. L'agent Hayes lui présenta son insigne de police. Il se tenait droit comme la justice, l'air très sûr de lui. Malgré sa carrure et les muscles qui saillaient sous l'uniforme, il était à peine plus grand qu'elle. Vu qu'il portait des lunettes de soleil à verres miroirs, en dépit du ciel plombé, elle n'aurait su dire s'il la regardait vraiment droit dans les yeux. Derrière lui, juste dans le prolongement de ses cheveux courts, la lumière colorée des gyrophares toujours allumés semblait émerger directement de son crâne.

Une carriole passa sur la route. Ella reconnut ses occupants, qui la saluèrent sans s'arrêter pour autant.

— Alors ? lança le suppléant du shérif avec un brin d'impatience dans la voix.

— Une camionnette noire a percuté intentionnellement l'arrière de ma carriole, il y a environ un quart d'heure, et je ne me suis pas rendu compte que le choc avait fait tomber mon triangle de signalisation.

— Hum…, fit-il en ôtant ses lunettes avant de se pencher vers l'endroit où la carriole avait été endommagée, on dirait que ça a été assez violent, non ?

— Oui, répondit-elle en le regardant passer lentement la main sur les bosses et les éraflures. La camionnette m'a foncé dessus à trois reprises.

— Votre roue gauche a dégusté, elle aussi. Elle est toute de travers. Vous pouvez me décrire le véhicule qui vous a fait ça ? demanda-t-il en sortant un petit appareil de la poche de son blouson.

L'appareil ressemblait à un téléphone portable, mais avec un large clavier sur lequel il se mit à pianoter.

— Je ne sais pas de quelle marque était cette camionnette, mais elle était noire avec des vitres teintées. Du coup, je n'ai pas pu voir qui se trouvait à l'intérieur, d'autant qu'il pleuvait vraiment fort quand c'est arrivé… Et le pire, c'est que la plaque d'immatriculation était masquée.

— Préméditation, maugréa-t-il en se redressant, une main sur le pistolet qu'il portait à la ceinture. Et ça s'est passé où, madame ?

— J'avais pris un chemin de terre qui coupe à travers champs et qui se trouve à proximité du moulin des Troyer où je venais de me rendre. C'est un raccourci que très peu de gens connaissent, vous savez. La camionnette est arrivée dans mon dos alors que je me trouvais à peu près au milieu du chemin. Bien entendu, j'avais l'intention de rapporter cet incident au shérif Freeman, dit-elle en jetant un regard nerveux à sa jument. Et maintenant, j'aimerais bien rentrer chez moi.

— Et vous habitez où ? demanda-t-il en se remettant à taper sur son petit appareil.

Une voiture passa devant eux en ralentissant, et Ella entrevit des visages qui fixaient la scène avec curiosité.

— A la ferme des Lantz, au 400 Oakridge Road. Mon nom est Ella Lantz.

— Ah, oui, vous êtes la propriétaire d'un champ de lavande, c'est ça ? Avec un de vos frères, vous avez été les premiers à vous rendre sur les lieux de l'accident de voiture qui s'est produit le jour même de mon arrivée à Homestead.

— C'est ça, sauf que ce n'était pas mon frère, mais mon cousin, qui se trouvait avec moi.

— Ah, oui, c'est bien ce que m'a dit le shérif. Alors, votre cousin vit avec vous, maintenant ?

Pourquoi ce Winston Hayes s'intéressait-il à Andrew ? se demanda Ella. Cherchait-il simplement à se familiariser avec la population de son nouveau lieu de travail ? En tout cas, elle le trouvait bien trop curieux à son goût. Les persécutions dont les Amish avaient été victimes en Europe quelques siècles plus tôt avaient laissé de profondes traces dans le rapport qu'ils entretenaient avec les autorités. La méfiance envers les représentants de la loi, qu'ils soient juges, policiers ou hommes politiques, faisait partie de leur culture. En ce sens, le shérif Freeman était une exception. Il avait su gagner la confiance de la communauté, au fil des nombreuses épreuves qu'il avait traversées à ses côtés. Et puis, même ébranlée par ce qui venait de lui arriver, Ella sentait toute son énergie se mobiliser de nouveau pour protéger Andrew.

— Nous avons un triangle de rechange dans notre grange, et je vous promets de remplacer celui qui est tombé dans les meilleurs délais, dit-elle, éludant la question du policier. Et maintenant, j'aimerais rentrer me sécher, si vous le permettez… La pluie a trempé mes vêtements et je ne voudrais pas attraper la mort. Soyez certain que je prendrai contact avec le shérif Freeman au sujet de cet incident, ajouta-t-elle en s'éloignant vers l'avant de la carriole.

Elle grimpa sur le siège en croisant les doigts pour qu'il ne l'interpelle pas avec de nouvelles questions. Mais il n'en fit rien, se contentant de froncer ostensiblement les sourcils quand elle se retourna, rênes en main, pour hocher la tête en signe d'au revoir. Il la laissa partir, si l'on peut dire… Alors que Fougère trouvait son rythme de croisière et qu'Ella se croyait enfin débarrassée de ce Winston Hayes, elle s'aperçut qu'il la suivait avec sa voiture de patrouille, si près que le sentiment de panique éprouvé quelques instants plus tôt avec la camionnette noire lui remonta à la gorge. Lorsqu'elle tourna enfin dans le chemin qui menait à la ferme, le policier accéléra et s'éloigna sur la route.

— *Daad*, j'ai passé l'âge d'être grondée comme une gamine ! lança Ella, agacée par la réaction de son père à qui elle venait de narrer sa mésaventure.

Il ne pleuvait plus, malgré le ciel toujours menaçant. Les hommes étaient rentrés des champs, mais seul *Daad* se trouvait encore dans la grange lorsqu'elle y avait remisé sa carriole. Même si elle grelottait, Ella lui avait tout raconté avant même d'aller se changer. Son père l'avait enveloppée dans une couverture pour cheval et avait dételé la jument pendant qu'il écoutait le récit de sa fille.

— Alors, ne te conduis pas comme une gamine, répliqua-t-il. A quoi est-ce que ça rime de partir seule, comme ça, alors qu'on a trouvé des empreintes de pas autour des deux maisons ?

— Tu n'as pas dit aux garçons de faire attention, que je sache. Et pourtant, rien ne permet de penser que ces empreintes me concernent plus qu'eux.

— *Ach*, fit-il en secouant la tête si fort que cela souleva sa barbe. Au fond, c'est ma faute. J'aurais dû insister pour que tu te fasses accompagner. D'abord, quelqu'un vole ta pèlerine dans ta carriole pendant que tu es dans le moulin, et tu la retrouves ensuite en lambeaux et toute crottée à l'arrière d'une camionnette qui t'a foncé dessus… C'est quoi, la prochaine étape ?

— Je compte aller interroger les employés du moulin pour leur demander s'ils n'ont pas vu quelqu'un rôder autour de ma…

— Non ! Il n'est pas question que tu mènes toi-même l'enquête, Ella. Va savoir si ce n'est pas un de ces employés qui t'a suivie et espionnée par la fenêtre. Puisque tu as décidé d'en parler au shérif, laisse-le s'en occuper. D'ailleurs, inutile que tu ailles le voir. Son suppléant le mettra sûrement au courant.

— Mais j'ai volontairement omis certains détails quand j'ai parlé à ce M. Hayes. Je ne le connais pas, et je n'ai donc aucune raison de lui faire confiance, tu comprends ? D'autant qu'il s'est mis à me poser des questions sur notre famille et sur Andrew.

— S'il est nouveau, ça ne m'étonne pas qu'il se renseigne sur les gens d'ici. De toute façon, les policiers ont une mentalité de fouineurs, ça a toujours été ainsi. Quoi qu'il en soit, tu ne sortiras plus sans être accompagnée par l'un de tes frères, jusqu'à ce qu'on sache pourquoi cette camionnette t'a foncé dessus !

— *Daad*, j'ai une affaire à faire tourner et le travail aux champs occupe une bonne partie du temps d'Abel et d'Aaron. Je comprends pourquoi il vaut mieux que je n'emmène pas Andrew, mais…

— Ecoute, ma fille, l'interrompit son père, je continue à penser que quelqu'un épie tes faits et gestes, un type dérangé qui est obsédé par toi. Le monde moderne est plein de gens à la dérive, ajouta-t-il en se mettant à essuyer la jument avec une vieille serviette.

Les naseaux déjà dans son auge, Fougère ne semblait nullement dérangée par leurs éclats de voix.

— Ce que je voulais dire, expliqua-t-elle en s'efforçant de parler d'une voix plus lente et plus calme, c'est qu'Andrew devrait rester dans l'enceinte de la ferme afin de ne prendre aucun risque avec sa sécurité.

— Tu veux que tout le monde se pose des questions à son sujet ? Les gens vont croire qu'il est malade, ou je ne sais quoi ! Au lieu de le protéger, ça a toutes les chances d'avoir l'effet inverse, ma fille. Ça va attirer l'attention sur lui, voilà ce qui va en résulter. Et puis, de toute façon, il sera exposé à la vue de tous lorsqu'il se rendra au mariage de Seth. En plus, je ne crois pas qu'il supportera de rester confiné dans un espace restreint pendant tout son séjour. J'ai l'impression qu'il tourne déjà en rond, tu sais. Ça doit être difficile pour lui d'attendre l'ouverture de ce procès et le moment où il pourra retrouver l'existence qu'il menait avant d'être obligé de fuir. J'ignore pourquoi M. Branin a estimé nécessaire de le cacher parmi nous, mais j'ai dans l'idée qu'il a dû lui arriver quelque chose de grave.

Etait-il en train de lui conseiller de passer plus de temps seule avec un homme qui venait du monde moderne ? Le besoin de la savoir en sécurité l'emportait-il, chez *Daad*, sur le respect des convenances ? Les questions se bousculaient dans son esprit tandis qu'elle regardait son père ranger le harnachement sur le mur de la grange. Aussitôt après, il se mit à réparer la roue à l'aide d'un marteau. Elle serra la couverture autour de ses épaules et s'approcha de lui.

— Tu veux dire que je devrais demander à Andrew

de m'accompagner quand j'irai faire des livraisons ou des courses ?

Elle devait élever la voix pour se faire entendre par-dessus le vacarme du marteau.

— Tu ne voulais même pas que je lui apprenne à atteler une carriole et à manier les rênes, ajouta-t-elle.

— Je n'ai jamais dit ça. Il s'agissait simplement de donner des responsabilités à Aaron. Tu devrais emmener une fois Andrew pour aller voir tes clients réguliers, et leur demander de venir chercher leurs commandes à la ferme jusqu'à nouvel ordre.

— Mais j'ai inclus la livraison dans le prix de vente et ce ne serait pas correct de manquer à ma parole. Les six femmes qui m'achètent mes produits pour les revendre dans leurs commerces sont toutes très occupées, tu sais. Sans compter que j'ai l'intention de développer mon affaire et que ce n'est pas du tout le moment de perdre des clients. *Daad*, j'ai vingt-quatre ans, j'ai ma propre maison et je suis indépendante financièrement…

Il cessa de taper comme un sourd sur la roue pour se tourner vers elle.

— Que tu vives seule est aussi un problème, dit-il. Tu devrais revenir dormir dans la maison principale en attendant qu'on en sache plus sur l'agression dont tu as été victime,

— Tu sais bien que ma chambre est occupée par Andrew.

Son père posa le marteau sur le sol de la grange. Ses épaules s'affaissèrent et son irritation sembla s'évaporer avec un long soupir.

— On va aménager l'atelier de couture de ta mère pour y loger Andrew.

— Je peux dormir dans l'atelier de *Mamm*.

— Ne peux-tu donc jamais accepter les décisions de ton père ? Je ne pense pas qu'Andrew serait d'accord pour que tu dormes dans cet atelier pendant qu'il profite d'une vraie chambre à coucher. J'ai le sentiment que c'est quelqu'un de bien, et pas seulement à cause de ce que M. Branin m'a dit de lui.

— Andrew est notre invité, *Daad*. Et puis c'est de sa sécurité que nous devons nous soucier, pas de la mienne.

— Avec l'aide du shérif, nous allons trouver qui fait des misères à ma fille, *ya* ? dit Eben Lantz en entourant les épaules d'Ella. Et puis, ce n'est peut-être pas si grave que ça, ajouta-t-il tandis qu'ils se dirigeaient vers la porte de la grange, pressés l'un contre l'autre. Mais je préfère que tu me laisses en parler à ta mère.

— Ce n'est sûrement rien d'important, dit Ella, mais j'ai cru voir une lumière, l'autre soir, sur la colline qui domine mon champ de lavande. Après réflexion, je pense que c'était juste un reflet sur une des casseroles en fer-blanc dont je me sers pour faire peur aux oiseaux.

Une fois hors de la grange, son père fit coulisser la porte avant d'y glisser une grosse barre de bois pour la maintenir fermée.

— C'était peut-être une torche électrique, dit-il.

— Non, je ne pense pas. Je sais que ça paraît bizarre, mais ça avait l'air d'une sorte d'œil qui s'ouvrait et se fermait. Mais, comme je viens de le dire, il ne s'agissait sans doute que d'un reflet, et mon imagination a fait le reste.

Il s'éloigna de quelques mètres et, mains sur les hanches, resta un moment à fixer la colline tapissée de lavande.

— Je vais marcher jusqu'à la cabine téléphonique pour appeler le shérif, dit-il finalement.

— D'accord, *Daad*. Moi, je vais aller livrer mes produits à la Dutch Farm Table, à la boutique de souvenirs et à la maison d'hôtes. Mais d'abord, il faut que je me sèche et que je me change. Je pourrais demander à Andrew de m'accompagner, qu'en penses-tu ? Et même en profiter pour aller voir le shérif, s'il est dans son bureau.

— *Ya*, c'est sans doute plus prudent qu'il reste avec toi. Et ne prends plus de petits chemins isolés, ma fille. Quant aux employés du moulin, ne leur parle pas de ta pèlerine ou de cette camionnette.

Il fourragea dans sa grande barbe avant d'ajouter :

— Prions pour qu'il ne s'agisse que d'une mauvaise plaisanterie.

Elle fut soulagée de ne croiser personne dans la cuisine, parce qu'elle devait ressembler à un chat qui vient de tomber dans la baignoire. Pourtant, elle éprouvait une étrange gaieté. Le moment difficile qu'elle venait de vivre sur ce chemin de terre aurait pu l'accabler, mais elle se sentait au contraire animée d'un sentiment d'espoir. Pour une fois, nulle trace de cette sensation de catastrophe imminente qui l'écrasait d'ordinaire à la moindre contrariété. D'où venait cette lumière douce et chaleureuse qui remplaçait la nuit glacée dont son cœur était si souvent la proie ? Se pouvait-il que ce soit la présence d'Andrew ? Ella avait beau être fière de son indépendance, acquise grâce à un travail acharné, elle aimait l'idée qu'Andrew la protège… tout comme elle comptait le protéger par une vigilance de tous les instants.

Ella prit soin de raconter sa mésaventure dans les moindres détails à Andrew, avant de lui demander s'il voulait bien l'accompagner pour sa tournée de livraison. Abel et Aaron avaient déjà installé le lit de leur invité dans le petit atelier de couture (Andrew n'y avait vu aucune objection) et, maintenant, ils pestaient à l'idée de devoir transporter les meubles de leur sœur vers la maison principale, quelques jours seulement après les avoir déménagés dans le sens inverse.

Andrew accepta avec plaisir de l'accompagner, et ils se retrouvèrent bientôt côte à côte sur les sièges de la carriole qui se dirigeait vers Homestead, au rythme tranquille des foulées de la jument. Elle ignorait l'état d'esprit de son passager, mais, pour sa part, la présence d'Andrew suffisait à lui mettre du baume au cœur. Elle en était presque à regretter que la ville ne soit située qu'à cinq kilomètres.

— Ça te dirait de prendre les rênes ? demanda-t-elle.

— C'est dans ma nature, répondit-il avec un sourire un peu crispé, tandis qu'il attrapait les courroies en cuir.

Leurs doigts se touchèrent. Ceux d'Andrew étaient forts

et chauds, doux aussi, contrairement à ceux d'un agriculteur ou d'un charpentier. Elle lui montra comment tenir les rênes, en les enroulant un peu autour de la main.

— Quand tu dis que c'est dans ta nature, ça va au-delà de la plaisanterie, n'est-ce pas ? demanda Ella. Tu fais allusion à la vie que tu avais avant d'être obligé de te cacher…

« Qui ne dit mot consent », songea-t-elle devant le silence d'Andrew.

— Je suppose que tu étais un homme important, insista-t-elle. Et que tu continueras à l'être quand tu pourras reprendre ton ancienne vie.

— Un homme important ? dit-il en haussant les épaules avec une moue incertaine. Sans doute certains le pensaient-ils. Mais j'étais surtout un homme ignorant. Je me suis fait mener en bateau pendant des mois et des mois et, à présent, j'essaie de réparer le tort que j'ai causé malgré moi. De faire amende honorable, comme on dit.

— Je trouve ça digne d'admiration, Andrew. Pour ce qui est de faire des erreurs, je ne suis pas la dernière, tu sais. J'ai failli épouser un homme qui ne pouvait renoncer à la boisson. Dieu merci, j'ai trouvé la force de me rétracter alors même que j'avais donné mon consentement. Les rênes sont trop lâches, tends-les un peu… Là, voilà, comme ça, c'est parfait.

— Tu devrais installer un rétroviseur.

— Certaines carrioles en sont équipées, mais je n'ai jamais ressenti le besoin d'en avoir. Du moins jusqu'à ce que cette camionnette m'agresse, tout à l'heure.

— L'idée d'être traqué et suivi comme tu l'as été par ce véhicule est une de mes pires angoisses.

— Je suis sûre que tu as dû vivre des choses très dures avant de trouver refuge parmi nous. Et ce qui m'est arrivé aujourd'hui me donne une vague idée de ce que tu as enduré. Dis-moi, Andrew, tu penses beaucoup à tout ce que tu as laissé derrière toi ? Et je ne parle pas seulement de ta belle voiture de *cadre plus*.

Un sourire se dessina sur ses lèvres.

— De cadre sup, tu veux dire ? Ecoute Ella, tu es une femme très intelligente et très convaincante, et si j'étais à la place de mes ennemis, j'enverrais quelqu'un comme toi pour me tirer les vers du nez.

— Tu n'es pas sérieux, là.

— A moitié quand même, répondit-il avec un petit clin d'œil. Bon, c'est vrai que j'en sais beaucoup plus sur toi que toi sur moi… Alors, je te propose un petit jeu. Tu me dis quelque chose que tu penses avoir deviné sur celui que j'étais dans mon ancienne vie et, si tu tombes juste, tu as le droit de poursuivre.

— Tu viens d'une grande ville qui ne se trouve pas dans l'Ohio.

— Ça fait deux affirmations à la fois, petite maligne, mais je les confirme l'une et l'autre.

— Tu n'es pas marié.

— Comment l'as-tu deviné ? Le fait que je n'aie pas d'alliance ne veut rien dire, puisque je suis censé être Amish et que les Amish ne portent pas de bijoux.

— Parce qu'il n'y a pas la moindre trace sur l'annulaire de ta main gauche. En revanche, j'ai remarqué qu'il y en a une sur un des doigts de ta main droite. Je suppose donc que tu devais avoir une bague, mais pas d'alliance.

— Le shérif et son nouveau suppléant seraient bien inspirés de t'engager, si tu veux mon avis.

— Ne change pas de sujet, Andrew. Et puis sache que les Amish sont insensibles à la flatterie. Pour nous, la meilleure façon d'avancer est de s'entraider, comme on le fait, toi et moi, pas de ruser pour obtenir de l'autre ce qu'on souhaite. Nous avons l'esprit de collaboration, pas de compétition.

— Il y a vraiment un gouffre entre ton monde et celui d'où je viens. Là-bas, c'est le règne de la manipulation, du rapport de force et du chacun pour soi. Je redoutais un peu de venir dans une région aussi isolée, mais je me rends compte, à présent, que j'ai eu beaucoup de chance d'atterrir ici.

— Je ne suis pas sûre que la chance y soit pour quelque chose, Andrew. Pour moi, c'est Dieu qui t'a envoyé parmi

y pique-niquer avec Ray-Lynn. Il paraît que de là-haut, on a une vue superbe de la vallée.

Pour la première fois depuis qu'elle était entrée dans le bureau du shérif, un sourire se forma sur les lèvres d'Ella.

— Oh ! quelle bonne idée… Si vous y allez un soir, vous aurez droit à un magnifique coucher de soleil. Et d'après ce que j'ai entendu dire, il devrait continuer à faire beau pendant plusieurs jours. Faites simplement attention à ne pas trop vous approcher du bord, parce qu'il y a des endroits très escarpés. Méfiez-vous aussi des six ruches que mon père a installées là-haut. Elles butinent ma lavande et lui fournissent un excellent miel.

— Je tâcherai de m'en souvenir. Ah, encore une chose… Tu m'as dit avoir vu un objet cylindrique dans la camionnette. Quelque chose qui ressemblait à une longue-vue, un télescope ou au téléobjectif d'un appareil photo, c'est bien ça ?

— Oui. Mais je serais incapable de dire précisément ce dont il s'agissait.

— D'accord. Je voulais juste m'assurer que je t'avais bien comprise. Et maintenant, si ça ne te fait rien, j'aimerais parler cinq minutes en tête à tête avec monsieur, dit-il en désignant Andrew de la pointe du menton.

— Oh ! *ya*, pas de problème. Je vais aller livrer Ray-Lynn pendant ce temps. Elle est au courant de ce projet de pique-nique ?

— Oui, oui, je lui en ai parlé.

— Et je parie qu'elle a trouvé ça très romantique, dit Ella, une lueur malicieuse dans le regard. L'endroit parfait pour une demande en mariage.

— Bon, je crois qu'on va en rester là sur le sujet, grommela le shérif en faisant mine de la chasser du bureau d'un geste de la main. Il me semble que toi et tes amies, Sarah et Hannah, en avez fait assez comme ça pour nous rapprocher, Ray-Lynn et moi.

Joignant le pouce et l'index, Ella fit le geste de sceller ses lèvres avant de quitter la pièce en refermant doucement la porte derrière elle.

*
* *

Alex espéra que le shérif ne lui demanderait pas de garder ses distances avec Ella. Comment pourrait-il rester indifférent à cette femme, à la fois douce et espiègle sous ses airs réservés ?

— Maintenant que je suis au courant de votre situation, je me suis un peu renseigné sur votre affaire, dit Jack Freeman à voix presque basse. Même si vous tentiez d'expliquer aux Amish ce que vous faisiez chez SkyBound, je ne pense pas qu'ils comprendraient grand-chose aux systèmes de positionnement par satellite et aux Chinois qui ont soudoyé votre patron pour acquérir votre technologie de pointe. Moi-même, tout ça me passe un peu au-dessus de la tête, pour tout vous dire. Mais il y a tout de même quelque chose qui est dans mon domaine de compétence : avez-vous songé que Sam Lee, le type qui a failli vous rouler dessus avec sa voiture de sport, était d'origine chinoise ?

— Oui, bien sûr. Vous pensez, vous aussi, que ce Sam Lee pourrait représenter une menace pour ma sécurité ?

— Une menace ? Franchement, c'est assez peu probable, même si, dans mon métier, on apprend à se méfier des coïncidences. J'ai fait ma petite enquête sur le business de sa famille. Leur petite chaîne d'hôtels Spa est apparemment très rentable. Il faut dire que ça a l'air vraiment bien, d'après ce que j'ai pu en voir sur internet. Vraiment coûteux, aussi. Mais il y a autre chose dont je voudrais vous parler.

Le shérif était bien renseigné, songea Alex. Bien sûr, Gerald Branin avait dû lui fournir un certain nombre d'informations, sans compter qu'il disposait de toute la technologie moderne pour mener ses investigations. Cela ne rendait que plus extraordinaires les déductions d'Ella, qui ne disposait que de son cerveau.

— L'objet qu'Ella pense avoir aperçu dans cette camionnette noire, poursuivit le shérif, et qui, selon ses propres mots, pourrait être un télescope ou un téléobjectif, me fait penser qu'il y a peut-être de l'espionnage dans l'air. Et puis, il y a aussi cette lumière qu'elle a vue au sommet de la colline. En restant dans l'hypothèse où quelqu'un épierait la ferme des Lantz, on peut imaginer qu'il s'agissait bien d'un reflet de lune, mais sur l'optique d'un appareil de surveillance.

Il haussa les épaules.

— Bien sûr, il ne s'agit que d'une hypothèse fondée sur de très minces indices.

— En tout cas, si de nouveaux éléments vous amenaient à penser que cette piste est sérieuse et qu'elle a un rapport avec moi, sachez que je déguerpirais sur-le-champ. Pour assurer ma propre sécurité, bien sûr, mais aussi celle des Lantz. Je ne me le pardonnerais pas, si quelqu'un était blessé, ou quelque chose de pire, à cause de ma présence ici.

— Contactez-moi aussitôt, si vous voyez quoi que ce soit de suspect, d'accord ? Pour le moment, il n'y a pas de raison de s'inquiéter outre mesure, mais il faut rester vigilant. Je peux vous fournir un téléphone, au besoin. Votre ami Branin m'a donné son numéro et je vais le rencarder sur ce qui se passe ici. Au fait, il m'a dit qu'il avait l'intention de nous rendre quelques visites, en toute discrétion.

— Oui, je sais, dit Alex. Et merci de me proposer un téléphone portable, mais je vais décliner l'offre. Les Amish se sont montrés très généreux en acceptant de m'accueillir parmi eux, et j'ai promis en échange d'adopter autant que possible leur mode de vie pendant la durée de mon séjour. Je tiens à tenir parole.

Le shérif hocha la tête à ces mots et se leva de son fauteuil, aussitôt imité par Alex.

— Vous savez peut-être que les Amish sont parfois appelés les « gens simples », Andrew, mais, en réalité, ils ne le sont pas du tout. Ils sont affreusement compliqués, et aussi terriblement attachants. Prenez toutefois garde à ne pas trop vous attacher à l'un ou l'une d'entre eux.

Ce conseil eut le don d'irriter Alex, mais il dut reconnaître que le shérif avait sans doute raison. Sa vie professionnelle lui créait suffisamment d'ennuis, et il ne tenait pas à en rajouter avec sa vie privée. D'autant qu'il avait hâte de quitter le pays amish et de retrouver son ancienne existence. Mais il se demanda aussitôt, perplexe, s'il en était toujours aussi certain.

7

Avant le dîner, ce soir-là, alors qu'il faisait encore jour, Ella travaillait seule dans son atelier, sans toutefois éprouver le moindre sentiment de solitude. *Daad* se trouvait dans la grange, en train de fixer un nouveau triangle de signalisation à l'arrière de la carriole accidentée. Courbé sur la lavande, Andrew désherbait à une vingtaine de mètres de là, tandis que *Mamm* retirait les vêtements secs du fil à linge, de l'autre côté du chemin qui menait à la ferme. Ella savait que sa mère aurait bientôt besoin d'elle pour préparer le dîner, mais elle avait envie d'achever sa tâche avant la tombée de la nuit.

Même si elle ne se sentait pas seule, l'absence de Marlena laissait un grand vide dans sa vie. Fermant les yeux un instant, elle imagina la voix haut perchée de la fillette et cette petite main potelée qui agrippait sa jupe longue. C'était presque comme si elle avait eu un enfant à elle… Dieu merci, elle pourrait embrasser les bonnes joues fraîches de Marlena dès vendredi. La présence d'Andrew et les événements qui s'étaient produits depuis son arrivée avaient mis les nerfs d'Ella à rude épreuve. Mais songer au mariage de Seth et d'Hannah lui redonnait du cœur à l'ouvrage.

De temps en temps, elle s'interrompait dans son travail et marchait jusqu'à la fenêtre ouverte. Aussitôt, son regard se posait là-bas, à flanc de colline, sur la silhouette d'Andrew penchée sur les mauvaises herbes. Il était de plus en plus à l'aise avec sa béquille, et même assez gracieux dans sa façon de progresser, clopin-clopant, dans la mer de lavande. Elle espérait seulement que *Grossmamm* ne le verrait pas se balancer comme ça. Encore quelques jours, et il n'aurait même plus besoin de béquille. Elle avait beau essayer de regarder ailleurs, ses yeux revenaient sans cesse caresser les fesses fermes d'Andrew lorsqu'il se courbait vers le champ.

Elle s'obligea à se remettre au travail, plongeant une cuillère dans les fleurs de lavande séchée avant de remplir de petits sachets destinés aux placards à linge. Ornés de motifs traditionnels de patchwork et fermés d'un ruban violet, ces sachets étaient à fois les moins chers et les plus populaires de sa gamme de produits artisanaux. Sur chacun des rubans était inscrit *Simplicité* à la main, en référence aux « gens simples », comme on appelait parfois les Amish. Mais où passeraient les valeurs de simplicité et de modestie que revendiquaient les siens, si elle se mettait à travailler avec l'établissement luxueux de la famille Lee ? Des bougies destinées à produire de la cire qu'on versait ensuite sur le corps pour effectuer un massage ? De toute évidence, le client devait se dévêtir en partie, voire entièrement... Et laisser ensuite une personne inconnue frotter sa peau nue avec la cire chaude et délicatement parfumée...

Elle secoua la tête pour chasser les images mêlées d'un corps nu pétri par des mains expertes et d'Andrew penché sur la lavande, les fesses moulées dans son pantalon de fermier. Il avait roulé ses manches au-dessus du coude et le bas de sa chemise s'était échappé de son pantalon, révélant un morceau de dos bronzé, si différent de la peau blanche des hommes amish...

— Je me demande ce qu'il dirait d'un massage, lança-t-elle à haute voix dans la pièce vide.

— Ça fait longtemps que vous soliloquez comme ça ? demanda une voix masculine derrière elle. Je ne veux pas vous inquiéter, Ella, mais c'est parfois le signe qu'on perd la boule.

Ce n'était ni la voix d'Andrew ni celle d'un Amish. Elle fit volte-face, étouffant un cri dans sa main.

L'agent spécial Lincoln Armstrong se tenait dans l'encadrement de la porte, son corps bloquant la lumière. Cela faisait presque sept mois qu'elle ne l'avait pas vu, et il n'avait guère changé, à l'exception de ses cheveux qu'il avait laissés pousser de plusieurs centimètres. Une enveloppe blanche à la main, il portait un polo rouge à manches courtes avec un petit animal brodé sur la poitrine. C'était un crocodile. Un emblème qui lui correspondait bien, songea-t-elle.

— Agent Armstrong… Vous m'avez fait peur.

— Appelez-moi simplement Linc, dit-il, d'autant que je ne fais plus partie du FBI. Alors, comment se porte votre invité ?

Elle décida de ne pas répondre à cette question, même si elle savait que Lincoln Armstrong avait joué un rôle prépondérant dans le placement d'Andrew au sein de sa communauté.

— Mon père et notre évêque croient savoir que vous êtes à l'origine de la venue d'Andrew parmi nous, se contenta-t-elle de dire.

Il haussa les épaules.

— J'ai d'abord songé à le confier à la famille de Mgr Esh, dans la mesure où je savais qu'Hannah vivait chez Ray-Lynn Logan et qu'ils avaient une chambre libre. Mais ce n'était pas la solution idéale, vu le nombre de gens qui viennent consulter votre évêque chez lui.

— Sans compter que les Esh ont besoin de temps et de tranquillité pour organiser le mariage de leur fille avec Seth. Ça aura lieu vendredi, vous savez.

— Oui, oui, je sais… C'est d'ailleurs pour ça que je suis là. Pas pour assister au mariage, rassurez-vous, mais j'aurais aimé que vous donniez ceci à Hannah.

Il lui tendit l'enveloppe carrée qu'il tenait à la main, mais Ella n'esquissa pas un geste pour venir s'en saisir. Son corps avait beau rester immobile, ses pensées se bousculaient sous son crâne. *Daad* et Andrew ne seraient sûrement pas ravis de constater que n'importe qui pouvait s'introduire chez elle alors qu'ils se trouvaient à quelques mètres de là. Si Lincoln Armstrong parvenait à la surprendre toute seule, ici, sans que personne le voie entrer, quelqu'un de malintentionné pourrait faire la même chose. De toute évidence, il n'était pas venu jusqu'à la maison en voiture, sans quoi elle l'aurait entendu arriver. Il avait dû laisser son véhicule au bord de la route et marcher jusqu'ici en passant par le jardin, de sorte que ceux qui se trouvaient derrière la maison n'avaient pu le voir approcher. En dehors du fait qu'elle n'avait aucune sympathie pour cet homme, elle se sentait agacée à l'idée qu'il ait pu surgir ainsi de nulle part.

Un silence désagréable s'installa entre eux, lui restant main tendue, elle derrière la table où se trouvaient ses sachets et le gros bol de bois rempli de lavande séchée. Finalement, Ella prit la parole :

— Après tout ce qui s'est passé entre vous et Hannah, je ne trouverais pas correct de servir d'intermédiaire pour lui transmettre un message personnel.

— C'est un mot de félicitations accompagné d'un chèque-cadeau valable chez Brand Amish Furniture, le magasin de meubles situé à proximité de Homestead. Elle pourra aller y choisir quelque chose pour sa maison, quand Seth aura fini de la construire. Voilà, vous savez tout.

— Ah…

Il lança l'enveloppe sur la table, manquant d'un cheveu le bol de fleurs séchées.

— Vous vous êtes toujours montrée trop protectrice avec votre amie, Ella.

Son front se plissa et il reprit d'une voix plus dure :

— Je peux comprendre que vous ayez convaincu votre frère d'épouser Hannah, mais…

— Je n'ai convaincu personne. Cette décision leur appartient entièrement.

— Oui, peut-être…

Elle voyait bien qu'il éprouvait un sentiment de colère et s'efforçait de ne pas le montrer.

— Je suppose qu'il y a toujours une part de mystère dans les grandes décisions… Alors, comme ça, vous ne saviez pas que j'aivais quitté le FBI ? J'ai pris une retraite anticipée.

— Non, personne ne m'en a parlé. Je pensais que votre métier vous passionnait.

— Peut-être ai-je appris qu'il existait d'autres choses dignes d'être aimées, répondit-il en haussant à peine les épaules. J'ai fondé une société de sécurité privée avec deux vieux amis. Le FBI ne m'a plus à la bonne, que voulez-vous… Et le fait que Seth et Hannah aient élucidé le meurtre du cimetière à ma place n'a pas arrangé mes affaires. Alors, acceptez-vous de la transmettre à Hannah ? demanda-t-il en pointant l'enveloppe du doigt.

— Je lui donnerai cette enveloppe en présence de Seth, puisque les félicitions et le cadeau sont pour les deux mariés.

— Ella Lantz, la femme qui reste toujours dans le droit chemin, dit-il avec un sourire ironique. Eh bien, je crois qu'on s'est tout dit. Prenez bien soin du cousin Andrew. Je n'aimerais pas que son séjour tourne mal, comme c'est arrivé à d'autres, par ici.

Quelque chose dans sa voix et dans l'expression de son visage atteignit Ella. Il y avait comme un parfum de défi — de menace ? — dans les mots qu'il venait de prononcer. Il la fixait d'un regard hostile et, l'espace d'un instant — peut-être parce qu'elle avait été agressée plus tôt dans la journée —, elle eut peur de lui. Mais Lincoln Armstrong tourna les talons sur ces mots. L'aurait-il fait, s'il n'avait entendu la béquille d'Andrew frapper les marches de la galerie ?

— J'ai vu que tu avais un visiteur *anglais*, Ella, dit Andrew. Un monsieur qui semble être venu sans voiture, *ya* ?

Elle était heureuse de voir qu'il faisait des efforts pour parler comme un Amish. Il parvenait même à imiter assez bien le rythme particulier de leur diction. Les deux hommes se dévisagèrent un instant en silence. Ils étaient à peu près de la même taille et de la même corpulence.

— C'est parce que je l'ai laissée au bout du chemin, répondit Lincoln Armstrong. Il faut avouer que le paysage se prête à la marche, vous ne trouvez pas ? Je n'ai pas dit au jogging, hein ! Oui, oui, j'ai entendu parler de l'incident qui vous vaut cette béquille… Je m'appelle Linc Armstrong, ajouta-t-il en tendant enfin la main, je suis un ami de Gerald Branin.

Andrew la serra sans rien dire.

— J'étais simplement venu demander à Ella de transmettre un cadeau de mariage à son frère et sa future épouse, reprit Lincoln Armstrong.

Là-dessus, il quitta la maison d'Ella avec un bref salut de la tête en guise d'au revoir. Elle aurait été soulagée de le voir partir quelques minutes plus tôt, mais, à présent qu'Andrew l'avait rejointe, elle regrettait que les deux hommes n'aient pas échangé quelques mots, qui lui auraient peut-être permis d'en savoir plus sur le passé de son cousin adoptif.

— Plutôt bourru, comme type, fit remarquer Andrew après avoir attendu que Lincoln Armstrong se soit suffisamment éloigné.

— La vérité, c'est qu'il ne me porte pas dans son cœur. Il est tombé amoureux de mon amie Hannah, et il me reproche de l'avoir éloignée de lui et de l'avoir poussée dans les bras de Seth.

— Une Amish et un *Anglais*, vraiment ? Et le reproche est fondé ?

— Hannah et Seth s'aiment depuis très longtemps, et ils se seraient sûrement mariés plus tôt si une autre fille ne s'était pas retrouvée enceinte de mon frère. Et puis, de toute façon, je ne pense pas qu'Hannah aurait été heureuse avec un *Englische*.

— Tu m'as pourtant dit que tu as une autre amie qui vit loin d'ici avec un *Englische* et qu'elle est heureuse avec lui. Tu m'as même expliqué que tu étais opposée à cette relation, à l'époque.

Ella ne répondit rien. Ils se dévisagèrent en silence durant de longues secondes par-dessus la table qui les séparait.

— Et Sarah a été excommuniée à cause de ça ! répliqua finalement Ella en haussant la voix malgré elle. Maintenant, elle ne peut même pas assister au mariage de sa meilleure amie ni même partager un simple repas avec sa famille. Elle est autorisée à recevoir quelque chose de nos mains, mais on ne peut rien accepter d'elle. Et les règles de notre Eglise interdisent à sa famille d'aller lui rendre visite là où elle vit désormais. Tu crois vraiment que c'est un sort enviable ?

— Dis donc, c'est plutôt sévère, comme traitement…

— Mais il y a une raison à ça, Andrew ! Etre soumis à des règles strictes n'est pas toujours facile pour nous, mais c'est la seule façon de maintenir nos traditions et notre mode de vie. Sans ces règles, notre communauté se serait sans doute désagrégée au fil du temps.

— Et ce serait bien triste, reconnut-il. Mais d'un autre côté, je trouve affreusement dommage qu'il existe une telle barrière entre les Amish et les modernes, comme vous les appelez. Je sais que ton grand-père disait : « Et les deux mondes jamais ne se rencontreront », mais ne dit-on pas aussi : « L'amour n'a pas de frontières » ? Bon, je te laisse rejoindre ta mère pour préparer le dîner.

— Je dois d'abord ranger un peu.

— Très bien, prends ton temps. Je vais t'attendre sur la galerie et je te regarderai retourner à la maison principale, au cas où d'autres *Anglais* viendraient t'importuner. *Danki* d'avoir mis les points sur les i au sujet des règles de votre Eglise, Ella.

Etait-ce un accent sarcastique, à la limite de la colère, qu'elle avait perçu dans sa voix ? Peut-être trouvait-il qu'elle avait eu tort de s'interposer entre Hannah et Lincoln Armstrong, et de critiquer le choix amoureux de Sarah. Ou alors, il était nerveux à l'idée que quelqu'un ait pu s'introduire si facilement dans sa maison alors qu'elle s'y trouvait seule… Et si c'était autre chose ? S'il avait cru qu'elle invoquait les règles de l'Eglise pour lui faire comprendre qu'il devait garder ses distances ? *Ach*, comme il l'avait dit lui-même, ce serait « affreusement dommage ».

Elle rangea sommairement les sachets et les rubans, puis partit rejoindre Andrew sur la galerie. Elle avait l'intention de lui demander pardon si elle l'avait offensé d'une manière ou d'une autre, mais il n'était plus là. Il devait vraiment lui en vouloir pour partir ainsi. Mais elle l'aperçut bientôt, en train de gravir la colline, la main en visière pour protéger ses yeux des derniers rayons du soleil. Il ne boitait presque plus, même si sa béquille était restée contre la balustrade de la galerie, et elle le vit bientôt s'arrêter pour regarder au nord, là où le chemin rejoignait la route.

Elle comprit aussitôt ce qu'il avait en tête et rentra précipitamment à l'intérieur pour aller se poster devant une fenêtre qui donnait sur la route. Lincoln Armstrong était presque arrivé à sa voiture… qui n'était pas noire et qui n'était pas une camionnette.

Ella s'adossa au mur en respirant fort. Devaient-ils soupçonner tout le monde, désormais ? Certes, elle avait dit à Andrew que son visiteur éprouvait une certaine hostilité à son égard, mais Lincoln Armstrong était tout de même un ancien agent du FBI. Sans compter qu'il semblait en bons termes avec M. Branin, l'homme chargé de protéger Andrew. Se pouvait-il que cet homme lui en veuille au point de l'agresser parce qu'elle avait encouragé Hannah à donner une deuxième chance à Seth ? C'était assez invraisemblable, mais elle ne voyait personne d'autre qui ait des raisons de la détester.

Ray-Lynn appréciait la vue spectaculaire qu'on avait de là-haut, mais c'était surtout l'idée d'un pique-nique impromptu avec Jack qui faisait briller ses yeux. Main dans la main, ils étaient montés jusqu'au sommet de la colline, admirant la vallée sous tous les angles durant leur ascension. Ils avaient toutefois pris garde de ne pas s'approcher de ce que Jack appelait des dolines, sortes d'entonnoirs naturels des eaux de pluie dans lesquels on pouvait tomber et se blesser sérieusement. Ils étaient également restés à distance de ce qui ressemblait à de grosses boîtes blanches empilées, et qui n'était autre que les ruches parfaitement entretenues d'Eben Lantz. Sans nul doute, le moment le plus agréable de leur petite randonnée avait été la pause effectuée à mi-chemin. La « pause baisers », comme Jack l'avait appelée.

A présent, il regardait avec ses jumelles en direction de la ferme des Lantz pendant qu'elle leur servait du vin rouge. Elle était touchée qu'il ait pensé à tout, des verres à pied au merlot en passant par l'ancien transistor réglé sur une station qui diffusait de vieux airs classiques.

— Ça par exemple ! s'écria-t-il. Linc Armstrong en train de monter dans sa voiture ! Qu'est-ce qu'il fichait là, garé au bout du chemin qui mène à la ferme des Lantz ? Je lui ai pourtant demandé aujourd'hui même de me prévenir s'il venait dans le coin ! Tu crois qu'il m'aurait dit qu'il se trouvait *déjà* dans le coin ? Je pensais qu'il était à Cleveland, moi !

— J'espère que c'est une visite professionnelle, dit Ray-Lynn, le front soudain soucieux. Parce que s'il est venu pour Hannah…

— Il a quitté le FBI. Retraite anticipée. Et je lui ai bien demandé de garder ses distances avec Hannah. Il a monté une société de sécurité privée, d'après ce qu'il m'a dit. Il paraît que ça paie beaucoup mieux.

— Je me fiche de ce qu'il fait. Après ce qu'Hannah m'a raconté sur lui, je sais qu'elle n'a vraiment pas besoin qu'il la pousse à retenter sa chance dans le monde de la chanson ou qu'il vienne jouer avec ses sentiments. Tiens, Jack, je t'ai servi un verre…

Il posa les jumelles par terre et prit le vin qu'elle lui tendait. Les deux verres s'entrechoquèrent avec un bruit cristallin et ils burent une gorgée de merlot, Jack faisant claquer sa langue d'un air satisfait.

— Je sais que certains ont les chocottes juste avant le jour J, dit Jack. Tu crois qu'Hannah a des doutes ?

— Non. Elle est sûre à cent pour cent de ses sentiments pour Seth.

— J'en suis heureux, dit-il en caressant délicatement la joue de Ray-Lynn du revers de la main.

Un agréable picotement parcourut le corps de Ray-Lynn, depuis la joue jusqu'au bas-ventre. Bien qu'elle n'eût plus le moindre souvenir de ce qu'elle avait éprouvé les premières fois où Jack avait posé les mains sur sa peau, elle était prête à parier que le geste lui avait toujours fait cet effet-là.

Elle ne put s'empêcher de sourire lorsque Frank Sinatra se mit à chanter *The Second Time Around* dans le poste.

> *« L'amour est encore plus beau*
> *Quand il s'invite pour la seconde fois… »*

Oubliant Lincoln Armstrong pour ne plus penser qu'à eux, ils burent lentement leur vin, adossés à l'un des gros chênes du petit bois qui coiffait la colline. Elle savait à quel point il était difficile pour Jack de se déconnecter de son travail, et elle songea qu'elle serait capable de s'en accommoder. Qu'elle pourrait vivre avec lui.

— Quelqu'un est venu ici récemment, dit Jack, déjà de retour dans ses habits de shérif.

Il pointa le doigt en direction de l'herbe écrasée, un petit peu plus haut que l'endroit où ils s'étaient installés.

— A moins qu'un chevreuil ne se soit couché là. Un chevreuil ou des amoureux, ajouta-t-il avec un sourire malicieux.

— Tu cherches à faire passer un message ? demanda Ray-Lynn avec un sourire tout aussi espiègle.

— Ça se pourrait bien. Sauf que, pour ce genre d'activité, c'est un peu près du bord à mon goût.

— Une de mes serveuses amish m'a dit que cette partie du sommet est surnommée « le saut des amants ».

— Ah bon ? Et pourquoi ?

— Apparemment, une jeune Amish et un *Anglais* qui s'aimaient contre l'avis de la communauté se sont jetés d'ici. Leurs corps ont été retrouvés dans le ravin près de l'étang. D'après ma serveuse, ça se serait passé il y a une bonne vingtaine d'années.

Même si elle était incapable de se rappeler le moment où sa camionnette avait plongé dans le ravin, un frisson la parcourut à l'idée de cette longue chute.

— Ton histoire est un peu trop romantique pour moi,

dit Jack en passant le bras autour de ses épaules. Si ça ne t'ennuie pas, je préfère qu'on s'en tienne au pique-nique.

Elle se pressa contre lui, reconnaissante de ses efforts pour alléger d'un trait d'humour l'angoisse qui l'envahissait chaque fois qu'elle songeait à son accident. Elle sentit qu'il hésitait à dire quelque chose et elle décida de prendre les devants :

— C'est merveilleux, tout ce que tu as préparé, Jack… Tu m'as vraiment gâtée.

Il étendit son bras libre en direction du panier.

— Lasagnes, pain et salade en provenance de la pizzeria. Le vin vient de ma cave personnelle. Bien entendu, j'ai beaucoup d'autres choses à t'offrir. Mais je ne veux pas te bousculer, Ray-Lynn. Je sais que tu as besoin de temps, alors j'attends mon heure…

Il posa son verre de vin sur la petite sacoche rigide qui lui servait à transporter ses jumelles, puis fit de même avec le verre de Ray-Lynn.

— J'ai conscience d'être très pris par mon métier et d'avoir un côté bourru, tu sais.

Il s'interrompit quelques secondes, comme s'il se demandait quelle direction donner à ses propos.

— J'ai eu tellement peur de te perdre, ma chérie… D'abord parce que tu aurais pu mourir, ensuite parce que tu ne te souvenais plus de ce qu'il y avait entre nous. Mais pour une femme comme toi, je suis prêt à tout recommencer à zéro autant de fois qu'il le faudra.

— Une fois suffira, Jack. Je n'ai pas l'intention de reperdre la mémoire.

Elle décolla la tête de son épaule pour le regarder, et ils échangèrent un sourire un peu grave.

— Si j'en crois Ella et Hannah, reprit-elle, je t'ai laissé venir à moi la première fois ? Tu vois ce que je veux dire… Il paraît que je jouais l'indifférente. Mais tu ne t'es pas découragé, à l'époque, et je ne veux pas que tu décourages aujourd'hui.

— Ray-Lynn, je crois avoir fait preuve d'une grande

patience, et je patienterai encore si tu le souhaites. On n'est pas obligés de faire pareil qu'avant ton accident, mais…

— « Pareil qu'avant mon accident » ? C'est-à-dire ?

— Eh bien, on s'était donné des doubles de nos clés et on passait parfois la nuit chez l'autre. Au moins deux ou trois fois par semaine, tu vois…

— Jack, merci pour cette information *claire*, dit-elle, soulagée de savoir enfin à quoi s'en tenir sur la question. Et merci du fond du cœur d'être toujours là pour moi sans exercer la moindre pression. Merci de me donner le temps de t'aimer de nouveau.

— C'est merveilleux de se remettre à parler d'amour, mais si on se remettait aussi à le faire, hein ? Ce serait peut-être une bonne idée, qu'en dis-tu ?

— Comment ça, *peut-être* ? Voilà un terme bien timoré pour un homme d'action comme toi ! répliqua-t-elle en lui donna un petit coup de coude complice.

Elle avait le sentiment qu'elle aurait pu s'élancer du haut de cette colline, tant elle se sentait pousser des ailes. La vraie Ray-Lynn faisait son retour, elle en était persuadée. Oui, ces petites piques qu'elle lançait de nouveau étaient décidément bon signe, et même son mauvais caractère qui refaisait parfois surface. Elle inspira une grande goulée d'air pur. C'était tellement joli ici, et cet homme était tout simplement adorable.

— Ici, nos rêves n'ont pas de limites, dit-elle en lançant la main vers l'horizon qui s'étendait à perte de vue.

Jack s'étendit sur la couverture et l'attira à lui. L'instant d'après, il était allongé sur elle, prenant garde, toutefois, à se faire le plus léger possible. Un baiser passionné fit voler en éclats les dernières défenses de Ray-Lynn. Elle s'agrippa à lui comme si sa vie en dépendait, sa langue entrant à son tour dans la danse sensuelle. Pourtant, un petit nuage gris flottait dans son ciel limpide : Jack avait parlé de nuits partagées, mais pas d'avenir commun.

Ils rompirent leur étreinte, à bout de souffle, les yeux fiévreux et presque hagards de désir. Pendant un moment, il n'y eut plus que le bruit des respirations et le battement des cœurs émus.

— Finissons vite de manger, dit Jack, avec l'expression de quelqu'un qui vient de faire un tour de montagnes russes. Bientôt, ce sera froid, et moi, je me serai trop échauffé, ajouta-t-il en se rasseyant.

Il aida Ray-Lynn à faire de même et lui tendit son verre de vin. Il venait de le remplir quand il se figea, la bouteille à la main et le regard fixé sur l'herbe.

— Qu'est-ce qu'il y a, Jack ? Tu n'as pas vu un serpent, au moins ?

Il ne répondit rien, continuant à scruter l'herbe, tout près de l'endroit où se trouvait le panier de pique-nique.

— C'est quoi ? demanda-t-elle alors qu'il ramassait un objet rond en plastique noir.

— A ton avis ? répliqua-t-il en lui présentant l'objet de plus près. Ça te dit quelque chose ?

— Non. On dirait le couvercle d'un Tupperware. C'est peut-être celui du récipient où se trouvait l'assaisonnement de la salade.

— Attends, il y a une inscription. *Bushnell*..., dit Jack d'un ton pensif. C'est un fabricant d'optique, je crois, mais s'il s'agit d'un cache de protection, il est bien trop large pour être tombé de mes jumelles. Ça me paraîtrait plus adapté à la taille d'un télescope.

— Un télescope ? C'est l'endroit parfait pour s'en servir ! Tu imagines tout ce qu'on peut admirer d'ici ? Pourquoi fais-tu cette tête ? Il y a un problème ?

Elle voyait bien que c'était de nouveau le shérif dans l'exercice de ses fonctions, qu'elle avait en face d'elle.

— J'espère que non. Mais je vais faire un saut rapide chez les Lantz dès qu'on sera descendus de cette colline. Après quoi, j'ai l'intention d'enfreindre la loi en roulant pied au plancher jusque chez toi. Tu es bien sûre qu'Hannah est partie et qu'on peut avoir la maison pour nous tout seuls ?

— Absolument. Elle a finalement décidé de vivre chez ses parents en attendant le mariage. Jack, je comprends très bien que tu continues à faire ton boulot même quand tu es avec moi, tu sais. Tu penses que la personne qui a oublié ce cache de protection a utilisé son télescope à des fins répréhensibles, c'est ça ?

— Je l'ignore, mais je finirai bien par le savoir.

La nuit venait tout juste de tomber quand des coups secs résonnèrent sur la porte de la maison principale. Ella les entendit alors qu'elle remontait du sous-sol frais où elle avait entreposé les miches de pain confectionnées pour le mariage. Elle eut une bouffée d'inquiétude, peut-être parce que les visiteurs se présentaient d'ordinaire à la porte de derrière. Elle pressa le pas, traversant successivement la cuisine et la salle à manger, avant de déboucher dans le salon, où elle trouva son père en train de jeter un coup d'œil par la fenêtre, sans doute pour vérifier qui venait à une heure pareille.

— *Ach*, j'espère que ce ne sont pas de mauvaises nouvelles…, l'entendit-elle maugréer dans sa barbe tandis qu'il allait ouvrir.

Quelques secondes plus tard, elle comprit pourquoi il avait dit cela. Winston Hayes se tenait debout sur la galerie, chapeau à la main. Etait-il venu vérifier qu'elle avait bien remis un triangle de signalisation sur sa carriole ?

— Bonsoir, monsieur Lantz, dit le policier. Mon nom est Winston Hayes. Je suis le nouveau suppléant du shérif Freeman. Votre fille… Oh ! bonjour, mademoiselle Lantz… Votre fille, disais-je, m'a dit avoir été importunée aujourd'hui et je voulais simplement m'assurer que la personne qui a garé sa voiture à l'entrée de votre chemin, tout à l'heure, n'était pas son agresseur. J'aurais aimé m'arrêter pour vérifier, mais j'avais une urgence.

— Ella ? dit Eben Lantz en sortant sur la galerie.

Elle vint aussitôt l'y rejoindre. Ne pas inviter un visiteur à entrer n'était pas du tout dans les manières de son père, sauf s'il s'agissait d'un représentant de la loi. Et si le shérif

Freeman était désormais le bienvenu chez les Amish de Home Valley, il lui avait fallu des années pour se faire accepter.

— Bonjour, monsieur Hayes, dit Ella. Merci d'être vigilant, mais la personne qui est venue me voir est un ancien agent du FBI. Vous avez certainement entendu parler du meurtre du cimetière…

Winston Hayes hocha la tête.

— Eh bien, mon visiteur était l'homme qui a aidé le shérif à mener à bien cette enquête.

— Oh ! je vois, lança Hayes avec un sourire qui illumina brusquement son beau visage. Heureusement que je ne suis pas intervenu, dans ce cas… J'ai bien vu qu'il n'avait pas de camionnette noire, mais ça m'a étonné qu'il se gare aussi loin de chez vous.

Il haussa les épaules avec une mimique modeste.

— On essaie juste de se rendre utiles, vous savez. Le shérif et moi, on prend très à cœur notre mission de service public. « Protéger et servir », telle est notre devise. Et on a bien conscience que vous avez eu le courage de prendre votre part de responsabilité.

Il devait faire allusion à Andrew, mais ni elle ni son père ne fit le moindre commentaire. Au fond, c'était plutôt une bonne chose que le shérif ait suffisamment confiance en cet homme pour l'informer de la situation d'Andrew, et lui demander de garder un œil sur la famille.

— Bon, eh bien, je suis rassuré de savoir qu'il n'y a pas de problème, reprit Winston Hayes, pour briser le silence qui le mettait visiblement mal à l'aise. Au fait, le shérif m'a demandé d'aller chercher des indices à l'endroit où la camionnette vous est rentrée dedans. J'ai trouvé les coquilles d'huîtres broyées dont vous avez parlé au shérif… et au shérif seulement, ajouta-t-il en la fixant du regard.

Sans doute tenait-il à lui faire savoir qu'il n'appréciait pas qu'elle ait gardé certains détails pour son supérieur, songea Ella devant ce regard insistant.

— En revanche, pas le moindre signe de votre triangle de signalisation, reprit-il. Enfin, bref…

Il fit un signe du menton en direction de la route.

— J'ai vu qu'il y a une cabine téléphonique par là-bas, alors n'hésitez pas à faire le 911 en cas de besoin. Vous pouvez nous joindre jour et nuit en composant ce numéro.

Tandis qu'Abel avançait jusqu'à la porte ouverte pour voir ce qui se passait, Winston Hayes remit son chapeau sur la tête, et tourna les talons avant de s'éloigner sans ajouter un mot.

— J'ai l'impression que le shérif veille sur nous plus étroitement qu'on ne le pense, depuis qu'Andrew vit sous notre toit, et je trouve ça plutôt réconfortant, fit remarquer Ella.

Pourtant, elle frissonna violemment tandis qu'elle rentrait dans la maison à la suite de son père.

8

Ella ne réfléchissait jamais mieux que lorsqu'elle travaillait. Voilà pourquoi elle s'agitait encore dans la grande cuisine de la maison principale bien après l'heure du souper, confectionnant deux fournées de muffins-« surprises » à la lavande. Deux cuillères à soupe de lavande infusée dans du lait étaient nécessaires à la préparation de chaque muffin, mais c'était la crème de citron qui constituait la surprise.

Ses parents assemblaient un puzzle dans le salon, tandis que les garçons s'étaient réfugiés dans leurs chambres. Quant à Andrew, il s'était installé sur l'un des deux rocking-chairs de la galerie, pour — selon ses propres mots — profiter de la quiétude du soir. A vrai dire, Ella ne l'avait cru qu'à moitié. Pour elle, il ne faisait guère de doute qu'il était inquiet, et qu'il s'était posté là pour surveiller la route.

Elle avait envie de le rejoindre, mais ces muffins étaient l'une de ses contributions au festin qui serait servi lors du mariage de Seth et Hannah, dans deux jours seulement. La tâche était ardue pour les Esh, qui devaient nourrir plus de deux cents personnes, même si l'évêque et sa femme pouvaient compter sur la famille du marié pour le repas — plus modeste — du soir.

Eben Lantz avait préparé quinze gros bocaux de miel dans lesquels il avait introduit un rayon. Ella n'était pas en reste, avec ses six gâteaux de noix à la cerise et à la lavande congelés depuis quelques jours, sans compter les miches de pain et les dizaines de muffins déjà prêts, auxquels s'ajouteraient ceux qu'elle était en train de mettre au four. Si elle faisait deux fournées ce soir au lieu de l'unique dont elle avait besoin, c'est qu'elle tenait à faire goûter une recette à la lavande à Andrew pour le petit déjeuner du lendemain. Dieu merci, sa robe de demoiselle d'honneur était terminée et les cadeaux achetés, et seule sa contribution culinaire réclamait encore un peu de travail. Etrange, tout de même, comme l'arrivée d'Andrew l'avait distraite de ce mariage si important à ses yeux…

Le cache de protection que le shérif était venu leur montrer lui occupait aussi l'esprit. Selon Jack Freeman, il s'agissait probablement d'un cache de télescope, et il avait été découvert à l'endroit même où les enfants Lantz observaient autrefois les étoiles avec celui de *Grossdaad*. Bien entendu, la trouvaille du shérif était en trop bon état pour avoir été oubliée pendant de longues années dans l'herbe qui couvrait le sommet de la colline. Et puis, ils n'étaient sûrement pas les seuls à avoir eu l'idée d'admirer la voûte céleste depuis ce haut perchoir. Le problème, c'est qu'on pouvait aussi espionner sa famille de là-haut. Sa famille et Andrew.

Le shérif avait vu Lincoln Armstrong quitter leur propriété, et il avait voulu savoir ce qu'il était venu faire là. Tout comme eux, Jack Freeman savait que l'idée de cacher Andrew au sein de la communauté amish venait de l'ancien agent spécial, et il avait demandé si cela avait un lien avec sa visite.

Ella tressaillit en voyant des phares trouer la nuit derrière la fenêtre située au-dessus de l'évier. C'était un petit véhicule blanc qui avait des allures de fantôme dans l'obscurité. Sans doute s'agissait-il de la voiture de sport de Connie Lee, la dame du Spa.

Les parents d'Ella déboulèrent dans la cuisine et s'approchèrent, front plissé, de la fenêtre. Il était déjà rare qu'ils reçoivent une visite en une soirée, alors trois…

— Je crois que c'est la mère du jeune homme qui a eu l'accident de voiture, dit Ella. Celle qui veut acheter mes produits pour le Spa qu'elle compte ouvrir par ici.

Elle entendit la porte de devant s'ouvrir et se refermer aussitôt, puis les voix d'Andrew, d'Aaron et d'Abel dans le salon. Ses frères avaient dû descendre pour regarder la belle voiture de plus près, tandis qu'Andrew était certainement rentré pour ne pas être vu. C'était la seconde fois que l'arrivée impromptue de Mme Lee le faisait fuir, et Ella se souvenait à quelle vitesse il avait disparu de la colline lors de la première visite de la femme d'affaires.

Suivie de près par son père, elle alla ouvrir la porte de derrière. C'était bien Connie Lee, déjà en train de monter les quelques marches qui menaient à la galerie.

— Bonjour, madame Lee, dit Ella en espérant que sa visiteuse n'avait plus de pistolet dans son sac à main. Donnez-vous la peine d'entrer, je vous prie.

Mme Lee pénétra dans la cuisine après l'avoir saluée à son tour, et Ella lui présenta ses parents.

— J'espère que ça ne vous ennuie pas si mes frères regardent votre voiture, ajouta-t-elle en entendant les voix d'Abel et d'Aaron, tandis que la porte de devant s'ouvrait de nouveau.

Mais Andrew n'était pas avec eux, ou alors il restait silencieux.

— Bien sûr que non.

— Alors, madame Lee, dit encore Ella, donnez-nous des nouvelles de votre fils. J'espère qu'il se remet de son accident.

— Oui, il va aussi bien que possible pour quelqu'un qui a deux jambes cassées et un traumatisme à la colonne vertébrale. On a eu très peur, mais, Dieu merci, il n'aura pas de graves séquelles.

— *Ya*, Dieu merci, intervint Eben.

— Je vous en prie, dit Anna, venez vous installer dans le salon, que je vous serve une part de tarte.

— Oh ! c'est très gentil à vous, mais je vais décliner l'offre. En tant que propriétaire d'une chaîne de Spa, je me dois de garder la ligne, vous comprenez ? Et la nourriture amish, si délicieuse soit-elle, peut causer de sérieux dégâts à votre tour de taille, ajouta-t-elle avec un petit rire mondain.

En fait, je suis simplement venue passer commande à Ella, et nous pouvons très bien rester dans la cuisine.

Sur ces mots, elle tira une chaise et s'assit à la table sans attendre d'y avoir été invitée. Ella la regarda avec surprise : n'avait-elle pas lu quelque part que les Chinois attachaient une grande importance à la politesse et aux convenances sociales ? Mais, malgré son nom et ses traits asiatiques, cette femme était sans doute américaine jusqu'au bout des ongles, comme certains de ces touristes qui n'hésitaient pas à frapper à la porte de la ferme à des heures incongrues.

Ses parents retournèrent dans le salon et Ella s'assit à l'angle de la table en regardant Mme Lee sortir un document de son drôle de sac… *Ya*, on aurait bien dit qu'il était en peau de serpent.

— J'aimerais que vous jetiez un œil à cette liste, dit-elle en poussant le document vers Ella. Je crois que nos clients seront ravis d'utiliser des produits artisanaux amish. Ça donnera de la crédibilité et une touche d'exotisme à notre enseigne, et ça vous permettra de développer votre affaire. Gagnant-gagnant, hein ? Et en plus de les utiliser pour les soins, je vous propose de mettre vos produits en vente dans la boutique que nous allons installer au sein de l'établissement. Ah, oui… je ne sais plus si je vous en ai parlé, la dernière fois, mais je voudrais que vous me confectionniez une lotion à base d'alcool et de lavande.

— De l'alcool à friction, vous voulez dire ?

Les sourcils parfaitement dessinés de Connie Lee se soulevèrent d'un coup.

— Non, de l'alcool à boire. Ça donne de la fraîcheur à la lotion. De la vodka, pour être précise. Il vous faudra stocker de la vodka, et l'infuser avec de l'huile essentielle de lavande avant de la conditionner dans de petits vaporisateurs.

— Je dois admettre n'avoir jamais élaboré ce genre de choses, madame. A vrai dire, j'ignorais même qu'elles existaient, tout comme les bougies de massage dont vous m'avez parlé l'autre fois. Je peux demander à notre évêque s'il m'autoriserait à fabriquer cette lotion alcoolisée, dans la mesure où la vodka est ajoutée dans un but… pour ainsi dire médical. Au fond, c'est un peu comme le vin de pissenlit, sauf que cette lotion ne sera pas à boire, bien sûr.

Pour une fois, Mme Lee sembla à court de mots. Mais elle retrouva vite sa faconde.

— Eh bien, je sens que ça va être une collaboration intéressante et une expérience pleine d'enseignements pour nous deux. J'ai lu un livre sur la lavande, pendant que j'étais au chevet de Sam. Passionnant, vraiment. L'histoire de cette plante nous ramène à la tombe de Toutankhamon, aux secrets de beauté de Cléopâtre et aux conquêtes romaines… Quand on pense qu'on en tapissait les rues pour couvrir l'odeur du sang !

— Ça ne figure pas dans la Bible, répliqua Ella, mais la légende veut qu'Adam et Eve aient emporté des brins de lavande lorsqu'ils ont été chassés du jardin d'Eden.

— Ça ne m'étonne pas qu'on invente toutes sortes de belles histoires autour de cette plante. Entre ses propriétés aromatiques et ses propriétés médicinales — j'ai même lu qu'elle aidait à combattre la dépression —, la lavande a vraiment des atouts extraordinaires, vous ne trouvez pas ? Tenez, je vous laisse cette liste des éléments dont nous allons avoir besoin chaque mois. A vous de me proposer des prix, et on en reparle ensuite. Je retourne à Cleveland ce soir pour aller voir Sam à l'hôpital. Ces fréquents allers-retours en voiture sont épuisants, mais je n'ai pas le choix. Ah, oui, encore une chose…

Elle plongea la main dans son sac en peau de serpent et en sortit d'abord ses clés de voiture, puis un petit paquet emballé dans du papier argenté. Ella reconnut aussitôt la cordelette rouge vif qui l'entourait : c'était celle qui s'était échappée par rouleaux de la voiture de Sam Lee, le soir de l'accident.

— C'est vraiment un bel emballage, fit-elle remarquer alors que Connie Lee lui tendait le paquet.

— Il est vide, parce que je sais maintenant que vous n'acceptez pas les cadeaux, mais je tenais à vous montrer à quel point le conditionnement est important pour nos produits. Ainsi, vous aurez une idée de la façon dont on les présente aux clients. Le papier argenté et la cordelette rouge vif sont la signature visuelle commune à tous les produits de notre gamme. Nous importons la cordelette et, bien entendu, nous pouvons vous en fournir. Vous savez, même s'il est important que le contenu soit à la hauteur, les gens sont d'abord séduits par l'apparence.

Connie Lee se leva et tira sur les longues manches du chemisier rose vif qu'elle portait sous un blouson en cuir blanc.

— Bon…, dit-elle, voyant qu'Ella restait muette après s'être levée à son tour. Je ferais bien de montrer l'habitacle de ma voiture à vos frères avant de partir. J'imagine que ça n'intéresse pas votre père, mais peut-être que votre cousin aimerait y jeter un œil, lui aussi ? Je parle bien entendu du jeune homme qui s'est porté au secours de Sam. Il séjourne encore chez vous ? Je serais ravie de lui faire faire un tour, vous savez. Croyez-moi, s'il n'était pas amish, je lui ferais volontiers cadeau de cette voiture pour le remercier de ce qu'il a fait. Mais j'ai bien compris ce que vous m'avez expliqué, Ella. Vous n'acceptez pas de récompenses pour vos bonnes actions.

— D'autant que les Amish ne conduisent pas d'automobiles, madame Lee.

— Suis-je bête ! s'écria-t-elle en se frappant le front du plat de la main. C'est vrai que vous ne conduisez que ces charmantes carrioles. Dites-moi, Ella, ajouta-t-elle alors qu'elle venait de mettre un pied dehors, ça me ferait plaisir si vous m'appeliez Connie.

Ella sortit à son tour et vit ses frères qui inspectaient chaque centimètre de la belle voiture de sport.

— Allez donc chercher votre cousin timide, et je vous laisserai tous vous mettre derrière le volant ! leur lança Connie Lee.

— Andrew est occupé, dit Aaron. Il fait… euh… il fait un truc.

Difficile d'être moins convaincant, songea Ella en observant la femme d'affaires. Pourquoi voulait-elle à tout prix rencontrer celui qu'ils appelaient leur cousin ? Bien entendu, elle pouvait tout simplement avoir envie de lui exprimer sa reconnaissance, mais Ella avait l'impression que l'intérêt que cette femme portait à Andrew était un peu exagéré.

Après avoir laissé Aaron et Abel s'asseoir derrière le volant, Connie Lee s'installa dans sa petite voiture, qui s'éloigna bientôt sur le chemin avec trois petits coups de Klaxon. Ella retourna dans la cuisine et se pencha sur la liste des produits à la lavande que souhaitait lui acheter son étrange visiteuse. Jamais elle n'aurait imaginé que développer son affaire prendrait aussi peu de temps ! Pour honorer les futures commandes du Sweetgum Spa, elle allait devoir embaucher plusieurs personnes, y compris quelqu'un qui l'aiderait à fabriquer elle-même son savon, un projet qu'elle avait en tête depuis des années.

Elle couvrit d'un film plastique les muffins qui avaient eu le temps de refroidir et décida de partir à la recherche d'Andrew. Mais elle n'était pas sortie de la cuisine qu'elle le vit passer devant la fenêtre. Le carreau lui renvoyait sa propre image comme un miroir sombre, et c'est à peine si elle distingua la longue silhouette de leur invité. Etait-il resté là pendant toute la visite de Connie Lee, tapi dans l'obscurité ?

Elle diminua la puissance des deux lampes à pétrole qui éclairaient la cuisine afin de mieux voir au-dehors, puis alla ouvrir la porte de derrière. L'odeur de lavande se mêlait à la douceur de cette soirée de juin. Andrew avait quitté les abords de la maison, et elle l'aperçut bientôt qui gravissait la colline. Elle reconnaissait sa démarche légèrement claudicante, et il lui sembla qu'il n'avait pas sa béquille. Que faisait-il donc ? Il n'avait tout de même pas l'intention de désherber dans le noir ou d'aller chercher Dieu sait quels indices au sommet, là où avait été trouvé le cache de protection ! Quand Ray-Lynn et le shérif étaient venus montrer leur trouvaille, Andrew leur avait posé mille questions sur la configuration du terrain, là-haut, et Ella l'avait une nouvelle fois mis en garde à propos des ruches et des dolines.

Elle décida de le suivre et referma doucement la porte de la maison. Elle marchait depuis quelques secondes lorsqu'elle se rendit compte qu'elle n'avait pas sa coiffe. Après avoir hésité un instant à rebrousser chemin, elle se mit à accélérer le pas en direction de la colline. Lorsqu'elle redescendrait, elle irait chercher le vieux télescope de *Grossdaad*, remisé depuis des années dans un coffre de bois à l'étage de la grange. Elle avait promis au shérif qu'elle vérifierait s'il était de marque Bushnell, comme le cache de protection trouvé dans l'herbe. Pourquoi ne pas proposer à Andrew de venir avec elle dans la grange ? Cela rassurerait *Daad*, qui lui avait demandé d'être toujours accompagnée où qu'elle aille, sauf au lit et aux toilettes.

Alors que ses yeux s'accoutumaient à l'obscurité, elle vit — avec certitude, cette fois-ci — qu'Andrew n'était pas muni de sa béquille. Il progressait toutefois lentement, et il fut bientôt à portée de voix.

— Andrew ! cria-t-elle, les mains autour de la bouche. Tu ne grimpes pas là-haut à cause de ce cache de protection, quand même ?

Il se retourna et s'assit sur la langue de terre herbeuse qui séparait deux rangées de lavande.

— Pas en pleine nuit, répondit-il quand elle parvint à sa hauteur. Je n'ai aucune envie de foncer dans une ruche ou de me briser le cou dans une de ces cavités dont tu m'as parlé. Non, c'est simplement que j'aime observer les étoiles. Et la pollution lumineuse est si faible, ici, que ça donne une autre dimension à l'expérience.

Elle sentait son regard sur elle.

— C'est sans doute parce que le shérif a parlé d'un télescope que tu as songé aux étoiles, dit-elle après s'être assise à son tour — ni trop loin ni trop près de lui —, les bras autour de ses jambes repliées. Je compte aller voir dans la grange si celui de mon grand-père s'y trouve toujours.

— J'irai le chercher avec toi, c'est plus prudent, dit-il

avant de s'allonger sur l'herbe, les mains derrière la tête. Mais faisons ça, d'abord.

De toute évidence, *Faisons ça d'abord* signifiait *Regardons d'abord les étoiles*, et non *Allongeons-nous l'un à côté de l'autre*, mais elle l'imita néanmoins. L'herbe était tendre et fraîche, le vent doux et caressant. Elle entendait la respiration forte d'Andrew, sans doute parce qu'il avait fait un effort pour gravir la colline sans béquille. L'immensité du ciel noir piqué d'innombrables points incandescents la laissait sans voix. Soudain, un arc lumineux traversa la voûte céleste.

— Regarde, une étoile filante ! s'écria-t-elle, doigt tendu.

— Non, c'est un satellite de télécommunication, répondit-il. J'étais en train de le regarder, moi aussi.

— Un satellite de télécommunication ? C'est un objet spatial qui permet de transmettre des images pour la télévision, c'est ça ? J'en ai déjà entendu parler.

— Oui, ça transmet des programmes télévisés, des communications téléphoniques, des données numériques pour internet, ce genre de choses. C'est aussi grâce à eux que fonctionnent les GPS, tu sais, ces appareils qui guident les randonneurs, les militaires, les marins ou encore les automobilistes. Ils se déplacent d'est en ouest, sauf les satellites militaires qui se déplacent du nord au sud. Et comme ils sont en orbite, leur luminosité peut varier même s'ils ne scintillent pas.

— On dirait que tu connais parfaitement le sujet, murmura-t-elle, impressionnée.

Il poussa un soupir.

— Oui… Du moins, c'était le cas il y a encore quelques mois. Tu sais, ça évolue très vite, dans le domaine des technologies de pointe.

— La société pour laquelle tu travaillais fabriquait des satellites, c'est ça ? Ou peut-être qu'elle les entretenait ?

— Les deux. Tu connais un sport qui s'appelle le golf ?

— Oh ! *ya*, une fois, je suis allée jeter un œil au parcours qui se trouve à proximité de la route, en allant vers Charm. Il y a de jolies collines, des plans d'eau et même des sortes de petites plages, mais c'est presque trop parfait, trop bien entretenu… Du coup, ça a un côté factice.

— Oui, je vois… La société qui m'employait a commencé en fabriquant des GPS pour le golf. Les GPS, ce sont les systèmes de navigation par satellite dont je t'ai parlé tout à l'heure. Les nôtres se synchronisaient — se connectaient, si tu préfères — avec des satellites en orbite pour permettre aux golfeurs d'avoir des infos très précises sur l'endroit où ils se trouvaient : la largeur du terrain, les distances jusqu'au petit trou dans lequel on est censé mettre la balle, etc.

— Quoi ? s'écria Ella. Tout ça pour un jeu qui consiste à mettre une balle dans un trou ! Mais si je comprends bien, cette société a évolué vers d'autres activités, c'est ça ?

— Oui. Elle s'est développée et s'est énormément diversifiée, et moi, j'ai suivi le mouvement. Mais cette page de ma vie professionnelle est bel et bien tournée. Pourtant, j'avoue que j'adore toujours regarder les satellites, et que je reste fasciné par ces machines dont je connais souvent le nom et l'espérance de vie.

— Comme si c'étaient des êtres humains, dit Ella. J'imagine que les gens qui parviennent à construire de telles machines et à les faire tourner au-dessus de nos têtes se croient les égaux de notre Seigneur qui a créé la Terre et les cieux.

Ils restèrent un moment silencieux, les yeux perdus dans les étoiles. Ella fut la première à reprendre la parole :

— Donne-moi les noms de ces satellites, Andrew. Au moins quelques-uns.

— *Delta* sera visible ce soir, mais beaucoup plus tard, tout comme l'*Agena*. Si on restait toute la nuit, on verrait aussi la Station spatiale internationale, une station occupée en permanence par un équipage cosmopolite. Elle est en orbite basse, c'est-à-dire que son altitude se situe entre 330 et 410 kilomètres.

Elle s'assit en tailleur et se tourna vers lui.

— Les Chinois possèdent aussi des satellites ?

Andrew se redressa à son tour, jambes repliées et coudes

sur les genoux. Ella remarqua que ses mains, plaquées contre ses joues, formaient deux poings rageurs.

— Ils fabriquent des satellites-espions, répondit-il d'une voix brusquement dure et froide. Bien sûr, on en fabrique aussi, mais les leurs embarquent en secret des armes qui pourraient viser notre pays, ainsi que des radars capables de percer la couverture nuageuse. Comme des gros yeux qui peuvent tout observer par n'importe quel temps. Si on ne fait rien pour les en empêcher, les Chinois seront bientôt capables de mettre nos satellites hors service, y compris les satellites militaires. Notre pays sera entièrement désorganisé et vulnérable et…

Il s'interrompit brusquement et secoua la tête, lèvres pressées l'une contre l'autre.

— Je parie que leurs satellites-espions prennent plein de photos de choses que notre pays préférerait leur cacher, dit Ella.

Il ne répondit pas tout de suite, se contentant de la dévisager. Elle vit que sa bouche s'était un peu entrouverte.

— Je suis un idiot, finit-il par murmurer. J'ai tellement besoin de parler de l'homme que j'étais : des choses que je connaissais et qui me passionnaient… Et toi, tu es si séduisante, si honnête, si ouverte et intelligente… Oublie mes bavardages sur mon ancienne vie.

— A condition que tu me dises si tu aimes un peu ta nouvelle vie parmi nous, même s'il ne s'agit pour toi que d'une parenthèse.

— J'apprécie énormément la vie que je mène en pays amish, Ella. Ici, j'ai le temps de réfléchir et de ressentir. D'être à l'écoute des autres et de moi-même. En l'espace de quelques jours à peine, je me suis pris d'affection pour les paysages et les gens d'ici. Et l'accueil que vous m'avez réservé, toi et ta famille, y est pour beaucoup. A ce propos, je vous suis vraiment reconnaissant de m'avoir invité au mariage de ton frère et ton amie.

— Alors, c'est vrai, tu te sens bien, avec nous ?

— J'aime la paix et la quiétude du pays amish et les

valeurs fortes que partagent les membres de ta communauté. J'aime la façon dont ta grand-mère prend soin de moi et me reprend si je l'appelle « Mme Lantz ». « Tu m'appelles *Grossmamm* Ruth, *ya* ? » dit-il en imitant la voix et l'accent de la vieille dame. Et surtout, j'aime la gentillesse de ta famille à mon égard, et la tienne en particulier.

Elle fut prise d'un immense désir de le serrer dans ses bras et de le couvrir de baisers.

— Hé ! Qu'est-ce que j'ai dit ? demanda-t-il quand elle se leva d'un bond. Où vas-tu, Ella ?

— Dans la grange pour voir si le vieux télescope de mon grand-père s'y trouve toujours, répondit-elle en brossant sa jupe pleine de brins d'herbe et de lavande. Je viens de me souvenir que j'ai promis au shérif de voir s'il était de même marque que ce fameux cache de protection.

— Attends-moi ! lança Andrew lorsqu'elle commença à s'éloigner. Ma cheville va mieux, mais je n'en suis pas encore à dévaler les collines comme un cabri !

Elle était déchirée entre l'envie de l'attendre et de le fuir. Jamais elle n'avait éprouvé un pareil sentiment pour un homme, et cela lui faisait beaucoup plus peur que la camionnette noire qui avait embouti sa carriole. Beaucoup plus que l'idée d'être espionnée du haut de cette colline avec un télescope, ou même du ciel par un satellite chinois.

— Tu sais, ma chérie, je peux encore attendre, si tu ne te sens pas prête, dit Jack en posant son verre de vin sur la table de Ray-Lynn, sous les regards conjoints de Scarlett O'Hara et de Rhett Butler.

Cela faisait des années que Ray-Lynn collectionnait les objets sur le thème d'*Autant en emporte le vent*, et sa blessure à la tête n'avait pas réussi à effacer cette passion.

Ray-Lynn se serra encore un peu plus contre Jack sur le canapé du salon.

— Tu t'es montré très patient et très aimant, Jack, dit-elle, posant elle aussi son verre sur la table basse. J'aimerais tellement me souvenir de ce qui s'est passé entre nous avant mon accident… Mais j'ai du mal à imaginer que ça ait pu être mieux que ce qui se passe maintenant.

Il posa la main sur le genou de Ray-Lynn, qu'il pressa tendrement.

— Je sais que tu es le genre de femme qui attend d'un homme qu'il s'engage, et tu peux compter sur moi. Si tu penses être prête à vivre avec moi jusqu'à la fin de tes jours, tu n'as qu'un mot à dire et je répondrai présent.

Elle se blottit tout contre lui, frottant doucement la tête sur son torse comme si elle cherchait à y creuser un refuge. Elle aurait tant aimé se connaître elle-même — connaître celle qu'elle était avant — aussi bien qu'elle croyait désormais connaître Jack. Mais elle savait au moins une chose : la Ray-Lynn qu'elle était aujourd'hui, la Ray-Lynn qu'ils avaient reconstruite ensemble après l'accident et l'amnésie, cette Ray-Lynn-là était prête à laisser le malheur derrière elle pour ouvrir un nouveau chapitre de sa vie.

— Alors, je le dis, Jack : je suis prête à vivre avec toi jusqu'à la fin de mes jours.

Le regard brillant de larmes de Jack Freeman s'éclaira d'un sourire.

— Promets-moi simplement de ne pas m'obliger à regarder ton film préféré tous les jours, dit-il. Pas même toutes les semaines, mon amour. Grâce à toi, je connais par cœur la moindre scène d'*Autant en emporte le vent*, tu sais…

Il se frotta le menton en la dévisageant d'un air malicieux.

— A propos… si on jouait une de ces scènes, tous les deux ?

— Laquelle ? répondit-elle sur le même ton badin. Il faudrait quelque chose qui soit adapté à notre époque, tu ne crois pas ? Malheureusement, ajouta-t-elle avec une moue désolée, on n'a même pas une petite guerre civile à se mettre sous la dent, en ce moment.

— Oh ! je me bats tous les jours contre le crime, figure-toi. Mais je ne songeais pas à une scène belliqueuse. A vrai dire, c'est même tout le contraire que j'ai en tête.

— Tu penses à celle où Scarlett et Rhett se séparent parce qu'il doit partir guerroyer ? Celle où il lui donne ce baiser mémorable ?

— Non, répondit Jack en se levant du canapé avant de tirer Ray-Lynn par les mains pour l'inciter à faire de même. Je pense à celle où il la porte dans l'escalier, jusqu'à la chambre où les attend une nuit torride.

Il fléchit les genoux sur ces mots et la bascula dans ses bras, la faisant rebondir une fois pour avoir une meilleure prise.

— Ma foi, dit-elle en prenant son plus bel accent du Sud, je déclare solennellement être fort sensible au désir que vous manifestez pour ma modeste personne, shérif Jack Freeman ! Mais ne va surtout pas te faire mal au dos ! ajouta-t-elle en riant. Je peux monter ces marches comme une grande, tu sais.

Mais il ne voulut rien savoir et elle se retrouva bientôt en train de voler vers sa chambre à coucher. C'était romantique, gai, touchant, et pourtant… Les inquiétudes de Ray-Lynn l'empêchaient de profiter pleinement du moment présent. Et si son cerveau était plus atteint que ne le pensaient les médecins ? Si elle perdait de nouveau les souvenirs qu'elle était en train de fabriquer avec Jack ? Si l'ancienne Ray-Lynn — la fonceuse pleine d'entrain décrite par Hannah — était perdue à jamais ?

Depuis la série d'incendies criminels qui avaient ravagé des granges de la vallée, Ella n'utilisait plus de lampe à pétrole lorsqu'elle se trouvait dans le grand bâtiment de bois. Désormais, elle se servait uniquement de la puissante torche électrique qu'elle suspendait ensuite à un clou, juste derrière la porte. Mais les garçons avaient dû s'en servir et omettre de la ranger, parce qu'elle n'y était plus. Après l'avoir cherchée de longues secondes à tâtons dans le noir, ses doigts se posèrent enfin sur la coque en plastique.

Avant même que la lumière se fasse, Ella s'était sentie rassurée par les odeurs et les sons familiers de la grange : les chevaux qui piaffaient et s'ébrouaient, le *hou hou* du hibou qui nichait dans le grenier à foin et qui rendait service en chassant les souris... Mais les pas d'Andrew qu'elle entendait maintenant derrière elle la rendirent de nouveau nerveuse.

— Comment veux-tu que je te suive, si tu marches aussi vite ? lança-t-il. Ma cheville n'est pas encore tout à fait remise, et je ne peux pas me déplacer comme avant.

— Excuse-moi, se contenta-t-elle de répondre, avant d'éclairer devant eux.

Comme avant..., songea-t-elle. Rien n'était comme avant, depuis qu'Andrew était là, et elle se demandait si la présence de cet homme ne continuerait pas à chambouler son existence même après son départ. Elle avait une envie aussi brûlante qu'étrange de lui raconter que cette grange était l'un de ses plus sûrs refuges lorsqu'elle sentait planer l'ombre de sa malédiction. Que la robuste charpente et la présence chaleureuse des chevaux semblaient faire rempart à cette nuit glacée qui voulait l'engloutir. Oui, elle avait une folle envie de lui confier ce qu'elle n'avait confié à personne d'autre... Mais mieux valait que cela reste un secret, tout comme l'effet qu'il lui faisait. Parfois, elle se sentait fébrile lorsqu'elle était seule avec lui, parfois, toute molle et toute chaude, d'autres fois, à bout de souffle. Et d'autres fois encore, tout cela à la fois.

Elle entendit la porte de la grange se fermer tandis qu'elle allait caresser Fougère.

— Tu ferais mieux de rester en bas pendant que je grimpe dans le grenier pour aller chercher le vieux télescope, dit-elle sans se retourner. Tu peux... Tu n'as pas peur d'attendre dans le noir, n'est-ce pas ?

— Non, répondit-il avec un petit rire, mais je suis tenté de monter avec toi. J'ai vu qu'il y avait une ouverture, là-haut, d'où on doit pouvoir observer les étoiles. J'imagine que c'est pour rentrer la paille ?

— Ne pas confondre la paille et le foin, monsieur le rat des villes. L'étage de la grange s'appelle le grenier *à foin*, dont la réserve de printemps est d'ailleurs presque épuisée.

— Je sais que j'ai encore beaucoup à apprendre, madame le rat des champs, répliqua-t-il à voix basse.

Il murmurait presque, comme s'ils étaient deux enfants qui cherchaient à se soustraire à l'attention des adultes.

— Ici, c'est un monde entièrement nouveau pour moi, poursuivit-il en s'approchant tout près d'elle. Un monde qui me fascine.

Il tendit un doigt et remit en place une mèche qui s'était échappée de sa *kaap* de prière. Elle se fit violence pour ne pas se jeter dans ses bras, battant en retraite vers l'échelle qui permettait d'accéder au grenier à foin. Elle venait de mettre le pied sur le premier barreau quand il lui saisit la main pour l'inciter à se retourner. Lorsqu'ils furent face à face, il lui confisqua la torche électrique, qu'il posa sur le rebord d'une auge. Andrew pressa le bouton de la lampe et le noir se fit autour d'eux.

Elle sut alors qu'elle n'aurait plus la force de résister.

9

Andrew l'attira à lui, délicatement mais fermement, jusqu'à ce que leurs lèvres se rencontrent. Un baiser chaste, comme s'il voulait d'abord la goûter avant de la déguster. De la dévorer, peut-être. Un éclair la traversa de part en part. Il l'embrassait doucement, mais elle sentait la force des mains qui agrippaient sa taille. L'obscurité l'empêchait de distinguer son visage, mais elle comprit qu'il venait d'incliner la tête, parce qu'elle sentait maintenant son souffle sur sa joue et son cou, et plus sur son nez. Il respirait fort et de plus en plus vite, et elle se rendit compte qu'elle faisait de même.

— Si tu me demandes d'arrêter maintenant, je le ferai, murmura-t-il d'une voix qu'elle ne lui connaissait pas. Mais sache que je n'ai aucune envie d'arrêter. Quel que soit le temps que je passerai ici, je ne t'oublierai jamais, Ella au pays enchanté. C'est le titre d'un film que j'ai vu il y a longtemps, et il te va à merveille. Et il t'irait encore mieux si c'était Ella l'enchantée, parce que c'est comme ça que je te vois : enchantée, enchanteresse, ensorceleuse…

Non seulement elle ne lui demanda pas de mettre un terme à ses délicieux butinages, mais elle passa les bras au jugé autour de son cou. Zut… Il était plus grand qu'elle ne l'aurait cru, et sa main toucha une de ses oreilles avant de faire tomber son chapeau de paille. Mais ça n'avait aucune importance. D'ailleurs, rien n'avait d'importance, sinon d'être pressée tout contre lui.

La bouche d'Andrew se faisait chaque instant plus vorace, impérieuse, donnant à Ella l'envie de s'abandonner entièrement à leurs désirs mêlés. Elle sentit sa langue, ferme et douce comme un pinceau sensuel, qui dessinait le contour de ses lèvres avant de s'introduire, conquérante, dans sa bouche. Elle referma les bras autour du cou d'Andrew, dont les mains tenaient sa taille comme une ceinture d'acier. Son corps était si dur, tout en angles, et plat là où elle n'était que courbes et rondeurs. La tête lui tournait et elle avait la sensation de ne plus respirer qu'à travers lui. C'était tellement merveilleux… Tellement… défendu.

Ils rompirent un instant le baiser pour reprendre leur souffle.

— Je ne peux pas faire ça…, parvint-elle à articuler, bien qu'elle ne crût pas elle-même à ces mots.

Et pourtant… N'était-ce pas précisément ce qu'elle avait reproché à ses amies ? D'avoir été attirées par des *Anglais* ? Maintenant — à cet instant précis —, elle comprenait enfin que Sarah ait quitté la communauté amish pour aller vivre avec Nate. Elle la comprenait et lui pardonnait. Quant à Hannah, elle la trouvait d'autant plus forte de n'avoir pas succombé aux stratagèmes de Lincoln Armstrong.

— Qu'est-ce que tu ne peux pas faire ? demanda-t-il dans un souffle rauque, alors qu'elle avait déjà presque oublié ce qu'elle venait de dire.

Des picotements froids lui parcouraient le dos, mais elle avait le sentiment d'être en feu. Ses jambes avaient du mal à la soutenir, et elle se demandait si elle ne serait pas déjà tombée s'il n'avait été là pour la soutenir. Malgré l'épaisseur de leurs vêtements, elle sentait ses seins pressés contre lui comme s'ils étaient en contact direct avec son torse dur. Elle avait perçu la réaction d'Andrew quand sa poitrine était venue s'y écraser : un mélange d'excitation et de surprise. Sans doute ne lui était-il jamais venu à l'idée que les femmes amish ne portaient pas de soutien-gorge.

Il la poussa contre une poutre et se remit à l'embrasser tandis que ses mains épousaient puis pétrissaient doucement les rondeurs de ses fesses.

Une alarme se mit à hurler dans la tête d'Ella, plus stridente qu'une sirène de police, plus forte que la voix de son père qui appelait Andrew…

Elle laissa échapper un petit cri, et ses mains le repoussèrent alors que son corps ne songeait qu'à le retenir.

— Qu'est-ce que… C'est qui ? demanda Andrew alors que la voix se faisait de nouveau entendre.

— C'est *Daad* qui t'appelle.

Il grommela quelques mots inintelligibles et recula d'un pas. Elle l'entendit chercher la torche électrique à tâtons, puis le faisceau lumineux éclaira subitement un coin de la grange.

— Tiens, murmura-t-il en lui mettant la lampe dans la main. Grimpe dans le grenier et va chercher le vieux télescope. Profites-en pour défroisser tes vêtements et remettre de l'ordre dans tes cheveux.

Elle crut voir un tendre sourire se former sur ses lèvres.

— Ton bonnet est tout de travers, dit-il avant de se tourner un instant vers la porte de la grange. Je vais voir ce que veut ton père, et je lui dirai que je t'attends ici pendant que tu es dans le grenier, parce que je ne veux pas te laisser seule. Dépêche-toi, Ella ! Non, attends ! Eclaire le sol une seconde, que je voie où est tombé mon chapeau…

Elle était encore toute troublée par ce qui venait d'arriver, par la chaleur d'Andrew qu'elle sentait toujours dans son corps, par les émotions qui se bousculaient en elle. Il l'avait qualifiée d'enchanteresse, mais elle se sentait plus ensorcelée qu'ensorceleuse.

Elle hésita quelques secondes à suivre les instructions d'Andrew, le temps de se convaincre que ce qu'il s'apprêtait à dire à *Daad* n'était pas un mensonge. Elle marqua un temps d'arrêt au milieu de l'échelle tandis qu'Andrew lançait d'une voix forte ;

— Nous sommes là, Eben ! Dans la grange ! Ella est montée dans le grenier à foin pour chercher le télescope de son grand-père.

La porte de la grange coulissa avec un léger grincement.

— Vous avez de la visite, Andrew, dit Eben Lantz. M. Branin est là. J'ai eu du mal à le reconnaître, mais c'est bien lui. Ella ! cria-t-il, tu as trouvé ce que tu cherchais, là-haut ?

Elle se dépêcha de gravir les derniers échelons et s'éloigna sur la pointe des pieds vers le fond du grenier avant de répondre :

— Pas encore, *Daad* ! Je suis en train de fouiller le coffre de *Grossdaad* !

Autrefois, ce vaste coffre servait de caisse à outils à son grand-père. Grand bâtisseur de granges, Gideon Raber avait transmis son précieux savoir à Seth.

Ella souleva le couvercle lourd et poussiéreux et braqua la lampe torche vers le contenu du coffre. Une carte de Sarasota était punaisée sur la partie intérieure du couvercle. C'était là, en Floride, que *Grossdaad* et *Grossmamm* passaient leurs hivers, au sein de la petite colonie amish connue sous le nom de Pinecraft. Bien peu de gens savaient que la Floride était une villégiature d'hiver pour de nombreux Amish, en particulier pour les plus âgés. Elle se laissa aller quelques secondes à imaginer ses grands-parents confortablement installés dans l'autocar roulant vers la Floride, en train de commenter les paysages qui défilaient derrière la vitre.

Le faisceau lumineux éclaira les coquillages dont son grand-père faisait collection, et avec lesquels elle adorait jouer lorsqu'elle était petite. Elle reconnut aussitôt son préféré, une grosse coquille de conque rose et blanc nacrés. Combien de fois l'avait-elle plaqué contre son oreille, persuadée d'y entendre le bruit de l'océan comme l'avait affirmé *Grossdaad* ! Fillette, elle rêvait d'aller nager dans l'immense étendue bleue et de se faire rouler par ses vagues joueuses. Mais l'envie lui était passée depuis qu'elle avait failli se noyer dans l'étang. Pourtant, elle avait conservé chacune des cartes postales de Floride que lui envoyaient ses grands-parents, et dont les images de palmiers et de plages l'enchantaient encore. Ella l'enchantée, dont l'enfance se réveillait au contact de cette malle aux trésors… Sous les coquillages se trouvait un vieux tablier de charpentier, ainsi que les rares outils dont Seth n'avait pas eu besoin. Comme c'était émouvant de songer que les autres outils de *Grossdaad* continuaient à servir entre les mains de son petit-fils !

Mais pas de télescope.

— Il n'est plus dans le coffre de *Grossdaad* ! cria-t-elle à l'intention de son père.

— Mais si, il y est ! répliqua-t-il de sa grosse voix. Je l'ai vu il y a deux ou trois semaines, alors que je cherchais autre chose. J'ai même songé à le sortir, mais j'ai eu à faire, et ensuite, ça m'est sorti de la tête.

— Les garçons l'ont peut-être pris, lança encore Ella.

— Non, non, ils ne l'ont pas. A moins que Seth ne l'ait emporté avec lui.

— C'est la seule explication possible, mais on ne va pas l'embêter avec ça alors qu'il se marie après-demain.

Elle promena le faisceau lumineux dans tous les coins et recoins du grenier à foin. Tout semblait en ordre.

— Je descends tout de suite ! cria-t-elle, prenant néanmoins le temps de défroisser ses habits et de lisser ses cheveux du plat de la main, avant de remettre en place les épingles qui tenaient son bonnet d'organdi. Elle se sentait toujours fébrile, nerveuse et pourtant joyeuse, comme si quelque chose d'à la fois étranger et très intime s'était niché au creux de son ventre. La femme amish et l'homme *anglais* s'étaient risqués en terrain *verboten*, et elle avait adoré ça.

Elle était sur le point de redescendre quand elle entendit la voix d'Andrew, non pas dans la grange, mais flottant au-dehors et s'invitant par la petite porte — toujours ouverte lorsqu'il faisait si doux — qui servait à rentrer le foin. Il y avait aussi une voix étrangère, sans doute celle de M. Branin. Les deux hommes avaient dû s'adosser contre la masse sombre de la grange.

— Oui, disait Andrew, tout se passe bien pour moi, mais on a trouvé des empreintes de pas sous les fenêtres des deux maisons, ainsi qu'un cache de protection qui semble appartenir à une longue-vue ou un télescope. Il était dans l'herbe, au sommet de la colline, et c'est le shérif qui a mis la main dessus. A se demander si quelqu'un n'espionne pas la ferme… Il y a aussi eu un incident bizarre avec Ella, la fille aînée des Lantz. Une camionnette l'a suivie et a embouti sa carriole à plusieurs reprises avant de s'en aller. Le shérif et son suppléant ne semblent avoir aucune idée de qui a pu faire ça. Et comme Ella ne se connaît pas d'ennemi, j'espère que ce n'est pas lié à ma présence ici.

— Je vais rester dans le coin pendant quelques jours, répondit M. Branin, mais vous ne me verrez sans doute pas. Dans mon métier, il faut avoir le don d'invisibilité.

— Je dois dire que votre tenue d'Amish est très réussie, Gerald. Vous savez, je ne pense pas qu'ils puissent me retrouver ici, mais si d'autres incidents étranges se produisaient, je ficherais aussitôt le camp. Ça ne serait pas de gaieté de cœur, croyez-moi, parce que ces gens m'ont accueilli à bras ouverts et que je me sens très à l'aise avec eux. Mais s'il y avait des dommages collatéraux, je ne me le pardonnerais jamais.

Collatéraux ? Voilà un mot qu'Ella n'avait jamais entendu auparavant. Et elle avait le sentiment qu'elle ne s'en remettrait pas, si Andrew s'en allait. Ou plutôt *quand* il s'en irait.

— Ecoutez, Alex… euh… Andrew, surtout ne partez pas sur un coup de tête, d'accord ? Quant à Linc Armstrong, je vais lui demander de garder ses distances. Il est mal dans sa peau, en ce moment, mais ce n'est pas une raison pour venir embêter votre famille d'accueil.

Alex ? M. Branin s'était-il trompé en l'appelant ainsi, ou avait-il au contraire laissé échapper son vrai prénom ? Alors, comme ça, Andrew s'appelait en réalité Alexander ou Alexandre ? Le seul autre Alexandre dont elle avait entendu parler était Alexandre le Grand, un personnage important de l'Antiquité, si elle s'en souvenait bien. Que son vrai prénom soit Alexander ou non, songea-t-elle, il y avait de la grandeur chez l'homme qui séjournait chez eux, et pas seulement dans sa façon d'embrasser. Même *Daad* admirait le fait qu'il ait tiré un trait sur sa vie pour témoigner contre un criminel, peut-être quelqu'un qui fabriquait des satellites-espions.

Leurs voix devenaient plus lointaines, à présent, mais

Ella entendit Andrew parler de Connie Lee à M. Branin. Elle en était sûre, désormais : le gouvernement chinois en voulait à Andrew — Alex ? — parce qu'il avait refusé de leur fournir des informations confidentielles sur les satellites américains. Ou quelque chose d'approchant, en tout cas. Et si Mme Lee travaillait pour les ennemis d'Andrew ? Devait-elle refuser de lui fournir des produits artisanaux pour son Spa, ou au contraire jouer le jeu et essayer d'en savoir plus sur cette femme ?

Déçue que les deux hommes se soient éloignés de la grange, Ella se décida enfin à descendre du grenier à foin.

Le lendemain matin, encore profondément émue au souvenir des baisers d'Andrew, Ella aida sa mère à emballer la nourriture destinée au mariage, y compris ses muffins-surprises à la lavande et les bocaux de miel de son père. Une fois tous ces produits chargés dans la carriole et prêts à être livrés par *Mamm*, Ella partit chez elle fabriquer les bougies à la lavande qui éclaireraient le dîner de mariage du lendemain soir. Elle avait hâte d'y être, de voir pour la première fois Andrew se mêler aux membres de sa communauté. Sa cheville allait beaucoup mieux, et il était en train d'aider Abel à atteler les quatre chevaux de trait belges qui tiraient la charrue.

Personne ne semblait se douter qu'ils s'étaient embrassés dans la grange, sauf peut-être *Grossmamm* qui avait pris Andrew sous son aile et dont le regard toujours aussi aiguisé ne semblait rien laisser échapper. La veille au soir, quand Ella était rentrée à la maison, les lèvres encore brûlantes des baisers enflammés d'Andrew, sa grand-mère lui avait fait remarquer que ces joues étaient rose vif.

— Tu sors à la nuit tombée sans ta coiffe, maintenant ? lui avait-elle dit. Si tu fais pareil durant la journée, ça ne m'étonne pas que tu aies pris un coup de soleil.

Respirant à pleins poumons le parfum de sa lavande qui se mêlait à la douceur du matin et au précieux souvenir des baisers interdits, Ella détacha la clé qu'elle conservait attachée au poignet. Mais alors qu'elle s'apprêtait à l'introduire dans la serrure, le sourire rêveur qui flottait sur ses lèvres se mua en grimace d'horreur.

Cloué à la porte se trouvait un épouvantail au visage grimé d'un sourire grotesque. Il avait été fixé à une croix faite d'une multitude de brins de lavande, des traits de peinture rouge lacérant son corps et lui donnant un aspect ensanglanté. Malgré les transformations, Ella reconnut le plus petit des épouvantails entreposés dans la grange. *Ya*, quelqu'un avait pénétré dans la grange pour le voler, emportant peut-être par la même occasion le vieux télescope de son grand-père. Un tissu en lambeaux et maculé de boue enveloppait l'effrayant mannequin empaillé. Mon Dieu… C'était sa pèlerine ! Le même vêtement qu'on lui avait dérobé dans sa carriole, et qui avait servi à masquer la plaque d'immatriculation de la camionnette noire ! Et ce n'était sûrement pas un hasard si l'auteur de cette sinistre mise en scène s'était servi de sa lavande pour fabriquer la croix. Elle songea aussitôt à une utilisation de cette plante que Connie Lee n'avait pas mentionnée. A l'époque où la peste et le choléra sévissaient en Europe, une croix en brins de lavande était censée chasser les esprits démoniaques et repousser la maladie. Mais cette croix-là n'avait pas été clouée sur sa porte pour chasser le mal. Bien au contraire, elle était l'œuvre d'un esprit diabolique ! Elle se sentait horrifiée de voir sa chère lavande, à ses yeux symbole de douceur, de paix et d'amour, utilisée comme une menace. Une menace sans nul doute dirigée contre elle.

Fallait-il interpréter ceci comme un affront au Très-Haut ? Une dérision des croyances amish ? Elle ne pouvait imaginer Connie Lee faisant semblant de partir, la veille au soir, pour mieux revenir en cachette et commettre un tel forfait.

Alors qui ? Qui avait pu s'introduire dans la grange et voler l'épouvantail, et peut-être aussi le télescope ? Qui avait coupé sa belle lavande pour en faire une croix ? Il lui semblait reconnaître la lavande « Munstead » qui poussait à l'endroit le plus élevé de son champ. Plus jeune, elle n'aimait pas cultiver la lavande si haut parce que personne ne pouvait la voir depuis la maison, et que la colline voisine semblait pencher sur elle sa silhouette massive, tellement inquiétante pour une petite fille à l'imagination fertile.

Alors qu'elle s'élançait pour aller prévenir son père et Andrew, elle la sentit monter en elle pour la première fois depuis des semaines. Oui, impossible de se tromper… Cette sensation de froid qui l'inondait, cette noirceur qui s'enroulait autour d'elle et comprimait sa poitrine, cette barre qui semblait traverser son crâne de part en part… La terrible malédiction dont elle souffrait depuis le soir où elle avait failli se noyer revenait la tourmenter. Son estomac se souleva, sa vision se troubla. C'était une si belle matinée d'été, la veille d'un mariage qui la rendait heureuse, et voilà qu'elle était en train de perdre pied. En train de se perdre…

Mâchoire serrée, elle arracha l'épouvantail crucifié, tourna la clé dans la serrure et se précipita à l'intérieur. Elle claqua la porte derrière elle, laissa tomber cette chose hideuse sur le parquet et se mit à tourner en rond, jetant autour d'elle des regards affolés. Se réfugier au sous-sol ? Elle l'avait déjà fait, mais l'idée de se terrer dans un endroit sombre alors que la nuit l'engloutissait déjà ne fit que l'inquiéter davantage. A l'étage, dans la salle de bains ? Elle pourrait toujours dire qu'elle était indisposée, si quelqu'un venait la chercher.

Courbée en deux et les bras pressés contre le ventre, elle grimpa les marches aussi vite que possible, se cognant l'épaule au mur, la hanche à la rampe. Arrivée à l'étage, elle courut jusqu'à la salle de bains. Dieu merci, la lumière du matin pénétrait déjà dans la pièce. Elle ferma la porte et s'écroula sur le carrelage dur, recroquevillée contre la baignoire. Elle avait du mal à respirer. Elle… elle n'arrivait plus à respirer ! Elle n'arrivait même plus à penser. Impossible de résister aux courants sombres de la peur qui l'entraînaient vers le fond.

*
* *

Abel donna de la voix pour faire avancer les chevaux de labour. Ces magnifiques animaux n'avaient rien à envier aux Clydesdale des publicités Budweiser, songea Alex, qui se serait bien vu travailler aux champs, aujourd'hui. La journée était si belle et, malgré l'incroyable attirance qu'Ella exerçait sur lui, il en avait un peu assez de désherber la lavande.

Mais le champ était situé en bordure de la route et il ferait une cible facile ici, assis sur la charrue ou même en train de marcher à côté. Et si on lui tirait dessus, Abel risquait de recevoir une balle. Il y avait d'autres tâches à accomplir dans la grange, mais il avait envie de profiter du bon air. Alors, quelle activité pour aujourd'hui ? Au moins, avec le mariage, la question ne se poserait pas pour le lendemain. Il était à la fois nerveux à l'idée de côtoyer toute la communauté amish et impatient de faire la connaissance de Seth et d'Hannah. Il n'avait pas encore rencontré le frère d'Ella, mais elle lui avait beaucoup parlé de lui, ainsi que de la future mariée, Hannah Esh, fille de l'évêque et une de ses deux meilleures amies. Ella lui avait expliqué que son autre grande amie, Sarah Kauffman, avait été excommuniée après avoir choisi « de se marier avec un *Anglais* et d'aller vivre dans le monde moderne ». Ella avait ajouté que Sarah lui manquait beaucoup.

Alex inspira un gros bol d'air pur et balaya les alentours du regard. Il avait envie de s'occuper les mains, de se rendre utile. Qui aurait cru qu'il serait un jour attiré par le travail de la terre ? Il ne connaissait rien à l'agriculture et, pourtant, à voir les hommes de la famille Lantz au labeur, cette activité lui semblait saine et honnête, bonne pour le corps comme pour l'esprit. Malgré leurs ongles noircis et leurs vêtements crottés et imprégnés de sueur, Eben et ses fils paraissaient comme nettoyés de l'intérieur quand ils rentraient d'une dure journée de travail. Le prendraient-ils pour un Martien ou tout simplement pour un idiot, s'il leur avouait que dans son ancienne vie il s'offrait une manucure de temps à autre ? Lui-même trouvait ça ridicule, maintenant qu'il était ici. Tant de choses auxquelles il accordait de la valeur semblaient frivoles, dans cet univers où l'on prenait le temps de vivre. Où l'on privilégiait l'essentiel. New York et SoHo lui semblaient être à des années-lumière. Comment avait-il pu supporter de travailler pendant toutes ces années dans un bureau fermé, même s'il était luxueux et doté d'immenses baies vitrées ? Ce constent le surprenait énormément, mais il devait admettre qu'il commençait à craindre le moment où il devrait regagner « la ville qui ne dort jamais », comme on la surnommait. Sans doute aurait-il l'impression d'étouffer, à l'ombre des grands immeubles de New York, à présent qu'il connaissait les collines veloutées du pays amish.

Il jeta un regard en direction de la maison d'Ella. « Mlle Lavande »..., songea-t-il, le cœur étrangement serré. Etait-ce à cause de lui qu'elle avait été agressée par cette camionnette ? Etait-elle la cible d'un type qui avait une dent contre les Amish, et qui voyait en elle une proie facile ? A moins qu'un imbécile ne se soit amouraché d'elle et n'ait rien trouvé de mieux pour exprimer ses sentiments... Il était mal placé pour faire la morale, cela dit. Il y avait à peine une semaine qu'il vivait là et, déjà, il était sous le charme d'Ella. *Complètement* sous son charme. Pire, il l'avait embrassée alors qu'il savait pertinemment que les Amish réprouvaient tout contact sensuel avec un *Anglais*. Drôle de façon de remercier ses hôtes, si accueillants avec lui.

Oui, il aurait mieux valu garder ses distances. Et pourtant, ses jambes le portaient comme malgré lui vers la maison de Mlle Lavande. Alors qu'il frappait à la porte de derrière, il remarqua les clous qui y étaient plantés, ainsi que les bouts de paille et les lambeaux de tissu noir accrochés à certains d'entre eux. Pourquoi avait-elle mis ça sur sa porte ?

— Ella ? cria-t-il.

Silence.

— Ella, je peux t'aider à faire quelque chose ?

Toujours pas de réponse.

Il marcha jusqu'à la fenêtre de la cuisine et jeta un coup d'œil à l'intérieur. Aucun signe d'Ella. Pourtant, il était sûr de l'avoir vue se diriger vers sa maison. Où aurait-elle pu aller, sinon ?

Il se tourna vers le champ de lavande qu'il scruta longuement, son regard suivant l'ascension des fleurs mauves bleutées qui grignotaient en partie la colline. Il était tenté de grimper jusqu'au sommet pour voir si elle ne s'y trouvait pas, mais, après un moment d'hésitation, la prudence l'emporta. Non seulement il devait ménager sa cheville, mais encore il ne voulait pas servir de cible à un éventuel tireur embusqué.

Il ouvrit la porte et fit un pas à l'intérieur.

— Ella ?

Pourquoi la maison n'était-elle pas fermée à clé, si Ella ne s'y trouvait pas ? Il fit quelques pas supplémentaires et faillit tordre sa cheville valide en marchant sur une sorte de grosse poupée empaillée. Il s'agissait en réalité d'un petit épouvantail lacéré et couvert de curieux ajouts de peinture. Il était enveloppé dans un tissu noir en lambeaux, fixé sur une croix réalisée avec des brins de lavande. Alex se pencha sur le tissu, qu'il frotta entre le pouce et l'index. Se pouvait-il qu'il s'agisse de la pèlerine dérobée à Ella ?

— Ella, tu m'entends ? cria-t-il en se précipitant dans les deux petites chambres du rez-de-chaussée pour vérifier qu'elle ne s'y trouvait pas.

Personne.

Il grimpa quatre à quatre les marches qui menaient à l'étage et vit immédiatement que la porte de la salle de bains était fermée. Pourtant, il ne songea même pas à essayer de l'ouvrir. Il n'y avait pas de bruit d'eau et, de toute façon, elle lui aurait répondu, si elle était en train de faire sa toilette. Il alla jeter un œil dans la pièce dont elle comptait sans doute faire sa chambre. C'était un espace vide, à l'exception d'une commode et d'une ancienne machine à coudre à pédalier.

Une autre petite chambre était remplie de cartons, de sacs, de bocaux et de rouleaux de tissu, le tout imprégné d'une odeur de lavande. Une odeur qu'il ne pourrait plus jamais sentir sans songer à Ella. Le cœur battant, il repartit en direction de l'escalier, bien décidé à fouiller le sous-sol.

Il n'était pas encore arrivé sur le palier qu'il entendit une sorte de plainte aiguë. On aurait presque dit le miaulement d'un chaton enfermé.

Pas de doute, le bruit venait de la salle de bains. Ella était-elle malade ? Quelqu'un lui avait-il fait du mal ? Il colla son oreille contre la porte. Des sanglots ? Des gémissements de douleur ?

— Ella, c'est moi… Je vais entrer.

— Non…

— Tu es malade ?

— Non… je… ça va.

— Je vais aller chercher ta mère, d'accord ? dit-il avant de se souvenir qu'elle était partie apporter la nourriture chez l'évêque.

Il tourna tout doucement la poignée. La porte n'était pas verrouillée.

— Ella, dis-moi ce qui se passe, sinon j'entre. Je ne peux pas te laisser comme ça sans savoir ce qui t'arrive.

Il espérait du fond du cœur que ce n'étaient pas ses baisers et ses attouchements de la veille qui l'avaient bouleversée à ce point. Il essaya de se rassurer en songeant qu'elle ne lui avait pas semblé perturbée au petit déjeuner, mais en vérité, il s'en voulait terriblement. Qu'est-ce qui lui avait pris d'embrasser une Amish ? Et dans sa situation, qui plus est ! Avait-il perdu la tête ? Il avait trahi ceux qui l'avaient accueilli et dont sa vie pouvait dépendre. Il devait absolument cesser de jouer avec le feu et laisser Ella tranquille. Rester aimable et courtois, bien entendu, mais surtout ne plus jamais la toucher.

Il se concentra, le visage crispé et les yeux plissés, pour essayer de déterminer la nature du son étrange qu'elle produisait. C'était… oui, c'était un halètement, semblable à celui d'un petit animal. Il ouvrit la porte de quelques centimètres supplémentaires, regrettant l'absence d'un miroir qui aurait pu lui permettre de la voir sans entrer. Il aperçut le pied d'Ella et une partie de sa jambe sur le carrelage. S'était-elle cogné la tête en tombant ?

Il passa le haut du corps dans l'entrebâillement et eut un coup au cœur en la voyant prostrée au sol, ses cheveux blonds répandus autour d'elle comme une moisson de blé, le visage enfoui dans ses bras. Avec ses pieds griffus, l'ancienne baignoire avait des airs d'animal menaçant prêt à fondre sur sa proie recroquevillée à terre. Sans doute Ella sentit-elle le regard d'Alex, car elle leva la tête et posa sur lui de gros yeux effrayés. Son visage était blême, luisant de larmes.

Il se précipita et s'agenouilla auprès d'elle, ne sachant plus s'il devait la prendre dans ses bras ou aller chercher du secours.

— Ella, dis-moi ce que tu as, demanda-t-il d'une voix étranglée d'émotion.

— C'est partout autour de moi…, répondit-elle tandis que de nouvelles larmes inondaient ses yeux. Si sombre, si froid…

Elle lui saisit le poignet et le serra violemment.

— Je n'arrive plus à respirer. Je vais me noyer, Andrew. Je me noie… Je me noie…

10

Ella n'était pas seulement étonnée : elle était stupéfaite. Jamais, durant toutes ces années, elle n'avait laissé quelqu'un la voir dans cet état. Mais cet homme avait fait irruption dans la salle de bains comme il avait fait irruption dans sa vie. Il était là, assis à côté d'elle sur le sol carrelé, et sa seule présence suffisait à lui redonner un peu d'air.

Il la souleva délicatement et l'étendit sur ses cuisses.

— Tu es trempée de sueur froide, murmura-t-il en épongeant son front de la paume de sa main. Que se passe-t-il ? Tu es malade ?

Elle ne répondit pas tout de suite et il lui laissa le temps de recouvrer ses esprits, la berçant doucement en lissant ses cheveux.

— Ça… ça m'arrive parfois, articula-t-elle enfin. Personne ne le sait, pas même ma famille. Je ne veux pas qu'ils connaissent ma… ma faiblesse.

— C'est l'épouvantail que j'ai trouvé en bas qui a tout déclenché ? Il était cloué sur ta porte, c'est ça ?

C'est à peine si elle hocha la tête, s'accrochant à Andrew avec la force d'une petite fille perdue. A ce moment-là, dans l'esprit d'Ella, Andrew était comme un rocher qui aurait surgi au milieu de l'étang, lui sauvant miraculeusement la vie. Autour d'elle, l'eau noire ne parvenait plus à l'engloutir, à enserrer sa poitrine dans un étau, à s'infiltrer dans son nez et sa gorge. Une fois encore, elle venait d'échapper à la noyade. Elle se rendit compte que ses cheveux cascadaient sur ses épaules. Comment sa *kaap* de prière était-elle tombée ?

— J'ai connu quelqu'un qui avait des crises de panique, dit doucement Andrew, les lèvres plaquées sur ses cheveux humides.

— Des crises de panique ? Qu'est-ce que c'est ?

— On appelle aussi ça des attaques de panique. Ce sont des moments d'angoisse intense qui font transpirer et battre le cœur à toute vitesse, qui donnent des nausées et la sensation d'étouffer. A te voir, on dirait bien que tu présentes certains de ces symptômes, Ella. Tu aurais dû en parler à quelqu'un, tu sais. Tu peux te faire aider par un psy et…

— Une aide psychologique ? demanda-t-elle, surprise par la faiblesse de sa voix alors qu'elle sentait la vie irriguer de nouveau son corps. Je suis une Amish, Andrew. Quand on a ce genre de problème, on demande à Dieu de nous en libérer, pas à un médecin. C'est ce que j'ai essayé de faire, mais ça ne fonctionne pas. C'est à cause des péchés que j'ai commis et qui me tourmentent depuis le soir où j'ai failli me noyer.

— Te noyer ? Où ? Et quand ?

— C'était il y a longtemps. On était sorties en cachette, Hannah, Sarah et moi, pour aller faire les folles. Ça nous arrivait souvent, à cette époque, et on se retrouvait sur la rive de l'étang. Ce soir-là, j'ai eu envie de nager et j'ai failli me noyer. Mes amies m'ont sauvée. On s'est promis de garder le secret. Je désobéissais beaucoup à mes parents, quand j'étais adolescente, et j'ai continué à leur manquer de respect en ne leur avouant jamais ce qui m'est arrivé ce soir-là.

— Tu n'en as parlé à personne jusqu'à aujourd'hui ?

Elle secoua la tête avant de la poser sur la large épaule d'Andrew.

— Hannah et Sarah savent que j'ai failli me noyer, bien sûr, mais elles aussi ignorent que j'ai ces… ces crises. Quand elles arrivent, je suis incapable de les dominer, même si elles se font plus rares, ces derniers temps. Par exemple, j'ai eu peur que ça revienne, lorsque cette camionnette noire m'a agressée, et pourtant il ne s'est rien passé. Mais cet épouvantail volé dans notre grange et cloué sur ma porte… En plus, je crois bien qu'il est enveloppé dans un morceau de ma pèlerine, celle que j'ai vue se faire traîner derrière la camionnette noire ; traînée jusqu'à ce que mort s'ensuive…

— Ne dis pas des choses pareilles ! On va prévenir l'évêque et le shérif. Au moins, on sait maintenant que c'est le même crétin qui a embouti ta carriole. S'il est entré dans la grange pour prendre cet épouvantail, on peut imaginer qu'il est aussi responsable de la disparition du télescope, dont il a pu se servir pour t'épier du haut de la colline. D'un côté, je me dis que je ferais bien de quitter Home Valley et d'aller me cacher ailleurs, et de l'autre, tout ça n'a peut-être rien à voir avec moi. Sans compter que tu as besoin de protection et que ma présence pourrait être utile, ici.

— Je me sens beaucoup mieux maintenant, dit-elle en quittant à regret les bras d'Andrew pour aller s'asseoir à côté de lui sur le carrelage frais de la salle de bains. Ça finit toujours par passer, mais, sur le moment, j'ai le sentiment que ça dure une éternité et que je ne m'en sortirai pas vivante…

Avec un petit sourire gêné, elle réunit sa chevelure dorée en queue-de-cheval avant de la tordre pour faire un chignon bien serré et maintenu avec des épingles à cheveux ramassées au sol. Elle sentait le regard d'Andrew posé sur elle ; de grands yeux dont elle ne savait pas — n'osait pas ? — lire l'expression. Sans qu'elle sache comment, sa *Kapp* d'organdi avait atterri dans la baignoire. Le modeste effort qu'elle fit pour l'en retirer lui arracha une grimace de douleur. Ses bras lui faisaient mal tant elle avait brassé l'eau pour essayer de remonter à la surface…

Non ! Jamais elle n'était retournée dans l'étang. Ce n'était qu'un cauchemar, une crise de panique, comme avait dit Andrew, l'homme qui la protégeait et sans qui elle ne s'imaginait plus vivre.

— Je te promets de parler de cet épouvantail à Mgr Esh et au shérif, lui dit-elle, mais seulement après le mariage. Je ne veux pas risquer de gâcher la joie de notre évêque ou celle des mariés en jetant une ombre sur la journée de demain. Quant à mes… à mon problème, dit-elle pudiquement, je te demande de ne rien dire à mes parents ou à *Grossmamm* Ruth. Je leur en parlerai quand je me sentirai prête, d'accord ?

— D'accord, répondit-il en se levant à son tour, mais tu dois cesser de croire que tu es punie pour je ne sais quels anciens péchés. Et j'espère que tu ne penses pas que ce qui s'est passé hier soir entre nous est aussi un péché, parce que c'était quelque chose de très beau. Quant aux crises de panique, ça peut arriver à tout le monde. Je parie que même les saints en ont.

Elle secoua sa jupe longue et défroissa son tablier.

— Il n'y a plus de saints, de nos jours, juste des gens qui font de leur mieux pour suivre les commandements du Seigneur et vivre en bonne harmonie avec leurs semblables… et ceux qui se complaisent dans le mal, ajouta-t-elle avec un soupir qui souleva ses épaules. Ce sont eux, le problème.

Elle fut soulagée de constater qu'elle avait retrouvé une voix normale et que les dernières traces de panique quittaient son esprit. Soulagée qu'Andrew ait su mettre un nom sur ce qu'elle appelait, faute de mieux, sa malédiction. Soulagée, enfin, de ne pas souffrir d'une maladie mentale, comme elle l'avait craint. Ça s'appelait une crise ou une attaque de panique, et elle n'était pas seule au monde à vivre ça. Même Andrew avait connu quelqu'un qui était sujet à telles attaques. Oui, elle préférait *attaque* à *crise*, car ce mot lui donnait le sentiment que le mal venait de l'extérieur, au lieu de se trouver en elle. Et Andrew saurait la défendre contre toutes les attaques, elle en était persuadée.

— Il faut qu'on mette l'épouvantail et la croix à l'abri jusqu'à ce que j'en parle à Mgr Esh et au shérif Freeman.

— Je vais les remiser au sous-sol pour que tes parents et tes frères ne tombent pas dessus. Dis-moi, Ella, est-ce que tes crises de panique sont généralement provoquées par un événement négatif, quelque chose qui te choque, qui t'agresse ou qui te fait de la peine ?

Elle hocha la tête tandis qu'ils se dirigeaient vers l'escalier.

— C'est presque toujours après un événement imprévu qui m'affecte et me déstabilise…

Les jambes encore en coton, elle descendit prudemment les marches, la main sur la rampe, alors qu'elle aurait préféré s'appuyer sur Andrew. Mais elle devait se montrer forte : elle ne pouvait pas — *absolument pas !* — s'éprendre de cet *auslander*, même s'il lui plaisait énormément et qu'elle avait le sentiment d'avoir besoin de lui. Il n'y avait qu'à regarder le triste exemple de Sarah, désormais excommuniée et interdite de séjour dans la communauté où elle avait grandi. Sarah qui n'avait même pas le droit d'assister au mariage de sa meilleure amie, de s'asseoir à la table de ses frères et sœurs amish, ni même de venir embrasser sa famille. Voulait-elle subir le même sort, elle aussi, en tombant amoureuse d'Andrew ?

Dans la cuisine, ils restèrent un moment à regarder l'étrange épouvantail vêtu des lambeaux souillés de la pèlerine d'Ella. La laideur et la saleté de l'ensemble contrastaient avec la beauté parfumée de la croix de lavande.

— J'espère seulement que le dingue qui a fait ça s'en tiendra à ce genre d'intimidation, dit-il. A tout prendre, je préfère ça à la violence physique.

— Tu as raison, Andrew. Quoi qu'il en soit, pas question de laisser cette personne gâcher le mariage de mon cher frère et de ma meilleure amie.

— Andrew, mets-toi ici avec les garçons et moi, dit Eben Lantz alors que les Amish commençaient à s'asseoir pour le service religieux et la cérémonie du mariage.

Alex était impressionné par le comportement irréprochable des enfants, y compris les plus jeunes. Grâce à la gentillesse de tous, il ne se sentait pas dans la peau d'un intrus, et presque pas dans celle d'un étranger à la communauté. En sa présence, ils avaient la délicatesse de troquer le dialecte allemand pour l'anglais, même s'ils ne s'adressaient pas directement à lui. Ils avaient manifestement décidé de le mettre à l'aise, de lui donner le sentiment qu'il était l'un d'eux, et ils y réussissaient sans effort apparent. Les femmes et les hommes étant séparés durant le service religieux, Ella ne pouvait lui servir de chaperon. Mais Abel et Aaron avaient pris le relais avec beaucoup de zèle, présentant Andrew à des dizaines d'Amish vêtus de leurs plus beaux atours.

— J'ai choisi un banc du fond pour que tu puisses sortir si tu trouves le temps long, lui dit Eben. Le service religieux dure presque trois heures, *ya*, et ensuite, il y aura la cérémonie — beaucoup plus courte, rassure-toi — du mariage.

Trois heures dans une langue qu'il ne comprenait pas, songea Alex. Cela risquait en effet de faire long. D'un autre côté, il aurait tout le loisir d'observer les Amish. Il regrettait de ne pas avoir été plus attentif aux cours d'allemand quand il était au lycée, d'autant qu'il avait fini par changer pour l'espagnol parce que cette langue avait la réputation d'être moins difficile.

Alors que le service religieux avait commencé dans la grange des Esh, il s'aperçut qu'il pouvait bien mieux observer les femmes, dont les bancs étaient placés face à ceux des hommes. Etonnant comme une grange pouvait sentir aussi bon, se dit-il. Il fallait reconnaître qu'elle avait été rangée et récurée de fond en comble pour le grand jour. On avait expliqué à Alex qu'elle avait été construite récemment, érigée en une journée seulement par les hommes de la communauté qui avaient travaillé sous la houlette de Seth. Alex avait éprouvé de la sympathie pour l'aîné des enfants Lantz lorsqu'il l'avait rencontré pour la première fois, plus tôt dans la journée. Quant à Hannah — sa « promise » comme disaient les Amish, qui employaient parfois un vocabulaire désuet —, il l'avait trouvée absolument radieuse.

Alex vit les futurs mariés se mettre à l'écart avec deux anciens pour une sorte d'ultime préparation préconjugale. Parcourant les bancs des femmes du regard, il ne tarda pas à repérer Ella. Si sa pâleur était peut-être un vestige de sa crise de panique de la veille, il savait que c'étaient des larmes de joie qui faisaient à présent briller ses jolis yeux bleus. Elle avait décidément l'air d'un ange, avec son teint diaphane et ses cheveux blonds qui dépassaient à peine du bonnet d'organdi aux allures d'auréole. Oui, on aurait dit qu'elle venait de s'échapper d'une carte de Noël. Il chassa l'image moins angélique d'une Ella aux cheveux cascadant librement sur ses épaules, sa langue se mêlant à la sienne dans l'obscurité d'une autre grange… Il se tortilla sur le banc de bois dur. Jamais une femme ne l'avait troublé à ce point. Et son ami de Manhattan avait raison : s'il n'était pas capable de choisir entre Marci et Anita, c'est que ni l'une ni l'autre n'était faite pour lui.

— C'est un plaisir de vous accueillir parmi nous aujourd'hui, *cousin* Andrew, dit le vieil homme assis à sa gauche avec un sourire malicieux.

C'était une des choses qu'il avait apprises au cours de cette première semaine chez les Amish de Home Valley : non seulement les « gens simples » n'étaient ni tristes ni austères, comme on l'imaginait parfois, mais encore ils avaient le sens de l'humour.

Eben Lantz lui fourra dans les mains un livre appelé l'*Ausbund*.

— C'est un recueil de nos chants traditionnels, expliqua-t-il en l'ouvrant à la page où était imprimé le chant que l'assemblée se mit aussitôt à chanter à l'unisson.

Ya, il aurait dû se douter que leur souci de ne pas se distinguer se traduirait aussi dans leur façon de chanter. Et ne venait-il pas tout juste de penser *ya* au lieu de *oui* ?

Le service religieux lui laissa tout le temps de réfléchir. Il songea qu'il n'avait pas eu la chance de vivre au sein d'une famille unie, et qu'il n'avait même jamais connu d'amitié dénuée de toute rivalité, que ce soit pour les résultats scolaires, le succès auprès des filles ou l'avancée de sa carrière. Au bout de deux heures, alors qu'il commençait à somnoler et que sa tête s'inclinait doucement sur le côté, il vit *Grossmamm* Ruth qui le regardait sévèrement depuis son banc comme elle l'aurait fait pour son propre petit-fils. Au lieu de l'agacer, cela lui fit songer avec nostalgie à sa grand-mère, tout en renforçant l'affection qu'il éprouvait pour celle d'Ella.

Son film préféré avait beau être *Sérial noceurs*, Alex se trouva profondément ému par la cérémonie de mariage à la fois grave et paisible qui se déroulait sous ses yeux. Même s'il s'en dégageait une grande simplicité, il sentait que certaines choses lui échappaient, incompréhensibles pour quelqu'un qui venait de découvrir l'univers amish. Mais cela lui donna encore plus envie de mieux connaître le monde qui avait engendré une merveille comme Ella Lantz.

Ella fut surprise de constater que Mgr Esh prenait quelques libertés avec la cérémonie qui suivait d'ordinaire l'échange des vœux de mariage. Main dans la main, Hannah et Seth se tenaient devant les membres de leur Eglise. Ils se dévoraient d'un tendre regard, et Ella dut admettre en son for intérieur qu'elle ne demandait qu'à vivre un tel amour. Mais avec qui parmi les Amish ? Contrairement à Sarah, elle ne pourrait jamais quitter sa communauté et encore moins sa famille. Elle ne pourrait jamais cesser de vivre sa foi au quotidien comme elle le faisait ici.

— Les nouveaux mariés m'ont demandé de lire un court passage du livre de Ruth, annonça Mgr Esh. Vous savez tous qu'Hannah est notre chanteuse attitrée pour les mariages, et que Seth est notre chantre. Bien entendu, personne ne peut chanter à son propre mariage, mais, aujourd'hui, ce sont leurs cœurs qui s'en chargent. Alors, je vais vous lire les mots si souvent chantés par Hannah à l'occasion d'autres mariages et qui, cette fois-ci, s'adressent plus particulièrement à elle et à son époux :

Ne me presse pas de te laisser,
De m'éloigner de toi.
Où tu iras j'irai,
Où tu demeureras je demeurerai ;
Ton peuple sera mon peuple,
Et ton Dieu sera mon Dieu ;
Où tu mourras je mourrai,

Et j'y serai enterrée.
Que l'Eternel me traite dans toute sa rigueur,
Si autre chose que la mort venait à me séparer de toi.

Le regard d'Ella quitta un instant Seth et Hannah pour venir se poser sur Andrew, qui en réalité s'appelait Alex. Son vrai prénom était leur secret, tout comme son grand savoir sur ces lumières dans le ciel nocturne ; ces machines construites par des hommes qui devaient parfois se croire les égaux de Dieu. Comme ils se méprenaient..., songea-t-elle tandis qu'Alex lui rendait son regard, dont l'intensité n'avait rien à envier à celui qu'échangeaient les mariés.

Une fois la cérémonie terminée, tout le monde vint féliciter Seth et Hannah. Puis la petite foule quitta peu à peu la grange, traversant le grand jardin pour gagner la maison des Esh où allait se dérouler le dîner de mariage. Ella donnait le bras à *Grossmamm* Ruth, qui marchait d'un bon pas pour ses quatre-vingts ans. Les amies d'Hannah et les autres demoiselles d'honneur avaient tout de même pris un peu d'avance, mais Ella ne voulait pas laisser sa grand-mère toute seule. Comme elle aurait aimé que Sarah soit là ! Plus jeunes, combien de fois les trois amies s'étaient-elles promis d'être présentes « quoi qu'il arrive » lorsque l'une d'elles se marierait ?

Abel les doubla en courant presque pour rejoindre Nancy Troyer. Ces deux-là risquaient fort d'être les héros d'un prochain mariage, juste après Barbara et Gabe. Andrew et *Daad*, accompagnés de quelques anciens, arrivèrent bientôt à leur hauteur.

— Andrew ! lança *Grossmamm* Ruth en lui faisant signe de s'approcher d'elle. Je veux te citer un autre extrait du livre de Ruth, que j'aime beaucoup parce qu'il a un si beau nom !

— Vous allez me faire la leçon sur la façon dont un cousin de Pennsylvanie doit se conduire durant le service religieux ? demanda-t-il en retenant un sourire.

— Ecoute-moi bien, jeune homme ! dit-elle en agitant le doigt dans sa direction. Aucune de tes *Grossmamm* n'est ici pour te maintenir dans le droit chemin, alors estime-toi heureux d'en avoir une de rechange pour te mettre du plomb dans la cervelle !

La vieille dame prit Andrew par le bras et l'entraîna un peu à l'écart. Bien qu'elle aperçût la camionnette de Ray-Lynn qui arrivait, Ella tendit l'oreille pour entendre ce que disait sa grand-mère. En dehors d'Andrew, Ray-Lynn était la seule *Englische* invitée à la réception, et Ella tenait à l'accueillir en personne pour qu'elle se sente tout de suite à l'aise parmi ces nombreux Amish. Au fond, n'était-ce pas précisément ce que *Grossmamm* faisait pour Andrew, avec ses manières un peu brusques ? Ella se sentait réconfortée de voir que son père et sa grand-mère appréciaient leur invité. Qu'ils lui faisaient suffisamment confiance pour le traiter comme l'un des leurs.

— Voici les mots du livre de Ruth et ceux de *Grossmamm* Ruth, dit la vieille dame. Je te les cite de mémoire : « Tu as quitté ton père et ta mère, et le pays de ta naissance, pour venir vers un peuple que tu ne connaissais pas auparavant. Que l'Eternel, sous les ailes duquel tu es venu t'abriter, récompense ton courage. » Et à cela j'ajoute mes propres mots : sois le bienvenu parmi nous, Andrew. Bienvenu dans notre famille et au sein de notre Eglise.

L'espace d'un instant, Ella crut qu'Andrew allait laisser échapper quelques larmes ou prendre sa grand-mère dans ses bras, alors que les siens ne faisaient pas de démonstrations publiques d'affection, sauf envers les jeunes enfants. Mais il resta immobile et silencieux, tandis que *Grossmamm* lui tapotait affectueusement la joue avant de l'abandonner près des marches de la galerie.

Ella s'approcha de lui.

— Il faut que j'aille rejoindre la mariée et les autres demoiselles d'honneur à l'intérieur, lui dit-elle, mais je tiens d'abord à aller accueillir Ray-Lynn.

Elle tourna les talons sur ces mots avant qu'il puisse voir qu'elle avait, elle aussi, les yeux brillants de larmes.

*
* *

Gabe Kauffman, nommé responsable des chevaux attelés aux nombreuses carrioles parquées en bordure de la propriété, fit son apparition dans le salon après le copieux repas. Il donna une petite tape sur l'épaule d'Ella, qui fronça les sourcils en voyant la tête de l'adolescent. Gabe était tout pâle et, si elle avait cru aux fantômes, elle aurait pensé qu'il venait d'en croiser un.

— Ella, dit-il, il y a quelqu'un qui t'attend dehors, du côté des carrioles.

Le joyeux tohu-bohu l'avait obligé à élever un peu la voix, alors qu'il voulait manifestement murmurer son message.

Elle scruta l'assistance du regard, à la recherche d'Andrew. Un morceau de gâteau au bout de sa fourchette, il avait l'air de bien s'entendre avec les hommes qui l'entouraient. Si ce n'était pas lui, qui avait envoyé Gabe la chercher ? se demanda-t-elle, avant de répéter la question à haute voix.

— Qui est-ce, Gabe ?

Au lieu de répondre, l'adolescent fit un geste vague qui semblait dire : « Tu verras bien. » Puis il quitta la pièce sans ajouter un mot.

Avec tout ce qui s'était passé ces derniers jours, pas question de s'éloigner seule de la maison sans savoir qui voulait lui parler. Aussi s'élança-t-elle à la poursuite de Gabe.

— Oh… pardon ! s'exclama-t-elle, lorsqu'elle faillit heurter une femme qui travaillait dans la cuisine.

Elle rattrapa Gabe alors qu'il descendait les marches de la galerie.

— Gabe, attends ! Dis-moi qui veut me voir, s'il te plaît…

— C'est ma sœur, murmura-t-il. Sarah t'attend derrière la grange. Elle s'est garée chez toi et elle a coupé à travers champs pour venir jusqu'ici. Elle sait que tu n'as pas le droit d'accepter quelque chose de sa main, mais elle voudrait te donner un cadeau pour Hannah.

— J'accepte, mais tu viens avec moi, dit-elle avec autorité, avant de relever ses jupes et de se mettre à courir vers la grange. Pourquoi est-ce qu'elle ne t'a pas confié ce cadeau ? demanda-t-elle à Gabe qui courait à côté d'elle. Et Nate ? Il est avec elle ?

— Non, elle est seule. Tu sais, elle a l'air malade, ajouta-t-il.

A bout de souffle, Ella passa la tête derrière l'angle de la grange. Sarah était bien là, cheveux mi-longs et vêtements mondains. Elle portait une jupe longue en jean et un ample chemisier. Ample… parce qu'elle était enceinte ! Et *ya*, elle semblait avoir très mal.

11

Waouh ! songea Ray-Lynn, repue de délicieux plats faits maison. C'était toujours son problème lorsqu'elle était invitée à manger chez les Amish. Il fallait simplement qu'elle trouve la force de se lever de table et d'aller faire une petite promenade digestive. Ou du moins quelques pas dehors. L'énorme part de poulet, la purée arrosée de jus, et surtout les délicieux muffins-surprises d'Ella lui donnaient l'impression d'avoir englouti un dîner de Thanksgiving ! Et elle avait l'intention de demander au père d'Ella s'il acceptait de lui fournir du miel pour le restaurant. La prochaine fois qu'elle grimperait au sommet de cette colline avec Jack, elle regarderait d'un autre œil les ruches qui s'y trouvaient ! Maintenant qu'elle avait goûté au divin nectar qui en sortait, elle comptait bien partager ce coup de cœur avec ses clients, toujours heureux de découvrir de bons produits locaux.

Juste après que le gâteau eut été découpé — il avait trois couches mais pas trois étages, car ç'aurait été trop mondain —, Ray-Lynn s'excusa auprès de ses voisins et quitta la table pour aller prendre l'air. A peine eut-elle posé le pied sur la galerie qu'elle remarqua deux choses. D'une part, la galerie était manifestement le lieu où se retrouvaient les garçons amish en âge de courtiser les filles. Pourtant, ils semblaient s'intéresser davantage aux carrioles découvertes à deux places qu'aux jeunes filles, restées à l'intérieur pour s'extasier devant les mariés. D'autre part, deux voitures de patrouille étaient garées là-bas, côte à côte sur le bord de la route, et leurs propriétaires semblaient avoir une explication.

Les deux hommes avaient quitté leur véhicule et, même à cette distance, elle voyait que Jack reprochait quelque chose à son nouveau suppléant. Il faisait de grands gestes, agitant le doigt sous le nez de Winston Hayes, qui, après un dernier hochement de tête, finit par remonter dans sa voiture et quitter les lieux.

Elle marcha en direction de Jack, qui la vit approcher.

— Tu t'amuses bien ? lui cria-t-il.

— Je me suis gavée comme une oie ! répondit-elle, une main en porte-voix.

Elle continua à marcher jusqu'à ce qu'elle atteigne la clôture en rondins qui longeait le bas-côté de la route.

— C'est merveilleux de voir Seth et Hannah si heureux…, dit-elle. Ils méritent leur bonheur, tu sais.

— Si tu aimes bien les mariages, on pourrait peut-être envisager d'en organiser un pour notre propre compte, répondit Jack en s'approchant de la clôture.

— Un mariage intime suivi d'une grosse fiesta au restaurant, par exemple.

— Alors, tu y as pensé, toi aussi ? Comme on dit dans les soap operas : « Il faut qu'on parle, chérie. »

— Je serais curieuse de savoir ce qu'un homme comme toi peut bien connaître aux soap operas.

— Eh bien, figure-toi que ma mère ne manquait pas un épisode des *Vertiges de la passion* et d'*On ne vit qu'une fois*. Quand j'étais malade et que je ne pouvais pas aller à l'école, je les regardais avec elle.

Leurs mains se joignirent entre les rondins de la clôture et il se pencha vers elle pour poser un baiser rapide sur ses lèvres.

— J'adorais avoir un gros rhume ou une angine, reprit Jack. Maman me dorlotait, elle cuisinait les plats que je préférais. Ah, les souvenirs…

— J'aimerais en avoir plus de nous, répondit Ray-Lynn, mais on est en train d'en fabriquer de nouveaux, n'est-ce pas ? Et ils sont tous plus beaux les uns que les autres.

Elle lui adressa un sourire désolé.

— Si j'avais su que tu étais là, je t'aurais apporté quelque chose à manger.

— Ne t'en fais pas pour ça, ma belle, répondit Jack en lui caressant le haut du bras par-dessus la clôture. Alors, pourquoi as-tu quitté la fête, si ce n'est pas pour nourrir ton homme ?

Elle se frotta le ventre avec un mouvement circulaire, à la manière d'une femme enceinte.

— En fait, j'étais simplement sortie prendre l'air avant d'exploser, répondit-elle avec un petit rire. J'ai tellement mangé que je n'arrivais plus à respirer.

Mais son visage se fit plus grave lorsqu'elle ajouta :

— Tu sais, Jack, je ne respire jamais mieux que lorsque je suis avec toi.

Elle fut aussi stupéfaite qu'émerveillée de voir le shérif écraser discrètement une larme. Les bonnes surprises ne cesseraient donc jamais, avec cet homme ? Chaque fois qu'elle croyait bien connaître Jack Freeman, une porte s'ouvrait, révélant un aspect neuf de sa personnalité.

— Et sinon, dit-il, à part la nourriture, ça se passe comment, ici ? Tu as rencontré le cousin de Pennsylvanie des Lantz ?

— On ne me l'a pas encore présenté, mais je l'ai vu. Bel homme, au passage. Et à lumière de mon expérience avec Hannah, qui ne pensait qu'à Seth, et avec Sarah, qui n'avait d'yeux que pour Nate — sans parler de ma propre attirance pour un certain shérif —, je peux te garantir qu'il se passe un truc entre lui et Ella. Il y a des signes qui ne trompent pas, Jack. Tu verrais comment ils se dévorent du regard, tous les deux… Mais dis-moi, c'était quoi, le problème avec ta nouvelle recrue ?

— Il voulait rester garé là jusqu'à ce que toutes les carrioles soient parties. J'ai essayé de lui expliquer que jouer les agents de la circulation n'était pas la bonne méthode pour se faire accepter des Amish. Que pour eux, être protégé par la police était comme mettre un paratonnerre sur une grange : le signe d'un manque de confiance en Dieu. Winston fait preuve d'une grande curiosité envers les Amish, mais il a tendance à mettre les pieds dans le plat chaque fois qu'il en a l'occasion. Je lui ai dit qu'il allait droit dans le mur en faisant ça, et que je n'avais aucune envie de perdre la confiance de la communauté. Quand on sait le temps que ça m'a pris, pour me faire accepter !

Ray-Lynn acquiesça de la tête, un sourire compréhensif aux lèvres.

— Bon, je ferais bien d'y retourner. Je t'aime, ajouta-t-elle en se penchant à son tour par-dessus la clôture pour lui donner un baiser qui devint vite langoureux.

— Moi aussi, Ray-Lynn, je t'aime. Au fait, puisque Superman patrouille dans la vallée, je crois que je vais aller faire un peu de cette satanée paperasse au bureau. Ah, oui, encore une chose : tu as entendu parler de ce couple new-yorkais qui va ouvrir un hôtel Spa de luxe sur Sweetgum Lane ?

— Tu veux parler des parents de notre ami le concasseur de voiture ? Comment s'appelle-t-il, déjà ?

— Sam Lee. La famille est d'origine chinoise.

— Ah, oui, c'est ça… Mme Lee est venue manger au restaurant, mais je n'ai pas vu son mari.

— Eh bien, moi, je l'ai rencontré aujourd'hui même, figure-toi. Il s'appelle Chang Lee et, franchement, j'ai eu du mal à ne pas lui exploser de rire à la figure. A voir la façon dont il était accoutré, ce type n'a pas dû débarquer depuis bien longtemps dans notre pays ! Quand il a su qu'il allait visiter le Midwest, il a acheté toute la panoplie du parfait cow-boy : Wrangler, chemise à carreaux, gilet en cuir et bottes pointues ! Tu imagines un peu le tableau ?

— Et le chapeau, alors ? demanda-t-elle en riant avec lui. Ne me dis pas qu'il a oublié son chapeau de cow-boy !

— Il est sûrement resté avec le lasso dans leur petit coupé de luxe. Je pense qu'on n'a pas fini de rire, avec eux… Allez, il faut que j'y aille, moi aussi. Passe un bon après-midi, ma chérie.

Pas de doute, elle allait passer un bon après-midi. Comment

aurait-il pu en être autrement, après avoir embrassé Jack et l'avoir entendu évoquer leur prochain mariage ?

Ella était horrifiée. Non parce que Sarah avait osé braver l'excommunication qui la frappait en venant ici avec ce cadeau, mais parce que son amie semblait aussi mal en point qu'elle-même lors d'une de ses attaques de panique. Se pouvait-il que Sarah souffre du même mal ?

— Sarah ! s'écria-t-elle en se précipitant vers elle. Tu es enceinte !

— Oui, mais… ce n'est pas pour ça que… que je suis là, dit-elle avec une grimace de douleur.

Elle s'était arrêtée à deux reprises, haletante, au milieu de sa phrase.

— Nate est à Washington D.C… A un… un congrès. Je voulais apporter ce cadeau pour Hannah, mais… Cette douleur atroce… Je crois que le bébé essaie de se retourner et que le cordon ombilical s'est enroulé autour de lui… Ça fait tellement mal… Je… Aaah…, gémit-elle avant de tomber à genoux dans l'herbe.

Gabe sautillait nerveusement d'un pied sur l'autre, le poing pressé contre ses dents. Excommuniée ou non, Sarah avait besoin d'aide. Ella s'agenouilla auprès de son amie et s'efforça de la soutenir tandis qu'elle se contorsionnait avec d'affreux gémissements.

— Gabe, cours chercher ta mère et explique-lui ce qui se passe. Mais n'en parle à personne d'autre, tu m'entends ? Allez, vas-y !

Le garçon partit comme une fusée. Ella vit le bébé bouger sous le chemisier alors que Sarah venait de s'asseoir sur les talons pour essayer de masser son ventre.

— Tu peux m'aider à le faire tourner ? demanda Sarah dans un souffle douloureux. Je ne suis enceinte que depuis six mois, Ella. Trop tôt pour accoucher. Je ne comprends pas ce qui se passe… Tout allait bien jusqu'à aujourd'hui. J'ai fait attention à ne pas courir pour venir jusqu'ici, je…

Oh ! ça fait tellement mal… Tu sais que maman en a perdu deux avant de nous avoir, tous les quatre… Etranglés par le cordon…

A vrai dire, elle l'ignorait. Ella regarda son amie, qui risquait de perdre son enfant. Oui, elle lui avait reproché sa décision de quitter la communauté pour épouser un *auslander*. Oui, elle lui en avait voulu. Mais rien de tout cela n'avait d'importance, à présent, pas même le fait qu'elle était frappée du redoutable *meidung* : son bébé était en danger, et Ella ne songeait plus qu'à l'aider. Sa main se posa sur le ventre de son amie.

Le bébé faisait de grands mouvements, et Ella tâcha de se représenter le petit être qui luttait pour trouver une meilleure position. Peut-être même luttait-il pour sa survie. L'espace d'un instant, elle l'imagina en train de se noyer dans le ventre de Sarah.

— De quel côté dois-je pousser ? demanda-t-elle. J'ai peur de lui faire mal.

— Je viens de passer une échographie et elle était bien positionnée…

Un sourire déchira très brièvement le masque de souffrance.

— Oui, c'est une fille… C'est bizarre, reprit-elle, de nouveau défigurée par un mélange d'angoisse et de douleur, je me suis mise à avoir mal dès que j'ai posé le pied sur la propriété de l'évêque. C'est comme une malédiction.

Incapable de maintenir sa position, Sarah se mit à quatre pattes, les mains agrippant l'herbe comme si elle voulait en arracher des touffes.

— Ne dis pas des choses pareilles, protesta vigoureusement Ella. Attends ! J'ai l'impression qu'il — qu'elle — commence justement à se tourner. Tu vois, c'est absurde de parler de malédiction.

Mais qui essayait-elle de convaincre ? La noyade évitée de justesse. Les attaques de panique. Cette personne qui la harcelait sans qu'elle sache pourquoi. Lorsqu'elle prit la main de Sarah dans la sienne, son amie serra si fort que cela faillit lui arracher un cri de douleur.

— Ça va aller, Sarah, ça va aller…

— Je voulais simplement être près de vous en ce jour, tu comprends ? dit-elle entre ses dents serrées.

Des larmes gouttaient au bout de son nez et de son menton.

— Je sais que je n'ai plus… plus ma place ici.

Ella sentit un étau broyer son cœur.

— Tu auras toujours une place dans ma vie quoi qu'il arrive ! s'entendit-elle répondre. Et je sais qu'il en va de même pour Hannah. Que tu vives loin de nous n'y changera jamais rien, Sarah !

Les yeux d'Ella se posèrent sur le sac à main de son amie.

— Tu as un téléphone portable ? demanda-t-elle. Je pourrais appeler les secours.

— Il est resté dans la boîte à gants de ma voiture. Elle est garée devant ta grange.

— C'est plus près que la cabine qui se trouve sur la route. Je vais courir jusqu'à la ferme et j'appellerai Nate et Police-secours. N'aie pas peur, Sarah, tu ne vas pas perdre ta petite fille ! Dis-moi, les portières de ta voiture sont verrouillées ?

— Non, mais ne me laisse pas, Ella. Ne me laisse pas seule…

Des pas se firent entendre. Quelqu'un courait dans leur direction.

— C'est ta mère qui arrive ! s'écria Ella.

L'instant d'après, Anna Kauffman apparut, rouge et essoufflée.

— Bonjour, madame Kauffman, dit Ella en levant les yeux vers le visage bouleversé qui se penchait vers elle. Sarah est enceinte de six mois et elle a très mal depuis un bon quart d'heure. Elle a l'impression que c'est le bébé qui se tourne.

— Oh ! Sarah, mon enfant ! s'écria Anna Kauffman en se laissant tomber au côté de sa fille. Ça m'est arrivé, à moi aussi…

— *Mamm*, je ne veux pas perdre mon bébé ! Je suis venue apporter un cadeau à Hannah, et…

— Madame Kauffman, coupa Ella, je vais courir jusque

chez moi pour récupérer le téléphone que votre fille a laissé dans sa voiture. Sarah, le numéro de Nate est dans le répertoire, j'imagine ?

— Tu appelles d'abord les secours, *ya* ? intervint Mme Kauffman.

— Oui, répondit Sarah, Nate est dans le répertoire. Il faut d'abord allumer le téléphone, et ensuite tu verras une étoile sur l'écran. Tape ton doigt dessus et une liste de mes contacts favoris va apparaître. Tape ensuite sur …

— Je vais me débrouiller, ne t'inquiète pas. Ray-Lynn a un de ces petits téléphones tactiles, elle aussi, et elle m'a appris à m'en servir, lança-t-elle en se relevant après avoir libéré sa main. Les secours seront bientôt là. Mais peut-être Gabe devrait-il aller chercher *Mamm* ? dit-elle en se tournant vers Anna Kauffman. Sarah serait mieux dans un lit, non ?

— Oh non ! protesta Sarah. Pas dans la maison de l'évêque et pas le jour du mariage de sa fille. Je n'ai même pas le droit d'être là…

— On va t'aider, Sarah, et il n'est pas question que tu perdes ton bébé !

Après voir pressé l'épaule de son amie, Ella releva le bas de ses jupes et détala en direction du champ qui séparait les deux fermes.

La fête battait son plein dans une débauche d'humour potache. Adossé à un mur du salon bondé, Alex regarda quelqu'un donner un anneau de taureau à Seth pendant que l'assemblait exigeait bruyamment qu'il le mette dans son nez. Quant à Hannah, elle venait de recevoir un rouleau à pâtisserie censé l'aider à se faire respecter par son mari. Le reste, à l'avenant, lui aurait sans doute arraché des sourires si quelque chose ne l'avait tracassé : où donc était passée Ella ? Il se demandait si son statut de célibataire — de *maidal*, comme disaient les Amish — ne l'avait pas affectée tandis qu'elle assistait au mariage d'une de ses deux meilleures amies. D'un autre côté, elle lui avait toujours semblé profondément heureuse pour Seth et Hannah, et jamais elle n'avait manifesté le moindre signe d'aigreur.

Il était curieux de savoir si le mot *maidal* désignait également une vierge. Il avait entendu certains invités évoquer le précédent mariage de Seth, et le fait qu'il avait épousé sa première femme alors qu'elle était déjà enceinte de lui. Cela signifiait que les rapports sexuels préconjugaux existaient même chez les Amish. Cela dit, la plupart des jeunes filles célibataires devaient être vierges, parce qu'elles se mariaient presque toujours très jeunes… contrairement à Ella, qui était plutôt âgée pour une *maidal*, du moins selon les critères de son Eglise. Se pouvait-il malgré tout qu'elle soit encore vierge ?

— Home Valley vous plaît ? demanda une voix féminine derrière lui.

Alex se retourna et se trouva face à Ray-Lynn Logan, la femme qui était arrivée après eux sur les lieux de l'accident de voiture de Sam Lee. On lui avait expliqué qu'elle était la compagne du shérif, avec qui elle partageait également la propriété d'un restaurant, la Dutch Farm Table.

— Oh ! *ya, ser gut*, répondit-il avec son plus bel accent amish. Mes cousins de l'Ohio sont très hospitaliers et le reste de la communauté m'a accueilli avec beaucoup de chaleur.

— Votre cheville va mieux ?

— *Ya, danki.* Je craignais que ce soit une entorse, mais c'était juste une foulure. *Grossmamm* Ruth m'a soigné et j'ai pu aider Ella à désherber sa lavande dès le lendemain de l'accident. Et maintenant, comme vous voyez, je n'ai même plus besoin de béquille. D'ailleurs, je vais bientôt pouvoir travailler aux champs.

— Votre accent est vraiment différent de celui des Amish de l'Ohio, fit remarquer Ray-Lynn. Et même de celui des Amish de Pennsylvanie que j'ai pu rencontrer ici.

Même s'il n'y avait rien de soupçonneux dans la façon dont la restauratrice avait fait cette remarque, Alex se sentit agacé. Lui qui croyait faire une bonne imitation de l'accent amish… A moins que le shérif n'ait dit quelque chose à cette femme — confidences sur l'oreiller — et qu'elle n'ait décidé de le mettre à l'épreuve ? Il se calma en songeant qu'Ella — ainsi qu'Hannah, d'après ce qu'il avait entendu dire — accordait une grande valeur à leur amitié avec Ray-Lynn Logan. Les nombreux interrogatoires qu'il avait subis après avoir accusé Marv Boynton et SkyBound d'espionnage industriel l'avaient peut-être rendu un peu trop susceptible.

— Je crois que je sais pourquoi vous parlez comme ça, reprit-elle avant qu'il ait pu trouver une réponse crédible. Je parie que, comme Hannah, vous avez vécu un certain temps dans le monde moderne. Elle m'a dit que son accent et ses tournures de phrases avaient beaucoup changé durant les années où elle est restée éloignée de sa communauté. D'ailleurs, son accent ressemble un peu au vôtre, maintenant.

— Vous m'avez percé à jour, lança-t-il avec une moue comique.

Il avait espéré s'en tirer en jouant la carte de l'humour, mais cette Ray-Lynn semblait du genre tenace.

— A moins que vous ne soyez un converti ? insista-t-elle, adoptant à son tour le ton de la plaisanterie. Ça existe, mais ils sont très peu nombreux et disséminés entre les diverses communautés du pays, n'est-ce pas ? Et puis, je sais que votre Eglise n'a pas l'esprit missionnaire, sans compter qu'un *Anglais* doit être prêt à renoncer à beaucoup de choses matérielles pour devenir l'un des vôtres…

— Il gagnera plus qu'il ne perdra, s'entendit-il répondre avec d'autant plus de surprise qu'il avait prononcé ces mots avec une grande conviction.

Comment empêcher cette femme de le questionner ? La meilleure défense était peut-être l'attaque.

— Vous avez vous-même un accent qui ne ressemble pas à celui des *Anglais* d'ici, dit-il. D'où êtes-vous ?

Elle lui raconta qu'elle avait grandi en Géorgie rurale, au sud des Etats-Unis, et il regretta presque de l'avoir lancée sur ce sujet quand elle se mit à lui vanter les qualités d'Atlanta. Non seulement cette évocation lui donnait envie de revoir sa bonne ville de New York, mais encore elle lui rappelait la tentative d'assassinat dont il avait été victime dans la capitale de la Géorgie. Il n'avait jamais compris comment ses ennemis — le ou les commanditaires du tueur à gages — avaient pu le retrouver là-bas. Et s'ils avaient réussi à le traquer jusqu'à Atlanta, n'allaient-ils pas mettre la main sur lui ici ?

Il finit par raccompagner Ray-Lynn, qui parlait toujours de son cher Sud natal, jusqu'à sa voiture. Elle devait retourner au restaurant, et il l'avait suivie dehors car il voulait se mettre à la recherche d'Ella.

— Je parie que cette camionnette est la vôtre, dit-il en désignant l'unique véhicule motorisé au milieu d'un océan de carrioles.

— Vous être très perspicace, jeune homme, répondit Ray-Lynn au moment où ils passaient à proximité de la grange.

Il y avait là un groupe de femmes qui regardaient toutes dans la même direction.

— Qu'est-ce qui se passe, derrière la grange ? demanda Alex. Ça a un rapport avec le mariage ?

Elle le regarda, intriguée.

— Ce serait plutôt à vous de me le dire, Andrew. Je me disais qu'elles décorent peut-être la carriole des mariés, comme les *Anglais* le font avec les voitures. Ça arrive parfois, ici. Mais peut-être qu'on ne fait jamais ça en Pennsylvanie ?

Alors qu'il se demandait comment répondre à cette colle, ils virent Hannah et une de ses demoiselles d'honneur courir vers la grange, une expression soucieuse sur le visage.

— Oh ! ça ne me dit rien de bon, lança Ray-Lynn avant de se ruer vers la grange, abandonnant Alex qui venait de lui ouvrir la portière de sa camionnette.

Après une seconde d'hésitation — ce petit attroupement n'était composé que de femmes —, Alex s'élança à la suite de la restauratrice. Et si le type qui harcelait Ella était passé à la vitesse supérieure ? se demanda-t-il en s'approchant du groupe de femmes. Ella ne se trouvait pas parmi elles, et le regard d'Alex se porta au sol, où quelqu'un était allongé. Non, ce n'était pas Ella, Dieu merci, mais une inconnue qui ne portait pas de vêtements amish. Qui était-elle et que s'était-il passé ? Et comment se faisait-il qu'Ella ne soit ni dans la maison ni ici, avec la mariée et toutes ces femmes ?

Ella émergea du champ, hors d'haleine et avec un point de côté. Difficile de progresser rapidement avec des épis qui vous arrivaient aux genoux. La boue qui couvrait ses chaussures avait même pénétré à l'intérieur, mais rien n'avait d'importance, sinon aider Sarah.

Signe que son amie n'avait pas eu l'intention de rester longtemps, sa voiture — un grand monospace — bloquait quasiment les portes de la grange. Elle avait simplement tenu à apporter elle-même un cadeau pour Hannah avant de retourner à sa vie mondaine. Oui, le cœur de Sarah était toujours amish : le monospace était noir et elle n'avait pas verrouillé les portières. Malgré les objets de valeur qui se trouvaient dans l'habitacle — Ella pouvait y distinguer plusieurs tableaux qui attendaient d'être encadrés —, son amie savait qu'on ne risquait rien, par ici.

Et pourtant, les choses avaient changé, récemment, songea-t-elle en ouvrant la portière côté passager.

Le téléphone se trouvait bien dans la boîte à gants. Les automobiles la rendaient un peu claustrophobe et elle ne s'attarda pas dans l'habitacle, refermant doucement la portière avant de se pencher sur le petit appareil. Elle espérait se souvenir de ce que lui avait appris Ray-Lynn, le jour où elle avait dû appeler Amanda Stutzman du restaurant pour la prévenir qu'elle ne pourrait assurer la livraison prévue.

Concentrée sur ce qu'elle faisait, elle pria le ciel pour que les secours arrivent à temps, et pour ne pas être la proie d'une nouvelle crise de panique. Dès qu'elle aurait trouvé le clavier, elle composerait le numéro de Police-secours, avant de chercher celui de Nate dans le répertoire.

Le petit appareil plat sembla frissonner dans sa main

lorsqu'elle le mit en marche. Même si la grange lui faisait de l'ombre, elle se pencha sur l'écran pour y chercher l'étoile dont avait parlé Sarah. Et si ce téléphone ne fonctionnait pas comme celui de Ray-Lynn ? Si elle mettait trop longtemps à appeler les secours et que Sarah perdait son bébé ? Si…

Elle entendit alors quelqu'un qui arrivait derrière elle. Sans doute un de ses frères, revenu de chez les Esh pour s'assurer que les animaux n'avaient besoin de rien. Ou alors Andrew, qui s'était aperçu qu'elle n'était plus là-bas et la cherchait ?

Avant qu'elle ait le temps de se retourner, quelque chose d'énorme lui tomba sur la tête, arrachant le téléphone de sa main et l'enveloppant comme un linceul.

Obscurité.

Jetée au sol.

Un genou écrasa ses jambes lorsqu'elle voulut se débattre et donner des coups de pied. Elle était piégée dans cet immense sac, et il n'y avait personne aux alentours pour l'aider.

Après quelques secondes où la stupeur le disputa à la panique, elle réalisa qu'elle avait été emmaillotée dans un grand couvre-lit en patchwork. Elle se mit à crier et reçut aussitôt une gifle dont la violence fut heureusement atténuée par l'épaisseur du tissu surpiqué. Un tour de corde l'emprisonna davantage au niveau de la poitrine, plaquant son bras droit contre son flanc dans une position inconfortable, tandis que le gauche lui écrasait un sein. Ella se rendit alors compte que ses jambes avaient déjà bénéficié du même traitement, liées à travers le couvre-lit au niveau des chevilles. Et, à présent, un bâillon enfonçait le tissu dans sa bouche, l'obligeant à respirer par le nez. Elle poussa un grognement de protestation.

— Sss…, siffla une voix tout près de son oreille. Sinon…

Homme ou femme ? Elle n'aurait su le dire. Encore des bruits de pas. Son agresseur avait-il un complice ?

Elle fut saisie par les pieds et traînée, le dos et la tête raclant le sol sous la protection du tissu. Même aveuglée, elle reconnaissait le chemin qu'on lui faisait prendre. Son corps ballotté sans ménagement contourna d'abord la grange, puis elle sentit qu'elle montait la colline. Et même si elle suffoquait presque, avec le tissu qui lui rentrait dans la bouche, l'odeur si familière de la lavande lui emplit les narines. Elle n'en fut pas réconfortée pour autant, respirant par à-coups avec d'autant plus de difficulté qu'elle se sentait gagnée par la panique. Elle ne pouvait avoir une attaque maintenant, même si le moment semblait particulièrement propice. Il fallait qu'elle se calme et qu'elle réfléchisse. Comment faire pour s'échapper ?

L'ascension se poursuivait, mais le parfum de lavande avait maintenant disparu. La personne qui la tirait par les pieds haletait comme un gros chien. Homme ou femme ? se demanda-t-elle de nouveau. Peut-être quelqu'un remarquerait-il la silhouette de son ravisseur en train de gravir la colline ? Peut-être cette personne serait-elle alertée par la forme étrange qu'il tirait ? Hélas ! tout le monde se trouvait chez les Esh. Comment son agresseur avait-il su qu'elle serait seule ? L'avait-il épiée depuis des jours en attendant une opportunité pour agir ?

Mais pourquoi l'enlever ? Elle avait bien compris que quelqu'un cherchait à lui faire peur pour une raison ou pour une autre. Mais de là à l'envelopper dans un couvre-lit et à la traîner sur plusieurs dizaines de mètres comme une vulgaire marchandise ! Non, rien ne laissait présager un tel déchaînement de violence… dont elle ignorait encore l'issue. *Mon Dieu, aide-moi, je T'en prie ! Pourquoi ? Pourquoi moi ?*

Seuls les halètements de son bourreau lui répondirent. De toute façon, au point où elle en était, ce n'était pas une réponse à cette question qui pourrait la sauver.

12

A en croire ce qui se murmurait parmi les invités, Ella était partie chez elle pour aller récupérer le téléphone de Sarah et prévenir les secours. Un peu en retrait des femmes massées derrière la grange, Ray-Lynn tendait l'oreille avec l'espoir d'entendre le son d'une sirène. Les urgentistes comme les pompiers du comté d'Eden étant tous volontaires, ils mettaient un peu plus de temps à intervenir que dans les grandes villes.

Ella savait utiliser un téléphone portable — Ray-Lynn elle-même lui avait appris à s'en servir — et les secours devaient être en chemin. Pourtant, nulle sirène ne venait troubler la quiétude de cet après-midi d'été, et le doute commença à s'immiscer en elle. Et si le portable de Sarah était tellement différent du sien qu'Ella ne parvint pas à le faire fonctionner ? Jack était prévenu en même temps que les secours, lorsqu'on composait le 911, et d'ordinaire il arrivait très vite.

Ray-Lynn aurait aimé réconforter la malheureuse qui semblait souffrir le martyre, mais la mère de Sarah — ainsi que d'autres femmes de son Eglise — s'affairait auprès d'elle malgré l'excommunication qui la frappait. Des nombreux Amish que Ray-Lynn se flattait d'appeler ses amis, Sarah et Hannah étaient incontestablement les plus proches. Le coma ayant malheureusement effacé beaucoup des moments qui avaient contribué à construire ces belles amitiés, les jeunes femmes lui avaient, l'une comme l'autre, raconté comment elle avait encouragé Sarah à réaliser son rêve de peindre des scènes naïves de la vie amish.

D'ailleurs, Ray-Lynn avait également assisté au mariage de Sarah et Nate. Elle avait même été invitée à séjourner chez les mariés avec Jack. Sarah ayant été bannie et excommuniée pour avoir épousé un *auslander*, Hannah et Ray-Lynn avaient été les seules dans la vallée à savoir qu'elle attendait un bébé. Ella s'étant montrée très critique envers la décision de Sarah de quitter la communauté pour peindre et épouser un homme du monde, Hannah et Ray-Lynn avaient préféré ne pas lui dire que son amie était enceinte. Ne pas lui dire non plus à quel point l'excommuniée espérait que ce bébé lui permettrait de renouer des liens avec sa famille et ses amis amish, qui lui manquaient tant.

Ray-Lynn sursauta quand son téléphone portable se mit à sonner dans sa poche. Elle s'éloigna un peu de la grange et décrocha avant que sa messagerie vocale ne se déclenche. C'était peut-être Jack qui était retenu par une autre urgence et qui venait aux nouvelles.

— Ray-Lynn Logan, j'écoute.

Même si elle se trouvait, à présent, à l'écart du petit attroupement, elle avait presque murmuré afin de rester discrète.

— Je voudrais parler à Andrew Lantz.

C'était une voix d'homme, mais elle était étrangement monocorde et fluette, comme s'il s'agissait d'un enregistrement.

— Qui est à l'appareil ?

Dommage qu'elle n'ait pas payé le petit supplément demandé par son opérateur téléphonique pour que s'affiche le numéro de son correspondant. Jusque-là, elle n'avait jamais vu l'utilité de cette fonction.

— Allô ? Allô ? lança-t-elle quand le silence se prolongea à l'autre bout du fil. Qui est à l'appareil et comment avez-vous eu mon numéro ?

Ses yeux se posèrent sur Andrew qui arpentait nerveusement la pelouse, s'arrêtant de temps à autre pour regarder, la main en visière, en direction de la ferme des Lantz. Alertés par la rumeur, beaucoup d'autres hommes étaient sortis, à présent.

Le bloc compact qu'ils formaient bruissait de murmures, mais Andrew ne s'était pas joint à eux. D'ailleurs, Ray-Lynn le trouvait différent des autres. Pour elle, le fait que le cousin d'Ella vienne de Pennsylvanie ne suffisait pas à expliquer cette impression. Il faudrait d'ailleurs qu'elle s'en ouvre à Jack. C'était sans doute absurde, mais l'idée qu'Andrew était en réalité un journaliste infiltré — quelqu'un qui ferait un reportage de l'intérieur sur la communauté amish de Home Valley — lui avait plus d'une fois traversé l'esprit.

— Je voudrais parler à Andrew Lantz, répéta la voix, mécanique, à l'autre bout du fil.

— Un moment, je vous prie, dit-elle en fronçant les sourcils.

Téléphone plaqué contre l'oreille, elle se dirigeait déjà d'un bon pas vers le cousin d'Ella lorsque son interlocuteur répéta :

— Je voudrais parler à Andrew Lantz.

Alex vit Ray-Lynn qui marchait droit sur lui alors que l'angoisse le submergeait au point de lui tordre le ventre et de lui assécher la bouche. Il avait entendu dire qu'Ella était retournée à la ferme des Lantz pour prévenir les secours à l'aide du portable de son amie Sarah, mais il ne comprenait pas pourquoi elle n'était pas encore revenue. Et il trouvait anormal que ni les pompiers ni les urgentistes ne soient encore là. Pire, on n'entendait aucune sirène dans le lointain, pas même celle du shérif ou de son suppléant. N'auraient-ils pas dû être les premiers à arriver ?

Il essaya de conserver un visage calme, malgré l'agacement qui s'était ajouté à l'angoisse lorsqu'il avait vu Ray-Lynn s'avancer vers lui. Cette femme était très sympathique, mais ce n'était vraiment pas le moment qu'elle vienne poursuivre son interrogatoire ! Alex n'avait plus qu'une idée : s'élancer à travers champs jusqu'à la ferme des Lantz pour s'assurer qu'Ella n'avait pas besoin de lui. Et si elle avait été terrassée par une nouvelle crise de panique ? Et pourquoi n'avait-elle pas utilisé le portable de Ray-Lynn pour appeler les secours, au lieu d'aller chercher celui de Sarah ?

— Un appel pour vous ! lui lança Ray-Lynn, une expression perplexe sur le visage.

Elle brandissait son téléphone noir laqué à bout de bras et Alex sentit son estomac se nouer encore plus.

— Pour moi, vous êtes sûre ?

— Vous vous appelez bien Andrew Lantz ?

Alex hocha la tête.

— Alors, c'est pour vous ! La personne n'a pas voulu me donner son nom.

— C'est peut-être Ella ?

Elle secoua la tête.

— C'est un homme.

— Merci, dit-il en prenant le téléphone qu'elle lui tendait avant de s'éloigner de quelques pas.

A part Gerald Branin, il ne voyait pas qui pourrait l'appeler ici. Mais Gerald le contacterait à la rigueur sur le téléphone du shérif, certainement pas sur celui de sa compagne ! A moins qu'il ne s'agisse de son avocat ? Non, c'était impossible. Même si la date du procès avait été avancée, Logan Reese passerait également par le shérif ou par Gerald pour le prévenir, jamais par cette femme un peu trop curieuse à son goût.

— Allô ? dit-il d'une voix pleine d'appréhension. Andrew Lantz à l'appareil.

— Ne cherchez pas à savoir qui je suis et ne parlez à personne de cet appel. Ella Lantz est entre mes mains et, si vous voulez la revoir vivante, vous allez faire exactement ce que je dis. Quittez la ferme des Lantz ce soir lorsque la nuit sera tombée, et marchez sur Oakridge Road en direction de County Line Road. Dites à sa famille qu'Ella a besoin d'être un peu seule et que vous ignorez où elle se trouve. Il faut qu'on parle avant que je la libère.

— Ecoutez, qui que vous soyez… Ella n'a rien à voir avec tout ça. Libérez-la tout de suite et je me rendrai sur-le-champ au point de rendez-vous que vous…

— Ne cherchez pas à savoir qui je suis et ne parlez à personne…

Un enregistrement ! Le ravisseur d'Ella avait utilisé un logiciel de synthèse vocale pour enregistrer son message, qui repassait à présent. Alex était dans un tel état de fureur et d'angoisse qu'il dut se retenir de jeter le portable de Ray-Lynn sur la pelouse, et de sauter dessus à pieds joints pour faire taire cette affreuse voix de synthèse. Il n'arrivait pas à croire que son séjour en pays amish ait déjà tourné au cauchemar ! Tout avait pourtant si bien commencé, avec ces paysages idylliques, ce mode de vie qui lui faisait tant de bien, et avec Ella, bien sûr… Et voilà qu'à cause de lui, la belle et douce Amish venait d'être enlevée par un type qui menaçait de la tuer ! Il avait eu tellement envie que tout se passe bien qu'il n'avait pas pris assez au sérieux les avertissements qu'elle avait reçus. Comment avait-il pu s'aveugler à ce point ? Et maintenant, voilà que ses ennemis se servaient d'elle pour l'atteindre. Une fois de plus, ils n'avaient pas tardé à le retrouver. Et même s'il allait ce soir au rendez-vous fixé par la voix de synthèse — sans doute un rendez-vous avec la mort —, rien ne garantissait qu'Ella serait relâchée. Elle avait sans doute pu voir le visage de son ravisseur, et les tueurs à gages ne laissaient aucune trace derrière eux. Etait-elle seulement en vie, à l'heure qu'il était ?

Une vision morbide du cadavre d'Ella lui traversa l'esprit et trempa aussitôt sa chemise de sueur. Il fallait absolument qu'il la retrouve, et vite. Pourquoi ce salopard ne s'en était-il pas pris directement à lui, au lieu de se servir d'Ella comme d'une monnaie d'échange ? S'il avait touché ne serait-ce qu'un de ses cheveux…, songea-t-il mâchoire et poings serrés, avant de céder un instant à l'abattement. Pas Ella !

Il se retourna vivement quand quelqu'un lui toucha le haut du bras. C'était Ray-Lynn Logan qui le regardait d'un air préoccupé.

— Qui était-ce ? Il avait une voix bizarre, non ? On aurait dit une sorte de robot.

— Juste une mauvaise blague, répondit Alex en espérant

que sa voix tremblait moins que ses mains. Ce sont des amis de mon plus jeune frère qui font leur *Rumspringa*. Par contre, j'ignore comment ils ont eu votre numéro de téléphone.

C'était Marv, un maître en la matière, qui lui avait appris à mentir. Pendant toutes ces années, le patron de SkyBound avait réussi à mener ses proches collaborateurs en bateau.

— Merci, Ray-Lynn, poursuivit-il en lui rendant son téléphone. Je suis sûr qu'il n'y a pas lieu de s'inquiéter, mais je vais quand même aller voir ce qui retient Ella. De votre côté, essayez donc de joindre le shérif pour s'assurer que les secours ont bien été prévenus.

Il s'aperçut, trop tard, qu'il avait abandonné son attitude modeste d'Amish au profit du ton déterminé d'un homme habitué à prendre des décisions et à donner des ordres. Pourvu que Ray-Lynn ne voie pas dans le ton très *mondain* qu'il venait d'adopter une confirmation de ses suppositions !

Et puis, tant pis si elle trouvait ça louche, songea Alex, s'éloignant au pas de course avant de piquer un sprint à travers champs. Se faire démasquer par la compagne du shérif ou par n'importe qui d'autre n'avait aucune importance, comparé au coup de fil qu'il venait de recevoir. D'ailleurs, rien n'avait plus aucune importance, sinon retrouver Ella saine et sauve. Au lieu de le paralyser, la peur le faisait courir encore plus vite. La peur qu'il soit arrivé quelque chose à Ella. La peur de ne pas la retrouver et d'être contraint de suivre les instructions de la voix. La peur de devoir se sacrifier dans l'espoir de sauver la jeune femme.

Son ravisseur continuait à la traîner vers le sommet de la colline. Elle n'avait aucun moyen de se défendre et ne pouvait combattre que ses larmes. Surtout, pas d'attaque de panique ! Il fallait simplement respirer. Respirer normalement. Rester aussi calme que possible. S'il avait voulu la tuer, il l'aurait déjà fait, non ? Heureusement, il ne lui avait pas laissé voir son visage, et il pouvait la libérer sans craindre qu'elle ne le décrive aux autorités. Elle n'avait même pas entendu le son de sa voix, à l'exception d'une sorte de sifflement lorsqu'il lui avait intimé l'ordre de se taire.

Oui, son ravisseur pouvait la libérer sans craindre d'être identifié, mais pas sans contrepartie. La famille d'Ella n'était pas riche, et ce n'était certainement pas en échange d'une rançon qu'il lui laisserait la vie sauve. Sans aucun doute, Andrew était la cible de son agresseur. Les gens qui le traquaient avaient dû finir par le retrouver. *Daad* pensait qu'il était arrivé quelque chose de grave à leur invité avant qu'il ne vienne se réfugier chez eux, et son enlèvement était — hélas ! — la preuve qu'il avait vu juste. Etait-elle censée servir d'appât pour attirer Andrew ? Pour le tuer, peut-être ? Son ravisseur pouvait avoir une arme à feu, et le sommet de la colline lui donnait un avantage certain, s'il voulait tirer sur quelqu'un.

Si seulement il l'avait portée, ou au moins tirée dans l'autre sens, par les bras… Dieu merci, elle était traînée sur un sol essentiellement herbeux. Pourtant, elle serait sans doute en sang, à l'heure qu'il était, sans la protection du couvre-lit. Elle ne portait pas sa coiffe au mariage et ses épingles à cheveux étaient tombées, libérant sa longue natte sous le bonnet d'organdi. Elle se prit à rêver que ses épingles puissent glisser hors du couvre-lit en patchwork, fournissant un indice à ceux qui la rechercheraient. Non ! songea-t-elle l'instant d'après. Elle ne voulait pas qu'Andrew se lance sur sa piste. Et si c'était précisément ce que souhaitait son ravisseur ? Qu'Andrew trouve quelques indices ou suive les traces que son corps traîné laissait dans l'herbe ? Qu'il gravisse la colline à découvert, devenant ainsi une cible facile pour un tireur embusqué au sommet ?

Elle s'efforça de réfléchir posément, de maîtriser la peur qui brouillait ses pensées. La seule note positive était l'absence d'attaque de panique. Mais l'attaque dont elle était victime de la part de son ravisseur était de plus en plus pénible à supporter. Elle avait des vertiges… mal à la tête… Les images de sa pèlerine accrochée au pare-chocs de la camionnette noire défilaient à présent sous son crâne douloureux… Les mêmes lambeaux de tissu noir qui habillaient l'épouvantail grimé, crucifié sur la croix de lavande… Elle distinguait à présent un motif sur le couvre-lit qui l'enveloppait. Il n'avait pas été volé sur une corde à linge, comme elle l'avait d'abord cru. Non, c'était un vieux couvre-lit qu'ils conservaient dans la grange et qui servait de plaid lorsque les soirées se faisaient fraîches sur les rocking-chairs de la galerie Son agresseur s'était introduit dans leur grange pour le dérober, comme il avait peut-être volé le vieux télescope de *Grossdaad*, l'épouvantail et Dieu sait quoi encore. *Etoiles tournantes*… C'était le nom du motif qui décorait le vieux couvre-lit. Elle revit ce satellite en orbite qu'elle avait pris pour une étoile filante, alors qu'elle se trouvait allongée sur cette même colline avec Andrew. C'était toute sa vie qui s'était mise à tourner dans une ronde folle, depuis qu'elle le connaissait. Et si Andrew était vraiment la cible de son ravisseur, elle devait trouver un moyen de s'échapper pour être en mesure de le protéger.

La pente se fit moins abrupte. Sans doute venaient-ils d'arriver au sommet. L'individu qui la tirait s'immobilisa et laissa brutalement tomber ses pieds. Ella haletait à travers le tissu qui lui entrait dans la bouche, n'osant ni se tortiller pour trouver une position moins inconfortable, ni émettre une plainte. Son ravisseur gardait le silence, mais elle entendit qu'il s'éloignait de quelques pas. S'il avait voulu la violer, songea-t-elle pour se rassurer, il aurait sans doute abusé d'elle dans la grange. Informé que toute la communauté était réunie chez les Esh, il avait dû rôder dans les parages en attendant une occasion de sauter sur sa proie. Et lorsque, dans son empressement à aider Sarah, elle avait quitté la ferme de l'évêque, elle lui avait fourni cette opportunité.

Alors qu'elle retrouvait un semblant de souffle et que sa respiration se faisait moins bruyante, elle se rendit compte que ses oreilles sifflaient. Non… c'était le bourdonnement des abeilles. Il avait dû la tirer jusqu'à cette partie du sommet, invisible d'en bas, où se trouvaient les ruches de *Daad*. Ce qui signifiait qu'elle ne devait pas être loin d'une de ces profondes dolines. S'il la jetait là-dedans, elle n'avait aucune chance de survivre. Et on mettrait sans doute du temps avant de retrouver son corps… ou son squelette, songea-t-elle avec un frisson d'effroi.

Oserait-elle bouger et essayer d'ôter le tissu qui entrait dans sa bouche et lui donnait envie de vomir ? Que son ravisseur la regarde ou non, elle n'avait d'autre choix que de tenter quelque chose. Au moins, son bras gauche pouvait remuer un peu, contrairement au droit, emprisonné par le lien qui faisait le tour du couvre-lit. Ses coudes et ses épaules étaient douloureux, et son mal de tête avait pris des proportions alarmantes. Elle s'efforça de combattre la sensation de vertige et de rassembler ses pensées.

Lentement, elle s'employa à expulser le tissu de sa bouche en se servant de sa langue et de ses lèvres. L'opération paraissait impossible, mais elle ne se découragea pas. Si seulement elle parvenait à lever sa main gauche jusqu'à sa bouche… A tout moment, elle s'attendait à recevoir un coup de pied, mais, pour l'instant, son ravisseur ne réagissait pas. Etait-il en train de regarder en direction de la ferme des Esh ? Pouvait-il voir l'attroupement autour de la malheureuse Sarah ? Une horrible pensée lui traversa l'esprit comme une flèche empoisonnée. Oh, non ! Elle n'avait pas eu le temps d'appeler les secours, et Sarah risquait de perdre son bébé ! Mais le petit être que portait son amie n'était pas le seul en danger. Si Ella ne faisait pas preuve d'un mélange de prudence et d'ingéniosité, elle pourrait bien mourir, elle aussi.

Pas d'Ella à proximité du monospace noir garé devant la grange des Lantz. Alex jeta même un coup d'œil dans le coffre, par acquit de conscience. Rien d'autre que du matériel de peinture et quelques tableaux qui, à en juger par le peu qu'il put en distinguer, représentaient des scènes de la vie amish.

La respiration encore courte, il courut vers la maison principale. Elle était verrouillée, mais il savait où les Lantz cachaient la clé. Une fois la porte ouverte, il passa la tête dans l'entrebâillement.

— Ella ? Ella !

Il alla chercher la clé de l'autre maison dans la boîte rouge fixée au mur de la cuisine. Le temps de piquer un nouveau sprint, il renouvela l'opération, ouvrant la porte avant d'appeler Ella à plusieurs reprises. Pas de réponse, là non plus. Persuadé qu'il ne la trouverait pas ici — jamais son ravisseur ne la séquestrerait chez elle —, il s'élança vers la grange. Alors qu'il contournait le monospace par l'avant, il vit le bout d'un objet qui dépassait sous le véhicule. Il se baissa aussitôt pour le ramasser. Un téléphone portable ! C'était certainement celui de Sarah. Le trouver par terre était tout sauf un bon signe. Il vérifia le journal des appels. Le 911 ne figurait pas dans la liste des numéros composés aujourd'hui. Manifestement, l'agresseur d'Ella lui avait arraché l'appareil des mains avant qu'elle ait le temps de s'en servir. Il hésita deux ou trois secondes. Ray-Lynn avait sûrement prévenu les secours, à l'heure qu'il était, mais mieux valait appeler deux fois que pas du tout. Quand l'opératrice décrocha et qu'il lui expliqua la situation, il dut se faire violence pour ne pas évoquer le cas d'Ella.

— Merci de nous avoir prévenus, dit l'opératrice, mais Ray-Lynn Logan nous a déjà contactés. Les secours sont en route.

Alex ne raccrocha pas tout de suite. Il était déchiré entre son envie de demander de l'aide au shérif et sa crainte de mettre la vie d'Ella en danger. Finalement, il remercia l'opératrice et éteignit l'appareil. Non seulement il avait peur pour Ella, mais encore il commençait à douter de tout le monde. Comment ses ennemis avaient-ils pu le retrouver ici ? Et maintenant, à cause de lui, la jeune fille était sans doute entre les mains d'un tueur à gages. Oui, tout était sa faute. Il était le serpent dans le jardin d'Eden. Il avait convaincu Ella de croquer la pomme, lui-même tombant sous le charme de la belle Amish. Manifestement, cela n'avait pas échappé à celui qui le traquait, et le tueur avait décidé de se servir d'elle pour atteindre sa vraie cible.

Alex savait qu'en suivant les instructions de la voix de synthèse, il signerait son arrêt de mort. Une fois seul sur ces routes sombres, il serait comme un canard jaune dans un stand de tir. S'il voulait échapper au destin funeste qu'on lui réservait certainement, il n'existait que deux moyens. Le premier était de fuir le pays amish sur-le-champ sans se soucier du sort d'Ella. Et cela, il n'en était pas question. Restait donc l'autre moyen, qui était de l'arracher aux griffes de son ravisseur. Mais pour avoir une chance de la libérer, il fallait d'abord la retrouver.

Sans doute, mais comment ? Chez SkyBound, il avait été un expert en analyse de situation, toujours partant pour définir les priorités et fixer un cap au cœur de la tourmente, pour comprendre la façon dont raisonnait la concurrence et contrer ses manœuvres. Un expert qui, aujourd'hui, n'avait pas la moindre idée de ce qu'il devait faire. Dans ce brouillard, une certitude formait toutefois un point de lumière, à la manière d'un phare : Ella comptait beaucoup pour lui, et il devait tout faire pour la sauver.

La porte de la grange grinça quand il l'ouvrit d'un geste brusque, avant de pénétrer dans l'espace sombre et frais.

— Ella ! Ella ! cria-t-il.

Mais seul lui répondit le *hou hou* du hibou qui nichait sous le toit.

Ella se figea lorsqu'elle entendit des pas se rapprocher de son sarcophage en tissu. Son ravisseur desserra un peu le lien qui la bâillonnait, avant de lui assener une gifle au niveau du visage, toujours avec ce même sifflement qui ressemblait à celui d'un serpent.

Sans doute était-ce destiné à lui faire comprendre qu'elle n'avait pas intérêt à profiter de sa mansuétude, mais l'avertissement était inutile. Ici, il n'y avait que des arbres et les abeilles de *Daad*, et personne ne l'entendrait si elle se mettait à crier. *Que des arbres et les abeilles de Daad*, répéta-t-elle dans sa tête. Existait-il un moyen de se servir des arbres ou des abeilles pour s'évader, si cet homme la laissait seule ou quand la nuit tomberait ?

Si elle parvenait à sortir son bras gauche du couvre-lit et à attraper une branche fendue pour scier ses liens… Non, ça ne fonctionnerait jamais. Si seulement il n'y avait pas cette doline qui la séparait des ruches de *Daad*, elle pourrait essayer de rouler jusqu'aux abeilles et chercher la vieille boîte en métal que son père conservait là-bas. C'était une ancienne boîte à pêche dans laquelle se trouvaient quelques outils, dont un couteau de cuisine à lame dentelée qui lui servait à désoperculer les cadres. Alors qu'elle le regardait extraire le miel d'une ruche, *Daad* lui avait dit un jour que les apiculteurs mondains utilisaient des couteaux électriques avec thermostat, mais que son vieux couteau trempé dans l'eau chaude fonctionnait aussi bien.

Les liens qui retenaient ses chevilles semblaient vraiment très serrés, et son bras droit, complètement coincé, était en train de s'engourdir. Du côté gauche, la situation était à peine moins désespérée : il aurait fallu qu'elle libère son coude pour retrouver l'usage de sa main, mais elle n'osait pas faire de mouvements brusques. Il y avait quand même du mieux au niveau de la respiration, bien plus aisée depuis que le tissu ne lui entrait plus aussi profond dans la bouche. Et puis, elle venait de remarquer ces petites déchirures dans le couvre-lit qui avait souffert, lui aussi, durant l'ascension. Si son ravisseur se penchait suffisamment vers elle, peut-être parviendrait-elle à entrapercevoir son visage.

Combien de temps était passé, depuis qu'elle avait été enlevée ? Une demi-heure ? Une heure ? Deux, peut-être ? N'avait-elle pas entendu une sirène dans le lointain, du côté de la ferme des Esh ? *Je T'en prie, mon Dieu, fais que quelqu'un ait appelé les secours pour Sarah.* Elle pria pour son amie et le bébé qu'elle portait, pour Andrew qui était sûrement la cible de son ravisseur, et enfin pour elle-même.

Encore des pas qui approchaient. L'homme resserra le

bâillon, mais pas aussi fort que la première fois. Il la tira en arrière et l'assit contre un tronc d'arbre avant de repartir. Si Ella arrivait à bien s'orienter, les pas s'éloignaient vers l'arrière de la colline, et non vers le flanc qui donnait sur son champ de lavande et la ferme de sa famille. Le chemin pour descendre était plus court et moins escarpé du côté que semblait emprunter son ravisseur. Quelques minutes plus tard, elle crut entendre un moteur qui démarrait en contrebas. Etait-ce une ruse ou la laissait-il vraiment seule ici ?

Ella se concentra pour écouter les bruits alentour. Le glapissement des écureuils, les feuilles qui bruissaient au vent, le bourdonnement des abeilles…

Son ravisseur parti, elle n'hésita plus à faire de brusques mouvements pour essayer de dégager son coude gauche, le but étant de réussir à lever la main jusqu'à sa bouche. Peine perdue. Mais à force de secouer la tête en tous sens, elle parvint à écarter un pan de couvre-lit et à sortir le haut de son visage à l'air libre. Enfin, elle pouvait voir !

A en juger par la position du soleil, bas dans le ciel d'été, il était plus tard qu'elle ne l'avait cru. Elle se sentit gagnée par la peur à l'idée de passer la nuit ici, ficelée dans ce couvre-lit. A l'heure qu'il était, ses parents devaient terriblement s'inquiéter de ne la trouver nulle part. D'autant qu'il serait bientôt temps de servir le repas du soir qu'ils avaient préparé en tant que famille du marié, et qu'elle était censée aider *Mamm* à s'en occuper. A moins que le problème de Sarah n'ait accaparé l'attention de tout le monde et que le reste ne soit passé au second plan.

Ella tourna la tête à droite et à gauche, se dévissant le cou pour voir aussi loin que possible. Sauf si son ravisseur s'était caché derrière ou dans un arbre, elle était seule ici. C'était merveilleux de ne plus sentir cette présence menaçante, mais elle savait qu'il ne tarderait pas à revenir. Etait-il parti à la rencontre d'Andrew ? L'avait-il contacté pour lui fixer un rendez-vous, menaçant de tuer son otage s'il n'obtempérait pas ? Un rendez-vous qui lui serait sans doute fatal… Il fallait absolument qu'elle se libère de ses liens et qu'elle coure le prévenir du danger qui le guettait. Qu'elle lui dise de quitter le pays amish et d'aller se réfugier ailleurs.

Pourtant, l'idée de son départ lui était si douloureuse… L'idée de perdre Andrew, de le laisser regagner le monde d'où il venait… *Arrête !* se dit-elle. *Arrête de penser à ça et trouve un moyen de t'échapper d'ici pour le prévenir !* Elle espérait seulement qu'il ne serait pas trop tard.

Alex savait que sa seule chance de revoir Ella vivante était de suivre les instructions de la voix de synthèse. Surtout ne rien dire à ses parents du drame qui se jouait. Pour eux, cette magnifique journée avait déjà pris une tournure inattendue avec l'arrivée impromptue de Sarah Kauffman, enceinte et tordue de douleur. Bien qu'elle eût bravé l'excommunication qui la frappait en venant apporter un cadeau, et que son état de santé eût gravement perturbé la parfaire organisation du mariage de Seth et Hannah, Alex avait d'abord ressenti le bonheur de Mme Kauffman, une mère qui retrouvait sa fille après de longs mois de séparation. Le bonheur d'Hannah, aussi, qui retrouvait sa meilleure amie.

Comme il avait aimé partager pendant quelques jours la vie des Amish de Home Valley ! S'ils apprenaient ce qu'il comptait faire, sans doute essaieraient-ils de l'en dissuader, de lui venir en aide, en faisant passer au besoin sa sécurité avant celle d'Ella. Et cela, il ne pouvait l'accepter. Il devait à tout prix leur ramener « Mlle Lavande » saine et sauve. Dieu merci, son amie Sarah était désormais entre les mains des urgentistes dont il avait vu le véhicule entrer, sirène hurlante, dans la ferme des Esh.

Accroupi près de la porte ouverte du grenier à foin, une petite sacoche à ses pieds, Alex attendait que la nuit soit entièrement tombée. Il attendait son ennemi, le cœur lourd d'avoir dû mentir à sa famille d'accueil dans la note qu'il avait laissé sur la table de la cuisine. Mais ses remerciements, eux, n'avaient rien d'un mensonge :

« Chère famille Lantz,

» Je ne vous remercierai jamais assez, vous et les membres de votre Eglise, pour la façon dont vous m'avez accueilli au sein de votre communauté. Votre bienveillance et votre sollicitude me sont allées droit au cœur. Si je m'en vais précipitamment aujourd'hui, sans même avoir le temps de vous dire tout cela de vive voix, c'est que je pense avoir été retrouvé par ceux qui me veulent du mal. Ella est partie furieuse quand je lui ai expliqué que je devais m'éloigner tout de suite, mais je suis certain qu'elle ne tardera pas à rentrer à la ferme.

» J'espère que mes ennuis seront bientôt terminés et que je pourrai revenir vous voir. Que je pourrai trouver un jour le moyen de vous exprimer ma reconnaissance.

Andrew. »

Il s'était efforcé d'adopter un ton aussi léger que possible pour ne pas les alarmer. Il avait besoin d'un peu de temps pour négocier la libération d'Ella. Et s'il ignorait encore comment s'y prendre pour la rendre à sa famille, il savait pertinemment que l'opération risquait de lui coûter la vie.

13

Ella devait absolument tout faire pour extraire son corps du patchwork avant le retour de son ravisseur. Mais allait-il vraiment revenir ? Peut-être lui était-elle devenue inutile, maintenant qu'il avait ferré Andrew d'une manière ou d'une autre. Et s'il lui avait fait parvenir un mot doux signé « Ella », lui donnant un rendez-vous galant dans un endroit isolé ? Cela voudrait dire que cet homme savait ce qui s'était passé entre eux. Qu'il avait assisté à leurs baisers, tapi quelque part dans la grange…

Mais à quoi bon émettre des hypothèses ? Il fallait partir d'ici, un point c'est tout. Pas question de rester immobilisée, impuissante, pendant qu'il arrivait des choses terribles à Andrew ! Ou plutôt à Alex. Oui, cet *auslander* qui l'attirait tant se présentait déguisé et sous une fausse identité, y compris à elle. Et si toutes les qualités qui l'avaient séduite faisaient aussi partie du personnage qu'Andrew/Alex s'était inventé pour échapper à ses ennemis ? Mais elle n'avait ni le temps ni le droit de douter. Parfois, il fallait savoir écouter son cœur, et son cœur lui disait que l'homme qui se cachait derrière Andrew était digne de confiance.

Puisque sa main gauche pouvait seulement saisir ce qui était tout près de ses doigts, le seul espoir d'Ella résidait dans ce vieux couteau que *Daad* conservait près des ruches. Si elle parvenait à s'approcher tout près de cette boîte à pêche et à s'emparer du couteau à lame dentelée, elle réussirait peut-être à couper ses liens et à s'enfuir d'ici. Mais pour cela, il faudrait qu'elle roule sur elle-même en évitant la doline qui se trouvait entre elle et les ruches. Il y avait un risque de se faire piquer au visage par les abeilles si elles se sentaient agressées, mais ce n'était rien comparé à ce qui lui arriverait en cas de chute dans cet énorme trou creusé par les eaux de pluie.

Arquant le dos et poussant tant bien que mal avec ses épaules, elle réussit à se décoller du tronc d'arbre. De nouveau allongée dans son étui matelassé, elle se tortilla pendant de longues minutes jusqu'à ce qu'elle estime l'angle aussi judicieux que possible pour rouler vers les ruches. Le terrain, légèrement en pente jusqu'à son objectif, lui faciliterait la tâche. Il faudrait toutefois faire attention à ne pas prendre trop de vitesse, afin d'être capable de s'arrêter avant la doline, qu'elle devrait ensuite contourner d'une manière ou d'une autre. Comment allait-elle se débrouiller pour ne pas se laisser entraîner dans la vaste dépression naturelle ? Elle n'en savait rien. Peut-être en essayant de progresser en zigzag, de manière à freiner sa course ? Mais attention à ne pas rouler trop vers la gauche, sous peine de dégringoler sur la pente douce qui débouchait dans la vallée. Sans doute parviendrait-elle en bas sans se blesser gravement, mais, une fois au pied de la colline, elle n'aurait plus aucun moyen de couper ses liens.

Même si le couvre-lit lui couvrait encore le nez et que le tissu lui entrait de nouveau dans la bouche, elle respirait sans trop de mal. Après une prière courte mais fervente, elle se contorsionna pour se tourner sur le ventre, jusqu'à ce qu'elle se mette à rouler.

Elle ne tarda pas à prendre de la vitesse… trop de vitesse ! De toutes ses forces, elle tenta de remonter ses genoux pour freiner le mouvement. Sa tête, qui rebondissait sur l'herbe, s'était remise à tourner. Elle n'avait d'autre choix que de tout tenter pour se sortir de là ; pour sauver Andrew et se sauver elle-même. Quelqu'un s'était-il seulement aperçu de sa disparition, avec toute cette agitation autour de Sarah ? Peut-être ses parents penseraient-ils qu'elle était partie fâchée du retour de son amie d'enfance, dont elle avait toujours critiqué la décision d'épouser un *auslander*. Ou bien qu'elle n'avait pu supporter la joie d'Hannah, alors qu'elle-même n'avait ni mari ni soupirant.

Elle parvint à s'immobiliser, respirant fort par le nez. Malgré la peur que lui inspirait la proximité de la doline, elle devait poursuivre sa progression vers les ruches. A l'aide de petits bonds laborieux qui l'épuisèrent encore davantage, elle changea d'angle afin de passer au large du trou. Elle se remit à rouler, de nouveau plus vite qu'elle ne l'aurait souhaité. Le haut de sa tête, qui dépassait de l'espèce de hot dog qu'elle formait avec le couvre-lit coloré, se griffa sur des branches mortes et manqua de heurter la pointe d'une pierre enterrée qui affleurait entre les brins d'herbe. Elle voulut se servir de ses coudes pour contrôler sa vitesse, mais cela ne fit que rendre le parcours plus cahoteux. Plus douloureux, aussi. Grimaçant sous l'effort, elle réussit encore à s'arrêter avant de se repositionner pour se placer dans l'axe des ruches. Celles-ci tenaient sur de petits pieds de bois qui arrêteraient sa course, mais Ella ne pouvait s'y cogner trop fort, sous peine de les renverser. Les secouer brutalement risquait aussi de pousser les abeilles qui travaillaient à l'intérieur à fondre sur elle sans qu'elle puisse repousser leur attaque.

En nage et à bout de souffle, elle se remit à rouler. Oh, non ! L'angle n'était pas bon, et elle passa juste à côté des ruches, se heurtant au passage le crâne sur un des pieds de bois.

Il fallait à tout prix qu'elle s'arrête, si elle ne voulait pas s'écraser sur les arbres qu'elle venait de voir surgir en bas de la pente. La peur lui donna le regain d'énergie nécessaire pour pivoter et placer ses jambes vers les arbres. Après une courte glissade, son corps enroulé accrocha enfin le flanc de la colline. Elle resta un moment hagarde, à moitié assommée par la fatigue et le trop-plein d'émotions, les yeux plongés dans le ciel de plus en plus sombre. Zébrés de rouge par le coucher de soleil, les nuages semblaient faire de petits bonds nerveux. Mais c'étaient ses yeux et son cerveau qui lui jouaient des tours. Laissant échapper un gémissement, elle leva la tête vers le sommet de la colline. Les ruches étaient moins éloignées qu'elle ne l'avait craint. Elle allait devoir ramper vers le haut comme une chenille. Ses chaussures se plantèrent dans l'herbe à travers le tissu matelassé, et elle commença l'ascension. Dos arqué, poussée sur les pieds, projection en avant, corps aplati, dos arqué, poussée sur les pieds… Surtout prendre garde à ne pas partir en travers et à se remettre à rouler vers le bas. Dieu merci, la vieille boîte en métal de *Daad* n'était jamais fermée à clé. Mais que ferait-elle si le couteau ne s'y trouvait pas ?

Inutile de perdre de l'énergie en songeant à ce qui risquait de mal tourner, songea-t-elle. Au terme de dix minutes d'efforts intenses, elle toucha enfin au but. Elle devait à présent s'enrouler autour de la boîte à pêche si elle voulait être en mesure de fouiller son contenu à l'aide de sa main partiellement dégagée. Du bout des doigts, elle ouvrit le couvercle avant de se servir de son genou pour le soulever davantage. Il y avait plusieurs outils là-dedans, parmi lesquels se trouvait heureusement le vieux couteau à lame dentelée. Tout cela aurait été parfait si seulement elle était parvenue à dégager suffisamment sa main pour l'atteindre.

Mais pas question de renoncer si près du but. Le couvercle, qui venait de basculer entièrement vers l'arrière, ne risquait plus de se refermer. Ses pieds ficelés renversèrent la boîte, dont le contenu se répandit au sol. Elle était devenue plus habile pour se contorsionner, et elle ne mit pas longtemps avant d'attraper le couteau. Restait à trouver un moyen de le tenir, de manière à pouvoir couper ses liens. Voilà… les dents de la lame étaient à présent dirigées vers le couvre-lit et, bientôt, elles touchèrent la corde qui entravait son bras gauche. C'était tellement bizarre de scier dans cette position, avec son bras droit complètement engourdi et son corps couvert d'ecchymoses qui criait grâce.

Un morceau de corde céda. Son bras gauche était libre ! Ella arracha le tissu qui la bâillonnait et resta un moment immobile à goûter le plaisir de respirer de grandes goulées d'air frais par la bouche, tandis que ses nerfs se relâchaient et que les larmes inondaient ses joues.

Ça suffit ! se dit-elle. *Lève-toi et descends cette colline !* Il fallait qu'elle trouve Andrew et qu'elle lui dise de s'enfuir ou de se mettre sous la protection du shérif. Et si son ravisseur revenait se venger sur elle, une fois Andrew en sécurité ? Elle deviendrait folle, si elle devait vivre dans la peur.

Son bras gauche désormais libre de ses mouvements, Ella n'eut aucun mal à venir à bout des autres liens. Elle reprenait ses esprits, enfin debout, le couvre-lit en patchwork étalé à ses pieds, quand elle comprit une chose qui lui arracha un cri. La ficelle torsadée qui avait servi à l'attacher… C'était la même cordelette rouge vif dont Connie Lee se servait pour emballer ses produits !

Elle se baissa avec un rictus douloureux pour en ramasser un morceau, puis, les jambes chancelantes et le corps tuméfié, elle se mit à dévaler la colline.

Scrutant l'obscurité par la porte ouverte du grenier à foin, Alex songea qu'il allait devoir partir d'ici avant que les Lantz ne reviennent chez eux. Peut-être pouvait-il se tapir dans un de ces fossés qui longeaient la route et observer toutes les voitures qui passaient par là… Il avait eu beau se torturer l'esprit, il n'avait pas trouvé de meilleure stratégie. Alors que la nuit tombait, il avait vu les carrioles quitter peu à peu la ferme des Esh. Manifestement, les Amish préféraient rentrer chez eux avant qu'il ne fasse complètement nuit. Il se représenta les Lantz en train d'aider à tout ranger après le repas qu'ils avaient préparé pour les invités, et il regretta de ne pouvoir les aider. Il se sentait indécis, incapable d'avoir une vision claire de ce qu'il devait faire pour retrouver Ella. Pire, ce sentiment de confusion se répandait comme un brouillard sur l'ensemble de ses pensées.

Mû par la curiosité, il s'approcha du grand coffre où Ella avait cherché le télescope de son grand-père, le soir où il l'avait embrassée. Il souleva le lourd couvercle de bois et y braqua la torche électrique dont il s'était saisi juste après avoir pénétré dans la grange. Le puissant faisceau lumineux éclaira une carte de Floride, des coquillages et quelques outils anciens. Pourquoi ne pas partir dans le Sud, s'il s'en sortait vivant après avoir libéré Ella ? Il pourrait se cacher là-bas sans rien dire à personne, d'autant qu'il n'avait presque rien dépensé des espèces fournies par Gerald Branin. Il lui suffirait d'en informer ce dernier et de laisser à Logan Reese, son avocat principal, un numéro où le joindre afin qu'il le prévienne quand ce fichu procès s'ouvrirait enfin. Mais si ses ennemis l'avaient retrouvé ici, ne le retrouveraient-ils pas n'importe où ? A qui pouvait-il vraiment se fier ?

En réponse à cette question, un seul nom résonna dans sa tête : Ella.

Le hibou lui frôla la tête, prédateur silencieux que seul trahissait le bruit d'ailes brassant l'air. Un autre prédateur rôdait dans les parages : un rapace humain prêt à fondre sur lui.

Il referma le coffre et emprunta l'échelle pour descendre du grenier à foin. Une fois en bas, il fourra la torche électrique dans la sacoche qu'il portait en bandoulière et dont il tira vingt-cinq dollars. Une fois l'argent posé bien en vue à titre de dédommagement pour la lampe, il quitta la grange en songeant que ces quelques billets étaient une bien maigre rétribution pour toutes les marques de sympathie qu'il avait reçues ici.

L'heure était venue de se remettre à cogiter, se dit-il alors qu'il sortait dans la nuit et fermait derrière lui la porte de la grange. Si ce type avait enlevé Ella malgré les risques et les contraintes qu'impliquait un tel acte, c'était certainement pour l'obliger, lui, sa vraie cible, à s'éloigner de la protection qu'offrait la communauté amish. Alex s'en voulait de ne pas avoir quitté Home Valley dès les premières alertes, après avoir découvert ces empreintes de pas sous les fenêtres d'Ella, et après son agression par cette camionnette noire.

Il était certain que le tueur à gages qui lui avait tiré dessus à Atlanta et le ravisseur d'Ella n'étaient qu'une seule et même personne. C'était triste à dire, mais les meurtres étaient si fréquents dans une grande ville comme Atlanta qu'ils n'attiraient guère l'attention des médias. Alors qu'ici, en pays amish… Aux Etats-Unis, tout ce qui concernait cette communauté vivant en marge de la vie moderne fascinait le grand public. Que des Amish soient arrêtés parce qu'ils refusaient de mettre des triangles de signalisation sur leurs carrioles ou qu'ils avaient coupé la barbe d'un rival lors d'une expédition punitive, on était certain que le pays entier serait au courant dès le lendemain. Voilà pourquoi l'homme qui le traquait ne souhaitait sûrement pas le tuer sur place, au risque d'allumer les projecteurs médiatiques qui ne demandaient qu'à se braquer sur Alex. Pensez donc : le témoin clé d'une affaire d'espionnage industriel au profit de la Chine ! C'était du pain bénit pour la presse, qui avait déjà beaucoup écrit sur SkyBound, et qui était à l'affût de toute nouvelle information en attendant le procès. Oui, le tueur avait sans doute pour projet de l'emmener loin d'ici, éventuellement de l'interroger pour savoir ce qu'il avait déjà confié au FBI, puis de l'éliminer et de faire disparaître son corps.

Au moins, songea-t-il en marchant vers la route, si ceux qui avaient commandité son assassinat préféraient le capturer, cela lui donnait un peu de temps pour négocier la libération d'Ella. Plus Alex y réfléchissait, plus il était convaincu que ses ennemis n'avaient aucun intérêt à faire du mal à la jeune fille. Il s'agissait de gens peu recommandables, certes, mais ils n'étaient pas stupides pour autant. Et l'enlèvement et le meurtre d'une Amish était le meilleur moyen d'attirer l'attention des médias et de donner envie au FBI de mettre le paquet pour résoudre l'enquête au plus vite. Mais son esprit d'ancien expert en analyse de situation ne pouvait s'empêcher d'envisager toutes les hypothèses, y compris les moins évidentes, comme celle d'un ancien agent du FBI qui aurait organisé lui-même le rapt avant de se mettre en scène comme le libérateur d'Ella, tout cela pour revenir dans les bonnes grâces de son ancien employeur.

La clôture qui séparait la route de la propriété des Lantz

n'était plus qu'à une vingtaine de mètres d'Alex. Même s'il n'avait aucune envie d'être une proie facile, il refusait de fuir pour sauver sa peau. Pas question de quitter la vallée tant qu'Ella était en danger. Si l'homme qui se cachait derrière cette voix de synthèse l'avait enlevée pour faire pression sur lui, c'est qu'il savait qu'elle avait pris une grande place dans sa vie. Mais d'où tenait-il cette conviction qu'il ne la laisserait pas tomber ? Les avait-il suivis et observés, tous ces jours-ci, alors qu'ils se rapprochaient irrésistiblement l'un de l'autre ? Avait-il même été le témoin, caché dans un recoin de la grange, des baisers enfiévrés qu'ils avaient échangés ? Etait-ce cela qui lui avait donné l'idée de se servir d'elle comme monnaie d'échange ?

Parvenu à la clôture, il se tourna une dernière fois vers la masse sombre de la maison où il avait vécu brièvement. Un séjour trop court, qui l'avait pourtant transformé en profondeur. Tant de choses auxquelles la veille encore il accordait de la valeur — tant de choses dont il avait cru ne pouvoir se passer — lui semblaient aujourd'hui dénuées d'importance. En l'espace de quelques jours à peine, il en était venu à remettre en question les priorités de sa vie. Dans son esprit, le mot « ambition » avait toujours été lié à la réussite professionnelle et sociale, qui demandait bien souvent de laisser ses scrupules au vestiaire. Mais il sentait que l'ambition revêtait désormais un autre sens pour lui. Que ses aspirations avaient changé.

Alors qu'il allait tourner le dos à la maison, quelque chose attira son regard. Etait-ce le halo d'une lampe à pétrole qu'il distinguait derrière la fenêtre de la cuisine ? Pourtant, aucune carriole n'était rentrée... Bien sûr, quelqu'un avait pu venir à pied de chez les Esh en traversant le champ comme il l'avait fait lui-même.

Il hésita un moment. Sans doute s'agissait-il des parents d'Ella, inquiets de son absence, qui étaient venus la chercher ici. Et si c'était Ella elle-même qui tenait cette lampe ? Si son ravisseur, certain qu'Alex suivrait ses instructions, avait décidé de la relâcher avant même d'avoir obtenu ce qu'il voulait ? Alex avait vraiment envie d'y croire. Tellement, même, qu'il se demanda si cette lumière vacillante n'était pas le fruit de son imagination.

D'ailleurs, elle avait presque disparu, comme si la personne qui tenait la lampe était en train de changer de pièce. Encore un instant d'hésitation, et Alex, courbé en deux dans l'obscurité, revint à grandes foulées vers la maison.

Une lampe à pétrole à la main, Ella grimpa à toute vitesse dans son ancienne chambre, qu'elle avait finalement réintégrée. Ses cheveux étaient dans un désordre indescriptible et elle aurait donné cher pour retirer ses vêtements tout crottés avant de prendre un bon bain chaud. Mais le temps pressait. Choquée par ce qu'elle venait de vivre et inquiète du sort d'Andrew, elle tremblait et claquait des dents tandis qu'elle cherchait des pièces de monnaie pour la cabine téléphonique. Elle allait se couvrir d'une pèlerine et d'une coiffe, et appeler le shérif pour lui raconter ce qui venait de lui arriver ; lui expliquer qu'Andrew avait besoin de son aide. Qu'il fallait absolument le retrouver et assurer sa protection.

Elle n'avait aucune envie de ressortir dans la nuit pleine de danger, surtout si son ravisseur s'était aperçu qu'elle s'était échappée. Mais elle devait dominer sa peur et donner l'alerte aussi vite que possible. Il ne restait plus qu'à espérer qu'Andrew n'avait pas encore été contacté et qu'il ne s'était pas déjà jeté dans la gueule du loup.

Elle jeta la pèlerine sur ses épaules, puis cacha sous son lit le morceau de cordelette rouge qu'elle avait enroulé autour de son poignet. Un indice qui désignait clairement Connie Lee et sa famille, ou peut-être quelqu'un qui travaillait avec eux. Ella se souvint alors que plusieurs bobines de cette belle cordelette s'étaient déroulées autour de la voiture accidentée de Sam Lee. Quelqu'un avait pu en récupérer quelques mètres le soir du sinistre, voire le lendemain. C'était une bonne chose que le shérif ait déjà vu cette cordelette, parce qu'il saurait tout de suite de quoi elle parlait.

Ella s'apprêtait à quitter sa chambre lorsque le parquet se mit à craquer au bas de l'escalier. Paralysée de peur, elle entendit des pas gravir, comme sur la pointe des pieds, les marches qui menaient à l'étage. Elle sortit enfin de son effroi et tourna la tête en tous sens à la recherche d'une arme pour se défendre. Mais, déjà, la porte qu'elle avait laissée entrouverte s'écartait lentement sous ses yeux agrandis de terreur.

Le cri d'horreur qui s'était formé dans sa gorge se transforma en cri de soulagement et de joie lorsqu'il éclata à l'air libre. Il résonnait encore dans l'air quand elle se jeta dans les bras d'Andrew.

— Je suis si heureux de te voir, Ella ! Si heureux…, dit-il d'une voix pressée par l'émotion.

Des mots qu'elle aurait pu prononcer elle-même.

— Dieu merci, tu es saine et sauve…

Il la serra contre elle, si fort qu'elle en eut le souffle coupé. Même si son corps martyrisé lui faisait affreusement mal, elle se pressa davantage contre lui.

— C'est ma faute ! répétait-il. Ma faute !

Il se recula légèrement et prit le visage d'Ella dans ses mains avant de le couvrir de baisers.

— Raconte-moi ce qui s'est passé…

— Quelqu'un — un homme, je crois — m'a enveloppée dans un couvre-lit en patchwork. Il m'a saucissonnée à l'aide d'une cordelette et m'a traînée par les pieds jusqu'au sommet de la colline. A un moment, il est parti et j'ai réussi à me libérer et à m'enfuir. J'étais sur le point d'appeler le shérif.

Il s'écarta encore un peu plus, les mains sur les épaules d'Ella, qu'il observa d'un regard soucieux.

— Tu… tu as des bleus partout.

Elle le vit déglutir.

— Ella, ce type ne t'a pas frappée ou…

— Non, non. C'est après toi qu'il en a. Pour lui, je n'étais qu'un moyen de t'atteindre. Du moins, je crois.

Elle frissonna d'aise lorsqu'il caressa tendrement le haut de ses épaules. Peu à peu, le courant glacé de la terreur cédait la place à des flots de chaleur bienfaisante, tandis qu'Andrew promenait sur elle ses mains et son regard.

— Donne-moi un peu de temps pour disparaître avant d'appeler le shérif, dit-il. Je dois m'enfuir, à présent qu'ils m'ont retrouvé, et, en dehors de toi, je ne sais plus à qui me fier. J'avais l'intention de négocier ta libération, tu sais. Jamais je ne serais parti en te sachant aux mains de ce type.

— Je sais, Andrew. Mais je me suis échappée et il ne peut plus rien contre moi, maintenant. Tu peux rester avec nous…

— Non, Ella. Je refuse de continuer à vous mettre en danger, toi et ta famille. D'ailleurs, tu ne peux pas dormir à la ferme, ce soir. C'est trop dangereux. Dis-moi, es-tu en mesure de décrire ton agresseur ?

— Non, désolée. Il a pris beaucoup de précautions pour que je ne puisse pas l'identifier. Non seulement je n'ai jamais pu voir son visage, mais il est resté quasiment muet. Et les rares mots qu'il a prononcés l'ont été d'une voix bizarre, comme quand on veut amuser les amis. Sauf que là, ça n'avait rien de drôle.

Pendant quelques secondes, ils ne se parlèrent plus qu'avec les yeux. Ella fut la première à reprendre la parole :

— Ne t'inquiète pas pour moi, d'accord ? Ça va aller… Je… je comprends que tu doives t'en aller.

— Ella…

Les lèvres d'Andrew se plaquèrent contre les siennes. Un baiser vorace, comme s'il avait voulu la dévorer. Elle crut un instant qu'il pleurait, avant de comprendre que c'étaient ses propres larmes qui mouillaient les joues d'Andrew. Il l'attira de nouveau contre lui en laissant échapper un soupir étranglé, et elle nicha la tête juste sous son menton.

— Je partirai une fois que je me serai assuré que tu es en sécurité avec le reste de ta famille, dit-il. Mais promets-moi de t'éloigner de Home Valley jusqu'à l'ouverture de mon procès.

Elle dit alors quelque chose qui la stupéfia tout autant que lui.

— Et si je partais avec toi, Alex ?

Les yeux écarquillés, il la repoussa doucement pour voir son visage.

— Comment connais-tu mon vrai prénom ? C'est le shérif qui te l'a révélé ? Ou ce type qui a fait partie du FBI, peut-être ? Ce n'est quand même pas Branin ?

— J'ai surpris une conversation entre M. Branin et toi alors que je me trouvais dans le grenier à foin, le soir où tu m'as embrassée pour la première fois.

— Tu as entendu autre chose que mon prénom ?

— Oh, *ya* ! Je t'ai entendu lui parler de Connie Lee. D'ailleurs, j'ai de bonnes raisons de penser que cette famille est derrière tout ça.

— Le fait qu'ils soient d'origine chinoise n'est pas suffisant pour porter une accusation aussi grave, Ella.

Elle se pencha pour ramasser le morceau de cordelette rouge vif qu'elle avait caché sous le lit.

— Et ça, répondit-elle en lui lançant son indice, ce n'est pas suffisant ?

La cordelette atterrit au pied du lit. Alex regarda un instant l'objet, qui avait pris la forme d'un serpent de feu dans la lumière tamisée de la lampe à pétrole. Puis il s'en empara et l'examina attentivement pendant qu'Ella lui fournissait une explication :

— Connie Lee m'a montré comment sont emballés tous les produits vendus dans les Spa de sa famille, et je peux te garantir qu'il s'agit de la même cordelette. Elle a même dit que ça faisait partie de la « signature visuelle » de leur société.

— Et où as-tu trouvé celle-ci, Ella ? demanda-t-il en la brandissant entre deux doigts.

— Mon ravisseur s'en est servi pour me ficeler dans ce couvre-lit.

— Je me souviens de cette cordelette, à présent. Il y en avait partout sur la route, après l'accident de Sam Lee.

— Exactement. Tu sais, Alex, je pourrais t'aider à découvrir qui te veut du mal.

— Il n'y a plus que toi en qui j'aie confiance, Ella. Je

pense que mon ennemi — *notre* ennemi — rôde autour de la ferme depuis mon arrivée, ou presque. C'est forcément lui qui a volé le télescope de ton grand-père pour nous surveiller du sommet de la colline. Je le soupçonne aussi de s'être caché plus d'une fois dans la grange.

— Tu as raison de dire que nous avons désormais un ennemi commun. C'est d'ailleurs pour ça que je dois m'enfuir avec toi.

— Je ne peux pas t'emmener, Ella, même si je doute que les autorités du comté soient capables d'assurer ta protection.

— Le shérif Freeman connaît son métier et je suis sûre que c'est un homme intègre. Mais que veux-tu qu'il fasse ? Qu'il m'enferme dans l'unique cellule du poste de police ? Ou qu'il demande à Ray-Lynn de m'accueillir chez elle, au risque de la mettre en danger, elle aussi ? Elle se remet tout juste d'un coma consécutif à une tentative de meurtre !

Il vint lui prendre la main.

— C'est à moi qu'on en veut, pas à toi !

— Tu l'as dit toi-même, Andrew… Alex. L'homme qui te traque est devenu l'homme qui *nous* traque. Songe qu'en m'échappant, j'ai anéanti son plan. Il doit être furieux contre moi et pourrait vouloir se venger. Rien ne dit qu'il ne va pas chercher à me capturer de nouveau, et je ne veux pas revivre ça, Alex ! Qui mieux que toi peut se mettre à ma place ? Je refuse de vivre dans la peur du matin au soir, tu comprends ?

Il secoua doucement la tête sans rien dire pendant de longues secondes, comme s'il cherchait les mots pour la dissuader de s'enfuir avec lui.

— Je ne sais même pas où je vais aller, Ella. Et puis tu es Amish… Tu ne peux pas quitter ta communauté comme ça, du jour au lendemain, et pour t'enfuir avec un *auslander*, qui plus est !

— Alors, tu veux que je parte seule, c'est ça ? lança-t-elle en ramassant sa coiffe et en la plantant sur sa tête. Qu'est-ce que tu crois ? Les Amish n'ont pas de programme de protection des témoins, eux ! J'ai bien songé à aller me cacher chez mes vrais cousins de Pennsylvanie, mais c'est sans doute le premier endroit où notre ennemi viendrait me chercher. Alors je vais te dire ce que je vais faire, Alex : je vais prendre un peu d'argent et mettre quelques affaires dans une valise. J'expliquerai ensuite la situation à mes parents et je leur demanderai d'appeler le shérif pendant qu'on ira attendre le car à l'arrêt le plus proche.

— *Ya*, le Pioneer Trails Bus sera *ser gut*, lança une voix qui venait du couloir.

Grossmamm Ruth ! Alex fit volte-face tandis qu'Ella laissait échapper un petit cri de surprise. Depuis combien de temps sa grand-mère se trouvait-elle là ?

La vieille dame vint se planter dans l'embrasure de la porte, sa silhouette massive bloquant le passage.

— Redites-moi le nom de ce car ? demanda Alex. Et quelle est sa destination ?

— C'est celui qu'on prend chaque année pour aller en Floride, répondit *Grossmamm* Ruth. Vous avez besoin de quelqu'un pour vous aider, tous les deux. Et puis je ne veux pas que ma petite-fille parte toute seule avec un homme. Ella a besoin d'un… — comment dit-on, déjà ? — d'un champion.

— Vous voulez dire d'un chaperon ? rectifia Alex. Ecoutez, *Grossmamm* Ruth, vous ne pouvez pas…

— Ici, c'est moi la spécialiste de Pinecraft, l'interrompit-elle en posant les poings sur ses larges hanches. Je connais tout de ce joli coin de Floride, et puis, j'ai toujours voulu voir Pinecraft en été, quand c'est une ville fantôme. Tu sais que la plupart de nos frères et sœurs amish ne s'y rendent qu'en hiver, *ya* ? Parfait pour se cacher en toute sécurité. Une amie vient juste de me reconduire à la ferme, mais j'ai déjà eu le temps de vous entendre vous disputer. Alors, vous allez me faire le plaisir de baisser d'un ton, *ya* ? Moi aussi, je vais aller préparer une petite valise, mais on ne va nulle part tant que tu n'as pas parlé à tes parents, Ella. Je vais demander à ta sœur de s'occuper de ta lavande en ton absence et de dire à tout le monde que tu es malade et que tu restes alitée, d'accord ? *Ach*, c'est mal de mentir, mais là c'est un cas de force majeure. Ça te va, Andrew, aussi connu sous le nom d'Alex ?

Il hocha la tête.

— Alors, en route pour la Floride. Tout ça va fonctionner *ser gut*.

Ella et Alex se regardèrent, interdits. On lisait dans la Bible que des anges déguisés en humains descendaient parfois sur Terre pour venir en aide aux enfants de Dieu, songea Ella. Se pouvait-il que *Grossmamm* soit l'un d'entre eux ?

— Ah, j'oubliais..., dit la vieille dame en se tournant alors qu'elle se trouvait déjà dans le couloir. Ella, j'ai entendu dire que tu étais inquiète pour Sarah et que tu l'avais réconfortée. Pour ton information, le bébé était en train de se tourner et il a touché des nerfs en se coinçant contre sa colonne vertébrale, ou quelque chose comme ça... Elle se repose chez ses parents et son mari a été prévenu. L'urgentiste qui l'a auscultée n'était pas inquiet, parce que le bébé a des battements de cœur forts et réguliers. Il a seulement demandé à ce qu'elle reste allongée et qu'elle consulte son spécialiste demain. Quant aux mariés, ils vont aller quelques jours chez les Troyer avant de venir séjourner ici. Tu vois, la maison serait trop remplie si on était tous là.

— Sarah est chez ses parents ? dit Ella sans chercher à dissimuler sa surprise. Mais elle est frappée d'excommunication et son père ne permettra jamais... Et Nate va être reçu par les Kauffman, lui aussi ?

— *Ya*, répondit *Grossmamm* Ruth. Malgré le *bann*, elle va rester auprès de sa famille, qui a accepté de recevoir Nate McKenzie. C'est une situation exceptionnelle, et notre évêque a donné son accord pour le moment. Sarah m'a demandé où tu étais passée, et je lui ai dit que j'allais me renseigner et lui donner des nouvelles plus tard. Maintenant, ça va être *beaucoup* plus tard, ajouta la vieille dame en tournant les talons.

Ella regarda sa grand-mère s'éloigner. La tête lui tournait

encore plus que lorsqu'elle roulait à flanc de colline, ficelée dans le couvre-lit.

Alex venait de descendre pour aller parler à *Daad* et Ella faisait sa valise quand *Grossmamm* Ruth passa une nouvelle fois la tête dans l'entrebâillement de la porte.

— Et n'oublie pas d'emporter un flacon de cette crème solaire à la lavande, dit-elle. On ne va pas se terrer comme des lapins, une fois là-bas. On va profiter de la vie et voir si on peut sauver cet homme. Sauver sa vie et sauver son âme, *ya*.

14

Ainsi, songea Alex tandis que les kilomètres défilaient derrière la vitre de l'autocar, voilà qu'il persistait dans son rôle d'Amish. Mais cette fois-ci, il n'était plus seul à fuir le danger. Une responsabilité supplémentaire, même si les deux femmes qui l'accompagnaient se comportaient comme si c'étaient elles qui veillaient sur lui et non l'inverse.

Ella et sa grand-mère dormaient côte à côte sur leurs sièges, de l'autre côté du couloir. Il avait insisté pour qu'ils s'installent à l'arrière du véhicule afin d'avoir une vue d'ensemble sur les autres passagers. Il y avait là huit Amish (Alex en avait compté dix, mais Ella lui avait désigné deux d'entre eux comme étant des mennonites) et quatre *Anglais*. Dix-sept passagers en tout, alors que le car offrait une cinquantaine de places assises. Voyager la nuit ne faisait qu'attiser l'angoisse d'Alex, qui distinguait mal ses compagnons de route. Quant aux voitures qui roulaient près du car, elles n'étaient que des masses sombres aux conducteurs invisibles.

Qui l'aurait cru ? Lui, Alex Caldwell, directeur général d'une société internationale dont le siège se trouvait à New York, déguisé en Amish et fuyant à bord d'un autocar qui roulait à travers les Appalaches sur l'autoroute I-75 ! Non, il n'en revenait pas du tour qu'avait pris sa vie. Une vie en sursis, comme l'était peut-être celle d'Ella depuis qu'elle avait croisé sa route.

Après qu'Ella, *Grossmamm* Ruth et Alex eurent convaincu Eben et Anna Lantz que se cacher en Floride était la meilleure chose à faire, après des prières, des embrassades et les conseils des parents effondrés, le trio avait traversé une fois de plus le champ qui séparait la ferme des Lantz de celle des Esh. Au petit matin, l'évêque avait lui-même *carriolé* les deux fugitifs et *Grossmamm* Ruth jusqu'à Homestead en empruntant des chemins détournés. Une fois en ville, ils avaient été pris en charge par un chauffeur *anglais* à qui les Amish faisaient souvent appel. L'homme les avait déposés à Wooster, où le trio avait attendu plusieurs heures au Guerne Heights Drive-in, un restaurant devant lequel s'arrêtait le car mentionné par la grand-mère d'Ella.

Bien qu'épuisé, Alex n'avait pas fermé l'œil jusqu'à ce qu'ils montent enfin à bord du Pioneer Trails Bus. Au moins, il s'agissait d'un véhicule très confortable avec de larges sièges et même un petit cabinet de toilette doté de W.-C. Anna Lantz leur avait préparé de quoi se restaurer, le seul arrêt prévu au cours de ce trajet de dix-sept heures étant une halte matinale à Tifton, une ville de Géorgie où un petit déjeuner leur serait servi. L'idée de passer par Atlanta et d'emprunter la rocade qui longeait pour ainsi dire le motel où il s'était fait tirer dessus lui faisait froid dans le dos.

De temps à autre, Alex se penchait vers le couloir central pour regarder l'heure sur l'horloge numérique fixée au-dessus du pare-brise, à l'avant du car. Presque 4 h 30 du matin. Ses yeux s'étant habitués depuis longtemps à l'obscurité, il regardait Ella dès qu'une portion d'autoroute était éclairée ou que les phares d'un camion illuminaient suffisamment l'habitacle. Elle était si belle, dans son sommeil… A plusieurs reprises, il n'avait pu s'empêcher de l'imaginer ainsi endormie à côté de lui, entre les draps frais d'un grand lit. Mais voilà que ses traits se contractèrent et qu'elle se tortilla nerveusement sur son siège comme si elle était la proie d'un mauvais rêve. Et dire qu'à cause de lui, le cauchemar se poursuivrait à son réveil… Il aurait aimé la réconforter, même s'il devait admettre qu'il avait lui-même besoin de réconfort.

Alors qu'un semi-remorque doublait bruyamment le car, elle ouvrit les yeux et lui adressa un sourire endormi qui le bouleversa comme s'il avait l'âge des premiers émois amoureux. Après avoir battu plusieurs fois des paupières avec des mimiques aussi charmantes que comiques, elle se redressa avec précaution pour ne pas réveiller sa grand-mère. Puis, tandis qu'Alex glissait vers la fenêtre, elle traversa le couloir pour s'asseoir à côté de lui.

— On pourrait prendre chacun une rangée et s'étendre pour dormir, dit-elle en réprimant un bâillement. On ne peut pas dire qu'on manque de place, ici.

Il était inutile de parler à voix basse, avec le ronflement hypnotique du moteur. Et puis *Grossmamm* Ruth dormait à poings fermés. Le mariage l'avait épuisée, même si elle avait donné le change pour que nul ne puisse douter qu'elle supporterait le long voyage. Alex savait aussi qu'elle s'inquiétait pour sa fille, qui vivait en Pennsylvanie et avait des problèmes de santé.

— *Grossmamm* m'a dit que cet autocar était plein à craquer en hiver, et on n'est même pas vingt, aujourd'hui.

Leurs bras se touchaient sur les accoudoirs et Alex éprouvait un étrange sentiment de familiarité avec Ella, comme s'ils se connaissaient depuis une éternité.

— Elle a aussi dit que Pinecraft était quasiment une ville fantôme en cette saison, et ça, c'est une excellente nouvelle, répondit Alex. Ça me semble un bon endroit pour se réfugier, en attendant que je trouve une autre solution et que tu puisses rentrer chez toi en toute sécurité.

— En fait, Pinecraft est plus un quartier de Sarasota qu'une vraie ville, fit remarquer Ella. Mais les miens y vivent entre eux, comme dans un village. J'ai toujours rêvé d'y aller, tu sais. De voir le golfe du Mexique, de marcher sur la plage et de ramasser des coquillages… Même s'il n'est pas question que je me baigne, ajouta-t-elle avec un sourire triste. Quand j'étais petite et que mes grands-parents me parlaient de la Floride à leur retour de vacances, j'avais le sentiment qu'ils revenaient d'une sorte de paradis. Jusqu'à aujourd'hui, le lac Erié avait été ma plus lointaine expédition, et en attendant d'aller sur la plage de Sarasota, ça reste la plus grande étendue d'eau que j'aie pu approcher. Tu vois, les épreuves apportent parfois des cadeaux inattendus.

— J'espère que c'est ce qui m'attend.

— Maintenant que je connais enfin ton vrai prénom, serais-tu prêt à m'en dire plus sur toi ?

Les sièges autour d'eux étaient vides et *Grossmamm* Ruth dormait toujours. A peine avait-il rencontré Ella qu'Alex avait eu envie de partager tous ses secrets avec elle. Il en avait éprouvé un peu d'inquiétude, mais, à présent, il ne voyait pas pourquoi il continuerait à lui cacher quoi que ce soit.

— Je m'appelle Alexander Caldwell, trente-deux ans, jamais marié. Mes parents sont morts quand j'avais treize ans et j'étais enfant unique. Tu vois, on est loin des familles nombreuses de ta communauté. J'ai grandi à Fairfax, en Virginie, et j'ai étudié à Williamsburg, au William and Mary College où je jouais au football au poste de gardien. C'était la grande passion de ma vie, à cette époque.

— Gardien… Comme ange gardien. Ça te va bien. Comme si ta mission avait toujours été de veiller sur les autres.

Il sourit intérieurement, préférant ne pas lui ôter tout de suite ses illusions sur le jeune homme qu'il avait été. En tant que gardien de but, sa mission avait seulement consisté à veiller à ce que le ballon ne franchisse pas la ligne blanche. Et pendant de longues années, sa seule et unique ambition avait été de faire la fête, de draguer les filles et de s'intéresser d'abord et surtout à sa petite personne. Il était touchant qu'elle voie de l'altruisme dans ce qui n'avait été que l'égoïsme de la jeunesse.

— Et ensuite ? demanda-t-elle.

— Je suis allé étudier dans une autre université qui s'appelle Harvard, où j'ai obtenu un MBA, qui est une maîtrise en administration des affaires.

— Et c'est là que tu as appris tout ce qu'il faut savoir sur le packaging, le branding et le marketing dont tu m'as parlé au sujet de mes produits artisanaux.

Elle lui adressa un sourire espiègle.

— « Le salut passe par la croissance », tu t'en souviens ?

Impressionné encore plus qu'amusé, il lui rendit néanmoins son sourire. Une fois de plus, elle avait réussi à le surprendre. Ainsi, elle se rappelait tout ce qu'il lui avait dit, ce jour où il aurait mieux fait de se taire.

— A ce propos, Ella, je suis vraiment désolé que tu sois obligée d'abandonner ta lavande alors qu'elle commence à fleurir.

— Oh ! ce n'est pas si grave. Barbara m'a souvent aidée et elle connaît bien ce travail. Je suis sûre qu'elle et *Mamm* vont très bien se débrouiller. Par contre, l'idée que Connie Lee revienne faire son numéro d'hypocrite avec ses beaux habits et sa belle voiture alors qu'elle est sûrement derrière tout ça…

Elle poussa un soupir.

— Quand je pense que je comptais sur elle pour développer mon affaire…

— Je t'aiderai à la développer, une fois que toute cette histoire sera terminée. Je te suis tellement redevable…

Elle secoua la tête.

— Tu ne me dois rien du tout, Alex. Nous sommes tous heureux de pouvoir t'aider, de te tendre la main et de soigner tes blessures comme l'a fait le bon Samaritain pour l'inconnu qui avait croisé une bande de brigands. Est-ce un peu ce qui t'est arrivé, à toi aussi ? Tu as croisé le chemin de gens malhonnêtes dont tu n'as pas voulu cautionner les méfaits ? Et maintenant, ces personnes t'en veulent, c'est ça ?

Il posa la main sur celle d'Ella.

— Oui, c'est quelque chose comme ça.

— Ton ancienne vie te manque beaucoup ?

— Certaines choses me manquent, mais il y en a aussi beaucoup qui me semblent superficielles et… comment dire ?… dénuées de sens, depuis que j'ai pu observer votre mode de vie et vos priorités. Mais je ne pourrai vraiment faire le bilan de toute cette aventure qu'une fois le procès terminé. Là aussi, c'est une grande épreuve qui m'attend, tu sais. Je vais devoir témoigner contre mon ancien patron, un homme que j'ai beaucoup admiré par le passé. Mes révélations vont faire énormément de bruit et faire grincer beaucoup de dents, crois-moi. Je peux même t'assurer que certains hauts responsables chinois et américains vont se retrouver en très mauvaise posture. Oui, ajouta-t-il d'une voix songeuse, je vais ouvrir la boîte de Pandore.

— Qu'est-ce que c'est ?

— Dans la mythologie grecque, la boîte de Pandore renfermait tous les maux. Quand on l'ouvre, difficile de prévoir l'étendue des dégâts qu'on va causer.

Elle hocha la tête.

— Et ton témoignage va porter sur les satellites-espions et les Chinois ?

Il prit le menton d'Ella entre deux doigts.

— Dis-moi, tu ne serais pas une espionne, par hasard ? Une belle espionne envoyée par mes ennemis pour me séduire et me tirer les vers du nez ?

— Si je suis envoyée par quelqu'un, c'est par Dieu, qui a été assez bon pour faire en sorte que nos routes se croisent.

— Par Dieu, hein ? Malheureusement, je ne peux pas te suivre pour le moment dans les hautes sphères de la spiritualité, Ella. Je dois me concentrer sur des problèmes plus terre à terre, si on ne veut pas se retrouver au paradis avant l'heure. Et là, je ne parle pas de Pinecraft. Tu vois, une des choses qui m'inquiètent, c'est que tu as pris une sacrée importance dans ma vie, et que je ne veux surtout pas qu'il t'arrive quoi que ce soit.

— Une *sacrée* importance… Ça me plaît bien, dit-elle avec un nouveau sourire espiègle, tandis qu'il lâchait son menton à contrecœur. J'aime que tu me protèges du danger que représentent nos ennemis, Alex, mais je ne suis pas sûre de vouloir être protégée du danger que *tu* représentes. Sur ces bons mots, je retourne à ma place, où je compte dormir jusqu'à notre arrêt petit déjeuner à Tifton. Tu penses qu'il y aura déjà des palmiers, là-bas ?

— Non, pas encore.

Il brûlait d'envie de la prendre dans ses bras et de l'embrasser. Juste un baiser pour lui souhaiter bonne nuit, et peut-être un autre pour lui témoigner sa gratitude, et encore un autre pour… Mais elle se leva et l'abandonna à son désir inassouvi.

— Je suis sous le choc, dit Alex à Ella et *Grossmamm* Ruth alors qu'il regardait par la fenêtre du car, les yeux rougis de sommeil.

— Et tu ne l'as pas été quand tu es arrivé dans notre belle vallée ? lança Ella en feignant un ton de reproche.

— Si, bien sûr. Le pays amish est même plus beau que Pinecraft, mais je dois dire que cet endroit est vraiment surprenant. Il n'y a même pas un panneau pour l'indiquer. Non que je m'en plaigne, bien au contraire ! Dans notre situation, plus un lieu est secret, plus il est précieux.

Le quartier où s'était établie la colonie amish était niché à l'est de Sarasota. Des avions passaient à basse altitude dans un ciel azur et le trafic était dense sur Bahia Vista Street, une route à quatre voies. Pourtant, les rues perpendiculaires qui s'étendaient autour de la grande artère semblaient abriter un îlot paisible et endormi parsemé de petites constructions blanches, toutes de plain-pied.

Il dut admettre que tout cela n'avait pas le charme des grands espaces vallonnés et verdoyants de Home Valley. Rien ne semblait amish au premier regard, mais Alex finit par repérer un panneau indiquant le Troyer Dutch Heritage Restaurant, puis deux hommes barbus coiffés de chapeaux de paille. En dehors de ces éléments, on aurait pu se trouver dans n'importe quel camping deux étoiles du sud des Etats-Unis — certes particulièrement vaste et bien entretenu — où se côtoyaient bungalows, caravanes, mobile homes et petites boutiques.

Il était midi et demi quand l'autocar s'immobilisa enfin devant le 3340 Bahia Vista Street où se dressait la modeste Tourist Mennonite Church. Alex se sentait groggy et un peu nauséeux, comme si le car roulait toujours. L'air conditionné soufflait dans l'habitacle depuis la Géorgie, et il s'attendait à être accueilli par une vague de chaleur humide quand il mettrait le pied dehors. C'était le prix à payer pour être seuls ou presque à Pinecraft. Il avait grand besoin de prendre une douche ou de piquer une tête dans l'eau du golfe, mais *Grossmamm* Ruth lui avait dit qu'il faudrait monter dans un bus pour se rendre aux plages de Siesta Key et du Lido, une perspective qui lui semblait au-dessus de ses forces, après dix-sept heures d'autocar.

Quelques personnes attendaient devant la porte du Pioneer Trails Bus, et les premiers passagers à descendre furent accueillis par de bruyantes manifestations de joie. Alex et ses compagnes attendirent que le comité d'accueil se disperse. Il ne cessait de scruter les alentours du car à travers sa vitre, à l'affût de quelque chose de suspect, de quelqu'un qui semblerait déplacé dans cet environnement. Mais, autant qu'il pût en juger, tout avait l'air normal. Ils quittèrent finalement le car et récupèrent leurs bagages des mains du chauffeur, qui venait de les retirer des entrailles du véhicule.

— J'espère que vous avez des tricycles comme tous ceux qui vivent par ici, dit l'homme en s'étirant. J'ai toujours pensé que des carrioles ajouteraient au charme des lieux, mais les pauvres chevaux ne supporteraient pas la chaleur de la Floride.

Ils le remercièrent de les avoir amenés à bon port et, clignant des yeux dans le soleil de midi, firent rouler leurs valises — Alex tirant aussi celle de *Grossmamm* Ruth — jusqu'à une petite construction de bois blanc située quelques pâtés de maisons plus loin. Lorsque Alex remarqua un nom inconnu sur la boîte aux lettres, la vieille dame lui expliqua que Raber était le patronyme de son défunt mari.

Pourquoi les Amish refusaient-ils de porter des lunettes de soleil ? Avec une telle luminosité, c'était plus une nécessité qu'une coquetterie incompatible avec leurs valeurs de modestie et d'humilité ! Pour Alex, le chapeau de paille n'était pas suffisant, et il comptait bien s'en acheter une paire le plus vite possible. Ce n'était pas le moment de perdre ses nerfs.

Il était au bout du rouleau, tant physiquement qu'émotionnellement, sans compter cette peur qui ne le quittait pas, et dont le poids avait doublé depuis l'enlèvement d'Ella.

— Heureusement qu'on n'a pas loué la maison, cette année, dit *Grossmamm* Ruth en sortant une clé de sa poche. Mais je vois que nos voisins ont loué la leur. C'est là que les Kurtz de Sugarcreek passent tous leurs hivers. Des gens vraiment bien, ces Kurtz.

De nouvelles — et agréables — surprises attendaient Alex dans le sombre intérieur de la maisonnette où ils venaient de pénétrer. D'abord la lumière électrique, que la vieille dame actionna en pressant le doigt sur l'interrupteur de l'entrée, puis l'air conditionné qu'elle mit en marche en branchant un climatiseur fixé sur une fenêtre, et enfin le téléphone qu'il aperçut fixé sur un mur.

— C'était déjà dans la maison quand on l'a achetée, expliqua *Grossmamm* Ruth avec un petit haussement d'épaules. C'est beaucoup trop luxueux, mais on ne pourrait pas louer sans tous ces trucs mondains.

Le bungalow, entièrement de plain-pied, était composé d'un modeste salon, de deux petites chambres séparées par une salle de bains et d'une kitchenette.

— Le monde moderne…, murmura Alex avec une moue impressionnée.

— Mais on n'enlève pas nos vêtements pour prendre les bains de mer, précisa la grand-mère d'Ella, avant de promener un regard critique sur les lieux. Dieu, que cet endroit a besoin d'être nettoyé ! Mais je ferai ça plus tard. Pour le moment, il faut que je me repose.

— Je vous trouve bien résistante, dit Alex en faisant rapidement le tour de la maisonnette pour jeter un coup d'œil à travers toutes les fenêtres. Ce trajet en car était vraiment épuisant.

Les arbres du petit jardin clôturé croulaient sous les oranges et les citrons. En tout cas, hors saison ou pas, *Grossmamm* Ruth ne s'était pas trompée en disant que la maison voisine était occupée. D'étranges vêtements pendaient sur un fil à linge. Quel genre d'habits était-ce, au juste ? Il n'en avait jamais vu de semblables chez les Amish de Home Valley. Des uniformes de police d'une autre époque ? Des costumes de clown, peut-être ?

— Ella et moi allons dormir ici, annonça la vieille dame en entrant dans la plus grande des deux chambres, bientôt suivie d'Ella qui tirait leurs valises.

Alex se laissa tomber dans un fauteuil à bascule placé devant le climatiseur.

— A tes souhaits ! lança Ella lorsque la poussière brassée par l'appareil le fit éternuer.

Elle venait de ressortir de sa chambre et alla brancher le réfrigérateur, dont l'intérieur vide s'alluma avec un bruit de moteur. Avant qu'elle ne ferme la porte de l'appareil, la vision fugitive de ces étagères dépourvues de nourriture rappela à Alex qu'il avait une faim de loup.

— Je suis impatiente d'aller me promener dans Pinecraft et d'aller faire un tour à la plage ! reprit Ella d'un ton joyeux.

— Nous irons à la plage demain, d'accord ? dit-il. Et on pourrait aller dîner au restaurant, ce soir. Il y a celui que j'ai vu, tout à l'heure, le Troyer quelque chose.

— *Grossmamm* m'a dit qu'elle préférait manger chez Yoder.

— Alors, va pour Yoder. Si quelqu'un s'adresse à moi en *Deutsche*, vous pourriez répondre à ma place en prétendant que j'ai une extinction de voix. Qu'en penses-tu ? En tout cas, il va falloir rester sur nos gardes. J'ai dû mal à imaginer qu'on puisse me retrouver ici, mais n'oublions pas que mes ennemis m'ont déjà localisé à deux reprises malgré toutes les précautions.

— Cette fois-ci, personne ne sait où nous sommes, à l'exception de ma famille proche et de Mgr Esh. Et tu peux leur faire confiance pour garder un secret. Même ton M. Branin n'en saura rien.

— A tes souhaits ! dit encore Ella lorsqu'un nouvel éternuement le fit bondir dans son fauteuil.

— Merci… Puisqu'on parle de mes souhaits, j'espère que

le type qui t'a enlevée ne va pas remettre ça avec un autre membre de ta famille. J'ai l'impression qu'il ne reculera devant rien pour m'obliger à sortir de ma cachette.

— Ma famille va être sur ses gardes, ne t'inquiète pas pour eux. Tu sais, je me disais que tes ennemis ne veulent peut-être pas te tuer, après tout. Peut-être ont-ils simplement l'intention de t'enlever comme ils l'ont fait pour moi, et de te garder prisonnier jusqu'à la fin du procès. Une fois l'affaire jugée, tu ne pourras plus faire grand-chose pour leur nuire.

Alex secoua la tête, une expression résignée sur le visage. Elle le regarda quitter le fauteuil à bascule et marcher jusqu'à elle.

— Ça ne fonctionne pas comme ça, dit-il en posant les mains sur ses épaules. Plus d'Alexander Caldwell, plus de procès, tu comprends ? Et puis n'oublie pas ce que je t'ai raconté dans le car. Ce n'est pas avec des balles à blanc qu'on m'a tiré dessus, à Atlanta.

Il laissa échapper un soupir.

— Maintenant que tu sais que des gens déterminés cherchent à me faire taire à jamais, tu ne crois pas que je devrais vous laisser, toi et ta grand-mère ? Je déteste l'idée de t'entraîner dans cette histoire et de te faire courir de nouveaux risques.

— Non ! s'écria-t-elle en refermant les mains sur les poignets d'Alex. On est plus forts ensemble et, de toute façon, ils ne te retrouveront pas à Pinecraft. C'est la fatigue qui te fait douter. On en reparlera à tête reposée, d'accord ? Tant que tu n'appelles personne d'ici, on sera en sécurité.

Elle semblait sur le point de pleurer. Il posa un baiser sur sa joue et la fit pivoter avant de la pousser gentiment vers la chambre qu'elle partageait avec sa grand-mère.

— Je vous réveillerai toutes les deux pour aller dîner, dit-il lorsqu'elle tourna la tête, la main sur la poignée.

Après avoir agité les doigts de sa main libre, sa « Mlle Lavande » disparut dans la chambre.

Alex prit soin de vérifier que portes et fenêtres étaient toutes bien fermées, terminant par sa petite chambre à la décoration spartiate — à l'exception d'un splendide couvre-lit en patchwork — où il ouvrit sa valise. Une fois les trois cent cinquante dollars qui lui restaient après l'achat des billets d'autocar cachés sous la commode en pin, il retira sa chemise blanche et ses bretelles, et alla se rafraîchir dans la salle de bains. Il se mouilla le visage et le torse avec de l'eau fraîche avant de revenir dans la chambre dont il laissa la porte ouverte. Là, il s'allongea avec un soupir d'aise sur le lit à deux places qui occupait presque tout l'espace.

L'avenir était si flou, si incertain… D'autant plus flou et incertain qu'il était tombé amoureux d'une Amish.

Ses paupières étaient lourdes, mais quel était ce son étrange ? Ce décor de vacances et l'optimisme d'Ella ne devaient pas l'amener à relâcher sa vigilance. L'autocar avait pu être suivi par ceux qui voulaient l'empêcher de témoigner. Quelqu'un avait pu deviner où ils étaient partis se réfugier… Etait-il condamné à rester éternellement sur ses gardes ou parviendrait-il un jour à retrouver un semblant d'insouciance ? A *se* retrouver ? Mais qui était l'Alex qu'il allait retrouver ? Il avait tellement changé, après avoir échappé de peu à la mort, après avoir séjourné quelques jours au cœur du pays amish, après avoir rencontré « Mlle Lavande »… Ella au pays enchanté… Ella l'enchantée… l'enchanteresse… Expert en analyse de situation ; concurrence, cible marketing, cible vivante, objectifs… Objectif principal : protéger ces femmes et vivre assez longtemps pour témoigner au procès… Concurrents, tueurs, ravisseurs… Son cœur ravi par une femme délicieuse, unique… Ella… Ella…

Il se réveilla en sursaut et se redressa d'un coup, le cœur tambourinant dans la poitrine. Encore ce son… Qu'est-ce que c'était ? Il se leva du lit et marcha jusqu'à la fenêtre de la chambre, écartant avec deux doigts les lamelles du store. Un rayon de soleil lui piqua l'œil et l'aveugla un instant. Quand il recouvra la vue, il eut du mal à croire au spectacle qui s'offrait à lui. Derrière l'étendage du voisin, où pendaient deux perruques orange et un uniforme de police des années 1940 aux boutons de cuivres surdimensionnés, un homme bondissait par intermittence au-dessus de la clôture, avant de disparaître comme s'il s'écrasait au sol. Il faisait d'invraisemblables grimaces et se figeait soudain dans des positions grotesques, transformé momentanément en statue quand il exécutait un mouvement compliqué, puis finissait par disparaître une fois de plus derrière la palissade. Se trouvait-il sur un trampoline ? Surveillait-il la maison de *Grossmamm* Ruth sous prétexte d'acrobaties aériennes ? Non, si quelqu'un voulait les épier, il trouverait sans doute une méthode plus simple et plus discrète. La scène était tellement surréaliste qu'Alex se demanda un instant si elle était bien réelle. Pourtant, il ne rêvait pas. Et il avait beau être sonné de fatigue, il n'en était pas encore au point d'avoir des visions. Il secoua la tête et laissa échapper un rire incrédule. Sa vie n'était plus qu'un champ de ruines et il était peut-être en train de perdre la boule. Traqué par un tueur à gages, amoureux d'une vierge… amish par-dessus le marché ! Et cette fois-ci, son voisin n'était pas un évêque mais un clown !

15

— Je n'aurais jamais cru que ça pouvait être aussi grand ! s'exclama Ella en se tournant vers Andrew. Et regarde un peu ces vagues !

Il lui répondit d'un sourire et posa la glacière sur la grande serviette étalée sur la plage du Lido. Ils étaient assis côte à côte, à cinq ou six mètres de l'eau qui venait lécher le sable, plus sombre là où l'écume s'était aventurée. Et, à voir comment ces traces humides gagnaient du terrain, il ne faisait guère de doute que la marée montait.

— Je vais aller ramasser des coquillages là où la plage est encore sèche, dit Ella.

Grossmamm Ruth n'avait pas suffisamment récupéré du long voyage de la veille pour prendre le bus avec eux, ce matin. A vrai dire, Ella savait pertinemment que sa grand-mère était déjà épuisée par le mariage de Seth et Hannah, le soir où elle les avait pressés d'aller se réfugier à Pinecraft. Mais la vieille dame avait fait bonne figure parce qu'elle tenait à les accompagner.

Jouer les chaperons pour sa petite-fille et aider Andrew à semer ses poursuivants n'étaient pas les seuls soucis de *Grossmamm* Ruth, Ella le savait bien. Sa grand-mère avait reçu récemment une lettre de Martha, sa fille unique, lui annonçant qu'elle souffrait d'un cancer du sein. Avec ses deux enfants à charge, Martha avait sans doute besoin d'un coup de main dans cette période difficile. Pourtant, les dix-sept heures d'autocar que venait de faire *Grossmamm* Ruth n'étaient pas pour aller rejoindre sa fille, mais pour aider un homme dont elle ignorait encore l'existence dix jours plus tôt. Ce qui en disait long sur le genre de personne qu'était sa *Grossmamm*, songea Ella. Bien entendu, il en aurait sans doute été autrement si tante Martha lui avait demandé de venir. Mais elle lui avait écrit de n'en rien faire. Au fond, se demanda Ella, *Grossmamm* n'était-elle pas encore plus blessée que soucieuse et fatiguée ?

— Tu as montré un tel courage à travers toutes les épreuves que tu viens de traverser, lui dit Andrew, allongé de côté pour mieux la regarder.

Il avait une drôle de tête, avec ses lunettes de soleil, qu'il avait absolument tenu à acheter dans une des boutiques situées près du grand parking où s'était arrêté le bus. Mais même avec cet accessoire mondain, Andrew et elle restaient différents des autres estivants. On était hors saison pour les Amish, très peu nombreux sur la plage parsemée d'*Englische*. Ceux qui bronzaient non loin d'eux étaient si peu vêtus qu'Ella les trouvait presque aussi indécents que s'ils avaient été tout nus. Pourtant, elle savait qu'Andrew aurait sûrement aimé se débarrasser de ses vêtements, lui aussi. Si le danger les guettait même sur cette plage — et à voir ses yeux qui s'agitaient en tous sens derrière ses lunettes, c'était ce que craignait Andrew —, ne seraient-ils pas plus en sécurité en costume de bain moderne ? Paradoxalement, ne seraient-ils pas moins visibles en se dévêtant ?

— Et si c'était le moment de vaincre tes peurs ? poursuivit Andrew. De surmonter les heures sombres de ton passé ? C'est ce que j'essaie de faire, moi aussi, même si je m'y prends mal. Je vis dans la peur du matin au soir, ou presque, mais, au moins, je compte affronter mon passé en témoignant à ce procès. C'est ma seule chance de me libérer de mes démons et de repartir sur un bon pied. Tu devrais faire pareil, tu ne crois pas ?

« Se libérer de ses démons… » songea Ella avec un frisson. C'était exactement ainsi qu'elle ressentait le mal qui l'affligeait : une malédiction, comme si des démons étaient entrés en elle en même temps que l'eau de l'étang pénétrait ses poumons.

— Faire pareil ? dit Ella. Tu veux dire aller me tremper dans l'eau ?

— Je veux dire entrer *entièrement* dans l'eau, répondit-il. Sous ma surveillance, bien entendu.

— Non, Andrew, je… je ne pourrais jamais faire ça.

— Comme je viens de te le dire, j'ai eu l'occasion de voir à quel point tu es courageuse. Tu ne penses pas qu'il est temps pour toi de quitter définitivement les profondeurs de cet étang ? De te défendre contre ce cauchemar comme tu t'es défendue contre ton ravisseur ?

— Je ne me suis pas défendue, Andrew. Les Amish ne rendent pas les coups. Je me suis échappée, c'est différent.

Une ombre passa sur le visage d'Ella.

— Alors, c'est pour ça que tu as insisté pour aller à la plage ? Pour me piéger ? Pour faire pression sur moi afin que je me baigne ?

— Toi aussi, tu mourais d'envie de voir la plage et la mer, répliqua Andrew d'une voix douce. Et pour répondre à ta question, je n'ai jamais eu l'intention de te piéger, comme tu dis. De toute façon, comment pourrais-je t'obliger à faire quoi que ce soit contre ta volonté ? Tu es assez forte pour m'envoyer balader, tu ne crois pas ? Non, Ella, j'espérais simplement que tu me ferais suffisamment confiance pour essayer de vaincre ta peur de l'eau avec moi. Hier, ce sont tes amies Sarah et Hannah qui ont veillé sur toi dans cet étang, et aujourd'hui, je suis là pour te donner la main et te protéger. Je suis un bon nageur, tu sais.

— Mon ange gardien de but, c'est ça ?

— Oh ! tu peux faire de l'humour, ça ne change pas le fond du problème.

— Et c'est quoi, le fond du problème ?

— La confiance. Confiance en toi et confiance en moi. Et permets-moi de te dire que tu es folle d'avoir quitté Home Valley et le comté d'Eden pour me suivre, si tu n'as pas confiance en moi. En tout cas, ajouta-t-il en se levant, moi, je vais me baigner. Ce sera la première fois que je pique une tête tout habillé, exception faite du jour où je suis tombé dans une piscine au cours d'une fête où j'avais trop bu.

— L'ancien Andrew, c'est ça ?

— C'est ça. Si tu changes d'avis et que tu décides de m'accompagner, sache que je m'assurerai que ta tête n'aille pas sous l'eau. Et que tu n'aies pas de crise de panique, bien sûr. Mais je suis certain qu'elles disparaîtront d'elles-mêmes quand tu auras trouvé la force d'affronter ta peur.

Sur ces mots, il ôta ses chaussures et son chapeau, dans lequel il posa ses lunettes de soleil. Puis il pressa tendrement le genou d'Ella et s'éloigna en direction des vagues.

Ella l'accompagna, mais seulement du regard. Les larmes brouillaient sa vue et lui donnaient une vision distordue des vacanciers, qui semblaient fondre au soleil. Elle transpirait déjà, mais c'était en partie à cause d'Andrew. Parce qu'il l'avait mise au défi et parce qu'elle avait toujours chaud en sa présence… Elle se mit à tordre ses mains crispées. Etaient-ce les prémices d'une attaque de panique ? Pourquoi avait-il fallu qu'il évoque ce sujet, alors qu'ils étaient si bien, sur cette plage, malgré les menaces qui planaient sur eux ? Pourquoi avait-il fallu qu'il gâche ce moment précieux où elle voyait la mer pour la première fois ? Il prétendait que vaincre sa peur de l'eau mettrait un terme au mal qui la rongeait depuis dix ans. Pourtant, c'était rarement la proximité d'une eau assez profonde pour se noyer qui déclenchait les attaques de panique. *Mon Dieu,* se mit-elle à prier, *Andrew pensera-t-il que je n'ai pas confiance en lui si je ne vais pas me baigner ? Que je n'ai pas confiance en Toi ? Comment puis-je espérer qu'il apprendra à Te faire confiance, si je ne donne pas l'exemple ?*

Son cœur cognant dans sa poitrine, les mains si tremblantes qu'elle eut du mal à délacer ses souliers, elle se déchaussa et retira ses bas noirs. Andrew avait maintenant de l'eau jusqu'à la taille. Il se lança soudain en arrière et des gerbes d'écume se formèrent quand il se mit à battre des pieds. A sa façon d'être toujours aux aguets, le regard jamais tranquille, comme au restaurant la veille, Ella savait qu'il craignait d'être épié, et sans doute de se faire tirer dessus. Il avait interrogé *Grossmamm* Ruth sur le couple qui louait la maison voisine, mais elle n'en savait pas plus que lui. Visiblement, au moins l'un des deux était un clown, mais en dehors de ça…

— Et moi aussi, je serai un clown, si je n'essaie pas d'aller dans l'eau, maugréa Ella entre ses dents. Un clown triste et ridicule.

Elle se mit debout et commença à marcher vers l'immense étendue bleue. Le sable était si chaud qu'elle devait faire des pas rapides si elle ne voulait pas s'y brûler la plante des pieds. « Chaud comme les portes de l'enfer », dirait *Mamm* si elle était là.

Avant de se retirer, l'eau écumeuse formait de petites bulles qui explosaient sur le sable humide. C'était bon de s'y rafraîchir les pieds et les chevilles, délicieux, même, et pourtant le sang lui battait aux tempes. Concentrée sur les coquillages déposés par la marée montante, Ella s'efforçait de repousser les ténèbres tourbillonnantes dont elle sentait déjà le souffle glacé. Même dans ce décor de rêve, une attaque de panique ! Même sous ce soleil de plomb, une sensation de froid ! Mais elle était capable d'endiguer l'agression. Une attaque venait de l'extérieur et elle était forte à l'intérieur. Andrew croyait en elle. *Elle* croyait en elle.

Ella le vit nager dans sa direction tandis qu'elle s'enfonçait jusqu'aux tibias. Des vaguelettes vinrent mourir à ses pieds, éclaboussant sa jupe longue qui lui collait aux jambes. Andrew se redressa, de l'eau jusqu'aux genoux, jusqu'à la taille quand la crête d'une vague ondulait sur son corps. Il n'était pas à plus de trois mètres d'elle, et pourtant il lui semblait hors d'atteinte. Elle faillit tourner les talons et courir jusqu'à leur drap de plage. Pourquoi l'attendait-il là-bas, au lieu de venir la chercher ? Non, impossible de parcourir seule la distance qui les séparait.

Une vague plus grosse que les autres gifla le dos d'Andrew, son écume avalant les jambes d'Ella jusqu'aux genoux. La terreur la paralysa un instant, mais ses yeux écarquillés rencontrèrent le sourire confiant d'Andrew. C'était maintenant ou jamais. Dans cette eau, et avec cet homme.

Les vagues puissantes l'inquiétaient, si différentes de la surface lisse et calme de l'étang, mais l'eau était infiniment plus claire, avec sa couleur bleu-vert et son écume semblable à un nappage de sucre glace. Elle avança de quelques pas, et se raidit avec une grimace douloureuse quand une vaguelette se dressa devant elle. La vague passa son chemin après une caresse fraîche, et Ella se trouva tout étonnée de ne pas avoir été engloutie ou au moins renversée. Ses pieds touchaient encore le sol sablonneux. Elle se sentit le courage de se rapprocher un peu plus de l'homme qui lui tendait les bras. Voilà qu'il venait à elle, à présent ! Leurs doigts se mêlèrent, Ella s'agrippa à cet ancrage avec une violence dont elle n'eut pas conscience, tandis que l'autre main d'Andrew la soutenait au niveau de la taille.

— Je veux que mes pieds touchent terre, dit-elle d'une voix hachée par l'émotion.

Elle se rendit compte qu'elle retenait sa respiration depuis de longues secondes.

— Pas drôle, comme ça, dit-il. Tu m'as dit que tu nageais bien, avant cet accident dans l'étang. Alors lance-toi, Ella. On va nager sur place en agitant juste les pieds dans l'eau, d'accord ? Il faut que tu lâches prise. Aie confiance en moi. Aie confiance en *toi* !

— J'ai… j'ai confiance, mais… Oh !

Etait-ce la vague ou lui qui l'avait soulevée ? Les deux, peut-être… En tout cas, son corps entier flottait, à présent, tandis qu'elle se cramponnait à cet homme rencontré moins de deux semaines plus tôt, et à qui elle confiait pourtant sa vie.

Les mains posées sur les larges épaules d'Andrew qui la tenait par la taille, ils se laissèrent porter par les vagues un peu plus loin de la plage. Elle éprouvait un grand sentiment de sécurité, ici, flottant sous le soleil qui faisait scintiller l'eau comme si les étoiles avaient décidé de s'y baigner, elles aussi. Moins détendue qu'elle, Andrew scrutait les quelques autres nageurs, pourtant assez éloignés d'eux. Il se tourna brusquement au son d'un moteur, et bientôt son regard ne lâcha plus l'homme qui chevauchait une sorte de moto aquatique. L'engin bondissait sur les vagues avec un bruit de plus en plus assourdissant à mesure qu'il se rapprochait.

Malgré la préoccupation visible d'Andrew, Ella était si heureuse d'être là avec lui — si fière d'avoir vaincu sa peur — qu'elle joignit les mains derrière le cou de son bel *auslander*. Leurs corps s'aimantèrent sous l'eau et Andrew oublia aussitôt le scooter des mers pour concentrer toute son attention sur elle. Il glissa le genou sous sa jupe et elle s'y retrouva assise à califourchon tandis qu'il enveloppait ses fesses de sa large main et la pressait encore davantage contre lui. Une immense chaleur irradia tout le corps d'Ella, tout son être, alors même qu'un frisson la traversait. La pointe de ses seins se dressa contre Andrew, contre les poils bruns et bouclés de son torse apparu entre les pans de sa chemise ouverte. Elle se sentait si proche de lui, si ouverte…

Prudence, songea-t-elle. C'était trop facile de se laisser aller, de se laisser flotter au gré des vagues en faisant comme si elle se trouvait avec son mari amish et qu'ils avaient toute une vie devant eux pour s'aimer. Comme s'ils avaient quitté leur maison de Home Valley et leur boutique de lavande le temps de vacances en Floride. Comme s'ils allaient bientôt avoir des enfants qui égayeraient encore un peu plus leur foyer…

Elle but la tasse et recracha l'eau salée, au goût si différent de celle de l'étang. Elle se mit à tousser et il modifia légèrement leur position, de façon à ce que la tête d'Ella soit mieux maintenue hors de l'eau. Mais leurs corps restaient pressés l'un contre l'autre. Ella s'efforça de contenir son désir et ses émotions. Après son accident, elle était devenue prudente et pragmatique, alors que Sarah et Hannah étaient restées, chacune à sa manière, des rêveuses. Qu'est-ce qui avait donc changé, maintenant ? Bien sûr, il était difficile d'être terre à terre, quand on se laissait bercer par les vagues et les songes que faisait naître l'homme qui la tenait dans ses bras. Mais elle avait toujours eu conscience que les rêves et les cauchemars étaient les deux faces d'une même médaille.

Quel était ce nouveau son ? Pas le même engin que tout à l'heure. La moto aquatique avait changé de direction et s'était éloignée vers le large. Non, c'était une petite embarcation au nez pointu et aux lignes effilées qui semblait foncer droit sur eux, sa coque frappant rageusement les vagues. Avaient-ils dérivé trop loin, dans la zone où les bateaux étaient autorisés à naviguer à vive allure ? Le plaisancier allait sûrement les voir et changer de cap… A moins qu'il ne fonce délibérément sur eux.

Andrew poussa sur ses jambes pour se rapprocher du rivage et elle fit de son mieux pour l'aider, ôtant une main de son épaule et s'en servant pour pagayer. Mais le bateau se rapprochait toujours sans dévier de sa course. Il était si bruyant, si rapide…

— Prends une bonne respiration ! cria Andrew.

Elle eut à peine le temps d'emmagasiner un peu d'air. Il allait falloir plonger assez profond pour s'assurer que la coque du bateau ou l'hélice de son moteur ne les toucheraient pas ! Et si un courant sous-marin les empêchait de remonter à la surface ? La présence d'Andrew l'avait rassurée, jusque-là, mais…

Andrew se pliait déjà en deux et s'enfonçait sous l'eau, la tenant bien serrée contre lui. L'ancienne terreur de se noyer, d'être entraînée vers le fond… vers les ténèbres…

Respiration bloquée. Mains agrippées à Andrew. Yeux fermés contre la piqûre de l'eau salée, et pour ne pas voir le monstre les percuter. Jamais elle n'avait vu le visage de l'autre monstre : celui qui l'avait enlevée. Andrew n'avait pas vu non plus le visage de l'homme qui lui avait tiré dessus à Atlanta. Quant à la camionnette noire qui l'avait poursuivie sur le chemin de terre, ses vitres teintées masquaient l'habitacle. C'était un ennemi sans visage qui les poursuivait, et néanmoins un ennemi bien réel.

L'eau se troubla comme si une épée géante venait de fendre les flots. Ils remontèrent à la surface l'instant d'après dans un bouillon d'eau écumeuse, respirant l'air saturé de vapeurs d'essence. Andrew jura entre ses dents.

— Est-ce que… ? souffla-t-elle avant de s'interrompre pour reprendre sa respiration. Tu penses qu'on a été retrouvés ? Qu'il va faire demi-tour et tenter de nouveau de nous passer dessus ?

— Non, dit Andrew, les yeux plissés en direction du bateau qui s'éloignait en crachant un long panache d'écume. Je crois que c'est juste un gamin irresponsable. Je ne pense même pas qu'il nous ait vus. Pauvre idiot…, grommela-t-il entre ses dents. Allez, sortons de l'eau.

Leurs pieds touchèrent enfin le fond sablonneux et ils titubèrent jusqu'au rivage. Un homme très bronzé et vêtu d'un maillot de bain aussi petit que serré vint à leur rencontre alors qu'ils arrivaient enfin sur la plage. Andrew se positionna devant elle, faisant écran de son corps. Pour la protéger ou parce que ses vêtements imbibés d'eau lui moulaient les seins ? Elle n'aurait su le dire.

— Bonjour ! leur lança l'homme. Je suis soulagé de voir que vous n'êtes pas blessés. J'ai vu ce crétin vous foncer dessus, et je peux vous dire que ce n'est pas la première fois qu'il navigue à cette vitesse au milieu des baigneurs. Tôt ou tard, ça va mal finir, c'est sûr ! Je sais que vous êtes du genre à pardonner les misères qu'on peut vous faire, mais sachez que vous pouvez rapporter cet incident à la police maritime, ajouta-t-il en brandissant le téléphone portable qu'il tenait à la main. Il vous suffit de donner le motif de votre appel, ainsi que votre nom et un moyen de vous contacter, et votre déposition sera recueillie plus tard.

— C'est très gentil à vous de vous être inquiété pour nous, dit Andrew, mais il n'y a pas eu de bobo et on va en rester là.

Toujours inquiète qu'il n'ait pas l'air assez Amish aux yeux des *Anglais* qui côtoyaient souvent les siens, par ici, Ella ajouta :

— On espère simplement que ce jeune homme ne blessera pas quelqu'un d'autre. Merci encore pour votre gentillesse. *Ya*, merci beaucoup, monsieur.

— Très bien, dit l'homme avec un hochement de tête. Comme vous voulez.

Il s'était déjà éloigné de quelques pas quand il tourna la tête par-dessus son épaule.

— Je crois que je vais quand même appeler la police pour dire ce que j'ai vu. Et la prochaine fois que cet imbécile revient aussi près du rivage avec son bateau, je vais le filmer avec mon portable !

Ella et Andrew se laissèrent tomber lourdement sur leur grand drap de plage avant de se sécher la tête avec des serviettes.

— Si ce bateau a déjà été vu en train de faire des siennes avant, ça ne peut pas être une attaque dirigée contre nous, maugréa Andrew, la voix étouffée par la serviette qui lui masquait le visage.

Le frisson qui la traversa n'était pas seulement dû au froid. Alors qu'elle remettait de l'ordre dans ses cheveux, elle s'aperçut qu'elle avait perdu sa *kaap* de prière. Le bonnet d'organdi devait flotter quelque part dans les vagues, mais le plus important était qu'ils aient regagné la terre ferme…

Ces impossibles rêves d'avenir avec un *auslander* devaient, eux aussi, flotter quelque part dans les vagues.

Puisqu'il ne s'agissait manifestement pas d'une tentative de meurtre, ils décidèrent de ne rien dire de l'incident à *Grossmamm* Ruth. Entre leur fuite à Pinecraft et la maladie de sa fille, la vieille dame avait assez de soucis en tête. Elle s'était rendue à la supérette voisine pendant leur absence et un bon déjeuner les attendait, ainsi que trois tricycles qu'elle avait loués et fait livrer.

Encore une belle leçon d'humilité, songea Alex alors qu'ils faisaient tous trois un tour dans Pinecraft sur leurs vélos à trois roues. Lui qui s'était déplacé en limousine et qui avait eu tant de goût pour les jolies voitures, voilà qu'il se retrouvait en train de pédaler sur un tricycle de location comme un gamin ou un papy !

A vue de nez, Pinecraft devait faire un peu plus de quarante hectares. Le quartier formait un grand ovale dans lequel les rues se croisaient à angle droit. Son parc semblait aimanter les rares habitants qui peuplaient la « ville fantôme » en été. A l'ombre d'énormes chênes anciens aux branches décorées de mousse espagnole — *Grossmamm* Ruth appelait cela « barbe de vieillard » —, des Amish jouaient aux dames, ou à de curieux jeux de boules et de palets. Même à une certaine distance, le vieux château d'eau de Pinecraft semblait le seul édifice capable de concurrencer les immeubles qu'on apercevait au loin, dans le centre de Sarasota. Ils passèrent devant deux vieilles femmes barbues qui promenaient un caniche à peu près aussi poilu qu'elles.

— C'est ce qu'on appelait des « monstres de foire », du temps où les cirques présentaient encore ce genre de numéros, dit *Grossmamm* Ruth. Il y a beaucoup d'artistes de cirque à la retraite, par ici. Des nains, des acrobates, des clowns ou même des femmes à barbe comme celles qu'on vient de voir. La femme à la peau de serpent vit toujours dans le coin et il m'est arrivé plus d'une fois de la croiser, *ya*. Le célèbre entrepreneur de spectacle John Ringling avait établi ses quartiers à Sarasota quand j'étais haute comme trois pommes. C'était un endroit parfait pour le petit monde étrange qui travaillait pour lui. Ils venaient se reposer en hiver, profiter du beau temps et de la plage… Il y en a énormément qui se sont installés dans le coin, une fois arrivés à l'âge de la retraite. Certains de leurs enfants, petits-enfants et même arrière-petits-enfants perpétuent la tradition du cirque et continuent à venir ici en vacances ou pour répéter leurs numéros. Mais on les voit rarement en été, parce que c'est l'époque où les cirques sont en tournée.

— Ceux qui louent la maison voisine semblent pourtant trop jeunes pour être à la retraite, fit remarquer Alex. D'autant que j'ai vu l'homme qui s'entraînait. Par contre, je n'ai pas vu sa femme.

— Peut-être qu'elle s'occupe de la maison et que c'est une excellente cuisinière. D'ailleurs, j'ai senti une délicieuse odeur de gâteau qui émanait de chez eux, ajouta-t-elle comme s'il s'agissait là d'une preuve irréfutable.

Alex hocha docilement la tête, mais il adressa un clin d'œil à Ella lorsqu'il surprit le petit sourire qui s'était dessiné sur ses jolies lèvres. A part lui, il ne put s'empêcher de penser que le regard insistant de *Grossmamm* Ruth sur ces femmes à barbe ressemblait étrangement au regard que certains *Anglais* posaient sur les Amish.

De retour au bungalow, il attacha les tricycles dans le jardin à l'aide d'un antivol. Alors qu'ils se dirigeaient tous les trois vers la porte d'entrée, une voix mélodieuse s'éleva par-dessus la clôture qui les séparait des voisins.

— Janus, ils sont rentrés ! Tu peux arrêter de faire tourner ce bâton et venir avec moi ?

Pas vraiment discret, songea Alex. Et le clown faisait tourner un bâton dans sa main comme une majorette, à présent ? Il en était là de ses pensées quand une jolie brune contourna la palissade, les bras chargés d'un plateau. De plus près, il vit que son visage était très maquillé. Mais son regard glissa sur elle pour se fixer sur l'homme qui venait d'apparaître dans son dos. Non seulement il continuait à faire tournoyer entre ses doigts ce qui ressemblait à une matraque télescopique, mais il était encore plus maquillé que sa femme. Un clown, à n'en pas douter, avec un gros nez rouge au milieu d'un visage peint en noir et blanc, des yeux agrandis à l'extrême et une perruque orange fluo enfoncée dans la poche avant de son jean.

— Désolé, dit-il en arrêtant le mouvement du bâton avant de le ranger dans l'autre poche de son pantalon.

Foreman's Fabulous Circus, pouvait-on lire en grosses lettres blanches sur son sweat-shirt mauve.

— Je fais parfois peur aux gamins, reprit-il avec un petit haussement d'épaules, mais j'espère que je n'ai pas impressionné ces dames.

Sur ces mots, il exécuta une courbette cérémonieuse à l'intention d'Ella et de *Grossmamm* Ruth, puis tendit la main à Alex qui la serra.

— Janus McCorkle, pour vous servir ! Et voici mon épouse Patricia, également connue sous le délicieux sobriquet de Trixie. Nous avons pensé que vous étiez peut-être en voyage de noces, tous les deux, jusqu'à ce qu'on voie votre chaperon. Ravis de vous rencontrer, en tout cas, ajouta-t-il avec une nouvelle courbette, avant qu'Alex ne commence à faire les présentations.

Grossmamm Ruth décida d'intervenir alors qu'il peinait à préciser les relations qui les unissaient les uns aux autres, l'histoire du cousin de Pennsylvanie paraissant soudain moins crédible dans ce nouveau contexte.

— *Ya*, ces deux-là sont mariés depuis un an, lança-t-elle d'une voix assurée qui laissa Alex stupéfait. Et ils ont été assez gentils pour me laisser les accompagner quelques jours. Mais cette maison est en réalité la mienne. J'ai perdu un bon mari il y a de ça trois ans, *ya*, mais j'ai conservé notre bungalow. Oh ! quels jolis cupcakes vous avez là !

Chacun des petits gâteaux alignés sur le plateau de Trixie McCorkle était couvert d'un glaçage sur lequel un visage de clown était dessiné à l'aide de bonbons gélifiés.

Janus se tourna vers Alex alors qu'Ella et sa grand-mère s'approchaient, la mine gourmande, des cupcakes colorés.

— Je fais partie du cirque Foreman, comme vous l'avez sans doute deviné, lui dit-il en désignant son sweat-shirt du doigt. Je me suis cassé une jambe après une belle gamelle, et je n'ai pas pu partir en tournée avec le reste de la troupe. Heureusement, Trixie, qui a le cœur sur la main, n'a pas voulu me laisser seul. Pourtant, croyez-moi, ils ont insisté pour qu'elle soit de la tournée ! C'est une excellente trapéziste, vous savez, ajouta-t-il en tendant les bras en l'air avant de refermer les mains comme si un partenaire imaginaire venait de l'attraper en plein vol.

— *Ach*, une trapéziste, dit Alex. *Ser gut*…

— Mais je suis de nouveau sur pied, et ce n'est pas qu'une image ! On a loué ce bungalow pour que je puisse m'entraîner au siège du cirque Foreman, tout près d'ici. La forme revient déjà et, avec un peu de chance, je pourrai rejoindre la tournée d'automne.

— J'ai vu un costume sur le fil à linge, dit Alex, étonné par la sympathie qu'il avait tout de suite éprouvée pour cet homme.

Peut-être était-ce son âme d'enfant qui se réveillait au contact d'un clown. Ou alors il était tout simplement en manque de conversation avec des *modernes*, comme disaient les Amish, même si ce *moderne*-là ne ressemblait ni de près ni de loin aux gens qu'il fréquentait dans son ancienne vie. Non seulement le visage de cet homme changeait constamment d'expression, mais il parlait aussi en modulant la voix, passant des graves aux aigus sans crier gare. Difficile de ne pas sourire devant un tel personnage.

— Ah ouais, le costume de policier des années 1920, dit Janus. J'aime faire le clown pour les adultes encore plus que pour les enfants, vous savez. Poser un regard satirique sur la société et ses acteurs, vous comprenez ? Il faut dire qu'entre les politiciens corrompus, les scandales financiers, les turpitudes des célébrités ou la vulgarité des émissions de télé, pour ne citer que quelques exemples, c'est une époque bénie pour les amuseurs publics !

Son ton se fit brusquement menaçant.

— Avec moi, ceux qui ont un ego surdimensionné en prennent pour leur grade... Dites donc, reprit-il en retrouvant une voix normale, ça me ferait bien plaisir si vous veniez voir mon nouveau numéro, demain. Et aussi celui de Trixie. C'est toujours intéressant d'avoir un avis extérieur. Bien sûr, on serait ravis de vous y emmener dans notre voiture.

Alex s'était promis de ne faire confiance à personne. Mais comment des artistes sous contrat avec un grand cirque auraient-ils pu avoir le moindre lien avec ses ennemis ? Et puis, assister à leur numéro pourrait peut-être faire du bien à *Grossmamm* Ruth. Lui permettre d'oublier un peu la maladie de sa fille.

— Avec grand plaisir si ça ne dure pas trop longtemps,

répondit Alex. La grand-mère de… de ma femme se fatigue vite, vous comprenez ?

— Il n'y a que Trixie et moi qui transpirerons, répondit Janus avec un sourire et une tape sur l'épaule d'Alex, comme s'ils étaient de vieux amis. Pour vous, ce sera de tout repos ! Vous n'aurez qu'à vous asseoir et à applaudir Corky le clown — mon nom de scène —, toujours sur la route avec ses costumes et ses déguisements !

Costume, déguisement, nom d'emprunt et toujours sur la route…, songea Alex. Contrairement aux apparences, il avait beaucoup de choses en commun avec Janus McCorkle, alias Corky le clown.

16

— C'est vraiment gentil à toi de m'accompagner, ma chérie, dit Jack en quittant brièvement la route des yeux pour se tourner vers Ray-Lynn.

Ils roulaient vers la ferme des Lantz dans sa voiture personnelle.

— Je ne veux pas qu'ils s'imaginent que je me mêle de ce qui ne me regarde pas, tu comprends ? Mais j'ai entendu dire qu'Ella et son cousin de Pennsylvanie avaient pris la poudre d'escampette, et j'aimerais avoir quelques précisions sur cette curieuse disparition. Avec toi et ce gâteau posé sur tes cuisses, ça fera forcément moins officiel, tu ne crois pas ?

— Ce que je crois, c'est qu'Eben t'aurait contacté s'il s'inquiétait, répondit Ray-Lynn. Ella et son cousin sont peut-être allés chez les Lantz de Pennsylvanie. Dix jours chez l'un et dix jours chez l'autre, tu vois. Cela dit, je dois reconnaître que cet Andrew a quelque chose d'étrange. Tu vas peut-être me dire que je vois le mal partout, mais pour moi, ce garçon n'a pas l'air d'un vrai Amish. Et je me flatte de bien les connaître, depuis le temps que je les côtoie. Mais ça me fait plaisir de t'accompagner, s'empressa-t-elle d'ajouter lorsqu'elle vit Jack froncer les sourcils.

— Merci, Ray-Lynn.

— N'empêche que j'aimerais bien que tu m'en dises plus. Je suis certaine que tu sais des trucs sur cet Andrew… Je me trompe ?

Jack conserva le silence, se contentant d'un vague haussement d'épaules.

— Pourquoi est-ce que tu m'exclus complètement de ton travail ? insista-t-elle. Moi, je partage plein de trucs avec toi sur le fonctionnement du restaurant. Je sais, je sais, il t'appartient aussi… Mais ça me ferait plaisir d'en savoir davantage sur ce que tu fais. Je ne dis pas que tu as besoin d'aide, surtout maintenant que tu as Win Hayes pour te seconder, mais…

— Ecoute, ma chérie, coupa Jack en retirant une main du volant pour la poser sur le poignet de Ray-Lynn, j'ai besoin de toi pour tout un tas de choses, d'accord ? Et quand quelqu'un m'a signalé que Barbara et Anna Lantz s'occupaient du champ de lavande à la place d'Ella et de son cousin, je me suis dit qu'en rendant une petite visite en couple — sans voiture de patrouille ni uniforme —, la famille se montrerait moins méfiante. Je sais que ça ne répond pas tout à fait à ta question ou à *tes* questions, mais j'aimerais bien qu'on en reste là pour le moment.

— Juste une dernière question, s'il te plaît. Tu es toujours en contact avec Lincoln Armstrong ? Quand on s'est vues au mariage, Ella m'a dit qu'il s'était montré agressif et presque menaçant lorsqu'il est venu, le jour où on a fait ce merveilleux pique-nique sur la colline. Il lui a reproché d'avoir poussé Hannah dans les bras de Seth et de…

— Pourquoi est-ce que tu ne m'en as pas parlé plus tôt ? s'écria Jack avec humeur. Et pourquoi Ella ne m'a-t-elle rien dit, quand on est passés leur montrer le cache de protection que j'ai trouvé là-haut ? Armstrong n'a pas le droit de venir l'importuner comme ça !

— Alors, c'est Lincoln Armstrong, le « quelqu'un » qui t'a signalé la disparition d'Ella et d'Andrew ?

— Je n'ai pas dit ça !

— Inutile de t'énerver, Jack. Tu sais que ça restera entre nous.

Elle tira sur sa ceinture de sécurité qui la serrait un peu trop.

— Les Lantz sont une famille adorable, reprit-elle, et j'apprécie énormément Ella, même s'il faut bien dire qu'elle est moins facile d'accès que Sarah et Hannah. Elle est plus stricte que ses amies, plus figée dans ses certitudes. Mais bon, j'arrête de te poser des questions, même si j'espère que tu voudras bien y répondre à un moment ou un autre… Et sache-le, ajouta-t-elle alors qu'il empruntait le chemin menant à la ferme des Lantz, bien que tu sois en service, j'adore être avec toi quand tu ne portes pas l'uniforme.

— Même quand je le porte, tu n'as qu'un mot à dire pour que je le retire dans l'instant, répondit-il en esquissant un sourire.

— Dans ces moments-là, l'uniforme peut avoir un certain charme, tu sais.

— D'accord, d'accord. A ce petit jeu-là, je suis sûr de perdre avec toi, alors j'arrête avant que ça ne dégénère. En tout cas, je suis vraiment heureux d'avoir retrouvé ma belle Sudiste qui n'a pas la langue dans sa poche, dit-il en se garant près de la grange.

Elle quitta aussitôt l'habitacle en prenant soin de ne pas abîmer le glaçage à la noix de coco qui coiffait le gâteau destiné aux Lantz.

— Tu ne me laisses même plus le temps d'ouvrir ta portière, maintenant ? demanda Jack, qui venait de contourner la voiture. Ça doit vouloir dire que le temps où je te faisais la cour est terminé, et qu'on est prêts à passer à l'étape suivante. Prêts pour les choses sérieuses.

— J'espère que par « choses sérieuses », tu ne parles pas seulement de m'embaucher pour te servir de couverture lorsque tu veux tirer les vers du nez des Amish.

— Avec une couverture comme toi, je passerais ma vie au lit, ma beauté.

Il s'approcha d'elle et Ray-Lynn sentit qu'il l'aurait prise dans ses bras si le gâteau n'avait rendu périlleux tout contact rapproché.

— Je parle d'engagement, dit-il d'une voix soudain grave. D'avenir commun. Et pour bientôt, ma chérie.

— Bonjour, shérif, bonjour, Ray-Lynn, fit la voix lointaine d'Eben Lantz. Quelle bonne surprise… Malheureusement, nous avons trois personnes grippées à la maison et il vaut mieux que je ne vous invite pas à entrer. Pas de mauvaise nouvelle, j'espère ?

Eben ferma la porte d'entrée derrière lui et descendit les marches de la galerie Ray-Lynn remarqua que Mme Lantz et sa fille Barbara observaient la scène derrière la fenêtre de la cuisine. Quant aux deux garçons, Abel et Aaron, ils les avaient doublés sur la route, assis sur une charrette remplie de blé de printemps. Les trois personnes malades devaient donc être Ella, sa grand-mère et leur soi-disant cousin. Si vraiment il y avait des malades dans cette maison…

— Ça expliquerait pourquoi Ella et son cousin semblent avoir disparu, murmura Ray-Lynn sans se tourner vers Jack. Mais trois personnes grippées en été, c'est bizarre, non ?

— Oui, c'est bizarre, admit-il tout aussi discrètement. Je vais improviser, d'accord ? Laisse-toi guider par mes paroles.

— N'est-ce pas ce que je fais toujours ?

— Oh ! que non…

— Je parie que personne n'est malade et qu'il dit seulement ça pour qu'on n'entre pas chez lui.

— Ça m'inquiète toujours quand un Amish ment, dit Jack sans desserrer les lèvres, alors qu'Eben Lantz arrivait à portée de voix, une expression soucieuse sur le visage. Quand on sait ce que ça leur coûte… On vous a apporté un gâteau, Eben, lança-t-il d'une voix plus forte.

Quelques secondes plus tard, les deux hommes se serraient la main.

— Alors, mauvaise nouvelle ou pas ? demanda une nouvelle fois Eben Lantz, le front toujours plissé.

— Pas de mauvaise nouvelle à annoncer, répondit le shérif en regardant le chef de famille droit dans les yeux. De votre côté non plus, j'espère ?

Après le dîner, ce soir-là, Ella fut ravie de découvrir les rues animées de Sarasota à bord de la voiture de leurs voisins. Le grand bâtiment devant lequel ils finirent par se garer lui sembla très impressionnant. Le temps de tourner diverses clés dans les nombreuses serrures de la porte d'entrée, Janus les précéda dans un espace aussi vaste que haut de plafond. Le clown actionna un interrupteur, et plusieurs projecteurs éclairèrent la salle où le couple répétait ses nouveaux numéros. Les McCorkle les invitèrent alors à découvrir les lieux pendant qu'ils allaient enfiler leurs costumes de scène. De multiples cordes pendaient au plafond, ainsi qu'une sorte de balançoire. Un trapèze, lui souffla Andrew, qui lui expliqua également que certaines cordes étaient des longes de sécurité destinées à éviter les chutes durant les entraînements. Mais Trixie ne devait pas toujours les utiliser, parce qu'il y avait aussi un grand filet prêt à la recevoir si elle tombait.

— Filet ou pas, il faut du courage pour faire ce métier, chuchota-t-elle à l'oreille de *Grossmamm* Ruth. Ne serait-ce que pour grimper tout là-haut.

Elles venaient de s'asseoir sur une des quelques chaises disposées devant une piste bétonnée et entourée d'un petit muret de bois.

— *Ya*, répondit la vieille dame, elle aussi à voix basse. Dommage que les autres membres de la troupe aient pris tous les animaux avec eux pour la tournée d'été. J'aimerais bien voir un éléphant en vrai… *Ya*, ça me plairait beaucoup.

Andrew était content d'être là, lui aussi. Il suffisait de le regarder pour s'en rendre compte et, justement, Ella ne pouvait s'empêcher de l'observer à la dérobée. Si cette salle étrange et le spectacle qui s'annonçait devaient contribuer à sa bonne humeur, elle avait le sentiment que c'était surtout la personnalité hors du commun de Janus McCorkle qui était responsable du sourire installé sur ses lèvres. A présent maquillé et habillé en Corky le clown, Janus alla rejoindre Trixie sur la piste. Ella se réjouissait de cette étonnante amitié entre l'*Englische* déguisé en Amish et l'*Englische* déguisé en clown. Janus avait expliqué que son costume s'inspirait de vieux films mettant en scène une bande de policiers loufoques appelés les Keystone Cops. A l'heure actuelle, songea-t-elle, Corky le clown était sans doute le seul policier à qui Andrew faisait confiance.

— J'ai envie de rire rien qu'en le voyant habillé comme ça, dit Andrew en s'asseyant à la droite d'Ella. Et si je lui empruntais le costume identique qui reste toujours suspendu sur leur fil à linge ? Vous imaginez sa tête si un deuxième Corky le clown sonnait à sa porte ?

— Il fait trop chaud et trop humide, ici, pour que ça sèche bien comme à Home Valley, dit *Grossmamm* Ruth d'un air pénétré.

Nullement découragé par le peu de succès que son projet de plaisanterie avait rencontré auprès de *Grossmamm* Ruth, Andrew poursuivit :

— En tout cas, Janus est un vrai pro, dit-il. Rien que la précision de ses gestes quand il se maquille en dit long sur la passion qu'il a pour son métier. Et pourtant, il ne s'agit que d'une répétition.

Il observa une courte pause, haussant les épaules avec une mimique fataliste.

— Si je dois fuir de nouveau, je pourrais toujours rejoindre la troupe du cirque Foreman. Ils sont à Minneapolis en ce moment.

— Très drôle, dit Ella en lui donnant un petit coup de poing sur l'épaule. Cela dit, plus je te connais, plus je pense que tu ferais un bon clown.

Ils se turent alors que Corky commençait à les faire rire avec des pitreries et des explications :

— Bon, normalement, je ferme mon clapet pendant ce numéro, mais, en l'absence des autres clowns qui jouent les voleurs, il faut que j'assure le commentaire. Donc, les méchants ont volé un gros portefeuille dans la poche de M. Loyal — tellement gros, en fait, qu'on se demande comment il a pu tenir dans une poche — et je vais les poursuivre.

— C'est ça qu'il répétait dans son jardin, chuchota Andrew tandis que Janus s'élançait avec une surprenante vivacité, rebondissant sur plusieurs petits trampolines disposés autour de la piste, et se figeant en l'air dans d'étranges positions avant de faire un nouveau bond.

Une musique étrange s'échappa des haut-parleurs fixés au mur.

— C'est la musique qui accompagnait les scènes de poursuite à l'époque des films muets, souffla Andrew à l'oreille d'Ella.

Janus devait parler très fort pour se faire entendre par-dessus la musique, ce qui ajoutait non seulement au côté physique de sa performance, mais aussi à son pouvoir comique. Les voix très différentes qu'il était capable de prendre firent beaucoup rire Ella.

Pendant ce temps, Trixie grimpait avec l'aisance d'un singe le long d'une échelle de corde. Une fois parvenue à une petite plate-forme, elle décrocha le trapèze qui s'y trouvait attaché. Le regard d'Ella allait et venait entre le spectacle comique et le spectacle de voltige. L'un et l'autre étaient tellement plaisants à suivre : elle si gracieuse, et lui si extravagant… Pourquoi aucun cirque ne s'arrêtait-il jamais à Home Valley ? Ella était pourtant certaine que ce genre de spectacle plairait énormément à ses frères et sœurs.

— Janus m'a expliqué qu'il jouait le rôle de l'Auguste, expliqua Andrew sans quitter la piste des yeux. L'Auguste porte un nez rouge, beaucoup de maquillage et des vêtements aux couleurs criardes. Il met le désordre partout où il passe, ce qui nous fait encore un point commun.

— Je n'arrive pas à comprendre que des gens puissent avoir une telle peur des clowns, dit Ella. Comment Janus a dit que ça s'appellait, déjà ?

— La coulrophobie, répondit Andrew. J'attends avec impatience la satire qu'il m'a promise.

A leur grande surprise, Janus grimpa à son tour — avec ses énormes chaussures et tout son attirail de clown — à l'échelle de corde qui avait permis à Trixie de gagner la plate-forme. A mi-chemin, il s'adressa à eux :

— Maintenant, les pickpockets m'ont restitué l'argent, que je me suis empressé de fourrer dans ma poche.

— Un policier corrompu ? demanda Ella.

Mais sa question resta sans réponse.

Alors que Janus poursuivait son ascension, ils virent l'inscription « EMBRASSER FANNY » sur son postérieur rembourré.

— C'est une expression un peu grivoise qui veut dire perdre sans marquer un seul point dans certains jeux, souffla Andrew.

Juste en dessous, ils lurent en lettres un peu plus petites :

« FANNIE MAE. »

— C'est le nom d'une société par actions dont le gouvernent a pris le contrôle en 2008 pour éviter qu'elle ne fasse faillite pendant la crise des prêts hypothécaires, murmura encore Andrew. L'année suivante, malgré des performances financières catastrophiques qui ont nécessité d'énormes dépenses publiques, les cadres dirigeants de cette société se sont octroyé des bonus allant jusqu'à cent mille dollars.

Ella hocha la tête, mais toutes ces explications renvoyaient à un monde trop éloigné de celui des Amish pour qu'elle puisse vraiment saisir de quoi il s'agissait. Trixie, moulée dans un habit rouge scintillant qui ne cachait pas grand-chose de son corps fin et musclé, participa à son tour à la satire, qui se poursuivit sans qu'Ella comprenne la signification des sigles et des messages — MADDOF... WALL STREET... LIBOR... — qui apparaissaient sur des drapeaux et des bannières surgis de nulle part, tandis que la jeune femme se balançait gracieusement sur son trapèze, seulement accrochée par les jambes.

— Je t'expliquerai plus tard, lui avait dit Andrew, à présent absorbé par les prouesses du clown et de la trapéziste.

Mais, même sans comprendre à quoi tous ces mots faisaient référence, le spectacle restait magnifique.

Trixie se laissa tomber après une ultime pirouette dans les airs, son corps menu rebondissant haut dans le grand filet.

Jusque-là subjuguée par le numéro, *Grossmamm* Ruth laissa échapper un cri.

— Il faut peut-être aller l'aider, *ya* ?

Ella la rassura d'un sourire et d'un petit geste de la main. Mais déjà leur attention était captée par Janus, qui avait récupéré le trapèze et s'y balançait à son tour, une pluie de dollars s'échappant de ses poches. Trixie venait de quitter le filet en exécutant un saut périlleux quand son mari s'y laissa tomber à son tour, les bras en croix.

Grossmamm Ruth et Ella se levèrent pour applaudir à tout rompre, alors que Corky le clown était encore en train de rebondir au milieu des faux billets.

Andrew ne riait plus lorsque Ella se tourna vers lui, et pourtant ses yeux étaient brillants de larmes. Si les pitreries d'un clown qui raillait les turpitudes des financiers avaient réussi à le faire pleurer, c'était que la satire de Janus avait vraiment dû toucher quelque chose en lui.

Après leur visite à la ferme des Lantz et les explications peu convaincantes du chef de famille — Eben était resté sur sa position, affirmant qu'Ella, sa grand-mère et leur cousin de Pennsylvanie avaient tous trois attrapé la grippe —, Jack emmena Ray-Lynn dîner dans un restaurant italien de Wooster. Jack était toujours habillé en civil et il avait conservé sa voiture personnelle. Elle n'avait pas vu de holster d'épaule abritant un pistolet sous son élégante veste bleu marine, et — ô miracle ! — Jack avait laissé son portable dans la boîte à gants. Autant dire qu'elle l'avait tout à elle.

Alors, pourquoi ce petit frisson glacé, malgré la chaleur combinée de l'attention dont il la gratifiait et du montepulciano d'Abruzzo qui coulait en ce moment dans sa gorge ? Pour une fois qu'ils dînaient en tête à tête et que l'esprit de Jack ne semblait pas s'échapper vers son travail, voilà qu'elle se sentait nerveuse. Sans doute était-ce à cause de leur visite à Eben Lantz. Impossible de chasser l'impression que quelque chose clochait dans l'histoire qu'il leur avait servie.

Leurs verres s'entrechoquèrent à l'initiative de Jack, qui leva ensuite le sien comme pour porter un toast.

— Il faut que je te dise la vérité, Ray-Lynn. Je n'étais pas certain que tu remonterais la pente, après ton accident. Et je me posais la même question au sujet de notre amour. Mais aujourd'hui, je suis rassuré sur les deux points. Si tu arrives à supporter mes moments d'absence, je…

— Et si toi, tu arrives à supporter ma désinvolture et mes bavardages typiquement sudistes, ainsi que la prolifération d'objets autour d'*Autant en emporte le vent*, coupa-t-elle, alors je suppose que…

— Tu as fini de m'interrompre comme ça ? Je t'aime, Ray-Lynn, et je veux que tu sois ma femme, dit-il en lui tendant une rose rouge.

Où avait-il bien pu la cacher pendant tout ce temps ? Mais cette question masquait une déception qu'elle finit par s'avouer. Avec le joli discours de Jack et sa façon de se tortiller nerveusement sur la banquette, elle s'était attendue à une bague au lieu d'une fleur, si belle fût-elle.

C'est alors qu'elle la vit. Les délicats pétales de la fleur à peine éclose renfermaient une bague en diamant qui scintillait à la lumière de la bougie.

Elle vit sa main se tendre vers la rose avant même d'avoir songé consciemment à s'en saisir et, quelques secondes plus tard, c'était à son doigt que scintillait la bague. Dans la précipitation — dans l'émotion —, une épine lui égratigna le pouce, mais c'était le cadet de ses soucis.

— Ça veut dire oui ? demanda Jack.

— Ça veut dire que la vie vient de nous faire une fleur, Jack. Une rose belle comme notre avenir.

Elle alla le rejoindre sur sa banquette et le prit dans ses bras, le visage baigné de larmes. A cet instant, elle était certaine que leur couple conserverait pour toujours la fraîcheur et l'éclat de la rose rouge qui avait servi d'écrin à sa bague de fiançailles.

Ella était bel et bien enchantée, comme Andrew aimait se le répéter. Enchantée que Janus et Trixie les aient emmenés visiter le palais de John Ringling, l'un des fondateurs du « meilleur spectacle du monde », ainsi que le proclamaient les affiches de l'époque. Elle était fascinée par la dimension et la majesté de l'ancienne demeure du roi du cirque.

— Sarasota a abrité et abrite encore les quartiers généraux d'autres cirques, leur dit Janus, qui semblait en savoir au moins autant que le guide qui assurait la visite. Mais aucun ne surpassera jamais la grandeur de Ringling ! Voilà un homme que j'aurais aimé rencontrer.

Palais de style gothique vénitien achevé en 1924, Ca'd'Zan — *Maison de John* en vénitien — était le bâtiment le plus extraordinaire qu'Ella ait jamais vu. Importés d'Europe, tous les meubles étaient finement marquetés, sculptés ou dorés à l'or fin. Les hauts plafonds étaient décorés de motifs ou de fresques, et le sol en marbre brillait tellement qu'il leur renvoyait leur image tandis qu'ils l'arpentaient à la suite de leur guide. Tout, ici, était démesuré. Qu'est-ce que John Ringling et sa femme Mabel avaient bien pu faire de ces cinquante-six pièces ? Ella ne pouvait s'empêcher de se poser la question. Tant d'argent dépensé à construire ce palais et à copier des meubles qu'ils avaient vus au cours de leurs nombreux voyages à l'étranger… Tout cela pour flatter leur orgueil et faire étalage de leur fortune.

Tandis qu'ils suivaient les autres visiteurs qui déambulaient de pièce en pièce, elle écouta avec attention ce que disait le guide à propos de la vie de John Ringling. Ses parents avaient émigré d'Allemagne, et c'était au moins un élément auquel elle pouvait s'identifier. Mais lorsque la visite prit fin et qu'ils allèrent s'asseoir tous les quatre à l'ombre d'un chêne, dans le magnifique parc du palais, elle livra ce qu'elle avait sur le cœur, en réponse à une question d'Andrew lui demandant ce qu'elle en avait pensé :

— Je trouve que c'est un endroit incroyable, vraiment spectaculaire, et je suis très heureuse d'avoir eu l'occasion de le visiter. Merci de nous y avoir emmenés, Trixie et Janus, ajouta-t-elle en se tournant brièvement vers les artistes.

— Mais ?… lança Andrew qui commençait à bien la

connaître, et qui sentait venir la réserve qu'elle n'avait pas encore exprimée.

— Mais je ne peux pas m'empêcher d'avoir pitié de ce M. Ringling.

— Vous avez pitié de lui ? s'écria Janus en ouvrant de grands yeux.

Même quand il n'était pas Corky le clown, ses traits prenaient des expressions outrancières et comiques.

— Mais cet homme avait tout ce dont on peut rêver ! reprit-il.

— Il n'avait pas d'enfants, dit Ella en commençant à énumérer sur ses doigts. Il a perdu quatre de ses frères, morts à un âge relativement jeune. Sa chère moitié Mabel a également perdu la vie prématurément, et son second mariage s'est terminé devant les tribunaux, sa femme l'accusant de violences conjugales. Il s'est brouillé avec son unique sœur, Ida, ainsi qu'avec l'enfant de celle-ci, qui aurait pu être le fils qu'il n'avait pas eu. Et pour finir, il est mort avec seulement trois cents dollars sur son compte en banque. Vous ne pensez pas qu'il aurait volontiers troqué tout ce faste et son « meilleur spectacle du monde » contre une jolie petite maison qui aurait abrité sa chère Mabel et deux ou trois enfants ?

Les trois *Anglais* la regardèrent un moment en silence, seule *Grossmamm* Ruth approuvant ses paroles d'un hochement solennel de la tête. Trixie semblait surprise, comme si pareille idée ne lui avait jamais traversé l'esprit. Janus avait pris un air pensif, quoiqu'un peu contrarié, à en juger par ses sourcils froncés. En revanche, elle fut touchée par la réaction d'Andrew, qui sortit vite de son mutisme pour prendre sa main et déclarer :

— Je suis complètement d'accord avec toi, Ella. Ce sont les gens qui comptent, pas les biens matériels. Ça a toujours été les valeurs de ton… de *notre* Eglise.

Notre Eglise. Il avait failli faire une gaffe, mais il s'en était bien tiré. Tout comme John Ringling à l'automne de sa vie, Andrew avait été séparé de ses proches, songea Ella. Et, au lieu de l'aigrir, les épreuves l'avaient rapproché d'elle et des siens, au point qu'il commençait à parler comme l'un des leurs. Ce n'était pas à l'accent de sa voix qu'on reconnaissait un Amish, mais à l'accent de son cœur.

— Et si on retournait à Pinecraft ? proposa Janus. Trixie a préparé une excellente citronnade. Rien de tel pour se rafraîchir, par une telle chaleur ! dit-il en faisant semblant d'éponger une grosse quantité d'eau sur son front. A cette époque de l'année, il vaut mieux sortir à la nuit tombée, mais je voulais vous montrer ce palais, au cas où vous seriez contraints de partir. De rentrer chez vous, je veux dire.

Ella vit la tête d'Andrew se tourner brusquement à ces mots. Jamais ils n'avaient évoqué la possibilité d'un départ prématuré. Andrew se méfiait-il même de Janus, pour qui il semblait cependant éprouver une grande sympathie ? Non, songea-t-elle, on pouvait sûrement faire confiance à ces gens. Le fait qu'ils aient emménagé dans le bungalow voisin la veille ou l'avant-veille de leur propre arrivée à Pinecraft et qu'ils aient presque aussitôt cherché à nouer le contact ne signifiait rien. Certes, Trixie et Janus avaient mentionné l'un et l'autre qu'ils rêvaient d'avoir assez d'argent pour ouvrir une école de trapèze et de clowns, dont ils s'occuperaient une fois venu le temps de la retraite. Mais cela ne signifiait pas qu'ils étaient prêts à accomplir n'importe quelle vilaine besogne pour parvenir à leurs fins. Et puis, peu importait si les McCorkle soupçonnaient Andrew de n'être pas vraiment amish. Ella était presque certaine qu'ils se doutaient de quelque chose et qu'ils ne les croyaient pas vraiment mariés. Comment Trixie n'aurait-elle pas eu la puce à l'oreille ? Lorsqu'elle s'était rendue plus tôt aux toilettes du bungalow de *Grossmamm* Ruth, elle était passée devant les chambres, dont les portes entrouvertes pouvaient révéler à n'importe quelle personne un peu observatrice que deux femmes dormaient dans l'une et un homme dans l'autre.

Non… Elle se montait la tête. Il ne fallait pas qu'elle se

laisse dominer par ses peurs. Tout se passait vraiment bien, ici. Et avec Andrew pour compagnon, chaque journée en Floride était plus précieuse que les splendeurs dorées d'un palais vénitien.

17

Ce soir-là, *Grossmamm* Ruth insista pour les inviter, Ella et lui, au restaurant. Alex ne protesta que pour la forme, car l'argent commençait à manquer et allait bientôt devenir un problème, s'il ne contactait pas très vite son avocat ou Gerald Branin, afin qu'on lui envoie de quoi vivre. Mais n'était-ce pas trop risqué ? Il y avait peut-être une taupe au sein du FBI ou du cabinet d'avocats ; quelqu'un qui avait été soudoyé — menacé, peut-être — pour livrer sa cachette de Home Valley à ses ennemis. Et si c'était le cas, un tel appel pouvait fort bien lui coûter la vie.

Il se demandait toujours qui était derrière tout ça ; qui avait envoyé une gâchette — comme on disait au temps des westerns — à ses trousses. Il aurait aimé demander à Janus s'il pouvait travailler dans la salle de répétition du cirque Foreman en échange de quelques dollars. Trop risqué, là encore. Le clown était tout sauf stupide, et pareille sollicitation l'amènerait sûrement à se poser des questions. Mais ne se les posait-il pas déjà ? songea Alex avec un peu d'accablement. Une fois de plus, il eut le sentiment de ne pas être crédible en Amish. Ray-Lynn Logan semblait l'avoir percé à jour, et il n'aurait pas été surpris que Janus ait des doutes.

— C'est bon, *ya* ? demanda *Grossmamm* Ruth, interrompant ses sombres pensées.

Elle pointait la fourchette sur le rôti de bœuf et la purée à peine entamés qui refroidissaient dans l'assiette d'Alex, et, visiblement, elle attendait une réponse. Il ne s'était pas rendu compte qu'il avait cessé de manger. Le trio avait déjà pris le bar à salades d'assaut, surtout Ella et lui qui s'étaient servis plus que généreusement. Les nerfs, sans doute. Il connaissait des gens qui perdaient l'appétit lorsqu'ils avaient de gros soucis, mais Ella — avec son magnifique corps tout en courbes, qu'elle assumait avec naturel — réagissait manifestement à l'opposé.

— Tout est délicieux, *Grossmamm* Ruth, dit-il avant d'avaler une nouvelle bouchée.

Il fallait qu'il cesse de dévisager les gens avec la mine suspicieuse d'un physionomiste devant la porte d'une boîte de nuit de Manhattan. Yoder pouvait accueillir plusieurs centaines de clients, selon *Grossmamm* Ruth, et il lui faudrait des mois pour les regarder tous attentivement. Certes, il restait de nombreuses tables libres, mais même si on était hors saison, en cette fin juin, le restaurant était loin d'être vide.

— Et nous qui pensions trouver une ville fantôme, fit remarquer Ella en plantant sa fourchette dans le dernier morceau de pain de viande à avoir échappé à son appétit. C'est vrai que Sarasota est assez calme en cette saison, surtout le soir, mais Yoder attire quand même pas mal de monde.

— Oui, répondit Alex. Tant mieux pour le patron du restaurant, mais pour nous, c'est plutôt un problème. Vous savez, je suis toujours tenté de me déguiser en clown pour être encore moins repérable.

— Pas pour toi, mon garçon, dit *Grossmamm* Ruth comme s'il envisageait sérieusement de passer ses journées avec un gros nez rouge, une perruque et des chaussures gigantesques. Tu as un côté sérieux, et je parie que c'est un trait de caractère que tu n'as pas seulement quand tu connais de graves problèmes comme maintenant. Crois-moi, Andrew, tu es plus proche d'un Amish que d'un clown.

— Puisqu'on en parle, dit Alex en baissant la voix, même si le brouhaha du restaurant la couvrait suffisamment pour préserver ses paroles d'oreilles indiscrètes, je trouve que je ne suis pas vraiment crédible en Amish.

— C'est juste ta façon de parler et certaines de tes valeurs

— ou leur absence — qui se remarquent parfois. Mais il ne faut pas t'inquiéter, Andrew. Les Amish n'ont pas un langage stéréotypé, tu sais. Maintenant que tu connais un peu mieux notre communauté, tu ne penses pas qu'on est tous pareils, n'est-ce pas ?

— Certainement pas. Il y a chez vous un éventail de personnalités et d'aspirations différentes.

— Exact, approuva Ella en hochant fermement la tête. Mais ces différentes personnalités sont toutes construites sur un même socle, qui est notre foi. Notre vie est entre les mains du Seigneur, Andrew. Alors, quoi qu'il arrive, il n'y a rien à craindre.

Il laissa échapper un soupir.

— Sans doute, mais c'est difficile de rester calme quand on sait que quelqu'un veut votre mort et qu'il a les moyens de parvenir à ses fins. Mais je préfère ne pas parler de ça dans un lieu public.

— D'accord, alors parlons de choses positives, tu veux bien ? De la faveur que nous fait le Seigneur en nous permettant d'être ici, et d'y prendre du plaisir en dépit de nos problèmes.

Ella était vraiment tenace, songea Alex. Mais elle avait raison de regarder le bon côté des choses. Pourtant, si le tueur à gages le retrouvait une fois de plus, les deux femmes adorables qui l'accompagnaient risquaient d'être des victimes collatérales. L'une d'elles le traitait comme son propre petit-fils, et l'autre… Bon sang, il avait tellement envie d'Ella… Mais il devait la protéger en se contentant de l'aimer sans la toucher, sans lui faire l'amour.

L'amour ! Comment cette pensée pouvait-elle lui effleurer l'esprit ? Avait-il complètement perdu la raison ?

— Pour moi, Sarasota et Pinecraft resteront toujours des villes fantômes, dit *Grossmamm* Ruth, les larmes aux yeux. Depuis qu'il est mort, je revois mon cher mari Gideon partout ici avec moi. Chez Yoder ou dans le parc de Pinecraft, en train de faire une partie de shuffleboard. On aimait aussi marcher sur la plage, et même simplement s'asseoir dans notre petit jardin à l'ombre de l'oranger. Bien sûr, je pense aussi à lui quand je suis à la ferme, mais à Home Valley, on était tellement entourés que mes souvenirs avec lui sont mêlés à d'autres gens. Alors qu'ici, dans cette ville qu'il aimait tant, nous étions souvent seuls tous les deux. Du coup, mon Gideon joue les fantômes quand je reviens en Floride. Son souvenir me hante, *ya*…

Elle poussa un soupir et ce fut comme si elle se dégonflait, son corps d'ordinaire si droit s'affaissant sur sa chaise. Ella lui prit une main au moment même ou Andrew prenait l'autre. Jamais la vieille dame n'avait prononcé autant de paroles à la suite. Sauf peut-être le soir où elle leur avait plus ou moins donné l'ordre de fuir à Pinecraft. Avait-elle rencontré la tristesse, en Floride, au lieu des beaux souvenirs qu'elle pensait y voir resurgir ? Et lui, s'il retournait à son ancienne existence, ressentirait-il la même chose dans les rues surpeuplées de New York ? Ce qu'il avait vécu depuis sa décision de dénoncer Marv Boynton l'avait changé à jamais, et il se demandait s'il se sentirait toujours chez lui à SoHo. S'il ne serait pas hanté par les fantômes de son séjour chez les Amish, et en particulier par un adorable fantôme prénommé Ella…

— Vous avez gardé une petite place pour nos délicieuses tartes, j'espère ?

La question et le grand sourire de leur jeune serveuse mennonite les ramenèrent au présent.

— Bien sûr, répondit *Grossmamm* en faisant visiblement un effort pour retrouver un peu d'entrain. Je vais en prendre une à la fraise, du moins si elle n'est pas couverte de ce truc rouge gélatineux.

— Non, madame, il n'y en a pas. Ici, chez Yoder, on ne met que des fruits avec un peu d'épaississant.

— De la maïzena, c'est ça ? Ou peut-être du tapioca ? demanda la vieille femme.

Alex vit Ella lever les yeux au ciel.

— De la maïzena, je crois.

— Alors, ça me va. Avec de la crème Chantilly, s'il vous plaît.

— Ça me paraît très bien, dit Ella. Je vais prendre la même chose.

— Ça fera donc trois tartes à la fraise avec de la chantilly, dit Alex.

— Là, tu vois ! lui lança *Grossmamm* Ruth en lui tapotant la main tandis que la serveuse s'éloignait. Parfois, tu penses exactement comme nous. Oh ! *ya*, je crois que tu ferais un bon Amish. Je parle d'un vrai Amish, bien sûr, pas d'un simple déguisement. Tu pourrais alors aider Ella à vendre ses produits à la lavande et donner des conseils à ceux qui tiennent des boulangeries, des boutiques d'artisanat ou des ateliers de menuiserie, et qui souhaitent développer leur activité. C'est aussi la crise pour les Amish, tu sais. Et puis ça te permettrait d'épouser une Amish, ajouta-t-elle comme si de rien n'était.

Ella ouvrit la bouche, mais aucun son n'en sortit pendant de longues secondes.

— *Grossmamm !* finit-elle par murmurer, rouge comme une tomate.

Alex manqua de recracher l'eau qu'il venait de boire et, malgré sa nervosité doublée d'un sentiment d'accablement, il éclata d'un rire sonore que n'aurait pas renié Janus.

Plus tard dans la soirée, alors que la nuit n'était pas encore tombée et que *Grossmamm* s'était couchée de bonne heure, Ella et Alex se trouvaient assis dans le petit jardin du bungalow avec un verre de citronnade. Leurs vieilles chaises longues étaient confortables, leurs estomacs pleins, et la grosse bougie destinée à éloigner les moustiques diffusait une odeur de citronnelle.

— Je veux juste que tu saches que ce n'est pas moi qui ai suggéré à *Grossmamm* cette histoire de mariage, dit Ella.

— Je sais, ne t'inquiète pas.

Sans doute l'aurait-il taquinée à ce sujet si ses finances et son avenir ne l'avaient pas autant inquiété.

— Cela dit, elle a raison de déclarer que tu as les qualités pour faire un bon Amish.

Il resta silencieux un peu trop longtemps, et Ella reprit d'une voix préoccupée :

— Andrew, je te trouve particulièrement nerveux, ce soir, dit-elle à voix basse, même s'ils étaient seuls dans le jardin. Tu as la bougeotte ?

— Tu me demandes si j'ai envie de partir d'ici ? Non, non, s'empressa-t-il de dire quand elle hocha la tête. Hormis les premiers jours avec ta famille, ça fait des mois que je ne me suis pas senti aussi en sécurité. Je cherche seulement à comprendre comment j'ai pu être retrouvé à Atlanta et ensuite en pays amish. Pour éviter que ça ne se reproduise ici, tu comprends ?

— Tu peux vraiment faire confiance à ton cabinet d'avocats et au FBI ? Au cours des siècles, mon Eglise a appris à se méfier des hommes de loi comme des représentants de la loi. Non seulement ils se sont joints à ceux qui nous persécutaient en Europe, mais encore la Bible dit : « Malheur à vous aussi, hommes de loi ! Vous imposez aux gens des fardeaux accablants, mais vous-mêmes, vous n'y touchez pas du petit doigt ! »

— Je suis presque certain que Logan Reese, mon avocat principal, est un honnête homme, répondit-il. Mais *presque* n'est peut-être pas suffisant dans ma situation, d'autant qu'il n'est pas seul dans ce cabinet. Quant à Gerald Branin… Je suppose que tu n'as pas vu le film *Witness* ?

— Non, mais tous les Amish en ont entendu parler. Je sais que ça a été filmé en Pennsylvanie et que ça ressemble à notre communauté. Mais nous n'aimons pas cette scène ou une Amish se montre toute nue devant un *auslansder*.

— Pas *toute* nue, rectifia Alex. Elle fait sa toilette, et rien ne dit qu'elle a encouragé cet homme à la regarder.

— Et il paraît qu'il y a une violente fusillade dans la ferme amish à la fin du film, comme si on voulait donner l'idée aux spectateurs qu'il est facile de nous agresser et de nous voler parce qu'on est pacifiques. Tu vois, je sais plein de choses sur ce film.

— La raison pour laquelle j'ai parlé de *Witness*, dit Alex qui voulait revenir à son idée première, c'est que le grand méchant qui cherche à faire taire le témoin est un haut gradé de la police.

Ella plaqua un instant la main sur sa bouche.

— Tu ne penses quand même pas que le shérif Freeman pourrait être impliqué dans cette affaire ?

— Non, pas lui. Mais peut-être Gerarld Branin, l'homme chargé de mon dossier au WITSEC, ou alors cet ancien du FBI qui avait un faible pour Hannah et qui est venu t'importuner, l'autre jour.

— Tu veux parler de Lincoln Armstrong ?

Il hocha la tête.

— Tout le monde sait que la corruption est un fléau qui touche tous les secteurs de la société, y compris les autorités du pays. Et ça peut concerner le simple fonctionnaire de police comme le sommet de l'Etat. Je sais que tu privilégies la piste chinoise, mais…

— Et toi, ce n'est pas la piste que tu privilégies ? L'arrivée des Lee à Home Valley au même moment que toi est quand même étrange, non ?

— Je ne sais pas… Ce pauvre garçon a vraiment eu un accident et il aurait même pu y rester.

— C'est vrai, mais ça ne veut pas dire qu'il n'a pas cherché à t'éliminer. Il a pu être envoyé par ses parents ou par les autorités chinoises pour te rouler dessus, et il a raté son coup avant de perdre le contrôle de sa voiture. Après tout, il aurait pu te tuer si tu n'avais pas sauté dans le fossé. Un crime maquillé en accident de la route. Ça arrive, tu sais, qu'un chauffard renverse quelqu'un et prenne la fuite sans même chercher à savoir si la victime a besoin de son aide.

— Oh, oui, je sais…

— Et t'éliminer de cette façon aurait été moins suspect qu'en te tirant une balle dans la tête.

— Tu as raison sur ce point. Les fédéraux auraient forcément enquêté en raison de mon statut de témoin protégé par le gouvernement, mais la tentative de meurtre n'étant pas avérée, et en l'absence de témoins, ils auraient sans doute été contraints de classer l'affaire.

— Peut-être que l'échec de son fils a obligé Connie Lee à entrer dans la danse. Elle s'est mise à rôder autour de la ferme sous prétexte d'acheter mes produits, puis elle s'est assuré les services d'un tueur à gages parce qu'elle est envoyée par les Chinois qui ont volé les secrets de fabrication de tes GPS pour satellites ou je ne sais trop quoi… C'est elle qui a demandé à son homme de main de m'enlever pour te contraindre à t'isoler du reste de la communauté. Si je ne m'étais pas échappée, ça lui aurait permis de t'éliminer plus facilement ou de te capturer afin de te faire subir un interrogatoire.

— Possible, dit-il en se massant le visage. Dur d'être certain de quoi que ce soit, dans cette affaire. L'incertitude et le chaos, comme dans ma vie…

— Si ce ne sont pas les Chinois qui sont derrière tout ça, tu penses que ça pourrait être ton ancien patron ? Cet homme que tu admirais tant et que tu vas peut-être faire condamner avec ton témoignage ? En dehors des Chinois, il est celui qui a le plus intérêt à t'empêcher de parler, non ?

La vieille chaise longue d'Andrew craqua sous son poids tandis qu'il changeait de position, l'avant-bras appuyé sur l'accoudoir, pour mieux poser ses yeux rougis de fatigue sur Ella.

— C'est en effet la triste réalité. Et ce scénario est aussi crédible que douloureux parce que, comme tu l'as dit, Marv était quelqu'un qui comptait énormément pour moi. Plus encore qu'un mentor, il a été comme un père pour moi, quand j'ai intégré la société. Il m'a formé, m'a épaulé, m'a fait gravir les échelons. Il m'a pris sous son aile et m'a fait confiance, tu comprends ? Et même si j'ai décidé de le dénoncer, j'ai du mal à imaginer qu'il veuille ma mort.

— Toute cette gentillesse qu'il t'a témoignée n'avait

peut-être pour seul but que de faire de toi son complice, murmura-t-elle. De s'assurer de ta fidélité en toute circonstance. Il devait croire que tu lui étais entièrement dévoué, que tu ne le dénoncerais jamais, même si tu découvrais ce qu'il trafiquait avec les Chinois. Mais il a sous-estimé ta droiture morale et tu as fait le bon choix. Celui qui te permettra de ne pas avoir honte de toi-même et de préserver la sécurité de ce pays.

On aurait dit une publicité patriotique, songea-t-il. Pourtant, on disait des Amish qu'ils ne vivaient pas *aux* Etats-Unis, mais *sur le territoire* des Etats-Unis. La façon de réagir d'Ella — cette passion qu'elle mettait à l'aider et à le défendre — lui allait droit au cœur. Alors que le crépuscule coloriait le ciel de couleurs fondues, il la regarda tout au fond des yeux. Cette jeune femme faisait peut-être preuve d'une certaine candeur, mais elle avait raison. Et elle était parvenue à lire en lui, à deviner ses pensées et ses peurs. D'une certaine manière, elle était sa bonne conscience. Mais elle était aussi l'objet de son désir — un désir immense et qu'il devait pourtant réprimer.

Après de longues secondes de silence seulement troublées par le bruit de leur respiration et le chant des grillons, Ella murmura dans un souffle :

— Je parle trop.

— Tu n'as fait que dire la vérité, Ella. Mais c'est dur d'accepter la trahison de quelqu'un qu'on a longtemps admiré, même si je sais qu'il doit s'estimer trahi, lui aussi. Pourtant, si je suis honnête avec moi-même, ça lui ressemble bien de demander à quelqu'un de faire le sale boulot à sa place. Il a toujours su manipuler les gens, s'entourer de personnes prêtes à tout pour lui rendre service.

— Lui-même doit être prêt à tout pour commanditer le rapt d'une Amish, dit-elle. Je ne peux pas oublier le son étrange de la voix de mon ravisseur, cette espèce de sifflement… Et quand je songe à ce qu'il aurait pu me faire…

— Arrête, Ella. Si je pense à ça, je ne vais pas réussir à trouver le sommeil. Déjà que j'ai du mal à dormir, depuis qu'on est arrivés ici, toujours en train de m'inquiéter au moindre craquement du bois, au moindre souffle de vent.

— Moi aussi, je dors mal, en ce moment, dit-elle dans un murmure. Ce n'est pas évident de te savoir si inquiet, si près de moi dans la chambre d'à côté.

De nouveau, ils se regardèrent longuement, le silence de la nuit servant d'écrin aux sentiments qu'ils n'osaient exprimer à haute voix.

Cette fois, ce fut lui qui reprit la parole en premier :

— Dis-moi, Ella, pourrais-tu imaginer un avenir où tu posséderais une grande ferme ailleurs qu'à Home Valley ? Une ferme dédiée à la culture de la lavande où tu ne vivrais peut-être plus comme une Amish, mais…

— Pour la grande ferme, je te dis *ya* tout de suite. Pour le reste, même si ça pouvait m'apporter certaines choses dont j'ai envie, c'est *nein*, Andrew. *Nein, danki.*

— Je savais que tu me répondrais ça. On peut te faire quitter le pays amish pendant quelques jours, mais le pays amish, lui, ne te quitte jamais.

Il inspira profondément, conscient de la nécessité de changer de sujet.

— Ecoute, ma conseillère et amie, puisque, réflexion faite, dévaliser une banque en costume de clown n'est pas une bonne idée, je vais devoir trouver un autre moyen de me procurer des espèces. Tu sais, je crois que j'ai vu un film comme ça, avec des clowns qui pillaient une banque.

— Je te vois très bien mijoter un mauvais coup avec Janus, tous les deux habillés en Corky, répondit Ella. Mais sérieusement, Andrew, j'ai apporté de l'argent avec moi. Je l'ai caché sous mon matelas, et *Grossmamm* Ruth en a également.

— Pas question de vivre à vos crochets, Ella.

— Ça ne me dérange pas du tout. Et puis je sais que tu me le rendras dès que tu pourras. Si tu m'aides à développer mon affaire, ça pourrait faire partie de ta rétribution. Une avance, en quelque sorte.

— J'avais songé à demander à Janus si je pouvais

nettoyer la piste où ils répètent leurs numéros de cirque, ou faire d'autres petits boulots de maintenance en échange de quelques dollars. J'aimerais tant être capable d'évaluer le risque qu'il y aurait à faire ça… ou d'autres choses dont j'ai tellement envie, ajouta-t-il en lui prenant la main.

Il commençait à faire vraiment sombre, à présent. Il aurait tant voulu l'embrasser et la caresser, mais il craignait de ne pouvoir s'arrêter. D'où lui venait ce pressentiment que, contrairement aux femmes qu'il avait désirées jusque-là, son envie d'elle ne disparaîtrait pas, même s'il l'avait toute à lui ? Qu'au contraire, elle ne ferait que croître et s'accompagner de sentiments toujours plus profonds ? Dans d'autres circonstances, cette pensée l'aurait rendu fou de joie, mais dans sa situation, elle ne faisait qu'ajouter à son angoisse. Si seulement Ella n'avait pas été Amish…, se prit-il à songer. Mais cela faisait partie d'elle, de la personne qui l'attirait follement.

Tous les deux sursautèrent quand une voix résonna derrière la clôture :

— Ah, je vous trouve enfin ! Alors, est-ce qu'un clown peut espérer avoir un peu d'aide, par ici ?

Andrew se tourna vivement sur sa chaise longue. Janus, entièrement grimé, perruqué et costumé, se dressait derrière la palissade.

— En quoi puis-je t'aider ? demanda Andrew. Dis donc, tu as revêtu ton habit de lumière, à ce que je vois !

Le clown ne s'approcha pas de la palissade. Il semblait pressé.

— Certains soirs, je me rends du côté du parc pour faire mon numéro devant des gens qui semblent avoir besoin qu'on leur remonte le moral. Ça me permet de répéter tout en faisant plaisir à quelques promeneurs. J'espérais que tu pourrais abandonner un moment cette charmante personne et venir avec moi.

Janus avait encore changé sa voix. Elle était très grave, ce soir, et même un peu caverneuse.

— Pourquoi ne pas accepter ? chuchota Ella. Tu peux

nous laisser seules, tout se passera bien. Et puis, ça te donnera l'occasion de lui parler de cette idée que tu avais pour gagner un peu d'argent. Du moins si c'est toujours ce que tu souhaites. Parce que mon offre de t'en prêter tient toujours, tu sais…

— La charmante personne m'a donné son accord pour t'accompagner, lança Andrew avant de se mettre debout et de prendre la main d'Ella pour l'aider à se lever. Trixie ne vient pas ?

— Non. Grosse migraine. A plus tard, ajouta-t-il à l'intention d'Ella.

Ils étaient redevables à leurs voisins, songea Andrew alors qu'il embrassait Ella sur la bouche. Leurs lèvres tardèrent à se décoller, le rapide « bécot » — comme disaient les Amish — se transformant en un long baiser amoureux. Et tant pis si ce moment d'intimité avait lieu sous les yeux de Janus. Après tout, n'étaient-ils pas censés être mari et femme ? Oui, se dit encore Andrew, ils pouvaient dire merci aux McCorkle de leur avoir remonté le moral à un moment où ils en avaient eu besoin, de les avoir promenés ici et là dans leur voiture, du beau spectacle qu'ils leur avaient offert dans la salle d'entraînement. Vraiment, ils s'étaient comportés en excellents voisins, et même en amis. Andrew tendit son verre vide à Ella et contourna la clôture pour aller rejoindre Janus.

Une fois encore, leur clown préféré les fit rire avec un numéro de Culbuto, oscillant sur ses grosses chaussures orange comme s'il avait du mal à trouver son équilibre.

Après avoir regardé le drôle de tandem s'éloigner à pied vers le parc de Pinecraft, Ella rentra dans le bungalow où elle lava les verres. Alors qu'elle les essuyait avec un torchon, un petit reniflement derrière elle lui fit tourner la tête. Le visage enfoui dans les mains, *Grossmamm* Ruth pleurait dans un des fauteuils du salon.

— Que se passe-t-il ? s'écria Ella. Tu ne te sens pas bien ?

Bien qu'elle eût toujours pris soin de parler anglais en présence d'Andrew, la vieille dame lui répondit en dialecte allemand :

— C'est mon cœur qui est malade. Ton père m'a appelée. Je n'ai jamais reçu une bonne nouvelle par téléphone, jamais. C'est la première fois que cet appareil sonne depuis qu'on est là, et bien sûr c'est pour me faire de la peine.

— Quoi ? Il est arrivé quelque chose à la maison ?

— C'est ta tante Martha. Elle va se faire opérer. Ils vont lui retirer un sein et, cette fois-ci, elle veut que je vienne la voir.

— Tu vois, *Grossmamm*, elle a besoin de toi. Si elle n'a pas souhaité que tu viennes avant, c'est pour que tu ne fasses pas le voyage pour rien. Elle attendait d'en savoir plus sur son état de santé, tu comprends ? Ta présence va lui faire beaucoup de bien, j'en suis certaine. Tu vas l'aider à s'occuper de ses enfants, et surtout à traverser cette épreuve.

— Ton *Daad* m'a aussi dit qu'elle se demande ce que je fais à Pinecraft en été, et pourquoi tu m'as accompagnée alors que c'est la période où tu dois cueillir la lavande. Il lui a expliqué que j'avais eu besoin de revenir quelques jours là où ton grand-père et moi avons passé de si beaux moments.

— On peut demander à Janus ou Trixie de te conduire à la gare routière à la première heure demain matin. Mais ça va te faire encore un long voyage jusqu'en Pennsylvanie.

— Le voyage, ça ira, répondit la vieille dame en balayant l'air de la main. Ce qui m'inquiète, moi, c'est de vous laisser seuls, toi et Andrew. Tu as besoin d'un chaperon, ma petite-fille. Où est-il, d'ailleurs ?

— Janus voulait qu'il l'accompagne du côté du parc. Je crois qu'Andrew va en profiter pour lui demander s'il n'aurait pas un petit boulot à lui donner. Il a besoin d'argent pour subvenir à ses besoins pendant qu'il est ici et ça le gêne que je lui en prête.

Ella prit la main de sa grand-mère.

— *Grossmamm*, je ne peux pas le laisser tomber.

— Si tu espères faire un jour de lui un Amish, te comporter

avant l'heure comme sa femme n'est pas la bonne manière d'y parvenir.

— Faire de lui un Amish ? répéta Ella d'un ton incrédule. Tu crois vraiment qu'un *Englische*, un homme qui a toujours vécu dans le monde moderne avec tous ces biens matériels, pourrait un jour devenir l'un des nôtres ?

— Avec Dieu, rien n'est impossible en ce bas monde. Tu penses que Trixie accepterait de te conduire en voiture jusqu'à Andrew ? J'aimerais qu'on décide avec lui ce qu'il convient de faire.

— Je crois qu'il ne va pas tarder à revenir, tu sais. Et puis, apparemment, Trixie à une grosse migraine. C'est pour ça qu'elle n'a pas accompagné son mari.

— Vraiment ? Alors j'ai exactement ce qu'il lui faut, dit *Grossmamm* Ruth en se levant du fauteuil. J'aimerais connaître le moyen de combattre le cancer du sein, mais mes compétences ne vont pas jusque-là, hélas ! En tout cas, un citron pressé mélangé à de l'eau chaude est un remède efficace contre le mal de tête.

Elle se dirigea d'un bon pas vers le réfrigérateur, et Ella fut heureuse de voir qu'elle avait retrouvé son énergie.

— Mais revenons à Andrew, dit sa grand-mère en abandonnant brusquement le dialecte. Crois-moi, mon enfant, même s'il a des sentiments pour toi, il t'encouragera lui aussi à partir en Pennsylvanie avec moi. Bon, poursuivit-elle en coupant en deux le citron qu'elle venait de saisir, je vais le presser dans un verre d'eau chaude et l'apporter à Trixie.

Ella était désolée que sa voisine souffre de violents maux de tête, mais elle se demandait s'il n'était pas pire de souffrir, comme elle, d'un mal dont nul remède de grand-mère ne saurait venir à bout. Trop de gens chers à son cœur étaient en danger. Et elle ne voyait pas comment elle parviendrait à quitter Andrew, même lorsqu'il redeviendrait Alex !

— Reste là, *Grossmamm*, dit-elle en prenant le verre des mains de sa grand-mère, je vais aller l'apporter moi-même à Trixie. J'en profiterai pour lui demander si elle peut te conduire jusqu'à la gare routière, demain matin.

Alors qu'elle traversait le jardin des McCorkle, elle remarqua que, pour une fois, le second habit de clown ne séchait pas sur le fil à linge. Parvenue sur la petite galerie de leurs voisins, Ella entendit le ronronnement puissant du climatiseur. Elle appuya brièvement l'index sur le bouton de la sonnette, puis plus longuement une seconde fois, vu que personne ne venait ouvrir.

Toujours rien. Ni mouvement ni bruit, hormis le son du climatiseur. Peut-être Trixie s'était-elle sentie mieux et avait-elle décidé de rejoindre Andrew et Janus dans le parc de Pinecraft. Si c'était le cas, la porte serait sans doute fermée à clé, songea Ella, même si, dans le quartier, il arrivait encore que certaines personnes ne verrouillent pas leur maison en leur absence, y compris pendant la journée. Elle tourna la poignée… et la porte s'ouvrit.

— Trixie ? appela-t-elle en passant la tête à l'intérieur. C'est Ella ! Je sais que tu as mal à la tête et j'ai apporté quelque chose qui devrait te faire du bien. C'est ma grand-mère qui l'a préparé pour toi.

Pas de réponse. Mieux valait battre en retraite, dans ces conditions. La pauvre Trixie avait dû s'endormir, et il ne fallait surtout pas la réveiller. Elle allait laisser le jus de citron bien en vue dans la cuisine avec un petit mot. Il ne restait plus qu'à trouver un morceau de papier. Elle alluma le plafonnier de la cuisine et marcha sur la pointe des pieds jusqu'au plan de travail où elle posa le verre. Il faisait vraiment frais, ici, presque froid, même. Peut-être Trixie avait-elle besoin de pousser l'air conditionné à fond pour dormir. Ella ne tarda pas à dénicher un bloc-notes sur lequel elle écrivit :

« Trixie,

» Réchauffe le contenu de ce verre et bois-le pour faire passer tes maux de tête. Si tu as besoin d'autres citrons, on en a plein chez nous. Autre chose : j'aurais besoin de te parler avant demain matin si possible.

Ella. »

Alors qu'elle repartait sans faire de bruit vers la porte d'entrée, elle marcha dans quelque chose de mouillé. Avait-elle renversé un peu d'eau citronnée sur le carrelage ? Non, les éclaboussures étaient sombres et poisseuses, comme du jus de raisin ou… du sang. Trixie s'était-elle coupée ?

— Trixie ? cria-t-elle sans plus se soucier de réveiller la trapéziste. Trixie, tu es là ? Est-ce que ça va ?

Elle alla jeter un coup d'œil dans le petit salon plongé dans l'obscurité. Elle alluma une lampe et resta un instant suffoquée. Une traînée de sang — surtout des gouttes, mais aussi quelques petites flaques — s'étirait vers une porte qui devait être celle d'une des chambres à coucher.

— Trixie ?

Quel était ce bruit diffus ? L'eau qui coulait dans la salle de bains ? C'était peut-être là qu'était Trixie, en train de nettoyer sa blessure. Ou était-ce le ronronnement de l'air conditionné qu'elle entendait ? Elle tendit l'oreille, immobile et concentrée. Une voix lointaine, étouffée par la distance ?

Elle songea à appeler la police. Mais il faudrait alors donner leurs noms, et Andrew lui avait bien dit de ne pas faire confiance aux autorités. Elle pouvait courir jusqu'au parc pour prévenir Janus et Andrew. Ce n'était pas loin et, avec un peu de chance, elle les trouverait à proximité de l'entrée principale. Surtout si Corky le clown s'arrêtait ici et là pour faire rire les promeneurs.

Prenant garde de ne pas marcher dans les taches de sang, Ella s'avança jusqu'à la pièce où s'arrêtait la traînée sombre et frappa quelques coups sur la porte close.

— Trixie ?

Il lui sembla qu'un son étouffé lui répondait. Sa voisine était peut-être sérieusement blessée. Elle avait pu avoir un malaise dans la cuisine et s'ouvrir la tête en tombant sur le carrelage.

Ella tourna la poignée et poussa doucement la porte. La pièce n'était pas éclairée, mais la lumière du salon jeta une flaque jaune sur un lit en désordre. Trixie s'y trouvait étendue sur le dos, bâillonnée et les poignets attachés à la tête de lit en métal. Le blanc de ses yeux ressortit dans l'obscurité lorsqu'elle tourna la tête vers Ella et essaya de crier malgré son bâillon.

Encore plus terrifiant était le spectacle du second costume de clown soigneusement disposé au pied du lit où Janus, la tête ensanglantée, gisait ligoté et immobile comme un cadavre.

18

Ella se précipita pour ôter le bâillon de Trixie et défaire ses liens. Ainsi, l'homme qui avait demandé à Andrew de l'accompagner n'était pas Janus ! Il avait volé un des costumes de clown et sa voix ne les avait pas alertés, Janus s'amusant souvent à modifier la sienne. Andrew s'était-il jeté dans la gueule du loup ? Ne faire confiance à personne, répétait-il pourtant. A personne. Elle devait sillonner les rues de Pinecraft à la recherche de ce faux clown et d'Andrew. Le retrouver avant qu'il ne soit trop tard. Oh ! mon Dieu… Avait-il déjà été capturé ou tué ?

Elle parvint à retirer le bâillon de Trixie sans trop de difficulté, mais dut aller chercher un couteau dans la cuisine pour couper les liens qui la maintenaient à la tête de lit.

— Un homme nous a agressés ! cria la trapéziste, aussitôt libérée de son bâillon. Il a donné un violent coup sur le crâne de Janus et il m'a sauté dessus… Ensuite, il est allé dans notre salle de bains et s'est déguisé en Corky. Il s'est même maquillé, mais ce n'était pas du tout ressemblant…

Pourquoi n'avaient-ils pas remarqué ce maquillage raté ? se demanda Ella tandis qu'elle finissait de couper les liens de Trixie. Elle devait se lancer à la poursuite de cet imposteur, mais Janus avait aussi besoin d'aide.

— Ton mari a juste été assommé, dit-elle en espérant ne pas faire preuve d'un excès d'optimisme. Je l'ai vu bouger !

Elle fourra le couteau de cuisine dans la main de Trixie.

— Je te laisse le détacher, il faut que je retrouve Andrew ! Je crois que cet homme lui veut du mal !

— Comment sais-tu qu'il en veut à Andrew ? cria Trixie en se laissant tomber auprès de son mari. Tu le connais ?

Déjà en train de traverser le salon, Ella ne répondit pas. Non, elle ne connaissait pas cet homme, mais seulement ses intentions. Alors qu'elle passait dans la cuisine, elle s'empara d'un autre couteau en piochant au hasard dans le tiroir resté ouvert. L'instant d'après, elle courait, son arme à la main, dans la nuit sombre et humide.

Alors qu'ils approchaient du parc, ils passèrent devant un petit groupe qui, selon Alex, aurait pu faire un bon public pour le numéro de Janus. Pourtant, le clown ne s'arrêta pas. Surprenant, songea Alex, qui avait également remarqué que le nez rouge de Corky était de travers. Et puis son maquillage était différent, et pour tout dire bien moins réussi que d'habitude. Les clowns n'avaient-ils pas une sorte de signature commerciale, comme le logo d'une entreprise ? Une apparence immuable qui permettait de les reconnaître au premier coup d'œil et de les distinguer de la concurrence ? Bizarre aussi, ce silence qui ne ressemblait pas à Janus. Lui d'ordinaire si bavard, c'est à peine s'il avait prononcé quelques mots — toujours de sa voix caverneuse — depuis qu'ils avaient quitté le bungalow de Pinecraft. Peut-être était-il préoccupé d'avoir laissé Trixie seule avec sa migraine ? Depuis peu, Alex savait ce que c'était qu'avoir de vrais sentiments pour une femme et s'inquiéter pour elle autant que pour soi-même.

— Tu m'as dit que tu cherchais des gens qui avaient besoin qu'on leur remonte le moral, c'est ça ? demanda Alex en ralentissant le pas. Il m'a semblé qu'on en avait croisé quelques-uns qui auraient bien eu besoin d'être déridés !

— Ce sera mieux dans le parc.

Pourquoi ce ton brusque, alors qu'Alex avait posé sa question sur le mode humoristique ? Pourquoi cette tension qui émanait de cet homme d'ordinaire si enjoué ? Alex eut soudain froid dans le dos. Etait-il en plein délire paranoïaque ou se pouvait-il vraiment que cet homme ne soit pas Janus ? Le clown qui marchait à ses côtés avait bien la taille et la corpulence de son nouvel ami, autant qu'il pouvait en juger sous le large costume aux formes rebondies. Et puis, qu'aurait fait un imposteur dans le jardin des voisins, habillé en Corky le clown ? Un imposteur qui connaissait son prénom, ainsi que celui de Trixie et d'Ella…

Les muscles d'Alex se tendirent tandis qu'il répondait mentalement à cette question. Ils venaient d'entrer dans le parc, désert à cet endroit. C'était décidé : dès qu'ils se trouveraient à proximité de promeneurs, il se mettrait à courir. Même déguisé, un agresseur n'oserait pas agir en présence de témoins.

— On va se mettre là, dit le clown en plongeant la main dans ses larges poches.

Alex avait vu Janus sortir toutes sortes de choses des profondeurs de ce costume : de faux billets de banque, des balles pour jongler, une fleur qui se transformait en bouquet… Mais c'était la première fois que Corky le clown en sortait un pistolet et le pointait sur lui.

Des scènes effroyables surgirent dans l'esprit d'Ella tandis qu'elle relevait ses jupes et se mettait à courir vers le parc où Andrew était parti avec celui qu'il prenait pour Janus. L'endroit paraissait tellement plus proche, quand on s'y rendait en tricycle ! Elle était déjà hors d'haleine, son regard scrutant les rues perpendiculaires à la recherche du faux Corky le clown, d'Andrew, et pourquoi pas d'une camionnette noire comme celle qui avait embouti sa carriole à Home Valley. Et si l'agresseur de Trixie et Janus avait déjà quitté la ville avec son prisonnier ? Elle avait voulu croire qu'ils étaient en sécurité ici, qu'Andrew s'inquiétait trop, mais elle comprenait à présent que ses craintes étaient entièrement justifiées. La chose paraissait impossible et, pourtant, ses ennemis — *leurs* ennemis, à présent — étaient une nouvelle fois parvenus à le retrouver.

De rares promeneurs arpentaient les rues du quartier amish, profitant de l'air plus frais de la nuit. Pourtant, Ella était en nage. Ils avaient été épiés, sans doute depuis leur arrivée à Pinecraft ! Par le même homme qui l'avait enlevée devant la grange ? L'épouvantail crucifié sur sa porte lui apparut brusquement en pensée, aussi réel que s'il était là, sous ses yeux. Qu'allait-il arriver à Andrew ? L'idée qu'on puisse lui faire du mal lui était insupportable. Et si, avant de s'en débarrasser, ces gens le torturaient pour lui faire avouer tout ce qu'il avait déjà raconté aux autorités ? Et comment les avaient-ils retrouvés ici ? Elle était profondément désolée que Trixie et Janus aient vécu ce moment d'horreur à cause d'eux, mais ils n'avaient eu d'autre choix que de leur mentir pour protéger Andrew, même si cela n'avait pas suffi, et qu'il était peut-être déjà trop tard pour espérer le revoir vivant.

Elle fit une halte aux abords du parc, clignant des yeux sous la lumière des réverbères qui l'éclairaient. Sur le terrain le plus éloigné de l'entrée principale, un couple âgé jouait au *shuffleboard*. Un vieux monsieur passa à leur hauteur et observa la partie quelques secondes avant de poursuivre sa promenade solitaire. Plus loin encore, Ella distingua les silhouettes bondissantes de quatre adolescents qui lançaient un ballon dans un panier de basket.

Mais pas de clown. Pas d'Andrew.

Elle tordit si fort les mains que ses doigts se tétanisèrent tandis que des larmes roulaient sur ses joues. Un sentiment d'irréalité la submergea. Ça ne pouvait pas être vrai… Ces choses-là n'arrivaient que dans les cauchemars…

La réalité reprit brusquement ses droits, lui arrachant un cri étranglé. Elle venait de les voir ! Là, deux minuscules silhouettes qui grimpaient à l'échelle métallique du château d'eau, de l'autre côté du parc. Le faux Janus avait-il l'intention de pousser son prisonnier dans le vide ? A présent, Andrew savait forcément que ce Corky était un imposteur, et, même si Ella ne pouvait distinguer de tels détails à cette distance, elle était certaine qu'il montait l'échelle sous la menace d'une arme.

Que faire ? Que faire, sinon prier ? Elle n'en avait aucune idée. Claquant des dents tant elle tremblait, Ella se précipita vers les coffres qui contenaient les balais de *shuffleboard*. Elle prit le premier qui lui tomba sous la main et piqua un sprint en direction du château d'eau.

Une voix résonna dans la tête d'Alex : *Réfléchis ! Reste calme ! Tu dois survivre !*

Il devait s'estimer heureux que l'homme ne l'ait pas déjà abattu. Sans doute n'était-ce qu'un sursis, mais, dans une situation aussi désespérée que la sienne, tout était bon à prendre. Curieusement, ce n'était pas la peur qui dominait, mais un sentiment de colère vis-à-vis de lui-même. Comment avait-il pu être assez bête pour baisser sa garde et être dupe de ce déguisement ? Mais pas question de s'avouer vaincu aussi facilement. D'une manière ou d'une autre, il allait trouver le moyen de retourner la situation. Et une fois que ce type serait en son pouvoir, il lui demanderait des explications.

Il précédait le faux clown sur l'échelle et, même si le canon du pistolet n'était pas appuyé sur son dos, il avait l'impression de sentir le contact froid du métal entre ses omoplates. Comment se sortir de ce mauvais pas ? L'homme ayant prudemment laissé quelques barreaux entre eux, il était impossible de lui donner un coup de pied au visage. De toute façon, le risque de prendre une balle et de finir écrasé au pied du château d'eau aurait été trop important pour tenter une chose pareille, sauf en désespoir de cause. Le clown lui avait dit qu'il allait l'attacher à la coursive métallique qui faisait le tour du sommet de l'édifice, mais Alex n'y croyait pas. Certes, il avait vu la corde que lui avait montrée l'homme, mais il avait également entraperçu un nœud coulant à son extrémité… Pas besoin d'être très perspicace pour comprendre ce qui l'attendait vraiment s'il ne tentait pas quelque chose.

De toute évidence, le scénario imaginé plus tôt par Ella était en train de se vérifier : un meurtre maquillé en accident, ou en suicide dans le cas présent. Demain, un promeneur matinal apercevrait un Amish en train de se balancer au bout d'une corde, un pauvre type qui avait choisi d'en finir en se pendant à la coursive du château d'eau. Ou alors le tueur comptait le pousser dans le vide, une fois là-haut, pour faire croire à une autre forme de suicide. Une façon astucieuse de se débarrasser du témoin vedette des fédéraux sans que le meurtre ait l'air d'une exécution. Le beau visage d'Ella ne cessait de venir déchirer le voile de terreur qui couvrait ses pensées. Il devait pourtant le chasser pour être à même d'élaborer un plan, tout comme il devait parvenir à maîtriser sa peur.

Dans tous les cas, il fallait se défendre. A tout prendre, mieux valait mourir d'une blessure par balle qui dénoncerait sa mort pour ce qu'elle était vraiment, à savoir un assassinat. A cette hauteur, et malgré la lumière lointaine des réverbères du parc, il pouvait distinguer le satellite *Seastar* dans le ciel nocturne, ainsi que *Lacrosse* 4, le satellite de reconnaissance — ou satellite-espion, selon la façon dont on voyait les choses. C'était tellement beau, comme un cadeau divin destiné à lui redonner l'espoir, à l'aider à retrouver son sang-froid. Ce magnifique spectacle serait-il l'une des dernières choses qu'il verrait ici-bas ? Celui-là et le visage angélique d'Ella Lantz ?

Parler, voilà ce qu'il fallait faire. Distraire l'ennemi et gagner du temps, une vieille méthode qui avait fait ses preuves.

— Vous voyez cette lumière rouge orangé, là, vers la gauche ? dit-il en pointant le doigt vers le ciel. C'est le satellite américain qui garde un œil sur Cuba.

C'était un mensonge, mais quelle importance ?

— Notre gouvernement a les moyens de faire des gros plans vraiment impressionnants, même dans l'obscurité. J'imagine que vous avez déjà vu des images vidéo des drones de notre armée qui frappent des positions ennemies au Moyen-Orient grâce au positionnement par satellites ? Au GPS, si vous préférez. Ceux qui vous ont embauché ne vous ont pas dit que c'était ça qui est au cœur de toute cette affaire ? Les satellites de reconnaissance et l'espionnage industriel au profit d'un pays qui cherche à affaiblir les Etats-Unis. Je veux parler de la Chine, bien sûr.

— Je ne connais rien à tout ça et je m'en contrefous. Ferme-la et continue à grimper.

L'homme ne faisait plus d'effort pour maquiller sa voix, et Alex pensait avoir reconnu un accent du Bronx ou du New Jersey. Un indice qui pointait du côté de Manhattan... et donc de son ancien patron ? Au fond, ça ne voulait rien dire. Les Chinois étaient venus leur rendre visite à New York autant de fois qu'il s'était rendu chez eux.

— Bien sûr, reprit Alex, on ne vous a pas parlé des milliards de dollars brassés dans ces histoires d'espionnage industriel. Surtout quand ça concerne un secteur aussi sensible que les satellites de reconnaissance. Je parie que celui ou ceux qui ont fait appel à vos services vous paient une somme ridicule si on considère les intérêts en jeu, alors que vous pourriez toucher le gros lot en me gardant en otage, comme vous l'avez fait pour la jeune femme amish.

— Je t'ai dit de la fermer ! Je vois que tu es un gros malin, mais inutile d'user ta salive à me baratiner, parce que ça ne changera rien.

— On donne toujours un dernier repas ou au moins une dernière cigarette au condamné à mort, pas vrai ? Moi, je demande juste une dernière conversation. Dommage que ce soit avec un larbin, un porte-flingue qui sera éliminé, lui aussi, pour ne pas laisser de traces. Vous n'êtes qu'un simple pion, vous aussi, et une fois que vous aurez accompli votre mission, ils n'auront plus besoin de vous. Ce sera alors votre tour d'être la proie. Ce n'est pas un rôle très agréable, vous verrez. Et n'allez pas vous imaginer que vous parviendrez à leur échapper. Eh oui, mon vieux, ceux qui tirent les ficelles nettoient toujours leurs saletés derrière eux. Et vous faites partie des saletés, tout comme moi.

— Tu te croies dans *Esprits criminels*, ducon ? Garde tes analyses merdiques pour toi et magne-toi un peu le train !

— Vous savez, vous êtes le genre de type qui n'a pas besoin de costume pour avoir l'air d'un clown.

Pas de réponse à cette provocation. Malgré les injonctions de l'homme armé, Alex continua à gravir les échelons métalliques aussi lentement que possible. Il aurait dû se laisser tomber sur ce type alors qu'ils étaient encore assez près du sol, et tant pis s'il s'était cassé quelque chose ou qu'il avait reçu une balle au passage. C'était trop tard, maintenant qu'ils avaient presque atteint la coursive qui entourait la réserve d'eau. A cette hauteur, une chute serait fatale.

Une fois encore, Alex s'efforça de se vider l'esprit, de se concentrer uniquement sur l'élaboration d'un plan pour rester en vie. Il fallait chasser le passé de son esprit, chasser les questions sur l'identité de ses ennemis, et aussi chasser Ella, malheureusement. Pas le temps de songer à l'importance qu'elle avait prise dans sa vie en l'espace de quelques jours à peine. Pas le temps de se repaître de son beau visage qui ne demandait qu'à apparaître dès qu'il fermait les yeux. Dieu merci, elle n'avait pas vu l'homme qui l'avait enlevée à Home Valley et qui, sans doute, se cachait à présent sous ce déguisement de clown. Cela lui sauverait probablement la vie, s'il ne parvenait pas à prendre le dessus.

Oh ! Ella…

Ella qu'il hésita à trouver courageuse ou inconsciente alors qu'il jetait un bref coup d'œil en contrebas, relevant aussitôt la tête pour ne pas inciter le clown à suivre son regard. Impossible de se tromper : c'était bien elle qu'il venait de voir courir en direction du château d'eau, une sorte de grand bâton à la main ! Même si elle n'était pas la seule Amish dans le coin, et même à cette distance, il aurait reconnu sa silhouette entre mille. Seulement voilà, songea-t-il, partagé entre colère et admiration, si son agresseur regardait en bas, lui aussi…

Le premier réflexe d'Ella fut de crier à Andrew et au faux Corky qui le suivait d'arrêter de grimper à cette échelle. De prétendre qu'elle avait appelé la police, ce qui n'était pas vrai. Mais elle eut peur que l'homme ne se mette à paniquer et ne tire une balle dans le dos de son prisonnier. Jamais Andrew n'aurait accepté de monter au sommet du château d'eau s'il n'était pas sous la menace d'une arme. Le clown avait-il l'intention de faire croire à un accident, ou même à un suicide ? Andrew avait été soumis à de telles affres depuis qu'il avait dénoncé son ancien patron que beaucoup jugeraient ce scénario crédible. Non, songea-t-elle après avoir encore hésité quelques secondes, manifester sa présence en criant serait décidément trop dangereux, d'autant qu'elle risquait elle aussi de se faire tirer dessus. Les quelques personnes présentes dans le parc pouvaient-elles seulement voir l'étrange duo qui escaladait le château d'eau ? Elle n'en était pas certaine. Et puis la plupart d'entre eux étaient des *Anglais*. Interviendraient-ils d'une manière ou d'une autre s'ils comprenaient le drame qui se jouait ? Tant d'*auslanders* préféraient rester à l'écart des problèmes des autres.

Ne pas vouloir alerter le tueur ne l'empêchait pas de se sentir elle-même gagnée par la panique. Une attaque se préparait, les ténèbres envahissaient peu à peu son esprit, bientôt elle ne serait plus qu'une marionnette tremblante et incapable de secourir Andrew… Non, non ! Elle devait résister, repousser l'attaque avec la force de sa volonté, la force de son amour…

Que faire avec ce balai de *shuffleboard* ? C'était très pratique pour pousser les palets, mais pour venir à bout d'un homme armé d'un pistolet… Coincé dans la partie haute de son bas se trouvait aussi le couteau pris dans la cuisine des McCorkle. Mais ni le balai ni le couteau ne feraient le poids contre une arme à feu, à moins qu'elle puisse s'approcher tout près — et par surprise — du sinistre clown. Il ne faisait sûrement pas bon prendre la palette de bois qui terminait le balai sur le coin de la tête, et elle n'aurait aucun problème à lui en assener un coup si l'occasion se présentait. Après tout, lui-même n'avait pas hésité à assommer Janus et à brutaliser Trixie, des gens qui n'avaient rien à voir avec cette histoire ! Et même si elle n'était pas animée par un esprit de vengeance, cette pensée lui ôtait ses scrupules quant à la violence qu'elle serait peut-être obligée d'exercer. Et puis comment un homme pouvait-il s'arroger le droit d'en tuer un autre ? Le pire, c'est qu'Andrew ne lui avait jamais fait de mal, et que cet ignoble personnage voulait l'abattre pour de l'argent. Sans doute n'existait-il pas de motif plus bas, plus sordide, pour commettre un tel acte.

Ne réponds pas à la violence par la violence... Tends l'autre joue... Les valeurs de son Eglise résonnaient dans son esprit, condamnant sa fureur alimentée par la pensée que ce clown était sans doute l'homme qui l'avait enlevée et ficelée dans un couvre-lit.

Elle arriva au bas de l'échelle et décida qu'elle frapperait cet homme si l'opportunité lui en était donnée, mais qu'elle s'efforcerait de le faire sans colère. Il s'agissait de sauver Andrew, pas de se défouler sur un être humain, si abject fût-il.

Jugulant sa terreur du mieux qu'elle put, elle coinça le long balai entre sa jupe et son tablier, et posa le pied sur le premier barreau. Le balai rendait l'ascension difficile, sans parler de la pointe du couteau qui menaçait de lui taillader la cuisse. Elle tremblait tellement qu'il lui semblait que le château d'eau tremblait aussi et qu'il était sur le point de s'écrouler. Ses mains moites glissaient sur l'échelle en métal et elle craignait d'être prise de vertige. Mais pas une seconde elle ne songea à rebrousser chemin.

Alors que les deux hommes posaient le pied sur la coursive qui encerclait le réservoir — le métal rouillé dansant et grinçant sous leur poids —, Alex eut pleinement conscience de l'urgence de la situation. C'était comme si une alarme s'était déclenchée dans sa tête, un compte à rebours avant la destruction... d'Alex Caldwell. *Maintenant ou jamais.* En cas de bagarre, avait-il une chance de l'emporter ? Il brûlait d'envie de savoir ce que faisait Ella, mais il n'osait pas regarder vers le bas de crainte de mettre la puce à l'oreille du clown, qui n'hésiterait certainement pas à lui tirer dessus s'il s'apercevait de sa présence. En attendant, c'était lui que visait le canon du pistolet. Le tueur prenait toutefois soin de conserver une distance suffisante afin qu'Alex ne puisse l'atteindre avec ses mains ou ses pieds.

Il essaya de trouver un meilleur équilibre sur la coursive instable. Le garde-corps ne lui arrivait pas tout à fait à la taille. Il l'empoigna fermement. Cette rambarde avait beau être faite pour prévenir les accidents, elle n'avait rien de rassurant. A peine posait-on la main dessus qu'elle se mettait à tanguer comme le reste de la structure.

— Bon, on n'est pas là pour faire du tourisme, dit le clown avec un petit mouvement autoritaire du pistolet. On va oublier la vue de la ville et aller de l'autre côté du réservoir.

Balayant la coursive du regard dans l'espoir que quelqu'un y aurait oublié un outil qui pourrait lui servir d'arme, Alex contourna lentement l'immense réservoir. Une nouvelle fois, la structure métallique frissonna violemment sous leurs pas.

— Crois-moi, dit l'homme déguisé tandis qu'ils entraient dans une zone seulement éclairée par la lumière des étoiles et des satellites, tu as tout intérêt à coopérer.

Le clown lui lança la corde terminée par un nœud coulant.

— Tiens, passe ça autour de ton cou. Et garde tes distances ou je tire.

— Les ordres sont de ne pas me tirer dessus sauf en cas de nécessité absolue, c'est ça ? demanda Alex en attrapant la corde. Vous savez, je trouve que vous avez le chic pour choisir les accessoires adaptés au terrain. 4x4 à Atlanta, couvre-lit en patchwork en pays amish et déguisement de clown à Sarasota.

Un ricanement s'échappa de la bouche du tueur.

— Atlanta, ouais… Mais pas le pays amish.

Alex resta quelques instants sans voix. Pourquoi aurait-il dû croire ce salopard ? Pourtant, il avait le sentiment que l'homme avait dit la vérité. Quel intérêt aurait-il eu à nier le rapt de Home Valley alors qu'il admettait la tentative d'assassinat d'Atlanta ? Quelqu'un d'autre avait dû enlever

Ella, ce qui soulevait de nouvelles questions alors que tant d'autres restaient sans réponse.

En bon expert en analyse de situation qu'il avait été, Alex n'aimait pas les questions sans réponse.

— Puisque je vais mourir, vous pouvez me dire qui a donné l'ordre de se débarrasser de moi.

— Qu'est-ce que tu crois ? Il y a des intermédiaires entre moi et celui qui paie. De toute façon, je ne veux pas connaître le nom de ceux qui m'emploient. Ça vaut mieux pour tout le monde. Par contre, tu as raison de dire que tu vas mourir. Qu'est-ce que tu veux, tu as eu un gros coup de cafard et tu as décidé de quitter ce monde plein de méchants gars comme moi !

Le clown éclata de rire avant de s'arrêter net.

— Mets la tête dans ce nœud coulant ! Si tu es bien sage, je ficherai la paix à la fille amish. Je me suis laissé dire que tu avais un faible pour cette petite blonde, alors à toi de choisir. Parce que si tu fais l'idiot, je m'occuperai de son cas et je flinguerai sa mère pour faire bonne mesure. Vas-y, enfile ce nœud coulant. Tout de suite !

Partagé entre peur et colère, Alex faillit obéir. Colère d'avoir impliqué Ella dans cette histoire qui ne la concernait pas. De l'avoir arrachée à sa vie paisible pour la plonger dans un chaos qui n'avait pas sa place dans le monde amish. Que ce type confonde *Grossmamm* Ruth avec Anna Lantz et qu'il semble ignorer le prénom d'Ella indiquait vraisemblablement qu'il n'était pas celui qui les avait épiés à Home Valley. C'était donc un de ses complices qui avait enlevé Ella pour le contraindre à se livrer.

Mais même si le tueur avait sans doute dit la vérité sur ce point, cela ne signifiait pas qu'on pouvait lui faire confiance quand il promettait de laisser Ella en paix. Surtout s'il tombait sur elle en descendant du château d'eau. Avait-elle prévenu la police ? En tout cas, Alex n'avait pas entendu la moindre sirène.

Il regarda le nœud coulant, puis leva les yeux vers le ciel étoilé. Obéir en espérant qu'il ne ferait pas de mal à Ella ?

Non ! Pas question de se laisser mourir sans se battre. Tout son être se rebellait à cette idée.

— Je ne vais pas me voiler la face, dit-il au clown. Vous avez gagné. D'une certaine façon, ça me soulage, vous savez. Je n'en pouvais plus de fuir sans cesse, de ne dormir que d'un œil, d'avoir jour et nuit cette angoisse d'être retrouvé. C'est terrible de ne plus avoir confiance en personne, pas même en ceux qui sont censés vous protéger… C'est bon, murmura-t-il d'une voix défaite, je vais faire ce que vous me demandez.

L'air résigné, il passa la tête dans le nœud coulant en priant le ciel pour qu'il ne se serre pas trop autour de son cou. Mais au moment où l'homme plongeait la main dans l'énorme poche du costume pour en sortir le reste de la corde, il se jeta sur lui.

Un plaquage bas, au niveau des tibias. L'homme tomba à la renverse, jurant par-dessus les gémissements de la coursive qui n'en finissait plus de tanguer. Une détonation sèche avait accompagné sa chute, un seul coup de feu en direction des lointains satellites. Distribuant coups de pied et de poing, Alex tendit la main, tâtonnant à l'aveugle à la recherche de l'arme. Où était ce fichu pistolet ? Tombé entre les larges espaces du garde-corps ? Même empêtré dans son costume rembourré, l'adversaire d'Alex était beaucoup plus fort qu'il ne s'y était attendu. C'était une lutte à mort, il le savait. Sa vie dépendait de l'issue de cette bagarre, mais, désormais, ils étaient deux dans ce cas.

Ella entendit le coup de feu et sentit la coursive osciller sous ses pieds. Il lui sembla que son cœur s'arrêtait de battre. Le clown venait-il de tirer sur Andrew ? La main sur la mince rampe métallique qui terminait le garde-corps, elle avait contourné le réservoir aussi discrètement que possible, guidée par la voix des deux hommes. Des bruits de lutte la rassurèrent un peu, et elle risqua un œil pour voir ce qui se passait. Andrew et le clown se battaient avec des grognements de bêtes furieuses. Les coups pleuvaient d'un côté comme de l'autre et elle entendait les impacts sourds des poings qui s'écrasent sur la chair. Elle fit encore quelques pas dans leur direction, le dos collé au réservoir, si proche du vide et de l'attaque de panique. Dans le feu de l'action, les corps des deux hommes frappaient simultanément la rambarde, qui semblait sur le point de céder. Le clown parvint à prendre le dessus sur Andrew, qui disparut presque entièrement sous la masse rebondie du costume. Le tueur avait-il essayé d'attacher Andrew ? se demanda-t-elle en apercevant un morceau de corde. Que faire ? Ils étaient si près de tomber que la moindre initiative de sa part risquait de provoquer un mouvement fatal. Et pourtant, il fallait agir, car l'adversaire d'Andrew était en train de le pousser vers le vide.

Elle s'empara du balai, toujours coincé dans son tablier. Il était suffisamment long pour qu'elle puisse atteindre le clown sans s'approcher trop près. Donner un grand coup risquait de la déséquilibrer, et alors ce serait elle qui passerait par-dessus bord. Mais il n'y avait plus de temps pour la stratégie ni pour la peur… ni pour les scrupules.

La palette de bois fixée au bout du balai atteignit le crâne couvert d'une perruque orange. La violence du choc se répercuta dans les poignets d'Ella tandis que le bruit mat, horrible, la faisait grimacer d'horreur. La tête du faux clown fut projetée contre le réservoir en métal. Il poussa un grognement et tourna un regard vitreux vers Andrew, qui lui assena un coup de poing au menton avant de se mettre à genoux et d'ôter la corde qu'Ella découvrait à son cou. Alors qu'il se mettait debout, elle fut épouvantée de voir le clown se relever lui aussi en titubant comme un ivrogne. Derrière le maquillage, son regard groggy s'alluma soudain d'une rage inhumaine. L'instant d'après, il poussait un hurlement haineux et se jetait sur elle, malgré Andrew qui essayait de le retenir en agrippant le costume.

Elle n'eut pas le temps de saisir le couteau. Son dos rencontra le réservoir lorsqu'elle bondit en arrière avec un cri de terreur. Elle tenta de lever le balai pour le frapper de nouveau, mais le clown lui arracha son arme des mains et la jeta dans la nuit qui enveloppait le château d'eau. Andrew se précipita sur lui alors qu'il tendait ses doigts crispés vers le cou d'Ella, mais le tueur trébucha sur ses énormes chaussures et recula en battant des bras vers le garde-corps. Cette fois-ci, on aurait dit un vrai numéro de clown. Et lorsque son corps bascula dans le vide, seules ses jambes le retenant un court instant à la rambarde, il ressembla à Janus en train de faire son numéro sur le trapèze. Sauf que cette fois, il n'y avait pas de filet de sécurité.

Pas de bruit non plus quand il s'écrasa au sol. Là-haut, sous la douce brise qui portait les odeurs de l'été, le halètement d'Andrew et les sanglots étouffés d'Ella troublaient seuls le silence. Ainsi que le grincement de la coursive. La structure qui entourait le réservoir avait tangué si fort, après la chute du clown, qu'Ella avait cru qu'ils allaient tous les deux se faire éjecter et rejoindre leur ennemi plusieurs dizaines de mètres plus bas. Incapables de parler, ils se cramponnèrent l'un à l'autre. Il n'y avait que cette étreinte pour arrêter leurs tremblements. Pour calmer leur peur.

La nuit n'avait pas réussi à les engloutir.

19

Encore sous le choc, Ella et Andrew descendirent prudemment l'échelle. Appuyés l'un contre l'autre derrière l'un des imposants pilotis du château d'eau, ils regardèrent longuement le corps désarticulé du tueur à gages. Claquant des dents et en proie à de violents tremblements, Ella se défendait contre l'attaque de panique qu'elle sentait poindre, tout comme elle s'était défendue contre l'agresseur au lieu de tendre l'autre joue. Pourtant, à sa grande surprise, elle n'éprouvait nul sentiment de culpabilité. Seulement un sentiment d'horreur.

Elle tira sur le bras d'Andrew pour l'inciter à partir.

— Il faut qu'on aille chercher *Grossmamm* Ruth et qu'on parte d'ici avant que… que quelqu'un découvre le corps de cet homme ! s'écria-t-elle d'une voix hachée. Sinon, on va être obligés de s'expliquer et… et on va avoir des problèmes ! On pourrait même être arrêtés. Si Trixie porte plainte, elle va peut-être donner mon nom, et la police voudra m'interroger, *nous* interroger. Celui qui a commandité ton assassinat pourrait envoyer quelqu'un d'autre, et alors…

— Calme-toi, Ella, calme-toi. Je sais tout ça, d'accord ?

Lorsqu'elle essaya de nouveau de l'entraîner, Andrew se dégagea et posa deux mains fermes sur ses épaules.

— Dis-moi ce qui s'est passé quand tu es allée chez les McCorkle, demanda-t-il en la regardant droit dans les yeux.

— D'abord, j'ai trouvé *Grossmamm* Ruth qui pleurait dans le salon. Elle m'a dit qu'elle venait de recevoir un coup fil et qu'elle devait partir en Pennsylvanie pour aider Martha, sa fille, qui va se faire opérer. Puisque le faux Janus nous avait dit que Trixie avait la migraine, *Grossmamm* Ruth lui a ensuite préparé un remède que je suis allée apporter. Là-bas, j'ai trouvé Trixie bâillonnée et ligotée sur son lit, tandis que le pauvre Janus était inconscient au sol, avec une blessure à la tête. Une fois que je lui ai retiré son bâillon, Trixie m'a dit qu'ils avaient été agressés par un homme. J'ai coupé ses liens et je suis partie en courant à ta recherche. Voilà, tu sais tout.

Andrew balaya les alentours d'un regard inquiet avant de le poser de nouveau sur Ella.

— Je ne pense pas que quelqu'un nous ait vus, dit-il. Il ne reste plus qu'un couple de personnes âgées qui joue au *shuffleboard*. Bon, il faut que je fouille les poches du costume de clown pour voir si je peux trouver quelque chose qui nous renseignerait sur l'identité de cet homme ou celle du commanditaire. Ne t'inquiète pas, ça ne sera pas long. S'il a de l'argent sur lui, je le prendrai, parce qu'on en aura besoin pour assurer notre fuite. On va mettre ta grand-mère dans un car pour la Pennsylvanie, et on ira se cacher loin d'ici.

— Elle pense que je devrais l'accompagner, dit Ella. Ou plutôt que… que je ne devrais pas rester seule avec toi.

— Se séparer serait trop dangereux, Ella. J'en suis vraiment désolé, mais tu es impliquée dans cette affaire, toi aussi. D'autant que ceux qui veulent me supprimer savent manifestement qu'ils peuvent se servir de toi pour m'atteindre. Et puis, la police pourrait t'arrêter et t'interroger.

— Même si ça arrivait, les Amish refusent de témoigner devant une cour de justice.

— Les autorités savent s'y prendre quand elles veulent vraiment faire parler quelqu'un, tu sais. Tu n'arriveras jamais à leur mentir ou à les mener en bateau. Nos deux visages pourraient fort bien se retrouver partout dans les médias, et tu sais ce que ça voudrait dire, n'est-ce pas ? Ce serait comme porter une annonce sur nos fesses, à la manière de Corky le clown, sauf que sur la nôtre, il y aurait : « Venez nous tuer et ne nous ratez pas, cette fois ! » Pardon d'être franc, Ella, mais je ne veux pas que tu sois loin de moi, là où je ne pourrai pas te protéger ! Attends-moi ici, s'il te plaît.

Les mots qu'il venait de prononcer se bousculant dans sa tête, Ella s'accroupit contre un des pilotis du château d'eau qui avait failli devenir l'immense pierre tombale d'Andrew. Le faux clown avait d'abord voulu le pendre, puis le pousser dans le vide quand il s'était rebellé. Elle avait beau être en nage, le visage luisant de sueur, elle était secouée d'incessants frissons. Ni Andrew ni elle n'avaient vraiment commis un meurtre, le tueur à gages ayant trébuché sur les chaussures démesurées du costume volé à Janus. Mais le coup qu'elle lui avait assené sur la tête avait tout de même dû contribuer à lui faire perdre l'équilibre lorsqu'il s'était relevé, encore à moitié groggy, et qu'il avait voulu lui sauter dessus.

Le balai de *shuffleboard* ! Elle ferait mieux de le récupérer et de s'en débarrasser, songea-t-elle brusquement. Ses empreintes digitales ne se trouvaient pas dans les bases de données de la police, mais qui sait si ce morceau de bois ne permettrait pas aux enquêteurs de remonter d'une manière ou d'une autre jusqu'à elle ? Et si quelqu'un l'avait vue prendre le balai dans le parc et qu'il la décrivait aux autorités ?

Comment en était-elle arrivée là ? Au lieu de son champ de lavande, son regard embrassait un terrain sombre et herbeux où reposait un cadavre. Elle se sentit affreusement loin de chez elle. Sa sécurité était en danger, et son vœu de non-violence avait volé en éclats au moment où son arme de fortune s'était abattue sur le crâne du faux clown. Pour couronner le tout, elle était amoureuse — *ya*, elle osait se l'avouer à présent — d'un *auslander* : un homme *verboten* qui avait un contrat sur la tête et dont elle venait d'une certaine manière de devenir la complice.

Courbée en deux, même si, Dieu merci, personne n'était en vue, Ella se hâta vers l'endroit où le balai avait dû tomber. Elle le trouva facilement et fit l'erreur de jeter un coup d'œil en direction du clown au moment où elle se redressait après avoir ramassé son arme de fortune. Il gisait dans une position ridicule, comme s'il courait allongé. Son cou était tellement tordu qu'on aurait dit que sa tête avait été posée à l'envers sur son corps.

— Les gens vont croire que c'est Janus, quand son cadavre va être découvert, murmura-t-elle à l'intention d'Andrew, qui fouillait les poches du costume. Il est… il est bien mort, n'est-ce pas ?

— On ne peut plus mort.

Il se releva et s'approcha d'elle, quelque chose dans la main.

— Tu as trouvé de quoi l'identifier ?

— Non, les tueurs professionnels se baladent rarement avec leurs papiers d'identité sur eux, mais ce type n'était peut-être pas aussi malin et prudent qu'il le croyait. Regarde, dit-il en lui montrant une liasse de billets de vingt dollars. Et j'ai aussi trouvé une clé de voiture qui pourrait bien nous révéler certains des secrets de ce type.

La liasse était vraiment épaisse. Il y en avait au moins pour trois cents dollars, songea Ella.

— Si seulement les habits amish pouvaient avoir des poches, grommela-t-il.

— Trop mondain et…

— Je sais, je sais. Laisse tomber.

Il enfonça la clé de voiture dans sa chaussette droite et la liasse de billets dans la gauche. Lorsqu'il se redressa, il sembla s'apercevoir brusquement que sa chemise déchirée et sortie du pantalon laissait voir une partie de son torse. Sous l'œil d'Ella, qui se retenait pour ne pas venir l'aider, il fixa les boutons qui n'avaient pas sauté et glissa les pans déchirés sous les larges bretelles.

— Allons-y, dit-il. On ne court surtout pas, d'accord ? On va contourner le parc pour regagner le bungalow en marchant normalement. Juste un couple qui fait une promenade nocturne pour prendre le frais. *Grossmamm* Ruth va forcément être inquiète, pour ne pas dire plus. Quant à Trixie, il faut espérer qu'elle n'a pas composé le 911… Si les policiers sont sur place, ils vont vouloir t'interroger, puisque c'est toi qui as découvert les McCorkle ligotés dans leur chambre. J'espère vraiment que la blessure de Janus n'est pas trop grave, mais je me dis que Trixie a peut-être préféré s'occuper de lui au lieu de prévenir les flics tout de suite.

— Quand on arrivera au bungalow, on ferait peut-être bien d'escalader la clôture et d'entrer par la porte de derrière.

— Seulement si la police est là. Qu'est-ce que c'est que ça ? demanda-t-il en désignant du doigt le long morceau de bois qu'elle tenait à la main.

— C'est un balai de *shuffleboard*. C'est avec ça que je l'ai frappé quand il était assis sur toi. Il me l'a arraché des mains et l'a balancé dans le vide lorsque j'ai voulu m'en resservir contre lui. Je préfère ne rien laisser qui puisse permettre à la police de nous retrouver.

Elle lut de la surprise dans son regard tandis qu'il approuvait d'un hochement de tête. Sans doute ne s'attendait-il pas à ce qu'elle pense à des choses pareilles.

— Le tueur a évoqué une série télé qui s'appelle *Esprits criminels*, dit Andrew. Tu as bien fait de prendre cet indice, Ella, mais j'avoue détester l'idée que tu te mettes à réfléchir comme dans ces séries policières. Il y a en toi quelque chose de pur et de candide que je ne voudrais corrompre pour rien au monde.

Ils se regardèrent un moment en silence et, l'espace d'un instant, Ella eut le sentiment d'être revenue dans son champ de lavande.

— On va le jeter en chemin, dit finalement Andrew en lui prenant le balai des mains. Et il faudra essayer de retrouver la voiture de ce type. Elle ne doit pas être garée loin du bungalow de ta grand-mère.

— J'ai aussi pris un couteau de cuisine chez les McCorkle. Qu'est-ce qu'on en fait ?

— Où est-il ?

— Je l'ai coincé dans mon bas, dit-elle en tapotant sa cuisse.

La surprise agrandit une nouvelle fois les yeux d'Andrew, qui vinrent brièvement se poser sur le haut de sa cuisse. L'imaginait-il en train de remonter sa jupe avant de placer le couteau contre sa peau nue ? Il passa ses mains tuméfiées dans ses cheveux en bataille.

— On le remettra à sa place si l'occasion se présente. Sinon, tu n'as qu'à le garder.

Ils marchèrent main dans la main jusqu'à ce qu'ils passent devant un chêne colonisé par la mousse espagnole. Une fois le balai de *shuffleboard* enveloppé dans la « barbe de vieillard », comme l'appelait *Grossmamm* Ruth, ils le cachèrent entre les troncs multiples d'un énorme ficus.

— On est dans un sale état, tous les deux, dit Ella lorsqu'ils retournèrent dans la lumière des lampadaires qui éclairaient les abords du parc. Tu as un œil au beurre noir qui ne va pas tarder à prendre de belles proportions, et le maquillage du faux Corky a coulé sur ton visage.

— Et toi, on voit que tu viens de vivre un moment difficile, même si rien ne peut altérer ta beauté. Je sais, s'empressa-t-il d'ajouter, seule compte la beauté intérieure. Mais puisque tu l'as aussi…

Il lâcha la main d'Ella pour entourer ses épaules d'un bras tendre et protecteur.

— J'ai une idée, reprit-il. On pourrait laisser un mot à Janus et Trixie pour les remercier, leur dire au revoir et les informer qu'on va se réfugier à Nassau. Tu sais, aux Bahamas.

— Mais c'est à l'étranger ! s'écria-t-elle. On ne peut pas… *Je* ne peux pas faire ça !

— Je n'ai pas vraiment l'intention d'y aller, expliqua-t-il tandis qu'ils pressaient le pas, à l'affût du moindre mouvement suspect dans la rue. Ce serait une façon d'induire nos poursuivants en erreur, de les mettre sur une fausse piste. Dans la mesure où ma grand-mère habite là-bas et que j'y ai passé pas mal de temps, l'hypothèse serait crédible pour nos ennemis. Et s'ils ont été capables de trouver le bungalow de ta grand-mère ici, à Pinecraft, je suis certain qu'ils connaissent aussi l'existence de la mienne et l'endroit où elle vit. Mais en réalité, on va rouler vers le nord, pas vers le sud. Du moins si on arrive à retrouver la voiture du tueur.

— Tu veux fuir dans une voiture volée ? Où, vers le nord ? L'Ohio ? La Pennsylvanie ?

— Non, non… Oh ! regarde ! Quand on parle du loup…, dit-il avec un signe la tête en direction d'un véhicule garé dans une rue étroite et mal éclairée.

C'était une grosse berline aux vitres teintées.

— Qu'est-ce qui te fait croire que c'est la voiture qu'on cherche ? demanda-t-elle.

— C'est une Lexus, et il y a justement le logo de cette marque sur la clé. Attends une seconde, on va savoir tout de suite si c'est la bonne.

Il sortit la clé de sa chaussette et appuya sur un bouton, la clé vaguement pointée en direction de la masse sombre garée le long du trottoir. Lorsque les phares s'allumèrent brièvement, comme si la voiture disait : « Oui, c'est bien moi ! », Ella eut le sentiment d'assister à un tour de magie.

— J'ai vraiment envie de la fouiller, dit Andrew en appuyant une nouvelle fois sur la clé, mais le temps presse. Il faut aller chercher *Grossmamm* Ruth et quitter Pinecraft le plus vite possible. Si elle apprend ce qui s'est passé dans le bungalow d'à côté, elle risque de croire que l'agresseur s'en est aussi pris à toi et s'imaginer toutes sortes de choses angoissantes.

— Je ne suis pas sûre que le fait de connaître la vérité la rassurerait beaucoup plus, fit remarquer Ella.

— Sans doute pas, mais, au moins, tu n'es ni morte ni même blessée.

Ils ne tardèrent pas à arriver devant les maisonnettes de bois, toutes deux éclairées de l'intérieur. Ils s'étaient vaguement attendus à trouver là une voiture de police et une certaine effervescence, mais le calme régnait dans la rue déserte.

— Tu crois que c'est un piège ? murmura-t-elle.

— Tu deviens aussi parano que moi, dis donc. De toute façon, on n'a pas d'autre choix que d'entrer.

— Je suis peut-être devenue parano, mais je te fais remarquer que je n'ai pas eu une seule attaque de panique.

Il prit le temps de la regarder et de lui sourire avec bienveillance. Non… avec amour, songea-t-elle.

— C'est vrai et j'en suis très heureux, dit-il. Viens, Ella, on va jeter un œil par la fenêtre de derrière.

Ils longèrent la façade du bungalow de *Grossmamm* Ruth jusqu'à la fenêtre du salon qui donnait sur le petit jardin. A l'intérieur, ils virent la grand-mère d'Ella qui priait à genoux, la tête inclinée sur la poitrine et les coudes sur le canapé.

L'instant d'après, Andrew frappa doucement à la porte.

— C'est nous, *Grossmamm* ! lança Ella en s'efforçant de ne pas trop élever la voix.

Ils entendirent le verrou tourner et la vieille dame apparut dans l'embrasure.

— Je savais que le Seigneur vous protégerait, dit-elle simplement en ouvrant grand les bras pour les entourer tous les deux.

Elle étouffa un cri dans sa main, son calme apparent se fissurant un instant lorsqu'elle vit les bleus d'Andrew et ses vêtements déchirés.

— Un homme s'est introduit chez nos voisins, ce soir, dit-elle en les entraînant à l'intérieur. Trixie m'a dit que tu étais partie chercher de l'aide, Ella. Quand j'ai vu que tu ne revenais pas, j'ai su qu'il se passait quelque chose de grave.

— Comment va Janus ? demanda Ella. Ils sont toujours chez eux ?

— Non, Trixie l'a emmené aux urgences et je ne les ai pas entendus revenir. Le pauvre Janus saignait beaucoup et il n'arrivait pas à recouvrer ses esprits. J'ai pensé que leur agresseur était peut-être l'une de ces mauvaises personnes qui sont à la poursuite d'Andrew, mais j'ai gardé ça pour moi, bien sûr. Quand je pense que j'étais si certaine qu'on ne risquait rien à Pinecraft ! Et maintenant, vous allez devoir fuir de nouveau, n'est-ce pas ?

— Faites toutes les deux vos valises, ordonna Andrew. Ella, il faut qu'on se change. Et pour répondre à votre question, *Grossmamm* Ruth, oui, nous allons fuir de nouveau. Cette fois-ci à bord de la voiture d'un tueur.

*
* *

Après avoir longuement hésité, Alex décida de ne pas laisser de petit mot aux McCorkle. Il aurait aimé mettre ses poursuivants sur une fausse piste, mais la crainte d'impliquer davantage le couple dans une histoire qui ne le concernait pas l'en avait finalement dissuadé. Trixie et Janus avaient déjà payé assez cher leur amitié avec leurs voisins amish. Il se fit la promesse de revenir leur donner des explications et les remercier de leur gentillesse une fois le procès terminé. Une fois qu'il serait redevenu Alexander Caldwell… Si cela arrivait un jour, bien sûr. Toutefois, avant de fermer à clé la porte du bungalow de *Grossmamm* Ruth, il laissa près du téléphone un morceau de papier griffonné, destiné à faire croire qu'il s'était renseigné sur les horaires des vols entre Miami et Nassau. Et dès qu'ils se furent éloignés de Pinecraft, il déconnecta le navigateur GPS, pour le cas où l'appareil ne servirait pas seulement à les guider, mais, à les localiser.

— *Grossmamm* Ruth, vous n'en savez vraiment pas plus sur l'état de Janus ? demanda Andrew par-dessus son épaule, après avoir tourné à droite vers l'autoroute I-75 qui filait vers le nord.

— Je l'ai vu monter dans leur voiture, le crâne enveloppé dans une serviette de bain, répondit la vieille dame depuis la banquette arrière. A en croire Trixie, les artistes de cirque ont la tête dure.

— Vous savez si elle a appelé la police ?

— Elle a été un peu vague quand je lui ai posé la question, mais j'ai eu l'impression que les gens du cirque font à peu près autant confiance aux autorités que nous autres les Amish. La pauvre, ça risque de lui faire un choc, quand elle va apprendre que l'homme qui les a agressés et qui a volé le costume de Janus a été retrouvé mort.

Alex et Ella échangèrent un bref regard. Ni l'un ni l'autre n'avaient souhaité divulguer à la chère *Grossmamm* Ruth les détails de ce qu'ils avaient vécu au sommet du château d'eau, mais ils l'avaient tout de même informée du décès du faux clown. Comme eux, elle avait été stupéfaite de la ténacité des ennemis d'Andrew, qui l'avaient retrouvé et poursuivi jusque dans le paisible quartier de Pinecraft, l'espionnant, ainsi que leurs voisins, avant de passer à l'action. Mieux valait, cependant, qu'elle ignore que le tueur avait essayé de pendre Andrew afin de maquiller le meurtre en suicide.

— Ce sont peut-être vos prières qui nous ont permis de nous en sortir vivants, dit Alex. Bon, voici mon plan… On va d'abord traverser la Floride pour vous rapprocher de votre destination, *Grossmamm* Ruth. On vous laissera à bord d'un autocar à destination de la Pennsylvanie où vous rejoindrez votre fille. Une fois là-bas, vous pourrez contacter votre famille de Home Valley pour lui dire où vous êtes, mais il faudra leur demander de n'en parler à personne, d'accord ? Quant à Ella, je pense que vous serez plus en sécurité toutes les deux si elle reste avec moi.

— Je lui ai déjà parlé de cette éventualité, dit la vieille dame. Tu te crois capable de la protéger, mon garçon, mais es-tu bien certain que ce soit le cas ?

— Elle ne peut pas rentrer à la ferme, car je crois que mes ennemis ont recruté un homme de main à Home Valley. Le type qui a voulu me tuer ce soir a admis être l'auteur des coups de feu que j'ai essuyé à Atlanta, mais il a aussi affirmé n'avoir jamais mis les pieds en pays amish. Ça me fait mal de dire ça, mais je l'ai cru. D'autre part, si mes ennemis ont réussi à me retrouver à Pinecraft, c'est de toute évidence parce que vous possédez une maison ici, *Grossmamm* Ruth. Ils doivent donc aussi savoir que vous avez une fille en Pennsylvanie, et même connaître son adresse exacte, si vous voulez mon avis. Du coup, vous seriez en danger toutes les deux, si Ella vous accompagnait là-bas.

Silence sur la banquette arrière. Alex poussa un long soupir tandis qu'il engageait la Lexus sur la bretelle d'accès de l'autoroute. Au bout d'un moment, Ella prit la parole :

— *Grossmamm*, je pense que personne n'a vu ce qui s'est passé en haut de ce château d'eau, mais je dois te dire que j'ai frappé cet homme pour l'empêcher de précipiter Andrew dans le vide. Peu après, alors qu'il était encore un peu sonné, il a trébuché sur ses grosses chaussures de clown et il est passé par-dessus le garde-corps. Même si ce n'est pas moi qui l'ai poussé, je pourrais être mise en cause dans sa mort au même titre qu'Andrew.

— L'orgueil — et la méchanceté — précède la chute, dit *Grossmamm* Ruth. Alors, toi aussi, tu as usé de violence ? Tout comme Andrew, tu t'es défendue ?

— Oui, et je ne peux pas le regretter, parce que je pense que ça nous a sauvé la vie.

La vieille dame resta silencieuse un bref moment, puis passa à un autre sujet :

— Dis-moi, Andrew, si tu ne comptes pas vraiment te rendre à Nassau, comme tu l'as laissé entendre sur cette note, où comptes-tu aller ?

— Il vaut mieux que vous n'en sachiez rien.

— Andrew Lantz, ou quel que soit ton vrai nom, es-tu en train de me dire que tu ne fais pas confiance à ta *Grossmamm* d'adoption ? lança-t-elle d'une voix blessée.

— Bien sûr que si, je vous fais confiance, *Grossmamm* Ruth. C'est pour vous protéger que je préfère ne pas vous le révéler. D'ailleurs, c'est plus sûr pour tout le monde. Qu'est-ce qui me dit que cette voiture n'est pas truffée de micros qui diffusent le moindre de nos propos dans l'oreille de nos ennemis ? Dès qu'on s'arrêtera pour mettre de l'essence, je compte bien passer l'habitacle au peigne fin. Ecoutez, *Grossmamm* Ruth, je comprends vos réticences, mais je pense sincèrement qu'Ella sera plus en sécurité avec moi, d'accord ? Son sort est intimement lié au mien, à présent qu'elle a été le témoin de tous ces événements et que ceux qui me traquent savent à quel point je tiens à elle. Même s'ils n'ont pas l'intention de la tuer, ils peuvent se servir d'elle pour m'atteindre.

— Très bien, dans ce cas. Alors, je vais te dire ce que j'ai sur le cœur, jeune homme ! Si Ella part avec toi sans chaperon, tout homme amish qui se respecte refusera de la prendre pour femme. Et je sais qu'elle ne quittera jamais notre Eglise, comme a pu le faire son amie Sarah. Oh ! c'est que je la connais, ma petite Ella ! Toi, Andrew Lantz, tu devras revenir vivre dans la vallée après avoir mis de l'ordre dans ton existence mondaine. Oui, tu devras vivre avec nous et devenir un bon Amish !

Il faillit bien quitter la route. Mais plus encore que les propos de *Grossmamm* Ruth, ce fut sa propre réponse qui le sidéra :

— Vous pourriez m'accepter parmi vous ?

Qu'était-il advenu du *Pas question !* qui aurait dû sortir de sa bouche ?

— Oh, *ya*, on peut ! répliqua *Grossmamm* Ruth, dont la voix trahissait à présent plus d'excitation que de colère. Ce n'est pas commun, mais c'est envisageable. Ça requiert un peu de temps et quelques sacrifices, bien sûr. Vivre une année parmi les nôtres, adhérer à nos valeurs et à notre foi, renoncer aux mœurs et aux biens mondains… Mais vois comment le monde moderne t'a traité…

— Ça ne marchera jamais, dit Alex comme pour lui-même. Je suis trop… trop mondain, comme vous dites.

— Si je pense que tu en es capable, mon garçon, c'est parce que tu étais prêt à te livrer pour sauver Ella, quand elle a été enlevée. Tu étais prêt à donner ta vie pour elle, n'est-ce pas ?

— Oui, mais…

— Comme notre Seigneur qui a donné sa vie pour sauver ses brebis.

Ella, qui s'était efforcée de rester en retrait, ne put s'empêcher d'intervenir :

— *Grossmamm*, Andrew cherche surtout à rester en vie, tu comprends ? Et pour ma propre sécurité, il vaut mieux que je l'accompagne. Je ne me sentirais pas à l'aise si je rentrais à la maison. J'aurais peur de mettre le nez dehors, peur de m'occuper de ma lavande tant qu'il n'aura pas témoigné à ce procès, et tant que les gens qui le persécutent ne seront pas en prison.

— Et après avoir passé des jours et des jours seule avec un *auslander*, tu vas revenir dans la vallée et affronter le regard des tiens ? Qui vas-tu pouvoir épouser, après ça ?

— Qui veut m'épouser de toute façon ? répliqua Ella. Je suis peut-être un cas aussi rare qu'un *Anglais* qui devient Amish, mais je préfère rester une *maidal* toute ma vie plutôt que de me marier avec quelqu'un qui ne me plaît pas. Je peux être heureuse seule, tu sais, à m'occuper de ma chère lavande et de mes produits artisanaux.

— *Ach*, j'en ai assez dit comme ça, grommela *Grossmamm* Ruth. Mettez-moi dans un car à destination de la Pennsylvanie et je prierai pour vous deux, afin que le Seigneur vous guide à travers les verts pâturages et les eaux paisibles. Parce qu'il me semble que dernièrement, vous avez plutôt marché dans la vallée de l'ombre et de la mort.

Après ces mots, un silence tendu s'installa dans l'habitacle de la voiture. Au moins, songea Alex, Ella semblait avoir trouvé la force de juguler ses crises de panique. Lui, en revanche, se demandait s'il n'était pas sur le point d'en avoir une.

20

Alex s'arrêta à une station-service peu après avoir mis le cap vers l'est et Orlando en rejoignant l'autoroute I-4. Déposer la grand-mère d'Ella dans un autocar à destination de la Pennsylvanie serait plus simple et plus sûr au pays de Disney. Après avoir fait le plein et réglé avec l'argent du tueur à gages, pendant qu'Ella et *Grossmamm* Ruth allaient faire un tour aux toilettes, il gara la grosse Lexus sous un lampadaire, au fond du parking aux trois quarts désert. La vieille dame resta dans la voiture, mais Ella vint le rejoindre tandis qu'il ouvrait le coffre.

A l'intérieur se trouvaient une petite valise et un long étui en cuir noir.

— Je parie que ce n'est pas un instrument de musique qu'on va trouver là-dedans, dit Ella en pointant l'étui du doigt.

— Non, sûrement pas, acquiesça Alex. Plutôt une sorte de fusil high-tech, si tu veux mon avis.

Couvrant sa main avec le bas de sa chemise pour ne pas laisser ses empreintes digitales sur la poignée ou le fermoir, il ouvrit l'étui d'un geste sec. Les pièces démontées d'un fusil d'assaut avec lunette de visée longue distance étaient rangées dans des compartiments en mousse, chacun ayant exactement la forme de la pièce qu'il contenait. Deux pistolets, également nichés dans leurs compartiments, complétaient l'arsenal du tueur.

— Il ne manquerait plus qu'on se fasse contrôler par la police dans une voiture volée, sans permis de conduire et avec ça dans le coffre, dit-il. Je vais jeter cet étui et son contenu dans la benne à ordures que j'ai repérée derrière la station-service. Je regrette simplement de ne pas avoir trouvé son téléphone portable quelque part dans cette voiture, pour fouiller son répertoire et son journal d'appels. Soit il l'a caché, soit il est tombé de sa poche quand il a fait le grand plongeon. A moins qu'il ne soit dans cette petite valise.

— Tu es certain que son nom n'est pas inscrit sur ce fusil ?

— Regarde, Ella, dit-il en pointant le doigt sur quelque chose qu'elle ne pouvait pas vraiment distinguer. Même le numéro de série et la marque ont été limés pour qu'on ne puisse plus les lire. Non, crois-moi, un tueur professionnel ne gravera jamais son nom sur son arme.

— *Ya*, ça paraît évident. J'essayais juste de t'aider.

— Tu m'aides beaucoup, Ella. Si on a une chance de trouver quoi que ce soit de personnel à l'intérieur de ce véhicule, ce sera probablement dans cette valise. Mais on ne va pas la fouiller tout de suite. Je veux qu'on continue à rouler, à mettre le plus de distance possible entre nous et Pinecraft avant le lever du jour. L'horloge du tableau de bord indiquait presque 3 heures du matin, quand je me suis arrêté pour mettre de l'essence.

Se protégeant de nouveau les mains avec sa chemise, il referma l'étui et l'attrapa par la poignée. Après avoir longuement balayé le parking du regard pour s'assurer que personne ne l'observait, il le retira du coffre et se dirigea vers la benne à ordures dont Ella distinguait la silhouette massive, en partie dissimulée derrière le bâtiment qui abritait la boutique. L'étui fit un bruit sourd en atterrissant sur le tas de déchets. Lorsqu'il retourna à la voiture, Ella lui montra deux jeux de plaques minéralogiques qu'elle avait trouvés tout au fond du coffre.

— Tu veux les jeter aussi ? demanda-t-elle.

— Non, ça va nous être utile. On changera les plaques après avoir déposé ta grand-mère.

Il rangea la trouvaille d'Ella dans les profondeurs d'où elle l'avait sortie, et se redressa pour la regarder droit dans les yeux.

— Tu es toujours décidée à venir avec moi ? Elle a peut-être raison de dire que tu ne devrais pas, ajouta-t-il avec un mouvement de la tête en direction de la Lexus.

— Je n'ai pas changé d'avis, Andrew. Mais est-ce qu'au moins, tu as l'intention de me dire où on va ?

— Après réflexion, j'ai décidé que la meilleure cachette est l'endroit que mes ennemis ont dû surveiller lorsque je me suis évaporé dans la nature la première fois. Un endroit où ils ne me croiront jamais assez fou pour revenir. J'ai réfléchi à une façon de survivre là-bas et de pouvoir se faire aider si la situation devenait désespérée. J'ai découvert ton monde, et à présent, ça va être à toi de découvrir le mien. N'en parle surtout pas à *Grossmamm* Ruth, mais je vais t'emmener à New York. A Manhattan, pour être précis. Allez, il faut se remettre en route.

D'un coup sec, il referma le coffre sur ces mots. Sa loyale compagne d'infortune hocha la tête, mais elle semblait aussi effrayée que lorsqu'elle avait affronté sa première vague sur la plage du Lido.

Ray-Lynn se réveilla en sursaut et se tourna dans le lit avec le sentiment qu'il s'était passé quelque chose de grave ou du moins d'important. Mais oui, bien sûr ! Jack s'était endormi à son côté après lui avoir offert une bague de fiançailles au restaurant ! Les chiffres rouges de son radio-réveil indiquaient tout juste 3 heures du matin. La soirée avait été si riche en émotions qu'elle avait eu du mal à trouver le sommeil. Lui aussi semblait passablement agité. Il n'avait cessé de se tortiller, de se mettre en travers du lit et de la priver de couette. Mais ces petits désagréments n'étaient rien au regard du plaisir de l'avoir toute une nuit auprès d'elle.

— Tu dors ? murmura-t-elle.

— Non, dit-il avant de tendre le bras pour l'attirer à lui.

— Tu as des doutes ?

— Pas en ce qui nous concerne.

— A propos de quoi, alors ?

— J'ai un sentiment désagréable, comme si je n'arrivais plus à prendre le pouls de Home Valley. Avec les Amish, on ne sait jamais trop sur quel pied danser, c'est vrai, mais en ce moment, c'est comme si le lien s'était rompu… ou du moins distendu, ajouta-t-il avec une moue contrariée.

— Qu'est-ce qui a tellement changé, Jack, hormis le fait qu'Eben t'a sans doute menti au sujet de la grippe qui aurait touché trois membres de sa famille ? Il me semble que tu maîtrises toujours bien la situation, tu sais.

— J'ai expressément demandé à Linc Armstrong de ne pas s'approcher d'Hannah, et tu sais comme moi qu'il n'a rien trouvé de mieux que d'aller enquiquiner Ella à propos du mariage de son amie. Et ce matin — enfin, *hier* matin, rectifia-t-il après un bref regard en direction du radio-réveil —, quelqu'un l'a vu rôder près de la ferme des Esh, comme par hasard le jour où Hannah se mariait. Il y a aussi cette Connie Lee, tu sais, celle qui est en train de construire cet hôtel Spa de luxe…

— Oui, oui, je vois qui c'est.

— Eh bien, elle a déboulé dans mon bureau comme une tornade pour se plaindre qu'on ne la laissait pas voir Ella. Elle était prête à emmener les trois malades se faire soigner à l'hôpital de Cleveland pour qu'Ella se remette plus vite et qu'elle puisse finaliser leur accord de collaboration. Tu sais qu'elle veut utiliser les produits à la lavande d'Ella pour son établissement, n'est-ce pas ? A l'hôpital pour une grippe, non mais, tu imagines un peu ? lança-t-il sans attendre la réponse de Ray-Lynn. J'ai cru que je ne pourrais jamais me débarrasser d'elle !

— Autre chose qui te tracasse, Jack ?

— En fait, oui, si tu veux savoir. Je voulais que mon nouveau suppléant soit mes yeux et mes oreilles dans la vallée. Eh bien, non seulement c'est ce qu'il est devenu en un temps record, mais il a réussi à me donner l'impression qu'il est au courant de tout, et que moi, je suis complètement largué.

— Il fait trop de zèle, c'est tout, Jack. Doreen, ta réceptionniste, m'a dit qu'il est super ambitieux. Je parie que tu étais un peu comme ça, toi aussi, quand tu as commencé. En tout cas, moi, je ne me plains pas de Winston Hayes. Depuis qu'il est venu te prêter main-forte, tu as plus de temps à me consacrer.

— Ouais, c'est sûr, dit-il d'une voix préoccupée.

— Tu as encore quelque chose en tête ?

Il se contenta d'abord de grogner avant de répondre :

— Pour couronner le tout, je suis à peu près certain qu'Andrew Lantz est de nouveau en fuite.

— De nouveau en fuite ? Ah, je savais qu'il y avait un truc pas net avec lui ! s'écria-t-elle en changeant de position pour mieux voir le visage de Jack. Et tu penses qu'Ella est avec lui ? Mais pas la grand-mère, quand même… Alors, qu'est-ce qu'il a fait, cet Andrew ? Il est en cavale, c'est ça ? Tu attendais le bon moment pour le coincer et il s'est fait la malle ?

Jack sourit tendrement devant le torrent de questions.

— Pas exactement, non. Je me suis laissé emporter par ma liste de doléances et j'en ai dit plus que je n'aurais dû. Ma chérie, je sais qu'on va presque tout partager à partir de maintenant, mais je n'ai pas le droit de t'en dire plus, sinon qu'Andrew Lantz n'est pas un criminel.

— Ne me dis pas qu'Ella et lui sont tombés amoureux et qu'ils se sont enfuis pour vivre leur amour loin des règles de la communauté amish ! Pas Ella, toujours si rigide dans ses principes ! Surtout que ces deux-là se connaissent depuis à peine quinze jours, et qu'Ella a vivement condamné Sarah quand elle est partie vivre dans le monde moderne avec Nate.

— Je t'assure, Ray-Lynn, tu devrais écrire des romans, dit-il avec une moue incrédule. Pour autant que je sache, rien de ce que tu viens de dire n'est exact. Je crains que tu ne te sois encore laissé emporter par ton imagination galopante. Tu vois où ça mène, d'avoir une passion pour *Autant en emporte le vent*.

— Vas-y, ne te gêne pas : dis carrément que je suis folle… folle de toi, ajouta-t-elle d'une voix brusquement basse et sensuelle.

— Voilà quelque chose dont je ne me plaindrai jamais, répliqua Jack en posant un baiser sur l'épaule nue de sa fiancée.

— Alors, que dis-tu de mon idée de s'habiller comme à l'époque de la guerre de Sécession, pour notre mariage ? Des habits loués, bien sûr, ou alors je pourrais demander à une couseuse amish, même si les vêtements qu'ils portent sont beaucoup plus simples à fabriquer. Mais quand on voit les patchworks qu'elles sont capables de réaliser, je pense que rien ne leur fait peur. Et toi, tu aurais le cran de te marier en gentleman sudiste ?

— Pourquoi pas, si je ne rebondis pas sur une robe à crinoline chaque fois que je veux embrasser la mariée ? Enfin, on verra ça demain, comme dirait Scarlett O'Hara.

Après avoir ri quelques instants, Ray-Lynn redevint brusquement sérieuse.

— J'aime beaucoup plaisanter avec toi, mais ne va surtout pas croire que je prends tes inquiétudes à la légère, Jack.

— Oh ! il n'y a pas de quoi en faire un plat, tu sais. C'est simplement que j'ai le sentiment de perdre un peu le contact direct avec les choses, depuis que Winston Hayes est là. Mais je ne vais pas faire la fine bouche, alors que je réclamais de l'aide depuis les incendies et les coups de feu dans le cimetière. Et puis, tant que je ne perds pas le contact direct avec toi…

Sa main glissa du dos vers les hanches nues de Ray-Lynn, et bientôt il se trouva sur elle. Alors qu'elle enroulait les bras autour du cou de Jack, elle vit le diamant de sa bague de fiançailles scintiller d'un éclat rouge vif dans le halo du radio-réveil.

— Ça m'a fait de la peine de lui dire au revoir, soupira Ella, le visage encore mouillé de larmes, alors qu'ils quittaient la gare routière d'Orlando.

L'autocar à destination de Harrisburg où *Grossmamm* Ruth prendrait une correspondance pour Union County, en Pennsylvanie, venait de démarrer dans un tumulte de pétarade et de gaz d'échappement.

Une vague de tristesse doublée d'une sensation d'épuisement submergea brusquement Ella. Pour couronner le tout, elle se sentait nerveuse à l'idée de se retrouver seule avec Andrew. Le soleil ne s'était pas encore levé, et déjà l'aube coloriait l'horizon de rose tendre. Elle étira son corps las et endolori sur le siège confortable de la grosse berline. Andrew comptait-il s'arrêter à un moment ou un autre pour qu'ils se reposent un peu ? Ils pouvaient même dormir dans la voiture : l'habitacle donnait une impression d'espace, et les sièges s'inclinaient presque à l'horizontale.

— Moi aussi, ça m'attriste de la voir partir, assura-t-il après un long moment de silence.

Si long qu'elle avait presque oublié ce qu'elle avait dit auparavant.

— Elle a été si adorable avec moi, si attentionnée…, poursuivit-il. Toute ta famille m'a accueilli à bras ouverts, mais *Grossmamm* Ruth mérite une mention spéciale. Bien sûr, il semblerait qu'elle ait eu une idée derrière la tête : faire de moi l'un des vôtres et me faire épouser une Amish.

— Je ne sais pas ce qui lui a pris de dire ça, répondit Ella. C'est une idée complètement folle.

— N'ai-je pas entendu ton *Daad* et ta *Grossmamm* dire quelque chose comme : « Avec Dieu, rien n'est impossible ici-bas » ?

— Oui… tu as sans doute raison. Après tout, je te connais depuis moins de quinze jours, et regarde tout ce qui nous est arrivé. Et maintenant, tu m'emmènes à New York ! Mais tu ne crois pas qu'on va se faire remarquer, avec ces vêtements ?

— Là, tu as un coup d'avance sur moi. Dès que je repère un de ces supermarchés ouverts vingt-quatre heures sur vingt-quatre, on va se transformer en modernes grâce à l'argent de notre tueur à gages. Ou de *l'un* de nos tueurs à gages, ajouta-t-il avec un sourire crispé.

— Ça ira si je ne porte pas de pantalon. Je devrais me

sentir assez à l'aise dans une jupe classique. Par contre, j'espère vraiment que d'autres tueurs ne vont pas prendre le relais de celui dont on s'est débarrassés. Au fait, Andrew, tu as vraiment cru cet homme, quand il t'a dit que ce n'était pas lui qui m'avait enlevée ? Je veux dire… est-ce qu'on peut avoir confiance dans un tel personnage ?

— Si je l'ai cru, c'est qu'il n'avait aucune raison de me mentir au moment où il m'a dit ça. Pour lui, j'étais déjà mort, tu comprends ? Et puis, j'ai bien vu qu'il ignorait tout de Home Valley. Il ne connaissait même pas ton prénom, et il a pris *Grossmamm* Ruth pour ta mère. Sans compter qu'il a admis que c'était lui qui avait cherché à m'éliminer alors que rien ne le contraignait à se mettre à table — c'est-à-dire à me faire des aveux — et que…

— Tu n'es pas obligé de tout traduire pour moi, tu sais ! coupa Ella avec un brin d'agacement.

— Oui, excuse-moi. On est tous les deux épuisés et à cran. Essaie de dormir un peu jusqu'à ce que je trouve un endroit où acheter des vêtements passe-partout.

— Toi aussi, tu es fatigué. Et en plus, tu dois conduire.

— J'adore conduire, figure-toi. Même une voiture volée à un tueur.

Il ouvrit et referma plusieurs fois les doigts sur le volant avec un sourire satisfait.

— Tu sais, ça fait vraiment du bien de retrouver le sentiment de maîtriser sa trajectoire. Et puis, ce ne sera pas la première fois que je roulerai toute la nuit. Je ferai le plein de café quand on s'arrêtera pour changer de vêtements, et ça ira très bien.

— Ta voiture et ton ancienne vie te manquent, n'est-ce pas ?

— Oui, parfois. Mais curieusement, elle me paraît un peu irréelle, alors qu'aujourd'hui, la vie à Home Valley me semble bien réelle. C'était exactement l'inverse, la première fois que j'ai débarqué en pays amish. Je me souviens d'une impression de rêve éveillé, comme si j'atterrissais sur une autre planète. Pourtant, chez toi, j'ai redécouvert des choses qui me rattachent à ce monde comme jamais auparavant. Le sentiment de prendre le temps de vivre, de respirer vraiment et de sentir la nature. La lavande, en l'occurrence. Au fait, ton champ ne te manque pas trop ?

— Si, il me manque. Heureusement, il me suffit de fermer les yeux et de me concentrer un instant pour sentir ma lavande. C'est comme si mon cœur en conservait un extrait bien parfumé et qu'il le diffusait en moi lorsque je m'éloigne de la ferme. Cela dit, mes frères humains sont plus importants que mon champ de lavande.

Il tendit le bras droit vers l'accoudoir central et posa la main sur celle d'Ella.

— D'accord avec toi. Le salut passe par les autres. Il faut en finir avec le « moi je ».

— Quand tu es arrivé chez nous, tu m'as dit : « Le salut passe par la croissance. » Et quinze jours plus tard, ton slogan s'est transformé en « Le salut passe par les autres ». *Grossmamm* Ruth a peut-être raison de dire que tu es prêt à devenir amish !

— Est-ce que je sens un soupçon de moquerie dans ces propos ? demanda-t-il en riant. Mais revenons aux vêtements qu'on doit acheter. Tu sais, tu risques de te faire remarquer, à New York, si tu as un look trop conservateur. Dans le quartier où je vis, en tout cas. La population de SoHo est plutôt jeune et branchée — enfin, à la page, si tu…

— Je sais ce que veut dire « branché », Andrew !

— Pardon, pardon… Donc, ce que je voulais dire, c'est qu'il vaudrait mieux que tu ne t'habilles pas dans un style trop vieux jeu. Il faudra aussi cacher ou couper tes longs cheveux…

— Une Amish ne coupe jamais ses cheveux, Andrew, c'est important. Ça porterait atteinte à ma dignité. Sais-tu que chez nous, une femme ne libère sa chevelure que pour son mari et dans l'intimité de la chambre à coucher ?

Il resta un moment silencieux et elle se demanda s'il songeait à la même chose qu'elle. Au privilège qu'il avait eu de voir sa longue natte tomber sur son dos.

— Je comprends, dit-il finalement. Mais j'espère que tu te sentiras capable d'aller faire des courses pour nous durant la journée. Moi, je risquerais d'être reconnu par des commerçants ou des gens du quartier.

Ella poussa un énorme soupir.

— J'ai appris à me satisfaire du sort qui m'est fait, dit-elle, sans préciser que ces mots rapportés dans la Bible avaient été prononcés par un homme qui avait souvent dû fuir ses ennemis, lui aussi.

Malheureusement, l'apôtre Paul avait fini par être arrêté et exécuté.

— Alors, j'espère de tout mon cœur que tu seras satisfaite d'être à New York avec moi, dit-il en lui pressant doucement la main.

Elle n'aimait pas qu'on plaisante avec les citations de la Sainte Bible, mais Andrew n'avait sûrement pas reconnu celle-ci. Aussi laissa-t-elle un sourire se former sur ses lèvres tandis qu'elle se renversait sur le siège en cuir, les yeux mi-clos. Elle n'avait pas eu le temps de s'assoupir quand il tourna brusquement à droite, empruntant une bretelle de sortie depuis laquelle on pouvait apercevoir une zone commerciale où brillaient les lumières d'un supermarché cerné de fast-foods.

De nouveaux habits pour un monde nouveau, songea-t-elle. A part servir de cible à un autre tueur, elle se sentait prête à affronter toutes les épreuves qui les attendraient sur leur chemin. Elle regrettait seulement d'être tombée amoureuse d'un homme qui, malgré les idées audacieuses de *Grossmamm* Ruth, ne deviendrait jamais son mari.

— Tu comptes ressortir un jour de cette cabine ? cria Andrew.

Dieu merci, il était encore très tôt et il n'y avait pas d'autres clients au rayon vêtements.

— On a encore beaucoup de route à faire ! insista-t-il.

— Donne-moi encore une minute, s'il te plaît !

Ella observa pour la énième fois son reflet dans le miroir, si grand comparé à celui de la ferme, qui restait la plupart du temps tourné vers le mur. Choisir des vêtements n'avait pas été simple, non seulement parce qu'elle ne voulait pas être indécente, mais aussi parce qu'elle ignorait quelle taille correspondait à sa morphologie. Comment aurait-elle su une chose pareille ? Depuis sa naissance, elle n'avait porté que des habits faits sur mesure, rien que pour elle.

Elle pivota à gauche, puis à droite, pour voir sous tous les angles l'effet que produisait sur elle ce pantalon. C'était le troisième qu'elle enfilait face au miroir — elle avait fini par accepter d'en essayer quelques-uns malgré ses réticences —, mais c'était chaque fois le même sentiment de gêne qui dominait. La coupe de celui-ci avait beau être assez large, elle se sentait presque nue. Elle avait aussi choisi ce qu'on appelait un tailleur jupe, Andrew lui ayant assuré que les femmes actives de Manhattan en portaient souvent. Pourtant, elle n'était pas certaine d'avoir envie de leur ressembler. Non, elle n'avait guère envie de ressembler aux habitantes de SoHo, ce quartier où Andrew possédait un appartement.

Et ce pantalon ! On l'aurait cru déguisée en homme, pour dire le fond de sa pensée. Et puis, il soulignait la forme de ses jambes et de ses fesses. Avec ça, n'importe qui pouvait l'imaginer en tenue d'Eve. Déjà qu'elle se sentait nue sans sa coiffe, sa *kaap* de prière et son tablier…

Elle enfila un gilet à capuche par-dessus son T-shirt (elle avait aussi mis un soutien-gorge pour la première fois de sa vie), ramassa tous les vêtements et sortit pour aller rejoindre Andrew. Il l'attendait avec son grand chariot où s'entassaient des affaires neuves et leurs tenues amish qu'ils avaient troquées contre des vêtements mondains. Lui n'avait rien choisi d'aussi habillé que le tailleur bleu marine et le chemisier de soie blanche qu'elle tenait dans les mains, mais, apparemment, de nombreux costumes garnissaient la penderie de son appartement. Il était vêtu d'un blue-jean et d'un T-shirt avec un logo en forme de virgule, identique à celui qui ornait ses chaussures de sport. Elle avait opté pour les mêmes que lui, le seul achat qui ne lui avait posé aucun problème. Malheureusement, elle avait dû prendre une seconde paire pour aller avec le tailleur, et des chaussures dont les talons lui semblaient immenses bien qu'elle ait jeté son dévolu sur les plus petits du rayon. Elle allait devoir s'entraîner, dans l'appartement d'Andrew, si elle voulait avoir une chance de marcher dans les rues de SoHo sans se tordre la cheville. Vraiment, les femmes mondaines étaient complètement folles de se balader avec des trucs pareils aux pieds !

Elle remarqua qu'Andrew avait également mis deux gros sacs à dos, quatre lampes torches et une boîte de bougies dans son chariot.

— Tu es superbe, dit-il. Tu as pensé à acheter une casquette et quelque chose pour te faire une queue-de-cheval ou refaire ta natte ?

— *Ya*... oui. Ça, au moins, ça ne m'a pas posé trop de problème. C'est pour quoi, les lampes de poche et les bougies ?

— On ne pourra pas allumer l'électricité quand on sera chez moi, répondit-il. Allez, mets tous ces habits dans le chariot et on se remet en route. J'ai même acheté du fond de teint pour camoufler mon coquard.

— Tu es sûr que ça ne va pas faire d'histoires qu'on porte déjà certains vêtements neufs ? demanda-t-elle en laissant tomber dans le chariot ceux qu'elle tenait dans les mains.

— J'ai vu ça avec la chef de rayon. Tu as bien conservé les étiquettes pour qu'ils puissent lire les codes-barres quand on passera en caisse ?

— J'ai fait exactement comme tu m'as dit. Avec tous les ennuis qu'on a, il ne manquerait plus qu'on se fasse arrêter pour vol à l'étalage.

— Ne t'inquiète pas, Ella, je t'ai dit que je me suis expliqué avec la chef de rayon. Je lui ai raconté qu'on s'était fait agresser par un type qui avait volé notre valise, mais je ne sais pas si elle m'a cru. Pour tout te dire, j'ai l'impression qu'elle nous prend pour deux bouseux qui ont quitté leur campagne pour filer le parfait amour dans la grande ville.

— Des bouseux ? Alors, c'est comme ça que les *Englische* voient les Amish ? maugréa-t-elle en le suivant vers les caisses du supermarché. Et puis, je trouve qu'on profère beaucoup de mensonges, tu sais… A ce rythme-là, on va bientôt perdre tout sens moral.

— Je me suis souvent demandé comment faisait mon ancien patron pour vivre en mentant à tout le monde, dit-il d'un ton pensif. Mais pour ce qui est de l'histoire que j'ai inventée, je préfère imaginer que je fuis par amour pour une belle blonde que parce que je suis un témoin gênant.

— N'empêche qu'un mensonge reste un mensonge.

Elle avait conscience d'être grincheuse, mais c'était plus fort qu'elle. En plus d'être épuisée et agacée de dépendre autant de lui, elle n'aimait pas la désinvolture avec laquelle il parvenait à mentir. D'un autre côté, qu'aurait-il dû faire d'autre ? Dire à la chef de rayon qu'ils étaient poursuivis par des ennemis d'autant plus acharnés contre eux qu'ils venaient de balancer un de leurs tueurs du haut d'un château d'eau ?

Elle décida de changer de sujet.

— Je me disais qu'il y a peut-être quelque chose qui pourrait nous être utile dans la valise du faux clown.

Ils venaient d'arriver à la seule caisse ouverte. Andrew ne lui répondit pas, poussant le chariot avec un sourire affable et même un peu séducteur qui n'était pas destiné à Ella.

— Bonjour, madame, dit-il. Lindsey, la chef du rayon vêtements, nous a autorisés à porter certains des articles achetés. Elle nous a dit de retirer les étiquettes et de vous les donner pour que vous puissiez…

— Oui, oui, je suis au courant, l'interrompit la caissière, une dame replète qui devait approcher la cinquantaine. Lindsey m'a dit de bien m'occuper du bel homme avec un coquard, ajouta-t-elle, les joues un peu rouges. Désolé pour ce qui vous est arrivé. Regardez-moi cet œil… Les gens sont vraiment des sauvages, je vous jure.

C'est à peine si elle jeta un regard à Ella, levant ostensiblement les yeux au ciel devant le petit numéro de charme d'Andrew qui, de toute évidence, s'était remis dans la peau d'Alex. Malin, sûr de lui, il était dans son élément, et il semblait y prendre plaisir malgré la situation critique dans laquelle ils se trouvaient. A voir son aisance avec les femmes, elle se demanda s'il se pouvait vraiment qu'aucune conquête ne l'attende dans cette énorme ville où il comptait l'emmener.

Avait-elle fait le mauvais choix en l'accompagnant dans sa fuite ? Avait-elle tout bonnement perdu la tête, trahie par ses sens ? Non… Elle connaissait cet homme, n'est-ce pas ? Il avait été un *auslander* dans son monde à elle, et à présent, les rôles étaient inversés, voilà tout. Alex Caldwell ne pouvait quand même pas être complètement différent de l'homme doux et prévenant qu'elle avait connu sous le nom d'Andrew Lantz.

Dehors, alors qu'ils poussaient ensemble le chariot vers la voiture, Ella eut le sentiment que soleil se tenait en équilibre au bord de l'horizon, comme un gros ballon rouge prêt à rouler d'un côté ou de l'autre.

— J'ai vu un panneau qui annonçait une aire de repos à une trentaine de kilomètres d'ici, dit-il, lui tendant un premier sac pour qu'elle le mette dans le coffre, qu'il venait d'ouvrir à distance avec sa drôle de clé.

Une fois les affaires rangées et le chariot remis à la disposition des autres clients, Andrew promena le regard sur le parking, où la pâle lumière du jour peinait encore à prendre le dessus sur l'éclairage cru des lampadaires.

— Je voulais attendre qu'il fasse vraiment jour pour l'ouvrir, dit-il en tirant la petite valise au bord du coffre, mais je suis trop impatient de voir ce qu'il y a là-dedans.

Il l'ouvrit et se pencha sur son contenu, écartant d'une main délicate les vêtements qui s'y trouvaient.

— Pas de téléphone portable ici non plus ! Juste des fringues et… qu'est-ce que c'est que ce truc ? Ah, un rasoir… Il y a des T-shirts propres, mais, franchement, je ne me vois pas porter les affaires d'un tueur.

Sa main sembla rencontrer quelque chose dans les profondeurs de la valise et il se figea un instant avant de ramener une liasse de billets à l'air libre.

— Encore du fric ! Je suppose qu'il a reçu une avance pour m'éliminer.

Elle regarda la liasse avec de grands yeux. C'étaient des billets de cinquante dollars, et il y en avait vraiment beaucoup.

— Si ce n'est qu'une avance, il a peut-être reçu une double rémunération, dit-elle. Pour nous tuer tous les deux.

Elle se pencha à son tour sur la valise, ses doigts sondant et palpant les affaires du tueur.

— Il y a un objet coincé dans une chaussure, dit-elle en sortant ce qui s'avéra être une mule d'intérieur. J'ai l'impression que c'est un portefeuille. On va peut-être trouver encore plus d'argent…

— Tiens, prends ça, dit Andrew en fourrant la liasse de billets dans sa main.

Il sortit le portefeuille en crocodile noir et l'ouvrit aussitôt. Glissée sous la feuille en plastique d'un des compartiments se trouvait la photo de l'homme qui avait essayé de les éliminer, sans doute en contrepartie de l'argent désormais en leur possession. A en croire son permis de conduire, le tueur s'appelait Michael F. Moreland, né à Antlanta, Etat de Géorgie, le 4 juin 1965.

— Je vais envoyer ça par e-mail à Gerald Branin depuis la médiathèque de la ville. Ça lui permettra d'essayer de retrouver la personne qui a fait appel aux services de ce M. Moreland. Et si c'est Branin qui m'a livré, il se dira que je lui envoie ce document pour lui faire comprendre que je le soupçonne. Reste à espérer que ça l'incitera à nous foutre la paix.

— Si c'est vraiment lui qui t'a livré, Andrew, ça risque au contraire de le motiver encore plus pour se débarrasser de toi, fit remarquer Ella, avant de faire un signe de tête en direction du portefeuille. Il y a autre chose, là-dedans ? Un répertoire téléphonique, par exemple ?

— Non, malheureusement, répondit Andrew en écartant l'une après l'autre les fentes destinées à recevoir les cartes de crédit. Pas d'autres indices. Des armes et du fric pour tout bagage, ou presque. Le vrai tueur professionnel, quoi. A propos d'argent, sépare cette liasse de billets en deux parties à peu près égales, pour qu'on en garde chacun la moitié dans nos poches. Tu vois, ma chérie, les poches sont bien pratiques. D'ailleurs, je trouve que ce pantalon te va à ravir.

« Pantalon » ? « Poches » ? « Chérie » ! Alors, c'était officiel, à présent, songea-t-elle tandis qu'il lui ouvrait la portière et qu'elle grimpait dans la voiture. Que cela lui plaise ou non, elle venait d'entrer dans le monde moderne. Parviendrait-elle jamais à retrouver le chemin du pays amish ?

21

C'était la première fois de sa vie qu'elle dormait avec un homme. Ou du moins à côté d'un homme. Lorsqu'ils avaient finalement quitté l'autoroute, pour prendre la route A1A qui traversait Saint Augustine, même Andrew avait commencé à montrer de sérieux signes de fatigue. Inquiet à l'idée de s'endormir au volant, il avait suivi les indications vers Crescent Beach, où ils avaient roulé un moment sur une vaste étendue de sable, après avoir réussi à contourner une chaîne qui bloquait l'accès à la plage. L'endroit semblait vraiment désert, et il ne restait plus à espérer que personne ne les trouverait au pied de la dune où Andrew avait garé leur voiture.

S'il s'était endormi aussitôt, bercé par le son cadencé des vagues de l'océan qui s'invitait dans l'habitacle malgré les vitres fermées, Ella était dans un tel état de nerfs qu'il lui fallut un moment pour tomber dans les bras de Morphée… tomber amoureuse d'Andrew… tomber du château d'eau… Elle tombait, tombait, sans jamais toucher le sol. Elle tombait le long de la colline herbeuse en direction de sa lavande…

Ce grondement régulier dans ses oreilles… Etait-ce le sang qui lui battait les tempes ou bien les vagues qui la soulevaient dans les bras d'Andrew ? Oh ! non… Ça ne pouvait tout de même pas être l'eau de l'étang qui venait l'engloutir, ce courant qui la tirait vers le fond, toujours plus loin dans les ténèbres glacées… *Au secours ! Au secours ! Je me noie…*

Elle agita les bras et les jambes pour essayer de remonter

à la surface. De l'air, de l'air, ses poumons allaient exploser si elle ne respirait pas vite. Sous l'eau, le courant entraînait une croix de lavande sur laquelle était crucifié un épouvantail. Elle vit ensuite passer un clown dans l'eau verdâtre — un horrible clown qui tenait un gros pistolet à la main. Quelqu'un essaya de lui attacher les poignets et les chevilles pour l'empêcher de regagner la surface. Même si elle avait grand besoin de sommeil, elle devait absolument se réveiller pour ne pas se noyer. Pour ne pas servir de cible au clown. *Ya*, il la visait avec son pistolet ! Il allait la tuer !

Toc ! Toc ! Toc !

Avec un petit cri, Ella se réveilla en sursaut. Il ne faisait pas nuit. Oui… ça lui revenait, maintenant. Elle se trouvait avec Andrew dans la voiture du tueur, et ils s'étaient garés à l'abri d'une dune pour dormir un peu. Derrière la vitre, elle aperçut une voiture de police vert et blanc. « St. Augustine Beach Police », lut-elle sur le flanc du véhicule. Il y avait aussi un agent qui cognait le doigt contre la vitre côté conducteur. Mais cet homme était-il vraiment policier ? L'autre tueur s'était bien déguisé en clown, alors comment être certaine qu'il s'agissait d'un représentant de la loi ?

Andrew tourna la clé de contact et abaissa sa vitre.

— Oui, monsieur l'agent ?

— Tout va bien ? demanda l'homme en se penchant vers Andrew pour inspecter l'habitacle.

— Oui, oui, tout va bien, répondit Andrew en se massant brièvement le visage. On roulait vers le nord et on a simplement décidé de faire une petite halte pour ne pas s'assoupir au volant. Ça pose un problème si on dort ici quelques heures ?

— Il y a un panneau là-bas qui indique clairement qu'il est interdit de venir ici en voiture, monsieur. Et vous avez contourné une barrière à chaîne qui n'est pas installée là sans raison. D'où êtes-vous ?

— D'Atlanta. Je m'appelle Mike Moreland et voici ma femme Ellen.

Bien sûr, songea Ella. La voiture était immatriculée en Géorgie. Mais si le policier fouillait dans le coffre, il trouverait d'autres plaques minéralogiques avec des numéros et des Etats différents. Andrew avait eu le bon réflexe en donnant le nom du tueur à gages, parce que son permis de conduire était la seule pièce d'identité en leur possession. Sauf que les deux hommes ne se ressemblaient pas le moins du monde.

— Bien le bonjour, m'dame, dit le policier en touchant du doigt la visière de sa casquette.

Le jeune homme, impeccable dans son uniforme qui semblait sortir du pressing, esquissa un sourire quand Ella le salua à son tour.

— Vous devriez peut-être vous relayer au volant, si vous êtes fatigués, suggéra-t-il.

— Je sais que c'est ridicule, mais je n'ai jamais passé mon permis, répondit Ella avec une moue gênée et un petit haussement d'épaules.

Au moins, ce n'était pas un mensonge. Auparavant, elle s'inquiétait qu'Andrew n'ait pas l'air suffisamment amish quand il parlait, mais à présent, c'était sa propre façon de s'exprimer qu'elle devait surveiller. Elle était parfaitement consciente que les siens avaient un accent un peu particulier, même s'ils parlaient un excellent anglais. Sans compter les mots désuets ou en dialecte allemand qui pouvaient surgir ici et là dans la bouche d'un Amish, y compris lorsqu'il s'adressait à un *auslander*.

— Vous allez devoir bouger d'ici, dit le policier. Si vous voulez, je peux vous guider jusqu'à un motel ou même jusqu'au parking d'un supermarché.

— C'est gentil à vous, mais je ne me sens plus du tout fatigué. On va reprendre la route, hein, Ellen ? Merci encore, monsieur l'agent, et désolé pour le panneau qu'on n'a pas vu.

Il démarra alors qu'il terminait sa phrase. Le policier regagna son véhicule et les suivit jusqu'à ce qu'ils quittent la zone interdite aux voitures. Alors qu'ils s'éloignaient, Ella jeta un dernier coup d'œil aux crêtes écumeuses qui ondulaient derrière la plage. Elle n'avait décidément aucun goût pour les mensonges, mais elle devait reconnaître que les boniments d'Andrew les avaient une nouvelle fois sortis du pétrin. Et certains n'étaient pas si désagréables à entendre, comme lorsqu'il l'avait désignée comme sa femme…

— Tu ne penses pas qu'on devrait quitter la ville, puisque c'est ce que tu as dit à ce policier ? demanda-t-elle alors qu'Andrew engageait la Lexus dans l'allée d'un McDrive.

C'était l'heure du petit déjeuner, et il y avait plusieurs voitures devant eux. Elle en profita pour regarder Andrew à la dérobée. C'était la première fois qu'elle voyait l'ombre d'une barbe sur son visage d'ordinaire parfaitement glabre. Elle pensa aux jeunes Amish qui cessaient de se raser après s'être mariés. Avec ou sans poils — et malgré ses traits tendus par la fatigue et l'inquiétude —, le visage d'Andrew était décidément très agréable à regarder, songea-t-elle avec un soupir intérieur.

— Pour répondre à ta question, dit-il après avoir commandé des œufs McMuffin et du café, j'aimerais autant envoyer cet e-mail à Branin d'ici, avant qu'on reprenne la route vers le nord.

— A Wooster, je crois qu'il faut une carte pour utiliser l'ordinateur de la médiathèque. Et tu es sûr que M. Branin ne parviendra pas à te localiser grâce au message que tu comptes lui envoyer ? J'imagine qu'au FBI, ils ont des moyens sophistiqués pour faire ce genre de choses.

— Je reconnais bien là ma complice à l'esprit affûté ! Non, ne t'inquiète pas, je connais le moyen de masquer l'adresse IP de l'ordinateur dont je me sers. Ça s'appelle le spoofing et… Enfin, c'est un peu compliqué, ajouta-t-il avec un sourire. Et puis, de toute façon, même si Branin parvenait à me localiser, il saurait d'où le message est parti, mais pas où nous allons. Je vais demander à l'employé qui nous donnera notre commande de me dire où se trouve la médiathèque.

Un sourire crispé se dessina brièvement sur ses lèvres tandis que ses sourcils se soulevaient comiquement.

— Heureusement que ce policier n'a pas exigé de voir mon permis de conduire ! Même en faisant une tête d'enterrement, je ne ressemble ni de près ni de loin à ce Moreland. On a eu de la chance, sur ce coup-là.

— On n'a pas eu de la chance, objecta-t-elle. C'est le Seigneur qui a veillé sur nous.

— Si tu veux, dit-il en esquissant un sourire plus naturel que le précédent. Que ce soit Dieu ou la chance, ça me convient tout aussi bien.

En milieu de matinée, ils furent parmi les premiers à entrer dans la médiathèque qui venait d'ouvrir. Facétie du hasard, elle se situait juste à côté d'un manège. A l'image de ce qu'était devenue sa vie, avait songé Ella en passant devant les vieux chevaux de bois. A présent, elle se trouvait assise dans un coin, là où Andrew lui avait demandé de rester pendant qu'il allait pianoter sur un des ordinateurs alignés à l'autre bout de la grande salle. Au moins, il ne l'avait pas laissée seule dans la voiture. Pourquoi ne se faisait-il pas plus discret ? se demanda-t-elle en le regardant discuter avec les gens qui attendaient comme lui qu'un appareil se libère. A voir la façon dont les premiers arrivés s'étaient rués vers ces machines, les modernes devaient être incapables de se passer des ordinateurs. A bien y regarder, elle s'aperçut qu'Andrew ne discutait pas avec les gens qui faisaient la queue, mais plus précisément avec une blonde parmi eux. Et il fallait voir comment il lui souriait ! Comment elle éclatait de rire aux bêtises qu'il devait lui raconter… Mais la petite pointe de jalousie d'Ella se calma quand elle vit la jeune femme lui tendre sa carte de médiathèque.

Moins de dix minutes plus tard, il revenait vers elle.

— Un petit tour aux toilettes et je reprends le volant, dit-il. Mission accomplie.

Après l'avoir d'abord suivi avec empressement, elle se mit brusquement à ralentir le pas. Alex Caldwell, alias Andrew Lantz, savait incontestablement s'y prendre avec les femmes, y compris avec de parfaites inconnues. Il était doué pour les charmer. Un peu trop doué pour être honnête ? S'était-elle éprise d'un homme qui se servait des femmes pour arriver à ses fins ?

Ella ferma si brusquement la porte des toilettes que le bruit résonna comme une détonation. Au point où elle en était, elle n'avait d'autre choix que de lui faire confiance. Mais pas une confiance aveugle, pour autant. A partir de maintenant, elle allait rester sur ses gardes, et pas seulement parce qu'un autre tueur était peut-être à leurs trousses.

La vérité, c'est qu'elle n'avait envie de servir de cible ni à un tueur en série ni à un dragueur en série.

Le jour suivant se déroula dans une sorte de brouillard. Voitures, camions et autoroute I-95 se fondaient dans un ballet chaotique et pourtant monotone. Aires de repos, fast-foods, stations d'essence, retour à la voiture. Elle s'assoupissait par intermittence, mais Andrew restait vigilant, dopé par un mélange d'anxiété et de café.

— On va aller jusqu'à ton appartement avec cette voiture ? demanda-t-elle.

— Non, on la laissera à Washington D.C., sans plaque d'immatriculation ni sur la voiture ni dans le coffre. On mettra tout ce dont a besoin dans les sacs à dos que j'ai achetés, et on ira à Union Station pour prendre l'Amtrak — un train — jusqu'à Penn Station à New York. C'est un trajet de trois heures environ. On prendra ensuite le métro pour aller de Penn Station à SoHo. Et une fois devant mon immeuble, on n'entrera pas par la porte principale.

L'esprit embrouillé par tous les noms inconnus qu'il venait de mentionner, elle se contenta de répondre :

— Je m'en remets à toi… Mais tu es sûr que la porte de derrière n'est pas surveillée, elle aussi ?

— On n'entrera pas non plus par la porte de derrière. Pas exactement, en tout cas.

Il n'en dit pas plus sur le sujet. Gardait-il pour lui quelque chose qui ne lui plairait pas du tout ? Quelque chose d'effrayant, peut-être ? Sans doute devait-elle lui être reconnaissante d'avoir tout planifié. Pourtant, elle eut le douloureux sentiment de s'éloigner de cet homme qui savait tout de ces énormes villes, si distantes en kilomètres et en état d'esprit des lieux chers à son cœur.

Il leur fallut tourner dans les rues de Washington D.C. pendant près d'une demi-heure avant de trouver une place de parking. Une fois la Lexus coincée entre deux voitures le long d'un trottoir, elle transféra le contenu de sa petite valise dans un des sacs à dos, Andrew faisant de même de son côté. Elle avait été fascinée par le spectacle qui s'était offert à elle tandis qu'ils traversaient Washington et sa périphérie : immeubles massifs en marbre blanc, avenues presque aussi larges que des autoroutes, monuments à la gloire de personnalités politiques d'un autre temps, nuées de véhicules de toutes tailles et de toutes formes, grappes humaines sur les trottoirs… Un peu avant qu'Andrew parvienne à se garer, elle avait même rapidement aperçu le Capitole, grouillant de monde en ce milieu d'après-midi.

— Je sais qu'il fait chaud, dit-il, mais je te conseille de mettre la capuche de ton gilet pour cacher tes cheveux.

— Je vais plutôt mettre la casquette que j'ai achetée, dit-elle. Je pense que tous mes cheveux devraient entrer là-dessous.

Elle ignorait ce que désignaient l'alligator et l'inscription — *Florida Gators* — visibles sur cette coiffe mondaine, choisie au hasard au supermarché. Mais bien entendu, il n'en allait pas de même pour Andrew.

— Bonne équipe de foot, dit-il avec la moue du connaisseur, avant de l'aider à ranger sa longue et lourde natte sous la casquette.

C'était une drôle d'impression d'avoir une visière au-dessus des yeux, mais force était de reconnaître qu'elle protégeait son visage du soleil, comme la coiffe amish. A sa grande surprise, il lui tendit une paire de lunettes de soleil pour femme.

— Je les ai achetées au supermarché, expliqua-t-il. J'étais sûr que tu refuserais de les porter dans la voiture, mais ça serait plus prudent que tu les mettes, maintenant. On va croiser beaucoup de gens, tu sais, et plus on sera anonymes, mieux ça vaudra. On n'est jamais trop prudent, tu comprends ?

Oui, elle le comprenait parfaitement, depuis qu'un faux clown avait piégé Andrew avec la ferme intention de le pendre au sommet d'un château d'eau. Elle chaussa donc les lunettes et ce monde étranger devint plus sombre encore. Toutefois, elle devait admettre qu'elle se sentait un peu moins exposée, avec le sac à dos, la casquette et ces lunettes de soleil. Elle regarda Andrew retirer les deux plaques d'immatriculation à l'aide d'un tournevis qu'il avait déniché dans la voiture, puis jeter les trois jeux dans une poubelle publique. Il passa ensuite un bon quart d'heure à frotter l'habitacle avec des lingettes achetées dans une station-service, dans l'espoir d'effacer ses empreintes digitales.

— Tu as fait exprès de ne pas verrouiller la voiture ? demanda-t-elle alors qu'ils commençaient à s'éloigner.

— Oui. J'ai même laissé les clés sur le contact pour inciter des voyous à la voler. Ça m'arrangerait bien qu'ils mettent leurs empreintes partout sur les miennes et même sur celles de Moreland. Quant aux tiennes et à celles de *Grossmamm* Ruth, je ne pense pas que la police puisse un jour découvrir à qui elles appartiennent. J'imagine qu'on ne vous les a jamais prises ?

— A moi non, et pas que je sache pour *Grossmamm*. Comme tu le sais, les Amish n'ont aucune confiance dans les représentants de la loi. Et je pense que tu peux comprendre pourquoi, maintenant.

Pour toute réponse, il marmonna quelque chose qu'elle ne parvint pas à comprendre. Et c'était peut-être préférable.

Ella regardait la gare avec des yeux ronds. Toute cette agitation, tout ce bruit, tous ces gens et ces innombrables boutiques sous un dôme construit à une hauteur vertigineuse… Avec ses escalators qui reliaient trois étages et sa multitude de plantes en pots, Union Station ressemblait plus à un centre commercial qu'à une gare. Cette débauche de verdure était la seule chose qui lui rappelait vaguement Home Valley. Ils achetèrent des sandwichs et leurs billets de train pour New York.

Ella n'avait pas imaginé que cet Amtrak qui les emmenait à présent vers le nord serait si luxueux. Le nez collé à la vitre, elle avait regardé la ville s'étirer avant de s'amaigrir, bientôt remplacée par des paysages ruraux. Elle aurait aimé profiter plus longtemps du spectacle, mais elle se sentait gagnée par le sommeil. Bercée par le roulement du train, par son bruit de fond doux et entêtant, elle finit par fermer les yeux, la tête sur l'épaule d'Andrew. Elle n'aurait su dire si elle avait dormi longtemps lorsqu'elle se réveilla au moment où un autre train les croisait, si près et à une telle vitesse qu'elle s'agrippa un instant à son siège.

Une nouvelle métropole, encore plus compacte et haute que Washington D.C., apparut derrière la vitre. La ville devenait de plus en plus impressionnante au fur et à mesure que le train progressait. Des ponts gigantesques, des tours pressées les unes contre les autres, des rues noires de piétons et engorgées de voitures, des camions luisants de chrome et des taxis jaune orangé… Son estomac se noua. Elle ne connaissait pas le nombre de kilomètres qui la séparaient de sa chère vallée, mais il lui sembla qu'on ne pouvait en être plus éloigné.

Lestés de leurs sacs à dos, ils quittèrent le train et passèrent dans une machine insolite — un tourniquet, selon Andrew — avant de se retrouver aspirés par une fourmilière humaine. Effrayée par la foule compacte, Ella resta collée à Andrew tandis qu'un escalator les emportait vers les entrailles de la ville. Elle s'aperçut vite que les gens pressés grimpaient ou descendaient quatre à quatre les marches, au lieu de se laisser entraîner par la mécanique, pourtant rapide. Ceux qui se contentaient de la vitesse de l'escalator semblaient savoir que d'autres vivaient à un autre rythme, car ils se rangeaient sur la droite pour laisser le passage aux impatients. Ella devrait prendre garde à ne pas se tourner de côté, sous peine d'envoyer son sac à dos dans la tête d'un de ces sprinteurs.

Andrew acheta des tickets de métro. Ils patientèrent tandis que plusieurs rames entraient et sortaient de tunnels qui lui semblèrent bien sombres. Certains trains s'arrêtèrent, mais Andrew lui expliqua chaque fois que ce n'était pas le bon. D'autres passèrent à toute vitesse dans un fracas de ferraille. Au milieu de tous ces gens, et même avec Andrew tout près d'elle — il semblait plus excité que nerveux, à présent —, Ella se sentit terriblement seule.

Enfin, Andrew lui prit la main et l'entraîna vers le train qui venait de s'arrêter avec d'inquiétants grincements. Pressés par la foule, ils ne purent trouver de sièges libres dans la voiture bondée. Pour ne pas tomber, ils durent s'accrocher à un poteau chromé tandis que le train s'engouffrait dans les ténèbres d'un tunnel. Au moins, les lumières restaient allumées dans la voiture. Alors qu'ils amorçaient un virage, Andrew posa une main dans le creux de son dos pour lui donner un meilleur équilibre, et elle s'appuya avec plaisir sur ce dossier de fortune. Ils passèrent devant plusieurs stations, sans toujours s'y arrêter. Quand c'était le cas, les gens les bousculaient pour entrer ou sortir sans même s'excuser. Drôle de monde, songea-t-elle, soudain plus lasse qu'intriguée.

— C'est la nôtre, dit enfin Andrew.

Elle savait ce qu'il entendait par là, mais ces mots l'angoissèrent : *C'est la nôtre*. Elle s'efforçait de ne pas porter de jugements hâtifs, mais, jusqu'à preuve du contraire, ce monde n'était pas le sien, et il ne le serait jamais.

— Ce n'est pas là que je descends d'ordinaire, lui souffla Andrew alors qu'ils sortaient du train et se dirigeaient d'un bon pas vers l'escalier qui menait à la rue. Le risque d'être reconnu par les gens de mon quartier aurait été trop important, dans ma station habituelle. Du coup, on va devoir marcher encore un peu.

Il s'arrêta brusquement et posa la main sur l'épaule d'Ella.

— Je sais que c'est dur pour toi et j'en suis vraiment désolé. J'ai bien conscience que le choc culturel doit être violent, quand on passe de l'environnement paisible du pays amish à la frénésie qui règne ici. Plus violent que dans le sens inverse, comme ce que j'ai vécu en venant chez toi.

— *Ya*… enfin oui, je dois dire que ce n'est pas facile. Merci de t'en soucier, Andrew. Mais ne t'inquiète pas, ça va aller.

Le jour déclinait quand ils émergèrent de la bouche de métro. Sans doute était-il aux alentours de 20 heures, songea Andrew avant de se tourner vers Ella.

— Bon…, dit-il. Même s'il doit bien me rester quelques conserves et des produits surgelés, on va devoir acheter de quoi manger en attendant de faire de vraies courses. Je vais t'envoyer au Café Habana. Là-bas, tu vois ? Le restaurant à l'angle de la rue avec la colonne bleue. Ils font de bons sandwichs à emporter. Moi, j'y suis allé trop souvent pour y pointer le nez maintenant.

Il sortit quelques billets de sa poche.

— Tiens, voilà trente dollars. Je préfère que tu ne sortes pas l'argent que tu as sur toi ici. Ce n'est pas un quartier dangereux, mais il ne faut pas tenter le diable. Prends-nous deux ou trois sandwichs au rôti de porc, par exemple, et quelque chose à boire. Peut-être une salade en accompagnement. Enfin, je te laisse choisir. Donne-moi ton sac à dos, parce que tu vas sans doute devoir faire la queue. Je t'attends juste ici, d'accord ?

La queue à cette heure-ci ? se dit-elle. Les gens mangeaient bien tard, à New York.

— O.K., ça roule… comme j'ai entendu quelqu'un dire dans le métro, ajouta-t-elle avec un faible sourire.

Ella traversa prudemment la rue, dans cet état proche du somnambulisme dont elle ne parvenait pas à se défaire depuis qu'ils avaient quitté l'Amtrak. Une fois dans le restaurant, elle prit sa place dans la queue qui s'était formée devant le comptoir de vente à emporter. L'endroit semblait avoir beaucoup de succès, et il lui fallut patienter un bon moment avant de passer sa commande. Les odeurs étaient très agréables, ici, et son estomac gargouillait si fort qu'elle aurait eu peur que tout le monde l'entende, s'il n'y avait eu un tel vacarme. Une fois la commande réglée, elle sortit en slalomant entre les clients, un grand sac en papier marron à la main.

Etrange, cette petite décharge électrique dans son ventre à la vue d'Andrew — ou plutôt Alex — qui l'attendait sur le trottoir. Il l'aida à glisser les bras dans les bretelles de son sac à dos, puis s'empara du sac de provisions tandis qu'ils se remettaient en marche. Quelques minutes plus tard, elle retrouva un instant le sourire lorsqu'ils tournèrent dans une rue nommée Wooster, comme la ville la plus proche de Homestead !

Contrairement à ce dont elle avait l'habitude chez elle, les New-Yorkais se croisaient sans se saluer ni même se regarder, ou alors à la dérobée, comme s'ils craignaient d'être surpris en train de faire quelque chose de simplement humain. Ella s'efforça d'imiter l'expression de ces gens qui se donnaient l'air occupé, mais elle ne pouvait s'empêcher de s'intéresser aux passants qu'elle croisait. Qu'ils aient l'air gais ou tristes, tous avaient en commun d'être très pressés, peut-être parce qu'ils rentraient chez eux après une longue journée de travail. Ceux qui prenaient leur temps étaient visiblement des touristes.

Plusieurs pâtés de maisons se succédèrent. Ella cherchait à lire le nom des rues, avec l'espoir d'en trouver une autre qui lui rappellerait le pays amish. Elle renonça au bout d'un moment, alors que la nuit tombait et que s'éclairaient restaurants et boutiques. Il y avait de beaux réverbères qui s'allumaient aussi, certains courbés à leur cime comme des bâtons de berger. Les pavés sous leurs pieds étaient charmants, eux aussi. Il y avait donc des choses à aimer, dans cette ville, comme ces immeubles magnifiquement décorés avec ces arches en pierre qui chapeautaient des rangées de fenêtres. Tous ces bâtiments étaient si imposants qu'on se demandait comment ils faisaient pour tenir debout.

— J'habite dans Wooster Street, dit Andrew, mais je préfère prendre un chemin détourné.

— C'est drôle que ton appartement se trouve dans une rue qui porte le même nom que la ville de Wooster, près de chez moi. Une grande ville, pour le pays amish, mais un village, comparé à Manhattan. En tout cas, je vois ça comme un bon signe.

— J'espère… Tu sais, ça va nous faire du bien de nous réfugier dans mon appartement, loin de l'agitation, et de pouvoir dormir dans de bonnes conditions. Une fois chez moi, je pourrai enfin me poser et réfléchir à la suite des opérations.

Il fit un signe de tête vers l'avant.

— On va tourner ici dans Broome Street et, ensuite, on descendra Greene Street.

Elle remarqua qu'il ne cessait de regarder autour de lui, à présent, le nez levé vers les bâtiments qui bordaient cette rue plus résidentielle que celles qu'ils venaient d'emprunter.

— Par ici, Ella.

Il la précéda dans une ruelle si étroite que leurs sacs à dos raclaient les murs s'ils ne marchaient pas droit. Le passage débouchait dans une zone faiblement éclairée ; une sorte de no man's land urbain coincé entre deux blocs d'immeubles. Autour d'eux, des échelles de secours métalliques zigzaguaient sur les façades arrière avant de s'arrêter à deux mètres du sol au moins. Fallait-il se casser une jambe pour échapper au feu, dans cette ville ? Ella se sentait trop lasse pour demander une explication.

— Il y a un moyen discret d'entrer dans ton immeuble, par ici ?

— Il y a une sortie de secours, mais le concierge contrôle aussi toutes les entrées et sorties de cette porte. Il va falloir grimper par une de ces échelles, d'accord ? Mieux vaut ne pas utiliser de lampe torche, pour éviter d'attirer l'attention. De toute façon, je pense qu'on y voit suffisamment comme ça.

— Et une fois tout en haut de cette échelle, on verra peut-être la Lune, les étoiles et même tes satellites.

— Heureusement que tu es là, dit-il simplement avant de l'embrasser sur la joue.

Un baiser qui irradia jusque dans les profondeurs de son corps. Dire qu'elle avait décidé de rester sur ses gardes avec lui ! De ne pas laisser son cœur et ses sens réfléchir à sa place ! Et voilà qu'un malheureux baiser sur la joue suffisait à la mettre dans tous ses états…

Ils longèrent les façades arrière jusqu'à ce qu'il détermine quelle était l'échelle qui correspondait à son immeuble.

— Les échelles de secours descendent jusqu'en bas, mais il faut déjà être dessus pour débloquer la dernière portion, et, en plus, ça fait un boucan de tous les diables. C'est fait exprès pour dissuader les cambrioleurs et autres petits malins qui auraient envie de s'amuser à grimper, ajouta-t-il, lui fournissant l'explication qu'elle n'avait pas eu le courage de demander. Du coup, il va falloir faire un peu d'escalade.

Après avoir rangé les victuailles dans la poche extérieure de son sac à dos, Andrew prit celui d'Ella, de crainte qu'il ne la gêne pour monter. Il l'installa dans le sens opposé à celui qui était déjà fixé sur ses épaules.

— Tu viens d'inventer le sac à ventre, fit malicieusement remarquer Ella, tandis qu'il la soulevait déjà par la taille et la hissait jusqu'au bord de l'échelle.

Au prix de quelques contorsions, elle parvint à se rétablir sur la structure en métal, Andrew prenant appui sur le rebord d'une fenêtre avant de solliciter tous les muscles de ses bras pour venir la rejoindre.

— Je vais monter le premier, dit-il. Tu n'as pas le vertige, j'espère ?

— Je passais ma vie à grimper aux arbres, quand j'étais petite, et une fois, je suis même allée chercher une balle de base-ball qui était restée coincée sur le toit de la ferme. Mais c'était il y a longtemps, et on verra bien…

Ces derniers mots prononcés avant de commencer l'ascension semblèrent faire écho aux grincements des marches métalliques : *on verra bien.*

Etait-ce l'attitude qu'elle devait adopter devant les incertitudes dont son quotidien était tissé, depuis que cet *auslander* était entré dans sa vie ? On verrait bien qui cherchait à éliminer Andrew-Alex, à *les* éliminer, peut-être. On verrait combien de temps elle supporterait de vivre dans ce monde étranger et effrayant avant de le supplier de la ramener chez elle. On verrait bien si la confiance qu'elle avait placée en cet homme lui permettrait de se construire un avenir heureux ou si, au contraire, elle allait s'en mordre les doigts.

Oui, on verrait bien.

22

Alors qu'ils finissaient de monter les cinq étages sur l'échelle de secours, l'image de Trixie et Janus grimpant vers le trapèze sur une échelle de corde revint à l'esprit d'Ella. Elle espérait de tout cœur que Janus s'était remis de sa blessure à la tête, et que leurs amis de Floride n'avaient pas trop souffert psychologiquement de l'agression dont ils avaient été victimes. Andrew avait promis de les contacter une fois que toute cette histoire serait finie. Pour leur fournir des explications et leur présenter des excuses, mais aussi pour les remercier de leur gentillesse, ce que leur départ précipité ne leur avait pas permis de faire.

Là-haut, sur le toit plat qui formait une terrasse, on pouvait voir des immeubles illuminés à perte de vue. Jamais Ella n'était montée si haut.

— Il y a trop de lumière dans cette ville pour admirer les étoiles, dit-elle. C'est un joli spectacle, mais ça ne vaut pas celui qu'on a depuis le sommet de la colline qui domine mon champ de lavande.

Elle traversa derrière lui le toit qui touchait d'autres toits similaires, parfois transformés en jardins dans le ciel. Enfin, la plupart se touchaient… Parce qu'à l'endroit où Andrew venait de s'arrêter, un bon mètre séparait les murs des deux immeubles.

— C'est ce que je craignais, dit-il. Je me suis trompé d'échelle et mon appartement se trouve dans l'immeuble d'à côté. Malheureusement, il n'y a pas de mur mitoyen, et il va falloir sauter. Heureusement que tu es en pantalon.

— Je pensais qu'on entrerait par une fenêtre, dit-elle en le regardant jeter les deux sacs à dos sur le toit de l'immeuble voisin.

— Casser une fenêtre ferait du bruit — le genre de bruit qui attire l'attention —, et j'ai une meilleure solution. J'habite au dernier étage, dans un ancien studio d'artiste qui a été rénové avec tout le confort moderne. Il m'arrive souvent d'aller sur le toit aux beaux jours, pour boire un verre avec des amis ou me faire bronzer. Malheureusement, il appartient à la copropriété — c'est-à-dire à tous ceux qui possèdent un appartement dans l'immeuble —, ce qui m'empêche d'y installer une véritable terrasse. Mais je ne désespère pas de le racheter…

Il parlait vite, avec une excitation qu'elle ne lui connaissait pas.

— Enfin, poursuivit-il, tout ça pour dire que j'ai caché une clé ici, parce que la porte du toit se verrouille automatiquement une fois refermée, et qu'il m'est arrivé de rester coincé là-haut. Grâce à cette clé, on va pouvoir accéder à l'escalier qui mène à mon appartement.

— Et tu as…

Il ne lui laissa pas le temps de finir.

— Oui, j'ai aussi caché une clé de ma porte d'entrée au même endroit. Il ne reste plus qu'à espérer qu'elles s'y trouvent toujours.

Encore des incertitudes, songea-t-elle. La distance qui séparait les deux immeubles lui sembla soudain infranchissable. Si elle trébuchait au moment de s'élancer, la chute serait vertigineuse…

— Je vais y aller en premier, dit-il. Il va falloir prendre un peu d'élan. Et interdit de regarder en bas, d'accord ? Au moins, on y voit suffisamment, ici. Par contre, chez moi, il faudra se servir des lampes torches. Heureusement que toi, tu n'as pas le réflexe d'allumer l'électricité. Allez, c'est parti !

Il prit quelques pas d'élan et sauta le petit obstacle sans difficulté. Comment en était-elle arrivée à bondir de toit en toit dans la plus grande ville du pays ? Elle recula à son tour, le regard fixé sur Andrew.

— Bien joué ! s'écria-t-il lorsqu'elle atterrit quasiment dans ses bras.

— Ne compte pas sur moi pour faire ça avec la jupe serrée du tailleur que tu m'as fait acheter, dit-elle alors qu'ils ramassaient les sacs à dos, avant de se diriger vers quatre chaises longues qui entouraient une table ornée de verres et de bouteilles de bière vides.

— On prendra la bonne échelle, la prochaine fois, répondit-il en lui présentant les lieux d'un grand geste du bras. C'est l'endroit idéal pour regarder les feux d'artifice tirés le 4 Juillet. J'ai du mal à réaliser que c'est dans seulement trois jours. Mais ce que j'attends vraiment avec impatience, c'est *mon* jour de l'Indépendance, quand tout ça sera terminé. Et là, crois-moi, je le fêterai dignement !

Sur ces mots, il se mit à genoux et passa le bras derrière un appareil blanc sale qui ronronnait comme un gros chat tapi au bord du toit. Sans doute l'unité extérieure du système de climatisation de l'immeuble, songea-t-elle.

— Bingo ! s'écria-t-il en ramenant une petite boîte en métal.

Elle s'approcha et le regarda composer un code qui ouvrit la boîte, dévoilant les deux clés qui se trouvaient à l'intérieur.

Il poussa un bref soupir de soulagement.

— J'avais peur que la boîte ait disparu ou que les clés ne s'y trouvent plus, si tu veux savoir la vérité…

— Je veux toujours savoir la vérité.

— Ella, j'ai mis ma vie en jeu au nom de la vérité. Et même si je suis vraiment désolé que tu sois mêlée à cette histoire, je dois dire que je me sens infiniment moins seul depuis que je te connais. Ecoute… Je sais que ce n'est pas facile, mais j'ai bon espoir que les choses s'arrangent, maintenant. Je crois pouvoir faire confiance à mon avocat et j'ai l'intention de le contacter. Mais entrons d'abord chez moi. Je préfère réfléchir à tout ça le ventre plein et la tête reposée. Pour le moment, je me sens comme un zombie… Ça veut dire un mort vivant.

— Tu ne t'en sortais pas trop mal, jusqu'à ce que tu te sentes obligé de traduire « zombie » pour une pauvre petite Amish naïve et ignare, dit-elle avec humeur. Une bouseuse, si tu préfères.

Andrew bredouilla une excuse et introduisit la clé dans la porte. Il la tint grande ouverte pendant qu'Ella entrait, puis accompagna sa fermeture pour qu'elle ne claque pas. Main sur la rampe, ils descendirent quelques marches dans une obscurité presque totale, jusqu'à atteindre un palier.

— C'est là, murmura-t-il avant de se mettre à fouiller dans son sac à dos.

Quelques secondes plus tard, il allumait une des lampes torches et braquait le faisceau lumineux sur une porte de bois nichée au fond d'un petit couloir. La lumière dévoila également un escalier qui menait aux étages inférieurs.

— Reste ici une minute pendant que je m'assure qu'il n'y a pas de danger, dit-il. Il se peut que l'appartement ait été piégé.

— Et c'est seulement maintenant que tu penses à ça ?

— J'y ai pensé avant, mais j'ai essayé de me mettre à la place de mes ennemis. Pour eux, le gibier qu'ils chassent n'osera jamais retourner dans sa tanière. C'est du moins le pari que je fais. C'est la règle d'or du programme de protection des témoins, tu sais : ne jamais revenir chez soi et ne jamais contacter ses proches.

— Ah… Ça me rassure beaucoup de savoir ça.

— Bon, j'y vais, murmura Andrew, ignorant le sarcasme. Tâche de ne pas trop marcher, ou alors sur la pointe des pieds. J'ai des voisins qui vivent juste en dessous. D'ailleurs, il faudra aussi être discret, une fois dans l'appartement.

Il s'éloigna dans le petit couloir, et elle suivit des yeux sa silhouette sombre, précédée d'un large disque lumineux, qu'elle vit bientôt se déplacer tout autour de la porte. Elle le regarda ensuite passer minutieusement les doigts le long du cadre. Finalement, il tourna la clé dans les deux serrures, ouvrant la porte d'une main tandis qu'il se plaquait contre le mur. Pas de détonation, pas de piège… pour l'instant, en tout cas.

Il pénétra alors chez lui. Attendre un homme qui se qualifiait lui-même de mort vivant dans cet endroit inconnu et peut-être piégé nouait le ventre d'Ella. *Ya*, une fois de plus, il la laissait dans le noir.

A l'intérieur, Alex posa son sac à dos sur une chaise et promena le faisceau lumineux de sa lampe sur la grande pièce à vivre. Il avait eu la bonne idée de baisser entièrement les stores vénitiens avant son départ, et quelqu'un qui aurait surveillé son appartement de la rue ou d'un immeuble voisin ne pourrait voir la lumière de sa torche électrique se promener sous le haut plafond. S'il n'était pas question d'allumer l'électricité, Alex comptait bien mettre le climatiseur en marche. La sortie d'air de tout l'immeuble s'effectuant par la même unité extérieure fixée sur le toit, le bruit de l'appareil ne pourrait en aucun cas trahir leur présence. Et un peu d'air frais ne serait pas du luxe, avec la chaleur moite qui régnait à New York à cette époque de l'année.

Il se hâta d'aller jeter un coup d'œil aux autres pièces. Elles lui semblèrent étrangement grandes, et, l'espace d'un instant, il eut le sentiment d'être un cambrioleur en train de visiter un appartement inconnu. La pièce à vivre et sa cuisine ouverte, le couloir d'entrée, les deux chambres avec leurs salles de bains… Il se sentit un peu bête tandis qu'il regardait derrière les portes ainsi que dans les placards. Après une rapide inspection de la penderie, il revint sur ses pas pour aller chercher Ella. La lumière de sa lampe torche éclaira un visage mouillé de larmes.

— Désolé d'avoir été si long, murmura-t-il, mais je ne pouvais prendre aucun risque. Quand j'ai dénoncé mon patron au FBI, mon avocat a fait venir un spécialiste pour s'assurer qu'il n'y avait pas de micros chez moi. Je pense qu'on peut être rassurés de ce côté-là.

Il lui prit le sac à dos des mains.

— Allez, viens. Je t'invite chez moi.

Il remarqua qu'elle marchait sur la pointe des pieds malgré ses chaussures de sport aux épaisses semelles. Une fois la porte verrouillée derrière eux, il sortit la seconde lampe torche du sac à dos.

— Tu es sûr qu'on peut faire couler de l'eau et tirer la chasse sans risque d'être entendus ? demanda-t-elle.

Il n'y avait pas pensé, et se mit à réfléchir à la question tandis qu'il sortait le sac en papier froissé qui contenait la nourriture, puis l'apportait dans la cuisine.

— Il me semble que dans les appartements du bas, on entend parfois l'eau couler dans les canalisations, dit-il finalement. Mais il est impossible de déterminer d'où ça vient.

Il attendit qu'elle ait fini de se laver les mains dans l'évier pour faire de même.

— Donc, pas de problème de côté-là, reprit-il en saisissant un torchon. On peut utiliser l'eau et l'air conditionné, mais surtout pas l'électricité.

Il fit un geste vers la pièce à vivre.

— Cet appartement est le plus grand de l'immeuble, tu sais, dit-il avec une pointe de fierté dans la voix.

— Ça doit être agréable pour recevoir des gens, répondit Ella tandis qu'il mettait la climatisation en route.

L'air frais commença aussitôt à souffler autour d'eux.

— Je regrette qu'on ne puisse pas ouvrir les stores. J'aurais aimé te montrer la vue.

— Elle ne doit pas être très différente de celle qu'on a du toit, fit remarquer Ella d'un ton légèrement moqueur.

Il lui sourit et alla ouvrir le réfrigérateur où il trouva des canettes de soda, une bouteille de vin blanc et deux bières. Il avait l'impression d'avoir quitté cet endroit depuis des années. Grâce à une procuration sur son compte en banque, son avocat principal s'était occupé de régler ses factures domestiques. Logan Reese lui semblait son plus sûr contact à l'heure actuelle, mais il hésitait encore à l'appeler : Logan et ses collègues du cabinet d'avocats l'avaient tellement incité à faire confiance au WITSEC, le programme de protection des témoins, qu'il se demandait s'ils n'auraient pas le réflexe de prévenir aussitôt Branin. D'un autre côté, Logan Reese pourrait peut-être lui trouver un autre endroit où se cacher à Manhattan. Alex était maintenant déterminé à rester dans sa ville jusqu'au procès, mais il n'était pas certain de vouloir passer tout ce temps dans son appartement. Ses autres interrogations concernaient Ella : s'était-il trompé en pensant qu'elle était plus en sécurité auprès de lui ? Devait-il la renvoyer chez elle ?

— On peut les chauffer dans ton four ? demanda-t-elle en sortant les sandwichs du sac en papier froissé.

— Dans le four à micro-ondes, mais ça émet plusieurs bips quand c'est prêt. On n'a qu'à les manger comme ça. Tu verras, c'est très bon. On mangera chaud demain, d'accord ? Si tu veux, on pourra aller acheter de quoi se nourrir dans une épicerie qui se trouve à moins de dix minutes d'ici, et on réchauffera ce qu'on rapportera au four, à la poêle ou dans une casserole.

— Tu veux dire que *je* pourrai aller acheter de quoi se nourrir, c'est ça ? C'est pour ça que je suis encore là, n'est-ce pas ?

Il posa brutalement deux canettes de soda sur le plan de travail et referma la porte du réfrigérateur d'un coup sec avec son genou.

— Tu es là parce que je craignais qu'ils ne te fassent du mal, lorsque tu m'as aidé à me débarrasser de leur tueur en Floride. Ou bien qu'ils ne t'enlèvent de nouveau pour m'atteindre, comme à Home Valley. Tu es là parce que j'ai besoin de ton aide pour survivre, c'est vrai ; parce que je veux arriver vivant au procès et te ramener ensuite saine et sauve chez toi.

Ses yeux bleus se plantèrent dans ceux d'Ella.

— Et peut-être es-tu là parce que tu as besoin de moi, toi aussi, ne serait-ce qu'un petit peu.

*
* *

Elle se réveilla en sursaut sans comprendre tout de suite où elle se trouvait. Ah, oui… l'appartement d'Andrew à Manhattan, dans un quartier qui s'appelait SoHo. Après avoir mangé et s'être douchés, ils s'étaient étendus sur l'énorme canapé d'angle en cuir beige. Tête contre tête, ils n'avaient pas bavardé longtemps avant de s'endormir.

Elle se tourna vers Andrew. Sur le dos, il respirait bruyamment dans son sommeil. Ferait-elle mieux d'aller terminer sa nuit dans la chambre d'amis qu'elle avait visitée plus tôt, quand il lui avait fait faire un rapide tour du propriétaire ? L'appartement était confortable et élégant, avec ses jolis meubles contemporains, mais elle n'arrivait pas à se faire à ces tuyaux blancs qui couraient sur le plafond. Elle les fixa un moment du regard. Comme tous les Amish, elle était habituée à l'obscurité, et les lumières de la ville qui filtraient à travers les stores vénitiens lui suffisaient amplement pour distinguer ces canalisations apparentes. Dédaignant sa lampe torche posée au sol, elle se leva doucement et marcha pieds nus sur le parquet jusqu'à la chambre d'amis, avant de revenir dans la pièce à vivre.

En dehors des deux chambres et de leurs salles de bains attenantes, cet appartement était un unique et vaste espace que structuraient des tapis et des meubles habilement agencés. A en croire Andrew, ça s'appelait un loft. Des peintures abstraites — le genre de tableaux qui ne seraient sans doute pas du goût de son amie Sarah — habillaient les murs blancs. Elle s'étonna de ne pas trouver une seule plante, mais il faisait très chaud ici, en cette saison, et il les avait peut-être confiées à un ami, de peur qu'elles ne meurent durant son absence. Les meubles en cuir et métal avaient besoin d'être dépoussiérés, et il faudrait aussi passer la serpillière ou le balai à franges, selon ce qu'il avait dans ses placards. Elle avait également l'intention de faire un peu de cuisine, si elle parvenait à rapporter quelques produits frais de l'épicerie dont il avait parlé plus tôt.

Ce qui l'avait sans doute le plus surprise, chez Andrew, était ces objets d'art chinois. Un grand vase en porcelaine peinte, sans doute à la main. Une statuette d'un guerrier chinois sur son cheval. Au mur, derrière le canapé, des pruniers en fleur sur un rouleau d'apparence très ancienne. De toute évidence, Andrew avait entretenu des rapports étroits avec la Chine, et ces magnifiques objets prouvaient qu'ils n'avaient pas été uniquement commerciaux. Qu'ils aient été offerts ou achetés au cours des nombreux séjours à Hong Kong dont il lui avait parlé avant de s'endormir, ces œuvres indiquaient qu'Andrew éprouvait une véritable affection pour ce lointain pays. Des sentiments qui l'empêchaient d'admettre que les Chinois étaient forcément ceux qui cherchaient à le faire taire à jamais ?

Alors qu'elle regardait Andrew endormi avec un mélange de curiosité et de tendresse, des picotements dans le nez annoncèrent un éternuement imminent. Elle essaya de le contenir en posant le doigt sous son nez, mais en vain… Atchoum !

— Ça va, Ella ? demanda-t-il les yeux clos et la voix engourdie de sommeil.

Elle prit la main qu'il venait de tendre vers elle et la conserva dans la sienne, sans toutefois venir s'asseoir auprès de lui.

— Oui, oui… Pardon d'avoir fait du bruit. Je ne sais pas pourquoi je me suis réveillée. Je crois que j'avais un peu chaud.

— A New York, la chaleur humide peut être assez étouffante, en été.

— Chez moi aussi, tu sais. Je suppose que malgré les circonstances, tu es content d'être revenu dans ta ville et d'avoir retrouvé ton appartement.

— Pas autant que je l'avais imaginé. J'avais le sentiment que Manhattan et mon loft me manquaient beaucoup, mais à présent que je suis là, je me rends compte que je vivais très bien sans tout ça. Tout me semble différent, mais je suppose que c'est moi qui ai changé.

Il s'assit et tira sur la main d'Ella pour l'inciter à venir prendre place près de lui.

— J'ai décidé de contacter mon cabinet d'avocats, dit-il. Je vais acheter un téléphone portable bon marché et une carte prépayée. Afin de ne prendre aucun risque d'être localisé, je compte passer un appel aussi rapide que possible pour convenir d'un rendez-vous avec Logan Reese, l'avocat plus particulièrement chargé de mon dossier. Je suis juste un peu inquiet, parce que c'est lui et ses confrères qui ont insisté pour que je me mette sous la protection du FBI, mais il me semble impossible de rester ici jusqu'au procès. Il aura lieu au plus tôt en septembre, tu te rends compte ? Au moins deux ou trois mois à tenir…, ajouta-t-il avec un long soupir.

Pour toute réponse, Ella lui pressa doucement la main.

— Quand je pense que je suis un expert en analyse de situation, et que je ne suis même pas fichu de savoir que faire ni à qui me fier !

— Je suis d'accord avec toi pour dire qu'on ne peut pas rester ici longtemps. Je veux bien croire que ton appartement n'est pas surveillé en permanence, mais je suis persuadée que nos ennemis viendront y jeter un coup d'œil à un moment ou à un autre. Même s'il leur paraît improbable que tu te sois réfugié chez toi, ils ne peuvent pas négliger cette possibilité, surtout s'ils ont perdu ta trace.

— Une fois encore, tu as raison, Ella. J'ai appris à mes dépens qu'ils sont terriblement doués pour me localiser, même si je pense toujours qu'ils n'imagineront pas que je puisse revenir ici. Ce que j'aimerais savoir, c'est comment ils ont fait pour me retrouver à Atlanta et à Home Valley, où j'étais pourtant censé être sous la protection du FBI. Est-ce la même personne qui m'a livré à ces gens ? Qui, Ella ? Qui a pu faire une chose pareille et pourquoi ? En échange de quoi ?

— Sous la protection du FBI pour qui a longtemps travaillé Lincoln Armstrong, indiqua Ella. Tu sais qu'il a pris sa retraite anticipée et je dois dire qu'il m'a semblé assez amer vis-à-vis de son ancien employeur, quand il est venu me faire des reproches et me donner ce chèque-cadeau pour Seth et Hannah. Il a fondé une société de sécurité privée, d'après ce qu'il m'a expliqué ce jour-là. Va savoir s'il ne connaissait pas ce garde du corps censé te protéger à Atlanta.

— Il y en a là-dedans ! dit-il en tapotant le crâne d'Ella avec une moue admirative. Il y a encore quinze jours, je t'aurais sans doute dit que tu avais trop d'imagination, mais au point où j'en suis, aucune hypothèse n'est à exclure. Dire que Gerald Branin m'a assuré que le WITSEC était le seul moyen qui me garantissait d'arriver en vie au procès… En tout cas, pour moi, c'est mon ancien patron qui a le plus à craindre de mon témoignage. Je sais que tu penches pour la piste chinoise, et le fait est qu'ils sont impliqués jusqu'au cou dans cette affaire, mais…

Il laissa échapper un nouveau soupir qui semblait provenir du fin fond de son être.

— … la vérité, c'est que je n'en sais rien. Je me sens complètement largué, comme si j'avais perdu tous mes repères, toutes mes certitudes. A l'exception d'une seule, reprit-il en s'approchant si près d'elle qu'elle pouvait sentir la tiédeur de son haleine. Oui… j'ai la certitude d'avoir rencontré une femme exceptionnelle, une femme qui compte infiniment pour moi.

Elle s'efforça de se rappeler qu'Andrew était en réalité Alex, l'homme capable de charmer une inconnue pour la convaincre de lui céder sa carte de médiathèque. Ici, à New York, quelle part d'Andrew Lantz restait-il en Alex Caldwell ?

Sans lâcher sa main, il caressa l'intérieur de son bras, remontant lentement vers son cou et son menton. Du bout de l'index, il dessina le contour de ses lèvres tremblantes, avant d'incliner légèrement la tête pour l'embrasser. Leurs baisers, dans la grange, lui avaient semblé défendus, mais ici, seule dans le monde extérieur, à des centaines de kilomètres de chez elle…

Il s'allongea sur elle, sur le cuir moelleux du canapé, se faisant léger pour ne pas l'écraser. Avec une grande douceur, il l'embrassa sur la bouche, sur les joues, dans le cou. Elle sentait ses longues inspirations tandis qu'il écrasait ses lèvres sur sa peau, comme s'il voulait la sentir autant que la goûter. Sa barbe naissante avait déjà poussé, désormais plus douce que piquante. Oubliant ses craintes et sa pudeur, elle se mit à l'embrasser à son tour. Elle se cramponna à Andrew dont les mains parcouraient à présent son corps, caressant, pétrissant et explorant au point qu'elle croyait en devenir folle. Des couleurs vives dansaient sous ses paupières closes. Leurs langues se taquinaient et virevoltaient comme il le lui avait appris dans la grange. Cette façon de s'embrasser était tellement nouvelle, tellement excitante… Sous l'impulsion d'Andrew, ils roulèrent sur le côté sans rompre leur baiser vorace et sensuel. Lorsqu'il glissa sa jambe entre les siennes, aussi haut que possible, Ella l'emprisonna de ses cuisses, comme pour ne plus jamais le laisser repartir.

C'était donc ça, désirer vraiment un homme… L'aimer et s'abandonner entre ses mains, laisser tomber toutes ses défenses, toutes ses peurs et ses pudeurs. Jamais elle n'avait eu aussi envie d'un homme. Elle n'avait même jamais soupçonné que le désir pût être aussi puissant. Aussi irrésistible. Quand il baissa la tête pour embrasser ses seins à travers son T-shirt, elle s'entendit le supplier. De continuer ou de s'arrêter ? Elle n'aurait su le dire.

— S'il te plaît, s'il te plaît, Andrew…

Respirant plus fort qu'elle encore, il releva la tête. Même dans l'obscurité, son regard était lumineux.

— Ne t'inquiète pas, murmura-t-il. Je vais m'arrêter.

— Je ne voulais pas dire que… Enfin, ça me plaît, tu sais.

— Je l'ai senti, mais… Ella, c'est par amour que je ne veux pas faire l'amour avec toi.

Amour ? Il avait dit amour ? Et deux fois dans la même phrase !

— Alors, peut-être que *Grossmamm* Ruth n'était pas si déraisonnable que ça, après tout, dit-elle en haletant presque, tandis que la main d'Andrew se promenait sur son flanc, sur son ventre, sur ses hanches.

— Ta grand-mère est tout sauf une femme déraisonnable.

Et je lui ai promis que je te respecterais corps et âme. C'est pour cette raison qu'on doit s'arrêter.

— Je voulais dire que *Grossmamm* Ruth a peut-être eu raison d'affirmer que tu as ce qu'il faut pour devenir un Amish.

Le rire d'Andrew ne dura qu'un instant.

— Pour faire l'amour avec toi, je crois que je serais capable de tout.

Elle inspira profondément tandis que la main d'Andrew s'immobilisait sous son T-shirt, seul son pouce continuant à lui caresser le ventre.

— Il faut une meilleure raison que ça pour devenir l'un des nôtres et bouleverser ta vie à ce point, répondit-elle, les larmes aux yeux.

— Dans mon monde, il arrive qu'on plaisante parce qu'on n'ose pas dire certaines choses qui nous tiennent trop à cœur. Tu vois, à notre façon, on peut être pudiques, nous aussi.

Elle n'était pas certaine de comprendre ce qu'il voulait dire par là, mais cela n'avait aucune importance, car il s'était remis à l'embrasser. Brusquement, elle prit conscience qu'Andrew avait gâché sa paisible vie d'Amish. Désormais, aimer et regarder grandir sa lavande ne suffirait plus à la combler. C'était *lui* qu'elle voulait aimer, et leurs enfants qu'elle voulait regarder grandir. Elle aimait Alex Caldwell presque autant qu'elle aimait Andrew Lantz, et pourtant, elle savait qu'elle ne pourrait jamais avoir les deux. Peut-être même ni l'un ni l'autre.

Mais il avait prononcé le mot *amour*. Il se pouvait que ses sens lui aient inspiré cette déclaration, mais il avait tout de même dit *amour*.

Tard dans la matinée, le lendemain, Ella marchait dans SoHo, les bras chargés de sacs de courses. Elle venait de faire des emplettes dans un magasin qui s'appelait le Gourmet Garage — quel drôle de nom ! — et qui pratiquait des prix scandaleux comparés à ceux du Kwik Stop Food de

Homestead. Alex était parti dès l'ouverture des boutiques, afin d'acheter un téléphone portable dont il s'était servi pour organiser une rencontre avec son avocat.

Elle portait la veste de son tailleur et le chemisier blanc qu'elle avait acheté pour l'accompagner, mais ni la jupe ni les chaussures à talons. A la place, elle avait opté pour un pantalon noir assez chic et ses nouvelles baskets ornées de la virgule. Pas question de marcher sur ces pavés ou de grimper l'échelle de secours — même si, ce matin, Alex avait déplié la bonne échelle jusqu'en bas — en jupe serrée et talons hauts. Elle avait enroulé sa natte autour de sa tête, un « chignon natté », selon Alex, qui avait ajouté qu'il s'agissait là d'une coiffure très en vogue cet été à New York.

Le nez en l'air, elle admirait les anciens immeubles à armatures en fonte, construits — toujours selon Alex — pour résister aux flammes qui avaient détruit tellement d'habitations du temps où ce quartier était si pauvre et si propice aux incendies qu'il avait été surnommé « Les cent hectares de l'enfer ». Malgré la chaleur de cette matinée du début juillet, elle frissonna en songeant que SoHo était autrefois considéré comme un « enfer », ainsi qu'au souvenir des incendies criminels qui avaient ravagé plusieurs granges de la vallée. Elle fit une rapide prière pour que le Seigneur, dans sa grande bonté, veille à ce que leur fuite ne se transforme pas en enfer.

Elle jeta un coup d'œil au plan qu'il lui avait dessiné, et fit bientôt une halte à la boulangerie du restaurant Balthazar. L'endroit lui plut aussitôt : l'odeur y était aussi délicieuse que celle de la cuisine de *Mamm* quand elle y faisait cuire son pain.

Elle y acheta non seulement un pain allongé que la vendeuse appelait une baguette, mais aussi de la soupe faite maison et une moitié de gâteau à la noix de coco, même si elle avait le sentiment qu'il ne serait pas aussi délicieux que celui de la Dutch Farm Table. Il fallait dire que Ray-Lynn se fournissait chez des familles amish pour la plupart de ses desserts. Si Andrew n'était pas déjà revenu et qu'il ne l'attendait pas au pied de l'échelle, elle allait devoir porter ses courses volumineuses jusqu'au toit de l'immeuble. Toute cette aventure était vraiment insensée, et pourtant, il y avait quelque chose de terriblement excitant à se cacher avec lui : à se retrouver seuls, tous les deux, contre les forces du mal.

Elle eut un coup au cœur quand ses yeux se posèrent, dans la même rue que la boulangerie, sur les brins de lavande d'une enseigne qui annonçait : The Herbal Spa. Elle pressa le pas vers la boutique, pavoisée du drapeau américain en l'honneur de la fête nationale qui serait célébrée dans deux jours. Le nez collé à la vitrine, elle fixa longuement du regard les produits qui s'y trouvaient soigneusement disposés. Lotion tonique, huile de massage, sérum antirides contour des yeux… tout ça à la lavande ! Ah, celui-là n'était pas mal non plus : des gélules anti-âge à la lavande censées provoquer la libération de quelque chose qui s'appelait des « endorphines ». Un carton publicitaire où apparaissait une femme radieuse promettait non seulement un arrêt spectaculaire des effets du vieillissement, mais aussi de rendre le sourire à tous les rabat-joie.

Ces produits lui firent penser à Connie Lee, si insistante pour faire affaire avec elle. Mais ce qu'elle voyait dans cette vitrine était encore plus sophistiqué que les bougies de massage et autres produits incongrus que la propriétaire du futur Sweetgum Spa souhaitait lui commander. Certains articles, ici, frisaient le ridicule, mais elle songea qu'elle pourrait néanmoins y apprendre quelque chose. Quelque chose dont elle aurait peut-être l'occasion de se servir pour diversifier l'offre de son commerce artisanal. Elle posa les sacs sur le trottoir afin de regarder l'heure sur la montre qu'Alex avait absolument voulu qu'elle porte, même si elle était beaucoup trop grosse pour son poignet. Il lui avait demandé de ne pas retourner à l'échelle de secours avant 11 h 30 si elle voulait être sûre de l'y trouver. Parfait : il lui restait une demi-heure. Après une dernière hésitation due aux quelques denrées sensibles à la chaleur qui garnissaient ses sacs, Ella ouvrit la porte de la boutique avant de ramasser ses courses et de pénétrer à l'intérieur.

— Vous m'avez fichu une de ces trouilles ! s'exclama Logan Reese quand Alex arriva à son tour au Rest Easy Café. J'ai vraiment poussé un ouf de soulagement quand vous m'avez appelé, ce matin.

Si Alex avait choisi un café du West Village pour retrouver son avocat, c'était parce qu'il s'agissait d'un lieu public, et qu'il pouvait s'y rendre à pied en seulement dix minutes. Il tenait à revenir à l'échelle de secours avant Ella, pour l'aider à monter les courses, et parce qu'il s'inquiétait tout simplement de la savoir seule.

— Je ne suis pas sûr d'être en sécurité ici, dit-il à voix basse, alors qu'il s'asseyait face à son avocat. Mes ennemis ont déjà essayé de m'éliminer trois fois, et je suis certain qu'ils feront une quatrième tentative dès que l'occasion se présentera.

Il se tut à l'approche du serveur et ne reprit la parole — toujours à voix basse — qu'une fois les deux cafés commandés et le jeune homme reparti vers le bar.

— Première tentative, Atlanta. Ensuite, là où le WITSEC m'avait placé, à savoir un coin de campagne isolé. Je me suis alors enfui à environ mille cinq cents kilomètres, et j'ai été victime d'une troisième tentative d'assassinat. Finalement, je me suis réfugié ici dans l'espoir qu'ils ne me croiraient pas capable de revenir à Manhattan avant le procès, mais, bien entendu, je n'ai aucune certitude.

Même si ce n'était pas flagrant, le fait que Logan — qui, d'habitude, avait des nerfs d'acier — semblait un peu nerveux n'aidait pas Alex à se détendre. L'avocat avait une cinquantaine d'années, des cheveux poivre et sel parfaitement coiffés et des lentilles de contact qui le faisaient cligner des yeux. Le calme olympien qui le caractérisait d'ordinaire lui faisait défaut ce matin, tout comme cette voix sereine qui inspirait confiance. Alex connaissait bien ce sentiment, lui qui avait perdu sa belle assurance depuis des mois.

— Où logez-vous, Alex ?

— Je préfère ne pas donner cette information.

— Si vous ne me faites pas confiance, vous êtes fichu, mon vieux. Vous avez laissé tomber Gerald Branin et le WITSEC, si j'ai bien compris ?

— Oui, parce que le but de ce programme était de me protéger et que ça a lamentablement échoué !

— Et si je vous trouvais un endroit sûr pas trop loin du cabinet ? Un endroit où on pourra préparer tranquillement le procès et mettre au point les coups qu'on va porter au prévenu ?

— Pour l'instant, ce sont les coups qu'on me porte qui me préoccupent, Logan ! Je me dis qu'au mieux Marv Boynton — ou quelle que soit la personne qui a lancé un tueur à mes trousses — cherche seulement à me faire peur pour m'inciter à la fermer, à me rétracter. Mais ça, c'est la version optimiste. En réalité, j'ai surtout l'impression que mes ennemis ont décidé de la jouer fine après avoir raté leur première tentative pour m'éliminer. Par exemple, en maquillant mon assassinat en suicide, voire en accident. Ou alors en enlevant un de mes proches pour m'obliger à me livrer. Et quand ils seront parvenus à me capturer, ils feront en sorte que je disparaisse et qu'on ne me retrouve plus jamais.

Alex jetait sa ligne à l'aveuglette pour pêcher des informations. Pour essayer de déterminer ce que son avocat connaissait de ses récents ennuis. Et il aurait bien voulu savoir si Reese était toujours en contact avec Branin.

Ils se turent un moment quand le serveur apporta leurs cafés. Logan fut le premier à reprendre la parole :

— J'ai besoin de plus de détails sur ce qui vous est arrivé, dit-il en se penchant en avant, les avant-bras sur la table. On pourra se servir de tout ça lors du procès pour enfoncer Boynton, si c'est bien lui qui est derrière tout ça. Mais qui votre ou vos ennemis pourraient-ils enlever pour vous contraindre à vous livrer ? Vous êtes censé n'avoir aucun contact avec vos proches.

— J'ai une amie avec moi.

— Vous êtes dingue ou quoi ? s'écria l'avocat en reposant sa tasse si fort que le café déborda dans la soucoupe. Vous êtes en fuite avec une femme ? Qui est-ce ? Vous la connaissez depuis longtemps ? D'accord, d'accord, dit-il en présentant sa paume à Alex, je sens que vous n'allez pas me répondre. On peut également la loger, mais je suggère qu'elle ait sa propre chambre pour qu'on puisse travailler sans qu'elle écoute ce qu'on a à se dire. Et je ne vous demanderai pas de me dévoiler son identité, puisque vous semblez vous méfier de votre ombre.

— Vous seriez parano, vous aussi, si vous aviez vécu ce que j'ai vécu, répliqua Alex. Et pour les chambres séparées, ça me semble la meilleure solution, à moi aussi.

— Donnez-moi votre numéro de portable et j'organise tout ça. Il y a tellement de monde qui passe à l'hôtel Hyatt, à côté de Grand Central, que personne ne prête attention à personne. Et ça a le mérite d'être proche du cabinet. Une voiture peut venir vous chercher dès ce soir. Dites-moi simplement où et à quelle heure.

— Pas de voiture, merci. Appelez-moi simplement quand c'est arrangé.

— Vous n'êtes pas… à la rue, au moins ? Ou chez cette femme ? Ecoutez, Alex, dit-il en se penchant encore plus en avant, vous savez que Boynton comme les Chinois n'auront aucun mal à trouver les adresses de ces deux femmes que vous fréquentiez à Manhattan.

— Je vous donnerai d'autres détails plus tard, répondit simplement Alex, en buvant d'un trait le reste de sa grande tasse de café. Et je vous serais reconnaissant de ne dire à personne que j'ai refait surface et qu'on s'est vus, d'accord ? Pas même à Gerald Branin. Pourquoi me regardez-vous comme ça, Logan ?

Il sentit son estomac se nouer. Son avocat, pourtant si

habitué à ne rien laisser paraître, semblait avoir avalé du goudron chaud à la place de son café.

— Branin est venu me rendre visite pas plus tard qu'hier.

— Quoi ? Il est ici, à New York ? Je le croyais à Washington D.C., moi !

— Il m'a expliqué que vous aviez quitté votre planque, comme il dit, qu'il n'avait plus aucune nouvelle de vous depuis plusieurs jours, mais qu'il suivait quelques pistes pour essayer de vous retrouver.

— J'espère que ce n'est pas pour me faire la peau qu'il tient tellement à me retrouver. Je sais que vous me croyez complètement parano, Logan, mais il a très bien pu se faire soudoyer par mes ennemis. Avec l'argent en jeu dans cette histoire, sans parler des peines de prison et des problèmes diplomatiques au niveau international, je suis certain que les principaux intéressés n'hésiteront pas à aligner plusieurs millions si ça permet d'étouffer l'affaire. Bon, il faut que j'y aille, maintenant… C'est sans doute une bonne idée de chercher un autre toit pour se cacher, et je vais accepter votre proposition de nous loger, mon amie et moi, à l'hôtel Hyatt. Mais à la condition expresse que vous organisiez tout ça vous-même, sans faire appel au moindre intermédiaire.

— Vous avez ma parole, Alex. Je vais faire en sorte que vous puissiez disposer de deux chambres dès ce soir, réservées sous un nom d'emprunt. On se revoit là-bas, d'accord ? Pour votre tranquillité, je réglerai en espèces pour qu'il n'y ait vraiment aucune trace.

— Merci, Logan. J'attends votre appel.

Alex se dirigea vers la porte du café en consultant sa montre. Il en possédait plusieurs, et sa préférée se trouvait au poignet d'Ella, qui avait fini par l'accepter après moult protestations. C'était une étrange sensation que de pouvoir de nouveau regarder l'heure à son poignet. Les Amish ne portaient pas de montre, ce qui, pourtant, ne semblait leur poser aucun problème. Encore un mystère amish, encore une singularité digne d'admiration qui démontrait qu'on pouvait se passer d'inventions considérées comme indispensables par les habitants de ce monde fou, égoïste et aliéné aux progrès de la technologie. N'empêche qu'il était presque 11 h 15 et qu'il devait se dépêcher de revenir à l'échelle de secours, s'il ne voulait pas qu'elle arrive avant lui.

23

Ella était émerveillée par la petite boutique du Spa. La lavande était partout, ici, dans les produits comme dans les teintes choisies pour la décoration, et le parfum qui régnait en ces lieux lui rappelait tellement son champ que les larmes lui montèrent aux yeux. Elle se hâta de les sécher, bien décidée à voir si elle pouvait trouver des idées pour sa propre production.

— Bienvenue au Herbal Spa, dit une jolie jeune femme aux traits asiatiques.

Elle descendit du tabouret sur lequel elle s'était juchée pour garnir une étagère de produits. Elle était vêtue d'une jupe et d'un chemisier lavande, et ses cheveux lisses et brillants, d'un noir profond, firent surgir dans l'esprit d'Ella l'image de Connie Lee.

— Vous souhaitez prendre rendez-vous pour des soins, ou je peux vous aider à choisir un produit ? La lavande est notre plante du mois.

— Je suis intéressée par vos produits à la lavande, répondit Ella. Je cultive moi-même cette plante.

— Vraiment ? Où ça ?

— Dans le Midwest.

— Nous avons un Spa à Chicago et un autre à Pittsburgh. L'un des deux est peut-être proche de chez vous ?

Ella hésita, inquiète à l'idée d'en dire trop, même à une inconnue qu'elle ne reverrait sans doute jamais. Elle s'apprêtait à répondre qu'elle vivait dans l'Ohio quand elle remarqua une immense photo en noir et blanc sur un des murs de la boutique. Malgré le gros grain de l'agrandissement, elle n'eut aucun mal à reconnaître Connie Lee qui semblait lui sourire ! Un extraordinaire hasard l'avait-il conduite dans un des établissements de la future propriétaire du Sweetgum Spa ?

Voyant Ella fixer la grande photo au lieu de répondre à sa question, la jeune femme tendit brièvement le doigt vers Connie Lee.

— C'est Constance, la personne qui a fondé la société.

Les pensées se bousculaient dans l'esprit d'Ella. Connie Lee lui avait révélé qu'elle-même et son mari venaient de New York, où ils possédaient un Spa. Ella n'avait pas songé à lui demander comment s'appelait leur établissement new-yorkais, mais il n'y avait rien d'étrange à ce qu'il porte un nom différent de celui qui était prévu à Home Valley. Quant aux produits à la lavande disponibles dans cette boutique, ils ne faisaient pas doublon avec ceux que la femme d'affaires voulait acheter à Ella. Non, aucun mensonge apparent dans ce que lui avait dit Connie Lee… Tout de même, il était étrange que cette famille soit apparue brusquement à Home Valley, juste au moment où Andrew venait s'y réfugier. Mais sans doute les Lee avaient-ils conçu leur projet d'hôtel Spa depuis longtemps. Ces choses-là ne s'improvisaient pas. Bien sûr, on pouvait aussi imaginer qu'ils aient été approchés et recrutés pour surveiller Andrew alors qu'ils se trouvaient déjà sur place. Approchés par les Chinois, avec qui ils partageaient non seulement des traits physiques, mais sans doute, aussi, une part de culture.

— Ça va, mademoiselle ? demanda la vendeuse en s'approchant d'elle.

Ella lut son prénom imprimé sur un badge qu'elle portait à la poitrine : Michelle.

— Oh ! oui, pardon… J'étais perdue dans mes pensées. Je trouve cette photo fascinante. Dites-moi, c'est bien une bougie pour le corps que la fondatrice de votre société tient à la main ? Une de ces bougies qui font double emploi : elles embaument la pièce et…

— Et on peut aussi se servir de la cire chaude pour un massage, conclut Michelle avec un sourire. C'est tout à fait ça. Je peux vous en proposer quelques-unes qui sentent très bon, même si, malheureusement, nous n'en avons pas encore à la lavande.

Ella ne songeait plus qu'à s'en aller. L'idée que Connie Lee puisse débarquer dans cette boutique la rendait nerveuse. Même si elle n'avait rien trouvé de précis à reprocher à cette femme, elle ne parvenait pas à lui faire confiance. Drôle de coïncidence, tout de même, que cette boutique se trouve à quelques pâtés de maisons de l'appartement d'Andrew, ou plutôt d'Alex Caldwell. Cela dit, il ne fallait pas tirer de conclusions hâtives. Après tout, ce quartier semblait très recherché, et ce genre d'établissement devait plaire à la population jeune et argentée qu'Ella voyait déambuler dans les rues.

— Nous ne proposons pas ces bougies depuis longtemps, mais elles connaissent déjà un vif succès, disait Michelle alors qu'Ella avait déjà oublié sa question. Les gens sont tellement stressés, de nos jours... Je peux vous faire sentir les différentes fragrances que nous avons en boutique. Bien sûr, ces bougies ne sont pas seulement faites pour les soins dispensés dans les établissements comme le nôtre. Vous pouvez très bien vous en servir chez vous.

Chez vous... Mais où était-ce, « chez elle » ? se demanda Ella. A Home Valley ? N'importe où avec Andrew, à partir du moment où ils étaient en sécurité ?

Elle s'éclaircit la voix. Il fallait qu'elle trouve quelque chose à répondre, sous peine d'avoir l'air de la folle qu'elle avait l'impression d'être.

— Je suis désolée..., dit-elle avec un sourire forcé. Votre vitrine est tellement jolie qu'elle m'a fait oublier que je viens d'acheter de la crème glacée qui doit déjà être en train de fondre. Je vais aller la mettre au congélateur et je reviens vous voir.

— Avec plaisir. Nous sommes ouverts jusqu'à 19 h 30, avec une pause entre 12 h 30 et 13 h 30 pour le déjeuner.

— En dehors de Chicago et Pittsburg, vous avez d'autres projets d'implantation dans le Midwest ? demanda Ella alors qu'elle se trouvait à la porte.

— Oui, encore plus de « luxe asiatique pour Américains affairés » ! C'est notre slogan, expliqua Michelle avec un petit rire. Je ne suis pas censée en parler tant que ce n'est pas encore officiel, poursuivit-elle d'une voix de conspiratrice, mais nous sommes en train de construire un hôtel Spa dans un coin de campagne paradisiaque de l'Ohio. Loin de l'agitation du monde, si vous voyez ce que je veux dire. Le parfait refuge pour ceux qui veulent fuir leurs petits soucis quotidiens.

Ella voyait très précisément ce que la jeune femme voulait dire, mais elle ne put s'empêcher de songer que ce « coin de campagne paradisiaque » n'avait pas été le parfait refuge pour Andrew, même si les soucis qu'il fuyait n'étaient pas de ceux qu'on pouvait raisonnablement qualifier de « petits ».

— Attendez, laissez-moi vous donner un échantillon de nos sels de bain à la lavande et au lilas, dit encore Michelle en s'éloignant vers le comptoir.

Elle revint aussitôt avec l'échantillon emballé dans du papier argenté, orné de cette même cordelette rouge vif qui avait servi à l'attacher quand elle avait été enlevée devant sa grange. Cette cordelette qui s'était échappée de la voiture accidentée de Sam Lee, le soir où il avait peut-être essayé de renverser Andrew.

— Cette cordelette… On la reconnaîtrait entre mille.

— C'est certain. Un autre merveilleux produit en provenance du pays de l'acupuncture. Grâce à sa matière innovante, on peut même faire des tours de passe-passe avec cette belle ficelle. Regardez : si vous tirez comme ça, vous pensez que ça va serrer le nœud, n'est-ce pas ?

Ella hocha la tête.

— Eh bien, pas du tout ! Vous voyez, je tire des deux côtés et… ça s'ouvre ! Mais si vous nouez de nouveau la ficelle… Voilà, ça tient ! L'emballage est magique, comme le produit qui se trouve à l'intérieur.

— Merci beaucoup… pour l'échantillon et le tour de passe-passe. C'est vraiment étonnant, dit Ella en rangeant le petit paquet dans un de ses sacs de courses.

Bizarre, songea-t-elle tandis qu'elle replongeait dans le flot de passants. Le parfum d'ordinaire apaisant de la lavande dont était imprégnée cette boutique ne l'avait pas du tout apaisée.

— Alors, vous vous plaisez, ici ? demanda Ray-Lynn à Winston Hayes, tandis qu'elle lui versait du café noir pour la seconde fois.

Le beau suppléant du shérif était assis au bar de la Dutch Farm Table, d'où il pouvait surveiller les entrées et sorties.

Il tourna un visage souriant vers Ray-Lynn au moment où Leah lui apportait ses œufs à la Dutch.

— Je suppose que vous répondre, c'est comme répondre au patron en personne ? demanda-t-il. Félicitations pour vos fiançailles, en tout cas. Quant à la vie ici, je dois dire que ça me plaît bien. Pour tout vous avouer, j'apprécie de travailler et d'habiter dans un endroit plutôt tranquille. Wooster n'est pas Cleveland, mais c'est une grosse ville, comparée à Homestead et au comté d'Eden. Ici, j'ai le temps d'apprendre à connaître les gens au lieu de courir sans cesse d'une affaire à l'autre. Et le shérif pense que je lui porte chance, dans la mesure où il n'y a pas eu de gros problèmes depuis que je suis arrivé. Du moins rien d'aussi grave que ces incendies de grange ou les coups de feu tirés sur ces jeunes dans le cimetière.

— Ou ce jour où j'ai frôlé la mort en tombant dans le ravin avec ma camionnette, ajouta Ray-Lynn avec un frisson.

— Mais vous avez su remonter la pente, Ray-Lynn, dit-il en salant et poivrant ses œufs. Sans mauvais jeu de mots, ajouta-t-il avec un petit geste d'excuse de la main. J'ai vite compris que vous étiez un personnage incontournable de la vallée, vous savez. Et pour revenir au point de départ de notre conversation, je me rends compte que les rapports avec la population sont très différents, dans une petite ville. On s'attache aux gens, à force de les croiser et de prendre le temps de discuter le bout de gras. A ce propos, vous savez si les malades de la famille Lantz vont mieux ?

— Jack vous a parlé de ça ?

Il haussa les épaules.

— Je ne sais plus si c'est lui qui m'en a parlé ou si je l'ai lu dans l'un de ses rapports. Le shérif et moi, on garde des traces de tout ce qu'on fait et de l'heure où on le fait. Je ne veux pas vous inquiéter, mais à partir du jour où Jack va vous passer la bague au doigt, tout ce que vous allez faire avec lui sera dûment consigné, dit-il en riant.

Au-delà de son physique avantageux, Ray-Lynn pouvait voir ce qui séduisait les gens chez ce jeune homme, même si son côté « Je prends les choses en main et je maîtrise l'affaire » agaçait parfois Jack, par ailleurs reconnaissant d'avoir enfin de l'aide et de pouvoir souffler un peu.

— Bon appétit, se contenta-t-elle de dire, après avoir hésité un instant à lui tirer les vers du nez.

Elle était habile lorsqu'il s'agissait d'amener les gens à se confier, mais, pour une fois, elle allait fermer sa grande bouche. En tout cas, songea-t-elle, Win Hayes lui semblait plutôt être du genre solitaire, même s'il disait apprécier le contact avec la population. Quelqu'un qui cachait son jeu, ou qui, au moins, ne mettait pas toutes ses cartes sur la table.

Elle était encore en train de slalomer entre les tables pour s'assurer que les clients n'avaient besoin de rien quand Connie Lee déboula — il n'y avait pas d'autre mot — dans le restaurant.

Avec son pantalon jaune canari, son chemisier à volants vert pâle et ses sandales à talons hauts parfaitement assorties à son énorme sac à main, elle était bien trop habillée — comme toujours — pour un village comme Homestead.

— Bonjour, madame Lee, lança Ray-Lynn en venant à sa rencontre.

Le regard de Connie Lee passa par-dessus l'épaule de

Ray-Lynn, et ses yeux noirs se mirent à balayer la salle du restaurant comme si elle cherchait quelqu'un.

— Bon jour ou mauvais jour, c'est l'avenir qui nous le dira, répliqua Connie Lee d'une voix sombre. J'ai des problèmes avec les syndicalistes, figurez-vous, tout ça parce que je souhaite embaucher des charpentiers amish pour finir l'intérieur du Spa. Les Amish me coûtent moins cher et refusent d'adhérer à un syndicat. Ce genre d'attitude ne passerait jamais à New York, mais apparemment, ça marche comme ça ici. Et entre nous, des coûts réduits associés à un excellent savoir-faire me conviennent parfaitement. Mais les syndicats du coin ne l'entendent pas de cette oreille, et ils semblent décidés à me mettre des bâtons dans les roues, voire à intimider les Amish qui veulent travailler pour moi.

— Si vous cherchez des charpentiers amish ou des syndicalistes du bâtiment, il n'y en a pas ici, répondit Ray-Lynn. Pas en ce moment, en tout cas.

Avec un lourd cliquetis de bracelets, les mains de Connie Lee se posèrent sur ses hanches.

— C'est Winston Hayes, le suppléant du shérif, que je cherche. On m'a dit que je le trouverais ici, mais je ne le vois pas.

— Lui, par contre, je pense qu'il vous voit. Il est assis au bar.

— Ah, merci… Je veux qu'il organise une surveillance du chantier, au cas où les syndicalistes voudraient venir semer la pagaille. Avec le shérif, bien sûr. Au fait, j'ai vu que vous proposiez les produits artisanaux d'Ella Lantz à la vente. Vous savez que j'ai l'intention de lui en commander pour mon nouvel établissement, n'est-ce pas ? Je crois que ça permettra à son affaire de franchir un nouveau cap, mais ça fait des jours que je n'ai plus de nouvelles d'elle. Lorsque je suis passée à la ferme, sa mère m'a dit qu'elle était malade. Vous savez si elle est rétablie ?

Ray-Lynn faillit lui dire que Win Hayes venait de lui poser la même question, mais elle jugula sa nature bavarde et se ravisa juste à temps. Cette information serait pour Jack et pour Jack seulement.

— Pour autant que je sache, Ella est toujours alitée, répondit-elle. La pauvre, elle doit être impatiente de retourner s'occuper de sa lavande, surtout à cette époque de l'année.

— Apparemment, sa mère et sa sœur ont pris le relais en attendant qu'elle soit sur pied. Comme je vous l'ai dit, Anna Lantz a fini par me dire qu'elle était malade, mais impossible de lui arracher un mot de plus. Quant à ce cousin de Pennsylvanie qui s'était porté au secours de mon fils et qui aidait Ella avec sa lavande, il semble avoir disparu lui aussi. Je ne sais pas… Ils ont peut-être attrapé le même virus. J'espère qu'en réalité ce garçon n'était pas là pour faire main basse sur les produits d'Ella. Je l'aurais en travers de la gorge, s'il lui a fait signer un contrat d'exclusivité sous mon nez. Entre nous, et en dépit de la reconnaissance que je lui dois pour son geste envers Sam, il m'a semblé plutôt farouche, et pour tout dire inamical.

— Si c'est ce qui vous inquiète, sachez que les Amish ne signent jamais de contrat. En revanche, comme tous les membres de sa communauté, Ella n'a qu'une parole. Chez eux, ça fonctionne à la confiance. C'est d'ailleurs ce qui coince entre les syndicats et les Amish ; c'est une question de culture, vous comprenez ? Moi-même, je n'ai qu'un contrat oral avec les serveuses du restaurant. Croyez-moi, la volonté des Amish de vivre en accord avec leurs principes d'honnêteté et de plaire à Dieu est une garantie bien plus solide qu'une signature au bas d'un document.

— Merci d'avoir éclairé ma lanterne, dit Connie Lee. Soyez certaine que je vous ferai parvenir des invitations, à vous et au shérif, pour essayer le Spa. Si ce projet finit par voir le jour, bien sûr, ajouta-t-elle avec un soupir, avant de s'éloigner vers le bar.

Tandis qu'elle suivait des yeux la femme d'affaires, Ray-Lynn se fit deux réflexions.

Comme Win Hayes, Connie Lee semblait savoir qu'elle s'était fiancée avec Jack. D'autre part, Ray-Lynn avait le curieux sentiment que les questions de Mme Lee sur Ella faisaient partie intégrante de la mission qu'elle s'était assignée en venant ce matin à la Dutch Farm Table.

Les yeux ronds, elle la regarda passer derrière le bar avec un sans-gêne stupéfiant, de toute évidence pour parler face à face avec le suppléant de Jack. Ils discutèrent à voix basse, mais Ray-Lynn parvint à entendre le mot *Lantz*. Etait-elle en train de se renseigner sur la disparition d'Ella ?

A voir la façon dont Win Hayes hochait la tête, à présent, Connie Lee avait dû obtenir ce qu'elle voulait de lui. D'un autre côté, Ray-Lynn commençait se demander si cette femme n'obtenait pas *toujours* ce qu'elle voulait. Gare aux syndicalistes et à Win Hayes, s'ils refusaient d'aller dans son sens ! Gare aussi à Ella, si elle traînait les pieds pour finaliser leur accord, et même à Andrew, si Connie le prenait vraiment pour un concurrent !

Ella se sentit soulagée de voir Andrew qui l'attendait au bas de l'échelle de secours, quand elle y arriva avec ses sacs de courses.

— Tu ne vas pas croire ce qui m'est arrivé ! lui lança-t-elle, le souffle court.

Le visage soucieux, il la soulagea du plus gros sac.

— Raconte-moi.

— Connie Lee possède un Spa à dix minutes de chez toi ! J'y suis entrée parce qu'il y avait des produits à la lavande dans la vitrine. Et là, devine sur quoi je tombe ? Une photo de Connie Lee grande comme un des côtés de ma carriole ! Et la vendeuse m'a confirmé que Connie Lee avait fondé ce Spa… C'est incroyable, non ? Elle m'a même dit que la famille Lee était en train de construire un hôtel Spa quelque part dans un « coin de campagne paradisiaque, loin de l'agitation du monde ». Ce sont ses propres mots, Andrew. Elle ne m'a pas dit que c'était à Home Valley, mais ça me semble évident, non ? Bien sûr, j'ai su garder ma langue. Je ne lui ai pas dit que je connaissais sa patronne.

— Tu veux parler du Spa qui se trouve dans Spring Street ? Comment ça s'appelle, déjà ?

— The Herbal Spa.

— Oui, c'est ça. Je n'y ai jamais mis les pieds, mais je vois où c'est. Même si c'est sûrement une coïncidence, je dois dire que ça ne me plaît pas trop. En tout cas, ça me confirme dans mon choix de quitter ce quartier.

— Quoi ? On va encore changer d'endroit ? C'est ton avocat qui a trouvé autre chose ?

Il acquiesça d'un signe de tête.

— On va loger dans un hôtel où il y a beaucoup de passage. Puisque je suis là, il veut qu'on en profite pour préparer un peu le procès.

Il fit une courte pause, et la regarda droit dans les yeux avec un sourire crispé.

— Ella, j'ai très envie qu'on reste ensemble, mais je vais devoir trouver un moyen de te renvoyer chez toi.

Chez toi… Une fois de plus, elle se demanda où se trouvait l'endroit qu'elle devait considérer comme « chez elle ». Bien sûr, le pays amish lui manquait terriblement, mais l'idée d'y retourner sans Andrew lui serrait le cœur. Rien ne serait plus jamais pareil sans lui, ni à Home Valley ni ailleurs.

Elle ravala ses larmes tandis qu'ils grimpaient les marches métalliques de l'échelle.

Pendant qu'Andrew plaçait leurs affaires dans une belle valise en cuir, Ella avait préparé un copieux déjeuner en s'efforçant d'utiliser le plus de denrées périssables. Il lui avait dit qu'ils quitteraient l'appartement en fin d'après-midi pour s'installer dans une autre partie de la ville. Juste quand elle commençait à se faire à ce quartier…, songea-t-elle avec un brin de dépit. Mais au fond — et même si rien ne prouvait que Connie Lee soit impliquée dans leurs ennuis —, elle était soulagée de s'éloigner de l'Herbal Spa.

Heureusement que ses attaques de panique semblaient désormais appartenir au passé… Pourtant, elle se sentait sur le point d'éclater en sanglots. Trop de changements, trop d'émotions violentes, trop de proximité avec cet homme qu'elle avait presque supplié de la prendre, la veille au soir, alors que ses sens ne lui appartenaient plus. Le pire, c'est qu'elle n'éprouvait aucune honte au souvenir de ces transports amoureux, du désir brûlant qu'elle avait eu pour lui. Aucune honte qu'il ait été celui des deux qui avait eu assez de volonté pour s'arrêter.

— On va remplir un sac de provisions, dit-il. Moins on sortira, mieux ça vaudra.

Il semblait tellement nerveux, sans doute déjà en train de préparer les séances de travail avec son avocat, qu'il ne voyait pas à quel point elle se sentait perdue. Où donc était passé Andrew, si prévenant et toujours à l'écoute ? Alex Caldwell venait une nouvelle fois de prendre le dessus.

— Et en attendant que je puisse contacter le shérif Freeman ou son suppléant pour leur demander d'assurer ta protection là-bas, poursuivit-il, tu vas avoir ta propre chambre à l'hôtel. Comme ça, tu n'auras pas à te boucher les oreilles quand on évoquera des informations confidentielles, mon avocat et moi.

Elle se leva pour débarrasser la table basse où ils venaient de manger.

— On va y aller en taxi ? demanda-t-elle, s'efforçant de maîtriser sa voix, de crainte de trahir sa détresse. En dehors de l'avion, j'ai essayé à peu près tous les modes de transport, ces derniers jours.

— Non, on ne va pas y aller en taxi. Logan Reese voulait m'envoyer une voiture, mais j'ai refusé. Je préfère qu'on se débrouille seuls, tous les deux. On va prendre le métro jusqu'à Grand Central, la station qui débouche dans la gare et qui est à deux pas de l'hôtel.

— Moi aussi, je préfère qu'on se débrouille seuls, tous les deux, dit-elle tristement. Mais toi, tu ne veux plus.

Il alla rejoindre Ella dans la cuisine, se plaçant derrière elle tandis qu'elle commençait à faire la vaisselle.

— Je ne sais pas comment j'aurais tenu le coup sans toi,

dit-il en posant les mains sur sa taille avant de l'embrasser dans le cou.

— Pourtant, c'est ce qui va se passer maintenant, répondit-elle, résistant à l'envie de se tourner pour se réfugier dans ses bras. Et tu vas très bien te débrouiller sans moi, maintenant que tu as quelqu'un d'autre pour t'aider. N'est-ce pas, Alexander Caldwell ?

Ella sentit les mains d'Andrew se crisper sur sa taille. C'était la première fois qu'elle l'appelait par son vrai nom, et elle l'avait prononcé d'une voix plus dure et plus froide qu'elle ne l'aurait voulu. Ils restèrent ainsi un moment, immobiles et osant à peine respirer. Il renifla une fois, presque comme s'il retenait lui-même ses larmes, puis il exerça une petite pression sur la taille d'Ella avant de s'éloigner sans un mot.

— Moi qui pensais m'être habituée à la frénésie de cette ville ! s'exclama Ella alors qu'ils venaient de sortir du métro à la station Grand Central, et qu'ils se laissaient porter par l'escalator noir de monde.

Sous eux, une foule bigarrée se restaurait dans un vaste espace ouvert qui formait une terrasse commune à plusieurs restaurants.

— Sais-tu qu'à New York, « Grand Central » est devenu synonyme d'endroit où règne une grande agitation ? dit-il. On l'emploie souvent dans le langage courant. Par exemple, tu peux dire : « Je suis allé aux urgences de l'hôpital et j'ai poireauté plus de deux heures. C'était Grand Central, dans la salle d'attente ! »

Il essayait de cacher sa nervosité en parlant de tout et de rien, mais, en vérité, il se demandait si ce n'était pas une erreur de faire confiance à Logan Reese. Pourtant, il était d'accord avec son avocat sur la nécessité de continuer à préparer le procès à venir. Comme pour une pièce de théâtre, il avait besoin de connaître le texte de son témoignage sur le bout des doigts, y compris les répliques qu'il devrait lancer aux avocats de la défense, qui feraient certainement tout pour le déstabiliser et le décrédibiliser. Sauf qu'il n'y aurait pas d'applaudissements à la fin de la représentation, mais de lourdes peines de prison pour les accusés… ou bien, pour l'accusation, la frustration d'avoir échoué à convaincre. Il ne doutait pas que l'argent chinois de Marv Boynton lui permettrait de s'assurer les services des meilleurs avocats de la ville, et il fallait s'attendre à des contre-interrogatoires musclés et éprouvants. L'argent chinois qui avait peut-être servi, également, à payer un ou plusieurs tueurs à gages dont la mission était de l'empêcher de témoigner.

Il était bien décidé, même si cette décision lui coûtait terriblement, à renvoyer Ella chez elle. Malgré l'inquiétude qu'il lui arrive quelque chose là-bas, il avait fini par se convaincre qu'elle y serait plus en sécurité qu'avec lui. De toute évidence, sa tête de témoin clé du procès était toujours mise à prix, et il ne voulait pas qu'Ella se trouve avec lui si les balles se mettaient à siffler. Sans compter qu'il ne pourrait longtemps se retenir de lui faire l'amour, ce qui serait trahir la promesse faite à *Grossmamm* Ruth, une femme qu'il respectait infiniment. Prendre la virginité d'Ella — il était désormais certain qu'elle n'avait jamais eu de relations sexuelles — reviendrait à arracher un magnifique plant de lavande du sol. Son merveilleux parfum le hanterait pour toujours, mais la plante déracinée sécherait, et ses fleurs perdraient leur éclat. Sauf, bien entendu, s'il parvenait à s'en sortir et qu'ils puissent envisager un avenir commun au terme de cette épreuve. Mais cela aussi, c'était impossible. Jamais Ella ne pourrait être heureuse dans ce monde qu'elle appelait moderne et, malgré ce qu'avait suggéré *Grossmamm* Ruth, il était illusoire d'imaginer qu'il deviendrait un jour l'un des leurs.

— Tout ce monde ! s'écria-t-elle encore avec une sorte de fascination horrifiée.

— Ici se croisent non seulement les passagers du métro, mais aussi ceux des nombreux trains qui partent et arrivent à New York, souvent en provenance de la banlieue. Regarde, les trains sont par là-bas, dit-il en désignant des centaines de gens qui se pressaient, serrés comme des sardines, vers des portes ouvrant sur de longs quais eux-mêmes bondés.

Il se figura le labyrinthe de passages souterrains qui s'entrecroisaient sous leurs pieds. Une de ses anciennes connaissances avait écrit un roman sur des SDF qui avaient élu domicile dans les entrailles de cette gare, terrés dans des galeries ou campant sur des quais abandonnés. Les « hommes-taupes », comme les appelait l'écrivain. Alex s'était souvent demandé comment ces malheureux pouvaient vivre dans de telles conditions, reclus comme des pestiférés. Le gouvernement avait fini par les reloger dans des HLM, et il ne pouvait aujourd'hui s'empêcher de faire le parallèle avec sa propre situation : exclu du monde normal et dépendant du bon vouloir du gouvernement pour trouver un abri sûr.

Pas question de rester éternellement un « homme-taupe » d'une autre sorte, songea-t-il en jetant un coup d'œil à Ella. Leurs conditions de vie allaient probablement s'améliorer à partir de maintenant et, tôt ou tard, tout finirait par s'arranger. ui, il aimait cette femme et il l'aimerait toujours, s'avoua-t-il avec un curieux pincement au cœur. Sa « Mlle Lavande » avait sur lui le même pouvoir d'enchantement, que ce soit au milieu de l'effervescence d'un des endroits les plus agités de la planète ou dans le calme des paysages verdoyants de l'Ohio.

La voir tourner la tête en tous sens, les yeux écarquillés, lui donnait le sentiment de découvrir ces lieux familiers pour la première fois. Il avait souvent eu cette impression en observant le monde à travers le regard d'Ella, comme lorsqu'ils avaient contemplé les étoiles et les satellites, allongés côte à côte sur la colline envahie de lavande. Oui, tout était neuf avec elle. Et tandis qu'ils parcouraient le marbre blanc du vaste hall principal de la gare, lui aussi se mit à admirer le haut plafond et les fenêtres démesurées qui laissaient entrer la lumière de Manhattan.

Il se sentait un peu bizarre, vêtu ainsi : lui en costume noir et elle avec son tailleur jupe et ses talons hauts. Il entra le premier dans l'hôtel en tirant sa valise derrière lui, et vit presque aussitôt Reese Logan qui les attendait dans un coin du lobby.

— Je vous ai réservé deux chambres communicantes, dit l'avocat.

Même après que les présentations eurent été faites, Alex le surprit plusieurs fois en train de regarder Ella à la dérobée. De toute évidence, il s'était attendu à voir l'une des deux femmes que son client fréquentait avant cette histoire, et la jeune Amish ne correspondait certainement pas à l'idée qu'il se faisait d'une New-Yorkaise active. Malgré ses vêtements *mondains*, il y avait quelque chose d'angélique dans le visage sans maquillage d'Ella ; une forme d'innocence qu'on ne rencontrait pas chez les femmes d'ici. Aucun doute, songea Alex en la regardant à son tour, la douceur et la pureté de son expression tranchaient spectaculairement avec l'effervescence souvent brutale de cette ville.

Logan n'avait que quelques minutes pour regagner son bureau. Il quitta Alex et Ella en promettant de revenir après le dîner pour une séance de travail. L'avocat avait vraiment pensé à tout, demandant même à la réception qu'un repas leur soit livré dans leur chambre.

Un air vaguement inquiet sur le visage, Ella resta silencieuse dans l'ascenseur qui les propulsait en douceur vers le vingtième étage. Encore une nouvelle expérience pour elle, songea tendrement Alex.

Les fenêtres de leurs chambres donnaient sur le toit de la gare toute proche, avec son horloge coiffée d'une énorme statue de Mercure toisant, toutes ailes déployées, le flot de voitures qui sillonnaient la 42e Rue.

— C'est Mercure, dieu romain et patron des voyageurs, expliqua Alex lorsqu'il vint apporter les affaires d'Ella et qu'il la trouva postée devant la fenêtre de sa chambre.

Elle avait troqué le tailleur et les talons contre un pantalon décontracté et ses chaussures de sport.

— Il est à notre image, dit-elle d'une voix triste et songeuse. Nous aussi, on a des ailes de pierre qui nous empêchent de voler vers nos rêves.

— Mais on reste des voyageurs, toi et moi. Des voyageurs qui fuient le mal et qui cherchent leur route.

— Sauf que désormais, on voyagera séparément, tous les deux.

— Bien sûr que non, Ella. Même si je compte demander à mon avocat s'il peut trouver un moyen sûr de te renvoyer chez toi dès demain, on ne va pas se perdre de vue. Dès que cette sale histoire sera terminée et que je retrouverai un semblant de vie normale, j'irai voir tous ceux qui m'ont aidé durant cette épreuve. En premier lieu les McCorkle, ainsi que ta famille, bien sûr, et toi plus particulièrement. Je viendrai te voir, je te le promets, et on élaborera ensemble une stratégie marketing pour développer ton affaire.

— Une stratégie complexe pour un artisanat dont la devise est « simplicité », dit-elle en référence au mot qu'elle inscrivait sur les rubans de ses sachets de lavande. Et les deux mondes ne se rencontreront jamais.

Elle se tourna alors vers lui. Il vit qu'elle avait encore pleuré, et cette vision lui brisa le cœur. Il avait envie de la serrer dans ses bras, de la consoler, de lui dire à quel point il l'admirait, à quel point il la trouvait belle, à quel point… — oh, et puis zut ! — à quel point il l'aimait.

Mais, comme un lâche, il se contenta de ces mots :

— Je vais te laisser un moment pour que tu puisses t'installer tranquillement. Ensuite, on dînera ensemble dans ma chambre, si ça te convient.

— D'accord, répondit Ella avec un petit haussement d'épaules. Tu sais, ça n'a pas d'importance si les choses me conviennent ou non. Tout ce qui compte pour moi, c'est qu'il ne t'arrive rien de grave jusqu'au procès, et que tu puisses ensuite reprendre une vie plus digne.

Les coups frappés contre la porte de sa chambre donnèrent à Alex le parfait prétexte pour se retirer, au lieu de renverser Ella sur ce grand lit qui leur tendait les bras. Au lieu de lui faire l'amour comme il en mourait d'envie. Il comptait lui expliquer, un peu plus tard dans la soirée, à quel point il était déchiré entre son besoin de l'avoir près de lui et la nécessité de la protéger. Mais alors qu'il quittait la chambre d'Ella pour aller ouvrir au service des étages, qui apportait déjà leur dîner, il entendit un nouveau coup sur la porte, celui-là plus brutal. Non, ce son-là était plutôt celui d'une porte qui venait de heurter le mur après avoir été ouverte à toute volée.

Mais Logan avait-il une clé de la chambre ? Et, à bien y réfléchir, n'était-il pas un peu tôt pour le room-service ?

Un doigt sur les lèvres, il présenta sa paume à Ella pour qu'elle garde le silence. Refermant tout doucement la porte commune aux deux chambres jusqu'à ce qu'il ne reste qu'un infime entrebâillement, Alex risqua un œil dans la pièce voisine. Un homme qui se dirigeait vers la salle de bains passa rapidement dans son champ de vision. Il était armé d'un pistolet ! Avait-il misé sur le mauvais cheval en faisant confiance à Logan ? Qui d'autre que son avocat savait qu'il se trouvait dans cet hôtel ? Qui d'autre connaissait son numéro de chambre ?

Sans oser refermer entièrement la porte communicante, de crainte de faire un bruit qui alerterait le tueur, Alex se tourna, le doigt une nouvelle fois posé sur ses lèvres. Les yeux d'Ella s'agrandirent, mais elle hocha la tête en signe de compréhension. Il marcha jusqu'à elle et la prit par le poignet avant de l'entraîner vers la porte qui donnait sur le couloir. Trop risqué de se servir du téléphone pour appeler à l'aide. Une fois de plus, leur salut était dans la fuite.

Il ouvrit la porte avec précaution et jeta un coup d'œil dans le couloir. Un homme se tenait près des ascenseurs, le visage tourné, de telle manière qu'il ne put distinguer son visage. Un complice qui faisait le guet ou un simple client ?

Ils se risquèrent dans le couloir, marchant sur la pointe des pieds en direction de l'escalier de secours. Alex était en train de se réjouir de l'épaisseur de la moquette quand ils entendirent quelqu'un qui courait dans leur direction. Alex tira si violemment Ella qu'elle faillit tomber. L'instant d'après, la porte coupe-feu claquait derrière eux tandis qu'ils dévalaient les marches, le bruit de leur fuite éperdue résonnant dans la grande cage d'escalier.

Le cri furieux d'un homme parvint jusqu'à eux, suivi d'un bruit de cavalcade.

— Monsieur Caldwell, attendez ! Nous sommes des agents de sécurité envoyés par votre avocat ! Ne partez pas ! C'est M. Reese qui nous envoie !

Alex ralentit sa course et se tourna vers Ella.

— Non, murmura-t-elle sans l'ombre d'une hésitation. Cours, Alex, cours !

24

Ella était déjà hors d'haleine. Pas une attaque de panique ! Pas maintenant…

Alors qu'ils venaient de sauter sur un palier qui précédait une nouvelle volée de marches, elle leva les yeux vers l'entrelacs de rampes et de marches en béton. Un homme penché par-dessus la rampe braquait un pistolet dans sa direction ! Elle distingua son visage au moment où Andrew l'empoignait par la manche, l'entraînant vers le bas. Les violents battements de son cœur répondaient au cliquetis effréné de ses dents.

Quelques secondes plus tard, elle heurta de plein fouet Andrew, qui s'était arrêté net sur un palier.

— Avance, avance ! murmura-t-elle, affolée à l'idée d'être rattrapée par l'homme armé.

Il hocha la tête, mais ouvrit d'abord la porte du quatorzième étage avant de la refermer d'un coup sec. Le claquement résonna dans la cage d'escalier et les pas derrière eux cessèrent un instant de marteler les marches. Le doigt sur les lèvres, Andrew reprit sa descente sur la pointe des pieds. Franchissant les marches deux par deux sans faire de bruit, ils atteignirent le palier du douzième étage — et le treizième ? se demanda-t-elle fugitivement — où Andrew ouvrit la porte coupe-feu. Cette fois, ils regagnèrent vraiment le couloir de l'hôtel, longeant les portes des chambres jusqu'aux ascenseurs. Aucun n'était immédiatement disponible, mais les chiffres bleus d'un petit écran indiquaient que deux d'entre eux se trouvaient à un étage proche. Andrew enfonça le bouton d'appel avant de le frapper plusieurs fois de suite d'un doigt nerveux. Cela faisait-il vraiment venir l'ascenseur plus vite ? La cabine arriva après quelques secondes interminables et ses portes semblèrent s'écarter avec une infinie lenteur.

— Ils sont là ! cria une voix masculine à l'autre bout du couloir.

Les pas de leurs poursuivants avaient beau être étouffés par la moquette, il ne faisait aucun doute qu'ils couraient vers eux !

Ils bondirent dans l'ascenseur et Alex se remit à enfoncer frénétiquement le bouton de fermeture des portes. Blottie contre lui dans l'angle de la cabine, à côté du tableau de commande, Ella entrevit le même visage que dans la cage d'escalier, au moment où les portes allaient enfin se rejoindre. A la dernière seconde, l'homme parvint à coincer le canon de son arme dans l'interstice. Allait-il faire feu ? Alex retira une de ses chaussures et s'en servit comme d'une batte de base-ball pour frapper le canon de toutes ses forces. L'arme recula et les portes se fermèrent jusqu'au bout, la cabine amorçant aussitôt sa descente.

— Allez, allez, plus vite ! grommela Alex en remettant sa chaussure.

Mais la petite pièce qui permettait aux *Anglais* de monter et de descendre sans se fatiguer fit encore deux arrêts avant d'atteindre le rez-de-chaussée. Chaque fois, Ella eut l'impression que l'opération durait une éternité. Au sixième étage, deux femmes à la poitrine décorée d'un gros badge avec leur prénom virent les rejoindre. Aucune parole ne fut échangée avec les nouvelles venues, ce qui rendit assez étrange la cohabitation dans cet espace clos. Ella échangea un regard avec Alex. Seuls leurs respirations saccadées et le son étouffé du mécanisme de l'ascenseur venaient troubler le silence, mais Ella avait trop peur pour être vraiment mal à l'aise. Elle s'aperçut bientôt que la plus jeune des deux femmes l'observait avec un sourire complice. L'inconnue lui fit même un petit clin d'œil avant de détourner le regard.

Sans doute s'imaginait-elle qu'ils étaient hors d'haleine après s'être embrassés comme des fous quand ils étaient seuls.

Les deux femmes sortirent à l'étage appelé « entresol », et la rumeur de conversations animées et de rires s'invita dans la cabine. Il y avait beaucoup de monde, ici, sans doute une entreprise qui avait réuni ses employés autour d'un verre.

— Tu ne crois pas qu'on devrait sortir, nous aussi ? demanda-t-elle à voix basse. Se perdre dans la foule ?

— Je ne veux pas mettre la vie d'innocents en danger, si ces crétins nous tirent dessus. S'ils surveillent les arrêts de notre cabine, ils risquent de nous chercher parmi ces gens. Des coups de feu dans une telle pagaille feraient beaucoup de dégâts…

Une pagaille qu'au moins ils affrontaient ensemble, songea-t-elle. Et il avait raison de ne pas vouloir risquer la vie d'autres innocents, car rien ne disait que le tueur hésiterait à faire feu dans la foule. Elle avait vu son visage à deux reprises, et elle savait qu'elle était désormais une cible au même titre qu'Alex.

Alex s'était attendu à ce qu'Ella ait une crise de panique dans la cage d'escalier, mais, malgré sa pâleur, elle semblait bien tenir le coup.

— Tu crois qu'on devrait essayer de trouver un policier ?

— Je ne fais toujours pas confiance à Gerald Branin ou aux fédéraux. Et c'est entre leurs mains qu'on se retrouvera si on va chercher l'aide de la police. Quant à mon avocat, j'ai encore du mal à croire qu'il m'ait livré à mes ennemis. Il était peut-être sous surveillance, et il a pu les conduire malgré lui jusqu'à nous. Avant toute chose, on doit trouver un endroit où se mettre à l'abri. Je le contacterai ensuite. Tu sais qu'il devait organiser ton retour à Home Valley, et ça me semble plus urgent que jamais…

— Mais où se mettre à l'abri sans faire courir de risques à d'autres gens ?

— Je pense à un lieu noir de monde aux heures d'affluence, mais qui doit être déserté maintenant.

— Grand Central ?

— Tu commences à lire en moi comme dans un livre ouvert.

Slalomant au milieu des nombreux passants qui arpentaient encore les trottoirs en cette fin de journée, ils se dirigèrent aussi vite que possible vers la gare, sans toutefois courir pour ne pas attirer l'attention. Une fois dans le grand hall, Alex fut soulagé de constater que les voyageurs étaient en effet beaucoup moins nombreux que lorsqu'ils étaient arrivés en métro, même si on en voyait encore quelques-uns qui marchaient d'un pas pressé. Leurs poursuivants allaient avoir du mal à les retrouver ici et, au cas où le pire se produirait, les dommages collatéraux seraient limités.

Regardant sans cesse par-dessus leur épaule, ils firent à l'envers le chemin emprunté une heure plus tôt, se laissant emporter par l'escalator vers le niveau souterrain où passait le métro. Il fallait absolument profiter de ce moment de répit pour dénicher une cachette.

— Je suis en mesure d'identifier cet homme, dit Ella.

— Ils étaient au moins deux, répondit Alex avant de lui prendre la main. Ella, je suis vraiment désolé de t'avoir entraînée dans cette histoire… Tu comptes tellement pour moi et, maintenant, j'ai peur de ne plus pouvoir te protéger. J'ai laissé mon téléphone portable dans la chambre d'hôtel, mais, Dieu merci, j'ai gardé de l'argent sur moi. Une fois qu'on aura semé ces types, je trouverai un moyen d'appeler mon avocat. Mais pour le moment, on va s'enfoncer dans les profondeurs de Grand Central.

Alors qu'ils passaient en coup de vent devant l'aire de restauration, en grande partie fermée à cette heure-ci, il songea de nouveau aux « hommes-taupes » qui avaient vécu dans cette gare, terrés et invisibles sous les pieds des voyageurs. Il se dirigea vers les quais quasi déserts. Regardant une fois de plus derrière lui, il eut un coup au cœur en voyant deux hommes en costume sombre qui marchaient d'un pas vif vers l'aire de restauration.

Il prit Ella par la main et l'attira à lui.

— Je continue à penser qu'on devrait trouver un agent de police, dit-elle d'une voix essoufflée de fatigue et d'angoisse.

— Trop tard. Et puis, je croyais que les Amish n'avaient aucune confiance dans les représentants de la loi, dit-il en se forçant à sourire.

Il sentait qu'elle commençait à craquer, et il voulait lui remonter le moral.

— C'est à se demander qui de nous deux est le plus amish, hein ? Allez, viens, mademoiselle Lavande, je crois qu'il y a des policiers qui patrouillent par là-bas. On devrait aussi croiser des ouvriers du rail.

C'était la première fois qu'il l'appelait ainsi et, à voir le regain d'énergie d'Ella, cette appellation semblait lui plaire.

Les deux hommes en costume avaient fini par s'asseoir à une table où un serveur prenait déjà leur commande. Fausse alerte.

Ils s'engagèrent dans un passage souterrain qui déboucha, après quelques minutes de marche, sur un quai absolument désert mais bien éclairé. Ils le parcoururent jusqu'à un renfoncement où la lumière était plus rare. Ici, des piliers métalliques soutenaient un plafond parsemé de néons capricieux. Non, ce n'était pas le bon endroit pour se cacher, songea Alex en regardant les trois rails qui composaient la voie ferrée. S'ils devaient la traverser, il faudrait se méfier du rail du milieu, qui pouvait les électrocuter. Il hésita encore : devaient-ils rester là, pressés contre le mur, en espérant que les tueurs finiraient par renoncer à les retrouver ? Pour le moment, tout était silencieux.

Soudain, une porte s'ouvrit, puis se referma avec un bruit sec qui résonna bruyamment contre les murs en carrelage blanc.

— Oh ! non…, murmura Ella.

Alex improvisa une prière silencieuse. A croire qu'il se transformait vraiment en Amish.

Des bruits de pas se firent entendre, de plus en plus proches, et des bribes de phrases menaçantes flottèrent jusqu'à eux :

— … sûrement planqués par ici… parfait… pas de témoins.

Ils n'avaient plus d'autre choix que de sauter sur la voie et de la traverser à toute vitesse pour ne pas être vus. Ou pour ne pas être tirés comme des lapins, s'ils étaient repérés. De l'autre côté, Alex distinguait une porte de service, sous le tunnel d'où débouchaient les rames de métro. Restait à espérer qu'elle s'ouvrirait, et ne mènerait pas à un cul-de-sac. De toute façon, c'était ça ou attendre la mort dans ce renfoncement que les tueurs ne tarderaient pas à découvrir.

— On va descendre sur la voie et passer de l'autre côté, murmura-t-il.

Il parlait tellement bas qu'elle avait l'impression de lire sur ses lèvres.

— Ne mets les pieds que là où je mets les miens, d'accord ? C'est très important !

Elle venait de hocher la tête quand ils entendirent les deux hommes forcer la porte d'un local d'entretien, sans doute pour s'assurer qu'ils ne s'y trouvaient pas. C'était le moment ou jamais.

— Maintenant ! chuchota-t-il en l'entraînant hors de leur cachette.

Ils couvrirent en trois foulées la distance qui les séparait de la voie. Il s'y laissa glisser le premier et attrapa ensuite Ella dans ses bras. A partir du moment où on savait que le rail du milieu pouvait être dangereux, l'éviter n'était pas compliqué. Parvenu de l'autre côté, il se hissa sur la bordure du quai et s'agenouilla, bras tendus, pour aider Ella. Juste à l'instant où il la remontait, la voix de l'homme leur parvint de nouveau. Et cette fois, elle n'avait rien d'un murmure :

— Laisse tomber, ils ne sont pas là-dedans. On va aller jeter un œil dans le renfoncement, là-bas.

Ella et Alex se mirent d'un bond sur leurs pieds et, sans plus se soucier de faire du bruit, s'élancèrent main dans la main vers la porte de service. Dans le tunnel, le quai rétrécissait, se réduisant à une bande étroite.

— Reste bien collée contre la paroi ! dit Alex alors qu'il atteignait la porte en métal rouillé.

Un faux pas dans la précipitation, et c'était la chute sur la voie. Et là, il ne fallait pas espérer remonter vivant… La porte n'opposa pas de résistance, mais le soulagement d'Alex fut de courte durée : elle s'ouvrait sur un escalier qui n'allait que dans un sens. Et c'était vers le bas.

Ella dut lâcher la main d'Alex tant l'escalier était étroit. Même si les tueurs les avaient vus s'enfuir par cette porte de service, ils s'efforçaient de faire le moins de bruit possible. Mais dans le silence de cet escalier seulement éclairé par de faibles lumières de secours, elle avait le sentiment que leurs respirations affolées résonnaient terriblement. Comment sa vie paisible avait-elle pu se transformer en… en *ça* ? Que ce soit au sommet de la colline qui dominait son champ de lavande, sur les hauteurs du château d'eau de Pinecraft ou dans les profondeurs de cette gare, elle n'avait cessé d'être en danger, depuis l'arrivée d'Alex. Sa simple présence auprès d'elle représentait un danger ! Certes, d'un autre ordre que celui dont les menaçaient les tueurs, mais un danger bien réel, néanmoins.

Les mots « Quand je marche dans la vallée de l'ombre de la mort, je ne crains aucun mal car Tu es avec moi » lui vinrent à l'esprit. Sans nul doute, c'était dans cette vallée qu'ils marchaient à présent et non plus dans celle, verdoyante et fertile, où vivait sa communauté. Et même si elle devait admettre qu'elle avait peur, malgré la présence du Seigneur à son côté, elle ne pouvait regretter d'avoir suivi Alex jusqu'ici. Pouvoir partager avec lui cette épreuve, et l'aider dans la mesure de ses moyens, justifiait à ses yeux les risques qu'elle prenait.

Ils se figèrent un instant lorsqu'ils entendirent le bruit de la porte en métal qui s'ouvrait en haut de l'escalier. Une fois de plus, leurs poursuivants les avaient retrouvés !

Les dernières marches débouchaient sur un boyau guère mieux éclairé que l'escalier, et parcouru d'énormes tuyaux qui crachaient par intermittence des jets de vapeur brûlants. La soirée était douce en surface, mais il régnait ici une chaleur humide presque insupportable. Il ne leur fallut pas une minute pour être en nage. Ici et là, des flaques huileuses couvraient le sol irrégulier, reflétant la lumière blême et lui donnant d'inquiétantes couleurs. Etait-ce à cela que ressemblait l'enfer ? songea Ella, avant de faire un bond de côté pour éviter d'être brûlée par un jet de vapeur.

Et là, alors qu'elle avait fini par s'en croire libérée, elle sentit que les ténèbres revenaient l'engloutir. Oui, c'était l'eau noire de l'étang qui venait inonder ce sous-sol infernal, qui venait la noyer, la tirer vers le fond… Elle essaya de réguler sa respiration, de se concentrer sur des choses concrètes, comme mettre un pied devant l'autre, regarder la nuque d'Alex qui marchait juste devant elle. S'accrocher à la réalité pour ne pas sombrer dans le cauchemar et l'épouvante. Elle ne voulait pas mourir. Pas question d'être emportée par les eaux tourbillonnantes !

Le passage devint si étroit et si bas de plafond qu'Alex dut se courber pour continuer à avancer. Elle-même devait faire attention à ne pas se cogner la tête. Même si elle s'efforçait de progresser en silence, elle haletait comme un chien. Tremblante, inquiète à l'idée que ses jambes se dérobent sous elle, elle continua à s'accrocher à la réalité, si affreuse fût-elle. Les pas, derrière eux, ne martelaient plus les marches en métal mais le sol en béton, et elle entendit bientôt la voix râpeuse et déjà trop familière du tueur :

— Presse le pas, ils sont faits comme des rats ! C'est l'endroit idéal pour en finir une bonne fois pour toutes.

En finir une bonne fois pour toutes… Oh ! *ya*, elle avait envie que toute cette histoire se termine, mais pas comme le souhaitaient ces gens. Dieu merci, le boyau faisait de nombreux coudes qui leur permettaient de ne pas se trouver dans la ligne de tir de leurs poursuivants. Pour le moment, en tout cas. Brusquement, Alex s'arrêta pour la laisser passer devant lui. Sans doute afin de lui donner une chance supplémentaire de s'en sortir, au cas où une balle serait tirée dans leur direction.

Les vêtements trempés de sueur, mendiant de l'air, elle continua à avancer, griffant l'eau de ses mains, agitant désespérément les jambes pour remonter à la surface, mais, une fois de plus, elle ne pouvait lutter contre la force du courant froid. L'eau de l'étang lui piquait… non, c'était des larmes et des gouttes de transpiration qui lui piquaient les yeux. Elle cligna plusieurs fois des paupières pour les chasser. Tous deux firent un nouveau bond de côté alors qu'un jet de vapeur fusait à quelques centimètres de leurs visages avec un sifflement de dragon. Tout était lugubre et crasseux, ici, noir comme le fond de l'étang où reposerait bientôt son corps noyé.

Après un autre coude, le passage s'élargit brusquement. Devant eux, une sorte de salle des machines aux allures de labyrinthe. Le long d'un mur, des bleus de chauffe et des gilets réfléchissants suspendus à une rangée de patères. Sur un banc en métal, des casques de chantier munis de lampes frontales. Alex ramassa une grosse clé à molette abandonnée près d'une machine. Mais comment comptait-il se défendre avec cet outil contre une arme à feu ?

Nouveau coude, nouveau passage encore plus large que le précédent.

— On ne doit pas être loin d'une sortie, murmura Alex, qui repassa devant elle avant de lui prendre la main.

Elle la serra de toutes ses forces tandis que le passage formait une courbe, si grande qu'ils pouvaient voir sur quoi elle débouchait. A gauche, des rails apparurent en contrebas. Ils se trouvaient à présent dans un des tunnels où passait le métro. C'était bon signe, non ? Ils accélèrent le pas, mais le passage ne tarda pas à se rétrécir de nouveau. Seulement, cette fois, il y avait un chemin balisé de lumières incrustées dans le sol. Des adhésifs en forme de flèche, striés de rouge et de blanc, leur rendirent espoir.

Une minute plus tard, ils l'entendirent autant qu'ils le sentirent : le grondement lointain d'un train fit vibrer l'air, le sol et même le mur contre lequel s'appuyait Ella.

— Je pensais que ces voies ne servaient plus, dit Alex.

Il parlait à voix haute, à présent, car le bruit du métro se faisait plus proche et plus fort.

— J'espère que ça va les inciter à faire demi-tour. Allez, viens, Ella !

Il n'avait pas fait dix pas que le tunnel explosa de lumière dans un hurlement de ferraille. Alors que la rame oscillait dans le virage, un violent souffle aux odeurs métalliques les gifla avec une telle force qu'ils reculèrent contre le mur. L'instant d'après, ils furent mitraillés d'une pluie de poussière, de morceaux de papier et de gravillons, les voitures de la rame défilant pendant de longues secondes avant de disparaître d'un seul coup.

Malgré les débris volants qui continuaient à tourbillonner dans l'air, ils durent rouvrir les yeux pour s'assurer que leurs poursuivants ne les avaient pas encore rejoints.

Ella se laissa entraîner par Alex, ravalant ses larmes et repoussant les ténèbres glacées. Si elle voulait survivre, elle ne devait pas se tromper de combat… C'était au côté d'Alex qu'elle luttait pour sa vie, et non dans les profondeurs d'un étang Dans leur course, ils passèrent devant divers éléments indiquant que des ouvriers travaillaient régulièrement ici. Soudain, un signe lumineux au-dessus d'une porte attira leur attention :

ISSUE DE SECOURS SOUS ALARME

Puis, en dessous, en lettres plus petites :

« A n'emprunter qu'en cas d'évacuation d'urgence. »

Pour eux, l'alarme avait déjà sonné depuis longtemps. Quant à l'urgence de la situation, elle ne faisait aucun doute. Si Alex n'ouvrait pas cette porte tout de suite, c'est elle qui le ferait ! Elle avait l'impression d'avoir atteint les frontières de la folie. Dieu merci, il tourna la poignée sans attendre. Un son perçant et répétitif agressa aussitôt leurs oreilles. De toute façon, les hommes qui étaient à leurs trousses n'avaient pas besoin de ce signal pour savoir quel chemin ils avaient emprunté. Derrière la porte, encore un escalier. Ils grimpèrent les marches quatre à quatre, passant devant un renfoncement avec d'autres machines avant d'arriver sur un vaste palier où trois possibilités s'offraient à eux : à gauche, à droite où vers le haut.

Encore des bruits de pas derrière eux. Les halètements d'un homme qui cherchait son souffle.

— Vers le haut, dit-elle quand elle vit Alex hésiter. On continue à monter !

Une échelle en métal remplaçait à présent l'escalier, et elle semblait sans fin. Ils progressaient dans le noir, mais on distinguait un petit cercle de lumière tout là-haut. Elle songea encore à Trixie et Janus, montant à l'échelle de corde. Pour se donner des forces, elle imagina qu'elle grimpait sa verte colline dans l'air saturé de lavande.

— Où sont-ils passés ? cria sous eux la voix râpeuse.

Un court silence, puis :

— Là-haut ! Ils sont montés à l'échelle !

Ella s'attendait à recevoir une balle à tout moment. La première serait pour elle, parce qu'elle était derrière Alex. Elle fixa le rond de lumière, bien trop petit pour qu'un humain y passe le corps. Si cette échelle ne menait qu'à la mort, ce serait sa faute.

— Il y a une sorte de trappe, dit Alex lorsqu'il arriva enfin tout en haut.

Ella l'entendit grogner tandis qu'il soulevait une plaque en métal.

— C'est bon, ça s'ouvre, dit-il.

La luminosité aveugla un instant Ella qui eut envie d'applaudir. Avec de nouveaux grognements, Alex poussa la trappe métallique jusqu'à ce qu'elle bascule entièrement sur ses gonds et aille frapper le sol de l'étage supérieur. Il se hissa à travers l'ouverture tandis qu'Ella gravissait quelques barreaux supplémentaires. Sans un mot, il la saisit sous les aisselles et la souleva dans les airs, avant de la poser loin de la trappe qu'il referma avec le pied.

— Mets-toi dessus, dit-il en désignant la plaque en métal. Il faut que je trouve quelque chose de lourd pour les empêcher de la soulever. Ne t'inquiète pas, elle est vraiment épaisse, et s'ils tirent à travers, je pense que les balles ricocheront.

Ella s'exécuta et promena le regard autour d'elle pendant qu'il partait à la recherche de l'objet adéquat. Ils se trouvaient dans une sorte de hangar, où un faible éclairage permettait de distinguer des rames de métro détachées qui attendaient sans doute d'être réparées ou rénovées. Ici aussi, il y avait de nombreuses et mystérieuses machines constellées de boutons, de manettes et de compteurs.

Les tueurs essayaient-ils de soulever la trappe, ou étaient-ce les tremblements incontrôlables de son corps qui lui donnaient cette impression ? Alex revint, les bras chargés d'un objet qui ressemblait à une sorte d'enclume. Il le plaça à ses pieds comme une offrande, puis tira un petit établi sur la trappe avant d'y poser tout ce qui lui tombait sous la main : outils divers, morceaux de métal, seau rempli d'eau…

Une fois qu'il estima le poids suffisant pour bloquer leurs poursuivants, il la serra fort dans ses bras pendant deux ou trois secondes. Mais, déjà, ils repartaient en courant. Ils ouvrirent une autre porte protégée par une alarme, qui se déclencha avec le même son strident que la première. Le service de sécurité de la gare, ou bien des ouvriers allaient sans doute venir voir ce qui se passait, et ils découvriraient peut-être les tueurs coincés sous la plaque de métal. Oui, ils en avaient réchappé cette fois-ci encore, mais, contrairement au faux clown de Pinecraft, ces deux tueurs-là n'étaient pas morts. Et rien ne les empêcherait d'essayer de nouveau de les supprimer.

Elle se sentit d'abord assaillie par les lumières vives de la ville, comme elle l'avait été par les étoiles qui brillaient au-dessus de son corps rescapé, le soir où ses amies l'avaient sauvée de la noyade. Mais elle était en vie ! En vie et avec Alex.

Malgré leur épuisement, ils marchèrent une bonne demi-heure jusqu'à un fast-food ouvert tard le soir. La chaleur moite et la saleté des sous-sols de la gare les avaient mis dans un état pitoyable, et ils se précipitèrent dans les toilettes pour se débarbouiller. Ella en profita pour asperger d'eau froide les brûlures légères causées par les jets de vapeur. De retour dans la salle, Alex leur commanda des hamburgers, des frites et des sundaes au chocolat. Ils venaient de s'échapper de l'enfer et il commandait des sundaes !

— Je n'ai pas faim, dit-elle d'une voix à peine audible, avant de vider son deuxième gobelet d'eau fraîche.

— Tu peux parler à voix haute, maintenant. Et il faut que tu manges pour reprendre des forces. Quand on aura terminé notre repas, j'ai l'intention de demander à un des employés de me prêter son téléphone portable contre un peu d'argent.

— Pour appeler ton avocat ?

Il hocha la tête avant de mordre à pleines dents dans son hamburger.

— Tu ne penses toujours pas que c'est lui qui nous a livrés ?

— Non… Ça me paraît impossible venant d'un homme comme Logan.

— Mais on ignore toujours qui tire les ficelles.

— On verra ça plus tard. Pour l'instant, profite de ce moment de tranquillité pour manger et te reposer. On ne sait pas de quoi demain sera fait. Ni même de quoi la nuit sera faite, ajouta-t-il à voix plus basse, comme s'il se parlait à lui-même.

Après avoir englouti ses deux hamburgers et son sundae, il alla bavarder avec les employés qu'elle avait entendus s'exprimer dans une langue étrangère, tout à l'heure, lorsque Alex avait passé commande. Un des deux garçons hocha la tête avant d'empocher les cinq dollars que lui offrait Alex et de lui tendre son portable en échange. Au moins, le charme de M. Caldwell n'était pas réservé aux seules femmes, songea-t-elle.

Après s'être d'abord forcée à manger, elle s'aperçut vite qu'elle avait une faim de loup. Elle dévora son hamburger, un œil sur Alex qui passait son coup de fil près de la porte des toilettes. Quelques minutes plus tard, il rendit le téléphone à son propriétaire et vint se rasseoir à leur table.

— Logan m'a proposé de nous loger chez lui, mais j'ai refusé. Il croit se souvenir que son assistante a reçu un appel du Hyatt qui voulait confirmer sa réservation, et il compte l'interroger à ce sujet. Il se peut aussi que nos ennemis aient mis la ligne du cabinet d'avocats sur écoute. Il n'a communiqué à personne notre numéro de chambre, mais, apparemment, l'hôtel l'aurait fourni à son assistante.

— Tu sais, je pense qu'on devrait rester ensemble quoi qu'il arrive.

— J'ai longtemps cru que c'était la meilleure solution, mais c'est moi, l'aimant à tueurs, pas toi. Logan a décidé de s'évaporer dans la nature pendant un moment, lui aussi, afin qu'on puisse se voir en toute sécurité pour préparer le procès. Demain, à la première heure, il va appeler le shérif Freeman pour organiser ton retour à Home Valley. Après ça, il s'occupera de me trouver un nouvel endroit où me cacher. Un endroit vraiment sûr, cette fois-ci.

— Je commence à croire qu'un tel endroit n'existe pas, Andrew… Alex.

Elle piocha dans son sundae avant de relever la tête.

— Tu sais, si je t'ai suivi si loin de chez moi, ce n'est pas pour qu'on se sépare maintenant.

— Non, Ella, ce n'est pas possible, dit-il d'une voix ferme. Tu dois comprendre que si je souhaite ton départ, c'est parce que tu comptes énormément pour moi. J'ai eu tort de te garder si longtemps avec moi. Je croyais qu'il y aurait encore plus de danger à ce que tu retournes à la ferme, mais ce qui vient de se passer prouve que ce n'est pas le cas.

— Alors, c'est vrai, je compte pour toi ?

— Plus que ça… Beaucoup plus que ça. Et même si je meurs d'envie que tu restes, je n'ai pas le droit de te faire courir un tel risque. J'ai demandé à Logan d'insister auprès du shérif Freeman pour qu'il fasse savoir que tu es de retour sans moi, et que tu n'as aucune idée de l'endroit où je me trouve. Si je reste ici et que tu regagnes le pays amish, où manifestement ils ont hésité à m'abattre lorsqu'ils en ont eu l'occasion, je pense que tu seras en sécurité. Avec le shérif et son suppléant qui garderont un œil sur toi, ceux qui m'en veulent en déduiront que je me suis mis sous la protection du FBI, ce qui ne sera pas le cas. Mes ennemis ne veulent surtout pas que la presse mette encore plus le nez dans cette affaire, déjà trop médiatisée à leur goût. Et c'est ce qui se passerait s'ils s'en prenaient à une Amish. Tout ce qu'ils souhaitent, c'est me faire taire pour de bon. C'est à moi qu'ils s'intéressent et c'est moi qu'ils vont chercher à éliminer, pas toi.

— Justement… Comment te laisser seul en te sachant en danger ? dit-elle en tendant la main par-dessus la table pour prendre celle d'Alex. Je sais qu'on ne peut espérer un avenir commun, mais j'ai besoin de toi. Je… à travers toutes ces épreuves, j'ai compris que je t'aimais, Alex.

Il resta un moment silencieux, et elle vit bientôt couler sur ses joues des larmes qu'il ne chercha pas à essuyer.

— Moi aussi, je t'aime, mon Ella l'enchantée. Ma « Mlle Lavande »… Et je t'aimerai aussi longtemps que je vivrai. Mais il n'y a pas d'autre solution. Ça m'aidera énormément de ne plus avoir à m'inquiéter pour toi, de te savoir sous la protection du shérif, et de retour au sein de ta famille et de ta communauté. Je dois régler cette affaire seul, tu comprends ?

— Je sais que tu feras ton devoir de citoyen, dit-elle. Tu ne serais pas l'homme que j'admire si tu fuyais tes responsabilités. Mais hormis dans mes rêves et dans mes souvenirs, est-ce que je te reverrai un jour, Andrew Lantz et Alexander Caldwell ?

— Je t'ai promis de venir te rendre visite à Home Valley si je m'en… *quand* je m'en serai sorti, et je tiendrai parole. Et peut-être pas seulement pour t'aider à vendre tes merveilleux produits artisanaux. Oui, je tiendrai parole, Ella !

Ils restèrent un long moment sans parler, main dans la main sur la table de ce fast-food qu'elle serait bien incapable de retrouver, si elle devait revenir un jour dans cette ville gigantesque. C'était chez lui, ici, l'endroit où il était à l'aise, où il avait ses repères et ses amis. Et pourtant, malgré l'amour qu'elle éprouvait pour lui, elle s'y sentait tellement étrangère… tellement déplacée… Il avait donné sa parole qu'ils se reverraient, bien sûr, mais tant de choses pouvaient l'empêcher de tenir sa promesse. Même si l'idée de quitter cet homme lui était insupportable, elle devait se rappeler qu'Alex n'était pas son mari et qu'il ne le serait jamais, sauf si elle changeait au point de renier ce qu'elle était au plus profond d'elle-même. Non, jamais elle ne pourrait suivre l'exemple de son amie Sarah, tourner le dos à sa communauté et se faire bannir et excommunier par amour pour un *auslander*. Et pourtant… pourtant…

— J'espère que tu pourras tenir cette promesse, dit-elle, la gorge nouée.

Et pour espérer le tenir de nouveau dans ses bras, combien de temps allait-elle devoir attendre ? Des années ? Sa vie entière, peut-être ?

25

Au terme d'une nuit blanche, passée à errer avec Alex de café en restaurant de nuit, Claire Reese, la femme de Logan, avait emmené Ella dans l'appartement d'une de leurs connaissances afin qu'elle puisse s'y reposer. Après l'avoir laissée dormir quelques heures, Claire l'avait conduite jusqu'à un aérodrome du New Jersey où l'attendait un petit avion privé qui devait s'envoler pour Cleveland.

Une Amish dans un avion, le moyen de transport *verboten* ! Mais Claire venait de lui assurer que Mgr Esh avait donné sa permission, et qu'un policier viendrait la chercher à Cleveland avec une dame du nom de Ray-Lynn.

— Je la connais, dit Ella alors qu'elles patientaient dans la petite pièce qui faisait office de terminal. Et le policier doit être le shérif Freeman en personne. Remerciez bien votre mari d'avoir organisé tout ça pour moi.

Elle flottait dans un sentiment d'irréalité. Son corps entier lui faisait mal, mais ce n'était rien comparé à la douleur de ses adieux avec Alex (elle avait décidé qu'elle ne l'appellerait plus qu'ainsi, désormais). Le quitter lui avait ôté le peu de forces qui lui restait. Elle avait essayé de se montrer courageuse, mais elle n'était pas certaine d'avoir réussi à donner le change. Elle avait beau se répéter que c'était la meilleure décision, il lui semblait qu'elle ne pourrait pas supporter d'être séparée de lui.

— Ella…, dit Claire, l'arrachant à ses tristes pensées.

C'était comme si la voix de cette femme venait de très loin.

Ella se tourna vers elle avec le sentiment étrange d'avoir

un pied dans le sommeil, dans les émotions fortes d'un rêve dont elle ne se réveillerait jamais. Mince, avec des cheveux roux qui semblaient avoir été teints, Claire Reese devait avoir quarante-cinq ans environ. Elle portait des boucles d'oreilles en diamants qui étincelaient au moindre de ses mouvements.

— Je crois savoir qu'Alex et vous tenez beaucoup l'un à l'autre, mais sachez que vous lui rendez un grand service en comprenant son point de vue. Ça me fait penser à un poème sur lequel j'ai souvent travaillé avec mes élèves en classe d'anglais, même si je crains que la plupart d'entre eux n'en aient pas saisi toute la force. Le titre est : *A Lucasta, sur le chemin de la guerre*, et le soldat s'adresse à cette Lucasta, qui est la femme qu'il aime mais doit quitter :

Je ne pourrais t'aimer autant, très chère, si je n'aimais davantage encore l'honneur.

Ella hocha la tête. Pour sa part, elle saisissait très bien la force de ces mots.

— Alex Caldwell est un homme droit, poursuivit Claire. Il a un grand sens moral. Il aurait été si simple pour lui de ne rien dire, comme l'ont fait beaucoup d'autres… Si simple de fermer les yeux pour ne pas compromettre sa carrière en pleine ascension à SkyBound, de continuer à faire ce qu'attendait de lui l'homme qui était non seulement son patron, mais aussi son mentor. Je ne sais pas s'il vous l'a dit, mais Marv Boynton était presque une figure paternelle, pour lui. Et maintenant qu'il a trouvé quelque chose — *quelqu'un* — qui donne un vrai sens à sa vie… Mais j'en ai assez dit. En tout cas, sachez que mon mari et moi tenons à vous remercier de l'avoir aidé à faire les bons choix : les choix qui lui permettront de rester fidèle à lui-même.

Ella songea aux mots prononcés par Claire tandis qu'elle regardait New York à travers le hublot de l'avion. Après tout ce qu'elle venait de vivre, voler à bord de cet appareil ne lui faisait pas peur. Mais son cœur engourdi de tristesse ne parvenait pas non plus à ressentir l'excitation qui aurait dû être la sienne face à une expérience aussi extraordinaire. Ce serait, à n'en pas douter, la seule fois de sa vie qu'elle aurait l'occasion de sillonner le magnifique ciel bleu que Dieu avait créé dans sa grande bonté. La seule fois qu'elle pourrait voir d'aussi près ces rangées de nuages crémeux et replets qui lui faisaient penser à son champ de lavande sous la neige. Après les hauts immeubles de Manhattan et les maisons de banlieue pressées les unes contre les autres vinrent les champs et les collines qui s'étendaient à perte de vue, comme une préface à son cher pays amish. Pourtant, si elle avait le cœur tellement lourd, c'est qu'elle savait qu'il lui manquerait désormais quelque chose d'essentiel, dans son jardin d'Eden.

Ses pensées retournèrent au court moment qu'elle avait passé seule avec Alex, sur la banquette arrière de la voiture de Claire, avant que celle-ci ne la conduise à l'aérodrome et que son mari n'emmène Alex dans une autre direction. Au court moment où elle avait pu lui dire au revoir — adieu ? — et lui souhaiter tout le bonheur du monde, avec ou sans elle.

— On se reverra quand le procès sera terminé, Ella, avait-il dit une nouvelle fois. Je t'en fais la promesse solennelle. Il y a tant de gens, à Home Valley, qui m'ont aidé et à qui j'aimerais rendre la pareille d'une manière ou d'une autre…

— Nous ne voulons rien recevoir en remerciement, sinon la joie de te savoir en sécurité et en bonne santé ; de te savoir épanoui, le cœur plein de souvenirs heureux de ton passage dans notre communauté. Si tu viens nous voir comme tu me l'as promis, on sera de nouveau réunis, toi et moi, mais seulement en surface, tu comprends ? Jamais on ne pourra être vraiment ensemble, vraiment réunis. Jamais on ne pourra partager notre amour, nos corps, nos vies. Tu sais, Alex, ça va être très douloureux de ne pouvoir vivre ce qu'on ressent l'un pour l'autre…

— Es-tu en train de me demander de garder mes distances ?

— Tout ce que je dis, c'est que je suis une Amish et que je le resterai toujours. Ce monde est le tien et je n'y ai pas ma place. Ce matin, j'ai vu dans la rue des affiches pour un magazine qui s'appelle *People*. Sur la page de couverture, on pouvait lire : « L'homme de l'année » et « L'homme le plus sexy du monde », et toi, tu pourrais être les deux parce que c'est ce que tu es pour moi et…

Consciente de tenir des propos sans queue ni tête, submergée d'émotion, elle avait éclaté en sanglots. Il l'avait serrée dans ses bras, lui avait murmuré des mots d'amour… Mais cet amour dont il parlait si bien, jamais ils ne pourraient le faire. Jamais ils ne pourraient le vivre.

— Excuse-moi…, avait-elle dit en le repoussant pour s'asseoir bien droite sur le siège en cuir de la voiture. Je suis épuisée… et si inquiète pour toi. Tu me manques déjà, Alex, et je sais que je ne cesserai plus d'éprouver ce manque. Ce manque de toi… Non… non, ne m'embrasse pas. Faisons comme si on se quittait juste pour quelques heures, comme si tout allait s'arranger pour nous. Je sais que ce sera le cas pour toi. Tu vas t'en sortir, et tu reconstruiras ta vie avec la force de celui qui a fait le bon choix. Va-t'en, maintenant, Alex. Va-t'en, s'il te plaît, et prends bien soin de toi !

Il l'avait néanmoins attirée à lui et avait posé un baiser tremblant de ferveur sur son front. Après l'avoir serrée une nouvelle fois contre lui — fort, si fort —, il s'était vivement retourné pour ouvrir la portière et se glisser au-dehors. La portière n'avait pas claqué, et pourtant le bruit avait retenti comme une détonation dans le cœur d'Ella. Elle avait plaqué les mains contre ses yeux pour ne pas le voir entrer dans la voiture de son avocat et disparaître dans le chaos de la ville.

L'accueil chaleureux de Ray-Lynn ramena Ella dans la réalité. Elle était rentrée chez elle. Mais chez soi, n'est-ce pas d'abord là où le cœur se trouve ? Et celui d'Ella était aussi ailleurs, du côté de New York où Alex luttait pour sa vie et pour la justice. Elle-même allait devoir se battre pour retrouver ce sentiment d'être tout à fait à sa place dans la communauté où elle avait passé sa vie. Se battre contre elle-même. Elle avait vu bien trop de gens, de villes et de paysages, ces derniers jours, alors qu'elle ne voulait qu'un seul être et qu'un seul lieu où vivre avec lui.

— Je me réjouis que vous soyez sains et saufs, toi et Alex, dit le shérif Freeman. Beaucoup de gens se sont posé des questions, et nous les premiers. Mais l'avocat d'Alex m'a donné quelques explications. Pas évident d'avoir quelqu'un qui bénéficie du programme de protection des témoins, dans notre verte campagne. Mais bon, on apprend tous les jours, même à mon âge… Dis-moi, Ella, tu n'as pas de valise ? demanda-t-il en se penchant pour regarder derrière elle.

— Non, shérif, mais ce n'est pas pour autant que je voyage léger, répondit-elle d'une voix triste. Après toutes les épreuves que j'ai… que *nous* avons traversées…

— Oui, j'aimerais que tu me donnes des détails sur ce qui s'est passé en Floride. Si j'ai bien compris, Alex a été victime d'une nouvelle tentative d'assassinat.

Ray-Lynn passa le bras autour de la taille d'Ella et commença à l'entraîner à travers le tarmac.

— Allons, Jack, tu vois bien qu'elle est épuisée. Tu auras tout le temps de lui poser des questions plus tard. Et puis, peut-être qu'elle n'a pas le droit de tout raconter, même à toi. Hein, Ella ?

— En tout cas, il y a une chose que je veux absolument dire au shérif, répondit Ella en se tournant vers Jack Freeman. Alex pense que la personne qui m'a enlevée le jour du mariage d'Hannah pourrait être du coin. Bien sûr, il s'agit peut-être d'une personne venue dans la vallée dans le seul but de s'en prendre à Alex, mais je ne peux pas m'empêcher d'avoir peur que ce soit quelqu'un qui vit ici. Quelqu'un qu'on croise tous les jours.

— Tu vas me raconter ton enlèvement dans les moindres détails, ainsi que la façon dont tu es parvenue à t'échapper. Et crois-moi, je vais me mettre en quatre pour coincer ton ravisseur.

— Ou ma ravisseuse, dit Ella alors que le parking était en vue. Depuis que je la connais, Connie Lee a un comportement plutôt étrange. Sans compter qu'elle n'a cessé de surgir à la ferme aux moments les plus bizarres qui soient. Oh ! mais… Tu as une bague de fiançailles, Ray-Lynn !

— C'est gentil de l'avoir remarqué alors que tu dois avoir tellement d'autres choses en tête, répondit la restauratrice.

Un sourire ému se dessina sur ses lèvres.

— Elle est belle, hein ? Regarde comme elle scintille au soleil ! dit-elle en faisant bouger sa main. La lumière au bout du tunnel ! Franchement, quand on s'est rencontrés pour la première fois, jamais je n'aurais imaginé qu'un jour Jack Freeman ici présent…

Ray-Lynn était lancée, et ses mots attendris les accompagnèrent jusqu'à la voiture de patrouille du shérif, où Ella s'installa à l'arrière. Elle était si fatiguée que sa vue se brouillait. La lumière au bout du tunnel… Une rame de métro qui passait à toute vitesse devant eux… Main dans la main avec Alex, des tueurs à leurs trousses, juste derrière eux…

Mais le danger était-il vraiment derrière eux ?

La nuit commençait déjà à tomber quand la voiture du shérif s'immobilisa devant la grange des Lantz. Ella avait somnolé pendant tout le trajet, percevant dans son demi-sommeil des bribes de phrases échangées par les nouveaux fiancés. Elle les avait entendus évoquer la principale mesure que le shérif comptait mettre en place pour la protéger. Jack Freeman avait l'intention de rendre des visites quotidiennes à la ferme des Lantz, pour la rassurer, bien sûr, mais aussi pour que la présence fréquente et aléatoire des voitures de patrouille dissuade un éventuel agresseur.

Elle les avait aussi entendus parler des préparatifs de leur mariage : une cérémonie religieuse dans l'intimité de la petite église d'Homestead, suivie d'une grosse réception à la Dutch Farm Table où la communauté amish serait également invitée. Et pour leurs vêtements, ils avaient décidé de s'inspirer d'un film qui s'appelait *Autant en emporte le vent*. Le vent de la modernité allait-il emporter Alex et les séparer à jamais ?

A peine eut-elle posé un pied sur le sol de la ferme que toute sa famille sortit précipitamment de la maison principale. Claire lui avait donné un chemisier et une jupe en jean qui descendait à mi-mollet. Cette tenue n'avait rien d'indécent, et pourtant les membres de sa famille restèrent un moment à la regarder avec des yeux ronds, comme si elle était apparue déguisée en diablesse. Quant à la casquette de base-ball qui couvrait ses cheveux, il fallait reconnaître qu'elle ne ressemblait pas vraiment à une coiffe ou à une *kapp* de prière.

Sa *Mamm*, Barbara et son *Daad* se succédèrent pour la serrer dans leurs bras.

— Nous remercions le Seigneur, ainsi que vous deux, dit son père en se tournant vers Ray-Lynn et le shérif, d'avoir ramené notre fille saine et sauve à la maison.

Jack hocha la tête.

— Je sais de bonne source qu'Alex, alias Andrew, s'est bien occupé d'elle, dit-il. Qu'il a su la protéger quand ça a mal tourné.

— Il vous remercie toutes et tous pour le séjour qu'il a passé chez nous, renchérit Ella en séchant les larmes qui inondaient son visage. Il m'a promis de revenir ici quand tout sera fini pour vous exprimer sa gratitude en personne.

— Je suis vraiment soulagée qu'il ne te soit rien arrivé, dit Barbara en passant la main autour des épaules d'Ella pour l'entraîner à part. Tu nous as manqué, et tu as aussi manqué à ta lavande. Et maintenant que tu es là, tu vas pouvoir t'occuper de ce pot de colle de Connie Lee !

Ella ne savait pas si elle devait en rire ou en pleurer.

— Elle est vraiment envahissante, c'est vrai, dit-elle simplement.

— Au moins, elle ne risque pas de te sauter dessus dès ton arrivée. J'ai cru comprendre qu'elle s'est rendue à New

York pour affaires. Alors, comment c'était, là-bas ? Il va falloir que tu me racontes tout et que…

La voix de leur *Daad* s'éleva derrière elles :

— Ta sœur est épuisée, Barbara. Vous parlerez de tout ça demain.

— Danki, *Daad*, dit Ella. Mais il faut que je fasse quelque chose avant d'aller me reposer.

Se libérant doucement de l'étreinte de Barbara, elle marcha vers son champ de lavande. Là, immobile et les yeux brillants de larmes, elle se contenta de respirer à pleins poumons. Barbara vint la rejoindre quelques secondes plus tard. Pour une fois, sa petite sœur resta silencieuse, mais Ella se demanda si sa famille avait décidé de ne jamais la laisser seule lorsqu'elle se trouverait hors de la maison.

Son cœur se substitua à ses yeux pour lui permettre de voir, malgré la nuit qui enveloppait à présent sa précieuse lavande, les sillons aux teintes roses et mauves qui s'étendaient devant elle. Une odeur puissante et pourtant délicate parfumait l'air de cette belle soirée de juillet.

— Vous avez fait du bon travail, toi et *Mamm*, dit-elle en se penchant pour rouler une fleur entre ses doigts.

Rien n'était comparable à cette sensation à la fois veloutée et granuleuse sur la peau.

— Merci, Ella. Mais personne ne peut choyer ta lavande comme tu le fais. Pas même Andrew, même si je dois dire qu'il l'a bien désherbée.

— Andrew est en réalité Alexander Caldwell, un homme d'affaires new-yorkais qui s'apprête à dénoncer toutes sortes de mauvaises actions mondaines lors d'un grand procès. Je ne poserai plus jamais le pied dans ce champ sans penser à lui.

— Tu crois vraiment qu'il va revenir nous voir ?

— Ce qui importe, c'est qu'il arrive sain et sauf au procès et qu'il fasse en sorte que justice se fasse.

— J'ai entendu *Grossmamm* Ruth dire plus d'une fois qu'il y avait quelque chose d'amish en lui.

— Vraiment ? dit Ella en se tournant enfin vers sa sœur.

Elle dit beaucoup de choses, tu sais... Comment se porte tante Martha, et quand *Grossmamm* Ruth compte-t-elle rentrer ?

— L'opération s'est bien passée, mais j'ignore quand *Grossmamm* doit revenir. Si tu veux, je peux continuer à t'aider avec la lavande, tu sais.

— Ça me ferait plaisir, mais si *Mamm* t'a confié d'autres tâches, j'arriverai à me débrouiller seule. Je sens que je vais avoir besoin de m'occuper les mains, dans les semaines et même les mois à venir. Par contre, ton aide me serait précieuse pour remplir et nouer les petits sachets de lavande que je compte fabriquer spécialement pour le mariage de Ray-Lynn et du shérif. Ça fera de jolis cadeaux pour les invités, et je crois savoir qu'il y en aura beaucoup ! Mais c'est prévu pour octobre, si j'ai bien compris, et ça ne presse pas...

— Au fait, Hannah est venue à plusieurs reprises durant ton absence. Elle voulait t'aider à t'installer dans ta nouvelle maison. J'ai senti qu'elle s'inquiétait beaucoup pour toi. Tout comme Seth, d'ailleurs.

— J'ai hâte de revoir tout le monde, surtout ma petite Marlena. Bon, je ferais bien d'aller remercier encore une fois Ray-Lynn et le shérif avant qu'ils s'en aillent, ajouta-t-elle en revenant sur ses pas.

Le simple fait de se tenir devant sa lavande lui avait redonné force et détermination. Cette plante était peut-être réputée pour favoriser la détente et le sommeil, mais, malgré son épuisement, elle se sentait pleine d'énergie, à présent, et tous les sens en éveil.

Elle était décidée à aider le shérif à démasquer la personne qui l'avait traînée dans un couvre-lit jusqu'au sommet de la colline. Comment ? Elle l'ignorait encore. Mais pour commencer, elle avait l'intention de lire les journaux et même de réfléchir à un moyen de regarder la télévision, quand le procès SkyBound débuterait. Enfin, elle allait trouver — où ? elle l'ignorait aussi — la force de cacher et de chérir l'amour qu'elle portait à cet homme, même si elle ne devait jamais le revoir.

*
* *

— Bon, tout est clair pour vous ? demanda Logan. Vous serez interrogé sans relâche sur la chronologie des événements qui se sont déroulés ici, mais aussi en Chine, pendant vos séjours là-bas.

Ils se trouvaient dans l'un des deux appartements que Logan avait loués par le biais des petites annonces du *New York Times*. Le sol était jonché de schémas et de notes de réflexion. De temps à autre, ils cessaient leur travail préparatoire pour simuler un contre-interrogatoire, Logan endossant le rôle de l'avocat de la défense qui cuisinait Alex sur divers aspects de son témoignage. Il devait s'habituer à être brusqué, déstabilisé, à avoir réponse à tout sans jamais céder ni à la panique ni à l'agacement. Cela faisait maintenant deux semaines qu'ils travaillaient ensemble — depuis qu'Ella était repartie chez elle —, et Alex avait le sentiment d'être prêt. Mais il avait aussi le sentiment que ces quinze jours passés loin d'Ella étaient une éternité.

« Mlle Lavande » lui manquait terriblement : son mélange de candeur et de bon sens, l'attention qu'elle portait aux autres, son regard plein de bonté et sa peau si douce… Il aurait donné n'importe quoi pour la serrer dans ses bras ; pour aller au bout de leurs caresses dont le souvenir l'obsédait.

Alors qu'il revenait des toilettes, Alex trouva Logan au téléphone. Il se demanda s'il s'agissait de Claire, sa femme, qui appelait deux ou trois fois par jour sur des téléphones portables bon marché dont elle se débarrassait ensuite. Ils prenaient toujours soin d'écourter les appels pour éviter tout risque d'être localisés.

— Vous n'allez pas en croire vos oreilles, Alex, dit Logan en rangeant son téléphone dans la poche intérieure de sa veste. Claire vient de recevoir un coup de fil du cabinet, et devinez quoi ? Après le procès, vous allez être cité à comparaître devant le Congrès ! Oui, mon vieux, ils veulent vous entendre dans le cadre d'une enquête visant à déterminer l'impact de l'espionnage économique sur les relations américano-chinoises.

— Oh ! non… il ne manquait plus que ça, grommela Alex.

— Je pensais que ça vous ferait plaisir. Le fait que le Congrès veuille vous entendre sur ce sujet va donner une grande crédibilité à votre témoignage lors du procès qui nous occupe. Peu importe que Boynton ait plaidé non coupable des accusations de « divulgation d'informations secrètes auprès d'agents étrangers de la République populaire de Chine ». La caution implicite du Congrès sur la valeur de votre témoignage va être très néfaste à sa défense. Et quand on sait que le vol de propriété intellectuelle coûte chaque année plusieurs milliards de dollars aux entreprises américaines, on peut comprendre que le gouvernement s'intéresse à la question ! Pas étonnant que lesdites entreprises fassent désormais appel à des sociétés de sécurité privée composées d'anciens agents de la CIA ou du FBI.

Alex leva la main pour l'interrompre.

— Je sais, je sais, Logan, mais j'aimerais dire deux choses à ce sujet. D'abord, remplir mes obligations vis-à-vis du Congrès ne m'ennuie pas dans l'absolu. Tant mieux si ma triste expérience peut être utile à mon pays et à ses entreprises. Non… Je n'ai aucune envie de jouer les prolongations, c'est tout.

— Vous avez une visite à rendre, c'est ça ? Pardonnez-moi d'être franc, Alex, mais vous êtes fou, si vous allez au-delà des simples remerciements avec les Amish qui vous ont hébergé.

Il préféra faire comme s'il n'avait rien entendu. Il n'avait presque jamais le dernier mot, avec Logan, ce qui l'avait d'ailleurs convaincu de le prendre comme avocat.

— Ensuite, poursuivit-il, je voudrais rebondir sur les sociétés de sécurité privée que vous venez d'évoquer. Il semblerait qu'on ait beaucoup vu un ancien agent du FBI, apparemment amer d'avoir été rejeté à la fois par le gouvernement et par une amie d'Ella, rôder du côté de Home Valley. Or cet ancien agent, qui s'appelle Lincoln Armstrong, a fondé récemment une société de sécurité privée. Pourriez-vous appeler le shérif Freeman et lui demander s'il connaît le nom de cette société ? Peut-être est-elle liée d'une façon ou d'une autre à SkyBound ou à Marv. Si c'est le cas, Marv Boynton aurait pu embaucher Armstrong pour me réduire au silence pendant que je me trouvais à Home Valley. Il faut dire que ce type connaît bien le coin, pour y avoir récemment mené une enquête. Du coup, je me dis que ça pourrait être lui qui a enlevé Ella. Il s'est même introduit chez elle, peu avant l'enlèvement, pour lui reprocher d'avoir poussé dans les bras d'un autre la jeune Amish dont il s'était épris. D'après Ella, il se serait montré plutôt menaçant.

— Alors, cet Armstrong a eu le cœur brisé par une Amish, lui aussi ? J'ai comme l'impression que ces femmes ont un terrible pouvoir de séduction. Comment les Amish nous appellent-ils, déjà ? Les Britanniques ?

— Les Britanniques ? Ah… Vous voulez dire les *Anglais*. Oui, c'est vrai que les Amish appellent souvent ainsi ceux qui n'appartiennent pas à leur Eglise. Ils sont profondément marqués par les persécutions dont ils ont été victimes en Europe, il y a plusieurs siècles. Du coup, ils font la distinction entre leur communauté et ce qu'ils appellent le « monde extérieur », là où les gens ne parlent pas leur dialecte allemand, et qui représente un danger potentiel. Et comme aux Etats-Unis ceux qui ne parlent pas le dialecte parlent anglais…

— Ils nous appellent les *Anglais*, conclut Logan. Vous voyez, j'ai l'impression que c'est là leur faiblesse : ils s'accrochent au passé.

— C'est aussi leur force, répliqua Alex. Et ils savent très bien s'adapter quand c'est nécessaire. La preuve, Ella a été autorisée à prendre l'avion par son évêque. Vous voulez bien me prêter votre portable, Logan ? Je vais appeler le shérif moi-même.

— Bien sûr. Et ensuite, on se remet au boulot !

Alex s'empara du téléphone que son avocat lui tendait et alla s'isoler dans une chambre. Il avait l'intention de demander à Jack Freeman tout ce qu'il savait sur ce Lincoln Armstrong. Et puis, c'était le prétexte idéal pour prendre des nouvelles d'Ella, puisque le shérif avait promis de veiller sur elle. Il ne faudrait pas que l'appel dure trop longtemps. Même caché au fin fond de Brooklyn, sa hantise restait d'être localisé par ses ennemis.

La jeune femme qui lui répondit au poste de police l'informa que le shérif était parti en mission, mais qu'elle pouvait lui passer son suppléant s'il voulait laisser son message tout de suite.

— D'accord, dit Alex, passez-le-moi.

— Alex Caldwell ? Ici Win Hayes, le suppléant du shérif Freeman. Je suis ravi de vous avoir au téléphone. Vous savez, tout le monde ici est derrière vous, et moi le premier ! Les gens admirent votre combat pour la vérité ainsi que votre courage. Je suis passé chez les Lantz, plus tôt dans la journée, et vous serez sans doute heureux d'apprendre qu'ils vont tous bien. La grand-mère d'Ella revient aujourd'hui même en bus et ils l'attendent avec impatience. Bon, je ne suis pas assez bête pour vous demander où vous êtes, mais puis-je au moins vous demander ce que le shérif et moi pouvons faire pour vous ?

Tandis qu'Alex expliquait l'objet de son appel, la question « Que pouvons-nous faire pour vous ? » continuait à lui trotter dans la tête. Il ne voulait pas être admiré, ni par les Amish ni par personne d'autre. Il voulait seulement faire ce qui lui semblait juste, rester en vie et revoir Ella.

« Que pouvons-nous faire pour vous ? » Il eut envie de répondre : « Prenez bien soin de ma "Mlle Lavande" et veillez sur sa sécurité. Dites-lui que je préférerais mille fois être avec elle plutôt qu'en compagnie d'un juge, de membres du Congrès des Etats-Unis ou même de n'importe quel autre être humain. »

26

Mi-septembre, deux mois et demi plus tard.

— Difficile de croire qu'une cultivatrice de lavande suit des cours intensifs sur l'espionnage économique et industriel, dit Ella à Barbara tandis qu'elles marchaient vers la maison de Ray-Lynn, chacune portant une grosse boîte remplie d'une centaine de sachets de lavande.

Il restait seulement deux semaines avant le mariage où ces sachets seraient distribués aux nombreux invités. C'était un petit matin frais, malgré le soleil déjà levé, Ella ne sortant jamais lorsqu'il faisait nuit.

— Ce procès où témoigne Andrew est bien trop compliqué et mondain pour moi, admit Barbara en plaçant sa boîte en équilibre sur un poignet, avant d'appuyer sur la sonnette d'entrée.

— On est venues t'apporter les sachets de lavande destinés aux invités, déclara Ella lorsque Ray-Lynn vint ouvrir.

Leur amitié s'était encore renforcée depuis qu'Ella était rentrée de New York, Ray-Lynn s'étant vraiment mise en quatre pour lui remonter le moral. Ella n'avait reçu que deux mots succincts d'Alex : deux cartes postales où il écrivait qu'il allait bien et lui demandait de prendre soin d'elle. La première avait été postée en Caroline du Nord, la seconde en Californie, sans doute par des collègues de Logan Reese en déplacement professionnel.

— Bien entendu, poursuivit Ella, si tu as trouvé des articles qui parlent du procès, je serais ravie de les lire.

— Mmm…, fit Ray-Lynn en respirant fort, les yeux clos. Même avec la boîte fermée, tes sachets de lavande sentent divinement bon ! Des coupures de presse, dis-tu ? Oui, oui, j'en ai quelques-unes pour toi. Mais je t'en ai déjà donné hier, alors ne t'attends pas à ce qu'il y en ait beaucoup.

Elle s'effaça pour les laisser passer.

— Ne restez pas là, toutes les deux. Entrez, entrez ! Je veux vous montrer ma robe de mariée, reprit-elle, une fois la porte refermée. C'est un tailleur de Wooster qui l'a réalisée d'après un dessin de Sarah. Elle s'est renseignée sur un site internet consacré à la guerre de Sécession.

Elle les conduisit dans une chambre d'amis, où elles restèrent un instant bouche bée devant un mannequin en fil de fer vêtu d'une robe en taffetas vert pâle avec un corsage ajusté, des manches bouffantes et une ample jupe à volants superposés.

— Il y a beaucoup de place pour les jambes, nota Barbara, mais pour respirer, par contre…

— Je suis sur un petit nuage depuis que Jack m'a demandée en mariage, et on respire très bien, là-haut ! rétorqua Ray-Lynn en riant.

La future mariée se lança ensuite dans des explications savantes sur les crinolines et les corsets, mais l'esprit d'Ella ne tarda pas à dériver. Elle faisait de son mieux pour suivre le procès SkyBound, mais elle se sentait comme ce mannequin de fer : avec un fardeau sur les épaules, et vide, à l'intérieur, sans Alex auprès d'elle. Et puis, elle devait faire un gros effort pour comprendre des notions aussi éloignées de son monde que les droits de douane dissuasifs, le blanchiment d'argent, la propriété intellectuelle ou encore la manipulation du taux de change. Aussi, pourquoi utiliser un vocable aussi complexe quand on pouvait dire les choses plus simplement ? Par exemple, le parjure était une forme de mensonge, et l'intelligence avec une puissance étrangère ne signifiait pas qu'on faisait quelque chose d'intelligent avec un autre pays, mais au contraire qu'on trahissait le sien.

— Je vais aller te chercher les articles, lui dit Ray-Lynn. Et si tu as envie de venir regarder les infos à la télé, tu sais que tu es toujours la bienvenue, n'est-ce pas ? Tu peux même venir en mon absence, si tu veux. Ça ne me dérange pas de te donner une clé de la maison, dès que Jack ou Win Hayes savent où tu te trouves.

— Ils sont vraiment formidables avec moi, même si je me sens parfois dans la peau d'une criminelle, à force d'être surveillée en permanence par les autorités. Mais le vrai criminel, dans cette histoire, c'est l'ancien patron d'Alex ; ce Marvin Boynton qu'il admirait et en qui il avait toute confiance.

— C'est une cruelle leçon de vie, admit Ray-Lynn, sans cesser de tripoter l'énorme jupe à volants pour lui donner encore plus de volume. On ne peut pas se méfier de tout le monde, mais ça fait très mal d'être trahi par quelqu'un en qui on avait placé sa confiance. Au fait, tu ne veux pas regarder le journal du matin sur CNN, avant de partir ? Il y aura peut-être un reportage sur ce qui s'est passé hier au procès. Viens donc dans le salon.

Ella et Barbara fixèrent du regard le grand écran tout plat, pendant que Ray-Lynn le mettait en marche au moyen d'une télécommande. Presque chaque fois qu'Ella avait regardé les informations télévisées, il y avait eu un nouveau sujet sur le procès SkyBound. Elle en était même venue à négliger quelque peu la cueillette de sa lavande précoce, pour suivre jour après jour les commentaires de ceux que Ray-Lynn appelait la « brochette d'experts ».

Même si Ella le trouvait orgueilleux, visiblement satisfait de lui-même et ravi de toute l'attention dont il bénéficiait, elle devait reconnaître que Logan Reese semblait être un avocat incisif et, pour tout dire, très compétent. La couverture télévisée du procès lui faisait presque regretter de ne pas posséder de poste. Au fond, songea-t-elle, tout n'était pas mauvais dans les inventions modernes, mais il n'était guère aisé de séparer le bon grain de l'ivraie.

Lorsqu'un gros plan du visage d'Alex apparut à l'écran, elle joignit les mains et les pressa entre ses seins. Malgré les dépêches qui défilaient en bas de l'image, elle ne le quitta pas des yeux un instant. Il était si beau, si… mondain, assis devant une longue table où se trouvaient également Logan Reese, ainsi que deux autres hommes flanqués d'assistants assis juste derrière eux. Elle n'avait jamais songé à demander à Alex ce que lui coûtaient les services de ce prestigieux cabinet d'avocats. Ses économies devaient y passer, lui qui n'avait plus travaillé depuis des mois, exception faite de ces journées bénies où il avait désherbé sa lavande. Elle savoura les mots trop rares qu'elle l'entendit prononcer, et fronça les sourcils lorsque l'envoyé spécial couvrit la voix d'Alex avec un résumé de ce qu'il avait dit au cours de la journée. Oui, elle le caressait des yeux, et tant pis s'il n'était qu'une image mouvante sur un écran. Ses cheveux, qu'il avait laissés pousser pour avoir l'air d'un Amish, lors de son séjour à Home Valley, étaient désormais coupés court. Il portait une chemise bleu pâle sous son costume bleu marine, ainsi qu'une cravate dans les mêmes tons ornée de minuscules pois blancs. Une montre en or apparaissait parfois sous la manche de sa chemise et Ella crut reconnaître celle qu'il lui avait prêtée pour aller faire des courses dans SoHo. Comment se pouvait-il que cet homme qu'elle voyait à la télévision soit le même que celui qui avait désherbé sa chère lavande, tenu sa main dans les entrailles de Manhattan — le même homme qui l'avait embrassée ? Si seulement elle avait pu traverser l'écran pour aller le rejoindre !

C'est alors que l'ancien patron d'Alex apparut à son tour. Marvin Boynton était un homme distingué, mais il passait son temps à faire des mimiques contrariées, à secouer la tête ou à lever les yeux au ciel pour bien montrer le peu de crédit qu'il portait aux « allégations » d'Alex, comme il disait. Parfois, on le voyait se pencher vers ses avocats pour leur murmurer de mystérieuses paroles. Comme Alex, il était entouré d'hommes en costume, et même de femmes en tailleur strict.

— Alors, qu'est-ce que le shérif pense du procès ? demanda Ella quand une publicité pour une assurance automobile mit fin aux informations. Il m'a dit qu'il regardait le résumé tous les soirs à la télévision.

— Il pense que ça se passe très bien pour Alex. Tout comme Win, d'ailleurs. Tu sais que le suppléant de Jack dit à tout le monde qu'il considère Alex comme une sorte de héros. Il admire beaucoup son courage, et le fait qu'il n'ait pas hésité à risquer sa vie au nom de la vérité et de la justice.

Ella hocha la tête, mais son ventre se noua. Elle avait toujours peur qu'il n'arrive quelque chose à Alex, et priait le ciel pour que ce courage que semblait tant admirer Winston Hayes ne soit pas fatal à l'homme qu'elle aimait.

La fin de cette angoisse était sans doute proche, songea-t-elle pour se rassurer. Une fois Marvin Boynton condamné — elle avait lu qu'il risquait jusqu'à trente ans de prison — et les Chinois sanctionnés d'une manière ou d'une autre — à en croire les journaux, ça promettait d'être compliqué —, Alex serait enfin en sécurité et libre de ses mouvements. Chaque fois qu'elle l'avait vu entrer ou sortir de la salle d'audience à la télévision, ou bien sur ces photos où il jaillissait d'une grosse voiture devant le palais de justice de New York, il semblait entouré de gardes du corps et de policiers. Elle espérait seulement qu'il était aussi bien protégé par ces gens qu'elle l'était par le shérif Freeman et son suppléant.

Même si Ella trouvait toujours quelque chose pour s'occuper, les jours lui semblaient souvent longs en l'absence d'Andrew. Aussi fut-elle surprise quand octobre pointa le bout de son nez. Après que Connie Lee eut lourdement insisté, elle avait finalement accepté de lui fournir des fleurs de lavande destinées à produire de l'huile essentielle pour ses bougies de massage. Il fallait plus de deux cents kilos de lavande pour obtenir un litre et demi de cette précieuse huile essentielle, qu'on devait ensuite laisser reposer pendant plusieurs mois. Comme du bon vin, avait dit Connie Lee qui s'était d'ailleurs plainte du coût, aussi élevé que la production d'un grand cru.

De plus en plus survoltée, celle-ci n'avait cessé de faire des allers-retours entre New York et Home Valley. Ici, elle se battait avec les syndicalistes pour achever l'intérieur du Spa dans les délais, alors que les charpentiers amish auraient pu s'en charger à la perfection en une ou deux semaines, si on les avait laissés travailler tranquilles. Le comble, c'est qu'elle avait engagé Lincoln Armstrong pour protéger son chantier face à la colère des syndicats ! Connie et Lincoln Armstrong, voilà une association qu'Ella n'approuvait guère. Et elle savait qu'Alex ne l'aurait pas appréciée non plus.

Ella avait commencé dès le mois d'août à couper les fleurs destinées à être distillées. Connie lui avait même acheté un petit alambic après avoir obtenu une dérogation du shérif pour s'en servir, un permis étant normalement requis par les autorités pour éviter la fabrication d'alcool de contrebande.

Ella aimait bien cette machine, qui lui faisait penser à une sorbetière alimentée par un groupe électrogène. Elle la faisait fonctionner dans la cuisine de sa nouvelle maison qui, pour le moment, n'était qu'un lieu de travail. Le risque de vivre seule étant trop important jusqu'à ce que les peines soient prononcées dans le procès SkyBound, elle continuait à dormir sous le même toit que sa famille. Chaque fois que la vapeur d'eau circulait dans l'alambic, Ella croyait entendre le sifflement des énormes tuyaux qui crachaient leur vapeur sous la gare de New York. Une fois encore, son cœur se mit à battre plus vite au souvenir des journées passées avec Alex, et des promesses qui avaient accompagné leur séparation. Demain, Ray-Lynn deviendrait la femme du shérif Freeman. Quant au procès, il venait de se terminer. Marving Boynton allait-il être condamné à une lourde peine de prison ? C'était ce que semblait croire la « brochette d'experts » qui intervenait sur CNN. Alex allait à présent devoir témoigner devant le Congrès, et elle n'avait aucune idée du temps que cela prendrait.

Elle sursauta quand quelqu'un frappa à la porte de derrière. Peut-être était-ce Hannah venue lui rendre visite avec la petite Marlena ? Elles étaient passées la voir à deux reprises la semaine dernière, et c'était chaque fois un grand moment de joie.

Elle se précipita pour aller ouvrir. Winston Hayes apparut sur le seuil de la porte. Il faisait un saut presque chaque jour à la ferme pour s'assurer que tout allait bien, au point qu'il commençait à devenir une figure familière pour Ella. Il lui avait même avoué qu'il se postait parfois sur la colline pour surveiller leur propriété et s'assurer que personne d'autre ne montait là-haut, puisque c'était de ce sommet que son ravisseur l'avait vraisemblablement espionnée. Elle lui était reconnaissante de l'informer de ce qu'il faisait : se savoir observée par des yeux amis la rassurait.

— Bonjour, monsieur Hayes ! lança-t-elle avec entrain.

— Tout va bien, Ella ? J'espère que la folle du Spa n'est pas venue vous harceler, aujourd'hui, dit-il en retirant son chapeau avant d'entrer dans la maison.

Il lui tendit un morceau de papier d'un air grave qui inquiéta Ella. Par pitié, pas une mauvaise nouvelle concernant Alex !

— Qu'est-ce que c'est ?

Sa voix avait dû trahir son angoisse, car le suppléant du shérif la rassura aussitôt.

— Rien de méchant, ne vous en faites pas. C'est juste le permis pour l'alambic. Ça vous évitera de demander une prolongation de la dérogation tous les mois. Et puis, c'était le prétexte pour venir m'assurer que tout baigne. Dites donc, ça sent rudement bon, ici !

Elle poussa un ouf de soulagement. Le permis était un document d'allure très officielle, signé à la fois par Connie et par le shérif. Il ne s'agissait pas d'un contrat. D'ailleurs, Connie ne semblait guère aimer les contrats, elle non plus : Ella revoyait encore la femme d'affaires fulminant contre les syndicalistes et leur refus de travailler sans contrat en bonne et due forme, alors que les Amish refusaient d'en signer. Malgré tout, Ella n'était pas à l'aise avec cette femme, et se demandait souvent s'il était bien judicieux d'avoir noué des liens avec elle, fussent-ils essentiellement commerciaux. Bien entendu, elle ne lui avait jamais avoué être entrée dans la boutique de SoHo.

— Merci de vous être déplacé pour m'apporter ce permis, dit-elle à Win Hayes. J'ai entendu dire que vous serez des nôtres demain, pour le mariage du shérif et de Ray-Lynn.

— Oui, ils ont eu la gentillesse de m'inviter, mais je compte tout de même travailler un peu. Il y aura beaucoup de monde, et il faut que quelqu'un surveille les entrées dans le restaurant.

Un sourire se dessina sur les lèvres du policier. Le premier depuis qu'elle lui avait ouvert la porte.

— Et avec le shérif qui sera l'homme du jour, poursuivit-il, j'aurai la charge du comté tout entier. Du coup, je risque de m'absenter de temps à autre. Mais le principal, c'est que j'ai le sentiment d'être enfin intégré ici, et je dois dire que ça me fait bien plaisir.

Son visage retrouva son sérieux.

— A propos de demain, Ella, je vais vous demander de vous montrer particulièrement prudente. N'oubliez pas que vous avez été enlevée pendant un autre mariage. Ne sortez seule sous aucun prétexte, d'accord ?

— Je vous promets d'être prudente, répondit-elle avant de sourire à son tour. Dites-moi, monsieur Hayes, assurer la sécurité du mariage vous empêche-t-il de venir accompagné ? J'ai l'impression qu'il y a quelques jeunes filles, par ici, qui ne diraient pas non si vous les invitiez.

— Pour le moment, ma carrière passe avant tout. On verra plus tard pour la vie privée. Peut-être trouverai-je chaussure à mon pied vers la cinquantaine, comme le shérif. A l'en croire, il est l'homme le plus heureux du monde.

Ella trouva cette réponse un peu curieuse, mais elle se contenta de hocher la tête et de changer de sujet.

— Ça vous dirait de voir comment marche l'alambic ?

— C'est gentil, mais une autre fois. Il faut que j'y aille, maintenant. Je dois traquer les méchants, même si j'ai parfois l'impression d'être arrivé après la bataille. Après les incendies de granges et les coups de feu dans le cimetière, je veux dire… Entre nous, c'est vraiment calme, par ici, à part les habituels ivrognes et autres disputes conjugales… L'affaire la plus grave dont j'aie eu à m'occuper — à part votre enlèvement, bien sûr —, c'est la découverte d'une plantation de cannabis dans le jardin d'un paisible retraité.

Il resta quelques secondes silencieux, comme perdu dans ses pensées.

— Ah, oui, je voulais vous dire…, reprit-il brusquement. N'allez surtout pas croire que je me désintéresse de Linc Armstrong, hein ? Il s'est trouvé une chambre dans un motel près de l'autoroute, et il passe une partie de son temps sur le chantier du Spa. Ce gars-là rend le shérif nerveux.

— Moi aussi, il me rend nerveuse, d'autant que je sais qu'il m'en veut. Il faisait les yeux doux à ma belle-sœur Hannah, et il pense que c'est à cause de moi qu'elle a choisi Seth plutôt que lui. En plus, Hannah et mon frère ont plus ou moins résolu l'affaire du cimetière dont il avait la charge, et ça lui a valu d'être en délicatesse avec le FBI.

— Oui, qu'est-ce que vous voulez… Ces gens-là ont un ego surdimensionné. Que ce soit au FBI ou à la CIA, ils regardent de haut les gars comme nous qui travaillons dans des zones rurales. Mais vous ne craignez pas que Linc Armstrong s'en prenne à vous, quand même ?

— Je me sens beaucoup plus forte depuis quelque temps. Très peu de gens le savent, mais quand j'étais adolescente, j'ai été à deux doigts de me noyer dans l'étang qui se trouve au carrefour des trois fermes. Je me trouvais avec deux amies qui m'ont sauvé la vie. Depuis, j'ai eu des attaques de panique presque aussi effrayantes que l'accident lui-même, mais j'ai finalement réussi à les surmonter. J'ai appris à ne plus seulement compter sur le Seigneur, mais aussi sur moi-même et sur les autres. A faire davantage confiance à ceux qui m'entourent. Et c'est là que vous entrez dans le tableau.

J'en profite pour vous remercier de tout ce que vous faites pour moi. Grâce à vous et au shérif, je me sens en sécurité.

— Je suis très touché, Ella. Moi aussi, j'ai failli mourir quand j'étais tout gamin. Un accident de voiture qui m'a privé de mon père.

— Oh… Je suis vraiment désolée pour vous.

— Le chauffard qui nous est rentré dedans était complètement soûl. Depuis ce jour, je me suis juré d'intégrer la police et d'y faire une belle carrière. C'est sûr, j'aurais pu trouver un boulot qui paie mieux, mais coincer des criminels est ma plus belle récompense. Merci pour vos remerciements, ajouta-t-il avec un sourire qui ne parvint pas à dérider son front soucieux. A plus tard, Ella.

Il commença à s'éloigner vers la porte avant de se retourner brusquement.

— Vous n'avez pas de nouvelles d'Alex ? Quand je pense qu'il va témoigner devant le Congrès, rien que ça !

Durant ces mois loin d'Alex, Ella s'était entraînée à ne répondre à aucune question à son sujet, dès lors que celle ou celui qui la posait ne faisait pas partie de sa famille proche. Pourtant, elle répondit à Win Hayes :

— Non, pas de nouvelles. Et je me demande si j'en aurai un jour.

— On ne sait jamais, avec les gens…, dit-il avec un petit haussement d'épaules. Bon, je file, ajouta-t-il en remettant son chapeau sur la tête.

Le sien n'arborait pas encore d'étoile, contrairement à celui du shérif.

Impressionnant, songea Ella, comme cet homme semblait toujours d'humeur égale et maître de ses émotions, même lorsqu'il avait évoqué la perte brutale de son père. D'ordinaire, le simple fait qu'on lui parle de Lincoln Armstrong réveillait les angoisses d'Ella, mais le calme de Win Hayes l'avait rassurée. Le suppléant du shérif pouvait certainement affronter ce problème, ou n'importe quel autre.

*
* *

Le matin du mariage, Ella récoltait la lavande retardataire à l'aide de sa faucille, tandis que *Grossmamm* prenait le frais sur la galerie de la maison principale, enveloppée dans sa pèlerine. La vieille dame, qui semblait occupée à ouvrir des noisettes, gardait en réalité un œil sur sa petite-fille. Ella avait beau se trouver dans la partie de son champ qui grignotait la colline, rien n'échappait au regard acéré de sa grand-mère.

La réception à la Dutch Farm Table étant prévue à 14 heures, Ella avait largement le temps de faire un brin de toilette et d'enfiler des vêtements propres. Barbara préparait le dernier tas de fleurs qui allaient être distillées dans l'alambic. Seth et Hannah viendraient les chercher tout à l'heure dans leur nouvelle carriole, un modèle particulièrement spacieux qui semblait témoigner de l'envie d'agrandir la famille. Sarah et Nate étaient également attendus avec leur bébé, une petite fille qui répondait au singulier prénom de Monet. La perspective de revoir Sarah et de découvrir son enfant faisait infiniment plaisir à Ella et, pourtant, elle ne parvenait pas à se débarrasser du sentiment de solitude qui l'étreignait. Allait-elle se sentir isolée au milieu de la foule venue célébrer le bonheur des mariés ?

Elle s'assit sur l'herbe qui, plus tôt dans la semaine, avait été blanchie par le premier givre de l'année. Les cuisses couvertes de lavande tardive et sa faucille posée à ses pieds, Ella joignit les mains autour de ses genoux et contempla le paysage qui s'offrait à elle.

Elle poussa un soupir et détourna le regard des arbres embrasés par l'automne, là-haut, au sommet de la colline. Il faisait un temps superbe et doux, pour cette époque de l'année. Le ciel, d'un bleu bouleversant, régnait sur la vallée fertile qui s'étendait sous son immensité. Pourtant, toute cette beauté et toute cette majesté ne parvenaient pas à lui rendre sa sérénité. Elle devait retrouver le plaisir de vivre ici, réapprendre à se satisfaire de ce qu'elle possédait et en remercier Dieu. Mais son âme avait une soif qui semblait inextinguible. La soif de retrouver l'homme qu'elle aimait.

Une voiture qu'elle n'avait jamais vue surgit sur le chemin qui menait à la ferme. C'était un coupé noir à la carrosserie rutilante, élégant et pourtant d'aspect robuste, qui passa lentement devant la maison principale avant de se garer près de la grange. Un touriste qui venait acheter ses produits artisanaux ? Connie Lee qui avait changé de voiture ? Par pitié, pas Lincoln Armstrong !

Elle était encore en train de s'interroger sur l'identité du visiteur quand un homme sortit du véhicule. A sa grande surprise, elle vit qu'il ressemblait à un Amish, mais, à cette distance, elle pouvait se tromper. Il devait plutôt s'agir d'un mennonite, songea-t-elle, puisqu'ils conduisaient des voitures, noires la plupart du temps. La façon dont il salua *Grossmamm* Ruth d'un geste familier de la main la conforta dans cette idée. *Ya*, ce devait être quelqu'un qui vivait par ici et qui connaissait sa famille. Pourquoi se dirigeait-il vers la colline ? Il portait un pantalon noir et une veste en jean sous laquelle elle entraperçut une chemise blanche et des bretelles comme en portaient les Amish. Son chapeau de paille à large bord ombrageait son visage, mais elle voyait qu'il était rasé de près.

Et soudain, elle sut qui était cet homme.

Elle se leva d'un bond avec un cri étouffé, renversant la lavande qui reposait sur ses cuisses. D'abord figée sur place, elle fit deux pas timides en direction d'Alex avant de se mettre à courir. Lui montait d'un pas tranquille, les bras grands ouverts. Elle s'y jeta quelques secondes plus tard avec un tel enthousiasme qu'il faillit basculer en arrière.

— Ella, mon amour !

Elle le serrait si fort qu'elle lui faisait sans doute mal.

— Alex… Alex… Alex…

Pendant un moment, elle ne put que répéter son prénom, la tête plaquée sur son torse.

— J'étais si inquiète ! finit-elle par dire en se détachant de lui pour le regarder. Tu m'as tellement manqué !

Elle prit son visage dans ses mains. Tant pis, songea-t-elle, si on ne faisait pas de démonstrations publiques d'affection chez les siens, a fortiori avant le mariage. Et tant pis si elle n'était pas censée être amoureuse d'un *auslander* ! Ils s'embrassèrent et s'embrassèrent encore jusqu'à ce que la voix de *Grossmamm* Ruth mette fin à leur étreinte passionnée.

— Vous feriez mieux de rentrer, tous les deux ! D'autres que toi aimeraient souhaiter la bienvenue à Andrew, Ella. *Ya*, je crois que ce serait une bonne idée…

Ella jeta un coup d'œil par-dessus l'épaule d'Alex et vit les visages des membres de sa famille pressés derrière les fenêtres.

— Tu vas être en retard pour le mariage d'aujourd'hui et même pour le tien, si tu restes à traîner là ! reprit *Grossmamm* Ruth, d'une voix suffisamment forte pour qu'elle leur parvienne distinctement. Quant à toi, Andrew-Alex, il va falloir que tu ailles voir l'évêque pour discuter de la façon dont tu es habillé.

Ils se dirigèrent main dans la main vers la grand-mère d'Ella.

— Je ne suis pas revenu depuis cinq minutes, et vous me donnez déjà des ordres, *Grossmamm* Ruth ! lança Alex en mimant la colère.

Il serra brièvement la vieille dame dans ses bras.

— Mais malgré la façon dont vous me traitez, j'aimerais vous inviter à dîner avec Ella dans la vieille ferme que je loue tout près d'ici, en attendant de remettre de l'ordre dans ma vie. Je vais avoir besoin de quelqu'un pour m'aider à acheter un cheval d'attelage et m'apprendre à m'en occuper. Egalement pour me conseiller dans le choix d'une carriole. Je ne me vois pas garder longtemps encore cet engin polluant et mondain, ajouta-t-il en désignant sa voiture d'un geste dédaigneux de la main.

Le visage de *Grossmamm* Ruth s'éclaira d'un grand sourire.

— Ça, c'est la meilleure ! lança-t-elle d'une voix goguenarde. Si c'est la ferme des Stutzman que tu loues, tu vas avoir sacrément besoin d'aide pour en faire un logis convenable. D'un autre côté, tu es bien tombé, ici, parce que nous autres, les Amish, nous sommes tous solidaires. Tu feras un bon homme d'affaires amish et un bon époux, mon garçon. Pas vrai, Ella ?

— De quel mariage parlait ta grand-mère, tout à l'heure ? demanda-t-il à Ella, une fois *Grossmamm* Ruth rentrée dans la maison.

— De celui de Ray-Lynn et du shérif. La réception va commencer dans une heure environ à la Dutch Farm Table. Tu vas venir, j'espère ?

— Je n'ai pas été invité, Ella. Je ne peux quand même pas m'imposer !

— Tout le monde sera heureux de te voir. Surtout que tu sembles être redevenu l'Andrew que j'ai tout de suite aimé et que les gens d'ici ont tous apprécié !

— J'ai envie de changer d'existence, Ella. D'essayer de m'intégrer dans votre communauté, d'apprendre votre mode de vie et vos valeurs, de vivre plus simplement et en accord avec la personne que je suis vraiment. J'espère seulement que la femme que j'aime aura la patience d'attendre que je sois prêt à l'épouser.

— Quelque chose me dit qu'elle attendra aussi longtemps qu'il le faudra. Mais ce n'est pas un chemin facile que tu as décidé d'emprunter, Alex.

— C'est le bon chemin pour moi. J'en ai acquis la conviction à la lumière des épreuves que je viens de traverser.

Il inspira profondément.

— Bon, je vais aller voir Mgr Esh tout de suite, pour ne pas arriver en retard au mariage. Je m'identifie trop à ce couple amoureux pour supporter de les faire attendre.

Le brouhaha qui régnait dans le restaurant où se tenait la réception se calma brusquement quand la famille Lantz au grand complet fit son entrée avec leur invité. Alex était parvenu à obtenir une entrevue avec l'évêque, et les deux hommes avaient eu une rapide mais sérieuse discussion au sujet de ses motivations pour rejoindre la communauté amish. Mais maintenant qu'il se trouvait devant eux, il se demandait s'il n'était pas allé trop loin avec ces gens, qui s'étaient montrés si hospitaliers lors de son premier séjour. Allaient-ils avoir l'impression qu'il cherchait à s'imposer, avec ces habits amish qu'il portait déjà, avec la carriole qu'il projetait d'acheter, avec cette ferme qu'il venait de louer à proximité de la maison d'Ella ? Surtout après l'avoir emmenée plusieurs jours dans le monde moderne, après être passé à la télévision et avoir, par son témoignage, envoyé un homme en prison… Il y avait là beaucoup de raisons pour qu'ils le rejettent et réduisent à néant son projet d'avenir.

Mais Mgr Esh avança vers lui et lui tendit la main en public comme il l'avait fait plus tôt en privé.

— La main d'association pour un de nos amis, dit le vieil homme d'une voix forte.

Ces mots furent le signal de départ d'un formidable élan de bienvenue. Le marié, tout sourires dans un magnifique smoking d'un autre temps, s'approcha pour lui donner une tape amicale sur l'épaule. Quelqu'un, dans la salle, se mit à applaudir. Seth Lantz, le frère aîné d'Ella, lui serra chaleureusement la main, tandis qu'Ella prenait sa belle-sœur Hannah dans ses bras. D'autres hommes — des inconnus pour la plupart — vinrent également lui serrer la main. Il allait lui falloir des semaines pour retenir tous ces noms, et même des années pour connaître tous ces gens. Mais cette perspective ne l'accablait pas, bien au contraire, parce que c'était précisément ce dont il avait envie.

Au milieu du vacarme qui accompagnait tous ces signes d'amitié, il entendit les deux prénoms sous lesquels on le connaissait ici, suivis d'applaudissements nourris. Dans un coin de la salle, il aperçut *Grossmamm* Ruth qui souriait entre ses larmes.

Bientôt, Ella et lui se retrouvèrent avec des bébés et des enfants en bas âge dans les bras, comme si leurs sourires attendris avaient le pouvoir d'offrir aux bambins une sorte de bénédiction.

— C'est Marlena, la fille de Seth, lui expliqua Ella, qui faisait sauter une adorable fillette dans ses bras.

— Bonjour, je m'appelle Nate McKenzie, lui dit un homme qui n'était pas un Amish. Je suis le mari de Sarah, une des meilleures amies d'Ella, ajouta-t-il après qu'ils se furent serré la main.

Alex se tourna vers la jolie femme que Nate McKenzie venait de désigner de la pointe du menton. Ses vêtements rappelaient ceux des Amish, mais avec une touche plus moderne. Elle avait même caché ses cheveux sous un bonnet en dentelle proche des *Kapp* de prière, même s'il était beaucoup plus petit.

— Et voici le bébé que nous venons d'avoir, ajouta Nate avec une pointe de fierté dans la voix.

Alex se sentit nerveux à l'idée qu'on lui confie un être aussi minuscule, mais ce fut Ella, finalement, qui hérita du petit corps emmailloté. Elle le berça doucement, le front presque collé à celui de Sarah avec qui elle se mit à échanger des confidences à voix basse. Alex avait fini par s'asseoir lorsque Ray-Lynn vint l'embrasser sur les deux joues. L'arrière de son ample robe se releva brusquement alors qu'elle se penchait vers lui, manquant faire tomber l'évêque qui passait par là.

C'était bien Ray-Lynn et le shérif qu'on célébrait aujourd'hui et, pourtant, Alex avait l'impression d'être le héros de la fête.

27

Alex était en retard, songea Ella. En ce premier jour de novembre, il avait promis de venir à pied à l'atelier-boutique tout de suite après le petit déjeuner. Sa voiture n'était pas encore vendue, mais il ne l'utilisait plus. Il avait emprunté un cheval et une carriole en attendant de se rendre, la semaine suivante, avec *Daad* et Seth à la vente aux enchères de Kidron pour y acquérir une jument. Le cheval d'emprunt avait beaucoup donné, ces derniers jours : Alex avait préféré le laisser au repos, et en profiter pour se dégourdir les jambes.

Ce matin, ils allaient réfléchir aux façons de diffuser plus largement ses produits à la lavande dès l'année prochaine. Bien sûr, Connie Lee était censée acheter une partie non négligeable de la production pour son Sweetgum Spa qui, d'ailleurs, n'était toujours pas terminé. Mais Alex comptait aussi démarcher des boutiques, des hôtels et des maisons d'hôtes de la région. Il songeait même à convaincre Connie Lee d'acheter certains produits artisanaux pour son Spa de SoHo, mais Ella n'était pas sûre d'aimer cette idée.

La femme d'affaires connaissait la véritable identité d'Alex, à présent, et elle s'était montrée amicale avec lui, déclarant plus d'une fois qu'elle se sentait complètement américaine malgré ses origines chinoises.

Ella cessa de garnir les étagères et se tourna vers la porte avec un petit soupir.

— Bon, dit-elle à haute voix dans la pièce vide. Je suppose que je vais devoir aller à la rencontre de mon homme.

Il était tellement agréable de songer à Alex comme à *son*

homme… Tout le monde était au courant des sentiments qu'ils éprouvaient l'un pour l'autre ; tous ceux qui comptaient pour elle les approuvaient. Alex ne se contentait pas de l'aider avec sa culture de lavande : il avait aidé d'autres Amish à optimiser leurs méthodes de production et de vente, dans des domaines aussi variés que la fabrication de saucisses artisanales, de meubles de bois ou d'éoliennes. Il s'était également mis à apprendre le dialecte allemand et à suivre des cours de religion. L'Eglise soutenait sa démarche, même s'il lui fallait attendre presque une année poûr espérer devenir un des leurs, et avoir ainsi le droit d'épouser un membre de la communauté. Mais un homme comme lui valait bien qu'on patiente quelques mois, estimait Ella. A présent qu'ils étaient en sécurité, elle se sentait capable d'attendre autant qu'il le faudrait pour connaître le bonheur de vivre avec Alex Caldwell, nom qu'il avait décidé — en accord avec l'évêque — de conserver dans sa nouvelle vie au sein des Amish de Home Valley.

Elle s'enveloppa dans sa pèlerine et noua sa coiffe noire par-dessus son bonnet d'organdi, bien décidée à couper à travers champs pour rejoindre la route de campagne qui menait à la ferme d'Alex. Sans doute auraient-ils pu la rendre encore plus douillette — Ella et de nombreux Amish étaient venus donner un coup de main à Alex pour la rénover —, mais ils n'avaient pas encore décidé s'ils y commenceraient leur nouvelle vie de couple l'année prochaine ou s'ils s'installeraient à l'étage de l'atelier-boutique. Ella se mit à fredonner tout en accélérant le pas alors qu'elle contournait la colline, dénudée maintenant que les arbres avaient perdu leurs feuilles. Rien n'arrêtait plus le regard lorsqu'on levait les yeux vers le sommet où se trouvaient les ruches de son *Daad* et où elle avait été retenue prisonnière cet été. Si elle avait connu à ce moment-là l'astuce que lui avait montrée la vendeuse de l'Herbal Spa de SoHo, elle aurait pu se libérer beaucoup plus facilement des cordelettes rouges dont s'était servi son ravisseur. Ce malheur avait toutefois eu du bon, songea-t-elle en remerciant le Seigneur de lui avoir donné la force de s'échapper, puis d'avoir fait en sorte que tout s'arrange pour le mieux : si elle n'avait pas été enlevée ce jour-là, Alex n'aurait jamais insisté pour qu'elle l'accompagne, quand il avait fui le pays amish.

Elle venait d'atteindre la petite route et, pourtant, elle ne voyait toujours pas Alex venir à sa rencontre. Cela ne lui ressemblait pas de rester paresser au lit. L'autre jour, il s'était même réveillé avant l'aube pour aider *Daad*, Abel et Aaron à rentrer la première moisson de blé d'hiver dans la grange. Elle accéléra encore un peu l'allure.

La ferme était maintenant en vue. Comme d'habitude, son véhicule mondain était garé au-dehors, ainsi que la carriole qu'on lui avait prêtée et dont il se servait désormais pour se déplacer. Bethany — la jument qu'on lui avait également prêtée en attendant qu'il s'équipe — devait donc être dans la grange. Et s'il s'était blessé d'une manière ou d'une autre ? Ou peut-être était-il malade ? Alex devait regretter de ne plus pouvoir appeler les secours ou prévenir ses proches en cas d'accident, de maladie ou même de simple imprévu. Il lui faudrait du temps pour s'habituer à vivre ainsi. Elle n'ignorait pas que son téléphone et son ordinateur portables lui manquaient, mais il savait se moquer de cette dépendance dont il n'était pas encore tout à fait guéri. Pas plus tard qu'hier, il l'avait assise sur ses genoux en affirmant qu'elle était devenue son ordinateur. Il l'avait chatouillée, au début, quand il avait fait semblant de pianoter sur elle comme sur un clavier, mais, bien entendu, ces gestes s'étaient terminés par des baisers voraces et des caresses audacieuses dont le souvenir la troublait encore.

La chaleur qui l'enveloppait, tandis qu'elle traversait le petit jardin pour atteindre la galerie, n'était pas seulement due à la marche rapide qu'elle venait de faire. Même si Alex utilisait principalement la porte de derrière, elle frappa sur celle de devant, car c'était la plus proche. Les coups résonnèrent dans un silence complet.

— Alex ?

Seuls lui répondirent le souffle du vent dans les branches nues, et le croassement lointain de quelques corbeaux.

— Alex !

Toujours rien. Elle saisit la poignée, qui refusa de tourner. Fermée à clé. Un réflexe d'ancien New-Yorkais, même si, après de mauvaises expériences, certains Amish se mettaient eux aussi à verrouiller leurs portes. Elle contourna rapidement la maison pour essayer la porte de derrière.

Elle fut soulagée de la trouver ouverte et se précipita dans la cuisine désormais familière. Ils y avaient préparé plus d'un dîner ensemble, même s'ils mangeaient la plupart du temps en compagnie de sa famille. *Grossmamm* Ruth, qui connaissait désormais les desserts favoris d'Alex, le gâtait toujours avec des portions géantes.

— Alex, tu es là ?

Peut-être se trouvait-il dans la grange. Il était toujours en train de s'inquiéter pour cette jument qu'on lui avait prêtée.

Elle traversa la cuisine, puis la salle à manger, où des documents étaient éparpillés sur une table de bridge. Alex l'éclairait, le soir, avec une lampe à pétrole suspendue au plafond par une chaîne réglable.

Elle déboucha enfin dans le salon.

— Je vous attendais, dit derrière elle une voix familière.

Elle voulut se retourner, mais la nuit l'engloutit avant qu'elle puisse faire un geste.

Ella mobilisa toutes ses forces pour s'extraire des ténèbres. Un affreux mal de tête lui comprimait le cerveau. Etait-elle paralysée ? Non, attachée. Les mains liées derrière le dos, les chevilles serrées l'une contre l'autre, elle était recroquevillée dans un espace sombre et étroit. Etait-elle en train de faire un cauchemar ? De revivre en rêve son calvaire au sommet de la colline ? Non, car, dès qu'elle bougeait, son genou touchait un autre corps. Alex ? Elle voulut prononcer son prénom, mais elle était bâillonnée.

Elle dut faire un gros effort pour se souvenir de ce qui

s'était passé. Où était-elle ? Etait-ce le matin ou le soir ? Une vibration, une sorte de bourdonnement l'entourait. Cela provenait-il de sa propre tête ? Non… Les abeilles de *Daad*, alors ? Non, non, elle n'était pas au sommet de la colline, se rappela-t-elle. C'était… Cela ressemblait au bruit étouffé d'un moteur de voiture.

Se trouvait-elle… se trouvaient-*ils* dans le coffre d'une voiture ? Elle se souvint avec effroi des armes découvertes dans le véhicule du tueur à gages, qu'ils avaient emprunté pour fuir, après la chute mortelle du faux clown à Pinecraft. Lui vint ensuite à l'esprit l'image de la camionnette aux vitres teintées, qui l'avait emboutie le jour où sa pèlerine avait été volée au moulin ; le jour où le suppléant du shérif l'avait arrêtée parce que sa carriole avait perdu son triangle de signalisation. Mais pourquoi donc venait-elle de penser à ça ?

Elle fit un mouvement si brusque qu'elle donna un coup au corps prostré près du sien. C'était sûrement Alex, qui était inconscient, peut-être mort, parce qu'il n'avait pas du tout réagi. Ravalant ses larmes et s'efforçant de ne pas penser au pire, elle se concentra pour retracer le film des événements qui avaient précédé sa capture. Ah, *ya*… Elle s'en souvenait, à présent. Alex devait la rejoindre à l'atelier-boutique, mais il était tellement en retard qu'elle avait fini par se rendre chez lui pour voir ce qui le retenait. Elle avait frappé à la porte de devant, mais il n'avait pas répondu. Elle avait fini par entrer par la porte de derrière, par traverser la cuisine et la salle à manger… et… *ya*… une fois arrivée dans le salon, quelqu'un qui se trouvait dans son dos lui avait parlé avant de lui assener un violent coup sur la tête ! Cette voix… cette voix… *ya, ya*, c'était celle de Winston Hayes !

Pourquoi lui ? Elle était si certaine que le jeune suppléant tenait à la protéger… Qu'il cherchait à se faire bien voir du shérif, tant par ambition professionnelle que par sens du devoir… Lorsque Alex avait émis l'hypothèse qu'un habitant de la vallée pouvait leur vouloir du mal, les soupçons d'Ella s'étaient portés sur Connie Lee ou Lincoln Armstrong, et non sur Winston Hayes.

Mais maintenant qu'elle y songeait, elle sentait à quel point cet homme semblait avoir une double personnalité ; souriant, et pourtant les traits soucieux, protecteur, mais aussi d'une vigilance si zélée qu'elle en devenait indiscrète. Et puis, n'y avait-il pas quelque chose d'exagéré dans cette façon de vénérer Alex ? De clamer haut et fort qu'il le considérait comme un héros ?

Le véhicule s'arrêta brutalement. Elle entendit une portière claquer et, bientôt, le coffre s'ouvrit. Non, ils ne se trouvaient pas vraiment dans le coffre étroit d'une voiture, mais plutôt à l'arrière d'une camionnette dépourvue de sièges, ou peut-être d'un pick-up, recouverts d'une lourde couverture pour chevaux que leur ravisseur était en train de soulever. Lorsque celle-ci fut entièrement retirée, Ella cligna des paupières dans la lumière avant de distinguer Winston Hayes, habillé en civil, qui penchait vers elle un visage dur et un regard mauvais. Il lui fallut encore quelques instants pour que ses yeux s'habituent à la luminosité. Elle se tourna alors vers Alex — oui, c'était bien lui ! — et vit qu'ils étaient tous deux entravés avec plusieurs mètres de cordelette chinoise rouge vif.

— Je vous assure, Ella, je suis vraiment désolé pour tout ça, dit Winston Hayes en se saisissant d'elle pour la tirer hors de ce qui s'avéra, en effet, être une camionnette.

Il la hissa sans ménagement sur son épaule et referma le hayon d'un coup sec, laissant là Alex, toujours sans réaction. Etait-il… mort ? se demanda-t-elle de nouveau, alors que Winston Hayes s'éloignait avec elle à travers un bouquet d'arbres nus. Soudain, elle reconnut l'endroit où ils se trouvaient. Le suppléant du shérif se dirigeait vers… vers l'étang !

Elle se mit à pousser des cris de protestation étouffés par son bâillon.

— J'ai accepté de me débarrasser de Caldwell en échange d'un gros paquet de fric et de promesses d'avancement pour ma carrière, et il a fallu que vous vous en mêliez. Vous auriez dû rester en dehors de tout ça, Ella. Mais maintenant, c'est trop tard. J'ai ordre de vous tuer tous les deux, et il faut d'ailleurs que je vous remercie de m'avoir donné l'idée de la noyade. J'y ai pensé dès que vous m'avez raconté ce qui vous est arrivé quand vous étiez adolescente.

Il laissa échapper un soupir théâtral.

— Quelle tristesse qu'Alex ait préféré vous noyer dans l'étang plutôt que de vous laisser à un autre… Pour la police et les Amish, ce sera une histoire d'amour qui a mal tourné. Mais pour Marv Boynton, ce sera un acte de justice.

Les nouveaux cris de protestation d'Ella moururent dans le tissu épais de son bâillon.

— Vous dites ? Oui, oui, je sais, Marv Boynton a été condamné à une peine de prison, et il y passera sans doute le restant de ses jours. Mais ce type n'est pas du genre à courber l'échine parce qu'il a pris un coup, même sévère. Non, M. Boynton est un grand monsieur. Un homme extraordinaire, vraiment, une force de la nature qui ne s'avoue jamais vaincu. Je dois dire que c'est la première fois que je rencontre quelqu'un d'aussi charismatique. Et voyez-vous, il tient à rendre la monnaie de sa pièce à la personne qui l'a balancé aux autorités. Et quand il a entendu parler de vous et des liens qui vous unissent à l'homme qui l'a trahi, il a songé qu'Alex méritait de vous voir mourir sous ses yeux avant de connaître le même sort. C'est bien triste, mais comme je l'ai déjà dit, je ne peux plus faire machine arrière. Je n'oublierai pas votre contribution à ma future nomination au poste de shérif d'un grand comté, ou pourquoi pas à la tête du département de police d'une ville importante. Si j'ai une fille un jour, je l'appellerai peut-être Ella en souvenir de vous.

Cet homme était fou à lier ! Un suppôt de Satan !

Il la posa au sol, à quelques mètres de la rive de l'étang qui nourrissait ses cauchemars depuis plus de dix ans, et l'y abandonna. Elle le regarda se frayer un chemin entre les arbres pour regagner sa camionnette. Il l'avait garée de telle manière qu'on ne pouvait la voir de la route principale. Toutes ces journées passées au volant de sa voiture de patrouille avaient dû lui permettre de connaître le moindre chemin de traverse de la vallée. Et la camionnette noire aux vitres teintées qu'il conduisait aujourd'hui était bien celle qui avait embouti sa carriole !

Quand elle pensait qu'elle avait n'avait cessé de parier sur la piste chinoise, alors que c'était Winston Hayes qui, depuis le début, servait les noirs desseins de Marvin Boynton ! A cause de ses origines, de la voiture de son fils qui avait failli renverser Alex et de la cordelette rouge vif qui avait servi à l'attacher quand elle avait été enlevée, Ella avait parié sur Connie Lee. Sans doute avait-elle oublié un peu vite que plusieurs bobines de cette cordelette reconnaissable entre mille s'étaient déroulées sur la route lorsque Sam Lee avait eu son accident. Ella n'avait pas vu Winston Hayes sur les lieux du sinistre, ce soir-là, mais il était sans doute venu plus tard pour aider le shérif à écrire un rapport, ou tout simplement à dégager la route. Et il en avait certainement profité pour récupérer des mètres et des mètres de cordelette.

Ella attendit que Hayes soit à distance suffisante pour essayer de desserrer la cordelette comme le lui avait appris la vendeuse de l'Herbal Spa. Pourquoi n'avait-elle pas été plus attentive à la démonstration de la jeune femme ? Pourquoi n'avait-elle pas essayé elle-même, une fois rentrée chez Alex ? Mais comment aurait-elle pu imaginer qu'elle se trouverait de nouveau attachée avec cette cordelette ? Et au bord de l'étang, cette fois-ci ! De toute façon, elle ne savait même pas si le « tour de passe-passe », comme avait dit la vendeuse, pouvait fonctionner quand il y avait plusieurs tours de cordelette autour d'un objet, comme c'était le cas maintenant autour de ses chevilles et de ses poignets.

Elle distingua le suppléant du shérif qui revenait péniblement vers l'étang, le corps inerte d'Alex sur son épaule. Son fardeau le faisait tituber comme s'il était ivre. Paradoxalement, elle avait repris espoir quand leur ravisseur avait dit qu'il comptait la tuer sous les yeux d'Alex, car cela signifiait, logiquement, que celui-ci n'était pas encore mort. Mais comment se fier aux propos d'un homme à demi fou ?

Lorsqu'elle vit qu'Alex respirait encore, même s'il restait inconscient, les larmes qu'elle était parvenue à contenir jusque-là se mirent à couler sur son bâillon. *Aide-nous, Seigneur tout-puissant. Aide-nous à connaître cette vie si prometteuse qui nous tend les bras.*

Winston Hayes laissa glisser Alex au sol, le dos contre un tronc d'arbre, avant de le gifler sur les deux joues pour le ranimer. Alex ouvrit les yeux et les posa sur le policier. Puis son regard balaya les environs tandis qu'il reprenait peu à peu ses esprits. Lorsqu'il croisa celui d'Ella, recroquevillée à terre, pieds et mains liés et la bouche obstruée par un bâillon, il exprima un sentiment d'horreur.

— C'est grâce à elle que vous êtes encore vivant, Caldwell, dit Winston Hayes. M. Boynton a insisté pour que vous assistiez à la mort de votre petite amie. Je me suis dit que si j'attendais suffisamment longtemps chez vous, elle finirait bien par pointer le bout de son joli nez.

Sur ces mots, il se dirigea vers l'étang, au bord duquel il s'accroupit avant d'ôter sa casquette et de la remplir d'eau.

— Pour être sûr que vous serez parfaitement conscient de ce qui se passe, dit-il quelques secondes plus tard en aspergeant le visage de son prisonnier. M. Boynton a exigé que vous ne ratiez pas une miette du spectacle.

Alex — qui n'était pas bâillonné — cracha l'eau qui était entrée dans sa bouche avant de lancer :

— Laissez-la partir.

— Allons, Caldwell, vous savez très bien que c'est impossible. Et puis j'ai toujours respecté les ordres, moi. Surtout quand ils sont accompagnés d'une belle enveloppe, ajouta-t-il avec un petit rire. Et votre ancien patron m'a donné beaucoup d'argent, et des directives très précises. Je dois d'abord me débarrasser d'elle afin que vous puissiez la voir mourir, et ce n'est qu'ensuite que je m'occuperai de vous. Je sais, ça paraît cruel, mais quand on y songe, ce que vous faites subir à M. Boynton n'est pas très gentil non plus. Il tient à vous rappeler que vous l'arrachez pour toujours à sa femme et à ses enfants, qu'il aime tendrement, alors que vous auriez dû faire preuve de loyauté envers lui et la boucler. Alors, voilà, Caldwell : œil pour œil, dent pour dent.

— Marv semble confondre vengeance et justice, dit crânement Alex. Au fait, monsieur Hayes, vous ne craignez pas que le shérif Freeman comprenne que c'est vous qui nous avez tués ? Vous le côtoyez depuis assez longtemps, maintenant, pour savoir que peu de choses échappent à cet homme. Enfin, peut-être que Marv vous fera supprimer avant que Jack Freeman vous passe les menottes… M. Boynton a toujours été du genre à nettoyer ses saletés derrière lui…

Le regard d'Alex croisa brièvement celui d'Ella, et mille choses passèrent entre eux durant ce bref instant. Des mots d'amour, des promesses d'avenir, mais surtout ce message qu'elle lui adressait et qu'il semblait comprendre : « Continue à parler. Continue à gagner du temps ! »

Depuis que Winston Hayes l'avait posée à terre, elle s'employait à dénouer ses liens en utilisant la technique de la vendeuse new-yorkaise. Et si ses mains étaient toujours immobilisées, les liens qui enserraient ses chevilles commençaient à se relâcher. Hayes avait dû serrer plus fort autour des membres supérieurs, car la cordelette coupait la chair de ses poignets.

— Arrêtez un peu de jouer au fin psychologue, Caldwell. Si vous connaissiez M. Boynton si bien que ça, vous auriez su qu'il n'en resterait pas là. A présent, c'est moi qui vais profiter de son pouvoir et de son argent, plus vous. Franchement, deux corps noyés dans un étang, c'est quand même mieux qu'une chute du haut d'un château d'eau, vous ne trouvez pas ? Oui, je sais tout de la manière dont les autres ont échoué à vous éliminer. Et je tiens à remercier Ella de m'avoir donné l'idée de la noyade dans cet étang. C'est l'endroit parfait pour mettre un point final à cette triste histoire.

Il regarda alternativement ses deux prisonniers avant de reprendre :

— Il va de soi que je serai l'un des enquêteurs chargés de comprendre ce qui s'est passé ici, et de récolter les bruits qui couraient sur vous deux dans la vallée. Conclusion de mon rapport ?

Il prit soudain une voix professionnelle :

— Tout semble indiquer qu'Alexander Caldwell ne supportait plus les sacrifices que demande la vie amish, et qu'il avait décidé de renoncer à se convertir. Mais renoncer à se convertir signifiait aussi renoncer à Ella Lantz, et ça, il n'a manifestement pas pu le supporter. Plutôt que de la laisser à un autre, il a préféré la noyer avant de la rejoindre dans la mort. Fin du rapport, ajouta-t-il avec un sourire satisfait.

Il se frotta les mains avant de les frapper l'une contre l'autre.

— Bon, je n'ai pas toute la journée à vous consacrer, moi ! Le devoir m'appelle. Que voulez-vous, la protection des honnêtes citoyens du comté d'Eden n'attend pas. Je fais bien mon boulot, tout le monde s'accorde là-dessus, et c'est pour ça qu'on ne me soupçonnera jamais. Si une enquête pour meurtre est ouverte, ce dont je doute fort, je ferai en sorte que mes collègues s'orientent vers la piste d'un tueur à gages comme celui dont vous vous êtes débarrassé en Floride.

Les chevilles d'Ella étaient presque libérées. Il ne lui restait plus qu'à retirer la cordelette dénouée sans que leur ravisseur s'en aperçoive. Malheureusement, il avait prévu de s'occuper de son cas en premier. Elle regarda Hayes enfoncer un mouchoir en tissu dans la bouche d'Alex, qui lança ses jambes entravées pour essayer de le frapper ou de lui faire un croche-pied. Mais le policier évita sans aucun mal l'attaque désespérée avant de se tourner vers Ella.

— Désolé, Ella… Je suis sincère quand je vous dis que je regrette d'avoir à faire ça. Allez, il est temps d'en finir, dit-il en se penchant pour la saisir sous les aisselles. Je sais que vous autres, les Amish, vous n'êtes pas rancuniers, et j'espère que vous me pardonnez.

Alors qu'il avait commencé à la traîner en direction de l'eau, elle parvint à faire tomber la cordelette qui enserrait ses chevilles. Il ne restait que quelques mètres avant qu'il la plonge dans l'étang… Quelques mètres durant lesquels elle fut saisie d'effroi. Voilà que revenait l'ancienne panique qu'Alex l'avait aidée à surmonter. Cette peur incontrôlable de se noyer, d'être aspirée vers le fond…

— Je vous laisse le bâillon, parce que les cris d'une femme peuvent porter au-delà de ce bois, surtout en cette saison où les arbres sont déplumés, dit Winston Hayes.

Ce type était cinglé, mais il semblait regretter sincèrement d'avoir à la tuer. Peut-être que si elle arrivait à lui parler, à aiguiser le sentiment de culpabilité qu'elle sentait sourdre sous ses excuses répétées…

Il la mit debout tout au bord de l'eau.

— Ne vous débattez pas, d'accord ? Je sais qu'il y aura la marque des liens sur votre peau, mais j'ai mis du rembourrage sous ceux de votre petit ami pour qu'on ait l'impression que vous étiez la seule à être attachée. La police — et moi le premier — en déduira que Caldwell vous a ficelée avant de vous noyer. Il ne pouvait supporter ni la vie frugale des Amish, ni l'idée qu'un autre allait vous avoir dans son lit quand il repartirait dans le monde moderne. Allez, Ella, pardonnez-moi, fermez les yeux et laissez-vous aller.

Il posa la main au creux de son dos pour la pousser dans l'eau, mais elle emprisonna les chevilles de Hayes avec ses pieds libérés, en même temps qu'elle lui donnait un violent coup de fesses. A sa grande surprise — et sans doute aussi à celle de Hayes —, ils perdirent tous les deux l'équilibre et tombèrent brutalement dans l'eau.

Elle était froide ! Ella resta un instant paralysée, le souffle coupé, puis essaya de se souvenir comment elle avait fait pour se maintenir à la surface de l'eau en Floride. Sauf qu'à Sarasota, Alex était là pour la tenir et qu'elle n'avait pas les mains liées. Le cauchemar était en train de devenir réalité, et elle sentait déjà les ténèbres qui l'engloutissaient.

Le suppléant du shérif était tout près d'elle, et elle lui donna un coup de pied sous l'eau qui l'atteignit dans la région de l'aine. Hayes ouvrit la bouche sous la violence du choc, avalant au passage une grande quantité d'eau. Elle le vit tousser et cracher. *Pas d'attaque de panique !* hurla-t-elle intérieurement. De toute façon, elle allait se noyer sous les yeux d'Alex. Il était en train de rouler vers l'étang avec l'énergie du désespoir, mais que pouvait-il bien faire avec les pieds et les mains liés ?

Luttant pour inspirer un peu d'air malgré le bâillon, elle fit la planche avant de secouer la tête pour tenter d'enlever l'eau qui lui piquait les yeux. Sa coiffe était tombée en arrière et le lacet qui la nouait sous le menton l'étranglait, ce qui ne l'empêcha pas de plier les genoux avant de frapper de nouveau — avec les deux pieds, cette fois — Winston Hayes qui s'approchait d'elle. Elle l'atteignit au niveau de la poitrine. Il recula en agitant les bras, créant un remous dans l'eau calme. C'est alors qu'elle le sentit. Oui, c'était bien le courant froid alimenté par une source qui passait au fond de l'étang — le tourbillon qui l'avait aspirée le jour où ses amies l'avaient sauvée. Ce matin, pas d'amies pour l'arracher in extremis aux ténèbres glacées. *Ne lutte pas. Ne rends pas les coups qu'on te donne. Ne te laisse aller à aucune forme de violence.* Mais elle voulait encore goûter à la vie terrestre ! Elle voulait connaître le bonheur de partager un toit avec Alex, le bonheur de voir leurs enfants courir dans la lavande… *ya*, elle voulait vivre !

Elle plia et déplia une nouvelle fois les jambes, autant pour repousser Winston Hayes que pour lui faire mal. Elle ne parvint pas à le toucher, mais le mouvement l'éloigna de lui. Malgré ses poignets liés, elle refit plusieurs fois le même mouvement de jambes pour se propulser vers la rive. Alex, qui s'y trouvait maintenant, tendit vers elle ses mains entravées. « Encore un effort ! semblait dire son regard agrandi par l'angoisse. Tu peux y arriver ! »

Toujours sur le dos, elle lança vers lui un pied qu'il parvint à bloquer entre ses doigts courbés comme des crochets. Il se mit à se tortiller avec des grognements pour s'éloigner de l'étang et la tirer petit à petit hors de l'eau. La jupe et le jupon d'Ella remontèrent, découvrant ses longs bas et la naissance de ses cuisses. Sa tête racla bientôt sur l'herbe, une douleur presque agréable qui signifiait qu'elle était enfin au sec…

Alex grognait sous son bâillon avec de grands gestes de la tête en direction de la route. Elle savait qu'il lui demandait de se sauver, d'aller chercher du secours, mais elle hésita, à bout de souffle, incapable de se résoudre à l'abandonner aux mains d'un tueur. Pourtant, si elle restait, ils allaient mourir tous les deux. Elle se tourna vers l'étang où Winston Hayes se débattait toujours, frappant l'eau de ses mains. Dans quelques secondes, il serait revenu sur la terre ferme, et il la jetterait à l'eau après lui avoir de nouveau lié les chevilles.

Alex poussa un nouveau grognement aux accents de supplication et leurs regards se croisèrent. Si seulement elle avait pu ôter son bâillon et lui dire qu'elle l'aimait… Mais ses yeux parlaient pour elle. Alors qu'elle venait de se lever péniblement, elle s'aperçut que l'étang était redevenu silencieux. Elle fit volte-face, certaine qu'elle allait se trouver nez à nez avec leur bourreau, mais ce qu'elle vit lui arracha un cri étouffé par le tissu enfoncé dans sa bouche.

Winston Hayes flottait au milieu de l'étang, là où le courant froid l'avait aspirée le jour où elle avait failli se noyer. Sur le ventre, les bras légèrement déployés, il tournait en rond sans toutefois bouger aucun de ses membres.

A force de s'acharner à essayer de détendre les liens enroulés autour de ses poignets, elle y parvint juste assez pour pouvoir desserrer ceux d'Alex. Il lui retira aussitôt son bâillon avant de faire de même avec le sien. Agenouillée devant lui, elle écarta d'un mouvement de tête sa chevelure trempée qui pendait devant ses yeux, puis, malgré ses tremblements, réussit à libérer entièrement les poignets d'Alex.

Elle s'effondra contre lui, incapable de trouver la force de libérer aussi ses chevilles.

— Ella…

Il ne prononça que ce mot, mais entendre son prénom sortir de sa bouche la ramena à la vie.

Conservant un œil sur l'étang, il dénoua les cordelettes qui entravaient encore ses pieds et les mains d'Ella.

— Cette fois-ci, c'est vraiment fini, murmura-t-il en la serrant fort contre lui. Nous sommes libres, mon amour.

— Il faut qu'on aille le repêcher et qu'on appelle les secours, dit-elle. Il est en train de se noyer !

— On ne peut plus rien pour lui, Ella. Dommage, parce que j'aurais aimé le contraindre à témoigner contre mon ancien patron qui l'a soudoyé. Marv a décidément le bras long et, même avec un pied en prison, il est capable de tirer les ficelles. Puisque je m'efforce de devenir un Amish, je ne témoignerai pas une nouvelle fois contre lui, Ella. Surtout que ça ne changerait rien, puisqu'il finira de toute façon sa vie en prison.

Il secoua la tête, les lèvres pincées.

— Le shérif va l'avoir mauvaise quand il va apprendre que son suppléant l'a roulé dans la farine. Tout comme je l'ai été par Marv.

— Ray-Lynn dit souvent que c'est dommage qu'on ne puisse pas faire davantage confiance aux gens.

— En tout cas, moi, je te fais entièrement confiance, Ella, et ça restera ainsi jusqu'à la fin de mes jours… Et sache que je serai toujours là pour t'aimer et te protéger, même si aujourd'hui, c'est toi qui m'as sauvé la vie… toi qui as sauvé notre avenir et les enfants que nous aurons.

Il se releva et se dirigea d'un pas chancelant vers les arbres. Là, il ramassa une longue branche avec laquelle il parvint, après de longues minutes d'effort, à ramener le corps de Winston Hayes plus près du bord.

— Je suppose que sa camionnette fait désormais partie de la scène de crime, et je préfère ne pas l'utiliser. Tu te sens la force de marcher jusqu'à la route et d'arrêter quelqu'un qui pourrait prévenir le shérif ?

— Bien sûr, mais je n'ai pas envie de te laisser seul avec lui.

— Il ne risque plus de me faire grand mal, dit Alex avec un sourire fatigué. Il est tout ce qu'il y a de plus mort, et je crois qu'on va pouvoir enterrer cette histoire avec lui. Je te propose d'aller de l'avant, à partir d'aujourd'hui, et toujours main dans la main. Tiens, ajouta-t-il en retirant sa chemise sèche, mets ça et demande à la personne que tu arrêteras sur la route de te prêter une pèlerine ou une couverture. Reviens vite, mademoiselle Lavande !

Elle l'embrassa avec fougue et vit une bosse qui se formait sur le haut de son crâne. Elle aussi avait mal à la tête, sans compter qu'elle était frigorifiée et qu'elle ne pouvait s'arrêter de trembler. Pourtant, une douce chaleur rayonnait quelque part en elle. La tête haute et le cœur léger, elle s'éloigna de l'étang qui venait de la sauver après avoir failli la tuer dix ans plus tôt. Ils venaient de vivre une histoire terrible, jalonnée de moments de terreur et de vies perdues, mais ils en étaient sortis indemnes et remplis d'amour l'un pour l'autre. Ensemble, ils pouvaient désormais construire l'avenir.

28

Un an plus tard.

— J'espère qu'ils n'ont rien contre les clowns, dit Alex alors qu'il arrêtait leur carriole à proximité de l'école amish, dans un champ transformé en parking.

Ella n'arrivait pas à croire qu'ils étaient mariés depuis deux mois déjà. L'évêque avait décidé que dix mois de fréquentation suffisaient largement et, surtout, il avait jugé Alex tout à fait prêt à devenir l'un des leurs. Pour Ella, sa conversion avait été le plus beau cadeau de mariage, suivi de près par l'acte de propriété du bungalow de Pinecraft que *Grossmamm* Ruth avait fait établir à leurs noms. Après la mort de Winston Hayes, ils avaient été très occupés à développer Simplicité — c'était désormais le nom officiel de sa petite entreprise de produits artisanaux à la lavande —, ainsi que la société de marketing qu'Alex avait créée et dont les services s'adressaient aussi bien aux Amish qu'aux *Anglais*. Mais ils avaient quand même trouvé le temps de faire un bébé !

Depuis qu'elle était enceinte, la carriole avait une fâcheuse tendance à se prendre pour un bateau ballotté par les vagues. Nausées ou pas, il était hors de question qu'Ella manque la vente aux enchères et le spectacle caritatifs au profit d'une famille amish dont la maison avait été détruite dans un incendie. D'après Nate McKenzie, désormais enquêteur régional de la sécurité civile, le drame était d'origine accidentelle. Une lampe à pétrole restée allumée par inadvertance et renversée par un coup de vent. On ne savait jamais ce que la vie vous réservait, songea Ella en se saisissant des sachets de lavande fabriqués spécialement pour la vente aux enchères.

— Qui pourrait ne pas aimer nos clowns favoris ? répliqua-t-elle. Bien sûr, ça serait sans doute une autre histoire si Trixie portait son costume un peu osé pour faire son numéro, ou que Janus collait des messages sur ses fesses. Mais ils m'ont promis de bien se tenir… si tant est que des clowns puissent respecter une telle promesse ! ajouta-t-elle en riant.

Pour une fois, elle attendit sur le siège de la carriole qu'Alex vienne l'aider à descendre. Le hasard fit que la première personne sur qui son regard se posa fut son amie Sarah, excommuniée pour avoir épousé un *auslander*. Elle l'avait jugée durement, à l'époque, mais à présent, elle la comprenait et respectait sa décision. Il y avait même en elle une part d'admiration devant le courage dont Sarah avait dû faire preuve pour quitter la communauté, vivre sa passion pour la peinture et son amour pour Nate. Les deux amies se prirent les mains et échangèrent un tendre sourire. Puis Ella se pencha pour embrasser la petite Monet, dont le prénom, avait-elle appris, était un hommage à un peintre français que Sarah aimait tout particulièrement. Hannah apparut à son tour et les trois amies d'enfance, avec leurs hommes derrière elles et les petites Marlena et Monet à leurs pieds, formèrent un cercle étroit.

— On s'était promis autrefois de rester soudées à travers le temps et les épreuves, et…, dit Hannah avant de s'interrompre brusquement. Ella, tu es enceinte ?

Prise au dépourvu, Ella ouvrit la bouche avant de se tourner vers Alex qui éclata de rire.

— Comment l'as-tu deviné ? demanda-t-elle en baissant les yeux vers son ventre. Ça ne se voit pas encore, si ? Moi-même, je ne le sais que depuis très peu de temps !

— C'est que je suis bien placée pour connaître la tête

qu'on a dans ces cas-là, pas vrai, Seth ? répondit Hannah en levant les yeux vers son mari.

Le frère d'Ella acquiesça avec un large sourire et les trois amies se congratulèrent, resserrant encore le cercle qu'elles formaient pour comparer leurs impressions — présentes ou passées — à ce stade de la grossesse, ainsi que la date prévue pour les deux accouchements.

— Je n'arrive pas à croire qu'on est enceintes en même temps ! s'exclama Ella entre ses larmes.

— Les pleurs ne sont pas autorisés par une si belle journée ! protesta Nate, ce qui fit rire Seth et Alex. Venez, les filles, on va aller applaudir les clowns. Je parie que c'est la première fois qu'un tel spectacle est proposé ici !

Il fit mine de s'éloigner, mais les trois amies n'esquissèrent pas un mouvement pour le suivre.

— Bon, j'ai compris, dit-il. Vous avez besoin d'un peu plus de temps ensemble, toutes les trois. Alors, on se retrouve là-bas.

Alex lui emboîta le pas après avoir caressé l'épaule d'Ella. Seth fut le dernier à partir, attrapant sa fille et la hissant sur ses épaules.

— Allez, retirons-nous, Marlena. Ta *Mamm*, tante Ella et Sarah ont besoin d'être entre elles pour décider dans quel genre de problèmes elles vont encore se fourrer.

— Je trouve que nos maris sont mal placés pour nous faire la leçon, dit Ella lorsqu'elle se retrouva seule avec ses amies. En tout cas, le mien m'a offert une prolongation de ma période de *Rumspringa* dont je me serais bien passée ! J'ai l'impression d'avoir vu la moitié du pays, quand nous étions en fuite, tous les deux. Et ces vêtements qu'il m'a fait porter !

Elles éclatèrent toutes les trois de rire tandis qu'Ella leur racontait la façon dont elle s'était sentie en tailleur jupe, talons hauts… et soutien-gorge. Mais Ella redevint brusquement sérieuse et prit la main de Sarah.

— Je sais que tu es toujours excommuniée, Sarah, mais je veux que tu saches que je suis sincèrement désolée d'avoir été si prompte à te juger. *Bann* ou pas, je souhaite qu'on reste amies toute la vie.

— Moi aussi, répondit Sarah en levant le petit doigt comme elles le faisaient lorsqu'elles étaient adolescentes.

Ella appuya le bout de son propre petit doigt contre celui de Sarah, et Hannah fit de même.

— Eh bien, dit Hannah avec un sourire ému, on ne t'a pas sauvée pour rien de la noyade, ce soir-là… Avec l'aide de Dieu, nous t'avons tirée de l'eau et, plus tard, tu as su t'en tirer toute seule.

— Je ne vous l'ai jamais dit, mais pendant toutes ces années j'ai souffert d'attaques de panique à cause de ce qui s'est passé ce soir-là. Alex m'a aidée à les surmonter.

Elles semblèrent se rendre compte en même temps que leurs trois auriculaires se rejoignaient toujours dans les airs, et leurs mains se rétractèrent avec de petits rires.

— Je ne peux plus imaginer de vivre sans Nate, dit Sarah.

— Et Seth m'a sauvée de mes errements autant que j'ai décidé moi-même de donner une nouvelle direction à ma vie, dit Hannah.

— Au fait, dit Sarah, je voudrais mieux faire connaître mon travail, et *Daad* m'a dit qu'Alex aidait beaucoup de gens de notre communauté à vendre leurs produits. Oui, oui, j'ai dit *notre* communauté, ajouta-t-elle avec un sourire grave. Même si j'ai un pied dans le monde moderne, je me considère toujours comme l'une des vôtres, vous savez.

— Tes tableaux sont tellement beaux ! s'exclama Hannah, Ils méritent d'être connus et appréciés par un large public. Seth a aussi fait appel à Alex, et il utilise maintenant ses conseils pour trouver plus de chantiers. Quelque chose à propos des perspectives démographiques, ou un truc de ce genre.

Elles se mirent toutes à parler en même temps comme elles le faisaient au temps de l'insouciance. Il n'y eut pas une seconde d'accalmie jusqu'à ce que Ray-Lynn vienne les rejoindre, les bras chargés de pâtisseries qu'elle comptait vendre pour aider la famille sinistrée.

— Ah, Ray-Lynn ! dit Ella en se tournant vers la restauratrice. Je pense qu'il n'y a que toi qui puisses nous surpasser, question bavardage !

— Je prends ça comme un compliment, rétorqua Ray-Lynn. Si vous le voulez bien, je vais vous demander de m'aider à porter ces demi-lunes. Comme d'habitude, le shérif est occupé ailleurs. Vous savez, j'ai l'impression qu'on fait partie d'une même famille, toutes les quatre, parce qu'on a chacune traversé de sacrées épreuves dont non seulement on s'est relevées, mais qui nous ont permis de mieux nous connaître. En tout cas, je vous remercie de m'avoir adoptée, les filles, et… c'est quoi, ce boucan ?

— Un énorme éclat de rire, répondit Ella. Alex et moi avons de bons amis clowns, et je ne parle pas de Sarah et d'Hannah ! Ils sont en tournée à Cleveland, en ce moment, et ils sont venus nous rendre visite pendant quelques jours. Allons installer le stand de la Dutch Farm Table, et on ira ensuite regarder leur spectacle. Je vous assure que ça vaut le coup ! On a toutes quelques plaies encore fraîches, et rire est la meilleure façon de les panser.

— Ça et les prières, dit Hannah.

— Et aussi l'amour, ajouta Sarah.

Alex avait encore un peu de mal à rester longtemps sans avoir Ella dans son champ de vision, mais il faisait de notables progrès. La tentative d'assassinat commanditée par Marvin Boynton avait fait la une des médias nationaux grâce au rapport d'enquête du shérif Freeman. L'ancien patron et mentor d'Alex était désormais condamné non seulement pour espionnage industriel, mais aussi pour tentative de meurtre par personne interposée. Il avait eu de la chance de ne pas être également inculpé de haute trahison, parce qu'alors, il aurait encouru la peine de mort. La sentence qui avait frappé Marv, ainsi que toute l'effervescence médiatique qui avait accompagné l'épilogue de cette affaire constituaient la meilleure assurance vie pour un couple d'Amish, d'autant qu'il leur était strictement *verboten* de souscrire à quelque assurance que ce soit. Désormais, quiconque oserait toucher à un seul de leurs cheveux se retrouverait avec des hordes de fédéraux sur le dos, sans parler des membres du Congrès.

Certes, il avait dû renoncer à son confort matériel. Mais en échangeant une vie essentiellement basée sur l'apparence sociale et le divertissement contre l'existence frugale et la solidarité des Amish, il se sentait gagnant. Oui, il avait le sentiment d'avoir reçu bien plus qu'il n'avait sacrifié, d'autant qu'un cadeau enchanté était inclus dans ce marché passé avec lui-même.

Un cadeau qui s'appelait Ella.

Il n'en revenait toujours pas de se sentir tellement à sa place ici. Lui qui avait travaillé si dur pour sortir du lot était tombé amoureux d'une femme et d'une communauté qui croyaient aux vertus de la modestie et à l'égalité ! Ce qui n'empêchait pas les gens d'ici d'être uniques en leur genre : Alex n'avait nullement le sentiment d'avoir choisi une existence morne et uniforme. Il s'était réfugié ici à un moment très difficile de sa vie et il y avait trouvé tolérance, hospitalité et compassion. Il y avait enfin trouvé sa place en ce monde.

— Bon, Ray-Lynn, dit Ella lorsque toutes les pâtisseries furent disposées sur le stand du restaurant, j'ai quelque chose à te dire que tu ne devineras jamais.

— Quelqu'un attend un bébé ? Pas moi, en tout cas, ajouta-t-elle avec un sourire avant de se tourner vers Hannah. C'est toi, ma belle ?

— Je plaide coupable.

— Ah, tu vois, j'ai deviné, Ella ! s'écria Ray-Lynn avec un air de triomphe. Toutes mes félicitations, Hannah ! Je suis très heureuse pour toi, ajouta-t-elle en plaquant un baiser sonore sur la joue de la future maman.

— Merci, mais tu n'as deviné qu'à moitié, dit Hannah en élevant la voix pour se faire entendre malgré le brouhaha.

Ray-Lynn observa Ella avec un sourire malicieux.

— Vous n'avez pas perdu de temps, dis donc ! lança-t-elle avant de l'embrasser à son tour. Fêtons cette double bonne nouvelle avec une de ces délicieuses demi-lunes fabriquées par la maman et la sœur de Sarah. Et allez donc en apporter à vos chanceux de maris qui…

— Pas chanceux, intervint Ella. Bénis par notre Seigneur.

— Si tu veux. Donc, disais-je, allez apporter des demi-lunes à vos maris bénis par le Seigneur, et chanceux d'avoir rencontré des femmes aussi exceptionnelles que vous !

Ella choisit deux demi-lunes aux fruits rouges et s'éloigna vers la foule hilare, après avoir brièvement serré ses trois amies dans ses bras. Elle repéra tout de suite Alex, même s'il se fondait de plus en plus dans la masse joyeuse des membres de la communauté. Il secouait la tête, sourire aux lèvres, les yeux rivés sur Janus qui se balançait sur une échelle de corde tout en jonglant avec trois balles rouges. Ella, traversant les rangées de spectateurs assis sur des chaises pliantes, songea que ce numéro exprimait assez bien la façon dont elle se sentait depuis qu'elle avait posé les yeux sur Alexander Caldwell : un sentiment d'ivresse, de légèreté et même de folie douce, pourtant accompagné de la rassurante certitude d'avoir trouvé son équilibre avec cet homme.

Elle resta un moment immobile à savourer le moment, debout au milieu des siens avec ce petit être blotti au creux de son ventre. Puis le regard d'Alex croisa le sien et il lui fit signe de venir s'asseoir à la place qu'il avait gardée pour elle, juste à côté de lui.

A paraître le 1er janvier

Best-Sellers n°593 • thriller

Indéfendable - Pamela Callow

Lorsqu'Elise Vanderzell bascule par-dessus la rambarde de son balcon par une belle nuit d'été, ses enfants se réveillent en plein cauchemar. Leur mère est morte. Et c'est leur père qu'on accuse du meurtre.

Kate Lange, jeune avocate, sort tout juste d'une période personnelle très noire dont elle garde de profondes cicatrices. Elle sait ce que c'est que de vivre un cauchemar, aussi accepte-t-elle de défendre Randall Barrett, son patron – mais également un être très cher –, soupçonné du meurtre de sa femme. Elle découvre alors un dossier complexe, car Randall est le suspect idéal. En apparence, tout l'accuse : son ex-femme l'a trompé, il a la réputation d'être un homme impulsif et violent, il s'est disputé avec la victime quelques heures avant sa mort…

Confrontée à une famille hostile, meurtrie par le doute et les conflits, Kate sait qu'elle n'a rien à attendre non plus des légistes d'Halifax. Ceux-ci préfèrent à l'évidence voir Randall en prison, plutôt que de défendre l'indéfendable. Et elle est désormais la seule à pouvoir prouver l'innocence de Randall. Il y a urgence, car dans l'ombre, un personnage silencieux attend le moment propice pour porter le coup fatal.

Best-Sellers n°594 • suspense

Les secrets de Heron's Cove - Carla Neggers

Une collection de somptueux bijoux russes, mystérieusement disparue quatre ans plus tôt, serait sur le point de refaire surface à Heron's Cove ? Quand Emma Sharpe, agent du FBI spécialisé dans le trafic d'œuvres d'art, apprend cette incroyable nouvelle, elle est aussitôt convaincue que cette affaire est liée à celle dont s'occupe Colin Donovan, son collègue au FBI, qui revient tout juste d'une périlleuse mission d'infiltration auprès de trafiquants russes… Certes, elle se serait bien passée de collaborer avec Colin, pour lequel elle éprouve des sentiments ambigus, très déstabilisants. Mais elle sait pourtant qu'elle n'a pas le choix : ce n'est qu'en joignant leurs forces qu'ils parviendront à déjouer les plans de ces dangereux criminels…

Best-Sellers n°595 • suspense

La demeure des ténèbres - Heather Graham

L'adolescent surgit de la forêt et s'arrêta au milieu de la route. Il était nu. Et couvert de sang…

Le jeune Malachi Smith a-t-il massacré les membres de sa famille à coups de hache ? Sam Hall, le célèbre avocat qui a choisi de le défendre, exclut cette hypothèse : jamais cet adolescent malingre et inoffensif n'aurait pu commettre un crime d'une telle violence. Tout comme il refuse de croire que Malachi ait été – comme tous le murmurent dans les ruelles de la vieille ville de Salem – possédé par le démon… Non, Sam en est persuadé : le véritable meurtrier court toujours, et il doit à tout prix le démasquer. Voilà pourquoi il a accepté l'aide que Jenna Duffy lui propose. Bien sûr, il ne croit pas un seul instant au don que cette rousse incendiaire prétend posséder – et qui lui permettrait de communiquer avec les morts. Mais Jenna est un agent reconnu du FBI. Et puis, comme lui, elle est prête à tout pour faire éclater la vérité…

Best-Sellers n°596 • thriller

Dans les griffes de la nuit - Leslie Tentler

Des cadavres de femmes aux ongles arrachés, marqués d'un chiffre gravé à même la peau… L'agent du FBI Eric Macfarlane en est convaincu : après avoir passé plusieurs années à se faire oublier, le Collectionneur – ce psychopathe qu'il n'est jamais parvenu à arrêter et qui, prenant un plaisir malsain à le provoquer, à le défier, a été jusqu'à assassiner sa femme – vient de sortir de sa tanière… Mais cette fois, une de ses victimes a réussi à lui échapper. Et bien qu'elle soit frappée d'amnésie suite aux mauvais traitements qu'elle a subis, Mia Hale est la seule à avoir vu le visage de son tortionnaire… Alors, qu'elle le veuille ou non, elle devra l'aider, pour qu'il puisse enfin mettre un terme aux agissements de ce tueur fou qui l'obsède jour et nuit depuis trois ans…

Best-Sellers n°597 • roman

L'enfant de Kevin Kowalski - Shannon Stacey

Après une folle nuit d'amour dans les bras du sublime Kevin Kowalski, Beth est contrainte de redescendre de son petit nuage. Même si elle totalement sous le charme, même si elle frissonne de désir dès que Kevin pose les yeux sur elle, que peut-elle attendre de ce don Juan impénitent, qui collectionne les conquêtes sans jamais penser à l'avenir ? Seulement voilà, trois semaines plus tard, Beth apprend que cette nuit qu'elle pensait sans lendemain va en réalité changer toute sa vie : elle est enceinte de Kevin.

Déjà très déstabilisée par cette nouvelle qui remet en cause tous les choix qu'elle a faits jusqu'à présent, Beth a la surprise de constater que Kevin semble plutôt bien accepter l'idée de devenir père. Et qu'il est même prêt à l'épouser et à vivre avec elle ! Loin de l'apaiser, l'attitude de son amant d'une nuit la perturbe encore un peu plus : comment pourrait-elle accepter ce qu'il lui offre uniquement pour le bien de leur enfant ?

Best-Sellers n°598 • historique

L'amant des hautes mers - Brenda Joyce

Cornouailles, 1795

Désespérée, la comtesse Evelyn d'Orsay doit se rendre à l'évidence : la mort de son mari la plonge dans le dénuement le plus total. Et dans ces conditions, qu'adviendra-t-il d'Aimée, sa petite fille adorée ? Le comte d'Orsay a bien laissé une fortune en France, avant de fuir les affres de la Terreur, mais comment la récupérer dans ce pays en proie à la guerre ? Evelyn n'a plus qu'un recours : faire appel aux services du célèbre contrebandier John Greystone, qui les a aidés à quitter la France quatre ans plus tôt. Pour l'amour de sa fille, la comtesse devra remettre leur sort entre ses mains. Mais n'est-ce pas folie de confier son destin à un homme que l'on dit espion, traître à sa nation ? Pire, de s'exposer à l'irrépressible désir que lui inspire ce hors-la-loi…